在某个夏日来临之际，那些孩子将不再讴歌青春，

也没必要再展示出悄悄积蓄起的坚强与勇气。

因为，面对纷繁复杂的成人世界，

他们会变得更加可悲，也更加聪明，

在被伴随一生的羁绊紧紧拴住的同时，各奔前程。

——塔娜·法兰琪《神秘森林》

宫部美雪

所罗门的伪证

第Ⅲ部：法庭

SOLOMON'S PERJURY

GUILTY JUDGE PLAINTIFF LAWYER MURDER COUNSEL

Presented by Miyuki Miyabe

徐建雄 译

江苏凤凰文艺出版社
JIANGSU PHOENIX LITERATURE AND ART PUBLISHING, LTD

1

八月十五日 校内审判·开庭日

每年的终战纪念日[①]必定是大晴天。

事实或许并非如此，只因昭和二十年八月十五日的大晴天在人们脑海中留下了太深的烙印。从很小的时候起，佐佐木礼子就一直听家里的老人讲述那一天的事。而今天这个八月十五日，早晨醒来一拉开窗帘，她便不禁感叹——

啊，果然是晴空万里。

开庭的时间为上午九点整。礼子做好充足的准备，穿着朴素的麻布西装出席。

礼子向少年课课长申请了自今天起连续六天的带薪休假。她打算从头到尾将城东三中的校内审判看个遍。

城东第三中学体育馆正门口只拉开了一扇移门，其他的门全都紧闭着。拉开的那扇移门前摆放着两张长桌，上头各竖立一块标志牌，分别写着“旁听人员接待处”和“相关人员接待处”的字样。炎炎烈日下，每个接待处各有三名男生守候。旁听人员接待处的三名男生个子都很高，像踩着高跷似的；另一边的三名男生则都是小个子。两组

① 1945年的8月15日，日本裕仁天皇通过电台发布诏书，宣布无条件投降。1963年5月14日，日本将8月15日定为“终战纪念日”。

人员不仅个头上有差别，连皮肤的晒黑程度也形成了鲜明对比。

礼子走到相关人员接待处的桌子前，对一名瘦弱得像小鸟一般的男生小声问道："我是要当证人的，但也想旁听审判。可以在这儿报到吗？"

"可以。"

礼子在对方递来的本子上登记了自己的姓名，又用更小的声音说："你们，还有那边的三位，都是二年级的学生吗？"

"是的。我们是将棋社的，他们是篮球社的。"那男生说道。

"哦，你们各自的主将都当了陪审员，所以你们都来帮忙了。"

"您辛苦了，这边请。"那男生对礼子鞠了一躬，指着入口处。

入口处的移门旁有一名穿校服的男生。他剃着凉快的板寸头，眉宇间十分沉着，像门卫一样站立着。

"早上好。"他递上一张复印纸，上面有一排横写的粗体字：

法庭内需遵守的事项

"不用脱鞋，直接进去就好。"

"那之后的打扫不会很费事吗？"

"大家会努力的。"

板寸头的嘴角露出笑容。从他的衬衫袖子可以隐约看出隆起的肌肉。礼子的记忆里并没有这名学生。像他这样的学生，不要说是当地警察署的少年课，估计连学校的保健室、教师办公室和校长室都不会光顾吧。

礼子望了望体育馆的内部。法庭设在前方靠近舞台的地方，正中央是法官席，在高出地板五十公分的位置摆放着一张大桌子，桌上铺着白布。仔细一看，原来那桌子底下垫着好多张榻榻米。

法官席的近前分两排放置着九把学生用的椅子，大概是从教室里搬来充当陪审员席的。从那个位置后退两米左右，右侧是检察官席位，左侧是辩护人席位。这两个席位的桌子也很大，却没有铺白布。每张桌子上都规规矩矩地立着标志牌，一看就能明白。在检察官和辩护人双方席位的后方，还准备了带滑轮的黑板。

现在是上午八点四十五分，四个席位上都没有坐人。然而，整齐排列着大约一百来把折叠椅的旁听席，上座率已达到一半以上。其中有一些学生，不过大多数都是成年人。

礼子做了个深呼吸。

开庭头一天就有这么多的旁听者，说明校内审判相当受关注。不过，也许正因为是头一天，才有不少家长想来看看情况。

“大家来得都很早啊。”

板寸头点了点头：“确实，大家出门都比较早。因为是随便坐的。”

“哦，是为了来抢座位的。”礼子微笑道，“可大家都是从后面往前坐的嘛。”

旁听席前面一半座位都空着。啊呀，有一个人大模大样地坐在了最前面一排。他不就是楠山老师吗?

“我是城东警察署的，预定作为证人出庭，不过法庭今天应该还不会传唤我。你看我坐在哪里好？”

“没什么特别的规定。挑您喜欢的位子坐吧。”

“谢谢！”道谢后，礼子又问道，“你是……”

“我叫山崎晋吾，在本法庭担任法警。”

“练空手道的？”

他的体格锻炼得比真正的法警还结实。

山崎法警笑了笑，说了声“请坐吧”，催促礼子入座。此刻，他的身后已经排起了队。

礼子自己也拣了个偏向辩护席靠后的座位。整个会场的氛围让人很难坐到前排去。她侧身坐在椅子上，不动声色地扫视一周全场。除楠山老师之外，看不到一张教师的脸。有些是大人带着小孩来的，邻座间的大人们小声交谈，小孩们交头接耳。有五六个女生集中坐在靠辩护席一侧的倒数第二排，正嬉笑着低声欢闹，简直像在等待偶像歌星的演唱会开场。

礼子感到自己的心跳在加速。眼前这副架势，简直就像真正的法庭。经手的案子终于进入司法程序，马上要开庭审判了，而自己正在法院里等候开庭。

哎？礼子瞪大了眼睛。不对，这里还有记者！虽然只有一个，可那个人的麻烦程度足够以一当十。

HBS的茂木悦男在旁听席正中间，正对法官席而坐。他穿着淡绿色的上衣、白色的休闲裤，戴着宽边框的眼镜，悠闲地跷着二郎腿。

礼子的身体抢在大脑前头活动了起来。她站起身，径直走到茂木悦男跟前。

茂木注意到她的到来，抬起了头："哎呀……"

没等他张开厚嘴唇说出寒暄的话来，礼子就开始厉声发问了。

"你是怎么溜进来的？此次校内审判拒绝媒体人士参与。请你出去！"

茂木悦男不惊不恼。他扬起眉毛，时尚的玳瑁边眼镜滑到了鼻梁上："我可不是媒体人士哦。"

"别胡说了。"

这时，坐在茂木悦男近前的一名气派十足的男子，突然将脑袋伸到礼子眼前："你这个人太没礼貌了。"

没等礼子反驳，茂木悦男殷勤地点着头，说道："这位是PTA的会长石川先生。"

眼前的男人一手执扇，一手拿着进门时法警递给他的复印纸。汗水沾湿的光秃前额油光铮亮，包在白色衬衫内的大肚皮突出在皮带之外。不用介绍，他确实是城东三中的PTA会长。

“我当是谁呢，这不是佐佐木警官吗？”石川说着便摇起了扇子，“茂木先生是和我一起来旁听的。”

“我是会长的朋友，”茂木悦男说着，轻轻点了点头，“即使不是学生家长，只要有学校相关人员的介绍，就能来旁听，已经得到冈野代理校长的准许了。”

这家伙真是厚颜无耻。他什么时候找到这么一条门路了？礼子恨得牙痒痒。

“这里禁止采访。”礼子高声喝道。

茂木又点了点头。“我知道。这张纸上不是写着吗？”他扬了扬手里那张法警递来的复印纸，“警官大人，您还是坐下来吧。还有五分钟就要开庭了。”

礼子直挺挺地转了个身，回到自己的座位。前方的那排座位也开始有人落座了。又是女生。这些人是怎么回事？是凉子的支持者吗？

过会儿得和北尾老师好好说说。

从明天起，要在入口处检查人们携带的物品。就茂木那个德行，肯定会偷偷带录音机进来。

《法庭内需遵守的事项》上简明扼要地罗列着注意事项：禁止拍照、录像；禁止录音；禁止私下交谈；在法庭内必须服从法官或法警（如有必要时）的指示；法官依据职权命令某位旁听者退场时，该旁听者必须严格服从。

薄薄的一张纸，怎么管得住那些狡猾的大人呢？

当礼子再次咬紧牙关瞥向茂木时，身后有人拍了拍她的肩。

“早上好！”

回头一看，前任校长津崎的圆脸出现在她眼前。顾不上打招呼，礼子立刻反映情况：“HBS有人来了。”

津崎先生没有朝茂木那边看，只是点头说：“是和石川会长一起来的吧？”

“不能将他排除出去吗？”

“不行。听说他得到了代理校长冈野的许可。”

原来津崎先生知道啊。态度也太不坚决了。

“可是……”

“没事没事。”津崎先生微笑道，“请相信同学们吧。”

舞台两边的喇叭里传出一些杂音，随后响起了一名女生的声音。

“马上要开庭了。各位，请坐到座位上去。”

嗓门略高，有点紧张。

“有点像搞校园文化节。”不紧不慢地说了句轻松话后，津崎先生便从礼子的视野里消失了。

这时礼子发现，旁听席的上座率已达到八成。

体育馆的侧门开着，有热风吹进来。礼子这才注意到，会场里设置了冷风机。因此，体育馆里即使说不上凉快，也至少待得住人。

藤野凉子低着头走了进来。她手里抱着一叠文件，脸上的表情有些僵硬，身后不远处跟着两名事务官。三人都穿着校服。男事务官佐佐木吾郎手里提着一个大纸袋。像是被纸袋往下拽似的，他的目光落在了自己的脚下。女事务官萩尾一美是空着手进来的。在检察官席位入座前，只有她一个人还仰起脸，忽闪着大眼睛打量整个法庭。

旁听席的视线全部集中了过去。隔了一拍后，神原和彦也进来了，野田健一紧跟在他背后。这两位也穿着校服，各自手里还提着个鼓鼓囊囊的书包。

礼子心中的疑团解开了。两人进场后，那些旁听席的女生鼓噪起来，“好帅呀”“加油啊”，娇声乱飞。礼子惊呆了。她们原来是辩护团的支持者。神原和野田这对组合似乎成了人气偶像。对那些女生而言，法庭就是他们的表演舞台。

神原和彦快步走近辩护方的席位，将那个看上去很重的书包放到桌面上。然后，他飞快地转身接过野田健一手里的书包。两手空空的野田健一一路小跑回到边门处。在这个过程中，两人没有看自己的支持者们一眼。尽管饱受周围责备目光的注视有些畏缩，那些女生却并没有停止小声的欢闹。

站在拉开一半的边门前，健一正和外头的某个人说话。礼子屏住呼吸注视着他。

高个子的大出俊次悄然出现。

他穿着整整齐齐的夏季校服，衬衫是熨烫过的，纽扣一直扣到衣领；皮带系在腰间，裤缝笔挺；白色球鞋的鞋带没有松开，脚后跟也没有踩在鞋帮上。

他的黑发剃得短短的，耳朵上方多少有些油光，但应该不是涂了发油的缘故，一定是剃得太短了。大出俊次常去的理发店的理发师听到他的要求后，或许会怀疑自己的耳朵，并在心中暗想：这家伙怎么变了呢？

大出俊次看着地板，大步流星地走近辩护人席位。那里摆放着三张椅子。神原和彦已经坐在了中间的椅子上，正在从书包里往外掏东西。他抬头望向大出俊次，轻声说了一句话。即使听不到话音，礼子也立刻明白了辩护人对被告说了什么。

抬起头来吧。

一直低着头的大出俊次看了看神原和彦。然后他抬起头，越过小个子辩护人及其助手的脑袋扫视整个法庭。

在真正的法庭上，被告将视线投向旁听席时，往往会引发多种多样的反应。有时，旁听席会像狂风吹过稻田般人头攒动，人们纷纷避开被告的目光；有时，旁听席会化为铜墙铁壁，毅然地将被告的目光顶回去；有时，旁听席又会像一块海绵，将被告的目光吸收干净。

然而，在今天的法庭上，任何一种情况都没有出现。除了在第一排孤军奋斗的楠山老师，几乎坐满的旁听席上，没有人对大出俊次的视线作出任何反应，甚至根本不在意他的出场。或许在他们眼里，这个剃了短发，像个入学典礼上的一年级新生般规矩地穿着校服的人，和他以往的形象对不上号。他已经丧失了原有的属性。

大出俊次坐了下来。即便坐着，他也要比辩护人及其助手高出一个头。

一阵轻轻的脚步声传来，从会场后方跑来一个高个子男生。他的肋下夹着一把折叠椅。礼子刚开始思索这把椅子要放在哪里，就见他把椅子放在了法官和陪审员席位的正对面，检察官和辩护人席位的正中间。

这是证人席。

这个高个子男生估计也是篮球社派来帮忙的。放完折叠椅，他对藤野凉子和神原和彦打了个招呼，随后一路小跑原路返回。礼子的视线追随着他的身影，看到体育馆的正门处，法警山崎晋吾和北尾老师正在交头接耳。两人各自看着自己的手表，似乎在核对时间。

北尾老师穿的不是运动服，而是短袖衬衫加领带，可惜领带的结打歪了。搬折叠椅的篮球社男生朝北尾老师鞠了一躬，便出了门。

北尾老师点了一下头，用力拍了拍山崎法警的肩头。山崎法警对北尾老师敬了个礼，转身朝辩护席走去。

喇叭里响起蜂鸣声。旁听者们的脑袋不再晃动，窃窃私语也应声而止。

山崎法警走到辩护席桌边，转向旁听席，两脚并拢站得笔直。在少教所，甚至在看守所里，这个立正姿势都足以当成标准范例。

“各位，早上好。”

声音洪亮，穿透力强。所有在场者的视线全部集中到他身上，包括楠山老师和茂木悦男。

“早上好。”

旁听席的部分席位上响起回应。是几个男人的声音。山崎法警对着旁听席深深鞠了一躬，约半数的旁听者参差不齐地低头回了礼。

“下面，陪审员即将入庭。估计旁听席上也有他们的家人在座，请大家不要私下议论，也不要向本次审判的相关人员打招呼。”

山崎法警的话音刚落，检方席位后方的边门打开，由一名个头特别高的男生领头，早已等候在外的陪审员依次入场。

礼子点了点人数，一共九名。女生五名，男生四名。其中有她认识的，也有不认识的。

最让佐佐木礼子惊讶的是，胜木惠子也在其中。在城东三中的学生中，除了大出俊次，礼子最了解的就是她。入学后不久，她就因品行不端和奇装异服出了名，还成了围绕大出俊次的卫星之一。而就在去年年底，对了，正好是柏木卓也坠楼而死的那段时间，她脱离了自己的卫星轨道。在一些不良少年中，流传着她与大出俊次吵架后分手的传闻。有人说是她主动向大出俊次提出分手的，但是，在去年夏天深夜的天秤座大道上训导过她两次的佐佐木礼子，对此有着自己的看法。大出俊次对待异性和对待服装、鞋子等满足自身欲望的工具一样，无论拥有多少也会想要新的，玩腻了就会毫不犹豫地抛弃，不听话的也会马上扔掉。因此，胜木惠子应该也是被他抛弃的。事实上，由于胜木惠子始终难忘旧情，她圈子里的朋友已经看不起她了。

再说，无论她是主动还是被动，即使离开大出俊次这颗昏暗的行星重获自由，她也不具备重新认识自己、开始新生活的自控能力。时代造就了早熟的女孩。她们总是受教唆，认为早点学会大人样就能提高自身价值。因此在人生的早期阶段，她们就必须依赖异性，变得毫无自我保护能力。胜木惠子就是个典型。因此，与大出俊次分手后，她也只是从“合群的不良少女”变成“不合群的不良少女”罢了。

胜木惠子绝不可能冷静地判断大出俊次是否有罪。那为什么要让她当陪审员？是有人刻意安排的吗？估计是北尾老师干的吧。

这也许是一个迫使胜木惠子沉默的策略。如果她作为辩护方的陈情证人出庭，泪流满面地控诉“我爱的俊次决不会杀人”，这种场景恐怕谁都不想看到。而如果她成了检方的证人，那她还会哭诉大出俊次对她做了什么，这种事态是校方要极力避免的。仅佐佐木礼子了解的部分情况就足以令人作呕和愤怒了。

胜木惠子进退两难的处境还体现在她的衣着上。其他陪审员全都穿着校服，只有她一个人穿着不着调的便服。陪审员行礼坐下时，胜木惠子耳朵上的耳环还在闪闪发光。

旁听席的一个角落发出一阵轻微的笑声。原来是第九名陪审员，就是排在末尾的胖男孩，对着旁听席使了个眼色。领头的高个子少年跟他应该分属篮球社和将棋社。

陪审员们落座后，山崎法警看了一下手表，再次朗声说道：“法官入庭，请大家起立！”

法官也是该校的一名学生。有多少人会为了迎接他的入场而起立呢？佐佐木礼子在慢慢站起身来的同时，瞄了一眼周围的人们。出乎她意料的是，没有人抵抗山崎法警的命令。伴随椅子的响动，大家全都站起身来。由于茂木悦男起了身，石川会长也只好跟着站起来，他的脸上露骨地显出不悦之色。

从刚才陪审员进场的那扇边门处，法官上了场。对这名学生，礼子也有几分了解，他是全年级的顶级优等生井上康夫。他在校服外面罩了一件黑袍，右手里还拿着一件物品。哦，是木槌。

没有人发笑，连窃窃私语都没有。井上康夫也一脸严肃，没有一丝笑意。他直视前方，步履敏捷地走向中央。藤野检察官咬住了下嘴唇，她的两名事务官仰视着法官。辩方的两人腰背挺直，大出俊次多少有点东张西望，神原和彦则微微皱起眉头，盯着他看。

井上法官轻轻一跃，飞身上了用榻榻米垫高的法官席。

他将木槌放在桌子右侧，正面会场。

“大家早上好。我是担任此次校内审判法官的三年级一班的井上康夫。请大家落座。”他一口气说完，嗓音清亮，传遍整个会场。

大家都坐了下来。全场鸦雀无声。石川会长的表情依然不悦，茂木悦男倒是乐滋滋的，似乎觉得很有趣。大多数旁听者的魂魄都被井上法官的第一声发言勾走了。

在学校举办的文化节和艺术节上观看舞台剧时，大人们也时常会为孩子们的出色表演所感动。今天的状况恐怕也是如此。井上法官身上并不具备真正的威严和气魄，可佐佐木礼子依然心悦诚服。井上康夫是个不错的演员。

在大家落座之后，井上法官发表的演说更让礼子感到佩服。

“在正式开庭前，请允许我阐述校内审判的若干基本规则。”

说完这句开场白，他扫视了会场一周。陪审员们都在法官脚边低头坐着。只有高个子的篮球社主将扭过上半身，仰视着法官。

“此次校内审判是我们三年级某个小组同学的暑期课外活动，目的在于查清本案的真相。因此，即使本法庭判决有罪，被告也不会受到处罚。我们既没有也不想拥有处罚被告人的手段。考虑到在座的各位中或许会有人对此抱有疑问，因此本法官首先声明这一点。”

茂木悦男的嘴唇抿得紧紧的，脸上却满是笑意。他简直像一只童话里的猫，一只太想笑以致全身都散发出笑意的大猫。

“本案在现实中并没有提起诉讼，因此，检察官在起诉被告时，也不会有足以支撑诉讼的材料。”

一下子把话说得这么绝，真的好吗？佐佐木礼子皱起了眉头。

“我们之所以决定采用在‘法庭’展开议论的方式弄清真相，其动机在于通过检方和辩护方的论战，使案情逐步明朗。同时……”井上法官看向辩护方，双手握拳抵在桌面上，“还要补充一点，本法庭的开设也是出于被告的强烈要求。”

旁听席上出现一片嘈杂声，比旁人高出一头的大出俊次脸上却没有明显的反应。

“在座的九名陪审员，在接下来的审议中，你们有义务认真倾听，抛弃个人先入为主的看法和偏见，仅以本法庭公开的事实为依据来作出合理、客观的判断。九名陪审员已为此作了宣誓。”

此时，篮球社和将棋社的主将像是约好了似的，同时用拳头擦了擦鼻子底下。有一名女生陪审员闭上了眼睛，肩背僵挺挺的。仓田真理子则由于过分紧张而热泪盈眶，不住地用手指擦拭着眼角。

“正如各位手中的文件上写的那样，对于前来旁听的诸位，也有需要协助的地方。特别是其中‘法官依据职权’云云的一条，由于本人只是城东三中的一名学生，是个未成年人。”说到这里，井上康夫猛地提高嗓门，“什么法官？明明只是个小鬼，耍什么威风？”

法庭内寂静无声，只听得到冷风机低低的呻吟。

“或许有人会提出如此异议。”

井上康夫银边眼镜后的那双细眼露出轻微的笑意。目不转睛地注视着他的茂木依旧笑容满面，丝毫没有变化。

“我既已受命担任此次校内审判的法官，就被赋予了在此场合的职权。我有指挥诉讼的义务，也有管理法庭的责任，所以……”

他慢慢抬起身子，拳头离开桌面，端正站姿。

“请检察官、辩护人、陪审员以及各位旁听者，在任何情况下都要遵从法官的指示。若有违反，法警将会采取必要的行动。”

山崎法警双手交握腰间，两脚叉开站得稳稳的，在旁听者众目睽睽之下岿然不动。

“由我一个人位居高台，也是出于法官的职责。对此，还请大家理解和配合。”法官规规矩矩地鞠了一个九十度的躬，直起身来后继续说，“由于运营本法庭的是我们这些初三学生，在审理过程中会避免难懂的法律术语，尽量使用通俗易懂的日常语言作出明白、具体的发言。同时正如我开头说的那样，本法庭审理的是一起现实中并未提起诉讼的案件，审理程序可能会与实际审判不同。不过，为了不使其变成消遣娱乐，基于特定主张随意歪曲事实，或者说，为了不至于招致如此怀疑，本法庭必须遵守一定的秩序。我认为，维持秩序正是指挥这场诉讼的法官的职责。”

一直注视着法官的佐佐木礼子这时才发现，法官身上的那件黑袍是理发店剪发时罩在客人身上的那种，薄薄的泛着亮光。

可即便如此，这位伶牙俐齿的法官身上确实散发着某种类似威严的东西。

“法庭审理从今天开始，为时五天。”

井上法官再次扫视整座体育馆，银边眼镜闪着寒光。

“希望在这段时间内，检方和辩护方能共同努力，发掘真相。”

藤野凉子闭着眼睛。神原和彦望着旁听席，随后又和野田健一对视一眼，微微点了点头。

突然，坐在陪审员席上的胜木惠子飞快地动起了手。她一左一右摘下耳朵上的耳环，握在掌中。

法官用右手抓起木槌。

“哐！”锤声高高响起，震颤了法庭内所有人的耳膜。

间隔许久，等余音散去，井上法官朗声宣告：“开庭。”

2

“下面，”井上法官将视线转向藤野凉子，银边眼镜再次泛起寒光，“有请检察官就本法庭需要争议的案件，以及对被告提出起诉的理由作出说明。”

藤野凉子站起身来。佐佐木吾郎和萩尾一美也站了起来。

“我是在此次校内审判中担任检察官的藤野凉子。这两位是我的助手佐佐木吾郎和萩尾一美。我们三人都是本校的学生。”

两位助手各自报上姓名后，又坐了下来。这时，藤野凉子绕过桌子来到前方。

“各位陪审员，”她的音调比平时说话稍高一点，“大家能接受如此困难的任务，对此我要表示衷心的感谢。”

藤野凉子深深低下了头。仓田真理子瞪大眼睛死死盯着她看。

“我们想在本法庭上弄明白的，是某位男生的死亡真相。”

他叫柏木卓也。

“去年十二月二十四日深夜至二十五日凌晨，柏木从本校教学楼楼顶上坠落，全身遭受严重冲击，当场死亡。直到第二天早晨八点不到，遗体才被发现。他被前一天夜晚下的大雪掩埋，发现时，遗体已经冻僵了。”

藤野凉子手里并没有讲稿。她在即兴演讲。

“当时，柏木被认定为自杀。最大的理由是，在他坠楼而死的一个多月前，他已经不来上学了。是的，他不来上学。”凉子以缓慢而强调的口吻重复道，“他一直拒绝上学。这其中是有原因的。可柏木没有说出这个原因，就连和他一同生活的父母也毫不知情。同样，他也没有告诉自他拒绝上学后定期上门家访的当时的校长津崎老师和班主任森内老师。但无论如何，他确实有他的原因。”

这时，凉子的脸转向了旁听席。

“十一月十四日午休时间，柏木与同年级的三名学生在理科准备室发生冲突。不是单纯的吵架，而是伴随暴力行为的激烈冲突，所幸的是没有人受伤。事实上，柏木正是受此事件影响才拒绝上学的。”

藤野凉子调转身躯回到检察官的席位。她的目光落向摊开在桌面的笔记本，只看了一眼便抬起了头。

“他的遗体被发现后，有为数众多的本校学生将发生在理科准备室里的暴力冲突——或者说混战——与他之后拒绝上学的行为以及离奇死亡联系起来。只不过在当时，这番猜想并没有有力的证据支持。谁都得不到证据，因为柏木没有留下遗书。”

旁听席上鸦雀无声。佐佐木礼子觉得茂木悦男此刻的得意表情简直令人作呕，就像看着自己驯养的宠物在评选比赛上过关斩将一般。

“最终，柏木的死被当作难以解释的自杀来处理。对于一个‘逃学’学生的死亡，这样的结论也是本校希望看到的。在遭受在校学生丧命的重大打击后，这是学校能接受的最糟糕的结论。难以解释的自杀。”

津崎先生慢慢眨着眼睛，垂下了头。PTA的石川会长很不痛快似的干咳着，用张狂的眼神紧盯着检察官，但没有任何人在乎他。

“然而，”凉子喘了口气，“十二月二十四日深夜，就在柏木坠楼而死之际，有人目击了案发现场。当时现场发生的一切，这个人全都看见了。谁在现场，又做了些什么，柏木摔下楼之前的过程，这个人全都看得清清楚楚。”

目击者惊恐万分，不知道该怎么办。

“可尽管如此，目击者还是觉得不能佯装不知情。不过，目击者非常担心自身的安全，因为此人看到的景象严重到足以令其产生如此担忧。没错，这是一起杀人事件。柏木卓也是被人杀死的。”

凉子环视陪审员们，全体陪审员也直视着凉子。

“目击者将自己看到的景象写成书信，寄给了三个人。一封寄给当时的校长津崎正男；一封寄给班主任森内老师；而收到第三封信的不是别人，就是我，藤野凉子。”

估计有大半旁听者不了解这一情况，现场响起一阵嘈杂声。连陪审员们也相当吃惊。

“当时我与柏木同班，那封信会寄给我，我想是因为，我被选作了同班同学的代表。”

“检察官，”井上法官厉声喝道，“请简要地阐述事实。至于你自己的想法，不用多说。”

“明白了。”

井上法官顺带对叽叽喳喳的陪审员和旁听者喊了声“肃静”。

“目击者制成并寄出的信件，根据其内容和性质，当时被称为‘举报信’。下面我们也将沿用这一称呼。”

藤野凉子首次转向辩护席，正视被告。

“这封举报信中，明确写着将柏木推下屋顶的那个人的姓名。这个人就是大出俊次——本法庭的被告。”

此刻，坐在辩护人身边的俊次，似乎不再是佐佐木礼子了解的那个大出俊次了。不要说与凉子对视，他完全是一副垂头丧气的窝囊样。桌子底下可以看到，他的双脚无力地蜷缩着。

你怎么了？振作一点啊！礼子不由得在心里呵斥起来。

“柏木被害现场的目击者十分了解大出俊次。大出俊次是本校的名人，还是负面意义上的。不仅限于校内，他的野蛮和强横在本地区都是出了名的。在那个雪夜的楼顶，目击者即使因寒冷和恐惧而瑟瑟发抖，也绝不会看错凶手的脸。那张本校独一无二的脸。那就是大出俊次的脸。”

抬起头来！看看你现在这副窝囊样，还像你吗？或许是佐佐木礼子的心声传到了大出俊次的心里，他的下颌微动，抽了一下鼻涕，眼珠也翻动了，如果礼子没看错，大出俊次的视线应该投向了现在仍攥着耳环，紧闭双唇，眼睛看向体育馆地板的胜木惠子。

“更何况，大出俊次就是十一月十四日与柏木卓也发生冲突的当事人之一。”

藤野凉子双手按在桌上，对陪审员们说：“我们检方作好了阐明发生在理科准备室的那场冲突的准备。冲突导致柏木拒绝上学，大出俊次失去了在校内与柏木相遇的机会，他愈发恼火，进而处心积虑地寻找泄愤的机会。对此，我们检方也作好了揭示内情的准备。”

杀人的动机就是“恼火”。

“大出俊次是一个负面意义上的名人。只要是本校学生，谁都认识他，谁都害怕他的暴力，谁都不敢当面指责他、得罪他。就连作为教育工作者的本校老师，也常常对他出格的粗暴言行束手无策。大出俊次在本校所向无敌。他自己也很清楚这一点，还为此沾沾自喜。”

凉子的声调提高了。

“柏木卓也却与众不同。柏木在理科准备室当着其他同学的面，公然顶撞大出俊次，即使遭受暴力也毫不害怕，仍然与之对抗。大出俊次首次遭遇反击，这极大地挫伤了他的自尊心。他决不允许有人反抗自己。恼羞成怒的大出俊次坚定了报复的决心，并将其付诸行动。对此，我们也作好了阐述其内心动态及行动过程的准备。”

凉子的声调下降了，与其说回复平静，不如说变得几近冷酷。

“目击者的证言既详细又具体，从头至尾叙述完一起令人难以置信的事件，却没有超出我们的常识范围。目击者——举报者确实看到了现实中的某一起事件，并牢牢铭记在心。根据目击者的证言，我们也找到几个足以证实其内容的事实依据。事实无法推翻，正是基于这样的确信，我们以杀害柏木卓也的罪名起诉大出俊次。各位陪审员……”凉子再次呼吁道，“请你们对下面我们要公之于众的事实作出冷静的判断。拜托了。”

深深地鞠了一躬之后，她回到自己的座位上。身旁的佐佐木吾郎大口大口地喘着气，用白手帕擦着汗。萩尾一美推开佐佐木吾郎，伸长脖子对凉子说了句话，凉子点头回应了她。

旁听席上又开始嘈杂起来，手帕和扇子上下飞舞。

“被告，请上前来。”井上法官朝大出俊次喊道。

大出俊次一动也没动，不知在发什么愣。在神原辩护人的催促下，他才像被泼了一盆冷水似的眨着眼睛站起身，拖椅子时发出了刺耳的声响。

“请来到正面的证人席，面朝我，不必在意旁听席。”

大出俊次慢吞吞地走到证人席的座位，正要坐下去时，井上法官高喊道：“请就这样站着。”

于是他站在了那里。也许是觉得身上哪里不舒服，他的手脚一直在不停地做着小动作。估计是校服不合身，或者鞋子有点紧。

“抬起头。下面开始询问。你叫什么名字？”

俊次的脑袋在摇晃。

“大出俊次。”他的声音很小。

“请大声回答，让整个法庭都听得见。”

辩护人和他的助手都身体前倾，目不转睛地看着大出俊次，似乎能听到他们内心的呼喊：振作一点！是啊，即使是坏蛋，也应该有坏蛋的体面。礼子也在自己的心中呼喊着：别让我失望！

“大、大出俊次。”声音稍稍大了一点。

这是怎么了？怎么这么没出息？

"你是城东第三中学三年级的大出俊次，没错吧？"

俊次摇摇晃晃地点了点头。野田健一用力动了动嘴唇，提示他要说"是"。大出俊次便说了声："是的，没错。"

"在本法庭上，你是被告。对此，你能理解吗？"

"理解。"

"刚才，检察官陈述了对你提出起诉的理由。你听到了吗？"

"听到了。"

"对此，你有什么要说的吗？"

大出俊次站没站相，动作也有气无力。他似乎不知该怎么回答，只能让自己的身体像没骨头的水母一样晃悠。辩护方的两位不是做事挺周到的吗？难道他们没有让大出俊次排练过？

井上法官交叉双手，微微地探出身体："针对刚才检察官向陪审员说的话，你是否要反驳呢？"

对于法官有点照顾过头的发言，礼子深表感激，同时更觉得大出俊次太丢人现眼了。真是个无可救药的笨蛋！

"我、我。"

大出俊次坐立不安起来，就好像身上某处在发痒。他看向辩护人，可神原和彦只是默默地回看他，没有任何表情。一旁的野田健一倒显得急不可耐。

"我、我没干。"大出俊次用颤抖的声音说完这句话，看到神原辩护人向自己重重点头，他似乎有些放心了。于是他仰望着法官继续说："我没有杀死柏木。藤野刚才在胡说。就是……在乱说一通。"

他越说越快，井上法官却迅速制止了他："是藤野检察官。可以直接称她为'检察官'。"

旁听席的某个角落里，有人发出了笑声。礼子发现神原和彦也笑了，之后又用清晰的嗓音说："对不起。法官、藤野检察官，我代替被告向你们赔礼道歉。"

旁听席上的杂音平息了。

“以后我会好好提醒他。”

“可以了。被告，请回到座位上去。”

井上法官又亲切地指了指神原辩护人身边的座位。大出俊次偷偷瞄了一眼旁听席，动作磨磨蹭蹭的，好像还有一肚子话要说。野田健一边使眼色边招手，示意他赶紧过去。

到落座为止，大出俊次一直牵动着法庭内所有人的视线。他的脸涨得通红，脸色更加难看。他胡乱拉开椅子，一屁股坐了下去，随即又像在怄气似的甩出双脚。礼子虽然不欣赏这副态度，却又觉得这才是大出俊次的本来面目。

“辩护人。”井上法官朝神原和彦喊道，“请陈述你将要展开的辩护的宗旨。”

神原和彦站了起来。他长得既矮小又单薄，比大出俊次小了整整一圈。

“法官，各位陪审员。”他转向旁听席，怕光似的眯起了眼，“旁听席上的各位。我是担任大出俊次辩护人的神原和彦。我的助手是这位野田健一同学。”

健一从座位上站起身，朝大家鞠了一躬。

“大家知道，野田是城东第三中学的学生，而我来自东都大学附属中学，是个外校生。因此，我首先要对接受我这个外校生辩护人的法庭表示感谢。”

与用语通俗却仍感生硬与张扬的检察官的演说相比，神原辩护人的口气要温和得多，甚至有些悠然自得的味道。他脸上的神情也颇为明朗，嘴角微微上翘。

“这是宽容而又明智的判断。该校校内审判的相关人员，在一开始就作出了一个十分正确的判断。”

哦！佐佐木礼子瞪大了眼睛。

“为什么这么说？因为被告需要辩护人。这是必不可少的实际需求。然而遗憾的是，城东第三中学里没有这样的辩护人。不，应该说是没有真正的辩护人。”

有人发出了起哄的嘘声。礼子心想，那一定是茂木悦男。那个记者正抱着胳膊，大模大样地靠在折叠椅上。

“检察官方才讲述了本案的大致经过，也就是将大出俊次置于被告席的原因作了说明。对此，被告发表意见，认为那是胡说八道。对不起……”辩护人微微低头鞠了一躬，“我承认他用语并不恰当。那并不是胡说，而是空想。”

礼子感觉到在场的人们全都屏住了呼吸。

“检察官陈述了被告的作案动机，并明言已作好准备，要证实被告杀害柏木卓也的过程。但我要说，这些都只是想象。这起案件本身就是想象的产物。”辩护人十分干脆地说道，他的嘴角依然挂着微笑，“被告是本校的问题学生，这并没有错。但是，要为他加上杀人这样的重罪，仅仅靠‘问题学生’这个事实显然不够。不需要艰深的法律知识，谁都能明白这一点。那家伙是个‘不良少年’，杀死一个和自己有冲突的同学也并不奇怪。这样的想法可以理解，却不是事实。以常识判断，这叫‘空想’。如果检方为了证实这种想象，还要强词夺理，那这种强辩也同样是空想的一部分。”

那么，这种空想又是怎样被大家接受的呢？

“关于这一点，刚才检察官已经说明过，是由于被告身为负面意义上的名人。对于柏木卓也的死这场悲剧，人们心中存有一个巨大的谜团，而被告正好成了使大家摆脱迷茫的替罪羊。对于今天来到本法庭的诸位，这应该不难理解吧。”

然而，现实的困难是……

“整个城东第三中学都沉浸在了检察官描述的那种‘空想’里。在这样的氛围中，不可能出现真正为被告辩护的声音。即使出现了，也会马上被封杀或是立刻销声匿迹，甚至会遭到篡改。为什么这样说呢？因为被告是个臭名昭著的坏蛋，是城东第三中学的累赘。”

不知从何时起，陪审团中有几人张开了嘴，胜木惠子更是目不转睛地紧盯着神原和彦。

“有看到凶杀现场的目击者，还作出了举报。检察官刚才是这么说的。还说根据举报，找到了足以支撑其内容的事实。但我要说，这同样是空想。这样的事实根本不存在，因为目击者的证言本身就是空想。一切都不过是该校的各位在特定时期、特定心理状态下萌生的愿望。可愿望只会带来空想，而不是事实。”

旁听席上上下翻飞的扇子和手帕都停了下来。

“被告是空想的牺牲品。但被告并不甘心做一个牺牲品，他选择了抗争。各位，请大家牢牢地记住：被告是主动出庭的，并没有戴上手铐脚镣被押上法庭。作为一名外校生，”神原辩护人转向陪审员们，“我来到这里，就是为了帮助被告抗争，破除认定被告有罪的空想。法庭不拒我于门外，宽容地接受了我，我要对此表示感谢。而更重要的是，这份宽容已然表明，大家寻求的真相并不在十分遥远的地方。对此各位一定心知肚明，只是被当下的空想蒙蔽了。”

被告是无罪的。

“他没有杀死柏木卓也。他是无罪的，是无辜的。检察官声称‘事实无法推翻’，诚如此言。对我们而言，无法推翻的事实只有一个，那就是被告蒙受了杀人嫌疑的冤屈，检察官递交给本法庭的所谓‘凶杀案’本身就是空想的产物。”

发言结束后，辩护人迅速回到了自己的座位上。整个法庭鸦雀无声，在下一个瞬间又立刻炸开了锅。

“肃静！”头脑冷静的井上法官敲响了手中的木槌，“请保持安静！”

好家伙，真是针锋相对啊！佐佐木礼子也惊得目瞪口呆。冤屈、无辜，这些主张姑且不论，辩护人陈述的开篇就足以令人拍案叫绝。他竟然断言检方的所有主张都是“空想”，并认为大家都心知肚明。

茂木悦男忍不住笑出了声。检方的三人毫无反应。大出俊次竟也有些吃惊。野田健一在不停地擦汗。

“我说，我可以说两句吗？”一个尖利的声音响起，旁听席上有一名中年妇女自说自话地站了起来。她穿着时髦的套装，似乎是一位学生家长。“既然事情已经清楚了，还要搞什么审判？初中生就是初中生，装什么检察官、辩护人……”

“请坐下。旁听人员不得发言。”井上法官毫不留情地拦住了她的话头。

中年妇女眼角上吊，声音也变得歇斯底里起来：“你们都以为自己是什么人？小孩子逞什么威风？老师们也真是的，太不像话了！”

法警山崎晋吾开始缓缓朝她移动。

“请你停止发言，坐下。”

“凭什么要听你的？神气什么？”

坐在旁听席第一排的楠山老师猛地站起身，朝那名中年妇女怒吼道：“看不惯的话，请你走人！”

眼看撑不住了，那名妇女扭动嘴巴，一副马上要哭出来的模样。这时，井上法官将矛头指向了楠山老师。

“本庭不允许随意发言。请老师也坐下。肃静！”

两次，三次，木槌敲得震天响。

发言的妇女身边一位同行的女性拉了拉她的胳膊，被她甩开了。她跌跌撞撞地朝后排走去，把座椅都冲乱了。逃过旁听席的最后一排，她一路小跑冲出了体育馆。

井上法官按住银边眼镜的边框，板着脸扫视整个法庭。

“我再次重申，法庭内必须保持安静。旁听人员不得发言。一切听从法官我的安排。法官的命令至高无上。都听见了吧？”

法官的斥责声过后，楠山老师发出一声狗熊般的呻吟。这也可能是礼子听错了。

山崎法警缓缓回到自己的岗位。嘈杂声退去，吃吃的偷笑声不一会儿也消失了。

“辩护人，请过来一下。”井上法官朝神原和彦招了招手。

神原和彦轻快地起身走了过去，挺直了身子和法官说了几句话，又立刻跳上了那一厚叠榻榻米。

从两人的表情上看，井上法官似乎在劝诫着什么。神原和彦点了好几次头，从口型上看，他说了声“明白了”。

礼子心想，井上法官大概在说：“别一开始就抬杠。”不，优等生井上康夫会用更文绉绉的说法吧，“别把弓拉得太满了”之类的。

藤野凉子脸上并无愠色。她正应付着佐佐木吾郎的喋喋不休。萩尾一美开始关注起自己的发梢，脸上的神色轻松得跟没事人似的。

佐佐木礼子回过神来，发现津崎先生正一边向周边的人说着“对不起”，一边钻过座位间的空隙，朝自己走来。

“真行啊，这些孩子。”他弯着腰小声说，眼睛十分明亮。

“真是令人震惊。”礼子感叹道。她感觉，与这些孩子的果敢行为相比，自己做起事来简直就是个半吊子。

“是啊。下面我要作为证人出庭，先到休息室去候着，回见。”

礼子目送津崎先生远去。这时，神原辩护人已经回到座位上，正在和野田助手对话。

在中断的时间里，有人离开旁听席出了门，也有人从外面进来。进来的好像都是些学生家长。他们带领着自己的孩子，小心翼翼地寻找座位。面对法庭内的氛围，他们似乎有些迷茫。

“审理开始。别转悠，快点坐下。”井上法官的银边眼镜反射出寒光，照耀着整个会场，“请旁听席上的各位务必保持肃静。检察官，请传唤首位证人。”

“是。”藤野凉子站起身，目光投向坐在旁听席第一排的楠山老师，“楠山恭一老师，有劳了。”

旁听席又是一阵叽叽喳喳。楠山老师苦着脸，慢吞吞地站上了证人席。

就佐佐木礼子从津崎先生那里了解到的情况来看，对此次校内审判，楠山老师应该持强烈反对的态度。然而，今天他却担负起阻挡媒体的职责，甚至还当上了证人。

既然校内审判已经开始，学校出面拦阻媒体的做法也是可以理解的。可是，派遣员工作为证人出庭就完全是另一回事了。难道学校还有别的打算吗？再说，还有那个不知何时勾搭上PTA会长石川的茂木悦男，大人们的一举一动，还真不叫人省心。

在发生举报信骚动的那段时间，礼子曾去城东三中参与询问调查，和楠山老师见过几次面。那时，他总是穿着运动服，给人一种不修边幅的感觉。这一点北尾老师也一样，但楠山老师在衣着上的主张，似乎不只是便于运动或穿着方便那么简单。

那么，他今天的主张又是什么？尽管没打领带，却也穿着白衬衫和笔挺的长裤。他正威风凛凛地走向证人席，佐佐木礼子则目不转睛地盯着他宽阔的后背。

“你是楠山恭一老师吧？”井上法官问道。

“是的。”楠山老师的嗓门一如既往地粗厚，但今天的音调似乎比往常高一些，“我在本校教社会课。这个也说一下比较好吧？”

“请你抬起右手，按在胸前。”法官一边说一边做着同样的动作：将手掌按在心脏的位置。楠山老师昂首挺胸地照做了。

“请重复我说的话。我，楠山恭一。”

“我，楠山恭一，”他毫无必要地拔高嗓门，重复道，“在此宣誓：我将凭着良知，对真实情况，也只对真实情况作出证言。”

楠山老师在下意识地要调皮，他本人并没有注意到。

藤野凉子开口了："您在百忙之中出庭来做我们的证人，我在此表示感谢。您请坐。"

"站着就行了。"

凉子微笑道："请坐吧。不然，陪审员们会有心理压力的。"

"我就那么面目可憎？"楠山老师再次拔高嗓门。陪审员们没什么反应，旁听席上倒有人笑了出来。

"或许有人会有这样的感觉。"藤野检察官没跟他多纠缠。她的目光转向了法官和陪审员。"下面，我要请楠山证人就柏木遗体发现时的状况作出证言。"

"就因为要我做这个，我才来的。"楠山老师对陪审员们说。

藤野检察官抢在井上法官前面提醒他："证人只须回答被问到的问题。"

楠山老师依然昂首挺胸。

"请问，去年十二月二十五日上午八点钟左右，您在哪里？"

"在学校正门边扫雪。"

以此为开端，藤野检察官接二连三地提出问题。最早通知楠山老师的是谁？接到通知后做了什么？当时，哪些人在教师办公室？

楠山老师也干脆利落地作出了回答。

"您在现场确认过柏木卓也的遗体吗？"

"你是说，我有没有看到遗体的脸？"

"是的。"

"看到的。"

"看到后，马上知道是谁了？"

"知道啊。知道是柏木卓也。"

"然后您又做了什么？"

"通知校长，要他打急救电话。"

“当时，边门是开着还是关着的？”

“关着的。因为有规定，上学时必须走正门。”

“您要求校长打急救电话，是希望他叫救护车来吗？”

“一般不是都这样的吗？”

“您觉得柏木或许还活着？”

证人没有马上回答，首次出现了停顿。

“我不记得当时是不是这么想的了。人的记性，不就是这样的吗？”

楠山老师的言下之意似乎在提醒藤野检察官：别忘了，我是老师，你是学生。不过检察官显然没有理会：这里只有检察官和证人！

“是谁发现了遗体？这一点您在现场就知道吗？”

“知道。他本人就在现场，面无人色地坐在地上呢。”说着，楠山老师朝辩护人席看了一眼，“是野田健一，当时在二年级一班。”

旁听席又开始窸窸窣窣了。野田健一脸上的表情毫无变化，他在记笔记。

“听取情况后，我决定首先保护野田健一。”

“保护”两字说得特别响。

“我看他一副马上要尿裤子的样子，就把他带到了校长室……”

“是您带他去校长室的？”

“不，我留在了现场。”

“那是谁将野田健一带去校长室的呢？”

“是高木老师吧。”

“是担任二年级年级主任的高木老师吗？”

“是啊。不必问得这么细，大家都知道嘛。”

“证人，”井上法官插话道，他的眼镜在反光，“你只要回答被问到的部分。”

楠山老师的脑袋动了动，坐在旁听席上的佐佐木礼子看到了他的侧脸。他面露愠色，可见他心里很不痛快。他那豪放磊落的个人风格与法庭格格不入。即使明白这一点，他还想继续我行我素下去。

“带野田健一去校长室的也可能是森内老师。”他哼了一声，“当时很乱，我记不清楚了。”

“那么，您还记得救护车是过了多久才来的？”

“大概十分钟左右吧。”

“警车有没有来？”

“来的。”

“是在救护车之前，还是之后？”

“这个嘛……”楠山老师大幅转动上半身，扫视旁听席，好像要找什么人却没有找到，“不记得了。不是我报的警，不太清楚。”

“是谁报的警？”

“是校长。当时的津崎校长。”

看来，他刚才是在找津崎先生。

“楠山老师，您和外部人员联系过吗？”

“我跟办公室里的老师们说过。”

“和外部人员联系过吗？”

“没有。为了不让来上学的学生看见柏木卓也的遗体，我忙得要命。”

“知道遗体是柏木卓也后，向学校内部人员提起过此事吗？”

又出现了停顿。

“哦，跟森内老师说过。”

“说了些什么？”

“我问她知不知道柏木卓也来上学了。”

“从十一月中旬起拒绝上学的柏木卓也倒在边门处，你觉得他可能当天来上学了，想确认一下。是这个意思吗？”

“正是。”

“森内老师怎么回答？”

“她说，她不知道，没听说过。当时，森内老师也相当惊慌。”

“楠山老师您有过‘柏木卓也那天或许会来校’的想法吗？”

“我吗？”或许是吃了一惊，他的声调一下子提得很高，“我哪会这么想呢？我又不是他的班主任，自他拒绝上学后，我都没见过他。我怎么会知道他的状况呢？”

“可尽管如此，您还是突然觉得，他今天或许是来上学的，对吧？您为什么会这么想呢？”藤野检察官毫不松懈地追问道。

“为什么？他不就在那儿吗？”

“因为他变成尸体躺在那里了？”

“对。从物理角度而言，他就在那儿。”

藤野检察官将重心从右脚转移至左脚，目光落在手中的文件上，继续问道：“您知道是谁打电话给柏木家的吗？”

“是校长或者高木老师吧。要不就是森内老师。”

“不是您吗？”

“我说过了，我又不是他的班主任。”

“您在现场触碰过柏木卓也的遗体吗？”检察官的嗓音突然变得尖锐起来。

饶是豪放的楠山老师竟也有些发怵：“你这是怎么了，突然这么问？”

“我问您有没有触碰过遗体。”

“你的问题怎么东一榔头西一棒子的，有点条理好不好？”

法官白了楠山老师一眼，证人也针锋相对地瞪着他，毫不示弱。

“我没碰！”

“为什么？”藤野检察官锐利的视线直指楠山证人，“遗体是埋在雪里的。见到如此场景，证人不会采取什么行动吗？譬如抱起他，或清除他身上的积雪？”

“这种事情，做了反而会惹麻烦吧？”

“怎么说？”

“这不是破坏现场吗？”

“破坏现场。”藤野检察官缓缓重复了一遍，“也就是说，你认为这样做，会给即将到来的警方的现场勘查带来麻烦，是吗？”

这时，一个清亮的声音插了进来：“反对。”

说话的是神原和彦。他坐在椅子上，抬头仰望井上法官。

“检察官在诱供。”

“反对有效。”井上法官看着凉子，说道，“检察官，请你说明提问的意图。”

“我想确认证人在发现遗体时，是否意识到柏木卓也的死可能是一起凶杀案。”

“好，那请你直接这么问。”

佐佐木礼子心里很高兴。行啊，真不错。

一旦站上证人席，你便仅仅是一名证人，别的什么都不是。举证时的提问是无所顾忌的。这些孩子正是拿楠山老师当作样本，向整个法庭明确他们的宗旨。

“我换一个问题。”藤野检察官不动声色地继续发问，“柏木卓也为什么会死在那里，证人对此有没有自己的推测？”

“你问死因？”

像这样强压心头的怒火与学生对峙，在楠山老师的教育工作生涯中，也许是特别难得的经历。

“不知道。当时我什么都不知道。”

“是否想过这会是一起事故？”

“事故？”

“有没有怀疑柏木卓也是自杀的？”

“自杀？”

“或者其他的可能性？”

楠山老师不再鹦鹉学舌，而是选择了沉默。然后，他低声作出回答，听起来多少有点破罐子破摔的味道。“我也想过，那么久不来上学，怎么特地跑到学校来自杀了？”

旁听席上又骚动起来。

“于是你想到，警方会来踏勘……不，是来查看现场，是吗？”

“是啊。我觉得警察肯定会来。从这个角度来说，这确实是一起凶杀案。”

点了点头后，凉子对井上法官说：“询问完毕。”

“下面进入交叉询问。”

在法官的催促下，神原辩护人站了起来。

“楠山老师，请您重新整理一下您的记忆。”辩护人的用语十分恭敬，楠山老师反倒愣了一下，“当天，在现场，您真的没有触碰过柏木卓也的遗体吗？”

没有回答。

“刚才检察官说过，遗体的大部分都被埋在了雪里。在此情况下，我认为清除遗体身上的积雪，将其抱起或把一下他的脉搏等，这些行为都很自然。也正因为过于自然，或许连证人自己都忘了曾这么做过，是这样吗？”

旁听席又恢复了平静。

“也许吧。”

“您的意思是说，您也许触碰过遗体，是吗？”

“是的。”楠山老师的语气也发生了变化。

“只是当时的记忆太淡薄，不能明确肯定？”

“是的。”

“也就是说，在法庭上，证人只能依据模糊的记忆作出证言？”

“是的。”

"证人您刚才说过，不能破坏现场。"

楠山老师望着辩护人，点了点头。

"一般来说，"辩护人用平稳的语调继续说，"在死者面前，人往往十分拘泥礼节，无论死因是否明确，也无论是否存在凶杀可能，都不会对死者作出非礼行为。因此，面对横躺眼前的死者，证人觉得不该破坏现场，这种想法是极为自然的，是这样吧？"

这次，检察官提出了反对。

"这是在向证人征求意见。"凉子说。

井上法官答道："不错。不过，允许他征求这个意见。证人请回答。"

楠山证人的肩背已明显不如刚才那么挺硬，也不再那么威风。

"是的，我也许曾这么想过。不，我觉得我确实曾这么想过。"

"原因在于，即使证人不是柏木卓也的班主任，柏木卓也毕竟是城东三中的学生，是吗？"

"是的。陈尸于眼前的毕竟是我校的学生。"

神原辩护人点了点头："谢谢！询问完毕。"

检察官想要在这位校内人尽皆知的大嗓门老师那里得到证言，证明柏木卓也在遗体发现后不久就被断定为自杀。同时，也想在询问中获得这样的信息：面对拒绝上学的问题学生柏木卓也的遗体，楠山老师并没有抱起他，或作出类似这样常人应有的举动，使人感到楠山老师的冷酷姿态是有问题的。

然而，在检察官实行企图的过程中，辩护人设置了障碍。

城东警察署的刑警赶到现场时，柏木卓也遗体周围的积雪已经乱了，脚印到处都是。礼子心想：关于这一点，之后肯定会向我确认。

即便是楠山老师这样的人，看到冻僵了的本校学生，肯定也会不顾一切地将其抱起。事实应该也是如此。但是，他在刚才与藤野凉子的问答中被问到"是否触碰过遗体"时，却不愿老实作出肯定回答。

也许他觉得不该回答，或者认为作出肯定回答就等于承认自己做了什么坏事。藤野凉子尖刻的询问方式使他产生了这样的错觉。

这并非精心设计的圈套，只是因为藤野凉子十分了解楠山老师的性格，才得到了这样的效果。楠山老师太傲慢，认为自己怎么说都是老师，打心底不把这些孩子放在眼里，结果反而中了招。

检方可以说是初战告捷。然而，神原辩护人沉着应战，引导出“陈尸于眼前的毕竟是我校的学生”的证言扳回一城。

这些孩子背后是否有高人暗中指点？思考中，礼子听到井上法官在喊野田健一的名字。没想到他也会被传唤到证人席上。

对辩护人助手被当作检方证人传唤出庭的状况，旁听席上的人们也十分惊讶。

“肃静！”井上法官高喊道。

野田健一十分镇静，没有半点畏缩。他是柏木卓也遗体的第一发现人，传他出庭作证最自然不过了。可他偏偏又是辩护人的助手，大家在感情上多少有点转不过弯来。

健一作了宣誓。井上法官要求他说话声音再大一点。

“明白。”

健一没有正面朝向法官和陪审团，而是微微偏向检察官站立。

“十二月二十五日早晨，你上学时为何不走正门，要走边门？”

“因为积雪很厚，我想抄近道。绕到正门进去太麻烦了。”

凉子的眼中带着笑意：“当时边门是关着的？”

“是的。”

“从边门翻进去，就不觉得麻烦吗？”

“我不觉得麻烦。”

“大概是因为男生不穿裙子的缘故吧。”

旁听席上有人笑了。凉子也露出微笑。

"请你描述一下，你是在什么情况下发现积雪中的柏木卓也的遗体的。"

"我从边门上往下跳时，脚滑了一下，身体落到雪堆上。雪堆崩塌后，我看到了埋在下面的遗体的一部分。"

"最初看到的是哪一部分？"

"是手。"野田健一稍稍低下头，"那只手伸在雪堆外。"

"之后，你做了什么？"

"扒开积雪。用双手这么扒。"他边说边做手势，"然后，就看到了脸。"

"你马上就知道死者是谁了？"

"是的。我立刻认出那是柏木卓也。"

"当时，你跟他同班，对吗？"

"是的。"

"他的脸上有伤痕吗？"

"粗看并没有伤痕。脸上很干净。"

坐在检方席位上的萩尾一美两眼瞪得溜圆。

"在当时，是否有哪一点给你留下了特别强烈的印象？"

几乎没什么停顿，健一回答道："柏木的眼睛是睁开的。"

睫毛上结着冰。

"他穿的黑色高领上衣也结了冰，已经发白了。"

"从雪堆里伸出来的手也结了冰，是吗？"

"可能是这样的吧。"

停顿一拍后，藤野检察官继续问道："你当时害怕吗？"

野田证人沉默片刻，随后摇了摇头，抬起脸望向检察官："不知道。估计我是惊呆了，但不是很害怕，现在想不起来了。"

"你有没有想过，柏木为何会这样死去？"

"当时根本顾不上考虑这些。我立刻离开现场，去教师办公室报信。”

“你到教师办公室去了？”

“没到那里。在半路遇到某个人，估计是同学，我就让他去报信了。我的脚抖得厉害，走路不利索。”

“然后呢？”

“我记得我瘫在了那里。刚才楠山老师说我留在了现场，那我说不定又回去了。”

“没必要和其他证人的说法保持一致。凭你现有的记忆来说明就行。”藤野检察官的语气和表情都很温和，跟刚才询问楠山老师时完全不同。

“对不起。我记不清了。”野田证人低下头，“回过神来时，我已经在校长办公室了。粘在身上的雪都化了，当时只觉得特别冷。”

神原辩护人正看着野田健一。被告人大出俊次也收回了刚才随意甩出的双脚，脸上露出专注的神情，死死地盯着野田健一。

“你和柏木卓也同班。”藤野检察官继续询问，“你们两人的关系亲密吗？”

“不亲密。”

“你们不是好朋友吗？”

“不是。没有跟他亲近的机会。”

“这是怎么回事？”

“怎么说呢，我不是那种喜欢交朋友的人，柏木也不是。”

“可是，既然是同班同学，至少说过话吧？”

“不记得了，也许没有那种机会。”

“你怎么看柏木这个人？”

“什么意思？”

“你对他抱有好感吗？还是觉得尽量不要接近他？”

野田健一看了看神原辩护人，这还是他站上证人席后的第一次。

神原和彦眨了几下眼睛。

“对于柏木，我还谈不上有那样的感觉。”

他很孤立。

“应该说很清高吧。不仅我不是他的朋友，我觉得班级里没有谁是他的好朋友，他也没有要和谁交朋友的样子。”

“他后来拒绝上学的事，你还是知道的吧？”

“是的。”

“你不觉得奇怪吗？”

“我并不怎么在意。”

“为什么？”

“我觉得多打听也没什么意思。”

“就是说，跟你没关系，是吗？”

“一定要说的话，就是这样。”

藤野检察官首次改变姿势，将双手抱在胸前。

“你知道十一月十四日中午时分在理科准备室发生的骚动吗？”

“当时并不知道，是后来才听说的。”

“你怎么看待这件事？”

“什么意思？”

“柏木和不良少年三人组发生了冲突。那个孤立又清高，对身边事物漠不关心的柏木，采用暴力言行与被告及其同伙发生激烈冲突。你不觉得震惊吗？”

“我很震惊。”

“你没有想过这是为什么吗？”

“想过，可是……”

说到这里，证人开始支支吾吾，检察官却穷追不舍。

“可是？可是什么？”

“我想到，肯定是大出他们为了一些无聊的小事向柏木找茬。”

“柏木会奋起反抗，你觉得震惊吗？以前还没有人那样做过。”

“当然震惊。可我认为，这也在情理之中。”

“情理之中？”

“平时越是老实的人，发起火来就越是厉害嘛。”

“你当时认为，柏木也是这种类型的人，是吗？”

“是的。当然只是我个人的想象而已。”

藤野检察官放下抱着的胳膊，一手叉在腰间，嫣然一笑道：“可是，柏木正是以此为契机拒绝上学的。你有没有想过，他是因为害怕被告一行的报复，才不来上学的？”

辩护人该提出反对了吧？礼子心中暗想着。可神原和彦仍然是一脸的若无其事。

“想到过。”野田健一直率地回答。

“你是否认为柏木很值得同情？”

“是的。”回答后，野田健一点了点头，像是要鼓励一下自己似的，“我想到，我自己应该小心，不要碰到这种倒霉事。”

被告大出俊次不服气似的撅起了嘴，真是个想什么都会写在脸上的没用家伙。

藤野检察官放下手，端正姿势，连语气都变了：“你现在担任此次校内审判的辩护人助手，是吗？”

“是的。”

“是你自己主动要求当助手的吗？”

“是的。”野田健一毫不迟疑地回答。

“你坚信被告是无辜的，他没有杀害柏木卓也，对吗？”

“是的。”

“这份信念，和你是柏木卓也遗体的第一发现人的情况之间，存在关联吗？”

大出俊次扭动身体，用胳膊肘捅了捅身边的辩护人，可神原辩护人依然无动于衷。

“你说的‘关联’，是什么意思？”野田健一反问道。

“你发现了柏木卓也的遗体。”藤野检察官提高嗓门，“你近距离看到了柏木卓也的遗体。在本校所有学生中，恐怕只有你一个看到过柏木死后的脸。看到过连睫毛都结了冰，两眼睁开的遗体。”

野田证人瘦弱的脊背变得有些僵硬。“是的。我看到了。”

“那是惨不忍睹的景象，不是吗？”这一句并非询问，是藤野检察官说给整个法庭听的，“那幅景象至今仍深深烙印在你的心中，因为柏木睁开双眼，望着你这个第一发现人。”

没等辩护人提出反对，井上法官先开口了：“检察官，你的询问意图不明确。”

藤野检察官无视法官的提醒，自顾自说了下去：“那具遗体、那双眼睛，难道不是在向你诉说着什么吗？自己不是被杀死的，是自杀的，如果有人被怀疑杀死了自己，那就是一桩冤案。于是，你因此获得信念，来为被告辩护。”

“藤野检察官！”井上法官发怒了，或者是表现出自己发怒了，“你这不是在询问，是在演说。”

“对不起。我收回我的发言。”

井上法官说：“陪审员们，请将检察官刚才说的话统统忘掉。”

“道歉的话，请不要忘掉。”

陪审员们笑了，旁听席上也传出了笑声。井上法官抓起木槌的柄，但很快又放下了。

“我改变一下询问方式。身为遗体第一发现人的你主动要求担任辩护人助手，这两者间有什么关联吗？”

野田健一明确地回答：“没有。”

检察官的询问结束了。辩护人不作交叉询问。野田健一回到座位上后，被告大出俊次一脸凶相地盯着他，看得他缩起了头。辩护人神原和彦见状，在野田健一背上“砰”地拍了一巴掌。

“津崎正男先生，请出庭。”

井上法官一声喊话，津崎先生便从旁听席后方现身。前任校长的出庭，为法庭带来了一阵小小的骚动。

津崎先生宣誓完毕后，神原辩护人站了起来。他朝津崎先生点了点头，望向法官：“法官，请就本法庭上证人的立场以及询问证人的规则，向陪审员作一下说明。”

井上法官银边眼镜上方的两条眉毛动了动。他似乎在想：这倒也是。他的目光首先落在位于脚边的陪审员们身上，之后又抬起头来望向旁听席，向上推了推眼镜。

“通过检方或辩护方的申请，证人会被传唤到法庭，随后由申请方首先询问证人，这就是所谓的‘主询问’。”

陪审员们扭着脖子仰视井上法官。

“之后再由另一方询问该证人，这便是所谓的‘交叉询问’。请大家记住这个词。”

旁听席上的人们也在聚精会神地聆听。

“但是，本法庭上的证人并非仅仅是申请方的证人。检方的证人不一定只提供对辩护方不利的证言，反之亦然。”

站在证人席上的津崎先生也在点头。

“还有，证人不会专属于某一方。某个人当了检方的证人并回答问题后，有可能作为辩护方的证人再次出庭。此次校内审判的规则充分体现了公平性，无论检方还是辩护方，都有权申请传唤己方所希望的任何证人。也就是说……”他喘了一口气后继续说，“请大家不要认为检方的证人一定会帮检方，辩护方的证人一定是为辩护方说话的。请大家将注意力集中到每个证人作出的证言上。”

对于通过电视剧一知半解地了解过法庭审判的陪审员，还有那些旁听席上的大人们，井上法官的解释相当有耐心且通俗易懂。

“对不起。”井上法官道歉道。这声道歉来得太突然，包括佐佐木礼子在内的所有人都有些吃惊。“这些都是本该在最初的法庭陈述中说明的基本事项。藤野检察官、神原辩护人，除此之外本法官还忘记交代什么事项吗？”

“没有，法官。”

“应该没有了。”

听着他们一本正经的对话，礼子也跟着旁听者们一起笑了起来。这种时候笑一笑，应该不至于冒犯这些孩子。

等到法庭平静下来，神原辩护人重新面对津崎先生，开始提问。

“下面对津崎先生展开我方的主询问。有劳先生出庭，我在此表示感谢。”

“得益于法官的解释，对话更容易了。对此，我要表示感谢。”

津崎先生的声音平稳中隐含笑意。他一定很自豪吧。礼子心中暗忖着，如果自己是津崎先生，必然会感到自豪。虽说在满怀希望的同时也不免感到惭愧：居然给这些孩子留下了“弄清真相”的作业。

“请教津崎先生案发当时在本校担任的职务。”

“我当时担任校长之职。”

“是本校管理运营方面的最高职务，对吗？”

“是的。”

“那现在呢？”

“我已于今年四月辞职，现在无业。”

“没有去别的学校担任教职吗？”

“没有，我决定不做教师了。”

茂木悦男微微朝前探出身子。

“首先，我要对发现柏木卓也遗体时的校内动态展开询问。津崎先生，是您报的警吗？”

“是的。”

“为什么要报警？”

“我认为，有学生死在本校内，这本身便说明事件的性质十分严重。”

“您是在什么时候知道死者是柏木卓也的？”

“遗体发现后不久，我就知道了。”

“是谁向您汇报的？”

“我记得最早告诉我的是高木老师，我马上亲自去确认了死者的遗容。”

“在现场吗？”

“是的。在等待救护车和警车前来的时候。”

“您触碰过遗体吗？”这次轮到辩护人提出这个问题了。

“触碰过。我将他从积雪中抱出来，清除他脸上和身上的雪。”

“在场的老师只有您一位？”

“当时周围还有其他老师。但到底有谁，我记不清了。”

眼下是盛夏，津崎先生没穿那件标志性的毛线背心。但他会时不时伸手摸一下腰部，像是要去拉那件并不在身上的毛线背心。

“津崎先生，您认识生前的柏木卓也吗？”

“认识。”

“跟他说过话吗？”

“说过。在他拒绝上学后，我没能跟他面对面直接交谈。但我隔着房门听过他的说话声。”

“柏木不来上学后，您去他家家访过？”

“去过。”

“去过几次？”

“我记得是四次。”

“是您一个人去的吗？”

“不，是和年级主任高木老师以及森内老师一起去的。”

礼子以为辩护人会问老师们与柏木卓也隔着房门对话的内容，可辩护人回到了前面的话题。

“是谁通知柏木的双亲他死在学校里的？”

“是我。”

“电话通知的吗？”

“先打的电话，随后我和森内老师两人登门拜访了。”

“当天是结业典礼，对吗？”

“是的，是第二学期的结业典礼。”

“由于发生坠楼案，事实上并没有举办结业典礼，对吧？”

“是的。我们将学生留在教室，通过校内广播通报发生的事件，然后就放学了。”

“校内广播时公开过柏木的姓名吗？”

“没有。”津崎先生用手掌摸了一下额头，脖子上也有亮晶晶的汗水，“我只说过，本校一名二年级的学生去世了。柏木死去的消息只在他的班级公开。”

“之后，您是否利用职权，向本校的学生及家长公布柏木的死讯呢？”

“是在第二天的紧急家长会上正式公布的。在此之前，报纸和电视已经作了报道，只是没有提及柏木的姓名，所以我想，不了解具体情况的家长应该很多。”

辩护人和津崎先生的问答进行得相当顺畅，像事先排练过似的。

“判明柏木的死因，是在什么时候？”

“明确断定，是在三天后。经法医解剖，得知他是从高处坠落而死的。”

“在此之前完全不清楚他的死因吗？”

“不是。城东警察署的警察在见到尸体时，就指出有可能是坠落而死。”

神原辩护人用平淡的口吻继续提问：“查看屋顶，是在什么时候？”

“在受到警方的提示后……应该是正午过后。那时，学生们已经放学离校了。”津崎先生说着，从上衣口袋里掏出一块白色手帕，擦了擦额头，“在学生们离校前，根本没时间上教学楼楼顶查看。”

“为什么要上教学楼楼顶呢？”

“因为那里是校内最高的地方。”

辩护人用一只手轻轻划了个圆弧。“可是，屋顶是用铁丝网围起来的吧？”

“是的。但铁丝网不高，能够跨越。”

“警方给过这方面的提示吗？”

“给过。”

“具体怎么说？”

坐在旁听席上的礼子不由得屏住了呼吸。津崎先生在回答之前好像也屏住了呼吸。

“他们说，学生在自己的学校里跳楼自杀，往往是从教室窗户或教学楼楼顶上往下跳的。”

当津崎先生不动色声地说出“自杀”这个词时，旁听席上出现了一阵小小的骚动。

“这便说明在当天午后，城东警察署的警察们提示了‘自杀’的可能性，是这样吗？”

“是的。”

“您是怎么认为的？”

“我当时也是这么认为的。”

“请您说明原因。”

“最大的原因，”他又用手帕擦了擦汗，“就是柏木拒绝上学的情况。”

“问题在他拒绝上学？”

“准确地说，他拒绝上学后总是闷在家，心理状态极不稳定。”

“那是一种怎样的心理状态？”

“我没有跟他好好地交谈过。他不欢迎我们的访问。应该说，他讨厌和教师以及学校相关人员对话。”

津崎先生将白手帕按在额头，思考了一会儿。他在选择措辞。

辩护人等着他。法庭也等待着他。

“尤其是第四次去家访的时候。那是在十二月二十日，几乎是他出事的近前，我和森内老师向他搭话后，他就说，‘你们来多少次也没用，我不会去上学。请老师们死了这条心。’”

辩护人一字一句缓缓重复道：“‘你们来多少次也没用，我不会去上学。请老师们死了这条心。’他确实是这样说的吗？”

“没错。我听了十分伤心，高木老师和森内老师也很沮丧，所以记得相当清楚。他非常排斥我们。”津崎先生继续说，“我们和柏木的母亲交谈过。她说，由于怕麻烦，他连饭都不吃。夜里不睡觉，白天才睡，还常常一个人出门。生活弄得一团糟，还不跟父母交流。”

“反对。”藤野检察官抽空插到两人的问答中，“柏木的母亲柏木功子提到的柏木的状况属于传闻，并非证人亲自确认过的事实。”

“我这么问，是为了确认津崎证人当时的想法。”神原辩护人抗辩道。

“反对无效。”井上法官说，“不过陪审员们注意，津崎证人的证言中含有传闻的成分。”

津崎先生终于收起了手帕。

“学生不愿上学的原因多种多样。”他对陪审员们点了点头，继续说，“柏木的情况对我而言并非首例。学生有时由于自身的原因，脱离学校的集体生活，在家放松休息一段时间也并不一定是坏事。我从不千篇一律地否定拒绝上学的现象。我担心的是学生在家的状态，有时会从中看出问题来。”

“柏木的情况属于这一类吗？”

“是的，我很担心。我觉得他有严重的厌世倾向。”

“您认为柏木的父母也同样担心吗？”

“是的。我有这样的感觉。”

辩护人深入询问：“当时，他父母的某一方，或者双方，说过柏木有自杀可能的话吗？”

藤野检察官的目光霎时凌厉起来。

津崎先生左手轻轻握拳，抵在嘴边。“他父亲明确地在他的葬礼上这样说过。在此之前，我没有听说过类似的话，可是……”

他考虑了几秒。

“出事当天我去他家时，他母亲曾哭着说道，‘我一直担心着哪天会出这样的事。’”

法庭内鸦雀无声。大家都听得入了神，没人讲话。

辩护人并没有就这一话题深入询问下去。他拿起桌上的文件，说道：“下面，我要就十二月二十四日深夜本校的状况展开提问。当时，总务岩崎住在校内，对吧？”

“是的。”

“现在已经废除了总务制度，夜里改由保安公司派人巡视。这一变更是您在任时作出的吗？”

“不是。那是在我辞职之后，听说是冈野代理校长向教育委员会申请的。”

“您在任时，对岩崎总务的工作是否感到过不满或担心呢？”

“没有过。”

“法官，”神原辩护人扬起视线，举起手中的文件，“很遗憾，我们没能请到岩崎总务出庭作证，也没有他的陈述书。我们只能将城东警察署的相关人员做成的，当时询问岩崎总务后获得的资料作为证据提交法庭。”

这份文件正是礼子为校内审判撰写的资料之一，没想到会被辩护方提交出来。不过就其内容而言，无论哪一方提交都没什么问题。

“好的。本法庭会将其作为辩护方的第一号证据加以采用。检方确认过这份证据的内容吗？”

“确认过，没有异议。”藤野检察官答道。她的视线依然停留在津崎先生脸上。

“警方询问岩崎总务时，津崎先生也在场吗？”

“是的。”

礼子也记得。当时，岩崎总务很害怕，他担心这起深夜学生入校坠楼的重大事件的全部责任会落在自己头上。

“根据辩护方的一号证据，在二十四日夜晚到二十五日学生到校的这段时间内，岩崎总务曾于晚间九点和凌晨零点两次在校内巡视，还在二十五日上午七点左右检查过校内设施并做了除雪工作。他并没有发现校内有任何异常，也不知道柏木卓也的遗体躺在边门附近。是这样吗？”

“是的。我也在一旁听说了。”

“这份记录中写道，本校一楼北侧男厕所窗户的锁扣坏了，修理后依旧不管用，事实上处于无法上锁的状态。”

“是的。它被称为‘迟到窗’，在学生中相当出名。”

“是叫‘迟到窗’？”

“是的。学生上学迟到时，就通过那扇窗进入教学楼。那儿离教师办公室比较远，从那里进来不会被老师看到并受到呵斥。”津崎先生微微一笑，也许是想缓和场内的气氛，可他笑得并不自然，“事实上，只要迟到了，无论从什么地方入校，结果都一样。学生们或许觉得，有这样一扇窗会比较有趣。学生们想偷偷溜出学校时，也会利用这扇窗。”

“他们为什么要溜出去？”

“为了跷课吧。”

旁听席上有人笑了起来。

“津崎先生您知道这扇窗户的存在？”

“知道。”

“知道了也没采取根本性的对策，是吗？”

“是的。”

“为什么？”

“本校校舍相当陈旧，坏掉的窗户在别处也有很多。所谓根本性对策只能是翻新重建，可仅仅依靠本校自身的力量是无法完成的。”

“可是，更换一下窗框还是能做到的吧？”

津崎先生又笑了。这次笑得比较自然。

“是的。可我并没有那样做。我觉得，像‘迟到窗’这样的逃离出口，对学校而言也是有必要的。”

“您是说，学校有必要设置‘逃离出口’吗？”

“是的。不然学校就跟监狱差不多了。我认为，有一个老师不知道，或者假装不知道的逃离出口，对学生而言相当重要。”

“如今，您的这种想法依然没有改变吗？”

“基本没有改变。我只不过觉得，那天晚上要是那扇窗户关上了就好了。”

“简直毫无责任心！”旁听席的后方传来一个男人严厉的声音。

“肃静！”井上法官喊道。

“各位陪审员，”神原辩护人提高音量，“城东警察署的侦查员根据岩崎总务的证言，在十二月二十五日才知晓了‘迟到窗’的事。”

他将目光扫向津崎先生。

“关于这扇窗，您是如何向城东警察署的侦查员解释的呢？”

“我说，学生想进入已经关了门的教学楼，只能利用那扇窗。”

“所以，柏木也是从那扇窗进去的？”

“是的。”

“反对。”藤野检察官站了起来，“我们也认同‘迟到窗’作为进入途径被利用了，但在是谁进入这一点上，我们有不同的看法。”

“等等。”辩护人略带慌张地纠正道，“对不起，我收回刚才的提问。”

旁听席上又响起了笑声。礼子也微笑起来，但当她看到茂木悦男一副乐滋滋的模样后，就觉得很不是滋味，赶紧收敛起脸上的笑容，重新端正坐姿。

“下面，我要询问十二月二十五日午后您查看教学楼楼顶时的情况。教学楼通往楼顶的门有几处？”

“只有一处。”

“那扇门平时处于什么状态？”

“是上锁的。上的是挂锁。我们禁止学生上楼顶。”

“您去查看时，那把挂锁怎样了？”

“被打开了。”

“被打开了。”辩护人缓缓重复了一遍，“是什么状态下被打开的？被弄坏了吗？”

“没有。挂锁本身没有异常。是被正常打开后挂在锁扣上的。”

“那把锁的钥匙共有几把？平时是如何保管的？”

“钥匙只有一把，保管在总务室的钥匙箱里。”

“知道屋顶的挂锁被打开后，您确认过钥匙箱里的钥匙吗？”

“确认过。钥匙还在里面。”

神原辩护人依次看向九名陪审员的脸，似乎在确认他们的理解能力是否跟得上。

“对此，您是如何理解的？”

津崎先生轻轻干咳一声：“由于挂锁已经很旧、很松了，即使不用钥匙也能打开。”

旁听席又掀起一阵骚动。

“挂锁处于不用钥匙箱里的那把钥匙也能打开的状态？”

“是的。”

“对此，您确认过吗？您用什么工具试过吗？”

津崎前任校长动了动身子，似乎有些坐立不安。

“没有特意试过。”

“即使如此，您还是认为，不用那把钥匙也能开锁，而事实也确实是如此，对吗？”

“是的。”

“您有没有这样想过：二十四日深夜上到楼顶的人先从总务室盗取钥匙，用完后又悄悄还了过去。”

“没有。”津崎先生看着辩护人的脸，“岩崎总务明确否定说，这种情况绝不可能发生。”

“就是说，在当天夜里的几个小时内，如果钥匙被盗又还回去，岩崎总务肯定会发觉，是吗？”

“是的。除巡视时间之外，岩崎总务一直待在总务室里。”

辩护人对陪审员们说：“关于这一点，书面证据中也有岩崎总务的证言。”

陪审团里有几个人点了点头。

“挂锁如何被打开的问题，当时被束之高阁了，对吗？”

津崎先生苦涩地点头道：“因为二十五日那天，柏木是从屋顶跳楼自杀的看法占了上风。”

“只考虑到柏木用某种方法打开了挂锁，没有进一步加以怀疑，是吗？”

“是的。就是这样的。”

辩护人瞄了一眼手头的文件。

“有谁知道挂锁处于那种状态呢？”

“岩崎总务知道挂锁已经很旧了吧……”

“学生呢？”

“也有可能知道。”

“您有没有想过，比起总是使用钥匙的岩崎总务和老师们，总想避开老师的耳目偷偷上楼顶的学生们，会更清楚挂锁的状态呢？”

“反对。”藤野检察官迅速做出反应，“辩护人在听取证人的意见。”

“收回刚才的提问。”辩护人也快速回应道，“那么，呃……在过去的一年中，有没有学生在未取得老师许可的前提下上过楼顶？”

轻轻吐了口气后，津崎先生点了点头。“有的。去年的三年级学生中有几个人，在第二学期刚开始时上去过。”

“那些三年级学生有没有说过，他们是如何打开挂锁的？”

“追问过，他们说挂锁正好开着。”

这怎么可能？礼子心想。他们肯定是用工具撬开的，只不过不肯老老实实坦白罢了。

“出了那样的事之后，有没有考虑过换一把挂锁，或把锁换成更结实的类型？”

“没有。只是吩咐岩崎总务一定好好上锁。”津崎先生低下了头，“现在想来，当时真是太轻率了。”

“所以说你们毫无责任心！”同一个声音再次响起。没有其他旁听者接他的话。

“肃静！”井上法官机械性地喊道。辩护人则显得毫不介意。

“关于挂锁的问题，已经很清楚了。”辩护人翻过几页文件，将手指放在带有附录的一页上，停顿片刻后看着津崎证人说，“下面，我将询问森内老师的情况。请问您如何评价森内老师的工作？”

礼子稍感惊讶。有关当天夜里进入现场的途径，这就算问完了？不再深入追究一下吗？如果愿意，谁都能从“迟到窗”入校，也完全有可能打开通往楼顶的门上的挂锁，仅仅揭示这一点就可以了吗？

“要说怎么评价……”

“森内老师是一名年轻教师，是吧？去年是首次担当班主任。”

“是的。不过她热情很高，工作尽心尽力。”

“去年十一月十四日，柏木与被告等人发生冲突，之后又拒绝上学，我想这些事件对森内老师而言都比较棘手。那森内老师对这些事件的应对处理，您是否担心过呢？”

“我并不怎么担心，不过，对于该如何处理好这些事件，她似乎相当烦恼。我们会一起商量对策，她也会听听年级主任高木老师的建议。总之我觉得，她在这方面相当努力。”

“您是否曾因森内老师还不成熟，责任心不够，或者作为教育工作者自我意识不足而感到不满呢。”

津崎先生回答之前停顿了一秒。“没有。”

神原辩护人稍稍探出身子。“可森内老师是有过重大失策的嫌疑，不是吗？在举报信的事上。”辩护人提高了音量，“就是一月七日寄给时任校长的津崎先生您，以及本校二年级学生藤野凉子的那封举报信。都是快信。”

“是的。”

“同样的举报信在同一天用相同的方式寄给了森内老师。然而不知为何，这封举报信却经由他人之手寄到了HBS的《新闻探秘》节目组。”

对于今天来到法庭上的人们，这是一桩众所周知的事件。不过辩护人还是简明扼要地阐述了一遍事件经过。

“森内老师从一开始就主张自己没有收到这封举报信，更没有将其撕毁后丢弃。对此，您应该相当清楚吧？”

“是的，我很清楚。”

“您是否觉得森内老师在撒谎？也许森内老师没有重视这封举报信并将其毁弃。当事态变得越发严重时，为了保全面子，她就更不愿意承认了。”

“没有。”

“那么，森内老师为了证明自己的主张，采取过什么行动吗？”

在一问一答中，津崎先生的身子不知不觉间越来越前倾。这时，他重新挺直了腰背。“是的。她委托专家进行了调查。”

旁听席又骚动起来了。

“那是怎样的调查？”

通过回答辩护人的询问，津崎先生对事情经过作出了说明。作为一名老师，他的陈述驾轻就熟。他没有直接说出核心人物的名字，只是称其为“森内老师的邻居”，并将她憎恨森内老师的理由归结为“莫名其妙的偏执”，只对事实本身作出简要说明。

旁听席越来越嘈杂。礼子也相当惊讶。她完全没想到，森内惠美子遭受的横祸会以这样的方式与本案产生关联。

这事确实不能事先张扬。但从法官和陪审员丝毫不感到惊讶的情况来看，校内审判的相关人员应该都了解此事。

“正因为这一内情，所以森内老师没有收到举报信，更没有将其毁弃。”解释完毕后，津崎先生放低了声音，“本来此事应该由森内老师亲自出庭说明，她自己也提出过这样的要求。但现在森内老师身受重伤，正在住院治疗。”

“在此，我表示深切慰问。”辩护人说。

“通过我向大家作出说明也一样。我想，森内老师也会为证明自身清白而感到高兴。”

“这份调查报告将作为书面证据之一提交法庭。”辩护人说道。

神原辩护人特意将其作为证据提交法庭，是为了帮助森内惠美子吧？行啊，挺会照顾人的嘛。

礼子的解读恐怕太过乐观了。听了津崎先生的回答，辩护人继续说道："森内老师辞职之前，作为本校教师一员的她强调自己没有收到举报信的时候，您以及其他教师有没有想到要调查此事呢？"

"没有想到。"

"那又是为什么呢？"

津崎先生不知该如何回答。"啊？"

"为什么在当时，老师们没能冷静地想到要验证这一情况呢？"

津崎先生思考了一会儿，回答道："是由于当时校内的氛围。"

"氛围？"

"可以说是一种气氛。我们当时全都乱了方寸。"

"乱了方寸？"辩护人重复道。

"是的。"

"在那种状态下，比起费心费力地调查真相，认为森内老师在撒谎会比较轻松，是吗？"

"轻松？那倒不是。"

"好吧，我纠正一下。是比较现实，对吧？"

"是的。"

"在当时的城东第三中学，这样的想法相当普遍。不仅限于森内老师的事件，在其他方面也是如此。无论出现多么恶劣的传闻，也不管当事人的内心如何痛苦，只要表面上风平浪静就会感到放心。是这样吗？"

前任校长津崎垂下头。"确实可以这么说。"

"谢谢！我的询问结束了。下面开始交叉询问。"

真是毫不留情啊。礼子身上直冒冷汗。

“早上好！”面对津崎先生，藤野凉子表现出一名优等生应有的恭敬姿态，“下面，我们将展示挂图。津崎先生，您请坐。”

津崎先生在证人席上坐下后，两名检察事务官拖来一块带滑轮的黑板，放在陪审员们容易看清的位置。他们从放在检察官席的大纸袋中取出几张折叠好的白纸，展开后用磁铁固定在黑板上。

挂图共有三张。左侧起第一张是城东三中教学楼一楼的示意图，用红色记号笔在四个位置标出编号：①标在挂图边沿，表示边门的位置；②是教师办公室；③是总务室；④是北侧男厕所的“迟到窗”。柏木卓也遗体所在的位置，则画了个简单的人形标记。

贴在中央的是教学楼四楼的简图，贴在右侧的第三张是楼顶的示意图，带挂锁的门的位置画着一个红星标志。三张图都是手工绘制的，极其简洁，但楼梯和窗户等要点都标记得很清晰。画图用的纸并非整张，而是用六张B4纸拼贴而成，接缝处的透明胶带在日光灯下闪闪发亮。

“这些图也附在了刚才辩护方提交的一号证据中。”藤野检察官面对旁听席说道，“我们将其放大后给大家观看。这些图是我们检方绘制的，这方面也获得过辩护方的认可。”

为了看得清楚一些，旁听席后排的听众站了起来，井上法官并未制止他们。

“津崎先生，您能看得清楚吗？靠近一点也没关系。”

在藤野检察官的催促下，津崎先生起身朝黑板走近几步。他仔细地一张张审视着这几张图。

“嗯，没有问题，画得很好。”他的语气就像在上课，说完又觉得不好意思了。

“您所在的校长室在教师办公室南面，是吧？”

“是的。”

“而总务室的……”藤野检察官走近挂图，在③的一旁放了一枚红色磁铁，“这儿，放着钥匙箱。”

图案清晰明了，似乎没必要再用话语解释一遍了。

“那么，请您回证人席吧。”藤野检察官也回到了自己的位置上，她继续说，“津崎先生，您在任时，这个钥匙箱里的钥匙丢失过吗？”

津崎先生想了想，回答道：“我没有这样的记忆。”

“岩崎总务有没有应学生或家长的要求，从钥匙箱里取出钥匙借给过他人？”

“这倒有过。主要是体育馆仓库的钥匙。由于社团活动或文化节筹备的需要，也借出过家庭科准备室或维修加工室的钥匙。”

“但从未发生过丢失事故，是吗？”

“是的。岩崎总务的管理很到位。”

“那我们可以认为，这些锁和钥匙的管理都全权交给了岩崎总务，是吗？”

“对，就是这样的。”

“当这些锁出现松动迹象，需要更换时，又是怎样处理的？”

“这同样由岩崎总务依据自己的判断来处理。”

“老师们也知道吗？”

“他会汇报的。事前他会通知我们，某个地方的锁要换了。”

“这样的信息会通知学生吗？”

津崎先生露出不解的神情，看着藤野检察官的脸。

“不会特意通知学生，因为没这个必要。”

藤野检察官微微地侧过身子，将中心转移到右脚上。

“这么说来，如果岩崎总务觉得屋顶的那把挂锁陈旧松动了，也完全有可能换掉它，是吗？”

“是的。”

“更换后即使会向老师们汇报，也不会通知学生。因为屋顶原本就禁止学生进入，并不是学校的正常使用空间，是这样吗？”

“是这样的。”

“因此可以想见，您刚才回答辩护方的主询问时提到的三年级学生，他们要瞒过老师的眼睛上屋顶时，可能会发现挂锁换成新的了，打不开了，是吗？”

“是的，可以这么考虑。”

“那么，有着明确目的想偷偷上屋顶的学生，无论目的具体为何，他们都必须事先确认挂锁是否换掉了，是这样的吗？”

也许是感到困惑吧，津崎先生没答上来。

藤野检察官接着说：“如果是心血来潮想到楼顶去玩，那当他们发现挂锁打不开时，可以改变场所或就此作罢。但对于想在楼顶作出某种重大行为的人来说，情况就不同了。他们既然有了计划或下了决心，就有必要事先检查挂锁是否仍保持着能够轻易打开的状态。可以这样考虑吧？”

“反对，检察官在要求证人作出推测。所谓‘某种重大行为’的说法，意义也不明确。”

“反对成立。”

辩护人的抗议和法官的应答都很平稳。

藤野检察官完全无所谓。让整个法庭都听到“有必要事先检查”这句话，她的目的就已经达到了。

“津崎先生，”她注视着津崎先生，“您知不知道，从开始拒绝上学的十一月十五日，到遗体被发现为止的这段时间内，柏木有没有到学校来过？无论只是进入校园，还是去教师办公室、教室或理科准备室。”

津崎先生也注视着藤野检察官：“我不知道。”

“谢谢！我的询问结束了……”

然而津崎先生还在说：“不过，这仅限于我所了解的范围。”

这时，神原辩护人对身边的助手野田健一飞快地说了一句话，野田健一便立刻站起身，一路小跑出了法庭。

藤野检察官的脸上没有半点笑意。她重复了一声“询问结束”，就回到了自己的座位。

井上法官望着辩护人说道：“需要再次主询问吗？”

“不需要。津崎先生，谢谢您。”

津崎先生似乎还想说些什么，但最终还是朝旁听席后方走去了。

藤野检察官通过交叉询问，给大家留下一个印象：柏木卓也没有事先悄悄溜进学校检查挂锁的状态。津崎先生以一句“这仅限于我所了解的范围”对此作出保留，可辩护方并没有加以利用。

这时，辩护人对法官喊道：“法官，我们要改变传唤证人的顺序。”

“如何改变？”

“将原定于下午出庭的证人，立刻传唤出庭。”

“来得及吗？”

“马上就到。”随着辩护人一声应答，辩护席后方的侧门打开了。野田健一回来了，还带来一名身穿校服的女生。

“呀！”盘踞在旁听席前排的辩护方支持者女生们见到这一幕，立刻嚷嚷起来。作为对这番喧闹的回应，跟着野田健一进门的女生也叫了起来：“呀！怎么会这样！”那群“花蝴蝶”支持者们纷纷向她挥手，甚至有人扯开嗓子高喊：“小雪，加油！”

“肃静！”

肃、肃、肃静，肃静。“花蝴蝶”们相互指指点点，频施眼色，兴奋地扭动身子，紧紧挤在一起，连脑袋都尽量凑在一起。

“赶上了。”神原辩护人微笑道，“她是辩护方的证人，土桥雪子。”

“请证人入证人席。”井上法官对土桥雪子说。可惜面对土桥雪子，他那威严的口吻并不通用。土桥雪子一脸好奇，仿佛走进了一家心仪的时装店。

“哎？怎么会这样？这是真的吗？这么多人，好带劲！”

野田健一还远没有积累起应付女孩子的经验，他的双颊涨得通红，手忙脚乱地招呼着欢蹦乱跳的证人。

这时，法警山崎晋吾悄无声息地走了过来，带领土桥雪子走向证人席。他态度和善，但整个过程就和真的警察带领证人一模一样。土桥雪子站到法官和陪审员的面前。

“哎？是这儿吗？我要站在这儿说话？”说着，她又转身去看旁听席上的伙伴们，依然激动非凡。

“土桥同学。”神原辩护人柔声喊道。

“唉！”土桥雪子一边答应，一边朝神原和彦那边靠过去。

“不，你别过来。那儿才是证人席。”用手势制止住土桥雪子，辩护人微笑着说，“预定计划改变了，让你提前出庭，真对不起。”

旁听席前排的支持者们还在叽叽喳喳。还有人在说：“小雪真酷！”看看，到底是一群初中女生嘛。

“没什么，别放在心上。”证人土桥雪子一点不顾场内的气氛，大大咧咧地笑着，又洒脱地甩了一下落在肩头的长发，仿佛在说：怎么样，我很可爱吧？

“下面，先确认一下姓名。”

“姓名？我的吗？我是土桥雪子，三年级二班的。”声音嗲声嗲气，却有点口齿不清，说明她在怯场。

“嗯，是本校三年级的学生吧。请宣誓。”

“宣誓？什么宣誓？”

在满脸不耐烦的井上法官严厉指导下，证人土桥雪子磕磕绊绊地完成了宣誓。藤野检察官在一旁不动声色地观察着。

土桥雪子的名字列在了证人清单上，井上法官也确认过手头的资料，因此，她的出庭不能算出其不意。但是，突然让她提前出庭，又有何用意？作为检察官，藤野凉子看出什么名堂来了吗？至少，坐在旁听席上的佐佐木礼子察觉不到。

“下面，我要问你几个问题，请你平静而清晰地回答。”神原辩护人柔声说。

“好、好的，我明白。我很平静，可又有点晕。真讨厌，怎么办呢？”土桥证人扭扭捏捏地说。坐在检方席的萩尾一美用看害虫一般的眼光看着她。

“土桥同学，你认识柏木卓也吗？”

“一年级时，我们同在一年级三班。二年级时就不在一起了。”

“这么说，你们曾经是同班同学，对吧？你和他说过话吗？”

“说过几次吧。他是我的邻座。三班经常调换座位，是抽签决定的，可不知为什么，柏木三次都是我的邻座，是偶然的哦。”

轻浮又嘴快，是个麻烦的证人。土桥雪子一开口就说个没完。

“我觉得那真的是偶然，可别人都嘲笑我，说我跟他好上了。其实柏木不是那种男生。我的意思是，他不是会和女生交往的类型。”

她一边滔滔不绝，一边扭动身子，还时不时朝旁听席上的伙伴们瞟上两眼。那群人也不停喧闹着，和她遥相呼应，真叫人没办法。

“证人，”井上法官发话了，“不要回头看旁听席。面朝前方，让陪审员看到你的脸。”

土桥雪子的话匣子还是没合上。“知道了。可我不是说了吗？我一上场就会晕。在很多人面前说话，不行的。那么多人，我就更晕了。井上，你也真是的，动不动就一脸凶相。”

听着土桥雪子娇滴滴的责备声，再看看受责备的井上法官的表情，旁听席发出一阵哄堂大笑。那群“花蝴蝶”们更是乐翻了天。

“证人只需对问到的内容……”

没等井上法官把话说完，土桥雪子竟指着他说：“井上一年级时也是三班的，和我也是一起的。你是班长，和副班长下谷关系很好吧？你们还经常一起去图书馆……”

欢笑声更响了。井上法官不得不连连敲击木槌，气急败坏地连声高喊：“肃静！肃静！”他脸上真的露出了一脸凶相。

“来到证人席，不是来闲聊的。证人只能简明扼要地回答被问到的问题。辩护人，请你继续进行主询问。证人如果再这样胡言乱语，将会被驱逐出庭。在此，我先警告一次。”

井上法官的话语虽然严厉，眼神中却包含着“神原，你要想办法管住她”的意味。不，应该是“你一定要管住她”吧。

“对不起，法官。”鞠了一躬后，神原辩护人转过身来，直面土桥雪子证人，“土桥同学，如果你看法官和陪审员会觉得晕，就看着我好了。”

土桥雪子已经上气不接下气了，看来确实晕得不轻。

“坐下来说话会不会比较轻松呢？”

“不、不用。站着好了。”

“做个深呼吸吧？”

“深呼吸？要做吗？在这儿吗？”

看她那副紧张的模样，就像别人提出要和她接吻似的。看小雪那傻样儿！“花蝴蝶”们笑得更欢了，其中有一位实在忍不住了，竟然厉声喝道：“你要像样一点啊！”

“我吗？怎么了？我不像样吗？怎么办呀？”土桥雪子手忙脚乱，又是拍拍脸又是捋头发，好像理解错“像样”的意思了，“还不像样吗？”

法庭平静了下来，也许是大家已经扫兴了吧。土桥雪子的伙伴们也终于感觉到气氛不对了，互相指指点点地提醒着，也安静了下来。只有证人土桥雪子一个人还在不安分地东张西望。

神原和彦双手撑在桌上，探出身子，用平缓的语调说：“土桥同学，我看你还是坐下吧。请坐在那把椅子上。”

山崎法警又上场了。他将手掌放在土桥雪子的左肩，轻轻往一旁移动，让她坐下。没见他用多少力气，就靠这个简单的动作，不安分的土桥雪子便老老实实坐下了，真是令人啧啧称奇。

辩护人继续说：“请做一个大大的深呼吸。对，对。这就行了。镇静下来了吗？”

“哦，是的。”

虽然从她脸上看不到镇静下来的迹象，但喋喋不休的毛病总算收敛住了。她又开始忙着抚弄头发和打理裙子花边了。

“好吧。我们重新开始询问。”神原辩护人对土桥雪子露出亲切的微笑，他的眼神仿佛在说：这里只有我和你两个人。

“一年级时，你和柏木是同属三班的同班同学，是吧？”

“嗯。呃……哦，是的。”

证人的表情也好像在说：是啊，只有我和你两个人。

“你们坐得很近，所以你跟他说过话，对吧？”

“是的。所以会有讨厌的传闻，说我……”

辩护人温和地拦住了她的话头：“同学都说你们好上了，其实只是调换座位时偶然坐得很近而已。是这么回事吧？”

“嗯，就是这么回事。那只是谣言，其实根本不是那样的，因为我有喜欢的男生啊。”

井上法官也开始用看害虫的眼神盯着土桥雪子了。陪审员们的眼神也是冷冰冰的。可证人完全感觉不到，她眼中只有神原辩护人。

“原来如此。可作为同班同学，你和柏木还算比较亲近的。”

“作为同班同学？是作为邻座吧？”

“哦，对啊。应该是作为邻座。”

辩护人认同似的点了点头，证人也点了点头作为回应。似乎可以听到两人心灵碰撞的声音。

"当时在教室里，你都和柏木说了些什么话呢？"

"什么话？"

"座位离得很近，就会不知不觉地交谈起来，不是吗？谈谈学习或者聊聊昨晚看过的电视节目之类的。"

"这个嘛，怎么说呢，记不得了。大家不是都这样的吗？闲聊的话谁会记得住呢？如果是写日记的人，说不定能查出来。"

井上法官像实在忍不住似的插话道："证人，请仔细倾听辩护人的提问，并简明扼要地回答。"

"简明扼要？什么是'扼要'？井上，你总是说一些听不懂的话来唬人。"

一瞬间，井上法官脸上显出了"我真的要生气了"的表情。与此同时，野田健一也用神情向他表达"真是对不起"的意思，随即立刻低下了头。

"土桥同学，提问的是我。请你看着我。"辩护人指着自己脸，笑盈盈地说，"你看着这儿回答问题好了。"

"嗯。"

"和柏木说过些什么话？"

证人又扭捏起来："记不清了嘛……好像都是些没什么意思的话。我这么说，你懂吗？"

"嗯，懂的。"

"柏木不怎么开口的……"

"是吗，他是个沉默寡言的人啊。"辩护人夸张地做出同意的表情，似乎他希望的就是这样的回答，"你们有没有相互借看过课堂笔记？"

"对了，好像借过。柏木的笔记一直记得很漂亮。"

"你看过他的笔记本？"

"嗯。哦，对了，我还想，既然笔记记得这么漂亮，成绩也一定很好。第二学期统考的成绩贴出来后，我没看到柏木的名字，还吃惊不小呢。”

“是吗？你很吃惊？”

“嗯，我还对他说，有点想不通。”

“那柏木是怎样回答的？”

“他说他脑子笨，我就更加想不通了。”

旁听席上有部分人又开始交头接耳起来。佐佐木礼子在人群中找寻津崎先生，发现这位前任校长并没有回到原先的座位，而是站在一旁的通道上。从他的表情可以看出，他正在努力回忆着什么。

“说这句话的时候，柏木是一副什么样子呢？”

“什么样子？”

“是在开玩笑，还是很较真？”

“哦，他是笑着说的，好像稍稍有点害羞。”

其实这位证人还是个挺可爱的女孩。她所诉说的这段回忆本也相当可爱。

神原辩护人像是正中下怀似的点了点头。“是吗？他回答了你的问题，还笑了？”

旁听席上的喧嚣在扩散。这一阵喧嚣并非说话声，而是来自聚集在一起的人们内心的动态。

以前确实存在过一个可爱又善解人意的柏木卓也。

一年级的柏木卓也。不来上学前的柏木卓也。这确实是个盲点。

去年十一月十四日，二年级的他出现在理科准备室，随即就从学校里消失了，直到十二月二十五日早晨以遗体的状态出现在校园，之后便永远地消失了。这些零散的事件构成的事实非常有限，但在此之前，柏木卓也也是存在着的，是活在这个世上的。而知道他当时状况的同班同学，现在就在这里。

这位同班同学似乎感觉到了整个法庭的动摇，她自己也有点坐不住了，似乎马上又要回到迷糊疯癫的怯场模式。她的视线在前排注视着她的伙伴们脸上游移不定。又怎么了？我说了什么傻话吗？

神原辩护人不失时机地招呼道：“土桥同学，请看着我。”

他将土桥雪子拉回证人模式。两人四目相对时，他再次露出笑容。土桥雪子也对着他笑了。这下，连一旁的被告也看呆了。从刚才起，大出俊次就一直呆呆地注视着神原和彦。这家伙在搞什么鬼？

“你和柏木比较亲近。”

“作为同班同学，嗯。”证人娇声娇气地补充道。

“对。当然是作为同班同学来说的。”

两人相视微笑，就像一对共犯同谋。

“你们身处同一间教室，座位又靠得很近。早晨一上学就见面，放学后又能看到回家的背影。”

“柏木他下课后立刻回家，一直像有什么急事似的。”

“是吗？不跟你道个别吗？”

证人想了想，扭扭捏捏地回答道：“我对他说‘再见’，他也只是‘嗯’一声。”

可即便如此，这也是以前从未见过的柏木卓也的真实姿态。

为了靠得更近些，辩护人又向前探出一点身子。“有没有两人一起上学，放学后一起回家过呢？”

神原辩护人的语气就像在谈论什么秘密。这招似乎对土桥雪子挺管用。她立刻扭动全身，嚷嚷起来：“啊呀，讨厌，怎么会呢？”

“真的吗？”

“我跟他又不是那种关系。只是偶然坐得近一点罢了。”

井上法官紧锁双眉，沉默不语；藤野检察官只是在旁观；萩尾一美的表情仿佛在说：这家伙看着就来气，要不要干掉她；佐佐木吾郎则对她使了个“稍等”的眼色。

“谢谢！这方面已经很清楚了。下面，我将改变提问内容。”神原辩护人端正身姿，语气也随之一变，“我要询问去年十二月二十三日的情况。当时是二年级的第二学期，柏木已经不来上学了。”

藤野检察官的表情出现了细微的变化。井上法官的银边眼镜闪现寒光。十二月二十三日？

“当时，你知道他不来上学的事吗？”

“嗯……不知道呀。”土桥雪子证人的语气就像在撒娇。

神原辩护人露出惊讶的神色：“你不知道？”

“那时，我跟他不在一个班级。”

“更不会是邻座，对吗？”

“嗯，就是嘛。”

“十一月十四日，柏木和被告在理科准备室里扭打起来，这事你知道吗？”

“不知道。”

言下之意便是：我怎么会知道呢？

“跟我没关系嘛。”

“是这样啊。也难怪，学校那么大，学生很多。”

“公立学校就是人多，太拥挤了。”土桥雪子一边摆弄头发，一边随口说，“私立学校都是特别的学生上的吧？神原同学你真酷，上的是私立。那会儿我也想上东都大附中呢。”

辩护人没理会她的自由发挥，一只手叉在腰间，眼睛紧盯着桌上的文件。

“去年十二月二十三日下午三点过后，呃，那天是星期天。”辩护人抬起头问证人，“你是在校内哪个地方遇见柏木的？”

震惊的波纹在旁听席和陪审员间迅速扩散。

就连证人也吃了一惊。“我吗？”她指着自己的鼻子，“哎？大伙这是怎么了？这骚动是怎么回事？”

“没事，你不必在意，土桥同学。”神原和彦脸上又浮现出“只有我和你两个人"的笑容。土桥证人见状便像被施了魔法一般，重新站直身体。

"哦，呃……对了，刚才说什么来着？"她微微偏着脑袋，慌忙说了下去，"哦，对了。是的，我遇见他了。是在三点过后，不过，这个时间只是个大概。"

"是在哪里遇见的？"

"图书室前面的楼梯上。"

"图书室在二楼的南面，对吧？"

"是的。那天是图书室的开放日，我也想去那儿看看。我先去了一下教室，下楼梯时……"

"二年级的教室在三楼，你当时走在通往二楼的楼梯上。那楼梯也是在大楼的南面吧？"

"方位我搞不清楚，反正是离图书室最近的楼梯。"

那确实是南面的楼梯。

"这时，我看到柏木正走上楼梯。"

法庭内又是一阵骚动，井上法官差一点又要喊肃静了。

神原辩护人的微笑越发灿烂。"你一下子就认出是柏木吗？"

"嗯，见了面当然认识。"

"是啊。你们曾经是同班同学，你跟他还亲近过一段时间。"

绝不会看错。

"啊，不过，"土桥证人猛地甩了一下头发，"柏木穿的是便服，我还吃了一惊呢。"

"他向你打招呼了吗？"

"他也挺吃惊的，我就对他说了声，'哦，好久不见。'"

"他是怎么回答的？"

"他只是'嗯'一声。还是老样子，柏木只会说'嗯'。"

"他是个沉默寡言的人。"

“是的，还动不动就害羞。他在这方面挺可爱的。”

说到这里，土桥雪子似乎才终于明白，自己为什么会被叫到这里来。这里是什么地方？设立法庭是为了什么？

“他曾经很可爱。”她的声音一下子变小了，表情也黯淡了不少，“我不讨厌他害羞的样子，还觉得挺好的。”

神原辩护人也略带阴沉地回应道：“柏木一定会高兴的。因为，他对你也曾怀有过作为同班同学的好意。”

证人低头整理着刘海。

“那么，你向柏木打过招呼后，后来又怎么样了？”

“没怎么样。后来，我去了图书室，柏木就上楼去了。”

“有没有说起他要去哪里？”

“没有。我们只是在楼梯上擦肩而过罢了。”

“我再确认一遍。你当时并不知道柏木不来上学的事，对吗？”

“嗯。”

“所以在学校里遇见他，也没觉得奇怪或震惊，是吗？”

“是啊。刚才我也说过，那天是图书室的开放日，再说星期天也有不少社团活动，学校里有很多同学。”

“你对他表露自然的态度，他也只是跟往常一样，回了你一声‘嗯’，是吗？”

“是啊。和一年级时候比，他没什么改变。好像稍稍长高了一点。可是，对于他不来上学这件事，我可一点也……”她省略了“不知道”三个字，“知道的话，一定会跟他再多说几句话。”

“你觉得很遗憾，是吗？”

“是的……”

等到土桥雪子这句话低低的余音传遍整个法庭，神原辩护人换上了一副安慰证人的表情。

“你是什么时候得知他的死讯的？”

“二十五日的中午。”

“是听谁说的？”

“一个一年级时的同班同学告诉我的。说那天早上，柏木卓也在学校里自杀了。”

辩护人眯起眼睛。“请允许我确认一下，这位同学确实是那么说的吗？说‘今天早上，柏木卓也在学校里自杀了’？”

“是的。我记得是这么说的。”

辩护人放低了声音：“你一定很受刺激吧？”

证人默默地点了点头。

“因为你前天还见到过他本人。他跟一年级时相比没多大变化，只不过个子长高了一点。你向他打招呼，说‘好久不见’，他也和以前坐在你身旁的时候一样，应了一声‘嗯’。他还是跟以前一样害羞的柏木卓也。可是突然间，他就死了，还说他是自杀的。”

“是的。我受了不小的刺激。”证人的声音也很小，几乎是在自言自语。

“当时，你对别人说过前天还在图书室前见过柏木的事吗？”

“说了，我说我才见过他。对很多人说过。”

“大家一定都很震惊吧？”

“嗯。也是在那时我才第一次听说柏木拒绝上学的事。对此我也很震惊。”土桥雪子绞动双手，声音微微发颤，“所以我还想过。我偶然遇见他时，他是不是来学校做临终告别的呢。”

这句话辩护人会如何利用呢？佐佐木礼子密切关注着。

然而，辩护人并没有借题发挥。

“你去参加柏木的葬礼了吗？”

“去了。是跟一年级时的同班同学一起去的。”

“当时的心情怎么样？”

“我很难过，哭了。我还想过，说不定我本来能为他做些什么的。”

“之后，围绕柏木的死，又发生了各种各样的骚动。对此，你又有何看法呢？”

“我讨厌对死去的人说三道四。我告诉自己什么都不要听。”

“你知道有传闻说他其实是被人杀死的吗？”

土桥雪子撅起嘴，向辩护人探出身子，像是要申诉什么似的：“我觉得这种兴风作浪的说法很不知羞耻。大家明明是拿这件事取乐吧？所以我权当没听见，连电视都不看。”

神原辩护人点了点头，脸上露出“我完全理解”的表情。

“你认识被告吗？”

“你是说大出吗？”土桥雪子转过头注视了大出俊次一会儿。

不知为什么，大出俊次又不解地皱起了眉头。

“认识是认识，不过……”

“不过？”

“只是同校而已，不感兴趣。”

估计大出俊次对她也有同样的感想。他眼神中分明流露出“这家伙是谁”的意味。

“谢谢。下面请进行交叉询问。”

提醒检察官后，神原辩护人坐下身来，继续用充满深意的眼神望着证人土桥雪子。这次的含义变成了：有我在，你放心好了。

对于这个难伺候的证人，一定会事先排练一下吧。包括面对检察官交叉询问的对策在内，都应该有所准备。证人的背影也显示出这一点：下面是对敌作战，我一定加油，为了神原。

藤野检察官没有立刻展开攻势。她在翻看手头的文件和笔记本。

“土桥雪子同学。”检察官站起身来，露出笑容。证人的背影又在说：我才不会上你的当呢。

“你为什么要当证人？”

土桥雪子的身子稍稍退后几分。“什么叫‘为什么’？”

“你刚才不是说，你不想和柏木的死引起的骚动沾边吗？你认为那是可耻的行为，是在利用此事取乐，不是吗？既然如此，你又为什么要来出庭作证呢？”

证人用求救般的眼神看了看辩护人。

检察官继续询问：“是什么人要求你来的吗？”

“不是的！”证人的话音又脆又硬，不带任何撒娇的味道，“没人要求我来。我只是觉得自己的经历能够成为重要的证言，所以才来当证人的。”

从辩护人的表情和证人的态度上可以看出，这番回答估计是事先准备好的。绝不会是土桥雪子自己想到的说法。

“这就让人难以理解了。”藤野检察官故作得意地叹了口气，“你原本对此事毫不关心，柏木死后的种种骚动你也不闻不问。被告对你而言，也不过是同校学生罢了，几乎是个不存在的男生。”说到“男生”这两个词时，检察官的语调带着几分厌恶，“可尽管如此，你又出庭提供了柏木在临死之前突然来校的证言。你是否理解这番证言的分量？”

“法官，”辩护人不慌不忙地插话道，“检察官在威吓证人。”

土桥雪子蜷缩起身子，似乎在说：是啊，是啊，她在吓唬我。

“证人宣过誓，应该明白事情的轻重。请检察官继续提问。”

藤野检察官一脸不管不顾的神情，继续用尖锐的口吻提问：“你的回想过程愉快吗？”

“哎？你指什么？”

“去年十二月二十三日星期天，图书室开放日的下午三点左右，‘不过，这个时间只是个大概’。你在这个时间，在图书室附近和柏木卓也偶然见面这件事，是什么时候回想起来的？”

“回想起来？”

“是啊。不回想起来，你怎么会做证人呢？即使印象深刻，之前也已忘得一干二净，不是吗？”

“你怎么知道我忘了？我心里想什么，你会知道吗？”

土桥雪子刹那间切换到了战斗模式。同样的转变也出现在她的伙伴们身上。她们全都恶狠狠地盯着藤野凉子。

“在此之前，你对谁讲过二十三日与柏木偶然相遇的事吗？”

“我刚才说过了，在柏木死后，我就向大家讲过。”

“所谓的‘大家’就是你的那些好朋友吧？”藤野检察官的视线扫向旁听席，瞪视片刻又转向一旁，“在准备校内审判的过程中，你和那些好朋友一起回想起了那件事。就是这么回事，对不对？”

“什么叫‘就是这么回事’啊？”

“‘小雪你以前不是说你遇见过柏木吗？’‘是啊，是啊。’你就是这样回想起那件事并当上证人的，不是吗？”

好像遭到攻击了，没事吗？证人带着这样的神情看向辩护人。辩护人看着法官；野田健一低着头；大出俊次的表情依然一片茫然：他们都是什么人？我怎么搞不懂他们在干什么？

“是千佳她……”土桥雪子又回头朝伙伴们看去。

有一名女生慌忙缩起脖子，估计她就是千佳。

“她说，这件事或许很重要，还是去告诉他们比较好。”

“告诉谁？”

“告诉辩护人神原他们。”

检察官的脸上突然露出笑容。“那时完全没想到我们检方，是吗？”

证人的背影传达出信息：谁会想到你们呀？

“我们觉得神原他们需要这些信息。”

“是吗？明白了，看来你理解自己所作证言的意义。刚才真是对不起了。”可她的表情一点不像在道歉，“所以你们联系辩护方，就这样出庭作证了？”

“怎么了？不可以吗？”

检察官装出一副吃惊的模样。“没有，没有。没关系。谁说‘不可以’了？”

证人撅起嘴，赌起气来。辩护人眼角处露出了一丝苦笑，似乎在说：你看看，怎么弄成这样了？

“没什么不可以的。只要证言是真实的就好。”

土桥雪子好像没有立刻领会此话的涵义。她愣了一下，随后说道：“喂，你这话是什么意思？”她猛地站起身来，“藤野，你是说我在撒谎吗？是吗？”

“你没有撒谎吗？”检察官冷静地反击道。佐佐木吾郎低下头，似乎要龟缩进战壕里。萩尾一美则在冷笑。

“我只想帮帮神原，就来作证了。”

礼子真想拿手掌盖住自己的脸。啊呀呀，到底还是说出来了。

“想帮帮辩护人。”藤野凉子重复道，就像逮住了猎物，正用舌头舔嘴唇的猛兽，“你想通过出庭作证来帮助辩护方，对吗？”

“是啊，不可以吗？”

“那么，你的证言是真实的吗？”

检察官绕过桌子走到了前面。证人像是被她的气势压倒似的，坐了下来。

“你所说的是自己的经历，还是编出来的故事？”

“我没编故事。”证人话音已经带有明显的哭腔了，“我说的都是事实！”

“可是，你的目的是为了帮助辩护人，为了讨神原辩护人的欢心，不是吗？”

“法官，我反对！”

井上法官也忍不住厉声喝道：“检察官，请你说话谨慎一些！”

藤野检察官仰视法官席，答道："询问完毕。"

她干脆利落地坐下了。与此同时，辩护人站起了身。

"法官，我请求再次进行主询问。"

"请吧。"

赶紧收拾一下局面吧。

"土桥同学，请你先平静一下。"

你看，你看。不是有我在吗？不要紧的。

"可是……"证人开始哭了。

"刚才你说，十二月二十三日遇见柏木的时候，他身上穿的是便服，你还为此吃了一惊，没错吧？"

"嗯……"

"你之前从没有看到过他穿便服上学，是吗？"

"嗯。"

"你还记得他那天穿的是什么衣服吗？"

稍稍回想片刻后，证人一边抽泣一边低声说："牛仔裤吧。"

"上身穿着外套吗？还记得是什么颜色的吗？"

证人无奈地摇了摇头。"不记得了。"

"当你向他打招呼说'好久不见'时，他还回了一声'嗯'。"

"是的。"

"一年级的时候，你对柏木说话，他也经常这样回应你吗？"

"是的，他总是这样。"

"谢谢！询问结束。你辛苦了。"

证人立刻朝伙伴们跑去。回到朋友中间的土桥雪子缩成一团，伙伴们为了保护她，将她围在中间。藤野检察官完全没去看这幅场景。

"法官，能休息一会儿吗？"神原辩护人说道。

井上法官默默抓起木槌，"咣"的一声重重敲下。

"休庭十五分钟。"

津崎先生笑了。“哈哈，看来是打了个平手啊。”

他和佐佐木礼子两人走出体育馆，沿着操场边慢慢散步。不少旁听人员都去上厕所或找饮水池喝水，也有几个大人在体育馆门口抽烟。还有一些学生从教室那边朝体育馆跑来。他们中大部分是女生，穿的又多是便服，看上去如同飘然而至的一群蝴蝶。

“还真亏他们找得出土桥雪子这位证人啊。”

“应该不是辩护方找来的。正如证言所说，是她们主动联系神原的吧。看来辩护方高涨的人气还是有点实际作用的。”

夏日的阳光十分强烈，礼子忍不住把手掌遮在眼睛上方。

“你觉得她说的是事实吗？”

津崎先生毫不犹豫地点头道：“我觉得土桥不属于会编造复杂谎言的类型。”

“会不会是在辩护方的诱导下……”

“神原不至于那样蛮干吧。”津崎先生突然笑了起来，把佐佐木礼子吓一跳，“啊，不好意思。我想起休庭后野田说的话了。”

女生真是惹不起。

“藤野太咄咄逼人了。不过即便如此，她也没有完全推翻土桥的证言。这是个因一方受伤而造成的平局。”

“就第一回合而言。”津崎先生说。

“那孩子，可真不简单。”礼子嘀咕道。

津崎先生面露惊讶之色。“你是说藤野吗？”

“她一看就是个优秀的好学生。不过我说的是神原。”

佐佐木礼子回头看了看体育馆的方向。这时，辩护方的支持者们正从拥挤的门口涌出来，土桥雪子也在其中。看到她们出来后，原本就在外头的女生们也围了上去，一下子形成了一个大大的圈子。

女生们手舞足蹈地聊开了。看样子她们是既兴奋又愤怒。土桥雪子还在抹眼泪。

礼子和津崎先生对视一眼，双双朝她们走去了。一名眼尖的女生立刻发现了他们，惊呼道：“啊，是津崎校长！”

“佐佐木警官也来了！”说这句话的女生，是礼子以前来这里作询问调查时见过的。

“你还记得我？”

“嗯。你刚才都看到了吧？藤野她是不是很过分呀？”

看来，礼子跟津崎先生不得不接受这些女生慷慨悲愤的情绪了。

“你们的心情可以理解，但还是要保持冷静。从藤野的立场而言，她这么做也是无可厚非的。”

“可是，她说小雪撒谎！”

“没有吧。她问的是‘你没有撒谎吧？’土桥同学回答‘我没有编故事’，这就行了。在法庭上，这些说法都很正常。”

站在花花绿绿、吵吵嚷嚷的女生中间，津崎先生感慨颇深地眯起了眼睛。

“佐佐木警官，你是不是也要出庭作证呀？”

“估计会的。”

女生们立刻紧张起来。“你是帮哪边的？”

津崎先生不得不训诫她们：“喂，喂，这种想法可要不得。井上法官不是说过吗？就连我也没打算帮哪一边啊。”

“可是，到最后总要站在某一边的，不是吗？”土桥雪子一边用手帕擦着哭得通红的眼睛一边说道。这孩子不是挺能说的吗？

“是啊。可是，这要到最后才能决定。我说，土桥同学，”礼子靠近土桥雪子，“今天出庭之前，你和辩护方一起排练过吧？”

女生们紧张起来，就像一群瞪羚看到一头狮子似的。

“你为什么要问这个？”

佐佐木礼子笑了。“别那么紧张。即便是真正的法庭审判，证人有时也要排练的。”

土桥雪子咬住嘴唇不予回答。记得礼子的那名女生像是要保护她似的抱住了她的肩膀，替她回答道：“是练习过，根据能想象到的问题。我们也在一旁看着。没办法，小雪她会紧张的。”

“刚才在休息室里，小雪就很紧张了。她就是这个样子，太纤弱了。”其他女生纷纷插话道。

“这么说，你们也一起在休息室里等着吗？可是，待在休息室里就不了解法庭上的情况了，不是吗？”

“没关系，为了让小雪镇静下来，我们又排练了一次。”

原来是这样。

“神原有没有说过，估计藤野会问这些问题？”

“说过。”土桥雪子答道，眼角依然挂着泪水，“可是，她刚才那种说法也太过分了，分明是没安好心。”

过分也好，没安好心也罢，藤野检察官和土桥雪子要说的话，神原辩护人都早已成竹在胸。所以在主询问时，他会尽量讨好土桥雪子；到了交叉询问时，土桥雪子请求他的支援，他又假装没看见。

十二月二十三日，柏木卓也来过城东三中。只要能引出这条信息就够了。只要让土桥雪子当好这个角色就行。

针对津崎先生的证言，通过这样的手段给予猛烈的回击，达到这个目的后，土桥雪子的使命便完成了。女生不好惹？没关系。

“我还是挺羡慕小雪的。”处在圈子外侧的一个小个子女生开口说道，随即缩起脖子来，“藤野只是歇斯底里罢了。神原才是真酷。我也想当证人被他询问呀。”

什么呀？什么呀？女生们欢闹起来。看样子还是同意她的人居多。在娇声娇气的喧闹中，土桥雪子挽着同伴的胳膊，就像悲剧的女主角，难免有一点得意。

来帮忙的篮球社成员出现在体育馆的门口，手里拿着扩音器。

“马上要重新开庭了。请旁听的各位回到座位上去。”

津崎先生和佐佐木礼子离开女生们，朝体育馆走去。

“你说得没错，果然非比寻常。”津崎先生说着，露出不好意思的神情，“不过对大出而言，到底是有利还是不利，还不知道啊。”

确实如此。礼子在心中嘀咕着。

可是，有一点是明白无误的。

俊次有了一个值得他老老实实跟着走的辩护人。

休庭后，旁听席出现了一些变化，学生家长的身影减少了，与此相对，刚才在操场上遇见的学生来到旁听席后方，扎堆坐了下来。对那些听个开头就回家的大人，礼子实在难以理解。难道他们不关心下面的审判了？

此时，辩护人和检察官聚首在法官席，似乎在商量着什么。藤野凉子率先发言，井上法官则回复了她的意见。

不一会儿，估计已经统一完意见，他们散开了。藤野检察官对两名事务官低声吩咐了几句，在座位上坐了下来。辩护人神原和彦则站着扫视一周旁听席，望向井上法官。

“审议重新开始。”井上法官说道。

神原辩护人紧随其后：“传唤辩护方的证人柏木则之先生。”

哦，是柏木卓也的父亲。佐佐木礼子端正坐姿。茂木悦男和PTA会长似乎有些吃惊。光听这个名字，很多旁听人员都有些摸不着头脑，于是四下传来低声提示：就是死者的父亲。

柏木则之在野田健一的引导下，从辩护方背后的侧门进入法庭。他身穿西装，端正地系着领带。目光朝下走到证人席后，他与井上法官正面相对。

大出俊次瞪大眼睛注视着正在宣誓的这位证人，眼中露出明显的惊讶之色。礼子感觉到，俊次是在将眼前的柏木则之和自己的父亲，乃至自己心中对“父亲”的印象作比。或许可以作这样的比喻：说起熊猫，脑海里只会浮现出黑白相间的大熊猫的人，一旦发现世上居然有小熊猫这样的动物，自然会感到无比讶异。

在佐佐木礼子的印象中，柏木卓也照片上的模样和母亲柏木功子极为相像，和他父亲倒不怎么像。当然，如果熟悉生前的柏木卓也，或许能在身材、走路的样子以及说话的声音等方面察觉到父子间的相似之处。

“您能参加校内审判，我在此表示感谢。”

鞠过一躬后，神原辩护人照例从表示感谢开始他的主询问。

柏木则之身上集中了体育馆内所有人的视线。他略显颓唐地沉默着，为了让自己挺直腰背，他脚趾用力，牢牢站立着。

一时间，辩护人和证人都沉默了。

“说老实话，”还是柏木则之先开的口，嗓音有点沙哑，“就算现在来到了这里，我还是不清楚到底该不该来参加校内审判。”

旁听席上仍处于中场休息状态，悠闲地摇扇子挥手帕的人们，纷纷停下了手上的动作。

“我能做的，只是跟大家谈谈卓也的情况。哦，不。我觉得如果大家想听，我就来说一说。所以我来到了这里。”

神原辩护人“嗯”地应了一声。

“我也想通过校内审判，来了解作为父母的我们所不了解的，卓也在学校面对朋友时展示出的风貌。当然……”或许是觉得哑着嗓子说话很难受，他干咳了几下，清了清嗓子，“即便了解这一切，卓也也不会回到我们身边，因此丝毫无法减轻我们痛失爱子的悔恨。我妻子，卓也的母亲就认为，无论卓也的死是怎样的恶性事件或事故，当父母的都难辞其咎。所以她不想参与校内审判。”

柏木则之的语调毫无抑扬，甚至有点有气无力。他的这番陈述，至少在佐佐木礼子听来，并非悲痛得使人无地自容。

相反，她只觉得自己被深深吸引住了。

“我——当然也和我妻子认真讨论过……”

这时，柏木则之的视线第一次扫向井上法官和检方席位。

“我想知道，大家在这里到底要作出怎样的尝试。坦率地说，对于大家能否查清卓也死亡的真相，我并不抱太大的希望。和卓也一样，你们都还是些孩子。可尽管如此……”他重新面对辩护人，“既然我已经作为证人出庭，就会尽量回答询问。拜托了。”

神原辩护人默默地回以一礼，然后说道：“询问会相当耗费时间，请您坐下吧。”

辩护人拿起手边的文件刚要打开，文件却“哗啦”一声掉落在地。在寂静的法庭，这一声“哗啦”便显得出奇地响亮。

礼子看到他做了个深呼吸。

“我首先要问的是，”将打开的文件放回桌上，神原辩护人抬起头，“如今，柏木先生您认为，柏木卓也是由于什么原因死去的？”

他单刀直入，一开口就是这个敏感问题。

柏木则之回答：“不知道。”

“您不知道吗？”

“是的，我自己也很混乱。曾有一段时期，对卓也的死因我有着自己的理解，现在却丧失了那样的确信。不……”他急忙补充说，“那时也只是自以为知道，因为并没有让我确信卓也死因的物品。”

措辞严谨得令人心酸。

“就是说，以前并不像现在这样混乱，是吗？”

“是。我想是这样的。”

神原辩护人点了一下头，从文件中抽出一张纸。

“那接下来，将询问柏木先生心情发生变化的过程。”

他轻轻地举起手中的纸张，向法庭展示。

“去年十二月二十八日上午十点，在火葬场‘东邦大厅’举行了柏木卓也的告别仪式。这是临出殡前，丧主柏木先生所作发言的底稿。柏木先生一直保存着当时的底稿。我将其作为辩护方的第二号证据提交法庭。”

井上法官身体前倾，郑重其事地问：“证人允许这么做吗？”

“是的。是我主动给神原辩护人看的。”

“本法庭受理了。”井上法官简短地说。

“现在，我读一下发言稿后半的部分内容。”

神原辩护人的目光落到了底稿上。

“圣诞夜，卓也为什么会去学校？他有没有爬上屋顶？直到现在我们都不清楚。当时的卓也是怎么想的，又为什么选择了死亡，我们也不得而知。如果时光能够倒转，让卓也亲口回答这些问题，我宁愿用生命交换这个机会。”

神原辩护人直白地念着底稿，旁听席上掠过一阵低声的喧嚣。

“卓也没有为我们写下点什么。他就这样默默背负着一切，踏上了旅途。或许是不想让我们为他担心吧。”

陪审员仓田真理子用手蒙住了自己的眼睛。

“柏木先生的发言是这样结尾的——要珍重生命、善待生命。就把这些当作卓也的遗言吧。我相信，那孩子的在天之灵肯定也是如此坚信的。或许正是这份坚信，才让卓也选择了死亡。”在一片寂静之中，神原辩护人说道，“回忆当时的情景会令人痛苦。真是对不起。请问，我刚才朗读的发言内容是否有差错？”

“没有。”

“您还记得发言的内容吗？”

“我一直都记得，从来没有忘记。”

再次深呼吸并点头后，神原辩护人继续说：“仅就该发言的内容来推测，在举办告别仪式的那段时间，柏木先生认为柏木卓也是自己选择死亡的。请问，这样的理解是否有错？”

证人柏木则之毫不犹豫地答道：“没有。”

“那当时您为什么会那样想呢？”

所有来场者的视线都集中到了柏木则之身上。

“最大的理由，当然还是……”他的语气依然很平淡，“卓也那时总是闷在家里，好像正为什么事而苦恼。”

柏木则之举起手按住自己的额头，很快又放下了。

“在丧主发言中我也提过，卓也原本就是个想得很多的孩子。他有个毛病，一些大人或普通的孩子从不会深入考虑的问题，他也会非常关注，不知不觉就会钻起牛角尖。”

“请允许我确认一下。”神原辩护人看着发言稿念道，“卓也是个想得很多的孩子。”

“对，就是那一部分。”

“您还说，‘他总是会对一件事过于投入，难以自拔。’‘或许是那孩子太过单纯了吧。’”

“是的。我至今仍然是这么想的。”

“柏木卓也有考虑问题过于深入的癖好。特别敏感，热衷思考，是吗？”

“就是这么回事。所以……”

停顿片刻后，柏木则之又滔滔不绝起来。

“当时看到卓也拒绝上学，我并没太当一回事。当然，我也没有轻视，因为卓也常常深入思考一些普通孩子不怎么放在心上的小事，我想他不愿上学的原因可能源自于此。我的意思是，他会拒绝上学，未必是因为成绩不好、跟班主任合不来、和伙伴们相处不融洽等具体的缘由。卓也心中的烦恼可能更抽象，是偏向于哲学性的东西。”

“柏木卓也的烦恼或许源自他的内心，可以这样理解吗？”

“是的，是的。就是这个意思。”

证人柏木则之话语间的气势明显增强了。

“从古至今，这样的孩子或青年和死亡的亲和性往往很高。古典文学会频频采用这种题材。我想到，怀着类似烦恼的卓也也许会被吸入死亡的黑洞。至少在告别仪式那会儿，我是这么想的。”

将手中的稿纸轻轻放回文件中，神原辩护人的手放在了桌面上。

“我想针对这种抽象而带有哲学意味的烦恼再询问几个问题。柏木先生，您和卓也就这方面的话题交谈过吗？”

证人重重地点了点头。“交谈过。交谈过好多次。”

“在什么时候？”

“从那孩子还很小的时候就开始谈论这些话题了。最早大概是在他小学三年级的时候。”

“都说了些什么？”

“关于家里养的小鸟。那是一对金丝雀，其中一只死掉了。当时，我们是从有生命的小动物为什么会死去开始谈起的。如果只是因为自己喜欢的宠物死去而感到难过，那任何孩子都会这么想。可卓也是这么问我的……”

金丝雀知道自己是活着还是死了的吗？金丝雀会不会不想死呢？

“当时是雄鸟死了，剩下一只雌鸟。卓也就问我，剩下的那只雌鸟会不会难过？金丝雀会有这样的感情吗？”

神原辩护人和他的助手们都不动声色，被告大出俊次倒是露出了不知所措的表情：原以为是熊猫，仔细一看，原来是外星人啊。

“我回答说，也许金丝雀不明白什么叫作死亡。但雄鸟不在了，雌鸟一定会知道。于是卓也就问我，知道‘死亡’这个概念的只有我们人类吗？我回答说，大概是这样的。”

证人摸着自己的额头。法庭里太闷热，他开始出汗了。

“我当时认为，卓也在考虑‘死亡’的同时，也同样在考虑‘生命’。那孩子从小就体弱多病，我和我妻子都担心过他会不会过早夭折。卓也本人应该也知道自己的体质不如其他孩子。他会去考虑‘死亡’或‘生命’，从某种意义上说，是顺理成章的事。也许想得太早了一点，但我认为，认真对待这些问题对孩子绝非坏事。因此，每当卓也提出这方面的问题，我都会认真思考，尽力回答。”

旁听席上传来几声叹息。

“类似的谈话，在这之后还有过多次，是吗？”

“是的。有时是在卓也生病卧床的时候，有时是某位亲戚去世的时候，有时是他读完某本书谈起感想的时候。”

急切诉说着的柏木则之谈到这里，重重地叹了口气。

“卓也是个早熟的阅读爱好者。上小学高年级时，他便开始阅读面向成人的文学作品了。每当读到主人公死于非命或遭受命运作弄时，卓也就会怒不可遏……”

“怒不可遏？”

“是啊。”证人微微一笑。这是他出庭以来首次露出笑容。“他真的会发火。他会问：死亡真的这么不讲道理吗？世道真的如此不公平吗？”

“每当这种时候，柏木先生您都能耐心地跟卓也交谈吗？”

“是的。可随着这孩子的长大，便开始出现我无法回答的问题，或是说不过他的情况。”

“是在谈论什么话题的时候？”

证人思考片刻，斟酌字句后答道：“人生有意义吗？人到底为了什么而活？死亡对任何人都是平等吗？诸如此类。”

面对一一列出话题的证人，这次轮到神原辩护人微微一笑。

“都是些很难回答的问题。”

“是的。尽是些难以回答的问题。此外还有一些，比如‘世上有没有绝对正确或绝对错误的事？’‘有没有百分之百的善和百分之百的恶’等等。我都没能好好解答。”柏木则之低声说，“我告诉他，这些都是人类永恒的命题。他听了很生气，说我在糊弄他。那孩子简直是个小人精。”

他的语气十分温柔，还带着几分骄傲。

“由于卓也性格敏感，还从小体弱多病，对他来说，死亡并非与己无关。许多普通的孩子不会放在心上的事物，他也会深入思考。而这就是他死亡——自杀的原因。柏木先生，您当时就是这么认为的，对吗？”

柏木则之证人重重地点了点头，答道：“是的。是这样的。”

“好的。下面我要询问卓也去世之前的情况。您是什么时候知道他拒绝上学的事呢？”

“在他不上学的第五天，听我妻子说的。”

“第五天？而且不是卓也本人说起的？”

“是的。说来惭愧，如果不是我妻子告诉我，我真不知道要到什么时候才会知道。我工作很忙，休息天也常常要出差或招待客户。”

“可即使如此，您还是经常和卓也交谈，是吗？”

“你是指刚才所说的那种交谈吗？”

“是的。那些话题相当深入啊。”

“是的。不过那些交谈基本都是突发的，譬如一起吃饭的时候，或者晚上睡觉之前，而且都是由卓也主动向我提问的。”

证人歪了歪脑袋，似乎又不知该怎么说才好了。

“老实说，除此之外的日常话题我们很少谈及。比如电视节目的内容、他和朋友间的关系、学校里发生的事等等。我工作忙，卓也也不爱多说话，因此除了讨论问题之外……”

“日常交谈的机会很少，是吗？”

“是啊。可是，父子之间不都是这样的吗？我跟我父亲就从来不谈日常琐事，只在有急事的时候交谈一下。不过，我和我父亲之间没有谈过卓也和我谈论的那些话题。直到卓也去世为止，我一直认为，我们父子间的交流应该算十分深入并且充足的。”

他的声音越来越小，最后几乎听不见了。

神原辩护人也略微放低音量：“我冒昧地问一句，您认为拒绝上学是很严重的情况吗？”

“是的。”柏木则之点了点头，“对一名学生，而且是卓也这样尚处义务教育阶段的学生，上学是一件义不容辞的大事。不过，对于重要的程度，我，不，我跟卓也都有一些有别于常人的想法。”

“卓也拒绝上学后，您和他交谈过吗？”

“交谈过。我去他的房间，和他面对面谈了大约一个小时。”

“具体都谈了些什么？”

“首先，我问了他不去上学的理由。”

井上法官眯起眼睛。旁听者们全都注视着柏木则之。

“卓也回答说，因为太无聊。”

“因为太无聊。”神原辩护人重复道。

“是的。我预料到他会这么回答，因此我并不感到惊讶，只是想问清楚，到底哪里无聊了。”

“卓也是怎么说的？”

“或许有点对不住老师们，卓也他对上课内容不太满意。”

“如何不满意呢？”

“说老师授课要照顾成绩不好的学生，对他而言太简单了。”

证人这才注意到旁听席上有这么多人在听。

“用卓也的话来说，待在那样的学校里，会变成傻瓜的。”

井上法官眨了几下眼睛，往上推了推银边眼镜。

“我问他是否想转学，卓也说他没有这方面的打算。他觉得学校这种体制本身就很没意思，他只想一个人思考一阵子。我觉得这样也不错。”证人继续说，“就像我刚才讲过的那样，卓也既早熟又较真，在有些家长看来或许还十分任性。我也曾经大动肝火，找出很多歪理来训斥他。”

“在那次谈话中，您没有训斥他吗？”

“没有。卓也对‘学校’这一体制本身提出疑义，表示不愿意上学，已经不是第一次了。所以我刚才说，他会拒绝上学，多少也在我的预料之中。我对此并不感到震惊。”

这还是头一回听说。礼子用余光扫了一眼茂木悦男，发现他身子前倾，正听得入神。

“卓也是小学五年级时转学到这里来的。他之前在琦玉县上学。那时，他成绩很好，跟同学们相处融洽。”

因此，卓也讨厌转学。

“我还以为，他是因为要和朋友分手觉得难过，可他说不是为了这个。准确地说，他并不讨厌转学，而是想借此机会不去上学。”

“这是为什么？”

“那时，他给出的理由也是‘无聊’。他不明白，为什么一定要上学？做老师的为什么总是那么盛气凌人？他说，老师只是老师罢了，应该没有任何特殊的权力。”

神原辩护人稍稍皱起了眉头。“我确认一下，卓也在琦玉县上学时，没觉得有什么特别的问题吗？”

“是的。所以我当时大吃一惊，赶紧追问，是不是老师有问题？是不是和小伙伴们吵架了？卓也全都否认了。我问他是不是出了什么事，他也回答不是。”

只是觉得无聊罢了。

“我使了点大人的欺骗手段，告诫他，新的学校或许不会无聊。卓也并非真的心服口服，可最终还是去上学了，也很快习惯了新环境。至少看起来不像有什么问题，校方也没有来反映情况，我便松了口气。我妻子也一样，还对我说，‘卓也真是个难伺候的孩子。’”

说到这里，柏木则之证人突然低下了头，身子僵硬，像在极力忍耐着什么。

“我当时还对我妻子说，‘难伺候的孩子，长大了都会成为大人物。’现在想想，那时还真是不知轻重。可当时我真是那么想的。对卓也的担心，仅仅集中在他的健康方面。哦，对了……”他赶紧补充道，“我们注意到，他朋友很少，也很少到外面去玩。不过，也不是所有男孩都想当孩子王，朋友也不是越多越好。我自己小时候就是个十分内向的孩子，也不赞成用统一的标准要求孩子。总之，我认为那就是卓也的个性，只想好好守护着他。”

“明白了。”神原辩护人说，“由于卓也小学五年级时的那次谈话，柏木先生您觉得，他从去年十一月中旬开始拒绝上学的行为并非重大问题。您决定尊重卓也的意志，并好好守护他，是吗？”

“是的。既然他希望独自思考，就让他去思考。人生还长着呢，即使要休学一两年，也没什么的。”

确实，这样的想法有别于常人。别的为孩子不愿上学而烦心的家长，在反复思索和纠结后，或许也会得出同样的结论，只是恐怕需要更多的时间。

“除此之外，卓也还有过针对学校的不满言论吗？”

“有。他说学校不考虑每个学生的个性和能力差异，对每个学生提出相同的要求，并希望得到相同的成果。”证人也意识到会场内的氛围不太对劲，但还是毅然决然地说了下去，“他认为老师都靠不住。不少亲切和善的老师只是些老好人，没什么才能；还有一些老师完全没有身为教育工作者的觉悟和才智，选择这一职业只是为了显摆自己或支配他人；甚至还有暴力倾向明显的老师。在学校，学生是弱者，老师拥有绝对的权力，而有些老师不能正确理解并妥善使用自身的权力。他不明白，为什么非要听那些只会把自己的意志强加给学生的老师的话。”

一鼓作气说了很多，他停顿了一下。

“他还说，对于社会，建立学校这种体制只是不得已而为之，可城东三中的老师们并不明白这个道理。他们认为学校是神圣的领域，是手握权力的他们可以为所欲为的场所。”

柏木则之的话还没有说完，旁听席便响起了议论声。井上法官似乎也很震惊，竟没有制止这越来越喧闹的议论。

茂木悦男不怀好意地笑着，连口水都要流下来了。PTA的石川先生一脸露骨的激愤，他斥责道：“喂，你笑什么笑？”

礼子差点笑出声来。她赶紧缩紧了脖子。

“对这番发言，大家会感到愤怒也在情理之中。”柏木则之证人回头对旁听席说。为了镇住全场，他还提高了嗓门，“这些话是自作聪明，是危言耸听。没错，我当时也是这么认为的。可是，我又觉得卓也这番话并非全无道理。因此，我没有劈头盖脸地训斥他。我不会命令他不准胡言乱语，老老实实地上学去。”

“您也向卓也提及您的这些内心感受了吗？”

“提过。卓也说，‘谢谢了。’”

“那时，”神原辩护人紧紧盯着柏木则之，“您知道卓也开始不去上学的前一天，在理科准备室里发生的事吗？”

证人立刻点了点头，答道：“知道。也是听我妻子说的。”

“关于此事，您问过卓也吗？”

“我仔细问过。我对他说，你对学校和老师有自己的看法和主张，这些我都明白。那么，你不愿上学的直接原因，是不是那次打架事件？我当时追问得很紧。因为，如果原因真的在这里，那作为家长，我就必须有所作为。”

“那卓也是怎么回答的？”

“他说，那不算什么。”

无聊。

“他说，‘他们太烦人了，还跑来惹我，我回了他们几句，就打起来了。我没受伤，也没有打伤他们。老师们大惊小怪的，可对我来说一点不算什么。我早就觉得学校没意思了，跟那些家伙无关。’”

“也就是说，他没有受到欺凌或恐吓？”

“我也这样问过。卓也反倒笑了起来，说他才不会让那些家伙欺负呢。”

佐佐木礼子看了看被告。大出俊次脸上显露出不愉快的神色，摇晃着身体。野田健一正在对他说话，大概是让他不要乱动吧。俊次瞪着野田健一，可健一并不退缩，只是紧绷着脸重新端正坐姿。

“卓也拒绝上学后，城东三中当时的校长津崎先生、卓也的班主任森内老师和年级主任高木老师三人，在一个半月左右的时间内，对他家访过四次。请问，您跟他们见过面吗？”

“我没有跟这些老师见过面。家访的情况都是听我妻子说的。”

“您没有想过要对学校做些什么吗？”

“没有。”立刻作出回答后，证人又缩起了肩膀，“现在看来，卓也对城东三中的评价难免有不实之处，但当时我完全接受了他的说法。我是指卓也对学校某些具体方面的不满。”

“原来如此。”

“因此，对于让卓也进入公立学校读书，我曾经后悔过。在公立学校，正如卓也所言，天赋差异巨大的学生都混在一起。老师们为教育差生疲于奔命，无法因材施教，照顾全体学生。从卓也口中我得知，与他发生冲突的……”柏木则之的目光转向了大出俊次，“被告他们的行为后，我的想法越发坚定了。既然对这样的学生都放任不管，那还能期待城东三中的教育质量吗？我认为，城东三中的老师们在能力方面确实有所欠缺。”

神原辩护人默默地听着。

“我也对我妻子说过，如果老师们不讲道理，非要卓也去上学，那我会挺身而出。如果家访太频繁，总是来纠缠不清，那可以让他们吃吃闭门羹。”

他要守护卓也。

“我要守护卓也的心。那孩子已经否定了城东三中，甚至再也无法认可‘学校’这一体制了。不过这世上还是有好学校的。我准备多花点时间慢慢和卓也交谈，等他有所动摇后，再考虑转校。”

旁听席又开始喧闹起来。井上法官抓起木槌。

“卓也又是如何评价被告及他的同伙的呢？”神原辩护人的提问平息了喧闹。

“你是说‘评价’吗？”

“是的。除了提到他们是问题很多的家伙之外，具体还说过什么？”

证人考虑了一会儿。法庭在等着他。礼子感觉，整个法庭都在蠢蠢欲动地等待着下文。礼子自己也是如此。

“昆虫一般的家伙，他说。”

神原辩护人眨了一下眼睛。“啊？”

“卓也说，他们都是些昆虫一般的家伙。我的理解是，他是在强调那些人跟他自己的区别。”

旁听席上有人笑了起来。且不论失笑还是苦笑，都包含有同感的成分。大出俊次本人似乎吃了一惊，估计还没有回过神来。礼子心想，如果说“害虫”，也许俊次还能理解得更快一些。

“是昆虫吗？”神原辩护人脸上的惊讶之色尚未褪去，“不是害虫？”

何必真的说出来呢！

大出俊次发飙了：“什么屁话？喂，你刚才说了什么？”

他猛地揪住微微欠身的神原辩护人。野田健一大惊失色，赶紧插进去劝架，却立刻被抛在一旁。山崎法警飞快地跑了过来，动作干净利落，毫无多余，令人叹为观止。

“谁是害虫？你再说一遍试试！你这个混蛋！”被山崎法警扭住胳膊的大出俊次朝神原辩护人咆哮着，还狠狠吐了一口唾沫，“我一直不吭声地听着，你倒越来越来劲了。你以为你谁呀？”

“被告，肃静！”

井上法官也成了他的攻击对象。

“井上，你小子也是，啰嗦个屁。还穿黑袍呢，你这个笨蛋！穿成这样简直就是个变态！”

旁听席哄堂大笑，这让大出俊次更加起劲了。山崎法警将他的手臂扭到背后，将他的身体夹在自己的身体和桌子之间，不让他乱动，擒拿手法精准漂亮。可大出俊次的嘴还是自由的。他时而狂笑时而怒骂。变态！笨蛋！傻瓜！还越骂越来劲。

井上法官重重地敲了一两下木槌，高声喝道：“警告被告，立刻停止这种违规发言。这次是警告，如不听从……”

大出俊次大声嘲笑道：“你又能怎么样？啊？”

井上法官又重重地敲了一下木槌。“被告，立刻闭嘴！”

“你看什么看？有什么好看的？”

大出俊次的攻击目标又转向了证人。柏木则之站在证人席上，从礼子所处的位置只能看到他的侧脸，因此看不清他到底是惊呆了，还是在嘲笑。

“有什么好笑的？你这个混蛋，我杀了你！”

山崎法警按下俊次的头，使他的上半身完全贴在桌面上。俊次的脑袋撞到桌面，发出很响的“咣当”声。

“啊，好痛！”俊次叫唤着。

井上法官露出冷酷的眼神。“我命令，被告退庭！法警，请将被告带出法庭！”

山崎法警毫不费力地将趴在桌子上的大出俊次提起来，迫使他原地向右转后押解至出口处。

“放手！山崎，你他妈的干什么？我不出去。我有权待在这里！我有权利……”叫着叫着，大出俊次的身影不见了。他们一出门，门就紧紧关上了。

旁听席沉默片刻后又开始喧闹起来，有人站起身，还有人在笑。是茂木悦男在笑。注意到周围的人都在看他，他说了声“对不起”，掏出手绢来擦了擦嘴角，装出一副若无其事的模样。

“各位，请保持安静。请大家都坐下。证人也请坐下。”

柏木则之小心地将椅子拉到身边，坐了下来。辩护人和他的助手都回到了规定的位置。

“对不起。我们向法庭致歉！”

辩护人和助手低下了头。还有人在笑，这次不止一个。不过其中不包括茂木悦男。

这时，山崎法警从辩护方背后的侧门回来了。他完全不为所动，就像教室里飞来一只嗡嗡叫的苍蝇，他只是挥了挥手将其赶跑一般。他直接走到法官席附近，对井上法官说了句话。井上法官一脸严肃地点点头，说了声“你辛苦了”。

“证人，”井上法官对柏木则之说，“可以继续吗？需要休息一下吗？”

“不需要。我没问题。”

柏木则之十分镇静，语气中还带有一丝佩服的意味。至于他在佩服谁，答案自是不言而喻。

“你真厉害。”他对回到岗位上的山崎法警说道。

山崎法警默默向他点头回礼。

“哦，对不起，我刚才说的也是‘违规发言’吧。”证人慌忙道歉，又引发旁听席上一片笑声。

一直板着脸的陪审员们也都露出了笑容。一个个子很高，明显是运动社团成员的男生对周围的同伴说了句话，大家都对他点头。只有胜木惠子依然脸色发白，担忧地望着大出俊次的身影消失的门。

“庭审继续进行。”

礼子很想知道俊次现在在哪里，又不愿意中途退场。东张西望之时，她发现津崎先生在对她使眼色，于是起身朝后方走去。

虽然有点不好意思，神原辩护人还是重新开始了他的主询问。

“卓也评价被告像昆虫，与自己有着本质的不同，是吗？”

“是的。多少有几分‘害虫’的意味。我觉得你刚才的反问并非不着边际。”

随后，柏木则之又抬头望向井上法官。

“我认为卓也的说法含有蔑视被告的意味。在我们交谈时，我就是这么想的。”为了更准确地说明，他特意作了强调，“我认为，卓也真正想说的是：他们对任何事物都不会深入思考，从不愿意学习知识，只追求眼前的乐趣。他们太懒惰，只会关注一些表面上看起来有趣的事物，对未来毫无展望。在卓也眼里，他们不能算人类，仅仅是‘生物’而已。”

“真是严厉至极的见解。”神原辩护人小声地说。

“是啊。可这不正是那个年龄段的孩子真实的想法吗？”

对此，神原辩护人做出了似笑非笑的表情，并没有回答。

“正因为卓也表明了这番见解，柏木先生您当时打消了他受到被告及其同伙的欺凌，为了躲避他们才不去上学的疑虑，是吗？”

“是的。”

“可是之后，这样的疑虑却又死灰复燃了？”

“是的，确实如此。”说着，证人又低下了头，“过了很长一段时间，我被告知有人写举报信，说其实是被告等人叫卓也出去，并将他推下楼顶，杀死了他。据说，那封举报信是一个目睹了凶杀全过程的人写的。这一情况，使我和我的妻子发生了巨大的动摇。”

这时，旁听席上突然有人高声叫喊。“等等。不是这么回事！”

喊话的人站在旁听席的最后一排，是个年轻男子。礼子觉得他很面熟。“啊！”她马上想起来了。

他是柏木卓也的哥哥。

“我父亲的话中有虚假的成分。你说是不是，父亲？”

年轻人一边大声呼叫证人，一边朝法庭前方走去。

“请让我也出庭作证。我是卓也的哥哥。我叫柏木宏之。我要与父亲对质。我父亲描述的是卓也的假象。”

藤野凉子从检方席上站起身，走上前去，像是要迎头痛击来犯之敌似的：“柏木先生，请您回到座位上去。”

佐佐木吾郎也跳了出来，拦住了柏木宏之的去路。柏木宏之将他一把推开，继续逼近自己的父亲。

“父亲，你别再制造假象了！”

法庭再次喧闹起来。

井上法官按兵不动，注视着眼前的局面，手里紧紧握住木槌的柄。陪审员们坐不住了，有几名男生探出身子，像是要保护女生。旁听席上的人们也都惊慌起来，前排已经有人逃走了。

此时的柏木则之依然站在证人席上，没有移动半步。这样下去，柏木宏之若要扑过去一把揪住父亲，简直轻而易举。

法警山崎晋吾出动了，动作依然很精准。他飞快移动到一路猛进的柏木宏之跟前，将手搭在他的左肩和右肘上。

“请回到座位上去。”山崎法警的说话声很轻，礼子只能勉强听到。柏木宏之却被他的这句话镇住了，动弹不得。他瞪着眼前这个个头比自己小得多的法警，似乎在说：这家伙到底什么来头？

“宏之，你别闹了。”证人席上的父亲很难过，他的话语与其说是规劝，倒不如说是安慰，“你想跟我对质，就好好地去办手续，不要给大家添麻烦。卓也要是看到我们这样争执，也会感到害臊的。”

宏之狭长的脸一下子变红了。“你这是胆小鬼的胡话。”

他还想逼近父亲，山崎法警却像一堵墙似的拦在他面前。柏木宏之转动眼珠，似乎在想：这小家伙，我怎么就闯不过他这一关呢？

与此同时，他还固执地想发言：“我……”

“请回到你的座位上去。不然，我可要让你退庭了。”井上法官俯视着他，厉声说道，“你已扰乱了法庭的秩序。”

面对井上法官近乎冷酷的语调，柏木宏之一下子说不出话来。他看到，由于自己给法庭带来了混乱，旁听席上不断有人从通道离开；陪审团里那些和死去的弟弟同龄的少男少女们正远远地围观自己，脸上带着惊恐的表情，法警毫不动摇的态度又与他们形成鲜明对照。他像突然清醒了过来，无力地垂下肩膀。

“我无意扰乱法庭。”他说道。

这时，津崎先生从法庭后方快步走上前来。他好像外出后又回来了。身材矮小的津崎先生来到柏木宏之身旁，抓住他的一条胳膊，低声对他说了句话，随后拖着他朝旁听席后侧走去。柏木宏之倒也十分听话地配合着他。

旁听席上方才离开座位的人此时纷纷回来了。佐佐木礼子起身走向津崎先生和柏木宏之的方向。那两人正要在旁听席最后一排的右侧坐下。

“我是城东警察署少年课的佐佐木。”

佐佐木礼子自报家门，朝津崎先生点了点头。她强行占了个位子坐下，将柏木宏之夹在自己和津崎先生中间。

“你是柏木卓也的哥哥吧？我还是第一次和你见面，请允许我坐在你身边。”

旁听席上有很多人正回头看他们。过了兴奋劲头的柏木宏之被这些人看得很不好意思。

“你的心情，我们不是不能理解，但还是要请你遵守这里的规则。”礼子对他说道，然后又问津崎先生，“大出俊次怎么样了？”

“在辩护方的休息室里，北尾老师正在教育他。”津崎先生用手遮在嘴角边低声说道，“我见他不需要帮忙，就马上回来了。柏木同学，你不要紧吧？”

柏木宏之之前涨得通红的脸，现在又变得一片惨白，没有半点血色，完全成了另一个极端。

“对不起。”他的声音特别小，“我刚才实在是忍不住了。他的话简直是一派胡言。”

“他是不是在说假话？如果是，他又为什么要这样说？为了理解你父亲此刻的心情，你必须认真地听他说完。”

津崎先生轻轻抚摸着柏木宏之的后背。柏木宏之已经变得垂头丧气了。

“刚才，我不自觉地叫你‘柏木同学’了。”津崎先生抚摸着柏木宏之的后背，干咳了几声。他的眼眶通红通红的。

柏木宏之沉默了。他的眼睛也是红的。

“继续进行证人询问。”高声宣布后，井上法官用威严的目光扫视整个法庭，似乎在说：再有任何人扰乱法庭秩序，就让他吃不了兜着走！原来好学生井上康夫也会露出如此凶险的眼神。

“柏木先生，您请坐。”

等证人坐下后，神原辩护人像什么都没有发生过似的继续他的主询问。

“后来，由于一封举报信的出现，冒出柏木卓也的死是凶杀案的疑云，柏木先生您对此事的看法也发生了重大转变。”

“是的。”证人用力点点头，整个上半身都跟着一起动了，“卓也是被人杀死的，有人目击了凶杀现场。我和我妻子一下子很难接受这个信息。”

神原辩护人从文件中取出一张纸，举在右手，向法庭作了展示。

“这就是那封举报信，在今年一月七日以快信的方式寄给当时的校长津崎先生。这是津崎先生提供给我们的。”重新面向陪审员后，神原辩护人继续说，“举报信不止一封，不过内容都相同。对于存在举报信这个事实，检方和我们辩护方并没有争议。因此，我们将这封举报信作为双方共同的一号证据提交给法庭。今后，凡是仅提及‘一号证据’，就是指这封举报信。”

陪审员们纷纷点头，只有胜木惠子不知在想些什么，又回到了魂不守舍的状态。

“我读一下举报信的内容。”神原辩护人说，“举报信——原文本就有这样的标题。全文换行很多，有点像诗歌。但我下面的朗读将优先考虑语义的连贯性，而不作逐行断句。”

刚才多少有些说话声的旁听席，现在彻底安静了下来。

“城东第三中学二年级一班的柏木卓也不是自杀的。他是被人杀死的，是被人从学校的屋顶上推下去的。圣诞夜那天，我看到了，我在现场看到了。柏木还发出了惨叫。”

证人席上的柏木则之浑身僵硬，为了照顾他，神原辩护人停顿了一下。

“把他从屋顶推下去的，是二年级四班的大出俊次。桥田佑太郎和井口充也帮他一起推。后来他们三个人笑着逃跑了。”

神原辩护人又停了下来。这次不是为证人，而是为了换口气。

“我由衷地恳请……”

即使是平白的朗读，声音也会传到天花板，形成回音。

“重新调查这一案件。像现在这样，柏木就死得太冤了。拜托了。请通知警察。我由衷地恳请你们。”神原辩护人将举报信放回文件中，补充道，“该举报信是用汉字和假名混合写成的，没有错字。只出现过一次的主语‘我’是用片假名写的。”

证人席上的柏木则之缓缓点头。

“柏木先生。”

“在。”

“您还记得我刚才朗读的内容吗？”

“记得。就是我看到的举报信上的内容。”

“这就是您刚才说的，让您难以立刻相信的信息？”

“是的。”柏木则之愤愤不平地说，“还对我和我妻子隐瞒了近两个月。这一点给我们的刺激相当大。”

这是值得提高嗓门说出来的证言。

柏木宏之皱起眉头，低下了头，坐在他对面的津崎先生也低下了头。礼子抿紧嘴唇，看了两人一眼，视线又回到了法庭前方。

神原辩护人问道：“柏木先生，您是什么时候知晓有这样一封举报信的？”

“是在二月二十四日，为卓也举办七七法会那天。是当时的校长津崎先生告诉我的。”

“在此之前，您完全不知道？举报信用快信的方式寄到学校是在一月七日，可您知道此事时却已经是二月底了，是吗？”

“是的。知道此事时，由于太过突然，我惊得说不出话来。”

“柏木先生，您见过举报信实物吗？”

“见过。不过，最早给我看这封信的人是HBS电视台的记者。他叫茂木悦男，是节目组的工作人员。”

“你持有举报信实物吗？”

“我没有。因为没有寄给我。”

神原辩护人为了强调语气，故意放慢了语速：“举报信没有寄到您家里？”

“是的。”

“无论在一月中旬还是二月底，都没收到？”

“是的。”

“也就是说，在二月底前您完全被排除在外了？”

“是的。不过后来想想，倒有过那么一件蹊跷事。那还是在学校办开学典礼的那一天。”

一月七日晚上八点左右，柏木则之下班回家后，妻子柏木功子对他说，傍晚时分津崎校长来过电话，问了一件莫名其妙的事。

“莫名其妙的事？那是什么？”

“有没有人给我或我妻子寄来匿名信。”

“您对此作何反应？”

“我马上给学校打了电话。是津崎校长接的电话，当时他问了我同样的问题。于是我反问他，说我们家没有收到这样的信件，可这匿名信到底是什么样的信呢？”

“津崎校长是怎么回答您的？”

“他说那只是无聊的恶作剧。”

说到这里，柏木则之的话音里开始带上感情色彩了。

“他说，具体情况我们还是不知道为好。那只是恶作剧，既然我们家没收到，那就是再好不过了。”

“那么，柏木先生，您当时是怎么想的？”

“我当时还是有些担心的。我想知道匿名信的内容，可津崎校长坚持说那只是无聊的恶作剧。根据津崎校长在卓也去世后的应对和态度，我当时觉得他值得信赖。不知不觉中，我就被他说服了。”

等柏木则之的发言传遍法庭，神原辩护人才继续说下去："我想确认一下，开学典礼那天，您和津崎校长有过这样一段交谈，而且您被他说服了，于是便不再追问。您是在二月二十四日才获知举报信的存在，在此之前，校方从未对你提及。事实是这样吗？"

"是的。"

"当时，从茂木记者那里，您还得到过其他信息吗？"

"有。"证人柏木则之屏息许久，又飞快地述说起来，"茂木先生告诉我，他知道有举报信，是因为有人写信给《新闻探秘》节目组。那封举报信原本是寄给卓也的班主任森内老师的，却被她撕毁丢弃了。捡到这封举报信的人看了信的内容，认为事关重大，便写信给了电视台。"

"根据那封观众来信，茂木记者开始了他的采访，是吗？"

"是的。他打电话给城东三中，是津崎校长接听的。对举报信的事，这位校长还想蒙混过关，当茂木记者告诉他自己持有举报信的实物时，他的态度立刻发生了转变。他说学校是教育机构，不接受采访。茂木记者声称要采访学生，津崎校长的态度又有了明显改变，说愿意和茂木记者见面。"

"当时，茂木记者掌握的情况仅限于此吗？"

"不，不是。"柏木则之立刻答道，"不只是这些。他还知道针对举报信，城东三中的部分教师对二年级学生展开过询问调查。"

"询问调查？这又是什么意思？"

"就是排查犯人。寻找写举报信的学生。"

"自收到举报信，到茂木记者开始行动之前，校方开展了这项调查活动，是吗？"

"是的。茂木先生称自己是亲自听津崎校长说的。津崎校长还说，在校方采取措施时，如果媒体再参与就乱套了，因此希望他不要采访。"

“我再确认一下。您之前不知道询问调查的事吗？”

“不知道。校方根本就没有通知我们。那段时间，我们考虑的尽是些为卓也服丧、七七法会，还有为那孩子建坟墓之类的事。”

礼子偷偷看了眼津崎先生，周围也有旁听者在回头看他。被学生亲切地称为豆狸的津崎先生两眼直视前方，默默承受着众人的视线。

“也不只是学校的过错，其实，我的父母也在逃避。”像是要维护津崎先生似的，坐在旁听席最后一排的柏木宏之嘟囔起来，“既然得知有举报信，就应该深入了解。就因为他们半途而废了，才会这样不了了之。不过，对我父母而言，重要的不是真相，而是保住卓也的‘伪装’。”

津崎先生什么也没说。佐佐木礼子也沉默着。柏木宏之用手擦了擦脸，咬住嘴唇，也不吭声了。

“到底发生了什么，当时我根本弄不明白，简直头昏脑涨。”证人说着，一只手按在额头上，他现在似乎也有点头晕目眩，“茂木先生对我说，要是能早一点采取行动就好了。由于寄到节目组的观众来信太多，没能及时发现，他为此表示了歉意。他还说，采访得晚了，就等于给学校的隐瞒工作提供了宝贵的时间，但他会尽力突破阻碍，弄清真相。”

礼子不得不承认，《新闻探秘》的突破能力确实很可观，甚至可以称之为“破坏力”。

“举报信中列举的人物就是与卓也发生冲突的三人帮。不过，我和我妻子并未立刻全盘接受。”为了平息自己急促又混乱的气息，柏木则之做了个深呼吸，“正如我刚才所说，卓也拒绝上学后，我曾严厉追问过他和那三个人的关系。我认为卓也的回答并无虚假成分。可是……”

说到这里，他的呼吸有点不太顺畅，听上去相当难受。

“我又冒出一个疑问：事实真的是卓也说的那样吗？即使卓也没

有对我们说谎，他会不会还有一些说不出口的话呢？我当时是否该更进一步深入了解，尤其是对他的老师。”

神原辩护人正要开口，证人便用洪水决堤般的话语拦住了他。

“卓也是个敏感的孩子，同时也有着极强的自尊。如果他受到被自己蔑称为‘昆虫’的人物的暴力欺凌，就会越发地感到屈辱，也无法向做父母的我们敞开心扉。会不会是这样的呢？我的心中出现了这样的担心和恐惧。我是否应该就此追问他的老师呢？”

一口气吐出那么多话语，他便像个偶尔探出水面的溺水者一般，急切地换了口气。

“事实上，学校不是一直隐瞒着举报信的事吗？”激动之余，他的声音终于变成了悲痛的哀号。

神原辩护人没有马上开口，等到证人的呼吸恢复正常后，他才重新开始询问：“所以，令您的内心产生动摇的，不仅仅是举报信的内容，更重要的是此事被隐瞒近两个月的事实，对吗？”

柏木则之点了点头，他的嗓音变得有些尖利：“就是这么回事。我和我妻子已经不知道该相信谁了，不只感到受骗的耻辱，也无颜面对卓也。我们简直像两个傻瓜。就算做老好人，也总得有个底线。”

“关于此事，您和校方谈过吗？”

“谈过。是了解事实后立刻找他们谈的。我问他们为什么要隐瞒举报信的事，也不理解学校瞒着我组织询问调查的目的。我要求他们无论如何都要公开真相。”

“校方是怎么回答的？”

“他们还是只强调，这仅仅是一场恶作剧。”

“意思是，举报信的内容并非事实？”

“是的。他们说，卓也是自杀的，这一点不容置疑。举报信完全是在胡说八道，寄出举报信的就是学校里的某个学生。为了找出这名学生让他好好接受教育，便开展了询问调查。之所以没有告诉我们，是为了不让我们再次感受不必要的痛苦。”证人怒容满面，嗓音也拔高了，“在我们听来，这番话难以令人信服，完全是在推诿责任。我向津崎先生提出和举报人见面的要求。我想直接听听对方的说法。”

“津崎校长是怎么回答的？”

“他只是一个劲地说‘不行’。既然连询问调查都做过，却不愿告诉我那人是谁，真是莫名其妙。他还说，就算告诉我也于事无补。”

说着，他垂在身旁的手攥成了拳头。

“他说，举报信的内容是不真实的，撒下这个弥天大谎的学生需要的是适当的保护和指导，希望能让学校来处理这个问题，要我们做安静的旁观者。校方并不想过分追究写信的那名学生的责任……这个不用对我说，我也懂！”柏木则之呻吟一般地感叹道，“怎么说我也是个初中生的家长，怎会不懂必须顾及敏感期孩子内心的道理？我要跟举报人见面，也不是要责难他，只是想听听他的说法。通过直接对话确认举报信内容的真伪，以及那孩子的真实想法。然而，津崎校长坚持认为那必须由校方来做。他说，校方一定会得出满意的结果向我汇报，翻来覆去地只是在作毫无意义的保证。”

当时，佐佐木礼子也觉得举报信的内容是一派胡言，这种想法至今仍未改变。她当时只考虑如何控制局势，妥善处理好举报人三宅树理。和津崎先生一样，她也认为还是不让柏木家知道的好。

没想到在今天的法庭上，竟是辩护方引出了针对卓也死亡事件的疑问。柏木则之最初认为卓也是自杀的，后来他的想法发生了改变。也许这一切都是事实，可有意让证人在陪审员面前作出这样的证言，会导致怎样的结果呢？一般而言，证人只需要确认在卓也葬礼上的发言不就行了？

不过，这样的话，在接下来检方的交叉询问中，辩护方就会受到攻击。

这一疑问由检方引出，还是由辩护方主动揭示，给人的感觉会截然不同。辩护方认识到柏木则之内心想法的改变已是一张无法掩藏的牌，干脆早点亮出来为好。

“我再询问一个稍早些时候的问题。”辩护人自然不会知道佐佐木礼子脑中海阔天空的思绪，依然用一成不变的平淡口吻说道，“森内老师涉嫌毁弃寄给自己的那封举报信，对此您当时是怎么想的？”

“因为寄给森内老师的举报信已经来到电视台，我当然认为事实就是这样的。”证人柏木则之此刻略微恢复了平静。

“那您是否想过，森内老师不可能做出这样的事？或者正相反，您认为森内老师是个难免会做出这种事的人？”

“当时，我还顾不上考虑这些。”

“津崎先生对此作出过解释吗？”

“津崎先生说，森内老师明确否认自己毁弃过举报信，而津崎先生也相信她的话。”

“森内老师毁弃举报信之事公开后，您和森内老师见过面吗？”

“在最初的交谈中，她否认自己毁弃过举报信。后来我跟她没再见过面，因为事情闹大后，森内老师就离职了。”

“有没有和她通过电话或写过信？”

“没有。”

“那么，您现在又是如何看待这件事的？”

“对我而言，重要的是举报信内容的真伪。至于森内老师是否毁弃过举报信，跟我毫无关系。”他低声补充道，“我也觉得森内老师很值得同情，可是……”

柏木则之仰望着井上法官，然后扫视一遍陪审员们。

“很遗憾，校方采取了家丑不可外扬的态度，想方设法隐瞒举报信的存在，使我和我妻子深受其苦。既然隐瞒得如此之深，那卓也的死会不会真的有问题。我们担心，之前我们轻易认定卓也是自杀的，是否真的犯下了大错。”

陪审员们全都低下头逃避证人的视线。胜木惠子不停地咬着自己的手指甲。

“询问结束。”神原辩护人坐了下来。听众们屏息凝神，全都鸦雀无声。

藤野检察官翻看着手边的文件，一脸苦闷的表情和她十五岁的年纪极不相称。

然后，她站起身来，面向会场深鞠一躬。重新抬起头时，她脸上的表情已缓和了许多。

“请问，在得知这封举报信之前，您有没有听说类似的传闻，说卓也的死不是自杀，而是和他人有关？”

“没有。听说学校里曾经有过这样的传闻，不过并没有传到我们耳朵里。”证人的语调已经恢复到平静和缓的状态。

“有没有人私下来告诉你们？”

“没有。”

佐佐木礼子眯起眼睛。事到如今她才刚刚想到，正如独来独往的柏木卓也，他的父母也同样孤立。孩子在学校生活中一旦被孤立，父母在家长中也同样会受孤立，会因此失去与外界联系的管道，无论是好是坏，重要还是无关紧要，任何信息都很难传到他们耳朵里。

“柏木先生您自己是否有过类似的怀疑？”

沉默片刻后，柏木则之答道：“没有，不过……”

法庭的气氛变得紧张起来。

“我倒是想到过，卓也或许并非是由于强烈的自我意志而自杀的。”

藤野检察官偏了偏脑袋：“您的意思是，那可能是一场事故？”

“不，不是。呃……该怎么说才好呢。”一只手捂住脸，证人弓起身子，“刚才我好像说过，卓也这孩子和死亡的亲和性比较高。”

“是的，您说过。”

“他会对死亡感兴趣。在惧怕死亡的同时，也被死亡深深吸引。这可不是我一厢情愿，那孩子确实做过令父母胆战心惊的事，譬如爬上屋顶，或闭着眼睛骑自行车。”

神原辩护人的脸上显出极大的兴趣，甚至远远超过正在作交叉询问的检察官。

“有一次去亲戚家玩，我们稍不留神，他就翻到了阳台围栏的外侧。那时他还没转学，是小学二三年级的时候吧。”

“您当时一定吓坏了吧？”藤野检察官说着，露出了和年龄相称的表情。

显露少女姿态的检察官让柏木则之证人回归家长的身份。他像是要安慰检察官似的微笑着回答：“是啊，我们吓坏了。我赶紧跳过去抓住他的胳膊，把他拖进屋里，还狠狠骂了他一顿。他本人似乎根本没当一回事，说是只想感受一下站在那里的感觉。”

他脸上和善的微笑立刻就消失了。

“可是，去世时的卓也已经长大了。他会在雪夜跑到空无一人的教学楼楼顶，站到铁丝网护栏外头去体验那种感觉吗？”

柏木则之自言自语着，又摇了摇头。

“可是我又怀疑，那孩子会不会真的想做类似的事？半夜跑到空无一人的学校，也可以理解为那种怪异体验的延伸。体验大雪纷飞、天寒地冻的夜晚，四处白茫茫一片的感觉。那是一种孤独的感觉，不是吗？因为卓也喜欢孤独。”他的语调中透露出无限的怜爱。

“可是，为了体验孤独而深夜潜入学校，和从屋顶坠落身亡之间，还是有很大的差距的。”检察官及时将证人拉回现实。

“的确有很大的差距。这就是我颇为困惑的地方……”

一直盯着证人的神原辩护人不出声地干咳一下，低下了头。

“或许是由于想到卓也是自杀的，心里太难受，我才会出于逃避开始胡思乱想吧。”

藤野检察官点了点头。“询问结束。这么长的时间，谢谢您的配合。”

离开证人席时，柏木则之的身子微微摇晃了一下。他立刻扶住椅背站稳身体，朝法官和陪审员深鞠一躬，这才朝辩护方席位走去。

柏木卓也的父亲由野田健一陪着走出了法庭。走到门口时，他又回头朝旁听席望了一眼，或许是在寻找想跟自己对质的长子的身影。

柏木宏之低着头，避开了父亲的视线。佐佐木礼子在一旁低声对他说：“你父亲大概要去辩护方的休息室，你怎么样？”

柏木宏之抓住了自己双腿的膝盖。他的手指很细，指甲很白。

“我留在这里，继续旁听。”

“请大家稍等片刻。”井上法官面对法庭说道。

陪审团内和旁听席上的紧张气氛开始消散，又有扇子和手帕飘舞起来。

礼子问柏木宏之：“你今天会作为证人出庭吗？”

宏之的双肩抖动了一下。“要出庭就最好不参加旁听，是吗？”

他方才的怒气早已烟消云散，现在又变得萎靡不振起来。

“我觉得旁听一下也无所谓。其实我也是证人，虽说今天估计轮不到我出庭。”

“你是哪方的证人？”

“算是检方的。不过就我的立场而言，做哪方的证人都一样。”

柏木宏之好像一下子怯了场，轻轻地眨了几下眼睛。“我不管做哪方的证人，都会和我父亲爆发全面战争。”

礼子微笑道：“法庭不会让这种事情发生的。”

“是啊。不会允许父子当众吵架。”宏之终于露出微笑，将视线转向津崎先生，“津崎先生，您不要紧吧。”

津崎先生有些恍惚，没有立刻作出反应。他“啊”了一声，与宏之四目相对，眨了眨眼睛。“谢谢。我没事。”

“我父亲的话太情绪化了，真是对不起。”

津崎先生吃了一惊。礼子也很惊讶。谁也想不到，卓也的哥哥居然会为此而道歉。

津崎先生这下可真的要热泪盈眶了。“哪里哪里，没有的事。你父亲只是说了些作为父母该说的话。”

这时，野田健一回来了。他坐回了自己的座位。井上法官朝藤野检察官使了个眼色。正在热议着的旁听席气氛立刻为之一变，很快安静了下来。礼子擦了擦脸上的汗水，重新打起了精神。

“下面，作为检方的证人，”凉子的声音清亮异常，仿佛歌剧中唱着主旋律的女主角，“有请HBS电视台新闻节目《新闻探秘》的记者茂木悦男出庭。”

茂木悦男挺起胸膛，从旁听席上站起身，精神抖擞地上场了，就像一位要与女主角对唱的男高音。

确认职业、姓名并宣过誓后，茂木悦男直面井上法官，说出一句出人意料的话：“请允许我陈述一下自己的意见。”

井上法官看了看藤野检察官。藤野凉子脸上毫无惊讶之色。“他事先向我请求过，我回答他，这必须得到法官的许可。”

“只要一点点时间就行。”茂木悦男说道。

不愧是媒体记者，在大庭广众之下抛头露面，都是一副驾轻就熟的模样，完全不会怯场，甚至还气势十足。

“与其说是陈述意见，不如说是提出一些疑问更为恰当。这些问题，也许其他的旁听者也会感兴趣。”

“好吧。本法庭允许你陈述意见。不过请简短一些。”

“谢谢！”轻轻点头后，茂木故意慢慢移动视线，死死盯着检察官看了一会儿，又顺带看了辩护人一眼，“我不反对该校举办这样的校内审判活动，也对到目前为止大家所做的工作表示由衷的钦佩。但我也不得不指出，此次审判存在着严重的缺陷。”

旁听席上静悄悄的。大家已经被他吸引住了。

“首先，在这个法庭上争论事实关系时，并没有可以凭借的有力物证。无论检方还是辩护方，都不能向各位陪审员提供佐证自身观点的物证。当然，这也在情理之中，因为你们不是正式的调查机构，只是一些初中生而已。还有一点……”

茂木竖起一根手指。

“能够保证证言可信的案发当时的资料和记录几乎不存在。所有的证言都仅仅依靠证人的记忆，而记忆会随着时间流逝而模糊、变质。从去年十二月二十五日到现在，许多证人的记忆早已发生变化。在这种状态下来争论一些事实关系，这种做法本身妥当吗？”

井上法官往上推了推眼镜，说道：“你能够举出记忆发生变化的实例吗？”

“当然能。”茂木悦男立刻回答道。

动摇的波纹正在旁听席上迅速扩展。

“我来分析一下发现柏木卓也遗体的野田健一证人当时的行为。他刚才在承认自己记忆有些模糊的前提下，说他发现柏木卓也的尸体后告诉过某人，并由此人去教师办公室报告。这与事实不符，我当时问过许多学生和学校相关人员，了解到，其实是他自己去教师办公室报告的。”

野田健一只是愣愣地眨着眼睛。

“柏木卓也的父亲，柏木则之证人的证言中也有类似的错误。开始采访后，我和前任校长津崎见面时，他并没有拒绝采访，也没有声称教育机关不宜采访。他只是说，这是一起敏感事件，容易在学生中造成混乱，希望我不要过于高调。我也准确地向柏木则之先生传达了津崎先生的意见。这方面，我有日记形式的采访记录为证，随时都可以提交给法庭。”

法庭内鸦雀无声，只有手帕和扇子在舞动。

“野田也许只是时间太长记不清了，而柏木先生的情况，估计是因为城东三中的隐瞒行为暴露后，他对该校失去信任，主观看法和情绪篡改了记忆。类似的情况或许也会发生在下面将要出庭的证人身上。不，几乎可以肯定会发生的。所有的记忆都不可靠。双方同样不可靠的证言激烈碰撞，据此争执哪一方更为可靠。这样的行为能称为‘审议’吗？我要质询大家的就是这样一个问题。”

说到最后，这个人惯有的尖锐而令人厌恶的口吻暴露无遗。

“我们手头拥有能够确认当时状况的资料。”藤野检察官用平静的语调回应道，“如果记忆和当时的情况存在偏差，可以参照这些资料来核实。”

“你说的资料，是指从城东警察署那里拿到的办案资料吗？”

藤野检察官没有理会这个问题。

“即使是真实的法庭审议，也会发生针对证人记忆可信性的争执吧？”井上法官说，“在这种情况下，法庭会检证记忆偏差是否在常识能容许的范围内，或者是否因情绪因素而发生扭曲。难道不是这样吗？”

“确实是这样没错。但真实的法庭拥有为检证提供依据的调查资料，如警方提供的报告等。”

“刚才检察官不是说过吗？本法庭拥有与此相当的资料。”

“可是，检方和辩护方都没有纠正我提到的那两起实例。”

“陪审员们已经听到了你的证言，这还不够吗？”

“你是想说，野田和柏木则之的记忆只发生了细微的偏差，是吧？”茂木悦男对井上法官露出亲切的笑容，“然而，要想辨明真相，这些细节正是最重要的，必须慎重对待。决不能因为与主题关系不密切而置之不理。”

井上法官沉默了。藤野检察官尽管看起来不怎么犯愁，却也不见动静。佐佐木礼子注视着井上法官，而这时神原辩护人举起了一只手。井上法官对他点了点头，他便站了起来。

“茂木先生，我想问你一个问题。”

茂木悦男大方地点点头。“请吧。”

“在提问之前，我有一个请求。在我们的对话结束前，请你直视井上法官，不要移动视线，可以吗？”

“没问题。”

“这座体育馆的天花板上，”神原辩护人继续说，“安装了许多两根一组的日光灯。请你回答，日光灯一共有几排？东西向或者南北向都可以。”

茂木的眼睛一下子瞪大了。条件反射促使他抬起头，却被神原辩护人笑着制止了：“请不要看。”

茂木脸上大度的微笑渐渐变成了苦笑。

“这个……”他哼了一声，“有几排呢？南北向大概三排？”

“请确认一下吧。”

不只是茂木悦男，法庭内几乎所有人都抬起头看向了天花板。礼子也不例外。两根一组的日光灯南北向共有五排。

“错了。”茂木笑道。

神原辩护人也笑了。“今天早晨开庭前进场后，你一直在法官对面的位子上坐着。直到被传唤为止，你一直坐在那里旁听，是吗？”

茂木回过头看向PTA会长确认了一下，然后点了点头。“是的，就是那个座位。”

“我也记得。从一大早起，你就在那里。即使你对天花板上日光灯数量的记忆出现偏差，也不能据此断言你刚才没有坐在那里，进而声称你什么都没听到或看到吧？”

“是啊。”茂木笑着说。

受到茂木悦男笑声的影响，旁听席上也爆发出笑声。这时，神原辩护人悄无声息地坐下了。

“败了。”茂木缩了缩肩膀，“我懂了。那就按你们的方式来吧。不过，大家不要忘记我的忠告。你们都是优秀的初中生，可要查明真相，绝不是玩玩文字游戏那么简单的事。”

“你的忠告，我们都听到了。”井上法官表示接受。

虽然并不甘愿承认，可佐佐木礼子并不觉得茂木悦男刚才那番话是多余的。

“下面开始询问。请你坐下吧。”

茂木回答说：“我站着就行。”

“作为HBS新闻类节目组的记者，到目前为止，你采访过许多校园或教育题材的事件，是吧？”

“是的。”

“具体都是些什么样的问题呢？”

“校内暴力、欺凌引发的学生自杀事件，还有教师体罚造成的伤害事件等等。”

“大概经手过多少起？”

“包括没有制成节目的在内，就我的采访经验来说，大概有三十例左右。”

“在这些问题方面，你有着丰富的采访经验，是吧？”

“是的。我自己就是这样认为的，也获得过相应的评价。”

藤野检察官两手空空，没有看笔记本或文件资料，显得十分轻松自在。

“下面，我将就为同学关系而烦恼，或因受欺凌而痛苦不堪导致学生自杀的事件进行提问。”

茂木悦男看着藤野凉子，点了点头。

“有自杀却未留下遗书的情况吗？就你采访过的范围来回答就可

以了。”

“在我经手的事例中，没有这种情况。”

“留下遗书的情况比较多？”

“不是‘比较多’，就我所知道的范围，是百分之百留下了遗书。”

“从形式上看，那都是些谁看了都知道是遗书的信件？”

“是的。既有写明收信人的遗书，也有直接注明‘遗书’两字的信件。”

“都放在自己自杀后马上能发现的地方吗？”

“这方面的情况倒是多种多样的。有些是在整理遗物时，在自杀学生的抽屉里发现的。不过无论如何，遗书的保存形式都带有自己死后能让别人发现的意图。”

这次轮到凉子点头了。“在你采访过的事例中，有多少家长在悲剧发生在自己孩子身上前，根本不知道他为同学关系或受人欺凌而痛苦，直到读了遗书才知晓的呢？”

茂木悦男动了动脑袋，稍稍考虑了一会儿。

“家长会觉察到孩子有点不对劲，比如总是无精打采，不想去上学，经常讨要零花钱又不知花在了哪里等等。不过这些家长往往把握不到现象背后隐藏的严重事态，严重到足以导致孩子自杀。就我经手的事例而言，几乎都是这样的。”

“在你采访过的事例中，有没有学生拒绝上学，之后又自杀的情况呢？”

“有一起是这样的。那名学生拒绝上学的原因并非遭受欺凌，而是因成绩不好而感到苦恼。”

“在这起事例中，家长在事发前担心过自己的孩子会自杀吗？”

“他们说在事发之前，父母双方对孩子拒绝上学的现象都比较担心，但也没觉得会严重到自杀的程度。”

藤野检察官露出了向数学老师求教方程解法似的神情。“这么说，无论原因是受欺凌还是成绩不好，在由校内问题导致的学生自杀案件中，与自杀学生共同生活的家长往往很难发现预兆？这一点倒挺让人意外的。”

“呃……”茂木沉吟着，不慌不忙地拉开椅子，坐了下来，“首先我要指出，这绝不能一概而论。尽管我确实经手过多起类似的事件，但在我一无所知的其他场合也有学生自杀事件不断发生。”

“明白了。我只是想听听茂木先生基于采访经验得出的意见。”

“那确实可以回答说，很难事先发现。特别是遭受欺凌的孩子，往往害怕父母为自己担心，或觉得对不起父母，因此会竭力隐瞒。”

“只是在孩子死后才了解真实情况，通过遗书或日记，是这样吗？”

“是的。”

“那有没有这样的情况：从周边了解到的信息表明自杀的学生生前曾为同学关系烦恼或受到欺凌，但本人没有留下遗书，也没有日记等书面形式的记录。”

“这样的情况我从未遇到过。”

“相反的情况呢？根据自杀学生生前的言行和生活态度，家长已经感到了危险，却不幸没能阻止孩子的自杀。”

“我知道一起类似的事例。”

一问一答畅快淋漓。难道他们事先商量过吗？这样两个人和和气气地排练法庭询问的场景，礼子难以想象。

“令人痛心的是，在那起事例中，去世的孩子患有精神疾病。”

藤野检察官偏了偏脑袋，问道：“你是否考虑过，柏木也可能患有类似的精神疾病？”

“没有。采访过他的父母后，我便确信可以排除这种可能性。柏木的逻辑性很强，他父亲刚才也在证言中提到过，他非常善于语言沟通。也没有迹象表明他受到过幻觉或妄想的困扰。日夜颠倒的生活方式和用餐没有规律只是不上学带来的副作用，和疾病完全不同。”

“他总是把自己关在房间里，或许是得了抑郁症吧？”

“抑郁症和郁郁寡欢可是有本质区别的。”茂木悦男的语气就像在耐心指出学生在解题时犯的错误，“就连柏木则之先生也不认为卓也需要医疗帮助。我去采访时，他就是这么说的，他刚才的证言也包含了这层意思。即使担心卓也，仔细观察他的双亲都没有感到医疗介入的必要性。仅凭这一点就能断定，卓也患有精神疾病的可能性为零。”

“原来是这样啊。”藤野检察官干脆地放弃了这个话题，“看来，卓也的死与你采访过的所有事例都不同，是一个极端离奇的特例，是吗？”

“确实与我接触过的事例都不同，但不能称之为‘特例’。”

“有与此类似的事例？”

“是的。”茂木点了点头，稍稍提高嗓门，“我认为，这和‘集体私刑’致死的情况极为类似。”

法庭上又响起一片叽叽喳喳的喧闹。连胜木惠子也抬起头看向证人茂木悦男。在此之前，她可是陪审团中唯一沉浸在心事之中，对外界不闻不问的成员。

“集体私刑致死的情况有着具体的分类。说来有点话长，允许我在此作一下说明吗？”

“请讲。”藤野检察官坐了下来。茂木却站了起来，轻轻咳嗽一声，扫视着陪审团。

礼子终于恍然大悟，原来藤野检察官是将这位被城东三中视作无赖的媒体人士当成此类问题的专家传唤出庭。他的证言应该属于专家证言一类。

“首先，根据其目的是否为榨取被害学生的金钱，集体私刑可分为两大类。而对于以金钱为主要目的一类，本法庭不必关心，因此我也在此予以省略。”

作为这方面的专家，就得大刀阔斧，干净利落。

“另一类集体私刑即使会顺带榨取一些金钱，也明显存在其他动机。而根据实施私刑的团体与被害学生之间是否存在交友关系，又可分为两种类型。”

茂木悦男举起右手，竖起两根手指。

“其一，被害学生与该团体本就是一丘之貉，比如同属某个社团或活动小组。有一种情况是，被害学生想要脱离该团体，而其他成员对此感到极度不满，便对其实施暴力惩罚；另一种情况是，该团体发生内讧，并发展为多数成员针对个人的暴力行为。内讧的起因常常与金钱和物品丢失，或者异性关系的矛盾有关。前者往往源于误会，或是外部人员所为，在团体内部解决的过程中引发暴力事件；后者多半是团体中年纪较小或性格较懦弱的成员勾搭上老大的交往对象，从而引发整个团体的众怒。”

陪审团中一名估计来自篮球社的高个子成员，正目不转睛地盯着口若悬河的茂木悦男。

“总而言之，且不论团体本身的性质健康与否，这类集体私刑，本质上是为了惩罚违反该团体内部潜在‘纪律’或‘规则’的成员。因此，这种情况也可能发生在受学校鼓励的社团之中。我采访过的事件中，就存在这样的实例：一名一年级学生无法忍受严酷的训练，以及成员间毫无理由的上下级关系，想要退出社团，受到高年级成员的私刑并致其死亡。在这起事件中，连顾问老师也对发生过不止一次的集体私刑行为睁一只眼闭一只眼。当事件最终发展为民事损害赔偿诉讼，该教师出庭作证时仍然声称，这是为了让大家遵守社团纪律所必要的处置。”

“暴走族群殴想脱离集团的成员的情况，也属于这种类型吧？”

面对提问的井上法官，茂木用力点了点头。“是的。这是最典型的事例。”

所有在场者都听得入了神。

“其二，被害学生不属于实施私刑的团体，而只是一个局外人。比如，该团体的成员是由于某种共同的癖好鬼混在一起，而被害学生并非其中的一员，却不幸和他们同在一所学校。”

茂木用双手画了一个大大的圆圈，然后左手握拳，右手食指竖起，高举过头，让陪审员们都能看到。大意是：在一个大圆圈的范围内，存在着一个由拳头代表的集团，和一个由食指指代的个人。

“在这种情况下，尽管当事人会有种种说法，可根据我的采访经验，集团对个人实施暴力的原因都能归结为两个点——嫉妒和蔑视。而两者有个共同的特点，那就是局外人很难认可。”

“嫉妒怎么说？”井上法官代替检察官推进议题。

“举个容易理解的事例。地方学校来了个出自大城市的转校生，公立学校来了个出自私立学校的转校生。而这些转校生成绩优秀，家境富裕，能力出众，在同学间很有人气。”茂木悦男又换了一种诙谐的口吻，“所谓‘枪打出头鸟’，这种人特别容易招人嫉恨。不过只要人际关系处理得当，也不会有不良团伙对这种人下手。这方面，学校的氛围和教师的介入是非常重要的影响因素。越是管理松懈的学校，教师越是觉得多一事不如少一事，这类纠纷的危险性就会越大。”

“出于一种排外心理……”井上法官咕哝道。

茂木悦男笑了。“如果换个冠冕堂皇的说法，那就是这样的。不过我觉得理解成‘嫉恨’就够了。如果能把这种心思转化为‘尊敬’倒还不错。但如果不是这样，事情就麻烦了。”

“那蔑视又是怎么一回事？”

“就是字面意思。成为团体——在这种情况下可以明确地称为不良团伙——欺凌对象的，往往是身体或社会层面上的弱者。比如有残疾、患有疑难杂症或者家境极为贫困。”

“残疾和疾病的情况很容易理解，可同学之间能看得出对方家境是否贫困吗？”

“难道在城东三中是看不出来的吗？”茂木悦男的反问带着几分嘲讽，“法官，恕我失礼，我认为你不具备能够察觉这些细节的性格。在同一所学校内，学生之间经济差距明显的情况可谓比比皆是。有人付不起伙食费和集体活动的筹款，甚至连学费也拖欠着。在我采访过的事例中，就有班主任将某学生家庭接受生活补助的情况讲给同学们听，结果导致该学生遭受严重欺凌的情况。并且……”

茂木停顿一拍，扫视了一遍陪审员们。

“我刚才曾多次使用‘欺凌’一词。事实上，由嫉妒和蔑视引发的针对个人的迫害，在最终发展为死亡或人身伤害事件之前，往往会伴随欺凌行为。换言之，这种状况下的集体私刑都是在欺凌行为的基础上，不断发展、升级，最终导致悲剧。而在之前说过的‘惩罚违规者’的情况下，几乎看不到类似的欺凌现象。这也是两种集体私刑间最重要的区别。”

不知何时，藤野检察官已经站了起来。她说道：“没有任何迹象表明，柏木卓也受到过被告及其同伙或其他学生的欺凌。”

“是的，没有这种迹象。”茂木表示接受这一观点，“他在这一点，也仅限这一点上是个特例。无论是从好的方面还是坏的方面来看，柏木都不是个引人注目的学生。他既不是被告的同伙，也并非会引起被告注意的‘弱者’。柏木与被告互不关心，都不把对方放在眼里。”

“柏木也不是转校生。”井上法官补充道。

“是的。不过，请大家仔细考虑一下。柏木曾经以非常引人注目的方式，向被告及其同伙昭示自己的存在。”

“你指的是去年十一月十四日理科准备室发生的冲突吧？”藤野检察官说。

“是的。那时，柏木与被告发生了激烈对抗。无论在谁看来，这都是显而易见的对抗行为。他用行动对被告的暴力以及破坏学校秩序的行为高声说‘不’。这对被告而言应该是个莫大的刺激。”

茂木悦男将目光投向空着的被告席。

“在此之前，无论在校内闯出怎样的大祸，被告也不会受到追究。老师们对他束手无策，三天两头受到警察的训导对他而言是一种另类的勋章，能够让别的学生惧怕他。没有人敢对他的欺凌、嘲弄和恶作剧表示愤怒并展开反击。大家见到他，都只能缩着脖子逃走或躲在一边哆嗦。令人遗憾的是，老师们在他面前也是大气都不敢出，倒不是害怕被告本人，而是害怕他那位蛮不讲理的老爸。”

“可是，柏木却敢于反击他。”藤野检察官说道。

“是的。柏木确实反击了他。”茂木接着说道。

两人一唱一和，配合得真默契。

“狂暴的独裁者第一次看到了反叛者的旗帜。这实在太丢面子了。柏木让一直君临学校的被告出了个大洋相。被告怒火中烧，难以自已，不对柏木这小子实施报复，不揍扁他，就怎么也出不了这口恶气。”

神原辩护人并不提出反对，只是倾听着茂木的演说。野田健一倒开始坐立不安了，眼睛不停瞟向神原辩护人。

“可是，柏木在这场冲突后不来上学了。被告失去了泄愤的对象，也失去了雪耻的机会。”茂木说。

“这么说，在理科准备室的冲突发生后，如果柏木依然来上学，成为被告眼中钉的他就可能会遭受欺凌，是吗？”

“是的，极有可能。我认为，柏木正是预料到了这一点，才选择不去上学。这不能算逃避，只能算事先回避吧。接下来将会发生什么，他已经看得一清二楚了。”

“甚至不想尝试去解决矛盾？譬如去和老师商量。”

“当时，这个学校里具备值得作出这种尝试的氛围吗？”茂木悦男的话语中显露出明显的攻击性，“对于那些不能控制被告，也无法使其发生转变，只会躲在一旁袖手旁观的老师，又有什么可期待的？且不论理科准备室里的冲突是突发的，还是柏木故意制造的事件，最妥善的处理不就是他主动从学校里消失吗？”

神原辩护人还是一言不发。他听任茂木悦男一个人独唱，让藤野检察官为他伴奏。

“当时的校长津崎先生、班主任森内老师以及年级主任高木老师去柏木家家访，看望拒绝上学的柏木时，柏木一次也没有和他们见面，其原因也在于此。他对学校已经不抱希望了。他会在心里说：与其来动员我上学，还不如回去做好你们的本职工作。和学校之间的隔绝状态是柏木自己一手造成的。他反叛了被告及其同伙，却没人敢于奋起响应。他感到极度失望，决定离开城东三中。”

旁听席上鸦雀无声。陪审员们也都在聚精会神地聆听，连眼睛也不眨一下。胜木惠子将目光落在脚尖上，蜷缩着肩膀，仿佛在代替大出俊次承受茂木悦男的攻击。

“被告的愤怒并未因此平息。由于报复对象并不在学校，他的报复冲动反而越发高涨。其结果，便是十二月二十四日深夜柏木卓也的被害。”

“你是说，被告人为了泄愤，把柏木叫出去并杀害了？”

“除此之外，还会是怎样呢？”茂木悦男扫视一遍陪审团，似乎还不满足，又将视线转向旁听席，“说到集体私刑，人们往往会联想到一群人对某个人又打又踢的景象。事实上，这样的情况确实占绝大多数，但也有例外。例如，逼迫被害人爬上危险的高处，在冬天里强迫他下水游泳，强迫他穿行来往车辆很多的路口等等。我还知道逼迫被害人大量喝酒，致使其急性酒精中毒而死的情况。说是‘集体’，其实只要被害者是一个人，那加害者有两三人就足够了。”

“譬如强迫他翻越屋顶上的铁丝网？”藤野检察官顺着对方的思路说道。

茂木悦男点了点头。“完全有可能。”

“如果柏木是被被告叫出去的，那他一定会做好思想准备去面对某种程度的危险吧？”

“他内心的想法，我现在只能作出推测而已。他可能以为对方只有被告一个人。这一点，举报信上也没有写。”

检察官和证人正自然而然地将举报信的内容当作已经确定的事实来谈论。

“最终，柏木来到了该校教学楼的楼顶。之后的情况，举报人目击的事实已胜于任何雄辩。”

藤野检察官等待片刻，当整个法庭都接受了茂木悦男的观点后，她才说道：“谢谢，询问结束。”

旁听席上的阵阵叹息如涟漪一般向外扩散。

神原辩护人拉开椅子，站起身来。“我不作交叉询问。”

对此，检察官和证人都惊讶不已。

“正午已过。法官，我请求休庭。事实上，我们全体……”神原辩护人微笑着环视法庭一周，语气平缓，“都已经沉醉在茂木悦男证人精彩的演讲之中了，似乎有必要让脑袋清醒一下。”

旁听席上突然爆发出一声短促的大笑。是一个男人的声音：“说得好！”

“肃静！”井上法官板起脸，“好吧，现在休庭。到十三点再次开庭。”

“哐”的一声敲下木槌，井上法官回到初中生的状态，撅起嘴，掀掉身上那件廉价的黑袍，从座位上站了起来。

佐佐木礼子好不容易挤出人潮涌动的体育馆门口，却发现茂木悦男的身影消失得无影无踪。PTA会长也不见踪影。他们两个已经跑到学校外面去了吧。

津崎先生也不在了，也许是去了某间休息室。站在尘埃弥漫，烈日耀眼的操场上，佐佐木礼子眯起眼睛四处打量。这时，有人从背后拍了拍她的肩膀。

回过头一看，礼子不由得瞪大眼睛。“藤野警官！”

站在她面前的不是别人，正是藤野凉子的父亲藤野刚。他将脱下的外套搭在手臂上，身穿白色衬衫，前襟敞开。

“您早就来了？”

“刚好赶上了茂木记者的证言。凉子这鬼丫头，”藤野刚那张褐色的脸上露出苦笑，“真会巧妙利用那个专家啊。”

“是啊，真是令人吃惊。”礼子直率地回应道，这时她突然明白过来，“对了，刚才发出那声大笑的是您吧？还有那句‘说得好’。”

藤野刚笑了起来，既不承认也不否认：“神原很明智。如果直接开始交叉询问，也只会延长茂木记者的演讲。”

确实如此。可是，从感情上而言，他肯定很想反驳几句的。能够抑制住自己的冲动，干净利落地脱离战场，确实是十分高超的战术。

“如果我们这样赞扬他，”藤野刚似乎由衷地感到高兴，“估计他会说，‘我没考虑那么多，只是觉得肚子饿了。’”

礼子笑了出来：“他就是这种地方叫人喜欢不起来。”

“他是个人精。凉子可真够呛的。”藤野刚脸上倒是没有半点担心的样子，“午饭有安排吗？约好和谁一起吃了吗？”

“没有……”

“那我们一起去吃碗荞麦面吧。”

“藤野警官，你下午还要旁听？”

“只要局里不叫我去。”

“凉子知道你来旁听吗？”

“她怎么想不重要。如今，凉子不会在乎老爸怎么想。”

这对父女同样不可思议。跟在快步朝学校大门走去的藤野刚身后，礼子擦了擦额头上的汗水。

藤野刚一直觉得佐佐木礼子待人相当耐心。大出俊次和他的同伙到底让她操了多少心啊。

“校内审判是很罕见的事件，所以我相当感兴趣。”

在荞麦面店里，礼子只作了一句简单的说明，便开始一个劲地询问藤野刚对上午法庭审议的感想。她似乎对茂木悦男特别在意，说起他时，语气中总带着几分愤慨。藤野刚坦诚地谈起自己的看法，同时尽量详细地打听他来之前的庭审情况。

回到学校后，两人发现前任校长津崎正在找佐佐木礼子。他想和礼子一起坐到靠前的座位上旁听。看到藤野刚，津崎先生十分高兴。不过藤野刚声称自己可能会中途退场，还和两人拉开一段距离，在最后一排的左侧坐了下来。

茂木悦男与PTA的石川会长已经坐在和上午相同的座位上了。

下午的庭审开始时，旁听席上座率已达八成。被告席依然空空如也。对此，法官和辩护人之间并没有任何交涉。

“请辩护方的证人出庭。”

听到神原辩护人的喊声，柏木宏之从旁听席上站起身来。他似乎很紧张，朝证人席走去时，动作显得十分僵硬。

藤野刚找了找柏木宏之的父亲，发现他坐在中间一排的右侧，一本正经地扬起脸看着自己的大儿子。

表明身份并宣过誓后，柏木宏之朝法官和陪审员们鞠了一躬。

“在我父亲出庭作证时，我妨碍了庭审。在此，我表示深深的歉意。”

“证人已经作了深刻反省。”神原辩护人也帮着说道。

“陪审团接受证人的道歉吗？”

面对井上法官生硬的质问，陪审员们面面相觑。

一个个子很高的少年举起手来。“法官，我要发言。”

“请讲。”

高个子陪审员站了起来。真的好高啊。

“我是被选为陪审长的竹田。呃……是篮球社的。”他一边说一边不停用手抚弄校服裤子上的褶皱，“证人道了歉就好。女生们刚才都很害怕。”

“真是对不起。”柏木宏之又鞠了一躬。

“吃午饭的时候，大家也都说了。”竹田陪审长扫视法庭一周，“我们做陪审员还是第一次，真的什么都不懂，都是外行。”

旁听席上有人在笑，陪审长竹田有些害羞。他歪着脑袋，抚弄裤子的手动得更快了。

“可是，大家都愿意仔细倾听。所以，请各位证人说话时心平气和一些，不要发火。也许会很难做到，可你们一发火或哭起来，我们的心情也会受影响，这样可不好。”

整个法庭寂静无声。

“拜托了。”说完，他那高高的身板弯折下来，深深鞠了一躬，又坐回座位上。旁听席传来一阵笑声，并非起哄，而是善意的笑。

这位陪审长挺够格。藤野刚想道。

“下面，请开始主询问。”

神原辩护人让证人柏木宏之坐下，从柏木家的环境及家庭成员等情况开始他的主询问。

“案发当时，证人和父母以及弟弟卓也不在一起生活，是吗？”

“是的。现在也是如此。我住在埼玉县的大宫市，离祖父母家很近。”

“这种状况是从什么时候开始的？”

“大概是从三年半前开始的，当时我刚刚考入高中。我会尽量回去父母家，但基本的生活范围还是以大宫市为主。”

神原辩护人简洁地问：“为什么会这样呢？”

稍作停顿后，柏木宏之慢慢回答道：“最大的原因就是，我无法和卓也一起生活。我不愿和他一起生活。”

现在的柏木宏之，与上午的庭审中咆哮着攻击父亲的他简直判若两人。佐佐木礼子对藤野刚说，看到他这副模样，比起惊讶，她更感到痛心。

柏木家内部似乎也很不平常。

“卓也从小体弱多病，”柏木宏之继续说，“他患有严重的小儿哮喘，感冒发烧更是家常便饭，还动不动就拉肚子，甚至曾因贫血在浴室和盥洗室里晕倒过。”

“你父母和你都很担心吧？”

“是的，我们很担心。我的父母想尽了一切办法，光是为了治疗小儿哮喘和查清眩晕的病因，就带他去过好多家医院。尤其是我母亲，”他放低了声音，“心里全是卓也。我当时非常失落。”

话出口后，他突然笑了。

“或许有人会笑话我，觉得这么大个子的一个人，怎么会说出这种话来。就连我自己也觉得可笑。可在当时，就是在我决定回大宫的时候，我正好面临中考，也处在敏感期，心里空荡荡的，希望父母能更多地关心我。”

“你刚才说的是‘回’大宫？”

“是的。在父母买房搬来之前，我们住在大宫的祖父母家附近。祖父母代替只围着卓也转的父母，十分照顾我、疼爱我。”

神原辩护人点了点头："所以你要回到那里去。"

"是的。"

柏木宏之看了看法官，又望向陪审员们。

"你们现在和我当时一样，也面临着中考。我想，你们会比较容易理解我当时的心情。你们的心里也有着各种各样的烦恼吧？"他亲切地问道，"事后回想起来，那或许都是些微不足道的小事。可当时却认为，那是会影响自己一生的大问题，是一个人承受不了的。虽然可以找朋友或老师商量，但我就想让父母听听我的心里话。我固执地期待着，哪怕只有一次，父母能优先考虑一下我。"

"这是什么意思？"

"在此之前，父母总是优先考虑卓也，而我总是被扔在一边。"

"哦，由于要担心卓也的健康，你父母的心思往往会偏向于他，对吗？"

"是的。不过不是'往往'，而是百分之百偏向他。"说到这里，他有些害羞地笑了，"这番话听起来确实是非常幼稚可笑。但在当时，这对我而言可是十分迫切的问题。"

"当时，你对父母说过这些话吗？"

"没有。我从未向父母表明我心中的不满。"

"为什么呢？"

"当时，我希望不用我说出口，父母也能察觉这一点。这是某个年龄阶段特有的心态。也可以说是我在任性撒娇。不过，我也确实有点不像话。"他小声地加了一句。

"不像话？"

"我内心的纠结，卓也早就察觉到了。那家伙在这方面相当敏感。不，不如说是他洞察了我心中的烦恼和不满。他确实能洞察一切。"稍稍语塞片刻，柏木宏之继续说，"卓也他笑我。"

神原辩护人目瞪口呆，微微收紧下颌。

“我觉得他在嘲笑我。也许是我在疑神疑鬼，但当时我就是这么觉得的。”

“卓也他……呃，怎么说呢？他嘲弄你了？”神原辩护人小心翼翼地问道。

证人柏木宏之对他用力点了点头。“是的。他嘲弄我。于是我怒不可遏，动手打了他。所以说我挺不像话的。父母理所当然地训斥了我。他们一点也不理解我。我决定离开这个家，因为这里没有我的容身之地。”

旁听席四处传来交头接耳的声音。柏木则之一动不动地凝视着证人席上的长子。

“同时，我也很害怕。”柏木宏之继续说，“我担心和父母、卓也一起生活下去，自己迟早会变成废物。我也担心自己还会对卓也动用暴力。这种事情一旦开了头，就会一发不可收拾。”

“你内心的不安和不满并没有得到化解，是吗？”

“是的。应该说是恶化了。”

“关于此事，你和祖父母商量过吗？”

“我问过他们，说我和卓也打架了，想回大宫住，可不可以？他们说随便什么时候去都可以。”

“他们没有劝你不要离家出走，跟父母和卓也重归于好吗？”

“没有。祖父母了解我们家的境况。他们在这方面有着自己的想法。”

“他们知道你为了体弱多病的卓也一直在忍耐，对吗？”

“是的。不过，我动用暴力是不对的。若今后仍有这种可能，就是说，如果我再也忍不了了，那我还是和卓也保持距离为好。这是我祖母的意见。”

神原辩护人微笑道：“他们站在你那一边，是吧？”

“是的。”证人的话音柔和了下来，“对我而言，这非常难得。

他们不会用漂亮的场面话来否定我，比如‘你们父子之间应该好好沟通’‘你是做哥哥的，应该像个大人’之类的。他们全盘接受了我的任性。如果没有他们的宽容，我说不定会误入歧途，也许会在外头闯出大祸来。”

陪审团中有好几人在点头。

“我由衷地感谢我的祖父母。这份感激如今仍没有丝毫改变。”

神原辩护人点了点头，绕过桌子来到前方。

“在发生冲突之前，你和卓也的关系又是怎样的？”

“我也在用自己的方式担心卓也。他经常卧床不起，动不动就不去上学，朋友也很少，我觉得他很可怜。”

“卓也对你怎么样？”

证人柏木宏之低下了头。

“卓也和你亲近吗？”

“我没有这种感觉。不过我不会主动和他一起玩。”

“不过也不是不关心，对吧？”

“是的。可是，我们年龄相差了四岁，就算我要去主动带他玩，也会被我母亲拦住。”

“你能举出具体的例子吗？”

柏木宏之看着神原辩护人，缩起了肩膀。“譬如和他一起练习棒球的接发球，或者一起骑自行车到什么地方去。”

“兄弟一起这样玩也挺自然的吧。”

“可是在我们家，即使我招呼卓也，他也未必搭理我，母亲也不会同意。”

“你父亲的态度又如何？”

“大同小异。总之，他们都认为卓也身体虚弱，无法像我一样生活。”

“时间一长，你自然就不再带卓也玩了，是吗？”

“是啊。如果我多管闲事，让卓也感冒发烧，就又该挨骂了。”说着，证人柏木宏之笑了起来，“很别扭，是吧？大家应该能想象得到，我和卓也可不是一般的兄弟关系。”

神原辩护人没接他的话，而是改变了提问的方向。

“你搬到大宫去住后，和卓也又保持着怎样的关系呢？”

“我跟他没关系了。”

“电话……”

“没有过。”

“和你父母呢？”

“他们有时会打电话给我。我母亲到大宫来过，会买一些衣服、杂物送来，没过多久就回去了。”

“你父亲柏木则之呢？”

“也就是过年我回家时见个面的程度。”

“过年时，你会住在家里吗？”

“不，我都是当天去当天回。让祖父母两个人单独过年也太冷清了。”

“柏木功子，即你和卓也的母亲跟你祖父母关系如何？”

柏木宏之难为情地笑了。“关系不太好。是原本就不好，还是我和卓也的争执使他们关系恶化的，我就不清楚了。”

由此可见，柏木家分成了两大阵营，祖父母和长子柏木宏之是一边，父母和次子柏木卓也是另一边，还形成了某种程度的对立。这倒是个令人难以忽视的事态啊。

“你的祖父母如何看待卓也呢？”

“他们自然也会担心，只是不说出来罢了。只要一说出来，就可能会和我母亲吵架。”

“发生过这种事吗？”

“发生过好多次了。自从我和卓也发生冲突，回到他们身边之后，他们和我父母交流时就只会说些场面话。”

“你知道卓也从去年十一月十五日开始不上学的事吗？”

“知道。不过，我是在十二月才听说的。是母亲来大宫的时候告诉我的吧。”

“说卓也不去上学了？”

“是的。母亲说，是因为卓也和同学打架了。对方是有名的坏蛋，所以卓也没有错。还说她和父亲商量过，会找个恰当的时间让卓也转学。”

“你听了这话，觉得担心吗？”

柏木宏之双手抱胸，低下头沉思片刻后嘟囔道：“祖父母很担心。对于他们那个年代的人来说，小孩不上学本身就是个大问题。”

“证人你不担心吗？”

柏木宏之点点头，又摇摇头。“我当时心情复杂，该怎么说才好呢……”

“你可以仔细考虑一下。”

野田健一停下正在记录的手，怔怔地望着证人柏木宏之。

“我又要说小孩子气的话了。”柏木宏之苦笑道，“我当时有点幸灾乐祸。”

“幸灾乐祸？”

“是的。我当时想，卓也那小子失败了。他的阴谋终于没有得逞。”

“阴谋？”

“他以前也常常不去上学，可成绩依然很好，甚至能达到优等生的级别。”

“是在他上小学的时候，对吧？”

“听说他上初中后，班主任也说，如果他真的肯用功，成绩应该会更好。这也是听我母亲说的。”

神原辩护人点了点头。

“无论在家还是在学校，也无论从哪一方面来看，卓也都不算问题少年。尽管他体质病弱，也不是个坏孩子。呃，我很难表达清楚……能听得懂吗？”

“请继续。”

“可是，拒绝上学明显是问题少年的行为，不是吗？虽然不能不分青红皂白地定性，但对于我父母这样具有一般常识的人，以及对学校和教育持保守态度的家长来说，就是这样的吧。我母亲就为此感到十分狼狈。”

“原来如此。”

“上小学时，卓也也曾说过不想上学，但那不过是说说而已。就我了解的情况，对于当时的卓也而言，和同学打架的行为简直不可想象。所以我会觉得，这次他失败了。”

“呃……”神原辩护人低吟一声，扭了一下脖子。

“我还想到，卓也失去了我这个比较对象，就必须以另一种方式在父母眼前显摆自己。可这次他有点闹过头了。”

“你是说，卓也在故意制造令人担心的状况，目的是引起父母的注意，是吗？”

“不只是父母，他也想引起老师们的注意。”

“根据津崎先生和柏木则之的证言，很难相信卓也希望得到老师们的关心。他似乎相当蔑视老师们，至少是不抱什么希望吧。”

“不，所以……”

柏木宏之一边找寻合适的话语，一边焦急地挠着自己的头发。

“确实，很难想象卓也对学校的老师们会有什么期待。他就是这样的人，对身边的大人，他都已经看透了。他蔑视大人，认为自己凌驾于他们之上。所以他总想在别人面前显示自己的特别。是的，是的，就是这样……”

他自顾自地点着头。

“卓也认为自己很特别，是出类拔萃的，和一般的孩子不一样。从本质上他就不能和普通的孩子相提并论。”

柏木宏之不由自主地从座位上站起身，环视法庭一周。

“我不知大家能否领会，卓也拥有这样一个侧面。他既纯粹又有心机，是个麻烦的小人精。”

陪审员们面面相觑。检察官席上，藤野凉子正和身边的佐佐木吾郎小声攀谈，佐佐木吾郎不停点头。萩尾一美将一条胳膊支在桌面上，一副不胜其烦的模样。

“他在制造假象。”柏木宏之有点激动了，“在家里，只要当个身体病弱而脑袋聪明的孩子，就足够彰显自己的特殊性。当他成为初中生，同学们都在不断长大，学校里的人际关系就会变得比家庭关系更难办。这时，要想制造假象，就必须依靠特殊的手段。具体而言，就是他在大家面前呈现的样子——不正眼看人、嘲笑讥讽、什么都能看透、对任何事物都不感兴趣。他不愿全身心投入学习和社团活动，他认为比起这些，人生中还有更重要的事物。”

他既不想当单纯的优等生，也不愿做不良少年，而是要成为一名与众不同、具有超凡洞察力的学生。

“所以，听说他和校内出名的不良学生打架的时候，我立刻在心中高呼：原来如此！这绝不是普通的冲突事件，虽说起因应该是大出他们找了卓也的茬，但认为自己高他们一等的卓也绝不会吓跑，反而会嘲笑、蔑视他们。不过大出他们的恶劣程度远在卓也的想象之上。怎么说呢，他们毕竟是真正的不良少年。卓也怕他们报复，就只能逃避了。”

“所以你认为，卓也这次失败了，是吗？”

神原辩护人不动声色地插了一句，为越说越起劲的柏木宏之踩了一下刹车。

“是、是的。卓也他搞错了对手。大出根本不理会卓也的小聪明，绝不会按照他心中想好的程序去走。所以卓也无法再去学校了。可是，他又不能向自己蔑视的老师和父母倾诉这一切，他只得把自己关在家里，思考下一个手段。”

旁听席寂静无声，大家不知是在由衷地佩服柏木宏之的分析，还是觉得惊诧或莫名。连藤野刚也听得津津有味。

“说句失礼的话，证人你也很有心机啊。”神原辩护人超然地说。紧张的气氛瞬间解除，旁听席爆发出一阵笑声。陪审团里也有好几人笑了起来。

藤野检察官依然满脸严肃。野田健一也是如此，甚至还显得有些僵硬。

“上午，柏木则之先生出庭作证时，你指出父亲的话中有虚假成分，还指责他说，‘父亲在制造卓也的假象。’”

柏木宏之突然像虚脱一般变得有气无力。“是的，我说过。”

“你上午提到的‘假象’，就是你刚才谈到的卓也的形象？”

“是的。父亲在卓也以那种方式死去后，明明开始了解那不过是假象，却依然紧紧抱住不放，甚至还代替卓也继续制造假象，想在这个法庭上，让大家都相信这个假象。我因此愤怒不已，起身斥责了我父亲。”

神原辩护人叹了一口气，问道：“你不觉得，这种‘假象’正是你自己制造出来的吗？”

柏木宏之重新端正站姿，面向神原辩护人回答道：“我并不这样认为。我非常了解卓也。我一直在近距离观察他。”

“这几年你们没有生活在一起，不是吗？”

柏木宏之一下子拔高了音调：“即使不和他一起生活，我也知道他完全没有改变。”

“这位哥哥很可怜啊。”一些坐在藤野刚背后的女性家长在低声感叹。

“他弟弟真麻烦，把他逼得走投无路了。”

“做父母的总是让年长的孩子一忍再忍，而娇惯年幼的孩子。”

藤野刚心中暗想，其实藤野家也是如此。三姐妹中的长女凉子为了两个妹妹总是在忍耐。自己和妻子都以为这是理所当然的，还会劝说凉子：做姐姐的必须忍耐。

“男孩子的内心很难懂。女孩子心直口快，还会互相抓着头发吵架，多少能懂一点她们的心思。”

“男孩子会把任何事都闷在心里。”

是这样的吗？藤野刚暗忖道。

他抬起头来，发现柏木宏之已经坐在了证人席上，还从野田健一手中接过一个盛水的玻璃杯。神原辩护人在翻看手头的资料。

“可以了吗？”

证人柏木宏之将空了一半的玻璃杯还给野田健一，对神原辩护人说：“可以了。刚才我又冲动了，对不起。”

“好，我们继续。”神原辩护人微微一笑，“关于证人如何理解卓也拒绝上学时的心态，我们已经很清楚了。在此基础上，我会进一步提问。”

他合上文件，身体靠在桌子上。

“如果我们接受证人的意见，认为卓也在‘失败’后陷入无法上学的境地，那么，为了不让事态恶化下去，卓也应该想要以某种方式打开局面，是吧？”

“我觉得是这样的。”

“刚才你说过，你母亲曾考虑过让他转校，对吗？”

“对。我也认为这是一种比较现实的出路。”

“而与此同时，卓也的父亲在本法庭作证时曾说，卓也当时非常想不开，最终可能会想到自杀。对此，你怎么看？”

柏木宏之没有马上回答。看他的样子，与其说是在考虑，倒不如说是在抑制冲动。

“我不认为卓也会想到自杀。因为对他而言，自杀就是失败。”

“失败？”神原辩护人重复道。

“是的。因为这样做的话，他等于输给了被告大出。”

“可事实上他已经受到了被告的威胁，不是吗？”

“如果真是这样，我父母肯定会发觉。他们在卓也的事情上相当敏感，如此重大的问题不可能发现不了。”

“你父亲说他或许漏掉了这些细节。”

“我父母总是这样责备自己。我劝过他们好多次了。”

“如此说来，拒绝上学的那段时间，卓也面对的不是外来的威胁，而是自己内心的郁结。这是你的意见，对吗？”

“是的。”

“为了消除郁结而去自杀，这好像不太正常吧？”

“卓也不愿意接受失败，所以他不会自杀。我父母也搞错了，他们被卓也的假象迷惑了。”

“那还能有怎样的手段呢？”

“自杀……”他依然吐出了这个字眼，又接着说了下去，“未遂的话，是完全有可能的。”

旁听席又开始嗡嗡响了。

“不是自杀，而是自杀未遂，这是什么意思？”

“他不是真的想死，而是尝试用自杀来‘示威’。”

“从一开始就没打算要死？”

“是的。估计也没打算真的采取自杀行为。”

“这就是所谓的‘示威’？”

“是的。只要宣告自杀就行。”

“向谁宣告？”

“向父母，也向学校的老师。”

“这是他的解决方式吗？”

“这样不就能打击大出他们了吗？”证人的目光投向了空着的被告席，“会给人造成一种印象：大出他们威胁卓也，并将他逼上了绝路。”

柏木宏之回头望了望旁听席，像是在找什么人。

“上午茂木悦男先生的证言可谓正中卓也的下怀。根据茂木先生的解释，卓也出于正义奋起反抗，却遭到不正当的暴力和威胁。”

“因为事实上卓也已经死了。”

“不用死，只是想死的话，不也能取得同样的效果吗？”

“法官！”凉子举起一只手，站了起来，脸上那副忍无可忍的表情应该是装出来的，“考虑到在法庭上要尽可能地找出真相，所以我一直没有提出反对。可如今实在不能忍下去了，辩护人不是在询问证人，而是在引导证人的意见。”

“你的指责没错。”法官俯视着神原辩护人，“还有必要听取证人的意见吗？”

“有必要。”神原辩护人马上回答，“柏木宏之是卓也的哥哥，与卓也共同生活，一起成长。四年前，他和卓也发生了冲突，可这也是因为他比任何人都接近卓也。和父母不同，他不是卓也的庇护者，能够冷静、客观地观察卓也。”

“我不认为证人的态度是客观的。相反，他非常情绪化，是在凭借想象提供证言。”

“那不是一般的想象，证人是在把握卓也的思考方式和感性的基础上作出推测。这只有亲兄弟才能做得到。”

“想象就是想象。”藤野检察官下了断言。

“好吧。下面我方将提供一份书面证据。”

神原辩护人回过头去，对野田健一使了个眼色。健一便从脚边抄起一卷牛皮纸，走上前去。他拖来黑板，将牛皮纸贴了上去。法警山崎晋吾和神原辩护人都在帮他的忙。

牛皮纸上按时间的先后顺序列出一条条事项，有文字和数字，好几个位置画着红圈。

“这是去年十二月二十四日，柏木家的电话通话记录。”

旁听席上又是一片喧嚣。柏木则之和茂木悦男不约而同地探出了身子。

“这是检方和辩护方共同的书面证据，是我们委托城东警察署从电信公司调用的。这是证人柏木宏之拿来的，对吧？”

“对。”柏木宏之点了点头，“我给双方提供了复印件。”

“我们研究过这份通话记录，查明对方电话机所在的位置，结果发现了一个奇特的现象。”

神原辩护人走到黑板跟前，手拿一支圆珠笔指点着。

“请大家注意看画着红圈的部分。”

陪审员们也探出了身子。

“就是这五次来电。”

神原辩护人逐一念出五个条目：

① 上午十点二十二分　城东圣玛利亚医院附近
② 凌晨零点四十八分　JR秋叶原车站内
③ 下午三点十四分　赤坂邮政局附近
④ 下午六点零五分　新宿站西出口
⑤ 下午七点三十六分　小林电器店前方

“其中①和⑤都在本地区，估计大家都很熟悉吧。”

追着神原辩护人的圆珠笔，野田健一在画着红圈的电话号码下贴上照片。

“这些都是现场拍摄的照片，也附在书面证据里了。照片有点小，大家可能看不清。这五通电话都是用公用电话打的。”神原辩护人面对旁听席说道。随后，他转向了柏木则之。“关于这五通来电，我们都问过你父母，他们不知道通话内容，都说没有相关的记忆。”

柏木宏之点了点头。

“从①到④，每两通电话间都相隔两个半小时左右。”

“是啊。”

“你家用的电话是子母机，对吧？”

“是的。子机在卓也的房间里。”

“既然你父母都没有记忆，那么，可以认为这五通电话都是卓也接的。”

“在我们家可未必是这样的。”证人站起身，走近黑板，“每通电话的通话时间都很短。”

“是的。”

“这些电话或许是卓也打的。”

法庭静悄悄的。

“什么意思？”

“这些电话说不定是卓也在外面打给我父母的。”

“为什么？他有必要采取这种怪异的打法吗？”

“为了告诉父母，自己马上就要自杀了。”

会场里更安静了。神原辩护人走近证人，与他并排站在一起。

“卓也从这些地方给父母打电话，是为了告诉他们自己马上就要去死了？”

“是的。或许他想说，自己正在寻找自杀的场所。”

藤野刚注意到坐在检方席上的凉子此刻满脸通红。她猛地站起身来，看上去愤怒异常，上气不接下气：“法官，我反对！”

“请稍等。”法官拦住凉子。

“可是，法官！”

“先听他们说完。”

证人柏木宏之不理会法官和检察官，只顾和神原辩护人对话。

“你是说，卓也在四处徘徊寻找自杀场所？”神原辩护人问道。

“是的。他每到一个地方都会给家里打电话，可不知我父母是都不在家，还是没有注意到电话，他打了好多次都没打通。”

“如果在家，你父母会注意不到有电话打进来？”

“我父母嫌推销电话烦人，家里的电话几乎一直设置在电话录音状态，连呼叫音都会关掉。这方面可以向我父亲确认。对此我提过很多次意见，因为有事打电话过去总要等他们打回来，特别麻烦。”

“我反对！”藤野检察官几乎是在高声叫喊，“辩护人又在让证人讲述自己的想象了。”

辩护人和证人都没有停下来。

“你认为，这些地点对卓也有特殊的意义吗？”神原辩护人继续问道。

“他常常去圣玛利亚医院的内科和呼吸科看病；秋叶原和赤坂我不清楚；新宿站的西出口有个长途汽车站，是吧？在他上小学时，我们一家四口曾在那里坐大巴去金泽。那可是一次愉快的旅行。”

柏木宏之的声音饱含着无限的留恋。

“卓也不是真的要自杀。”证人对陪审员们说，“我说过，这是示威。可即使只是示威，如果做得不够真实，也是毫无意义的。”

陪审员们的眼睛全都瞪得大大的。在齐刷刷注视着证人柏木宏之的陪审员中，只有和凉子关系亲密的仓田真理子担心地望着凉子那张通红的脸。藤野刚不禁微笑起来。那孩子真是心地善良。

“可是，最终这五通电话都没有和他父母通上话。”

“也许卓也知道会有这样的结果。那原本就是在示威。”

“法官。”凉子厉声说，“他说的一切都是想象。要不，在哪个地方有目击者吗？”

神原辩护人回头对藤野检察官笑了笑。见到他洋洋得意的样子，凉子不由得吊起眼角。

“谢谢！辩护方的主询问结束了。”

对于这突如其来的休止符，连证人也吃了一惊。神原辩护人退下后，藤野检察官来到前方。

“请坐，柏木先生。下面请允许我开始交叉询问。”

话语虽然恭敬，可语气明显是一副争吵的架势。藤野刚不由得苦笑了起来。凉子，镇静一点啊。

要镇静确实很难。连旁听席上的听众和陪审员们都有些坐立不安了。藤野刚只得自个儿在硬邦邦的椅子上端正坐姿。

藤野凉子没有马上展开交叉询问。她抱着胳膊，出神地望着贴在黑板上的通话记录。柏木宏之远远眺望着藤野检察官，就像在眺望一条一靠近就会“汪汪”吼叫的小狗。

“好吧，卓也的哥哥，”视线转向证人，凉子放下胳膊，脸上的表情也变得柔和几分，“有劳你协助我们的校内审判，我表示由衷的感谢。”

凉子的鞠躬礼带着几分少女的姿态。

“特别是这份通话记录，仅靠我们的力量是拿不到手的。这得感谢你的大力协助。”

“不用客气。”证人小声答道，“我不是为了你们才这么做的。我也想知道真相。”

“好的，我明白了。”藤野检察官缓缓点了点头，朝黑板走去，“辩护方的询问拖得太久，我想尽快结束我的询问。”她露出友好的笑容，继续道，“请允许我确认，刚才你声称，弟弟卓也在十一月十五日之后拒绝上学这件事，你是在十二月才知晓的，是吧？”

“是的。”

“还是听你母亲说的？”

“是的。”

“不是听卓也说的吗？”

“不是。”

“这是因为你不和卓也生活在一起，平时也不会经常联系？”

“是的，就像我刚才说的那样。”

“你还记得你是在哪天从母亲那里听说卓也不上学的事吗？是十二月的几号？”

“我不记得了。不过，我母亲来我在大宫的住处，一般都在周末。平日里来，我可能不在家。”

“你说的周末，是指星期天？”

“是的。”

“那请你回忆一下。在得知这一信息后，你做过什么吗？”

“什么？要做什么呢？”证人吃了一惊。

藤野检察官也显露出惊讶之色。“你想不起来了？”

凉子又看了看辩护人，似乎在问：换作你会怎样呢？神原辩护人却毫无反应。

“上初二的弟弟和同学打架，之后又不上学了。听到这样的信息，一般都会担心吧？”

“哦，是啊。这是理所当然的。我当时也很担心。”

“那么，你有没有想到要联系卓也呢？”

“联系？”

“打个电话，或者写封信。”

证人沉默片刻后答道：“我说了，我和卓也关系特殊。”

藤野检察官又点了点头。“是啊。对于卓也不上学的情况，刚才你说过，和不良少年打架后不去上学，是卓也的失败。”

“是的。虽说作为他的哥哥，我的这种态度绝不足取。”

“还说你有点幸灾乐祸。”

“确实是这样的。”

“既然如此，那应该更想了解卓也当时的状况了吧？”藤野检察官面向旁听席，轻轻摊开双手，似乎在寻求支持，“是吧？如果我是你，我肯定想要知道他的状况。如果得知卓也因自己的失败而萎靡不振，还要嘲笑他，或者居高临下地安慰他几句。总之要想方设法地刺激他，不是吗？”

“我可没那么做。”面对这个比自己年幼的对手，柏木宏之很不舒坦，“我的心态还没坏到那种地步。”

“好吧，那就是说，你没有和卓也联系过？”

“我刚才不是说过了吗？没联系过。”

“从那时起直到卓也去世前，你母亲有没有去看望过你，或者和你通过电话呢？”

“那倒是……有过。”

“在这些情况下，你是否主动地向你母亲打听过卓也的情况？换言之，就是要求得到进一步的信息。”

“这倒是问过。我问她，卓也还不去上学吗？”

“当时，你还是没和卓也联系过？”

“没有。”

“明知卓也仍然拒绝上学……”

“卓也有父母照顾着。”

“你认为把卓也交给父母就行了，是吗？”

“是的。”

“你有没有想过要去一趟东京的家，和卓也君见个面？”

“没有。我不想多管闲事，这样只会进一步刺激他。”

“你父母这样告诫过你吗？”

“没有明说罢了。”

“那他们有没有反过来要求你去看望卓也？”

“没有。”

“卓也提出过要你去看望他的要求吗？”

柏木宏之苦笑道：“怎么会？我们之间不是这种兄弟关系，要我说多少次才够？”

证人柏木宏之也作出了向旁听者寻求支持的姿势。

藤野检察官并不理会他，只顾一条条确认事项：“对于不上学的卓也，你从未想过要自发地采取行动。你父母也不希望你做些什么，对此你也不觉得奇怪。可以这样解释吗？”

证人不予回答。

“柏木，你的这种态度，应该用什么词来描述呢？”

“我不知道。”

“那我来告诉你吧。这叫作漠视。”

藤野检察官提高嗓门，目光也变得犀利起来。

“你漠视卓也。你父母也知道，你在漠视自己唯一的弟弟，所以对你没有任何期许。卓也也明白，自己唯一的哥哥在漠视自己，因此也从不要求哥哥为自己做些什么。”

“你的说法很有问题。”

藤野检察官无视证人的抗辩，乘胜追击道：“你从什么时候开始关心起卓也的事了呢？”

“什么时候？”

“回答辩护人的询问时，你口若悬河，感情充沛；你父亲出庭作证时，你怒不可遏，滔滔雄辩。这说明，你现在相当在意卓也的事。这种情况是从什么时候开始出现的呢？”

证人略显狼狈慌张。他没有回答。

“是从卓也死后开始的吧？”藤野检察官用近乎冷酷的眼神望着

柏木宏之，“关于卓也的死，你通过想象建立起卓也的假象。为了渲染这个假象，你又抛出‘示威’一说。这一切，都是在卓也死后，在他再也无法开口抗辩之时诞生的，不是吗？”

“法官，”神原辩护人举起了手，“检察官的询问意图不明。”

“检察官，你想从证人那里问出些什么？”井上法官闷闷不乐地质疑道。

藤野检察官根本不予理会。“你刚才说，十二月二十四日柏木家接到的那五通电话，是卓也为了向父母表明自杀意图而拨打的。这是你自己的想法吗？”

“我……”

“恐怕不是吧？这是辩护方向你提示的一种假说。对于在弟弟生前漠视他，在他死去无法抗辩之时又马上站出来描述弟弟内心状态的你，这个假说极具魅力。你暗自记了下来，甚至烂熟于胸，难道不是这样的吗？”

“法官，我反对……”

藤野检察官以一句“询问结束”打断了神原辩护人，随即径自坐了下来。

“辩护方，需要再次进行主询问吗？”

“不需要。”

“等等，我还有话要说。”

“请证人退席。”

“柏木先生，”神原辩护人喊道，“询问结束了，请退席吧。”

柏木宏之此刻的表情就像一个迷路的孩子。他没有离开证人席，山崎法警走上前来，催促他离开。

“这样太不公平了。”他朝陪审员们喊道，“就好像我在撒谎似的。不是这样的，你们能听明白吗？”

他转身面向旁听席发出呼吁，山崎法警抓住他的胳膊，没有让他回旁听席，而是直接通过辩护方席位后方的门将他带离法庭。

藤野检察官没有朝那边看一眼。她对井上法官说：“传证人柏木则之出庭。黑板上的展示物就这么放着吧。”

柏木兄弟的父亲拖着滞重的脚步走到前方。与此同时，佐佐木吾郎和萩尾一美拖来另一块黑板，麻利地在上头贴上两大张纸，是用彩色复印机放大过的电话机照片。复印质量不太好，粒子较粗，但电话机的黑色机身和带充电器的子机还是能看清楚的。陪审员纷纷探出身子，仔细观察两块黑板上的展示物。

“柏木先生，又要请您回答问题了，这次是我方的主询问。不过对于这些，您不必在意。”

与刚才不同，藤野检察官的表情和语气都很温和。她恭敬地开始了主询问。

“您认得出这部电话机吗？”

“认得出。这是我家的电话机。”

“不会认错吧？”

“不会。你们到我家来拍照的时候，我就在一旁看着。”

他心里应该会担心长子目前的状况吧，可脸上没有显露出半点着急的样子，表现得相当淡定。

“主机放在起居室，子机放在卓也的房间。没错，这确实是我家的电话机。”

藤野检察官手拿一支圆珠笔，用笔尖指着电话机照片的复印件，首先指向主机那张。“这个大按钮是做什么用的？”

“是设定为电话录音模式的按钮。”

“这个呢？或许会看不太清，是这个红色的按钮。”

“是通话按钮。有电话打进来时，就会闪亮起来。”

“柏木宏之在证言中提到，由于电话推销太烦人，你们家的电话总是设置在电话录音状态，是这样吗？”

不知为什么，证人柏木则之稍稍犹豫了一下。

“电话推销烦人是事实。大概在两年前，我妻子上了电话推销的当，以贵得吓人的价格买了一台净水器。”

旁听席的一角传出笑声。还有“是啊，有那种事”的嘀咕声传入藤野刚的耳朵。

“从此她就被当成了冤大头，不停有推销电话打来，拒绝多少次都没用。其中还有一些没听说过的新公司，估计这个行业会横向联系，互相买卖客户的电话号码。推销的东西也是五花八门，从公寓房到墓地，什么都有。”

“就是因为电话推销实在太烦人，才设置了电话录音，对吧？”

“是的。不过……”柏木则之朝长子柏木宏之被带出去的那扇门望了一眼，“这种状态只维持了半年左右。之后，只要有人在家，一旦有电话打进来，我和我妻子都会接听。”

藤野检察官的脸上露出惊讶的神色。“这么说，刚才柏木宏之的证言……”

“是记错了吧。宏之很少到东京的家来，也难怪啊。”

藤野检察官夸张地点了点头，似乎在说：原来如此。

旁听席上没有特别的反应，而陪审员们似乎比较吃惊。

“卓也去世后，我们也曾经设定过电话录音。就是在卓也的事件被大肆报道的那段时间里。”

“那又是为什么呢？”

“有许多了解情况或要求采访的电话打来，让我妻子很难受。”

“这么说，宏之是看到了当时的电话设置，才会作出刚才的证言吧。可以这么理解吗？”

“是啊。那是今年四月了吧。我父母和宏之打来电话时，这边正好设置成了录音模式，后来是我们打回去的。也许宏之将当时的情况和以前的记忆搞混了吧。”

“明白了。”藤野检察官说，“我们可以认为，去年十二月二十四日，只要柏木家有人，打来的电话都能立刻被接听，是吗？”

“是的。”

“下面，请您仔细看一下这份通话记录。”

证人柏木则之站稳身体，正视黑板，一脸严肃。

“从①到⑤，每隔两个半小时左右就有一通电话打进来。对一个普通家庭而言，一般都会有‘今天的电话有点多，好烦人’的想法。不是吗？”

“确实。一般都会有这种感觉。”

“那您有这样的记忆吗？”

“那天的事，我通过各种方式回想过好多遍，可是……”证人的声音变小了，“我和我妻子都不记得有过这么多电话。”

“既然有通话记录，就说明有人接听。”

“那就是卓也接听的。”

“在做父母的都不知道的情况下？”

“那天是休息日，估计我和我妻子都去附近买东西了，或者在干一些家务。如果只是待在别的房间，我们是不会设置电话录音的。”

“如果卓也在家，他肯定会待在他的房间里，是吗？”

“是的。子机就放在卓也的书桌上，如果有来电，他应该马上会知道。”

“可是，来电时提示音会响的吧？”

凉子脸上露出不合时宜的天真神情，藤野刚不禁眯起眼睛。

“这部电话机在提示音响起前，会先亮提示灯。”

“真的吗？”

“是啊。响铃和亮灯之间还有一两秒的时间差。提示灯闪烁时，主机的听筒会自动上升，方便拿起。提示音是在这之后响起的。”

像一直在等着这句话似的，佐佐木吾郎起身将一张纸递交给井上法官。“这是电话使用说明书中相关部分的复印件，作为检方的证据之一提交给法庭。”

井上法官受理后，将复印件放在桌面上。

“卓也可以在父母没注意到的情况下接听电话。这种可能性完全存在，是吗？”

“不仅完全可能，事实上也有过类似的情况。卓也抢先接听打来的电话，又转给我或我妻子。自从卓也将自己关在房间里后，他就成了我们家离电话机最近的人。”

“确实，他接电话最方便。”

藤野检察官和柏木则之之间的问答，为听众建立起一种印象：接听十二月二十四日那五通电话的就是柏木卓也。这些电话是外面的某人打给卓也的。而与此相关的柏木宏之的证言——想象成分较多，却颇具冲击力的证言——被漂亮地否定了。

好一副天真的表情。今后，如果凉子在家里也摆出这副表情来，可要千万小心了。虽然如此寻思着，藤野刚还是很高兴。在做父母的眼里，自家孩子占上风总是令人愉快的。难道不是吗？

在他思考之时，他的女儿镇静自若地继续着询问。

“外面的人想和卓也取得联系，首先想到的就是打这部电话，除此之外没别的办法，是吗？”

“是的。应该就是这样的。”

藤野检察官将圆珠笔笔尖移到另一张图片上。

“要向外面打电话时，卓也会怎么做？”

“也是打这部电话。他不上学之后，好像经常打电话购物。”

“子机通话时，从主机上能看出来吗？”

“主机的通话按钮会闪烁，所以是看得出来的。”

“无论是外面打进来，还是从家里打出去，都看得出来？”

“是的。不过，闪烁的光点较小，不走近会注意不到。”

“子机通话时，提起主机的听筒，能听到通话内容吗？”

“听不到。这时也听不到待机提示音，可以知道子机在通话。”

“有过这样的情况吗？”

“我没有这样做过。我和我妻子都不是频繁使用电话的人。”

点了点头后，藤野检察官垂下了拿着圆珠笔的手。

“下面说说我的个人想法。我认为，遭遇烦恼或麻烦事而闷在家里，连朋友都不联系的人，一定会对他人的来访或联络感到厌烦。事实上，当时的校长津崎先生和班主任森内老师、年级主任高木老师登门拜访时，卓也就没有和他们见面，也没有和他们直接交谈。”

“对来访的老师们，他确实是这样的。”

“可是，对外面打来的电话，他并不感到厌烦，甚至很乐意接听，不是吗？刚才您不是说，有时他会抢在父母前头接听电话，然后把不是打给自己的电话转给你们。”

“嗯，就是这样的。”

“对此，您不觉得奇怪吗？”藤野检察官朝证人走去，“如果我是卓也，在那种处境下，我绝不会接听电话。万一那通电话是森内老师打来的，不就麻烦了吗？”

证人微微点头。

“你说得对。”语塞片刻后，柏木则之环视一遍陪审员们，继续说道，“我和我妻子都觉得，卓也愿意接电话并不是个坏兆头。这说明他并没有与外界完全隔绝。”

“是这样啊。”

“我们认为，说不定他和某个朋友保持着联系，因此不想去打扰他。卓也虽然不想面对老师，可还是愿意和朋友交流的。这还是完全有可能的吧？”

“关于这一点，你们问过卓也本人吗？”

“没有。我们觉得朋友间的联系是卓也的隐私，也绝不是什么坏事，所以一直没去惊扰他。”

“怕一旦出了状况，连电话这条和外界交流的渠道都会断绝，对吗？”

“对。你说的一点没错。”

“您觉得给他打电话的是什么人？大概的就行。”

“虽然说不出姓名……”

“没有关系。”

“我跟妻子说过，给卓也打电话的人，应该不是他在本校的同学。”

“是校外的朋友？”

“是的。比如以前去过的某个补习班里的朋友，或是住在大宫时的邻家玩伴。”

“从小在一起玩的小伙伴？”

“是的。”

“卓也说起过这样的朋友吗？无论在不上学之前还是之后。”

“没听他说起过。那孩子不太会提起他自己的事情。”

藤野检察官点了点头，稍稍停顿了一会儿。

“卓也将自己关在房间里那段时间，也时常会外出，是吧？”

“是的。”

“出去时，他会和父母说一声吗？”

“不总是这么规规矩矩的。但有时也会在出门前，跟我或我妻子见个面，说声‘我出去了’。”证人此时的谈话对象似乎不是检察官，而是陪审员，“你们也是这样的吧？放学后或休息日要出去和朋友们玩，也不会每次都对父母讲清楚的吧？”

“我觉得这和各个家庭的管教方式有关。”藤野检察官答道。

“是吗？嗯，应该是这样的。”柏木则之像是被驳倒了似的，有点垂头丧气的，“其实在卓也不上学之前，我们家在这方面管得比较严。自从他把自己关在房间里以后，他说要出去，我们也不会问他去哪里或者要去做什么。如果我们问了，他会说‘那就不出去了’，然后转身回房间。”

“这样的事发生过几次？”

“大概有两次吧。那会儿他待在家还没几天。有了这样的教训，我和我妻子之后再也不问他了。”

“柏木先生，”藤野检察官严肃地喊道，“我要说几句失礼的话，道歉在前，请您原谅。”

证人点点头。

“综合您之前的证言，您和您妻子在卓也不上学后，对他非常小心翼翼，总担心不能刺激他、伤害他，就像对待易碎品一样，是吗？”

柏木则之并没有显出不满的样子。“是的，就是这样的。”

“既然父母如此小心翼翼，只是在一旁远远地观察他，那他要对父母隐藏秘密不就变得轻而易举了吗？”

整个法庭都在等待柏木则之的回答。

“是很容易。”柏木则之答道，“我和我妻子也为此苦恼过。不过，我们是非常想和他坦率交谈的。”

“是的，大家都能理解您的心情。现在我要问的是，在日常生活中，卓也能否在父母面前保守他的秘密？能否在父母不知情的情况下与外界通电话，或者与外面的人见面？”

“这些情况都有可能。”

“无论对卓也有利还是不利，都有可能吗？”

“如果是对他不利的事，就更不会让我们知道了。”

“比如有人在电话里威胁他，叫他出去敲诈勒索之类？“

“是的。”

“在这种情况下，您认为卓也要保密、隐瞒的动机或理由是什么呢？”

藤野检察官在用眼神呼吁证人柏木则之：快说出我想从你嘴里得到的东西吧！

凉子的心愿似乎真的传给了柏木则之。证人回答道：“为了不让我和我妻子担心。”

“法官，我反对！”神原辩护人站了起来，“检察官询问的是证人的想法，并不是事实情况。”

“好吧，那我换一个问题。”藤野检察官快速反击道，“卓也不上学之后，有没有亲口对您或您妻子说过‘对不起，让你们担心了’之类的话？”

“说过。”证人急切地回答道，“他叫我们不用担心，不要闷闷不乐，他没事的。”

“他说的是‘我没事的’？”

“是的。他还说，他没有任何问题。”

“当时您相信他的这些话，是吧？”

“是的。我相信了，”柏木则之的嗓音变得有些沙哑，“结果失去了他。现在我很后悔，当时应该怀疑的。”

“多谢了。”藤野检察官利落地结束询问，回到自己的座位上。

“需要交叉询问吗？”

神原辩护人面对法官站得笔直，又故意叹了口气，说道：“好吧。检察官的询问拖得太久，我想尽快结束我的询问。”

旁听席上的紧张气氛瞬间消散，随即爆发出一阵哄笑。

“您说卓也曾通过电话购物，他都买了些什么？”

证人柏木则之的身体晃了一下，似乎真的相当疲劳。

“嗯，都是些什么呢……”

“是家用品还是食品之类的？”

“不，不是这些。是CD之类的吧？”

“是音乐CD吗？”

“是的。还有健身器材，小号的哑铃之类。还有组合式书柜和服装。”

“是用他自己的零花钱买的吗？”

“小件物品是这样的。家具之类的大件，都是我妻子付钱的。”

“卓也会到外面买东西带回来吗？”

“也有。主要是书和杂志，偶尔也买些汉堡包和点心回来。”

“他买些什么，你们总是很清楚吗？”

“配送来的东西，我和我妻子都不会打开看，但看看送货单也能知道包裹里有些什么。我们问他，他也愿意告诉我们。”

“那么，他买的这些东西里，”神原辩护人两手撑在桌面，微微探出身体，“有没有武器？”

“武器？”

“刀子……其他还有什么？棍棒？嗯，这个也没地方卖。还有就是，打人时戴在拳头上的玩意。叫什么来着？”辩护人问他的助手。

可野田健一也说不上来。

“是指节套环吧？”井上法官冷冷地提醒他一句。

“对，就是这个。法官真是什么都懂。还有……特殊警棍？就是警匪片中经常看到的那种。”

证人稍稍后退，回答道：“这些东西从没见到过。”

“那么，在卓也买来的书籍中，有没有介绍防身术的书？”

“啊？”

“防身术。武术方面的也行。”

“没有。”证人摇了摇头，“卓也的房间里没有这种书。”

“他买了哑铃，是为了锻炼身体吧？”

“他说，不去上学，连体育课都不上，身体有点发僵了。”

“他有没有出去慢跑或参加健身俱乐部呢？”

“没有。他原本就不怎么喜欢运动。”

不仅证人感到困惑，整个法庭的在场者都有点摸不着头脑了。神原辩护人却依然问得津津有味。

“您有没有感觉到，不上学之后的卓也变得心惊胆战或有所警戒呢？”

“心惊胆战？”

“是啊。”

“他害怕什么？”

“嗯，这也是我想了解的。您能否想起点什么呢？”

证人怔怔地望向辩护人。神原辩护人也怔怔地回望他。这次，藤野刚看不出他们之间有怎样的心灵沟通。恐怕连井上法官和陪审员们也看不明白吧。

“没有。”

“谢谢！”

柏木则之离开了证人席。从他的侧脸就能看出他心中的困惑：作为证人，自己到底属于哪一边？自己的证言又到底对哪一方有利？他似乎有点想不通。

冷风机吹得很卖力，可体育馆内依然闷热异常。此刻，西边的阳光正从高高的窗户里照射进来。

陪审团中有一名穿长裙的女生，从刚才起就表现出身体不适的模样。不只是她，陪审团中的女生都显得相当疲劳。

井上法官把藤野检察官和神原辩护人都叫了过去。

商议很快结束了。

“今天的法庭审议到此为止。明天上午九点继续开庭。”

用力敲了一下木槌，井上法官站起身来。

现在已是下午四点。由于今天是庭审的第一天，被告退庭后也没有再出现，对初中生来说，集中精力的能力已经到了极限。藤野刚也站了起来。

坐在他身后像是学生母亲的两位女性，正在一边用手帕扇风一边聊天。

“那些电话会是谁打的？”

“不就是大出吗？还会有谁？”

“可这一点能够证明吗？”

是啊。问题就在这里，妈妈们。

陪审员们聚集在休息室，拿到控辩双方提交的书面证据复印件。认真古板的向坂行夫立刻开始在复印件空白处写上一些小字。

“你在写什么呢？”仓田真理子忍不住朝他的手底下窥探。

“笔记。我脑子不好，一扭头就会忘。”

“哦，是啊。那我也要写下来。”

“等等！这是不允许的。”井上康夫走到两人身边，手掌盖在向坂行夫那份复印件上，“在庭审结束，进入陪审员审议环节之前，你们相互之间不能交换意见，也不能互相参阅各自写下的文字。我不是早就说明过了吗？”

从理发店弄来的那件黑袍透气性极差，罩在身上闷热无比。总算脱掉黑袍的井上康夫还是受不了自己身上的汗臭味。他说话的口气变得那么冲，也有这方面的原因。

“可是……”

“什么可是不可是的？”

“法官，呃，不，井上。哦，还是该叫你法官吧？”竹田陪审长嗓音粗哑。大家顺着他的目光看去，只见斜靠在靠窗座位上的胜木惠子脸色惨白，看上去很不舒服。在庭审进行到一半时，她就有点无精打采了。可是考虑到她的秉性，还以为只是有点懒散呢。

“还是送她去保健室吧？”

“不用。我没事。”她本人倒很逞强。

“不像是没事的样子啊。”与竹田搭档成高矮组合的小山田修也显露出担心的神情。

“我陪她去。”法警山崎晋吾发话了。无论何时何地，一旦有需要，他就会出现，并且总能帮上忙。他简直是个奇迹。

“那就拜托了。”井上法官不客气地将这个任务交给了他，“好了，其他人就此解散吧。”

“稍等一下。”

山野、蒲田和沟口三名女生举起了手。

“法官，我们有一事相求。”

“从明天起，我们想在法庭上记笔记。”

“我们觉得，光靠脑袋来记忆不太可靠。”

还在做笔记的向坂行夫，以及斜眼看着他的仓田真理子齐声喊出了“赞成”。

“明白，明白。我同意不就行了？不过，这些笔记只能当作自己的备忘录来使用。”

“明白！”

“陪审员之间在回家路上不能互相商量！严禁向外人透露校内审判的细节。”

“父母也算外人吗？”

显得有些不安的陪审员沟口和往常一样，吊在了陪审员蒲田的手臂上。对女生之间喜欢黏糊在一起的心理，井上康夫无论如何都无法理解。

“倒也没有那么绝对。可是，要说也仅限于家庭内部。”

“明白了。”

“各位，请大家分散回家，不要太引人注目。”

竹田陪审长默默地单独留了下来。

“井上，我可以问一件事吗？”

“什么事？”

“证人的证言，都做过记录了吗？”

井上法官摘下眼镜，擦了擦镜片上的水雾。“做了。”

“怎么做的？又没看见法庭速记员。”

“我向广播社团借了录音器材。”

“啊？”

“我都录了音。”

高个子陪审长眨起了眼睛。

“所以我回家后，”井上康夫指着自己的鼻子，“就要挑灯夜战，把录音整理成文档。”

沉默片刻后，竹田和利说：“要不我来帮你吧？”

井上康夫也沉默了一会儿，然后说：“不用了。不过，我还是要谢谢你。”

“是吗？”竹田陪审长点了点头，就准备回去了。走到门口，他又回过头来，挠了挠头说：“你今天真像法官。我真的很感动啊。”说完，他这才走了出去。

“别这么轻易表扬，今天才第一天啊。”

竹田的身影消失了。他腿长，走路自然很快。井上法官的回应没来得及传入他的耳朵。

幸好是这样，因为他差点就说出多余的话来了。

姐姐会帮我播放录音的。

尽管在法庭上身居高位，时不时敲响木槌，还套着件闷死人的黑袍，可再怎么说，井上康夫也还是个初三学生。

“路上会碰到些烦人的家伙。你是要特别对待的，我来开车送你回家。你可要感到庆幸啊。”北尾老师说道。

大出俊次满脸的不高兴。“你不就是想尽量多教训我吗？”

“那是自然。如果你明天还是这副态度，被人从法庭上撵出来，这场校内审判就得告吹。”

自被迫退庭之后，大出俊次一直待休息室里。他自感被北尾老师训了个够，可北尾老师却说自己没那个闲工夫，只是看着他，不让他逃跑罢了。

“要讨论什么吗？”

神原和彦摇了摇头，答道：“没有。”

“那我就先把这家伙带走了。我等会儿还要回来，你们早点回家去吧。你们受累了。”说完，北尾老师带着被告出去了。

“真是累坏了。”野田健一嘟囔道。他两腿发软，坐到椅子上后，身体就重得起不来了。

“因为是第一天。”神原辩护人抬起胳膊闻了闻袖子上的汗味，不由地皱起了眉头，“又是汗臭熏天的一天。”

“要说这个，法官的汗臭味最重了。你不觉得吗？”

“是那件黑袍害的吧。”

两人有气无力地笑了。

“你有什么感想？”神原和彦问道。

“很热。”

“除此之外？”

“我们占上风了吧？”

“还不明朗。目前只不过是小规模交火而已。”

健一心想：哪里，不是已经正式开打了吗？

“我觉得大出发飙反倒是件好事。这就是他的本来面目。如果他真像一只小猫那样老老实实，这场审判反倒显得不真实了。”

“是啊。”健一也笑了。

休息室的门上响起了有节制的敲门声。半开着的门缝里现出一个人影。

“请进。”

来人是柏木宏之。健一和神原同时站了起来。

“我想，我们见面，还是尽量别被人看见的好。”他缩着脖子，似乎很注意周围的动静。

“没关系的。”

柏木宏之没有坐下，只是将身子靠在桌子上。他往上捋了捋汗涔涔的头发，笑了起来：“怎么说呢？我好像抽到下下签了。”

“对不起。”神原和彦一本正经地道了歉。

柏木宏之依然笑容满面。“也没什么。我早就有这种思想准备了……没想到那番话真的成了空谈。”

十二月二十四日的五通电话是柏木卓也打给自己家的，是为了让父母知道自己的自杀意图。这个假说确实是神原和彦想出来的，借柏木则之的口作为证言在法庭上公开。

当时，健一惊讶于神原的想法，而更为震惊的是，卓也的哥哥居然爽快地接受了这个提议：“试试也好，看看大家的反应吧。”

他真正想尝试的，绝不是“大家”的反应，而是“卓也的父亲”的反应。

“藤野检察官真厉害，竟然一眼看出那不是我的想法。从今天的对抗情况来看，‘那些电话是别人打给卓也的’这番印象似乎已经难以撼动了。接下来，我们该怎么办？

神原和彦微微一笑：“这个还说不定。”

“嗯，也是。看来我问得有点多余了。”柏木宏之苦笑道。可他脸上神情却表明，他心中一时的纠结已经解开。

他说“想要知道真相”，看来不只是说说而已，或许真是他心底的真实意愿。也正因如此，他才会大受《新闻探秘》的影响吧。

唯一的弟弟，却是无法与其心灵相通的弟弟。对于这样一个弟弟的死，做哥哥的正以他特有的方式哀悼着、苦恼着。

真正需要校内审判的人确实存在，至少这里就有一个。既然如此，大家这身难以复原的疲劳也变得值得了。

“藤野她，”神原和彦咕哝道，“对那些电话，今天就这么轻易地放过了，可她对这个问题到底执著到何种程度，想要追究到什么地步呢？这一点很重要。我们今后的战术也必须随之改变。”

健一的心头再次闪过初次研究那份通话记录时的异样感觉。辩护人似乎不想深究这些电话。不过，他并不想提出这一点。如果辩护人真有什么打算，现在问了也是白搭。

“是吗？”柏木则之说，“今天辛苦你们了。”

“谢谢了。”

“如果再出现用得着我的局面，不必多虑，尽管叫我。”

又有点摆谱过头了吧。

当天夜里。

虽不像井上法官那样在姐姐的助阵下艰苦奋战，可藤野凉子也在自己的房间努力“复习”，之后还要“预习”。明天终于要……

电话铃响了。有人接听了。父亲今天下午会来旁听，这就够令人吃惊的了。可到了晚上，他竟然又破天荒地在家里吃了饭。说是手头的工作告一段落了。

“凉子。”母亲在楼下喊道，“你的电话。你用子机接听吧。”

在法庭上快速记下的文字真难辨认。我的字就这么难看吗？凉子扭过脖子大声问道：“是谁打来的？”

母亲没有回答。很快，楼梯上响起了上楼的脚步声。房门打开了。“是井口打来的。”

母女俩面面相觑。

藤野邦子一脸严肃地说：“怎么样，藤野检察官？”

3

八月十六日 校内审判·第二天

开局真不赖。

校内审判第二天一早，法警山崎晋吾心中便涌出了这番感慨。

第一天的法庭上，大出俊次的发飙完全在意料之中，而柏木宏之的咆哮公堂就显得有些意外了。然而这些都不是什么大问题。山崎晋吾之前最担心的，是突然发生导致他们无法开庭的事件。

比方说，前来旁听的家长大闹法庭，将会场弄得一片狼藉；开庭之际，校长或高木老师闯进来强行中止校内审判，要大家解散回家；有电视台采访组意图闯进法庭，和校内人员发生冲突，等等。这些情况一旦发生，靠法警一人之力根本无法控制局面。

不过，这一切都没有发生。有一位家长模样的女性站出来大吵大闹，可毕竟只有一个人，井上法官和楠山老师也出面严厉制止了。那校长呢？他在静观其变吗？反正在第一天没见他露面。北尾老师负责应对媒体的对策也落实得很到位。那位叫茂木悦男的记者竟成了检方的证人，公开出庭作了证，简直叫人目瞪口呆。藤野凉子可真行，想做什么还真能办得到啊。

山崎晋吾今天起得也很早。早晨五点钟起床后先去跑步，又到家里的空手道武馆练功，再回来冲个澡吃早餐。母亲和姐姐昨天偷偷去旁听了校内审判，因此早餐时，他只能用沉默是金的招数避开两人的热议和责问。随后，他背起装有替换用衬衫的背包跨上自行车，七点便离开家，开始他每天的功课——安全巡视。

他首先来到藤野家，和往常一样，由凉子的母亲为他作通报。来到大门口的藤野凉子明显刚刚起床，头发蓬乱，在朝阳下眯着眼睛。

“早上好。”山崎晋吾弯腰鞠了个躬，向凉子寒暄道，“按预定时间，九点开庭没问题吧？”

“我要晚一个小时到。”藤野检察官倦意尚浓，连眼睛都没完全睁开，“虽然今天开场是我方的主询问，不过证人是城东警察署的佐佐木警官，由佐佐木吾郎代替我询问应该没有问题。”

“这事井上法官知道吗？”

“昨晚我给他打过电话了。”说着，凉子揉了揉眼睛，愣愣地望着山崎晋吾，“山崎同学，你用不着那么刻板。”

山崎晋吾微笑道：“把握分寸而已。”

凉子苦笑一声，顺带打了个大大的哈欠。

“哦，对了。今天会有需要陪护的证人出庭。辩护方或许会反对，但我准备强行闯关，一定要通过。到时还请多多关照。”

“陪护？什么意思？”

“坐轮椅的证人。”

“嗯？”山崎晋吾立刻醒悟。他明白藤野检察官为什么要通宵开夜车，还意识到那张没睡醒的面孔下隐藏的兴奋和紧张。

本该一眼就看出来的。看来自己的修炼还不够啊。

“我明白了。”

藤野凉子盯着山崎晋吾的眼睛看了一会儿，欢快地说：“哈哈，原来山崎同学你也会吃惊的呀？这下我倒放心了。”

这不算吃惊，只是激灵了一下罢了。算了，这无所谓。

“昨天他父亲来旁听了，所以……”藤野检察官闭上了嘴。山崎晋吾点了点头。

“这事，辩护方……”

“跟法官商量过了，允许我们搞一次突袭。我们也作好了遭受报复的思想准备。”

“这么说，只要通知说检察官会迟到一小时就行？我可以继续我的安全巡视了吧？”

“可以啊。不过今天早晨见不到他。他一定还在睡觉。”

“另外一个呢？还不知道这件事吧？”

“应该不知道。估计他们不会有交流的。他父母也不允许。”

“他”“另外一个”“他们”……虽说算不上暗号，山崎晋吾却从中感觉到某种不同寻常的紧张气氛。

“另外一个似乎过着和校内审判毫无瓜葛的日子。他一大早会出来打扫店门前街道，所以光是看看他的脸，我还是做得到的。”

“他会主动和你说话吗？”

“到目前为止还没有过。”

“今天的法庭审议结束后，他的态度说不定会有所改变。”藤野凉子睡意迷蒙的眼睛一瞬间闪出了锐利的光芒。

骑着自行车，山崎晋吾又恢复了平常心。接下来，他要去辩护人助手野田健一的家。

刚刚洗完脸的健一亲自来开了门。山崎晋吾简明扼要地传达了藤野检察官要晚一小时出庭的情况。

“应该没什么问题。可这是为了什么呢？藤野身体不舒服吗？”

“检察官的健康状况毫无问题。”

野田健一怕光似的眯起眼睛，看着山崎晋吾说：“那她为什么要迟到呢？”

山崎晋吾没有作答。

野田健一的眼眸中闪动着一丝不安。“明白了。神原那里由我来转达。我们这边没有变化。你辛苦了。”

要说刻板，野田健一也一样。对今天早晨的山崎晋吾而言，在有保留地传达藤野检察官会迟到这件事上，总会有些愧疚。

山崎晋吾又跨上了自行车。

安全巡视的对象也包括神原辩护人的家。可是，从刚开始巡视的时候起，神原辩护人就拜托过山崎晋吾。

> 不来看一眼，估计你也不会放心。对于你的责任心，我十分尊重，可是，我参加校内审判的事让父母知道了会比较麻烦，所以，你只要经过我家门口就行，一旦有紧急事态，我会主动告诉你。

山崎晋吾很惊讶，原来神原和彦是瞒着父母参加城东三中校内审判的啊？他能一直瞒下去吗？至少在山崎家，这绝对不可能。神原是受到父母的极度信任，还是和父母关系不好呢？

已经看得到神原家了。山崎晋吾降低了自行车的速度。

这是一栋木结构二层大宅，看模样有些年头了。装有雅致木棂移门的玄关旁，挂着一块木制招牌，上面用漂亮的字体写着“御仕立，悉皆承”。此外便没有什么引人注目的地方了。第一次来这里看到“悉皆”二字时，山崎晋吾既不会读，也不知是什么意思。回家查字典后才知道，原来是修补和服，为和服重新染色、印上图案的意思。原来那位行事果断的才子型辩护人，家里竟是做这种古色古香的传统营生的。说不定以后他还会继承家业。这倒也不错，跟他挺般配的。

今天的庭审中，神原辩护人会很辛苦吧。

此时，野田健一应该刚刚联系过他。他应该会安慰野田健一：藤野迟到一小时？没事，不用大惊小怪，也没什么可提防的。

不行，不行。今天还是提防一下的好。藤野可是想干什么就一定能办到的。

可山崎晋吾不能告诉他们自己的想法。既然法官允许检方采用偷袭战术，他自然不能泄露机密。

好吧，接下来就去井上法官家。

来到井上康夫家门口，就听到他在里头和什么人斗嘴。除他的声音之外，还有一个年轻女性的声音。那应该是井上的姐姐。

“你烦不烦？何必那么繁琐？只要把握要领不就行了？”

井上法官出场了。他脖子上挂着一条毛巾，身穿运动衫，光着脚，睡乱的头发到处乱翘。

“藤野跟你说了吧？今天不会闹出什么状况来吧？”心情不好的井上康夫仍以他特有的方式显示出心中的兴奋，“第一天下来，肩膀酸得厉害。敲木槌的次数太多了。要不，去广播社团借个录音机来，一按播放按钮就‘哐’地来一下？”

山崎晋吾一声不吭，恭敬地倾听着。

“还有什么事吗？”见对方说得差不多了，山崎晋吾问道。

“没什么。对了，如果你能帮忙教训一下我那个啰唆的姐姐，那就太好了。”

“谁教训谁？”屋里传出一个大嗓门。山崎晋吾见状赶紧离开，免得失礼。

下一站要去陪审长竹田和利的家。他的生活方式和山崎晋吾差不多，晨跑是每天必不可少的功课。

“哦，早啊。”见到山崎晋吾时，竹田和利正好跑完步回来。他穿着T恤和短裤，汗流浃背。“各位陪审员都没事。因为没有紧急联络。胜木惠子昨天有点哭哭啼啼的，不过她很快会习惯的。”

没那么简单，山崎晋吾心想。根据自己对今天场面的预测，她恐怕会很难接受。

山崎晋吾将自行车转向右边。下面要去的是大出家的临时住所，一栋周租公寓。

来到公寓前，按下对讲机的呼叫按钮，来应答的是大出的母亲。几乎每次都是这样，之后能听到俊次本人声音的机会也极少。大出是个爱睡懒觉的主儿。

今天早晨自然也不例外。母亲说："俊次还在睡觉，不过，我会让他去学校的，不用担心。"

山崎晋吾刚开始安全巡视那会儿，这位母亲相当抵触。她把山崎晋吾当成了儿子大出俊次的敌人。后来，她的态度逐渐趋于温和，这无疑是神原和野田居间调停的结果。

这次，俊次的母亲居然还说："听说昨天俊次在法庭上撒野了。给你添麻烦了，真是对不起。"

"不必介意。"山崎晋吾应了一句，离开了对讲机。他一边思考着一边再次蹬起自行车。大出的妈妈会来旁听吗？如果大出的父亲没事——这种说法好像有点不妥——自己每天早晨和这家人的接触会有变化吗？他会动手揍自己吗？山崎晋吾问过空手道武馆的教头，也就是他父亲，如果出现这种情况该怎么办？父亲坦言："你不能拉开架势和他对打。"

今天，大出俊次会比昨天撒野得更厉害吗？

井口家的商店尚未开门，静悄悄的，卷帘门里面不像有人在的样子。桥田家的小酒馆前，桥田佑太郎跟往常一样在扫地。他的妹妹手里拿着个簸箕，跟在他身后帮忙。山崎晋吾打了个招呼，桥田却只给了他一个背影。

在去城东三中之前，最后要去的是三宅家。这家的情况随时都有变化。模式①：按响对讲机的呼叫按钮后，直接传来她母亲干硬的声音："我们家没出什么事。"模式②：按响对讲机的呼叫按钮，她母亲跑出来不耐烦地说："我们家没出什么事。"模式③：自行车来到近前，看到二楼窗户内的三宅树理后，山崎晋吾对她说："早上好”，而她马上慌慌张张地缩了进去。模式④：前面和模式③相同，只是缩进去后，她又马上出现在大门口，在白板上写一些山崎晋吾难以回答的问题。还有一次不能算在正常模式之内，只听她父亲大声呵斥：“喂，你老是缠着我女儿，想干吗！”

今天的情况算是模式④的一个改版。三宅树理站在大门前，正等待着山崎晋吾前来。

“早上好。”山崎晋吾停下自行车，朝她鞠了一躬，“校内审判昨天正式开始了。三宅同学，你身体还好吧？心情怎么样？”

三宅树理今天穿着花朵图案的连衣裙，头发也梳得整整齐齐。与山崎晋吾在学校里对她留下的印象有着天壤之别。阴沉的脸色倒是完全没变，但眼神不那么阴险了，倒是多了点孱弱的感觉，脸上的粉刺竟然消失不见了。

她手里紧紧攥着一份早报，似乎在说：我不是特意在这里等你的。她大概是在为自己开脱吧。

这时，山崎晋吾注意到一件事。三宅树理手里没有白板。

“有什么问题吗？”

三宅树理攥着晨报，低头看向地面，摇了摇头。

“如果没事，我就告辞了。”山崎晋吾鞠了一躬，踢开自行车的撑脚就要飞身上车。

三宅树理竟然叫住了他：“山崎同学。”

这应该是模式⑤，今天第一次出现。

山崎晋吾从一大早起就不断被测试着胆量。

练武之人无论何时都不能惊慌失措，这是山崎晋吾师傅的教诲，因为惊恐会令反应迟钝。然而，武术家也是血肉之躯，要想完全消除惊慌也不太可能。那怎样才能做到在任何情况下都能处变不惊呢？

答案很简单，就是将吃惊转为平常心。只要能认识到，人生在世，无论何时，也无论遭遇何种变故，都没什么可大惊小怪的。因此刚才自己那一激灵，只是一种生理反应，与惊慌失措有着本质区别。

山崎晋吾重新放下车的撑脚，挺直腰板，转向三宅树理。动作连贯，不动声色。

三宅树理惊恐地低垂着眼帘。

“哦，没什么。”扔下一句话，她一闪身逃到屋里去了。大门猛地关上了。

原来三宅树理能出声了。

她为什么要叫住我？她想对我说什么话吗？

山崎晋吾朝学校方向驶去。篮球社和将棋社前来帮忙的社团成员都聚在体育馆前方，正在吃从便利店买来的早餐。北尾老师混在他们当中。

“辛苦了。没人逃走吧？”

“没有。”

“山崎，你也得懂点幽默啊。”

之后，他们便开始了今天的准备工作。

山崎晋吾换起了衣服。

母亲把衣领烫得太硬，卡在脖子上，身体一动就会发痒。忍着点吧。山崎晋吾告诫自己。

校内审判第二天的开场，便是对检方证人——城东警察署少年课警官佐佐木礼子的询问。检方席位上站着的则是佐佐木吾郎。

对于藤野检察官迟到一小时，辩护方没有一句意见，十分爽快地接受了。神原辩护人只说了声：“是这样啊。”

“很抱歉，今天由我代理检察官展开询问。看在我们都姓佐佐木的份上，请多多关照。”

佐佐木吾郎对证人的态度非常亲切。打过招呼后，他马上将佐佐木礼子为校内审判编写的资料作为书面证据提交法庭。井上法官毫无疑义地受理了。

检方的询问基本是在确认该书面证据的大致内容。也许正因如此，藤野检察官才能放心地让佐佐木吾郎代理自己。发现柏木卓也的遗体，接到城东三中的报警后，城东警察署采取过怎样的行动，又调查、确认了些什么？此外，还确认了证人之前与被告的关系。

佐佐木吾郎的目光不时落在手头的脚本上，不过他提问时的神情还算得上镇静自若。证人的回答也很干脆利落。在讲到此前对被告的七次训导时，证人的语气也没什么特别的变化——直到听到下面这个问题。

“请您告诉我，知道卓也的死讯后，您当时有什么感觉？”

“你是问我个人的感觉？”

旁听席上的听众不如昨天那么多。询问开始后还有人姗姗来迟，气氛不太安定。和昨天相比完全没有变化的，只有和PTA会长并排坐在一起的茂木记者。

“譬如，觉得这是一起案件。”

佐佐木礼子严肃地回答：“仅仅就学生死在学校内这一点，就足以立案了。”

“对不起，”佐佐木吾郎不好意思地说，“我没说清楚。呃……我想说的是，您是否觉得卓也的死有凶杀案的可能性？”

“在较早的阶段，我就听说柏木已经不去上学，还拒绝与前去家访的老师们交流，所以我当时就察觉到，这是一起不幸的事件。”

“您说这是一起不幸的事件？”

“就是自杀的意思。”佐佐木礼子的语气如同叹息，“听说卓也的父母也说过同样的话。”

“是听谁说的？”

“津崎先生。”

“那您是否听说过卓也拒绝上学的起因，是十一月十四日与大出他们发生的冲突呢？”

“是的。我听说了。”

今天大出穿着一件领子和山崎晋吾一样硬的衬衫，规规矩矩地坐着。他嘴唇抿成直线，显得怒气冲冲，不过他投向佐佐木警官的目光还算平和。

开始询问后不久，山崎晋吾的耳朵里传入了大出俊次和神原辩护人的对话。大出问神原：“那个大婶是我们一边的，还是敌人？”辩护人回应道：“叫她大婶也太失礼了。”

被告口中的“大婶”又重复了一遍“我听说了”，将目光投向被告：“我想，真是不可救药的家伙。”

“您是说柏木卓也吗？”

“怎么会？我说的是大出。”被告毫不隐晦地撅起了嘴。而那位“大婶”证人也同样撅起下嘴唇，针锋相对地回望着他。

“当时，您是否感到过不安或恐惧呢？”

“什么样的不安？”

“就是说，柏木的惨死会不会与大出有关？”

证人又重重地叹了口气。“大出虽是个不可救药的家伙，但他决不会只为校内发生的一点小冲突怀恨在心，老想着要报复。他也不具备有计划地杀害他人的智慧。他没耐心，记性也不怎么好。”

旁听席上叽叽喳喳的，有几个人还笑出了声。大出俊次的脸涨得通红。

“呃……其实我没想问得那么深入。”佐佐木吾郎有些胆怯，目光游移不定。

“可是，你们想知道的不就是这个吗？是不是被告大出将卓也叫出去后杀害他，或者将卓也逼成事故死亡？至少，听过昨天你们和茂木记者的问答，我觉得你们想象的案情大概就是如此。然而……”

证人没有叹息，而是做了个深呼吸。

“对这种猜测，我持否定态度。我很了解被告的性格和行为特征。我确信被告做不出需要规划安排的坏事。我可以在此为他作证，被告应该是更为单纯的人，只会对眼前的情况作出反应。吃了亏就当场报复，想要什么就动手去抢，看不顺眼的人就马上拳打脚踢。想要欺负就去欺负，这才是被告的行为模式。”

代理检察官佐佐木吾郎一个劲地翻看着手头的脚本。证人佐佐木礼子不理会他，只顾对着法官和陪审员们继续说下去。

“我顺便谈谈去年十二月二十四日打到柏木家的那几通电话。检方似乎想证明，那是被告为了将柏木叫出去，或为了威胁他才打的。我只能说，这种猜想根本不得要领，被告无法做出如此高明的勾当。如果他真的怒不可遏，直接找上柏木家的门倒是很有可能，而决不会去打电话威胁。”

佐佐木礼子清亮的嗓音响彻整个法庭。大家都被她的气势镇住了。只有被告一个人特别不安分。他脸色通红，撅着嘴，还不停地摇晃身子。

“呃……我说，”满头大汗的佐佐木吾郎终于抬起头，“证人得知卓也死去的时候，就有了这样的想法吗？”

“是的。”

“没有怀疑过被告？”

“没有。”

“这、这么说来，证人当时并没有调查过被告从十二月二十四日早晨到深夜这段时间里的行动。呃……应该说是‘不在场证明’。”

“没理由，也没必要调查。”

“从卓也死后到同学中出现‘卓也的死也许是大出他们作的案’的传言之时，您的想法都没有任何改变吗？”

这次证人的反应没有之前那么迅速。她稍稍停顿了一会儿。

“没有任何改变。只是……”

“只是？”

"我觉得这番传言带有明显的恶意，因此我直接去找被告确认了一下。"

"在什么地方？"

"在他经常出入的场所，天秤座大道里的游戏中心。"

"被告是怎么回答的。"

"他说，'烦死了，你个死老太婆。'"

旁听席上又有人笑了。

昨天情绪波动程度超越被告的胜木惠子，今天倒一直正视着证人佐佐木礼子。她扭头望了望被告，一脸难以忍受的表情。坐在她身边的一位女生将手掌放在她的胳膊上，探看着她的脸，像在安慰她。

胜木惠子老实地点了点头，注意力又回到了证人身上。证人也在关切着这一系列动作，之后的证言在山崎晋吾听来，简直是特意说给胜木惠子听的。

"他说，他连柏木是谁都不知道，又怎么会干这种傻事。"

"证人相信这话？"

"我相信。"

"相信被告不会做这样的傻事？"

"被告做过的傻事虽然不少，但不会做这种类型的傻事。"

"即便被被告称作'死老太婆'，也同样信任被告吗？"

"我们这些少年课的警察，被不良少年骂作'死老头子'或'死老太婆'已经是家常便饭了。有时，这类称呼中也包含着几分亲切的涵义。根据我之前与被告的接触，我认为在有计划地谋人性命这一重大事项上，被告没有对我撒谎。"

"根据证人与被告之间的信赖关系？"

"是的。"

确认过脚本上的内容后，佐佐木吾郎提高了嗓门："所以您没有就此次事件调查过被告的行动或不在场证明。在听到带有恶意的传言之后，被告说他没干、跟他没关系，您便相信了，也没有去证实。也就是说，正因为毫不怀疑，所以没有调查任何事项。是这样吗？”

证人愣了一下，之后回答道：“是的，没有调查。”

“主询问结束。由于我临时代理检察官，不当之处敬请谅解。”

不知是藤野检察官的脚本写得好，还是佐佐木吾郎本就有做演员的天赋，反正山崎晋吾觉得，这一轮询问下来，检方如愿以偿地得到了想要的比分。

不怀疑，没调查。检方想从佐佐木礼子警官那里听到的就是这两句话。一直处于优势地位的证人也注意到了这一点，所以她才会在回答时愣了一下。

“我方也有几个问题要问。”神原辩护人站起身来，鞠了一躬，“证人对被告之前的不良行为非常了解，对吧？”

“是的，比较了解。”

“这些不良行为是被告在校内还是校外做出的呢？”

“我是警察，处理的自然都是校外发生的问题。在对被告进行训导教育后，我也会联系老师们商量相关问题。不过，没有校方的主动要求，我们不会处理发生在校内的问题。”

“您了解被告在校外的社交关系吗？就是指被告与校外的朋友和伙伴的关系。”神原辩护人转向陪审员们作了说明。

“是的，我有了解。”

“被告在校外和什么样的人有交往呢？”

“主要还是一些不良行为较多的少男少女。”

“其中有年龄较大的吗？”

“有一些高中生伙伴，算是他们的老大。”

“他交往的人中有所谓的暴力团成员吗？”

证人突然收紧下颌，说道：“所幸的是，这样的情况我还没有看到。我一直训诫被告，不要和那样的人来往。”

大出俊次脸上的红色终于褪掉了几分。

“这么说，在校外和被告玩在一起的人，除了他的高中生老大，基本都是些和他同年龄的少男少女。可以这样解释吧？”

“应该可以。”

“伙伴中间有谁做了坏事，比如在商店里小偷小摸、偷自行车、无证驾驶汽车之类，会在同伙中流传开来吗？”

山崎晋吾只能看到证人的后背，却也能感觉到辩护人和证人之间心领神会的交流。

“何止是流传开来，甚至会变得众所周知。原因很简单，这些当事人心里藏不住事，有时还会觉得自豪，禁不住要炫耀一番。”

“会说‘我做了这件事’，对吗？”

“就是这样，因为可以耍威风嘛。”证人用力点了点头，转向陪审员们继续说，“昨天，HBS的茂木记者站在这里，为大家解说了少年暴力事件的发生机制。虽然在一些细节上我持保留意见，但基本上能够认可茂木先生的说法。不过，辩护人刚才提到的问题，是茂木先生昨天没说到的部分。”

神原辩护人立刻追问道：“对被告这种不良少年而言，做完坏事还能在同伙间不漏一点口风，实在难以想象，是吗？”

“是的。”

“不仅限于小偷小摸的程度，即使作出伤害他人的行为——且不论是否有计划，当事人也不会隐瞒吗？”

“想隐瞒也隐瞒不了。从神态或话语中都会显露出来。不良少年们在这方面十分敏感，正如我刚才所言，他们往往都没有耐性，心里藏不住话。这是他们这类人的行为特征。”

“就是说，只要干了件大事，当事人自己会忍不住要说出来，即使不说，其他人也会察觉并且传开来。是吗？”

“是的。事实上，被媒体大肆报道的少年事件，如一些集体私刑或团伙间的暴力冲突，都是由于团伙内部的传言才被人发现的。”

“您是说，团伙中有人向警察告了密？”

“也不是有意告密，是在流传的过程中，被我们听到了。”

“对于严重的事件，大家不会守口如瓶吗？”

“就算说好要守口如瓶，也总会出现遵守不了的人。”

“不良团伙不讲江湖义气吗？”神原辩护人故意用了小孩子的口吻。证人佐佐木礼子不由得笑了起来。

“这和团伙的组织紧密度，以及闯祸的大小有关。在城东警察署的管辖范围内，我训导过的少年团伙中，都没有形成黑社会那般的严密纪律。有些小家伙得知谁闯了大祸就会脸色惨白，惊恐万状。”

神原辩护人点了点头，沉默了一会儿。

“关于柏木卓也的死，证人有没有在本校之外，即被告在校外的交友圈中听到过如‘是俊次干的’‘俊次闯了大祸’之类的信息？”

证人佐佐木礼子斩钉截铁地说：“没有。”

“即使在本校内，卓也与被告的同学中开始风行‘带有恶意的传言’后，证人在校外也没有耳闻吗？”

“我在被告的玩伴那里什么都没有听到。”

“如果听到了那样的传闻，您会采取怎样的行动？”

“我绝不会听而不闻，而是要加以验证。”

“就算是真实性很低的谣言？”

“当然。无论被告如何强烈否认，我也会去调查。对我们来说，团伙内的传言极具重要性。”

“谢谢！”

辩护人将比分扳平。离开证人席时，佐佐木礼子瞟了神原辩护人一眼。山崎晋吾从她的眼神里看到了放心和感谢的意思：多亏你的问题，谢谢！

就在旁听席小声议论的时候，藤野检察官到场了。

他们争执了起来。

藤野检察官走到法官席边，井上法官叫辩护人也过去。商量时，辩护人强烈反对检察官的主张。今天已经是校内审判的第二天，可辩护人如此固执己见的姿态还是头一回看到。不行，不行。不行！他猛摇着头，表示无法接受。

这也难怪。

山崎晋吾不知不觉产生了同感。从今天一早起就怀有的愧疚在此刻达到了顶峰。

或许突然想到不能扔下法庭不管，井上法官慌忙地抓起木槌，敲了一下。

“休庭十分钟。”匆忙宣布完，他的脸色相当吓人，“你们两个一起过来一下。”

他跳下高高的法官席，带着检察官和辩护人绕到由桌子和榻榻米叠起的高台后方。陪审员们不知所措地面面相觑，高个子竹田陪审长站起身来，做起了伸展运动。

有人在拉山崎晋吾的袖子。回头一看，是佐佐木礼子警官。

“知道津崎先生在哪儿吗？”

山崎晋吾一直留意着相关人员的位置，所以能立刻回答上来。

“刚才他坐在旁听席最后一排，休庭后就出去了。”

“哦，是吗？谢谢。今天又要辛苦你了。”说着，这位女警官从后方的出入口走出了体育馆。山崎晋吾守在自己的岗位上，又看到佐佐木礼子和津崎先生一起回到会场，并排坐在旁听席最后一排。

这时，他又注意到另外一个人。

这不是藤野凉子的父亲吗？

山崎晋吾昨天看到过他和佐佐木礼子对话的场景。当时，佐佐木警官似乎很吃惊，说了句“您也来了”。今天开庭时没看到他，估计是刚刚到。他此刻正走在旁边的通道上，又在空座位上坐了下来。

山崎晋吾顺便找了找自己的母亲和姐姐，立刻就找到了。昨天，她们来去都一副事不关已的模样，估计今天也差不多。用仓田真理子的话来说，那就是：山崎家的人都雷打不动。

山崎晋吾心想：我是否真的能雷打不动，还需要经受考验。

井上法官出来了，飞身跃上了法官席。检察官和辩护人也出来了，纷纷走向自己的位置。藤野检察官马上坐下了，神原辩护人却走到被告身边，两人交头接耳起来，脸上的表情很严峻。

山崎晋吾以为大出俊次也会像辩护人一样满脸怒容，甚至大闹会场。他调整呼吸，以便随时采取行动。出人意料的是，被告大出俊次并没有作出类似的反应。

大出俊次脸色惨白，嘴巴半张半闭，不知是不是惊呆了。

知晓个中缘由的山崎晋吾无法正视他的脸，只得眨了几下眼睛。

他一定受了很大的刺激。

大出俊次没有发火。他受到的冲击远大于愤怒，以致已经丧失了自我。

神原辩护人还在一个劲地和被告说话。大出俊次完全是一副魂不守舍的样子。藤野凉子来到询问的位置，像一堵墙似的岔开腿站定。

“总之，要保持镇静。”神原辩护人低声说着，坐了下来。

“庭审重新开始。”井上法官敲响木槌。

藤野检察官开口了：“对不起，我迟到了。我会注意今后不再发生类似的问题。”

她低头鞠了一躬，笔直地看向山崎晋吾。

“下面将继续传证人出庭。法警，请给予帮助。”

早就等着这句话的佐佐木吾郎从座位上站起身，朝辩护方背后的侧门走去。山崎晋吾也朝那个方向走了过去。

证人正在那儿等着。

眼前的井口充比山崎晋吾记忆中的小了两圈，整个人缩在轮椅里，简直就像个幼儿。

推轮椅的人估计是井口充的父亲。他脸上的神色足以用惊恐万状来形容。像要移交一枚炸弹似的，他轻手轻脚地将轮椅推给了佐佐木吾郎。

“请您坐到旁听席上去。”佐佐木吾郎恭敬地对井口充的父亲说道。随后，他绕到轮椅后方，双手搭在把手上。

“好久不见。”井口充说。不知他这句话是对佐佐木吾郎说的，还是对山崎晋吾说的。

他的发音相当清晰。额头发际处有一条伤口缝合后留下的疤痕。伤疤似乎仅此一处。左右肩的高度稍有差异，脊背应该有点歪斜，到底是受伤的后遗症，还是坐姿的缘故？一下子还真看不出来。

他的脸色很白，肯定是很久不晒太阳的缘故。

“别这么大惊小怪的嘛。”这种稍带讥讽的口吻跟他神气活现地做大出俊次的跟班那会儿没什么两样。眼珠子总爱滴溜乱转这一点也和以前一模一样。

“谢谢你来出庭作证。”佐佐木吾郎说道。如果说他是在由衷地表示感谢，那语调就显得太僵硬了。

“我又不是为了你们来的。”井口充回应道。

山崎晋吾发现他说话时下颌的动作不太自然。上下颚咬合不够紧。受伤前的井口充可不是这样的。不过这似乎没有影响发声，脖子也能自由转动。

山崎晋吾缓缓推着轮椅朝证人席走去。

法庭上的嘈杂声如海浪般汹涌而至。有些旁听人员甚至站了起来，惊讶之色也在陪审员们的脸上扩散开来。

大出俊次一动不动，就像一幅静物画，连眼睛都不眨一下。神原辩护人也纹丝不动地坐着。

当法庭内所有人的视线都集中到井口充身上时，只有野田健一一人紧盯着手推轮椅的山崎晋吾，仿佛在说：你今天早晨就告诉我，该多好啊。

对不起了。山崎晋吾在心中致歉道。

山崎晋吾将轮椅转向，使井口充面朝法官和陪审团，停下后按下制动扣。他用余光看到，大出俊次脸上的表情发生了变化。

大出俊次似乎想对井口充笑。可证人井口充根本没有注意到。他那对不安分的眼珠，正眺望着井上法官和陪审员们。

“肃静！各位，请保持安静！”井上法官向法庭呼吁道。他推了推眼镜，俯视着证人说：“下面要开始证人询问。如果你中途觉得身体不适，请及时提出。”

井口充没有作出回应。

“那么，就请宣誓吧。”

井口充口诵“仅陈述事实真相”之类的词句，下颚的动作依然有些古怪，以致有些咬字不清，句尾发音拖沓。

“感谢你参加此次校内审判。”藤野检察官对证人表示谢意，并将手头的文件举到眼前，“根据井口证人的陈述，我们已整理出陈述书。我们会将此作为书面证据提交法庭。下面的询问也主要会据此展开。今天请井口出庭，是为了让诸位陪审员听听他本人的声音。”

藤野检察官微微一笑，将文件放到桌子上。

“井口的出庭是临时决定的，这份陈述书没能事先递交给辩护方。依据校内审判的规则，这样突然袭击的行为并不可取，所以刚才神原辩护人生了气。大家也都很惊讶吧？”

藤野凉子一脸天真，满不在乎地说着。旁听席上有人笑出了声，这笑声当然不会来自辩护方的支持者们。

“可是，我方坚决要这么做，是因为我们相信，井口的证言定会为我们查清真相提供线索。由于身体原因，井口并不能随时出庭作证，因此，我们不想错过这个机会。在此，我要对法官和辩护人致歉，并表示感谢。”

藤野检察官右手拿着打开的陈述书，绕到桌子前面。

“你在这份陈述书中诉述了你去年十二月二十四日的行动。”

井口充转动脖子，将视线投向藤野检察官。藤野检察官也看着他，两人四目相对。

“去年十二月二十四日，你跟被告大出俊次见过面吗？”

“没有。”井口充答道。

旁听席立刻嘈杂起来。

“无论早晨、白天、傍晚和深夜，都没有见过吗？”

“没有。”

“通过电话吗？”

“没有。”

“你跟被告完全没有接触过，对吗？”

“对。”

“十二月二十四日晚上，可以限定在凌晨零点前后吧，你当时在什么地方？”

“在家。”

“是在自己的家里吗？”

“嗯。”

“不在这所学校里吗？”

“不在。”

“你没有进入这所学校？”

“嗯。”

井口充的回答都很简短，不知道是由于他说不了长句子，还是检方的刻意安排。

“这么说来，举报信上这方面的内容是错误的？”

“嗯，是的。”

“根据举报信，你当时在场。信上写道，你与被告人以及另外一人——桥田佑太郎在一起。照你刚才的说法，这部分是错的？”

“嗯。”

“或者说，这部分是捏造的？”

“嗯。”

“那么，举报信上关于被告和桥田在场的记述也是由于看错，或是编造出来的？”

山崎晋吾瞟了一眼大出俊次，发现他脸上的表情放松了下来。哦，井口，你还是我的小弟。那封举报信是胡编乱造的。你就是为了证明这个才出庭的？

可井口充并不看被告大出俊次，而是将视线停留在藤野检察官的脸上。

“不知道。”证人答道，“反正，我不在场。”

“你自己不在场，所以不知道大出和桥田是否在场，是吗？”

“嗯。”

“井口，”藤野检察官偏了偏脑袋，“你说‘不知道’可真够谨慎的。由于你不在场，举报信上提到与你在一起的另外两个人也同样不在场——一般都会这样考虑。也就是说，可以据此认定举报信的内容不可靠。”

“我不知道。”井口充的眼珠又开始转了，“因为我听说了。”

“听说什么了？”

“是大出说的。”

“他说什么了？”

“是在柏木的葬礼之后说的。”井口充喘着粗气，“他说‘是我干的’。”

“干了什么？”

“说‘是我杀的’。”

于是，法庭上掀起了一阵惊天动地的骚动。

井上法官敲响木槌，高声喝道："肃静！肃静！请大家保持安静！"

山崎晋吾飞身上前，站到井口充的轮椅旁。坐在辩护人席位一侧的大出俊次猛地站起来，连椅子都差点翻倒。

井上法官也注意到了这番动静。他手拿木槌，用严厉的目光俯视被告，大喊一声："被告，请你坐下！"

大出俊次依然直愣愣地站着。山崎晋吾看了看他脸上的表情，便收起了架势。因为他知道，大出俊次已经动弹不得了。

"如果你不马上坐下，我可要命令你退庭了。"井上法官气势汹汹地说。大出俊次像铰链脱节一般，膝盖一弯坐了下来。

法庭的气氛逐渐趋于平静。骚动来得快，去得也快，看来大家已经习惯这个氛围了。

四周安静下来后，山崎晋吾听到很响的鼻息声。井口充面朝前方，缩在轮椅中，鼻子里"嘘——嘘——"直响。

不是在哭泣，也不是忍着鼻涕。

"可以继续询问吗？"藤野检察官看着神原辩护人，而不是井上法官。

神原辩护人点了点头："被告又扰乱了法庭秩序，真是抱歉。"随后他又对井上法官说，"今后会严加管束，让他安静地聆听证人的证言。"

山崎晋吾回到自己的岗位。这时他才发现，坐在陪审员席的胜木惠子正死盯着井口充。她的这副姿态实在有些不妥，只是她自己并不知道吧。

"那么，井口，"藤野检察官用抚慰的目光打量证人，随即端正姿势，"请你详细叙述一下，这番对话是在怎样的状态下进行的？"

“怎样的状态？”井口充的鼻子又发出了哼声。

“在柏木的葬礼之后，你和被告在什么地点有过这样的交谈？”

“在天秤大道里。”

“是在天秤座大道的商业街上吗？”

“是的。”

“你们在那里做什么？”

“大家不是都参加葬礼了吗？”井口充动作僵硬地转动脖子，让脸部朝向藤野检察官，只是做这个小动作就很费力，“也遇到了你啊，你不记得了？”

藤野检察官点点头。“记得。我在回家路上走过你们跟前，记得是在一家便利店门前。”

“大出和我，还有桥田。”

“和往常一样的三人帮。”

“嗯。大出说要去看一下。”

“去看一下？去看一下葬礼的情况？”

“不是。是去看看大家的表情。”

“‘去看一下参加葬礼的同学们的表情’，是这个意思吗？”

“是的。”

“你们三人没有参加柏木的葬礼，对吗？”

“没这个义务嘛。”

“可是，你们对参加葬礼的同学会有怎样的表情很感兴趣，所以要去看看，是吗？”

“等着就行，总会有人经过我们面前，顺便就知道葬礼是怎么回事了。”证人说道，他的鼻子终于不发出怪声了。

“你是说葬礼的情况？”

“嗯。”

“大出——被告为什么想知道葬礼的情况？”

“因为那时已经有传言了。大出说，‘他们都说可能是我杀死了柏木’。”

“这说明，被告很把那个传言当回事，对吧？”

“嗯。”

“那么，你们埋伏在天秤座大道，等待同学们经过，到底有没有打听出葬礼的情况呢？

“我们可没有埋伏。”

“好吧。只是守候在那里，可以吧？”

“我们听说，柏木的老爸说他儿子是自杀的。”

“还记得是听谁说的吗？”

证人想了一会儿，摇了摇头。“我们听到好几个人都在说。”

“从他们中间的某一个那里听说的？”

“是啊。藤野你不记得了吗？”

藤野检察官抬头望了望井上法官。“我可以就我个人的记忆和证人交谈吗？”

井上法官立刻作出判断：“可以。”

神原辩护人一动不动。大出俊次怄气似的将脸扭向一边。

“我记得当时，被告、证人和桥田在一家便利店门口，你说的是参加葬礼的三浦刚才路过，告诉了你们葬礼的情况。”

“对，对。好像就是三浦。”

“我记得被告还说，‘反正我们的冤枉昭雪了，一身轻松啊。’不过，我有点记不清了。”

“嗯。说过。还是你的脑子好使。记性真好。”说着，井口充用手按住下颌，还皱起了眉头。虽说长时间交谈不会有大问题，可他还是会觉得累，甚至会有疼痛的感觉。

“你不要紧吗？”

“水，有吗？”

没等山崎晋吾有所行动，一名守在法庭后方的篮球社志愿者已经拿纸杯在饮水池接好水端了过来。

接过纸杯时，井口充的手有点不稳，似乎使不上劲。喝水的动作也很滑稽，醉鬼似的用嘴巴凑着纸杯喝，结果打湿了胸前的衬衫。

“我的下巴骨折了。”水咽下去后，他拿着纸杯对陪审员们说道，“右肩也脱臼过，所以你们看我都没力气，像个老头子。”

他的语气倒是很平淡。陪审员中有几人低下了头。胜木惠子仍然是一脸诅咒的神情，但也低下了头。

“可以继续了吗？”

“嗯。”

“在我的记忆中，我跟你们说了几句话后，就离开了。”

“我们还在那里待了一会儿。”

“还在交谈？”

“是的。”

“印象里，在跟我说话时，被告的神情并不严肃，也不像有烦恼或者特别在意传言的样子，而是给人一种吊儿郎当的感觉。”

“那时，我也是这么以为的。”井口充说着，似乎发出了低低的笑声。那笑声堵在了喉咙里。

“那时，小俊不是还说过‘不用担心被藤野的老爸抓起来了，真不错’吗？”

在法庭上，“小俊”这个称呼还是头一次听到。大出俊次也抬起了头。

“他在戏弄你呢。他心里根本不是那么想的。我当时就觉得，小俊是想向你搭讪。他在打你的主意。”

藤野检察官什么也没说，整个法庭也都沉默着。

“所以，我那时并不认为小俊真的在意。他还说，要好好教训一下那些散布无耻谣言的家伙。我记不清了，大概就是这么说的吧。”

“是半开玩笑的吧？”

“是的。可是，小俊说的时候并没有笑。”

“还说了些什么？”

“‘就是我干掉柏木的，现在看来，谁都不知道嘛。’”

被告扭动了一下身子，他身旁的辩护人看着证人，摆摆手制止了被告的动作。

“你听后有什么反应？”

“我们都笑了。”

“笑了？是觉得有趣吗？”

“可不是吗？我们觉得他在开玩笑。”

“因为你开了玩笑，被告也会对你开玩笑，是吗？”

“是啊。”

“那被告又怎样了呢？”

“他笑了。我和桥田也笑了。他说，‘你们可真好骗。’”

藤野检察官停顿了几秒，问道：“什么意思，‘真好骗’？”

“我们也不太明白。可说这话的时候，小俊的眼神很认真。”

“可以这样解释吗：且不论表情如何，被告向你们坦白了自己杀死柏木的真相，你们却以为他在开玩笑，笑了起来，于是被告才说，‘你们可真好骗。’”

要理解藤野检察官的思路，证人需要一点时间。他偏着脑袋想了想，然后低声说：“桥田当时也愣住了，觉得小俊的眼神很奇怪。那种眼神我还是头一回看到。”

“你说的桥田，就是桥田佑太郎吧？”

“是的。”

“你和被告还有桥田，总是三个人一起行动。”

“坏蛋三人帮嘛。”证人说着发出“嘎嘎”的笑声。也可能是轮椅的轮子“嘎嘎”地响了一下。

“干坏事的时候，你们三个总是在一起，对吧？”

“我和桥田只是小俊的小弟罢了。”

“被告是头目吗？”

“是的。”

“当被告人露出平时少有的眼神，说‘你们真好骗’的时候，你是怎么想的？”

“也没多想。反正小俊他原本就拿我和桥田当傻瓜。”

“你们不是伙伴吗？”

“我们只是小弟，是跟班罢了。”

“你们是小弟，所以他会拿你们当傻瓜？”

“我跟桥田都干不出什么像样的大事。如果小俊不在，我们没法兴风作浪。小俊知道这一点，所以才拿我们当傻瓜。”

“明白了。可以说，被告十分轻视你们。那你当时是怎么想的呢？”

“我想，真的要干大事的时候，说不定小俊会不带着我们，自己一个人去干。”

藤野检察官的目光变得凌厉起来。“你在出事的十二月二十四日那天没见过被告，你们也没有通过电话？”

“嗯。”

“所以你当时就觉得，有关柏木卓也的事件，被告会瞒着你跟桥田干出什么大事来，也并非完全不可能，对吧？”

井口充动动身体，摇晃着轮椅发出动静。“我脑子笨，说不好。应该就是这样的。”

法庭静悄悄的。冷风机的声响清晰可闻。藤野凉子的运动鞋在地板上擦出“啾”的一声。她绕到了桌子前方。

“可是，大出有杀死——不，是干掉柏木的动机吗？他为什么要这样做？”

“小俊讨厌那家伙。”

“他对你这样说过？”

“他嘴上没有说，但从他脸上的表情可以看出来。”

“这就是说，你们之间聊起过柏木？”

“是的。因为十一月份在理科准备室里跟他打过一架。”

“那是发生在十一月十四日午休时间的事。当时你也在场吧？”

“我在。”

“你也参与打架了？”

证人显得有些迷茫。“藤野。”

“嗯？”

“你搞不懂我们打架是怎么回事吧？”

旁听席上传出吃吃的偷笑声。

藤野检察官的脸上笑意全无。“关于欺负人，我还是懂的。”

“我们可从来没欺负过你，因为你很凶。”

旁听席上的笑声更大了，连井口充都笑了起来。

“我说，我们跟柏木可不是在那儿打架，是他先惹我们的。”

“柏木主动招惹被告、你和桥田吗？”

“是啊。”

“请告诉我们当时的状况。”

“我们跑到理科准备室，摆弄起里面的东西。柏木待在理科准备室的角落，在看图册之类的书。我们进来后，他就一直用厌恶的眼神盯着我们看。”

“那是因为你们在胡闹吧？”

出人意料的是，神原辩护人此时首次提出了反对：“法官，请让证人自由表述。”

井上法官点了点头。“提问之外，请检察官不要加入自己的见解。”

井口充也是第一次看向辩护方席位。大出俊次立刻低下了头。神原辩护人承受着证人的视线，并回望着他。

“什么胡闹不胡闹的，柏木他还冷笑呢。”

“他笑了？”

“他把我们当傻瓜。”

“从他的表情上看出来的？”

“他也说了，‘你们这样胡闹，有什么意思呢？’”

法庭内又变得鸦雀无声了。

“那种口气，分明就是拿我们当傻瓜。小俊火了，喊了声，‘你闭嘴！’”

“那柏木又怎么样了呢？”

“他还在笑。他说，‘我没有多嘴。只是觉得你们挺有趣的，在观察你们而已。’”

“这样的回答非常令人不快吧？”

重新面向检察官坐好后，证人点了几下头。“小俊当时发了火，说，‘什么有趣不有趣的？’他要去揍柏木，桥田拉住了他。”

“你当时做了什么？”

“我嘛……我很惊讶啊。”

“你没有采取什么行动吗？”

“我倒想帮帮小俊，却看到桥田在阻止他。而且我觉得不太对劲。”

“柏木让你觉得不对劲？”

“那小子太古怪。”

“如何古怪呢？”

“个子小，弱不禁风，却敢用那种口气和我们说话。”

“是觉得他有点盛气凌人吗？”

“嗯，有这样的感觉。总之，不是滋味。”

"在此之前，你们从未被柏木这样弱小的同学如此嘲笑过吗？"

"嗯，是啊。"

"不过，也不觉得他是可怕的对手。"

"没觉得可怕。"

"只是觉得有点瘆得慌？"

"他说的话也很古怪。"

"他说了些什么古怪的话？"

"他对火冒三丈的小俊说，'动不动就暴力相向，有意思吗？'并且……"

证人犹豫了。检察官等待着。法官听得也很入神，连眼镜滑下来都没察觉。

"那小子根本没把桥田和我放在眼里，他只看着小俊。"

"他只盯着怒气冲天的被告人看？"

"是啊。然后他还问，'你做过的最坏的坏事是什么？'"

山崎晋吾转动眼珠，观察着法庭内的情况。旁听席上有人探出了身子。陪审团中的女生们相互握着手。

"被告回答了吗？"

"他说，'这小子怎么回事？'"

"还在发怒？"

"小俊有点泄气了。他一定也觉得柏木这小子很奇怪。"

"柏木又怎么样呢？"

"他笑着，又问了一句，'你杀过人吗？'"

这时，法庭上响起"吧嗒"一声。辩护人助手野田健一记笔记用的自动铅笔笔芯断了。他慌忙换了一支笔。

"被告回答了吗？"

"只说了句，'这小子是怎么回事？'小俊那时心里也有点发怵吧。"

“可是，柏木还是笑嘻嘻的，是在冷笑吧？”

“像是在嘲弄我们，眼神却十分古怪。”

“你当时的心情是怎样的？”

“我觉得很难受，可又害怕跟他作对。”

“没想和小俊两个人一起上去揍他一顿？”

证人没有回答，将一直拿在手里的纸杯捏瘪了。

“我原以为柏木那小子应该更软弱一点，可那时的他却让人害怕。再说，桥田还拦着呢。”

“桥田制止了被告？”

“他拉着小俊的衣袖说，‘我们走吧。’”

“催你们离开那里？”

“是的。”

“柏木他一直待在原先的位置没动？”

“他的身子完全没动，只有嘴巴在动。”

“被告——小俊对柏木那句‘你杀过人吗？’有没有回答？”

“他没有回答。小俊只是对柏木说，‘你小子脑子有病吧？’”

“柏木是怎么回答的？”

“他还是在笑。”

“他只是笑，没说什么吗？”

“他说，‘如果你们杀过人，我想知道……’”

“想知道什么？”

“想知道杀人是什么感觉。”

旁听席上忍无可忍似的爆发出一阵骚动。井上法官没有敲木槌，而是等待嘈杂声自然平息。藤野检察官抱着胳膊靠在桌子边上，神原辩护人则小声地对被告说着些什么。

“小俊他……”

证人一发出又粗又低的声音，法庭便自然而然地安静了下来。

“他问柏木，‘你想杀什么人吗？’”

“柏木是怎么回答的？”

“他‘嗯’地应了一声。”

旁听席上又喧闹起来。

“肃静！肃静！”这次井上法官敲响了木槌。

“他说，他想知道那是什么样的感觉，想杀一个人试试。他依然是笑着说的。”

“你觉得他在开玩笑？”

“不知道，我只觉得震惊。小俊也愣住了。桥田板着脸说，‘走吧。我们走吧。’他好像觉得柏木这家伙很可怕。”

“被告的反应呢？”

“因为桥田总是劝我们走，那时小俊也准备离开了。可他又不甘心就这么走掉，就对柏木说了句，‘你脑子真的有问题。’”

“小俊逞强了一句，你们三个人就要离开理科准备室了？”

“是的。可就在这时，柏木他突然站了起来，抡起一把椅子，朝我们砸了过来。”

“不只是抡起椅子，还扔了出去？”

“嗯，是砸向小俊的，不过没有砸中。所谓打架，就是从这里开始的。小俊喊着‘你这个混蛋’就朝柏木扑了过去。”

“你也帮着一起打了吗？”

“柏木那小子很机灵。他兜着圈子逃跑，把烧杯之类的全扒拉到了地上。这时老师来了，结果就变成我们的不是了。”

法庭再次喧嚣起来。井上法官摘下眼镜擦了擦镜片。藤野检察官走到证人身边，接过他手中捏瘪的纸杯，询问他的身体状况。她又叫来萩尾一美，拿过手绢后递给证人井口充。

大出俊次的胳膊肘支撑在桌面上，双手盖住了脸。神原辩护人在和助手野田健一说话。

“继续。请大家保持安静。”

井上法官喊过一声后，藤野检察官迅速站了起来。

“你们向赶来的老师解释过吗？”

“我们可没解释。”

“为什么？”

“楠山不会听我们解释。”

“来的是楠山老师？你们三人是商量后才决定不向老师说明经过的吗？”

“没有商量过。小俊没说，我和桥田也就不说了。”

“那么，被告为什么不将柏木主动招惹你们的情况说出来呢？当时，你是怎么想的？”

“就算说了，也没人会听啊。”

“好吧。请允许我推测一下。由于被告、你和桥田受到柏木的挑衅，在一瞬间感到有些害怕。而这一点，你们不想让老师知道，是不是这样呢？”

考虑片刻后，证人摇了摇头。“我不知道。”

“你们完全不作解释，结果被认为是你们单方面袭击柏木，你们不觉得窝心吗？”

“柏木朝小俊扔椅子的事，跟楠山说过，跟高木老师也说过。”

“那老师们是怎么说的？”

“他们不分青红皂白，断定是我们先去骚扰柏木的。”

“柏木又是怎样向楠山老师和高木老师说明情况的？”

“不知道。不过，他一定不会实话实说，而是假装什么都不知道。”

“嗯，事实应该也是这样的。因为到目前为止，都没有传出过十一月十四日理科准备室打架事件的具体情况。”

“柏木那小子是个两面派，当面一套，背后一套。”这对井口充而言，算是表现力相当丰富的语言了，“小俊也说了，那小子是个不可貌相的危险家伙。”

“所以不要再去招惹他。是这个意思吗？”

“桥田倒是这么说过。说那小子怪怪的，还是不要跟他沾边的好。可小俊真的发火了，说他被柏木耍了。”

“那你又是怎么想的？”

自认大出俊次小弟的井口充，只要一问到他自己的想法，总是不知该怎么回答。

“我也觉得柏木的脑子有毛病。”

“觉得被他耍了？”

“他居然敢耍小俊，真可气。”

“我是在问你的想法。”

“所以啊，小俊被他耍了，我也感到气愤。”

“你有没有想过要为小俊教训一下柏木呢？”

“这种事，我一个人不会去做。我听小俊的，他叫我做什么我就做什么。”

完全是自我辩护和逃避责任的态度。

“如果小俊叫我帮忙，我就会动手。可小俊什么也没说，所以我就什么都不做了。”

“这么说，光是你一个人什么都做不了？”

证人没有回答。

“你有没有想过，为了泄愤，被告会在不告诉小弟你和桥田的情况下，对柏木实施报复？”

“在小俊说‘是我干的’之前，我没有想过。”

“可是，在听他这么说之后，你觉得这也有可能，对吗？”

“是的，只能这么想，不是吗？我也是到了学校才得知柏木的死讯的。”

“由于你自己和柏木的死无关，你便认为，那桩事件是被告一个人所为，是吗？”

“嗯。不过桥田怎么样我就不知道了。桥田比我更讨厌柏木。”

“既然如此，当你知道举报信上写着你们三个人的名字时，一定非常吃惊吧？”

“那是在胡说八道！”井口充发出他没受伤时的尖锐嗓音，“简直一派胡言。我可什么都没干。”

“桥田也一样？”

“这个嘛，你问他本人吧。”

“你认为那封举报信是谁写的？”

“不知道。”他回答得很快，话语中却带着苦涩，“我跟桥田，就是为了这个才干起来的。”

“你是说，你摔出学校三楼的窗户受了伤，变成如今这副模样，就是为了举报信跟桥田打起来的缘故？”

“是啊。”

“你们是怎么打起来的？”

“我当时猜测，那封举报信会不会是桥田写的。”

“桥田写一封自首的举报信，再寄到学校里去？”

“那时，那小子跟小俊已经不来往了。”

大出俊次依然将手盖在脸上，一动不动。

“我想，他会不会帮着小俊一起杀死柏木，后来又害怕得不得了，就自己坦白了。”

“还把并不在现场的你也写了进去，想把你拖下水？”

“是啊。我就是这么想的，所以才发怒嘛。”

“桥田他怎么说？”

“他说，‘我才不会干这种傻事呢。’”

“他说的‘傻事’指的是什么？是指和被告一起杀死柏木，还是指写举报信？”

“两种意思都有吧。但是，我觉得桥田干过。”

“那他为什么要拖你下水？”

“因为桥田一直瞧不起我。”

“是不是在你眼里，周围的同学都瞧不起你？”

“你不是也瞧不起我吗？”

这番话与其说是怨恨，倒不如说是在怄气。他的孩子气令旁听席上的大人们想起，证人和检察官都不过是些初三学生。大家都不由得笑了起来。

“我来把前面的对话整理一下吧。”藤野检察官轻轻摊开双手，“柏木死后不久，你就听到被告坦白，他瞒着你和桥田，独自一人干了与柏木的死相关的事。你觉得他的坦白比较可信，是吗？”

“是的。”

“可是，你又说举报信事件闹得满城风雨之后，才开始怀疑桥田是同谋，认为桥田自我反省后写了举报信。你不觉得这两者之间有矛盾吗？”

证人的脸上露出了明显的困惑神情。“我的脑子没你那么好，只会想到什么就马上动手。”

“所以你怀疑桥田后马上就去责问他。你遭到他的否定，两人就大打出手，最后造成一起不幸的事故。是这样的吗？”

证人沉默了。

“桥田和你一样，是被告‘你们真好骗’这话所指的对象。既然杀人事件是被告一个人干的，桥田并没有参与，他怎么会写承认自己参与杀人事件的举报信并寄去学校呢？这样做一点意义都没有。”

“我现在也这么觉得……”

“你是否想过，举报信的内容本就是编造出来的呢？是胡说八道的。”

“没有，因为小俊说不定真的干过。”

见他如此毫不犹豫，连山崎晋吾也觉得心里隐隐作痛。他们三人根本不是什么‘伙伴’，只是老大和小弟的关系。并且，当小弟看到老大有危险，只会想着让自己全身而退。

“既然如此，你认为那天夜里教学楼楼顶上确实有一个目击者看到了被告逼死柏木的场景，并写了举报信。只不过举报信的内容不准确，将并不在场的你也写了进去。可以这么理解吧？”

“有什么不可以的？你就是这么想的吧？”

鸦雀无声之中，只有一个人笑了。那人是茂木悦男。井上法官瞪起眼睛，对他喊了一声：“肃静！”

“你觉得，那人为什么要将不在场的你也写进举报信？”

“因为我以前是小俊的小弟。”

“以前是，那现在不是了？”

“不是了。”这次的回答也很快。大出俊次抬起头，死了心似的吐了一口气，用胳膊擦了擦自己的脸。他的眼睛紧闭着。

“你已经决定不做他的小弟了？”

“我被弄成这副模样，他看也不来看一眼，连电话都不打。我明白了，对小俊来说，我就跟垃圾一样。”

“桥田怎么样呢？”

“他到医院来看过，还对我道了歉。”

“你跟桥田，现在还是朋友吗？”

“我不知道。”

“你受了重伤，心里也很难过吧？”

轮椅发出“吱呀”的声音。

“现在正在恢复吗？”

“医生说，因为我还年轻，好好做恢复锻炼，以后还是能够走路的。”

“太好了，加油。”

从藤野检察官的话音里，山崎晋吾感受到了她的真情实意。

“我要问的就是这些。下面是辩护方的交叉询问。要不要稍事休息一下？”

“不用了。”山崎晋吾正朝轮椅走去时，神原辩护人站起身来，“不需要交叉询问。”

除了萎靡不振的辩护人，和手握铅笔一个劲记录的野田健一，所有人都感到很惊讶。不由自主地恢复本色的井上法官不禁问道：“这没关系吗？”

“嗯，没关系。毕竟井口还在疗养中。谢谢你出庭作证。”

他的这句话中，同样也能感受到真情实意，尽管觉得困惑，山崎晋吾还是很钦佩他。怎么说呢，神原和藤野虽不是同一类型，但他的心胸也十分宽广。

“不过针对井口刚才的证言，我想问楠山老师几个相关的问题，可以吗？”

此刻，时间将近正午。

“楠山老师，在吗？”

高高在上的井上法官一喊话，站在后门口旁边的楠山老师便举起了手。

“请到证人席就位。”

藤野检察官没有反对。自己搞了偷袭，也得允许对方来一下。证人席上换上了新证人。山崎晋吾推着轮椅离场了。

“楠山老师，刚才井口的证言您都听到了吧？”

“听到了。我很震惊。简直是惊天动地。”他眼珠也滴溜溜地转了起来，或许是在模仿井口充。今天这位老师身上也穿着形似制服的运动衫。

“制止住十一月十四日理科准备室的骚乱，并且最早从当事人那里听取情况的老师，就是您？”

“是我和年级主任高木老师。”

“当时，从某一方当事人那里听过井口充的那番解释吗？”

“根本没听说过。”

“柏木是如何说明冲突起因的？”

“他说，大出他们在捣乱，非常烦人，他说了声‘别吵了’，就突然被他们揪住了衣领。”楠山老师哼笑了一声，“顺便提一下，当时柏木在理科准备室里读的不是图册，是《理科年表》。说大出把这本书抢过去，敲了他的脑袋。”

“大出他们说明过冲突的起因吗？”

“说看着柏木就来气。这是他们惯常的说法。”

“这就是说，大出他们也并非一上来就去欺负柏木，而是觉得柏木看着来气，是吧？那么，您没问过让他们来气的理由吗？”

“我说，辩护人。”

被一字一顿地叫出头衔，神原辩护人提高了警惕。“哎？”

“我听了刚才证人的证言，觉得自己该对井口刮目相看了。原来那小子知道自己只是个可怜的跟屁虫，是个傻瓜。”

山崎晋吾正推着轮椅，经过旁听席朝法庭后方走去。楠山老师说出这番话后，他看到井口充的耳朵发红了。可井口充并没有回头咒骂楠山老师，或者高叫“你放屁”。这可不像山崎晋吾熟悉的井口充。

是他成熟了？还是变得懦弱了？不知为什么，山崎晋吾心中又感到了一丝悲凉。

楠山老师双手叉腰，这是他教训人时常用的姿势。“神原和藤野你们都很聪明，可过分聪明了，会跟不上大出、井口他们的思维。他们词汇量太小，说一句‘来气’，背后隐藏的含义或许有一百种，甚至连他们自己都不清楚。计较这些字眼根本毫无意义。在制止他们条件反射般的暴力行为上，学校已经尽力了。”

神原辩护人仍然保持着警惕。“就是说，您并没有作出理解冲突起因的努力，是吗？”

楠山老师脸上显出露骨的厌恶。“没有，对不起了。你的学校里的老师都太优秀，他们遇到这种情况，或许会作出努力吧。”

神原辩护人没计较他的冷嘲热讽。

“您觉得，柏木卓也以前在学校有过什么问题吗？”

“他不来上学就有问题。”

“我指的是在此之前。在他还是个老实文弱又不引人注目的男生时。”

“他身子弱，家长会写信来请求关照，还经常不上体育课。我那时就觉得有问题。”

“在您任教的社会课方面又怎么样？”

“我经常会要求学生写作文。”

“在我的学校里，社会课的作文也比语文课还多。”

楠山老师又露出讨厌的神色。

“柏木可是写得一手好文章。写得太好了，我甚至怀疑过是不是家长帮他写的，或是抄袭了别人文章。他有一次写出了吉本隆明的《共同幻想论》相关的文章。”

“事实上真的是抄来的吗？”

楠山老师不快地回答道：“是他自己查资料后改写的。”

“这些事情，你和柏木交流过吗？”

“没有。我没觉得有这个必要。”

“明白了。谢谢！”

藤野检察官没有作交叉询问。她无视楠山老师，直接对陪审员们说：“刚才楠山证人的证言中，包含针对井口证人的无礼描述。这些话与此次审判并无直接关联，请你们忘掉这部分发言。”她抬起头望向井上法官，“这部分记录也请一并删除。”

“知道，知道。”井上法官极不愉快地应道，“我宣布休庭。下午一点再次开庭。”

下午的审理是从辩护方的证人询问开始的。证人是教美术的丹野老师。

原来是“幽灵”。山崎晋吾暗想着。“幽灵”是学生们为这位存在感薄弱的老师起的绰号。

不过，现在他的出场倒算是恰到好处。

上午井口充引爆的“炸弹”威力强大，“硝烟”直到现在都未散尽。正当大家卯足劲期待下午开庭时的猛烈“爆炸”，却发现被传唤出庭的竟是“幽灵”。丹野老师战战兢兢地来到前方，用蚊子叫似的声音完成了证人的身份确认和宣誓，随后便坐了下来。那副模样，大家已经不觉得滑稽，只觉得可怜。丹野老师令许多人失望的出场，倒是让法庭的气氛一下子放松不少。

“丹野老师，感谢您作为证人出庭。”神原辩护人照例以表达谢意开始他的主询问，“我们想通过您了解的，是关于柏木卓也的性格、人品方面的信息。有劳了。”

“明白了。”

丹野老师用力地点了点头，连带整个上半身大幅度摇晃了一下。他身上那件白衬衫后背上，有熨烫时不小心弄出的皱纹。

“听说丹野老师时常会与柏木交谈，是这样吗？”

神原辩护人巧妙地抛出接二连三的问题，引导证人陈述以下事实：自柏木卓也上一年级第二学期的十月份起，他便常常与丹野老师私下交谈。

“柏木来美术教室找您交谈，总共约有几次？”

“在我的记忆中大概有四到五次。后来得知要出庭作证，我又查看了一下日记，发现实际的交谈次数更多。在他一年级时有三次，从二年级第一学期开始到柏木拒绝上学的十一月中旬，这段时期内共有四次。”

“就是说，总共有七次？”

“嗯，这只是他放学后来美术教室的次数，如果算上午休时段的短暂交流，那就要十次以上了。”

交流出人意料地多，山崎晋吾心想。陪审团中也有人露出了惊讶的表情。

“您和柏木在哪方面比较投缘？”

“柏木十分喜欢绘画。他来美术教室是为了看画册。”

“可柏木并不是美术社团的成员，是吧？”

“他的审美能力颇为出众，我也曾经劝他加入社团，他拒绝了。他说自己太不合群。”丹野老师从裤子口袋里掏出一块大手帕，擦了擦脸上的汗。

“柏木的画画得好吗？”

“是的。他的基本素养不错，只要看他画的速写就明白了。”

“美术课的成绩呢？”

“他绘画的成绩不错，雕刻或泥塑的成绩会差一点。他本人没心思做这些，我也能够理解。”

“请问您的大学专业是什么？”

“是油画。我也不擅长造型，特别是立体造型方面的创作。如今指导学生做这方面的作业时，也觉得很费劲。”

“您和柏木谈起过这方面的话题吗？”

“谈起过。我说，小学暂且不论，至少在初中阶段，美术课和音乐课的内容应该让学生自行选择。就算喜欢美术，每个人感兴趣的方面也不尽相同。眼下的制度迫使学生必须在美术的各个项目上都取得好成绩，因此学生得不到机会，来发现自己在哪方面具备天赋。”

“这么说来，您认为在义务教育阶段教授艺术类课程，并据此判断学生是否有能力的制度本身是有问题的，是吗？”

“是的。”丹野老师说完便沉默了。

神原辩护人不紧不慢地催促道：“如果可以，请让我们听听您自己的见解。”

“我……”丹野老师用大手帕遮住了脸，“我反对现行的评估体系。教授常识范畴的美术史和音乐史，通过考试评估还是可行的。实际的创作就不同了。学生的艺术天赋原本就很难评估，作为教育工作者，轻易地下评判会很危险。”

也许是遮住脸的缘故，丹野老师的表达比之前果断流畅得多。

“对于处在成长期的孩子，一旦美术或音乐天赋受到贬损，在课堂这样的公开场合得到负面评价，便会对艺术失去兴趣，在人生的早期阶段抛弃那些原本会让他们的人生变得丰富多彩的事物。”

“原来如此。”神原辩护人不失时机地应和道。

“所以我认为，在义务教育阶段，只要给学生创造接触艺术创作的机会，让他们发现沉睡于体内的艺术天赋就可以了。艺术对大部分人而言，只是一种丰富人生的要素。需要严格教育及评估的，仅限于有更高需求的一小部分人，即视艺术创作为终身事业的人。”

藤野检察官举起了手。“很抱歉，虽然我也很感兴趣，但老师您的话与本案无关，我只能反对。”

神原辩护人冲着她微微一笑。藤野检察官便放下了手。

“您和柏木还谈过些什么呢？”

“喜欢的画家以及他们的作品。柏木非常喜欢西洋画。”

“这方面跟您也相当投缘，对吧？”

丹野老师又重重地点了点头。

“我喜欢弗美尔[①]，总想着有朝一日能周游世界，看遍他的作

① 扬·弗美尔（1632—1675），荷兰黄金时代最伟大的画家。

品。但就我现在的收入，简直是痴心妄想。”

旁听席上有人笑了。

“真是个美好的梦想。对于您的梦想，柏木有过评价吗？”

“他也笑了。不过他说，至少有一位画家的作品，他想看看原作，而不只是看画册。”

“是哪位画家的哪幅作品？”

不知为何，丹野老师在此犹豫了片刻。当他说下去后，大家便理解了他犹豫的原因。

“是勃鲁盖尔的《绞刑架上的喜鹊》[①]……”

他的声音越来越小。为了给自己鼓劲，他点了点头。

“勃鲁盖尔是十六世纪中叶荷兰尼德兰地区的画家。他给世人留下许多充满象征和隐喻的作品。这幅《绞刑架上的喜鹊》便是其中之一。蓝天下一座俯瞰城镇的小山上，许多人正在快乐地郊游。但小山上高耸着一具绞刑架。这是一幅不祥的、谜一般的作品。”

“绞刑架上吊着受刑的人吗？”

“这倒没有。绞刑架顶端的横木上蹲着一只喜鹊。”

山崎晋吾以为藤野检察官会再次举手提出反对，可藤野凉子完全没有动作。

“勃鲁盖尔创作这幅作品时，他的祖国正处于基督教会热衷猎杀女巫和异端审判的高潮时期，也是宗教改革的关键时期。而喜鹊在欧洲常被喻为‘骗子’或“告密者’。可以认为，这幅画反映出当时的世态——许多人在没有确凿证据的情况下，仅仅因为他人的恶意告密便遭受了残酷的刑罚。”

沉吟片刻后，神原辩护人问：“对不起，我不懂西洋画，只是随便说说。当时那些有名的画家，是否也会被冠上类似‘印象派’之类

---

① 这幅画一般译为《绞刑架下的舞蹈》，但下文中屡屡提及画中的喜鹊，因此这里还是按日文直译。

的头衔？”

“是的。确实有着相应的头衔。”丹野老师似乎由衷地感到高兴，“十五世纪到十七世纪，有一批被称作佛兰德斯派的画家相当流行。鲁本斯也属于这一派。他们的特点是观察自然忠实、细致，常常运用丰富的色彩来表现思想感情。”

“众多闻名世界的作品都诞生于那个时代，不是吗？柏木却偏偏在这里头选中了《绞刑架上的喜鹊》这幅画，想要观看原作，是吗？”

“是的。”

“那您对此作何感想？”

“我觉得这挺符合柏木的个性。”

“为什么呢？”

不知道从何时起，丹野老师背上的衬衫已经被汗水浸透，变得透明了。“昨天，柏木的父亲出庭作证了。”

“是的。”

“从他的证言可以得知，柏木是个十分敏感，喜欢深入思考问题的少年。尤其在人的生死大事上，要比和我交谈时思考得更深入。我觉得，正是这种敏锐的感性，使他对《绞刑架上的喜鹊》表面上的平淡中隐藏的悲剧性，以及沉静而激烈的愤怒产生了共鸣。”

“人的生死大事。”神原辩护人缓缓重复着，“或许柏木从画中感悟到，人的生命时常会被他人无情中断，而被迫走上死亡之路。他感到了做出如此野蛮行径的人类的愚蠢。”

“你说的没错。一旦思考起人类的愚蠢，就会导向对‘正确’与‘错误’，以及‘善’与‘恶’的思考。”

“都是些抽象的难题。”

“是的。不过这样才符合柏木的个性。问题还不止于此。”为了抑制住愈发尖利的嗓音，丹野老师干咳了几声，“我当时还担心过，呃……如果我的日记没记错，我与柏木的这段对话应该发生在去年七月，也就是放暑假之前。”

“明白了。您担心些什么呢？”

“喜鹊。”丹野老师提高了嗓门，“刚才我提到过，喜鹊在当时的欧洲是‘骗子’和‘告密者’的象征，在那幅画中还隐喻着权力。喜鹊在监视人们，只要发现有不当的行为和言论，就会去告密，造成迫害。”

神原辩护人默默点了点头。

“我觉得，呃……怎么说呢，柏木会不会觉得他自己就是个‘喜鹊’一般的存在？”

“具体而言，是怎么一回事？”

“他理解那幅画中隐藏的寓意。画册上也附有说明，但他对中世纪‘猎杀女巫’和‘异端审判’的了解早已超出一般的程度，估计是专门学习过的。也正因如此，他才会对那幅画产生强烈的共鸣。”

证人的嗓音又变尖了。

“哦，对了，我想起来了。那时，他是这么说的。他说人类从来不知悔改。人类总是建立某种体制，并在体制内迫害他人，或被他人迫害。由于恐惧迫害，又会去牺牲他人。事实上，生活在‘猎杀女巫’和‘异端审判’的狂风暴雨中的人们，会由于害怕自己被人告密而先去告发别人；即使知道被迫害的人是无辜的，也会由于害怕拥有绝对权力的教会而噤若寒蝉。因为他们担心一旦唱了反调，自己就会被当作女巫或异端遭到处罚。嗯，所以……”

证人满头大汗。

“也许他是说：这其实与现在的学校教育体制非常相似。”

“在学校这样的体制内，学生要和学校唱反调是相当困难的。是这个意思吗？”

“是的。只能顺从，因为一旦反抗，就会遭受处罚。”

“教师和学生的关系，相当于拥有权力的教会和软弱无助的信徒之间的关系。是这样吗？”

“信徒间的关系也是如此。受欺凌的学生与明知有人受欺凌却视而不见、害怕连累自己的学生，与告密者和被告密者的关系如出一辙。”

一口气说到了这里，丹野老师忍不住停下来喘了几口气。

“当然，这种解释太夸张了。无论如何，将学校的教育体制和中世纪的教会相提并论，实在言过其实。校方根本没有那么大的权力，因为教师也处于弱势地位。”

旁听席再次传出笑声。丹野老师则不停地用手帕擦汗。

“您的意思我很明白。”神原辩护人像在安慰他，“总之，柏木想说，现在的他因为同学间的关系，以及自己和老师的关系而感到窒息。至少在您听来是这样的，对吗？”

“是的。在监视别人的同时又被别人监视。由于害怕被老师盯上，在同学间沦为欺凌对象，而不敢说真话，不愿显露真正的自我，只得流于形式地相互敷衍，装出谦卑恭顺的模样。在学校这种体制下，学生过的就是这样的生活。不，不是生活。是人生。”他订正道，“他想说，这就是他如今的人生。”

“那柏木有没有说过，他想脱离这种状态呢？”

“他没对我说过，至少没有明确地说出来。不过，他十一月开始不来上学后，我便恍然大悟：哦，原来柏木作出了这样的选择。”

“他要通过拒绝上学来脱离学校极权建立的监视体制，是吗？”

“同时逃离欺凌的恐惧。”

神原辩护人瞪大眼睛。“丹野老师，您认为柏木受到了欺凌？”

“至于他是否直接受害，我不得而知。我想他应该没有遭受过暴力虐待。但是，他正被众人漠视。他的个性太独特，并因此受到班级的排挤。这也算是一种欺凌。”

“遭排除，被孤立，是吗？”

“是的。换一种角度看，他也是‘喜鹊’。站在高高的绞刑架上，观察着下面兴高采烈的无知的人们，只有自己知道绞刑架的用途。”

“也明知道那些兴高采烈的人们中有一些将吊死在绞刑架上？”

“是的。”

全场的人们都听得入了神。陪审团中，山野纪央凝视着证人丹野老师。

“因此我认为，柏木拒绝上学与前一天理科准备室的打架事件确实有联系。但在因果关系上，我的见解与检方试图证实的假说不同。我认为顺序刚好相反。”

“相反？”

“是的。我认为，柏木并非因为与大出他们爆发冲突，害怕他们报复才拒绝来校。柏木早就决定不来上学了，他对学校不抱任何希望，并且下定了决心。没有了后顾之忧的他，才会在临走之前对大出他们明确说出早就想说的话。用椅子砸他们的过激行为，应该也是这种心态的产物。”

山崎晋吾感觉到旁听席上掠过了一阵风波，应该不是扇子和手绢搅动空气产生的。

我偶尔也会有学校如同监狱的感受。

出现在空手道练功场上的我才是真正的我。身在学校的山崎晋吾是戴着面具的我。

“幽灵”的话，我多少能够理解。

“丹野老师，您听到上午井口充的证言了吗？”

“听到了，那时我在旁听席。”

“根据井口的证言，柏木在理科准备室里的言行，似乎并非指责或规劝被告，而是怀有恶意的嘲弄和挑衅。”

“那是因为，阐述过程中掺杂了井口的理解，所以会给人这样的感觉。即便他确有挑衅的言行，我也不认为他在胡闹。因为他一直是个认真过头的人。”

“‘你做过的最坏的坏事是什么？’”神原辩护人用异常尖锐的语调对证人说道，“‘如果你们杀过人，我想知道杀人是什么感觉。’柏木曾向被告、井口和桥田提出过这样的问题。您也认为这不是胡闹，而是在认真提问吗？”

“既然这些问题是柏木提出的，那应该就是在认真提问。”

“可他一边问还一边在冷笑。”

“那是因为他在害怕。当时的状态是三对一，对方还是出了名的不良少年。”

“既然害怕，还要故意这样问吗？”

“因为他早就想问了。”

神原辩护人疑惑地眯起了眼睛。“为什么？”

虽然大家都没有注意到……

山崎晋吾的精神紧绷起来。

丹野老师在发抖。

“我认为，对于被告一行不自觉的恶行，柏木早就想面对面责问一次了。”他回答的话音倒十分清晰、镇静。

“反正以后再也不来学校了，就没什么好顾忌的了？”

“是的。”

藤野凉子举起了手，一脸不耐烦的表情。“法官，从刚才起，辩护人就一直在听取证人的个人见解。”

“我知道。”井上法官立刻回应道，“反对无效。”

他的表情反映出，他比任何人都更想听取丹野老师的见解。

“谢谢！”丹野老师抬头仰望着井上法官，仿佛回到了与井上法官同龄的少年时代，十分诚恳地道了谢，“我的证言确实带有过多的感情成分。不过承蒙法官的厚意，请允许我再说几句。”

“幽灵”第一次扫视陪审员们的脸。

“柏木向大出他们提出的责问，就是被视作‘女巫’或‘异端’并遭受迫害的人在责问迫害者，‘你们为什么要这么做？’‘你们是否明白，这是一种罪恶？’这番责问的含义便是：在恶意横行的世界里，善良的人、品行端正的人能否找到生存下去的意义？”

井上法官凝视着侃侃而谈的证人。

“柏木一直在学校、社会和教育体制的框架内思考这样的问题。在学校，学生被教育的尺子衡量、甄别。同学之间会通过容貌、体能和人际交往能力相互分类、排斥和攻击。恶意无处不在，却从不会有人反问为何要这么做。柏木对这种状况非常厌恶。他确实有点认真过头。”证人继续说，“才十三四岁就如此深思熟虑，称得上‘少年哲学家’的少男少女，即使很少，也是存在的。柏木就是其中之一。他父亲说的一点都没错。柏木下了判断，认为学校这个世界找不到他存在的意义，因而决定拒绝上学。与大出他们爆发的冲突，就像是最后的确认。”

法庭陷入沉默。过了一会儿，神原辩护人平静地问：“丹野老师，您曾经担心过柏木会自杀吗？”

“是的，我担心过。”

“既然在这个世界找不到活着的意义，就干脆死掉算了？”

“是的。因此，当我听说他不来上学后，反倒松了一口气。本以为他总算可以安定下来，希望他能在学校以外的地方找到生活的意义。可是……”他用手帕擦了擦脸，接着说了下去，“听了井口的证言，我打从心底受到了冲击。即使告别了这所学校，柏木的心态依然倾向于自杀。”

“可是老师，柏木问被告的问题是‘杀人是什么感觉’，而不是‘你们有没有想过去死’，虽然对于后者，被告并不适合作为提问对象。”

这时，原本很老实，似乎早就睡着了的大出俊次，突然抬起了头。山崎晋吾不禁暗忖：看来他并不是个彻头彻尾的傻瓜。

“看来，连你这么聪明的人都没有注意到啊。”面对神原辩护人的丹野老师，用老师回答学生问题的口吻不紧不慢地说，“所谓自杀，不就是杀死自己的行为吗？”

在证人的注视下，神原辩护人沉默片刻后才说道：“对柏木的死，您是怎么想的？”

“他的父亲在不幸的事件发生后不久，就凭着家长的直觉作出结论，认为他是自杀的。”丹野老师说，“对于没能阻止柏木的自己，我感到甚为可耻。虽然现在这样说，已经于事无补了。”

丹野老师说到这里，突然哽咽住了。

停顿了一会儿，他又继续道：“我很想对他说，就算走出学校，世界还很大。在这个世界的某个角落，应该会有一座没有绞刑架的小山。”

“谢谢！”神原辩护人坐回自己的位置。

藤野检察官没有马上站起来。她合掌于眼前，像在深思着什么。

“需要进行交叉询问吗？”

井上法官催促后，她终于从座位上站起了身。“丹野老师。”

“嗯。”

“在此场合，我是检察官，我需要问您一个作为学生来说相当失礼的问题。是有关您个人的问题。”

“请讲。”

“您上初中时，是个怎样的学生？”

令人意外的是，丹野老师完全没有生气，反而对藤野检察官露出了微笑。山崎晋吾只能看到他的侧脸，却也看得出，那是一个温和、善意的笑。

“我读初中的那个年代，还没有严重到发展成刑事案件的欺凌事件。不过，我……如果要分类的话，也属于被欺负的一方。”他一边回答一边点头，“我不引人注目，也不讨人喜欢，还没有朋友。虽然算不上被人讨厌，却非常孤独。”

“您从那时起就喜欢美术吗？”

“是的。”

“画画是您当时的心灵支柱和安慰？”

“嗯，就是这样的。”

“我下面的话或许会更加失礼，请您原谅。听了您的证言，似乎可以这样理解：您将过去的自己重叠在柏木身上了。”

“你是说投影吧？确实是这样的。”

“既然如此，您对柏木的言行作出的解释，就是您自己内心的写照吧？”证人垂下了头。他无法回答。

“丹野老师，您不会提出辞职吧？”

法庭再次嘈杂起来。

“你很了解我啊。”

证人竟然承认了，而且没有露出半点吃惊的表情。

“因为我觉得，我们在学校生活中了解的丹野老师，不是个能够在这里作出如此证言，赤裸裸地暴露自身想法的老师。我想到，您或许作出了某个决定。”

“你说的一点不错。”

“这一点也与您推测的柏木的心态重合，对吧？反正对这所学校不抱任何希望，没了后顾之忧，说出想说的话，就能飘然离去了。”

“或许是这样的。”

“这也算一种投影，不是吗？”

山崎晋吾不由得惊慌起来：喂，藤野同学，请你适可而止。

“对柏木的死，我也感到了自己的责任。我想做一个了断。应该说，多亏了校内审判，我才能作出这样的决断。”

“此话怎讲？”

“今天通过证言，我了解到之前从未知晓，也没想过要了解的柏木的各种状况。我觉得，在我和他的交流中，只要我再深入一步，他也许就能健康愉快地享受眼下的暑假生活了。”

藤野检察官故意留出了一段沉默时间。她的目光落在手边的文件和笔记上。过了一会儿，她才扬起脸来：“刚才，您说柏木曾对人类的善恶和正义与否有过深入的思考。”

迫害者和被迫害者。

“可这不也只是老师您个人的印象吗？用更极端的说法，因为过去的您是一个耽于深思的少年，才将自己的影子投射到柏木身上？”

在证人沉默不语的时候，场内的杂音变得高涨起来。

“这大概是他刚升上初二时的事情……”

丹野老师缓缓述说起来后，嘈杂声立刻停止了。

“柏木对我说起他自己的事。我们很少谈论他自己的事，所以我记得很清楚。不过……”

“请讲下去。”

“他说的只是一些片段，具体情况我不太了解。他说起他上的补习班。”

是他从大宫转学过来后，初一至初二期间上的补习班。

“原本容易落单，不善交际的柏木，却非常适应那个补习班。因为开补习班的老师相当优秀。”

“听说过那个补习班的名字吗？”

“没有。不知道叫什么，也不清楚那位老师尊姓大名。但从柏木的语气里听得出，他非常仰慕那位老师。”

“明白了。然后呢？”

“那位补习班的老师十分严格。不守规矩或不想学习的学生，会遭到他的严厉训斥，甚至被扫地出门。他的这种做法导致部分家长的反感，编造无聊的丑闻攻击他。最终，补习班不得不关门歇业。具体出了什么问题，我并不清楚。”

山崎晋吾发现，神原辩护人僵住了。他似乎在警惕着什么，可是除了山崎晋吾，没有其他人注意到这一点。

说来也是，神原和柏木是在补习班里认识的，他紧张的理由或许与此有关。

“柏木对此感到异常气愤。他很少见地怒斥道，‘好好的一位老师却被一些下三滥的家伙毁掉了。’正当的事物遭受打压，肆意妄为的傻瓜反倒招摇过市，他说，‘我讨厌这样的世道。’”

“您还记得，当时为什么会说起这些吗？”

“好像是我问起，他有没有在外面学过画，还问他小时候学过些什么。就是从这里开头的。”

藤野检察官也没有注意到神原辩护人的僵硬表情。山崎晋吾想到这里，神原辩护人脸上的紧张表情又突然消失了。

山崎晋吾的心中留下了疑问的痕迹。

“与仰慕的老师分别，补习班被迫关闭，这对柏木而言象征着‘善’的毁灭，‘恶’的张扬。”藤野检察官抑扬顿挫地说，“柏木有过这段痛心的经历，并成为他厌世观念的根底。丹野老师，您是这样考虑的吧？”

“是的。我想说，我确实将自己投射到了他身上，但也并非完全没有根据。”

“谢谢！我要问的就是这些。”

山崎晋吾以为藤野检察官要坐下来了，可谁知她反倒端正姿势，叫住了正要离开证人席的丹野老师。

“丹野老师。”

“幽灵”疲惫不堪地回过头去。

“请您不要辞去教师的职务。”

山崎晋吾看到，神原辩护人身边的野田健一露出了微笑。

“和柏木一样，想和您一起看画册、与您聊天，并据此找到自己在学校的栖身之地的学生，或许还会有。对这些学生，您是必不可少的。”

丹野老师那张瘦弱而苍白的脸慢慢舒展开了。

“我会认真考虑的。”

“请原谅我的一再失礼。”

藤野检察官深深鞠了一躬，这才坐回自己的座位。

站在法警的位置上，可以看到许多有趣的景象。

能够像法官一样展望整个法庭，而且大家都不会留意法警，因此能看到在场者们不加掩饰的真实面目。

“作为检方的书面证据，我方向法庭提交城东四中初二学生增井望的陈述书。”说着，藤野检察官将一份用订书机钉住一角的文件举到眼前。

山崎晋吾发现，并排坐在旁听席后方的津崎先生和城东警察署的佐佐木礼子警官都一脸惊愕，就像被人扇了一记耳光似的。依然与PTA的石川会长在一起的茂木悦男记者则是满脸喜色，得意洋洋。

大出俊次的脸色一下子变得十分苍白。

神原辩护人站起了身：“法官，这名叫作增井望的四中学生的陈述书与另一起事件有关，与本案并无直接关联。我方认为，将其作为证据采用并不妥当。”

藤野检察官不为所动：“增井遭遇的是发生在今年二月份的一起抢劫伤害事件。”

神原辩护人拦住她的话头：“该事件在城东警察署并未作为抢劫伤害事件立案。”

“那是因为，被告的家长恐吓受害者增井及其双亲，迫使其撤销受害申报，最终强行调解解决。”

“法官，检察官刚才的发言不符合事实。请作出指示，将其从记录中删除，并要求陪审团忽略该发言。”

“我能够证明这就是事实。”

“此事件与本案无关。”

“此事件能够证明被告的暴力倾向，以及事发时他与井口、桥田之间存在共谋并实施抢劫伤害事件的亲密关系。作为井口证言的旁证，这份陈述书必不可少。”

“法官，请对检察官作出警告。增井事件并非抢劫伤害事件。”

面对发愣的陪审员们和大部分旁听者，井上法官脸上的表情相当难看。

“肃静！”他大喝一声，“检察官和辩护人都过来一下。”

他从法官席上跳了下来，钻到高高叠起的榻榻米后方。检察官和辩护人尾随而去，神原辩护人动身时气势过猛，带起了桌上的几页笔记，助手野田健一慌忙按住飘起的笔记。

会场喧闹起来。

“增井望是谁？”“增井事件是怎么回事？”“说不定大出他们又受到了警察的管教。”

山崎晋吾缓缓移动到辩护方席位的后面，伸长脖子，才勉强窥探到法官席的背后。

“怎么回事？藤野怎么会知道这件事？”大出俊次缠着野田健一问道。山崎晋吾用余光打量着他们俩。

“电视里都报道过了。他们要把能用的材料统统找出来，拿到这里来用了。法庭不就是这样的吗？”

辩护人助手野田健一一个劲地安抚着，大出俊次却不肯消停，那副气势汹汹的模样似乎马上要动手去掐健一的脖子。

“我老爸真的去恐吓人家了？”

“你看你，别这么大声！”

太可笑了。山崎晋吾绷着脸，要装作不动声色也挺费劲的。

法官席后方，井上法官怒不可遏。不肯让步的藤野检察官拔高了嗓门，神原辩护人则用一贯稳健的态度反驳着，偶尔也会显出几分不耐烦。

“又不是野猫打架，别叫这么大声！”井上法官一边呵斥，一边抢先转了出来。他撩起黑袍的下摆，吃力地翻身登上法官席。

明天别忘了在那里放一个踏脚台阶。今后这样的光景只会有增无减，不能让法官每上下一次就折损一点威严。

“我们赢了！”神原辩护人得意洋洋地返回辩护人席位，对他的助手和被告说道。

“赢了什么？开什么玩笑？”

“别闹，别闹！”野田健一拍了拍被告的胳膊，“这不好吗？我们的主张通过了。”

“就是这么回事。”神原辩护人轻快地说着，坐了下来，“一天之内违规两次，那还得了？”

回归岗位的山崎晋吾看到藤野检察官刚才举起的资料摔到桌面上，忍无可忍地咒骂了一句。

“我的心血都泡汤了？”萩尾一美有气无力地说。看来，那份陈述书是出自她的手笔吧?

“肃静！请保持安静！”井上法官一边敲打木槌，一边环视法庭，“对于检方提交增井的陈述书作为书面证据一事，本法官未予以驳回，而是推迟采用。采用的条件是，检方必须提供其他证据，证实刚才证言中‘增井事件并未作为抢劫伤害事件立案’相关的部分。请陪审员们忘掉检察官刚才的发言。”

“法官，”神原辩护人举手道，“请考虑我方希望对增井望进行证人询问的要求。我方不同意仅将陈述书作为证据采用的做法。”

“要将他本人拖上法庭？你不觉得这对小望太残酷了吗？”萩尾一美抗议道。佐佐木吾郎捂住了她的嘴。萩尾一美横眉竖目地揭开他的手，对着辩护方唾沫横飞：“你们有良心吗？”

“检察官，叫你的事务官闭嘴！”

藤野凉子站起身来，故意毕恭毕敬地对井上法官鞠了一躬。“对不起，法官。非常抱歉……”她对辩护方笑了笑，又突然板起脸恶狠狠地说，“这个一肚子歪理的家伙！啊呀，法官，这句只是我的自言自语。”

整个会场充满了笑声，神原辩护人也跟众人一起笑了。既没笑也没发火，更没有装傻充愣的只有一个人，那就是避免了在法庭陷入尴尬局面的被告大出俊次。

“藤野怎么会知道这件事的？”他还在钻牛角尖。

看场内的气氛基本安定下来，神原辩护人便站了起来。“法官，下面请允许传唤我方证人。小玉由利小姐，有劳了。”

得益于身处的特殊位置，山崎晋吾又看到一幕罕见的有趣景象：旁听席的边上，一位身材苗条的年轻女性站起身，风姿绰约地朝证人席走去。而茂木悦男看到这位女性后，两眼竟瞪如铜铃。

没想到，一旦遇上出其不意的情况，久经风浪的记者也会和不良少年一个德行。山崎晋吾不禁在心底暗自发笑。

哦，原来是位可爱的美女。

这是山崎晋吾对小玉由利的第一印象。小玉由利长相甜美，无论初中生还是中年男人，甚至是山崎晋吾爷爷那一辈的人，只要是男性，大概都会对她的外貌有好感。要是换作山崎晋吾爱说脏话的哥哥，或许会说：“胸不错啊。”

“你是小玉由利小姐，没错吧？”神原辩护人向证人确认姓名。

“是的。我是小玉由利，到今年七月底为止，在HBS电视台工作。”证人的甜美嗓音与她的容貌相得益彰。

原来如此。听了她的回答，一部分旁听者立刻明白了她出现在这里的原因。山崎晋吾也恍然大悟，刚才茂木悦男会露出如此惊讶的表情，绝不是因为证人长得可爱。

这位证人，可是掌握了茂木记者的软肋。

“我发誓，我在法庭上讲的话句句属实。”

检方的萩尾一美死盯着神情紧张的证人，倒不是因为这位证人会对检方不利。小玉由利这种类型的美女，在同性间容易遭到排斥。而萩尾一美尤其反感这类人。

“请坐。”

神原辩护人让证人坐下。他拿着几张纸，绕到桌子前方，脚步相当轻快。也许是由于证人穿的裙子有点短，他显得挺高兴。没想到神原也有这样一面，不过也挺正常的。

“小玉小姐是HBS的员工吗？”

“不是，我是派遣劳务工。”

“是由人才派遣公司派到HBS的吧？具体是做什么工作的？”

“总务或杂务……我的主要工作，就是将每天寄来电视台的大量邮件分类派送。”

“所属哪个部门？”

“最初的三个月在企划部，后来调到了企划报道部。”

“在两个部门，你的工作内容都一样吗？”

“是的。大多数情况下都是一样的。”

“企划报导部是统辖HBS内部负责制作与放映的报道组的部门，对吗？”

“对。《新闻探秘》报道组就是其中之一。”

旁听席上的茂木悦男盯着证人的后背，脸上毫不掩饰地堆满了不痛快。

“这么说，那封不知是谁寄到HBS电视台的举报信，也是你最早发现的？”

证人摇了摇头。“不是我。那封举报信寄到电视台时，我还在企划部。那封信是茂木先生自己翻出来的。”

“茂木记者亲手翻检邮件，发现了那封举报信？”

“我听说就是这样的。我担任邮件分类工作后，茂木先生也常常会这么做，让我很头痛。他总是把尚未分类的邮件翻得一团糟。”

“那是你干活手脚太慢了。”茂木悦男突然朝证人高喊道。

山崎晋吾吃了一惊。法庭内很多人都禁不住打了个哆嗦。井上法官条件反射般的举起木槌。

“对不起。”茂木道歉道，“我刚才的话属于违规发言。今后一定注意。”

似乎连他本人也惊讶于自己的发言，满头大汗的。看来，他要么特别讨厌小玉由利，要么有把柄落在了小玉由利手里。

证人小玉由利没有回头看旁听席。她坚持面对前方，目不斜视。

“这么说，你与《新闻探秘》栏目报道的与本校相关的一系列事件完全无关？”

“嗯。凭我所处的地位，原本应该毫无关联。”

“此话怎讲？”

“按理说，我不能参与节目制作或采访。因为我没有资格，既没有受过培训，也没有经验。可是，我参与过一次柏木事件的采访工作，是被茂木先生硬拉过去的。那是茂木先生为那期特别节目四处奔走的时候，应该在三月初。”

“在那次采访中，你做了些什么？”

“拍摄录像。”

“扛着电视台的器材拍摄吗？就你一个人？”

“不是。茂木先生塞给我一架他私人的小型摄像机，说是不能动用《新闻探秘》的摄制组。”

“因为当时这期节目尚处于筹备阶段吗？”

“应该说，那是一次不能让电视台上层知道的突击采访。”

神原辩护人似乎越来越开心了。

“那你去了哪里，拍摄了一些怎样的场景？”

小玉由利转过头看了看大出俊次。被告此刻正津津有味地打量着这位美女。

“我上了茂木先生的车，去了大出家。茂木先生要我在他和大出的父亲谈话时拍摄大出家的房子、工厂以及周围的状况。我还搞不懂摄像机用法，但还是照他说的做了。”

“你按要求完成拍摄任务了吗？”

“说不上全部完成吧。”

“为什么？”

“因为发生了意外。”证人的话语中透出无法抑制的怒气，“茂木先生一个人跑进大出家采访，不久他们就吵了起来。待在外面也能听到屋里大喊大叫和打砸东西的声音。”

“后来又怎样了？”

“茂木先生和大出的父亲从屋里跳了出来。那个人叫大出胜，对吧？”

“是的。两人在争吵吗？”

证人思考片刻后，说道：“刚才我说‘吵架’并不准确。应该是大出胜火气很大，把茂木先生从屋里揍了出来。茂木先生摔倒了，眼镜也飞出去老远。”

旁听席上开始嘈杂起来。

“茂木先生劝大出胜说，‘我不是怀疑俊次，只是想弄清真相。’”

“当时大出胜已经火冒三丈了吧？”

“是的。他怒吼道，‘你想找我儿子的茬吗？’他满脸通红，看得出他真的非常生气。之后，他又一拳将刚刚爬起还想说话的茂木先生揍出去老远。”

茂木悦男成了旁听席上众人视线的焦点。

“大出胜还高叫着‘别以为你是电视台的就了不起了，我要告你’之类的话。由于事出突然，我当时很惊慌，记不太清楚了。”

“那个场景也拍下来了？”

“拍下来了，只是画质不太好，还挨了茂木先生一顿痛骂。他说，‘总算拍到个挨揍的镜头，还被你拍成了这样。’”

“是‘总算拍到个挨揍的镜头’吗？”神原辩护人语带讥讽地缓缓重复，脸上露出同情的表情。看到整个法庭的反应以及茂木悦男愁眉不展的脸，他的眼里又闪烁起喜悦的目光。

“我反对！”藤野检察官举起了手，“即使证人说出了十分有趣的内幕，但我不明白辩护人的意图，他到底想证明什么？”

“请允许我再问几句。”神原辩护人仰望着井上法官微笑道，“我方的意图会立刻明确。”

井上法官点了点头。“反对无效。”

“小玉小姐，你当时知道这次采访是出于什么样的目的吗？”

“我当时不太清楚。是回到电视台后听同事们说起的。他们说，在这桩茂木先生最拿手的校园事件中，有一个学生死了，茂木先生一口咬定那是一起与校园欺凌有关的凶杀案。他在一意孤行。”

“一意孤行？”

“是的。我周围那些了解情况的人都是那样认为的，所以茂木先生才会找到我头上。”

“因为当时没人愿意主动协助茂木记者？”

“是的。我觉得根本没人想帮他。”

“我们再返回之前的话题。你们去大出家采访，茂木记者和大出胜起了争执，还遭受过暴力。你认为茂木记者是怎么想的？”

“他不是骂我了吗？”

“不，不是对你，是对大出胜怎么想。对大出胜的行为，他是感到愤怒还是害怕？”

“根本不是那个样子。我觉得，事情闹大了，他反而在暗自高兴吧。因为我拍得不好，就骂了我，估计他很想要那些镜头。”

“想拍摄大出俊次的家长发飙的镜头？”

“那会成为恰到好处的证据。看，大出家就是这种暴力倾向严重的家庭，只要一发火，什么都做得出来。”

“那是因为，茂木记者当时已经认定大出俊次杀死了柏木卓也，是吗？”

“嗯，我认为就是这么回事。”

“可这种做法也太拐弯抹角了吧？既然需要证据，那就该找一些更直接、确凿的证据。”

“根本没有确凿的证据。茂木先生的证据其实只有那封举报信，其他的都是他的推测。”

“所以企划报导部的其他成员都躲着他，对吗？”

“是啊，像躲瘟神一样。”

旁听席上发出笑声，证人小玉由利也笑了。

“电视台的高层都对他有意见。我直接听《新闻探秘》的制片主任说过，‘那个题材很危险。茂木在一头热地瞎折腾。’”

“还记得是在怎样的状态下听说的吗？”

“我去告了他的状。”小玉由利低下头，“茂木先生对我的态度太气人，我就向上头告了他一状，说他塞给我一台私人摄像机，就拖我去采访现场。制片主任十分震惊。”

“然后他就说，茂木先生‘在一头热地瞎折腾’？”

"是的。说他不管三七二十一，什么都往特辑里塞，叫人头痛得要命。"

"那是什么时候的事？"

"去大出家后大概过去一星期。"

"这就是说，那个时候，制片主任已经不打算将柏木的死作为题材搬上《新闻探秘》节目了，是吗？"

"是的。他说，在没有确凿证据的前提下，怎么能在电视节目里将一个初中男生当作杀人嫌犯对待呢？"

"各位陪审员。"突然，神原辩护人对陪审员们说，"请大家牢记这段证言。《新闻探秘》节目将卓也的死制作成题为《柏木的身上到底发生过什么？——检证·初二学生之死》的特辑，并面向全国播放，是在四月十三日。而节目组的制片主任在三月初还有过如此的考虑。即使不是在会议等公开场合作出的发言，也是在小玉由利小姐申诉自己的不当遭遇后提出的见解，并非随意的闲聊。况且这番话还出自资深制作人之口。"

掷地有声地说完这番话，神原辩护人再次将目光扫向旁听席。

"这就是我方询问的意图。在节目播放前不到一个月，《新闻探秘》节目组还不支持制作这期特辑，甚至认为那是茂木记者个人危险的一意孤行。我希望大家理解这个事实。"

小玉由利也在证人席点了点头。

"可是，小玉由利小姐，"神原辩护人回过头去。"事实上，四月十三日，特辑播出了。你是否知晓，在此之前到底发生过什么，才导致了这样颠覆性的结局？"

证人压低了声音："仅从播放的节目来看，似乎没发现全新的、确凿的证据。我想还是茂木先生的韧劲使他占了上风。"

"仅凭一名记者的执著——应该说是'热情'，赢得了最后的胜利吗？"

“茂木先生过去确实有过很好的业绩。”

“‘校园题材还得看茂木的’，是吗？是他过去的功绩赢得了他人的信任。”

这时，证人小玉由利看向藤野检察官，问道：“我说……可以说说我听到的一些传闻吗？”

井上法官回答：“可以，请讲。”

“虽然《新闻探秘》节目风格硬派，也是HBS的招牌栏目，收视率却并不高。这是一档完全依赖外界资助的节目。呃……”稍微犹豫了一下，小玉由利继续说，“虽说茂木先生是个临时的签约记者，但听说他和资助方关系密切。”

“他在教育题材的资助方面前比较吃得开，是吗？”

“是的。”

神原辩护人带着意味深长的表情，花了许多时间环视了一遍陪审员，仿佛在说：各位，你们觉得怎么样？

藤野检察官全当没看见。山崎晋吾极力回忆着《新闻探秘》节目播出时插入的广告，可惜怎么也想不起来。

“放映后的反响如何？寄到电视台的信件有相关内容吗？”

“节目播出后，我们收到了大量的观众来信。有完全接受节目观点的，甚至会说，‘快点将杀人犯逮捕归案。’但也有一些来信或传真表示，在毫无确凿证据的情况下，不该在学生中造成混乱。”小玉由利看了一眼被告，继续说道，“也有很多人认为大出值得同情。”

被告又开始一脸不爽了。他似乎对这位美女失去了兴趣。

“节目播放后的制作组会议上，争议也挺大。我不想再牵扯上茂木先生，躲得远远的，所以不了解具体情况。反正那也不是我该了解的。可在此之后，又有一名女生死去了，对吧？”

神原辩护人点了点头。“是的，她死于交通事故。”

“当时的电视台乱作一团。在一场茂木先生参与的会议上，很多人都破口大骂起来。这可是我亲耳听到的。一开始，大家都不知道是本校的哪个学生死了，害怕得不得了。要是死去的学生是节目中被当作嫌犯的三个人中的某一个，那么，节目道德审查委员肯定不会放过我们电视台了。”

“后来，被告和他的同伴之间还真的发生了不幸的事件。”神原辩护人说，“你知道吗？”

“我听茂木先生在办公室里谈起过，据说是出于内讧。茂木先生还想来采访，后来被同事拦住了。”

“对此，你是怎么想的？”

“我觉得很遗憾。”

“之后，茂木先生是否还想来采访这起事件呢？”

“我不清楚。刚才我提到的那个制片主任说，在《新闻探秘》栏目进行后续报道时，必须做一期检讨节目。”

“检讨节目？”

“是说，必须反省之前轻率的报道内容。”

“哦，这确实需要反省。也就是说，在节目播出后，支持茂木记者的人也很少，甚至变得比播出前更少，对吧？”

“是的。”

“而且，那些了解茂木记者过去在校园题材上的成绩的资深人员，也都对此次报道持否定态度，是吗？”

“是的。不过并没有采取过措施。就在大家磨磨蹭蹭的时候，茂木先生又打听到了校内审判的事。”

小玉由利这才注意到旁听席。她背对着茂木悦男，似乎在说：我知道你在那里，可我不打算留情面。我不怕你。

“我觉得，《新闻探秘》节目对校内如今的事态应持静观其变的态度。反正在今年秋天节目改版时，要重新作出调整。”

“《新闻探秘》节目要结束了？”

“是的。我决定到别的地方去工作。电视台的工作已经让我筋疲力尽了。”

“是嘛，谢谢了。”神原辩护人鞠了一躬，坐了下来。

“检方需要作交叉询问吗？”

藤野凉子双手撑在桌上，站起身来。“小玉小姐，作为个人，你觉得茂木先生怎么样？”

“什么‘怎么样’？“

“是喜欢他，还是讨厌他？”

证人的短裙摆下露出两条腿，微微动了一下。

“我刚刚调到企划报导部的时候，对他还是挺尊重的。因为我看过茂木先生采访、报道的节目。”

“现在呢？”

“我觉得他未必是个值得尊重的人。”

“对校内审判的事，你是在HBS电视台里道听途说的吗？”

“道听途说”的措辞夹带着辛辣的嘲讽。

“是的。”

“那你为什么要来当证人？”

“我想为校内审判出一把力。上星期，我向学校教师办公室打了电话，说我想谈谈自己知道的内幕。北尾老师叫我联系辩护方。”

“你从一开始就决定了要帮哪一方，对吗？”没等证人回答，藤野检察官便笑道，“询问结束。请退庭吧。”

藤野凉子态度冰冷，仿佛在说：我不指望你这种临时工的证言。

“法官，对不起，请休庭一会儿，让大家上个厕所。”就连对法官的态度也很随便。

“休庭十分钟。”

解除了紧张气氛的旁听席上，茂木悦男板着脸，擦拭着眼镜片。

野田健一不见了。

休息结束后，辩护方席位上只剩下被告和辩护人两个人。

对此，神原辩护人并未作出说明。井上法官注意到那个空座位，脸上现出欲问又止的神情。

“审议重新开始。”

这次的询问从检方开始。检方的两名事务官随着藤野凉子一同起身，从一个大纸袋中抽出一些用订书机钉住一角的纸张。藤野检察官将其中一份递给井上法官，萩尾一美则将另一份交给了神原辩护人。如今，萩尾一美不会再对神原那张女孩子气的脸感到来气，可她仍然板着脸，似乎在威吓对方：怎么着，有意见你就说！

山崎晋吾感受得到萩尾一美的气势。

“各位，”藤野检察官环视法庭一周，微笑着说，“请大家看一下表。时间已近下午四点了。”

旁听席上人头攒动，大家纷纷看着手表，或抬头望向挂在体育馆前方的大圆挂钟。确实，时间已经过了三点五十分。

“庭审到了第二天，大家似乎都已经习惯了，可法庭上的质疑问答比我们想象中要费时得多。诸位陪审员也一定很累了，因为大家的神经一直都绷得紧紧的。”

陪审员们纷纷点头，井上法官和神原辩护人却紧盯着刚才拿到的文件。井上法官的脸色很难看，神原辩护人则专注地翻阅着文件，还伸手拦住了从一旁探过头来窥视的被告。

“刚才我们检方递交给法官和辩护人的文件，是某人的陈述书。这是一份非常有分量的文件。”

从山崎晋吾的位置上看去，能看出神原辩护人手中那叠A4纸上密密麻麻布满了打印出来的文字。

“提供这番陈述的，是我们检方最重要的证人。”藤野检察官一字一顿地对陪审员们说，“是目击柏木卓也从本校教学楼楼顶坠落，并写下三封信件的人。”

旁听席上鸦雀无声。可见，在真正感到震惊时，大家并不会立刻作出反应。

“是的。就是事件的目击者，写下举报信的人。”

藤野凉子来到桌子前面，一直走到正对法官和陪审团的位置，才站定身躯。

“这位证人详细陈述了自己目击到的场景，以及自己做过的一切。我们则尽可能准确地将证人的陈述整理成书面文件。神原辩护人，”藤野检察官喊道，“能同意我们将这份陈述书作为检方的证据提交给法庭吗？”

“不能同意。”神原辩护人不慌不忙地答道，他的目光显得格外明亮，“请将提供陈述的人物作为证人传唤到庭，由检察官进行主询问。我方也打算对其展开交叉询问。”

藤野凉子眯起眼睛。“只是提交陈述书不行吗？”

“有必要直接通过证人之口，确认陈述书中叙述的事实关系。”

“明白了。”藤野检察官轻轻举起双手，“果然如此。那么，法官是怎么认为的呢？”

井上法官的眼睛在银边眼镜后方眯成一条线，似乎在怀疑：藤野凉子不是在开玩笑吧？

当然，藤野检察官不可能在开玩笑。

“既然辩护方不同意，该陈述书便无法作为证据递交陪审团。”藤野检察官微微点头后，转身面向旁听席，“非常遗憾。既然如此，就按辩护方的要求，明天我们会传唤证人到庭。”

由于事出突然，一直维持沉默的旁听席终于开始沸腾了。井上法官没有马上抓起木槌。他知道，现在拼命敲打木槌也无济于事。

喧嚣之中，大出俊次不依不饶地纠缠着神原辩护人，要看那份陈述书。神原辩护人用严厉的眼神看着他，对他说了几句话后，将文件递给了他。

山崎晋吾看到，将目光落在第一页的瞬间，被告人脸色大变。

“各位，请保持安静。”藤野检察官向旁听席呼吁道，“请大家保持镇静，拜托了。”

在旁听席上摇摇晃晃的人头中，可以看到佐佐木礼子那张僵硬得几近痉挛的脸。津崎先生的豆狸脸也绷得紧紧的。

藤野检察官再次仰望法官席位，大声而缓慢地说：“为了让陪审团正确理解这位重要证人的陈述，我们将作出最大努力。证人也作好了心理准备，明天肯定会出庭。我们对此有一番请求，能否在此商议一下？”

“什么请求？”井上法官反问道。

“我们的请求共有两个。”

藤野检察官竖起一根手指。

“第一，请求将明天的审议设为非公开庭审。也就是说，不让旁听者进场。”

旁听席上的喧闹声此起彼伏。这次，井上法官马上敲起了木槌。

“肃静！”

山崎晋吾机警地扫视整个法庭，直到喧嚣和激愤平息为止。

“那么，第二个请求呢？”

藤野检察官竖起第二根手指。“明天，在证人出庭、作证直到退庭的整个过程中，请安排被告退庭。要让证人安心作出证言，这是必不可少的措施。”

“如果被告在场，证人会感到威胁，是吗？”

“是的。证人十分害怕被告。被告容易激动，很可能会破口大骂，或者当庭威胁证人。对此，法官应该也很了解。”

“我们会告诫被告，让他遵守法庭纪律。”神原辩护人说，“被告有听取证人证言的权利。”

“如果只是想确认证言内容，看一下陈述书不就行了？我说，陈述书可别撕破了。”面对已经火冒三丈，似乎马上要将陈述书揉成一团的被告，藤野检察官及时作出警告，“即使是眼下，很明显，辩护人并不能很好地控制住被告。”

“那还不都是因为你拿出了这种混账东西？”大出俊次高声叫道。神原辩护人神情严肃，一把从他手里抢过陈述书，这气势令被告惊悚不已。

藤野检察官不慌不忙地问法官：“在作出裁决前，是否有必要证明这两个请求的必要性？”

“有必要。总不能你说什么我就答应什么吧。”

“好吧。既然如此，我可以传唤一位证人出庭吗？”

神原辩护人点了头，井上法官便答道：“可以。”

藤野检察官看向旁听席，喊道：“尾崎老师，请到证人席这边来。”

校内每位学生都认识的尾崎老师从旁听席上站起身，朝前走去。她今天没穿白大褂，都快认不出来了。山崎晋吾心中暗自责备自己：我太大意了。

身材娇小的尾崎老师穿着一件得体的淡蓝色麻布衬衫，脸上的表情一如既往地和蔼可亲。

“大家辛苦了。”她笑着慰问了学生们一声，随即询问井上法官道，“得先宣誓吧？”

“是、是的。有劳了。”

井上在尾崎老师面前也摆不了谱啊。

“在此之前，首先请允许我确认一下您的姓名。”藤野凉子笑盈盈地说，“虽说大家都认识您，可这毕竟是一项程序。”

“是啊。我是本校的保健老师，尾崎静子。”

尾崎老师的全名，还是头一回听到。

“我发誓，我在法庭上讲的话句句属实。”

“谢谢！那么……”

“藤野，稍等一下。”井上法官探出身来，“这是法官裁决必需的询问，应该由我来提问。尾崎老师，您请坐。”

坐下身后，尾崎老师的背影显得越发瘦小了。然而不知为何，她身上散发的氛围，令旁听席上不间断的窃窃私语停止了。

“呃……首先，该问什么呢？”饶是井上康夫，竟也有些慌了手脚，“检察官要传唤的那名证人，目前还是匿名的吧？”

“那份陈述书上也没有写名字吗？”

“是的。”

“既然如此，现在请保持匿名状态吧。”尾崎老师柔声回应道，“我们暂且称其为A证人，如何？”

“好的。老师您了解A证人吗？”

尾崎老师的回答简洁干脆：“是的。”

“对于在校内审判中出庭作证，A证人没有异议吗？”

“没有异议，已经作好了思想准备。”

“只是不希望有旁听人员在场，是吗？”

“是啊。不想在陌生人的众目睽睽之下出庭作证。”

“是害羞吗？”

“比起害羞，更多的是害怕。害怕让不明底细的人知晓自己是目击者、举报者，会对自己今后的生活带来不利影响。”

“哦，呃……这也在情理之中。”在尾崎老师面前，井上法官难保威严。

“A证人的身心曾遭受过严重的伤害，现在状况依然不稳定。考虑到今后的生活，暴露在大庭广众之下也不妥当。”

“那是怎样的不稳定状态？能不能告诉我们一些具体的情况？”

尾崎老师停顿片刻。“自从决定协助校内审判的那天起，A证人就一直睡不好觉，甚至出现过过度呼吸的症状。”

“是事件的记忆造成的精神痛苦吗？”

尾崎老师又停顿了一下。“为A证人造成精神痛苦的，未必只是事件的记忆。当然，这也是重要的原因。”

尾崎老师字斟句酌，谨慎回答。在明白A证人正身的山崎晋吾看来，尾崎老师的用心良苦很值得敬佩。为了不让听众察觉A证人的身份，也为了不提前佐证A证人的陈述，尾崎老师可谓用足了心思。

“A证人不愿当着被告的面提供证言，这种心情我可以理解。可是，对被告的恐惧也会在审判结束后继续留存吧？”

尾崎老师不慌不忙又干净利落地答道：“我相信，在法庭作出裁决，事件告一段落后，A证人的精神状态一定会稳定下来。A证人正是寄希望于此，才会下决心出庭作证。请法官照顾这份心情，作出正确的判断。”

陪审员们全都看着尾崎老师，连眼睛都不眨一下。

“明白了。尾崎老师，谢谢您。请回吧。”

尾崎老师退下后，井上法官拿起木槌，敲击出响亮的一声。

“裁决如下：检方的两个请求，本法庭全部接受。明天的审理非公开。诸位旁听人员明天不能进入法庭。请大家理解和协助。”

有部分旁听者发出了不满的声音，井上法官不予理睬。尾崎老师退场后，法官的威严又回到了井上康夫身上。

“藤野检察官，明天一开庭就对A证人展开询问。请做好必要的准备。”

“明白。”

“神原辩护人。”

推开不了解内情，只会唠唠叨叨发着牢骚的被告，神原辩护人站起了身。“在。”

“明天，请将被告留在休息室，不经许可不得擅自到外面来。”

大出俊次不服气地说：“不用我到场？那我干脆不来了！”

“肃静！”神原辩护人一声怒喝震动四方。

被告半张着嘴愣住了。

“对不起。我们服从法庭裁决。如果被告不接受，就让他在自己家中待命。”

“请酌情处置，必要时可请求法警帮助。”

即使山崎晋吾从未有所动作，可被告的视线一碰到他的脸，便立刻缩了回来，投向自己的脚边。

“今天的审理到此结束，明天上午九点开庭。”作出宣告后，井上康夫飞快地跳下法官席，来到辩护方席位边，“拴住这家伙，需要项圈和链条吗？”

整个会场热闹了起来，山崎晋吾没有听到辩护人及其助手的回答。不过确实用不着自己赶过去，因为大出俊次已经无精打采了。

在篮球社和将棋社的志愿者开始打扫会场，重新排列椅子时，北尾老师走进会场，来到山崎晋吾身旁，在他耳边低声说：“有人有话要跟你说。刚才托我带话了，说是在学校边门旁等你。”

山崎晋吾快速朝边门跑去。经过整整一天，衬衣领子终于变软了，自己浑身都散发着汗味。

在边门外等候他的，是藤野凉子的父亲。也许称作“藤野警官”会更合适，因为对方脸上的表情相比学生家长，更像一位专业人士。

边门关着，还上着锁。所谓“旁边”，原来不是指“内侧”。

“别急，没什么大事。”藤野警官朝山崎晋吾招了招手，将一张白色的便条从栅栏的空隙里递进来。“麻烦转交给神原。”

山崎晋吾确认自己的手是干净的，这才接过那张对折的便条。

“你告诉他，今晚给这个号码挂个电话，这个人会提供帮助。”

山崎晋吾重复了一遍。

“我本想直接交给他本人，可到休息室一看，发现他还在和大出说话。大出的母亲也在场。”

山崎晋吾的表情变化没有逃过藤野警官的眼睛。他笑了笑，继续说道：“大出夫人没有来旁听。好像有用心周到的人叫她来接儿子回去，因为她儿子出门时情绪不太稳定。”

山崎晋吾心想：这么做会不会在大出身上产生反效果？他的心思又被对方看破了。

“现在的大出很听他妈妈的话。他觉得妈妈已经够操心的了，自己不能再让她担心。“

为了防止自己的心思再次被看穿，山崎晋吾马上开口道：“大出多少有些改变了。”

他妈妈也是。这句话他没有说出口。

“是的。正在往好的方面变化，挺不错的。拜托了。”边门外的藤野警官说道，“隔着铁栅栏一看，你不仅适合当法警，也适合当狱警嘛。”

他用手指在嘴唇边做了个拉上拉链的动作。

“你的嘴巴挺紧的吧？”

山崎晋吾紧闭着嘴，点了点头。

藤野警官微笑着挥了挥手，便离去了。

山崎晋吾突然冒出一个冲动，想对藤野警官敬个礼。他不禁笑了出来。

4

八月十七日 校内审判·第三天

早上一起床，仓田真理子发现自己额头正中显眼的位置上长出了一颗红色的粉刺。

仓田真理子对自己微胖的身材是有自知之明的。她明白自己不擅长运动，还有着凡事不紧不慢的秉性——说穿了，就是反应迟钝。她当然也知道，对藤野凉子这样完美的女生会和自己交朋友，大家都感到很诧异。

这样的她，却拥有一身细腻白嫩的肌肤。对成长期的少女而言，这称得上是不可多得的好运气。

然而，自己引以为豪的美丽肌肤上，竟然长出了粉刺。

一定是昨晚想三宅树理想得太多了。

与盥洗室镜子中的自己对视着，真理子心中暗忖。

原来在这方面，我竟然如此敏感。

不过，敏感的不止仓田真理子一个人。今天是校内审判的第三天，我一定要继续当好陪审员。就在她做好出门的准备，在心中为自己鼓劲时，电话铃声突然响起。原来是向坂行夫打来的。

“真理子，我拉肚子了，要迟到一会儿。你先去吧。”

从校内审判第一天开始，两人就一直结伴去学校，还会紧挨着坐在陪审员席上。仓田真理子也因此有了底气。如果行夫不参加，别说当陪审员，她连校内审判也参与不了吧。

“你要迟到吗？今天有重要的证人出庭哦。你知道吧？”

“知道，所以我紧张得要命……”

从昨天到现在，行夫也一直在想三宅树理的事吧。仓田真理子忍不住想问个明白。

“我说，行夫……”

“真理子，你的肚子没事吗？”

仓田真理子把听筒贴在耳朵上，笑了起来。行夫的细心体贴，总是那么讨人喜欢。

“我没事，只是心跳特别快。A证人不就是传说中的那个人吗？除了她还会有谁？她真的会出庭吗？”

“这个马上就能见分晓了。”

在这方面，行夫就有点没劲了。

“陪审员不到齐，审判便无法开始。干脆我跟你一起迟到好了。给北尾老师打个电话，他们会等我们的。”

“电话已经打过了。我也不会迟到很久，等肚子太平了，我马上就去。真理子，你先去，可不能迟到了。”

“可是，人家不想一个人去嘛。”

一个人去不就没底气了吗？

“迟到会给藤野凉子添麻烦。真理子，别任性了。”说到一半，向坂行夫突然慌张起来，“不好！我要上厕所。待会儿见。”

他慌忙挂断了电话。

没办法，真理子只得一个人去学校。不过，当来到离校门只剩五十米的一个路口时，她就不是一个人了。

一辆外形圆润的黄色汽车停在靠近人行道的位置，十分显眼。驾驶座旁的门打开，茂木悦男走了出来。

“仓田同学，你早。”

他穿着一身夏季西装，像个从前常驻印度殖民地的英国绅士。仓田真理子在电影里见过这种打扮。

车有点旧，不过是进口的。这种车叫什么来着？要是行夫在身边，一定能马上告诉我。

“早上好。”回应一声后，仓田真理子维持原速朝前。

茂木悦男脸上堆满讨好人的媚笑，从后面跟了上来。

“可以预料，今天的庭审将波澜起伏。作为陪审员，你此刻心情如何？”

真理子答道：“很平常。”

她继续“很平常”地走着。

“今天你怎么一个人来学校呢？昨天是和向坂一起的，对吧？”

这位记者一直在监视陪审员的行动吗？他是故意埋伏在这里的？

“今天我们进不了法庭，真遗憾。”

“是啊。”

“PTA的石川会长在和冈野校长交涉，说他身份特殊，即使今天庭审非公开，他也有权旁听。”

“是吗？”

“要是石川先生能够旁听，说不定我也能进去……”

“是吗？”

真理子不动声色地走着。

“考虑到万一我不能旁听，仓田同学，你愿意配合一下，接受我的采访吗？”

“不高兴。”

说出口后，真理子有点后悔。这种时候，应该说“恕不奉陪”比较好。这才像大人的口气。换作小凉，她肯定会这么回答。

“我也知道，陪审员有保密义务。可是，很多人都在关注校内审判，不能让报道失实。”

真理子猛地站定身子，再来一个转身。紧跟在她身后的茂木吓了一跳，赶紧后退。“茂木先生是为了报道才来旁听的？北尾老师说得很清楚，媒体人士不能进入法庭。”

茂木脸上的媚笑开始走样了。“我不是作为《新闻探秘》节目的记者来旁听的。”

“我知道。你当了证人，可惜已经当完了，不是吗？”

茂木有点不高兴了。“嗯，出庭作证是结束了，可我是石川会长的朋友，所以就跟着来旁听了。”

真理子又一个转身，面向前方迈开脚步。茂木悦男依旧紧跟在她的身后。

“我……”这位自称不是记者的记者似乎想套个近乎，他神秘兮兮地小声说，“正打算将校内审判的经过写成一本书。当然是我一个人写的。”

确切地说，是要写成原稿，能不能出版成书籍还不知道。所以他才会咬定自己不是媒体人士。

“在原稿中，我想详细描述一下你们这些被选为陪审员的同学。希望你能接受采访。你们也想被写得好一点，不是吗？”

这算是威胁吗？真理子心想：他似乎在说，如果不配合，就会把我写得糟糕一点。

“至于我，你写我胖就好。反正事实就是这样的。”

“仓田同学。”

“茂木先生，你能告诉我一件事吗？”

“可以啊，什么事？”这位不是记者而是作家的男子兴冲冲地走在真理子身边，探视着她的脸。

“那是你的车吧？那叫什么？是进口车吧？”说完这句话，真理子就将满脸媚笑的茂木悦男抛在原地，独自走进了学校的正门。

山崎晋吾就站在大门旁。真理子招呼他一声“早上好”。这时，她突然想起来。“对啊，是德国大众嘛。”

山崎晋吾愣了一下。

陪审员休息室里，井上法官告诉已经到来的八名陪审员，今天的审理在三年级一班的教室中进行。“教室在大楼北侧，比较凉快，而且在三楼，不用担心有人偷看。”

非公开的法庭审理不需要大而无当的体育馆。空间小一点，冷风机也能更好地发挥作用。

“就我而言，最好一直在教室里。”将棋部的小山田主将感叹道，“体育馆简直要把人热昏了。”

高矮组合的另一方竹田陪审长笑道：“那是你们对体育馆这个桑拿房太没有免疫力。”

“对胖子来说，确实吃不消。”

“仓田，”井上法官招呼道，“向坂他情况很糟糕吗？”

“应该没事。电话里听起来还挺精神的。”

“感冒了吗？”山野纪央担心地问道。她的眼睛发肿，脸上也有点浮肿。

“没有。向坂一紧张就会拉肚子。纪央，你昨晚也没睡好吗？”

纪央默默地垂下眼帘。并排坐在一起的蒲田教子和沟口弥生，今天早晨也有点目光暗淡。

而从第一天开始就情绪不稳的胜木惠子，今天反倒显得很平静。真理子心想，或许是因为大出不在场，不会扰乱她的心绪吧。

“对了，井上，”真理子举起了手，“有一件事要向你汇报。”

真理子讲述了刚才与茂木悦男的遭遇。正在她叙述的时候，向坂行夫到了。他的脖子上挂着一条毛巾，时不时拿来擦擦汗。

“你是怎么回答的？”

“我说，‘不高兴。’”

“就这个？”

“嗯。”

“真的只有这句？”

“我只顾赶路了。”

井上法官将手指搭在眼镜框上，一边沉思一边环视大家的脸。

“其他人有没有遇到这种情况？”

大家面面相觑，纷纷摇头。只有胜木惠子眼眉倒竖地说：“如果哪个笨蛋对那家伙说三道四，我就跟他没完。”

“用不着你这么起劲。‘跟他没完’应该是我的职责。”教训了胜木惠子后，井上康夫又朝仓田真理子笑了起来，“仓田，你被人小看了。”

“被人耍了？”

“嗯。他以为你好驾驭，结果却大错特错。”

“好驾驭”是什么意思？仓田真理子看了看向坂行夫。只见他满头大汗，似乎不只是因为天热。

她顺带问了一句：“皮达咚，吃过了吗？”

“皮达咚”是向坂家常备的一种止泻药。

“嗯，吃了。真理子，对不起。如果我在你身边，肯定会马上赶走他。”

高矮组合在一旁鼓噪起来：“不愧为城东三中有名的‘夫妻汤圆’啊！”

“汤圆？放在红豆汤里的那种？”

除了胜木惠子，大家都笑了，连为了推荐升入高中才主动来当陪审员的原田仁志也笑了。最后，真理子也跟着一起笑了。

“我说仓田……”井上康夫对向坂行夫说，“看起来有点傻乎乎的，其实一点也不傻吧？”

向坂行夫只是笑了笑，没说什么。仓田真理子嘴上抗议着“你真过分”，可那模样一点不像在生气。

“表面傻气，内心聪明，这就叫‘大智若愚’。”井上今天也有点怪，太亢奋了吧。

“真理子做得对。”山野纪央说道。她眼角的浮肿似乎减轻了一些，“我觉得她很了不起。井上，如果有人来问我们，我们也会这样回答。”

“就说‘不高兴’，对吧？”教子和弥生异口同声地说，随后又笑了起来。

“好了好了。热身运动到此结束。”高个子陪审长环视一周同伴们，“今天会是相当艰巨的一天，大家都要打起精神来。”

“十分钟后开庭。”井上法官站起身来。

三年级一班的教室里，根据实际人数，用桌椅排列出近似法庭的阵势。与设在体育馆内法庭的不同，陪审员们是每人一张桌子，法官不能高高在上了，也没有了旁听席。

检方三人都已到齐，可辩护方不仅少了被告大出俊次，连助手野田健一也没来。

“今天，被告主动提出在家等候。如有出庭的必要，可以马上联系。”神原辩护人向井上法官报告道。

由于报告内容太少，井上法官忍不住问：“野田今天休息？”

“我方另有安排。下午的审理，他会出席。”

这番解释并非太过蹊跷，可真理子注意到，藤野凉子对此似乎有所反应。

现在是上午九点十五分刚过，孤零零地放在“迷你法庭”中央的那张椅子——证人席依然空空如也。

“看来要迟到，真对不起。”藤野检察官向大家道了个歉，“尾崎老师去接证人了。听说证人的父母也会一起来。”

“证人的身体状况如何？”井上法官问道，“藤野你亲自确认过吗？”

“嗯，确认过。不用担心，证人一定会出庭。”

陪审员们拿到了“A证人”的陈述书。大家的注意力都集中在桌上的这份材料上，而尽量不去关注那张空着的椅子。

“正好，有些事项可以利用这段时间确认一下。”

井上法官将仓田真理子今早的遭遇告诉了检察官和辩护人，不过隐去了当事人仓田的名字。

“藤野、神原，你们和茂木记者有过这方面的接触吗？”

“我没有。”辩护人率先回答，“野田和大出也没有。至于检方，估计也不需要再接触了。反正开庭第一天，茂木悦男就作为检方证人在法庭上大逞口舌之快。”

他这种说法算什么呢？真理子心想。

应该是在讽刺吧。

“我们只是传唤茂木先生出庭作证，并没有和他交朋友。你这话是十足的讽刺。”

话是说得一语中的，可这股睚眦必报的强悍劲儿也是小凉平时所没有的。

看来，小凉心里那根弦也绷得紧紧的呢。

或许她真的在担心三宅树理会临阵脱逃？

这绝对有可能。三宅树理原本就是个既任性又爱使坏的女生，很靠不住，还单方面把小凉当作自己的仇敌。

“决定非公开审议后，没发生什么问题吧？”神原辩护人问着，似乎没听见藤野检察官刚才的反击。

“有几个人到北尾老师那里提抗议了。估计昨天休庭后，她那边麻烦不断吧。”

“可今天倒也风平浪静啊。”

神原说的没错。三楼的走廊和其他教室里都空无一人。山崎晋吾与今天也来帮忙的篮球社和将棋社的志愿者们都在走廊上严阵以待。

“作为学生家长，一味强硬要求观看法庭审理，有瞎起哄之嫌。事实上，北尾老师也是用这种说法击退茂木记者的。”

“茂木记者也算个知趣的人……”

“如果有谁敢闯进来，山崎晋吾也会赶走他，所以大可不必担心。”由于没有旁听者在场，竹田陪审长的心情轻松许多，也开始在法庭上和他的陪审员伙伴们搭话了。女生们纷纷点头，真理子也抬头望着他。

对于这个身为篮球社主力的高个子男生，真理子以前并不熟悉。一旦和他一起坐在法庭上当陪审员，就开始越来越多地了解他不为人知的一面。

竹田很有人望。他并非井上那样的优等生，也不是体育社团里那些肤浅的大众偶像。他身上有一些不少老师都没有的能力。

“我也算搞体育的，迫不得已的时候，驱赶闯入者的任务就交给我好了。”小山田修开始挺着胸膛吹牛皮，“我们也有‘飞车角投’的绝技。”

“那是什么？”教子、弥生和检察事务官萩尾一美异口同声地反问道。在三名女生的注视下，小山田主将越发得意。

“这个嘛，就是靠手腕甩出惯用的将棋棋子，击打对方的要害。中者无不倒地。”

“吹牛！”

连胜木惠子也笑了。

向坂行夫头上的汗终于止住，脸色也恢复了正常。

“事实上，有人曾向北尾老师正式提出过旁听请求。”等笑声平息后，井上法官说道。

“是谁？”竹田陪审长问道。

“是津崎先生和城东警察署少年课的佐佐木警官。”

大家面面相觑。

“我利用职权，断然拒绝了。我觉得今天的证言应该只有我们三年级的同学才能听。”

停顿一拍后，神原辩护人开口道：“这是个正确的决定。”

“我也这么认为。”

“谢谢！”藤野检察官道了谢。

这时，敲门声响起，教室前方的门打开了。

尾崎老师的脸探了进来。

“大家早上好。”说着，她对藤野凉子点了点头。凉子也对她点了点头。真理子看到，凉子从一大早就绷得紧紧的脸瞬间放松了，可之后立刻又绷紧了。

A证人来了。

“各位。”

井上法官用木槌敲了一下桌面。教室的空间比体育馆小得多，木槌的敲击声听起来特别响亮。

“校内审判第三天的审理，现在开始！”

三宅树理瘦了。

真理子的第一印象便是如此。

三宅树理原本就是个纤细的女孩，骨架要比仓田真理子小上好几圈，现在看上去更是愈发地小了。

她的皮肤倒是变好了。

以前那一脸吓人的粉刺痊愈了，看上去简直判若两人。这也使她的脸色显得愈发苍白。置身于一个个都被晒得黝黑的校内审判相关人员中间，只有她一个人仿佛处在不同的季节。

这也是理所当然的事。真理子心想：因为三宅的时间一直停止在某个点上。

今天她是穿着校服来的。衬衫领口处隐约可见的锁骨棱角分明。裙子的腰身也是松垮垮的。

三宅树理站在证人的位置上，直面法官，承受着法官左右两侧所有陪审员的视线。

小法庭后方的黑板前也放着一把椅子，保健老师尾崎静子坐在那儿。在证人席的三宅只要一回头，就能与她四目相对。

“现在，三宅树理作为检方证人出庭作证。”藤野检察官说道。

她的声音只带有少量的颤音，或许大家都不会察觉。不过仓田听得出来。凉子这样说话，她还是第一次听到。

“你是本校三年级的三宅树理，是吧？”井上法官发问道。

“是的，我是三宅树理。”

坐在仓田真理子身边的山野纪央咽了一口唾沫，两只眼睛睁得大大的。

原来她能出声说话了。

浅井松子死后，树理就不来上学了。听说她由于受了太大的刺激，说不了话了。虽说并不是来自校方正式渠道的消息，但三年级的同学——至少在三年级的女生中，有一大半都知道。

原来她已经痊愈了。

说来也是。没好的话，也不可能来当证人出庭作证。

不过，应该不是自行痊愈的，而是小凉帮她治好的。为了校内审判，小凉让三宅树理重新开口说话了。

“我是担任法官的井上康夫。你接下来需要宣誓。”

井上法官绝不会因为证人是女生而留情。这一点早就得到过验证了。可不知道为什么，他今天显得特别亲切。这算什么？是“特别关照”吗？

“请重复我的话：我是三宅树……”

“我是三宅树理。”

“我发誓，在此法庭所作证言，句句属实。”

“我发誓在此法庭所作证言句句属实。”一口气说完后，三宅树理垂下眼帘。山野纪央目不转睛地盯着三宅树理的一举一动，一双弹奏钢琴的纤纤玉手紧紧攥着拳头。

她一定在思念身为同班同学和音乐社伙伴的浅井松子。作为证人出庭的三宅树理会怎样描述浅井松子呢？之前那些满天飞舞的传言是真的，还是胡说八道？松子的死真的只是一场不幸的交通事故吗？

没错，死者不止一个。不是只有柏木卓也。今天在这个法庭上，终于要谈到一直讳莫如深的浅井松子之死了吗？

“请坐。”

三宅树理摇了摇头，回应井上法官：“我站着就行。”

“询问会比较费时，还是坐下比较好。”

“你们不用对我这么小心翼翼，我不要紧。”

哦，是吗？“小心翼翼”啊。

井上法官不动声色：“叫你坐下，并不是特别照顾你。之前的证人都是坐着的。这样才能心平气和地作证。”

三宅树理动作僵硬地坐在了椅子上。

“诸位陪审员，”井上法官扭头看了看左右两边的一张张面孔，“尾崎老师就在教室后方。由于证人的健康状况不太稳定，尾崎老师必须守候在那里。”

尾崎老师向大家点点头，陪审员们纷纷回礼。

“三宅同学，你没有不舒服吧？”

“没有。”坐下后就一直低着头的三宅树理答道。

“如果你觉得不舒服，就说出来，不要有顾虑。”干净利落地交代完后，井上法官将脸转向藤野检察官，“请开始主询问。”

藤野凉子双手撑在桌上，慢慢站起身来。

“三宅树理同学。”藤野检察官等着对方抬起头，两人视线相接后，她的脸上露出了微笑，“感谢你对校内审判的配合。我们检方的成员都为你的勇气而感动。”

三宅树理一声不吭，默默点了一下头。

“下面将开始询问。我们会尽量不给你造成负担，但某些询问内容也许会让你觉得难受。所以如果你想休息，就请直说。”

“知道了。”树理又点了一下头，“我没事，只是……”

“只是？”

“请大家不要这样直勾勾地打量我。”

陪审团立刻有了反应。男生们都有些坐立不安，似乎在说“我可没有直勾勾地打量你”。女生们的眼神立刻充满敌意。

“陪审员们为了认真听取你的证言，才需要如此集中注意力。不是吗？”藤野检察官说着，给了陪审团一个友好的笑容。作为回应，真理子也露出了笑脸。和小凉对上眼了，真好。

“我又不是要猴的，有什么好看的？”三宅树理执拗地说。

怎么回事？这点小性子好像没变嘛。脸上的粉刺虽然消失了，执拗的个性却依然如故。

“没人把你当要猴的。校内审判已经到了第三天，所有人一直都很认真。对每一位证人的证言，陪审员都会悉心听取。今天也一样，你只管放心地回答问题就是。”藤野检察官说。

井上法官默默注视着证人。

竹田陪审长举起了手。“呃……我是陪审长。我不知道在这种情况下可不可以发言。”

“可以，说吧。”

“我想，如果在那么多人的注视下，三宅同学会感到紧张的话，要不要用屏风之类的隔离一下？只要看不到脸，她说起话来会轻松一点吧。我们这边无所谓。”

竹田真会体贴人。真理子暗自佩服。

“你们觉得怎么样？”井上法官问检察官和辩护人。辩护人神原和彦抢在凉子前面站了起来。

“三宅同学，我是担任大出辩护人的神原和彦。”他鞠了一躬。

三宅树理翻起眼睛朝他看了看。

“虽说有点对不起竹田陪审长，可我处在维护被告权利的立场上，不能接受刚才的提议。你是极其重要的证人，我希望在法庭询问时，能看到你的脸。我们会充分照顾你的身体状况。你能同意在目前的状态下开始主询问吗？”

与井上法官同坐一排的教子和弥生直点头。真理子也有同感。虽然竹田很会体贴人，但神原说得更在理。

“我们已经接受了你的要求，将今天的庭审设置为非公开，连被告都没有出庭，因为我们觉得，这些要求都合情合理。但是，如果你只是不愿意被法官和陪审员们看到表情，那就不行了。而且这么做对你不见得有利。”

“怎么了？”树理快速反问道，就像一条小蛇受到刺激后，猛地昂起了头似的。

“因为这么做，会给人留下你对法官和陪审员有所隐瞒的印象。至少，我会这么想。”

“嗯。”原田仁志应了一声，又赶紧用手捂住自己的嘴，显得有些滑稽。

相比女生，陪审员中的男生原本就对树理不怎么了解，也不会有先入为主的看法。像脑子里只有将棋的小山田，当时可能连树理写举报信的传言都不知晓。那位装模作样的原田估计也差不多。他们会关注三宅树理，只是因为她是一位必须关注的证人。

三宅树理那种过剩的自我意识倒一点没变。

真理子有些扫兴。男生中只有向坂行夫对树理有比较多的了解，这也是托真理子的福。真理子见他不像自己一样扫兴，心中不免暗暗着急。

“我可没什么要隐瞒的，这话真气人。”树理嘟囔着，歪着嘴眼，一副快要哭出来的样子。真理子看在眼里，感到越发扫兴了。你好自为之啊，三宅树理。

“我说，”竹田陪审长挠了挠头，“三宅同学，我对你不怎么了解。估计你对我还有这家伙也不太了解吧？”

“这家伙”指的是一旁的小山田修。见竹田提到自己，他连连点头称是。

“老实说，到目前为止，我都不知道你和我们同年级。所以，呃……怎么说呢，对于你，我们不会有偏见或误解。请你不必在意我们，只管说就是。我们也会尽量不‘直勾勾’地看着你。”

三宅树理缩起肩膀，受了欺负似的耷拉着脑袋。胜木惠子厌恶地眯起了眼睛。检察官助手萩尾一美的目光比她还凶狠。

“既然如此……你们能保证一件事吗？”三宅树理细声细气地对井上法官说。

“什么事？”

“在我作证的时候，请大家不要笑。我最怕别人笑话我。”

“三宅同学。”银边眼镜寒光一闪，井上法官探出身子，“在这个法庭上，只要不故意说引人发笑的话，没人会去嘲笑证人。大家都很清楚，法庭审理的案件一点也不好笑。”

三宅树理并不应答，只是一个劲地盯着地板看。

“三宅同学。”尾崎老师在教室后方喊道，“你已经鼓足勇气来到了这里，不用多想，只管作证就是。放心吧，我就在你身后。”

三宅树理连头也没回。尾崎老师略显担心地站了起来。

“总是这样……”三宅树理低声呢喃起来，“保护我的只有尾崎老师。所以我总是逃到保健室去，结果又成了大家的笑柄。”

井上法官和藤野检察官都沉默了。大家也全都一声不吭。

“怎么会不知道我呢？”证人猛地抬头看向竹田陪审长，“就算不知道我的名字，也该知道我这张脸。我是‘痘痘小妖精’，出了名的，怎么可能不知道呢？嘴上说得漂亮，算什么？”

她越说越快，最后几乎是在号叫。高个子竹田陪审长一脸茫然。真理子只感到无地自容，仿佛这些话都出自她自己之口。

你错了，三宅树理。一心玩篮球的竹田真的没听说过你。他连我都不知道啊，是一起当了陪审员后才互相认识的。

我们从未像自己想的那样受人关注。世上的一切，几乎都在与我们毫不相关的角落运行着。

证人脸部抽搐，哭喊道：“不管多重要的事情，我说的话都没人听。谁都不会理我。所以我写了举报信。我只能那样做，这并不是我的错。要是不写举报信，谁都不会相信我！”

“就是为了纠正这种错误，我们才在这里召开校内审判。”藤野检察官端正地起身回应道，并不激昂，却异常坚定。

三宅树理已是泪流满面。她顾不上擦，任由泪水流淌在脸上。

“下面，我将询问去年十二月二十四日圣诞夜发生的事。”目光落在手头的文件上后，藤野检察官不理会三宅树理的哭泣，立刻进入主询问，“三宅同学，那天夜里你外出过吗？”

为了压抑住呜咽，三宅树理双手掩住嘴，点了点头。

“外出过，对吧？”

“对……”

“大概在几点？”

“出门的时间，我想大概是十一点左右。”

尾崎老师慢慢走上前去，递给三宅树理一块手帕。树理接过手帕，擦干了眼泪。

“是你一个人吗？”

“不，和同班的浅井在一起。我们是两个人一起出去的。”

“你们去了哪里？”

“没有什么明确的目的地，只是两个人出去散散步。”

“那天，从傍晚时分就开始下零星小雪，你和浅井同学是想在雪中的街道散步吗？”

“是的。”

“是谁先想到要出去散步的？”

“是松子——浅井提出的。”

“是因为看到下雪了，觉得到外面去散步很有趣，是吗？”

“松子觉得这样做很浪漫。”

“事先通过电话联系过吗？还是浅井直接跑到你家里去呢？”

“是电话交谈时说起的。松子打电话来对我说‘圣诞快乐’。”

“打电话时大约几点？”

“我想应该是六点左右。”

“可你们出去散步时已经是十一点了。”

“是啊。因为松子说，夜里出去才有意思。”

她们的问答上了正轨，作为证人询问也是有模有样的。最重要也是最麻烦的证人三宅树理，终于进入了校内审判的角色。

“可是，两个初中女生半夜外出，即使只是出去散步，你们的父母也不会允许吧？”

“所以我们决定悄悄溜出去。”

“约好时间和地点在外面碰头？”

“嗯，十一点，在我家附近的便利店碰的头。”

藤野检察官对证人微微一笑：“你和浅井很亲近吗？”

三宅树理没有回答，只是点了点头。

“在一个雪越下越大，室外一片白茫茫的圣诞之夜，悄悄从家里溜出去散步。若不是十分投缘的好友，绝不会有这样的念头。所以，你和浅井应该是好朋友吧？”

“是的。”

真理子看到，身边的山野纪央放在膝盖上的拳头握得更紧了。是好朋友。是啊。

才不是呢。纪央的拳头在如此诉说。

“十一点碰头后，因为觉得手冷，我们就在便利店里买了罐装的热饮料。”

“还记得买的是什么饮料吗？”

“是罐装咖啡。”

“你们大概在便利店里待了多久？”

“十分钟左右。”

“然后你们去了哪儿？”

“没有明确的目的地。只是漫无目的地散步。”

“就在附近兜圈子？”

“是的。当时，在外面走动的人还不少。”

“路上，你们遇到过熟人吗？”

“怎么会呢？都那么晚了，不可能有初中生在外面瞎逛嘛。”

藤野检察官又微微一笑：“你和浅井不就在外面闲逛吗？”

“其实，我心里也有点战战兢兢。因为被爸爸妈妈知道要挨骂，被巡逻的警察看到也很糟糕。”

“浅井也跟你一样吗？”

“松子她不怕。她妈妈很惯着她。”

两人的对话很流畅，甚至在不断加快。藤野检察官相当镇静，而证人由于兴奋，语速略快，好像在一个劲地往前冲，希望尽快把该讲的话都讲完。

“你们散步大概用了多长时间？”

“我当时说，到十二点就回家。松子想在下雪的夜空下体验日期变更的感觉，所以我这样提议了。我其实想早点回去，可既然松子这么说了，我也没办法，只能舍命陪君子了。”树理舔湿了嘴唇，语速更快了，“结果，松子说，‘我们去学校吧。’”她抬头望着井上法官和陪审员们，“说是想去看看学校的大钟。教学楼楼顶不是有一只大钟吗？她说，只要看到那只大钟的指针指到十二，就马上回家。”

“真浪漫。”藤野检察官说，“所以你们就朝学校走去了？”

“是的，当时已经很冷了。”

“雪一直在下？”

“忽下忽停。下的雪不大，飘飘荡荡，能看清楚四周。于是，”急冲冲地说到这里，她又滴溜溜转起了眼珠，“我们看见了。大出正从边门进入学校，跟另外几个人一起。我当时没看清楚，可松子立刻就说，就是那个三人帮。还说柏木也在，很奇怪。”

“请稍等。”举起一只手拦住证人的话头后，藤野检察官插话道，“关于这个场景，我想先朗读一下你的陈述书。如果你实际目击的情况与陈述书上的叙述有出入，请指出。”

藤野检察官翻开陈述书，开始朗读。

为了看教学楼上的大钟，浅井和我决定去学校。当时我们散步时走的公交车道离学校的边门比较近，我们便朝着边门走去。途中没遇到什么人。在路灯和周围人家的灯火照耀下，路上很亮，能看清楚四周。

走近学校的边门，看到人影后，我和浅井停了下来。浅井发现那是大出。她说：“就是那个三人帮。”我没看清楚，想靠近点看，被浅井拉住了。毕竟是那三个人，说不定在做坏事，要溜进学校捣乱，所以不能轻易靠近他们。

于是我说：“既然这样，我们回去吧。”我早就想回去了，更不愿意在大半夜遇上大出他们。可浅井不愿动身。我们藏在电线杆的阴影里，看到大出他们跑进了学校。

一开始还以为人影只有三个，后来仔细看，发现是四个。浅井学说他们就是“那个三人组”，是“大出、井口和桥田”，还问“还有一个是谁”，说着就要上前去看。我阻拦她，可她不听我的。后来她又说“那是柏木”“柏木也在啊”。她还说“大出他们和柏木在一起，太奇怪了”“柏木一直不来上学，就更可疑了”。她要追上去看个究竟。

就在这时，那四个人已经在校园里了。浅井跑到边门那儿去了。没办法，我只好跟了过去。边门的门闩没插，开着。教学楼的出入口关着，却没有上锁。浅井从那儿张望大楼里的动静，说他们四个人上了楼梯。她要追上去，我很害怕，劝她别去。可她一定要进去，于是我们也上了楼梯。

走在楼梯上，我们听到上面有男生说话的声音，也看到手电筒的光束四处晃动。为了不被他们发现，浅井和我上楼梯时和他们拉开了一大段距离。我们看到通往屋顶的门开了，知道走在前面的四个人跑到屋顶上去了。

藤野检察官暂停朗读，看着证人问道：“到目前为止的这段陈述有差错吗？”

“没有。”

三宅树理回答时，真理子听到身边有人在说“骗人”。是山野纪央。她双手绞在一起，咬紧嘴唇，死死盯着证人。

所幸的是，井上法官没有听到。藤野检察官和证人也没听到。可是这句低声呢喃像一根细针，穿进真理子的耳朵，扎在她的心上。

骗人。

藤野检察官又开始了朗读。

浅井说，一定要弄清楚屋顶上的情况，不看个究竟不肯罢休。我很害怕，一个劲地阻止她。可浅井根本不听劝。

山野纪央开始慢慢摇起头来。骗人。骗人。骗人。真理子只觉得脊背发凉。

藤野检察官继续朗读。

浅井和我也穿过开着的门，上了屋顶。我们的手紧紧地握在了一起。

三宅树理用力点头道："是浅井先上的屋顶。我害怕得不得了，估计她也很害怕，不想跟我分开，一直紧紧拉着我的手。"

树理说着，两只手交握在一起，向陪审员们示意。

藤野检察官放下陈述书，转向证人。

"在屋顶上，你看到了什么？"

三宅树理没有回答，也不看藤野检察官一眼，依然交握双手，注视着陪审员席。准确地说，是将目光锁定在纪央的脸上。

仓田真理子低声呼喊身边的山野纪央："纪央。"

真理子拿起山野纪央紧紧攥成拳头的手，包裹在自己的掌心。

山野纪央凝视着三宅树理。用她那对大眼睛凝视着。真理子心想，如果绕到她的正面去看，一定能从她的瞳仁深处看到什么东西在燃烧。

骗人。

"三宅同学。"藤野检察官喊道，"请你看着我回答问题。"

山野纪央垂下眼帘。三宅树理交握在一起的手分开了，落在膝盖上。与此同时，纪央低下头，使劲回握一下仓田真理子的手。

"刚才那四个人，在屋顶上。"尽管树理依然在意纪央，她还是回答了藤野检察官的问题，“只有门里头的日光灯亮着，四周太暗看不太清。我说四个人，是因为之前知道上来的是四个人，并没有看到他们的脸。只是四个漆黑的影子。”

“那四个漆黑的影子在做什么？”

“有一个到了屋顶铁丝网的外面，估计是翻出去的。只是以前从没想过能翻到外面去，所以当时还不明白是怎么回事。”

藤野检察官对佐佐木事务官使了个眼色，他立刻站了起来。

“我们用画面来展示现场的状况。”

那块带滑轮的黑板也移到这个小法庭来了。佐佐木吾郎手脚麻利地将一张牛皮纸贴在黑板上。是一张教学楼楼顶俯瞰平面图，方位上北下南，标出了带有屋顶出入口的楼顶间以及机械室的位置。环绕楼顶的铁丝网则在示意图的外侧用虚线画了出来。

“三宅同学，请你站起身，到前面来。”

三宅树理起身走近黑板。藤野检察官举起手中一枚小小的圆形物件给法官和陪审员们看。

“这是磁铁，用来表示证人和浅井松子。”藤野检察官走近证人，递给她红色的磁铁，“将磁铁放在你们所在的位置。”

三宅树理接过磁铁，在黑板前并拢双脚，将两枚红色磁铁放在屋顶出入口附近，楼梯间的前方。

“起初，我们在这儿。不过待在这里看清楚后，我们就马上移动到了这里。”

她指出的位置在机械室下方，平面图右侧的一角。

“这里离那扇门大概有多远？”

“三米左右吧。”

“我们用照片来显示位置关系。”

佐佐木吾郎再次上前，在示意图旁贴上三张手掌大小的照片。

陪审员们一个个探出身子，仔细查看示意图和照片。山野纪央仍然抬不起头，真理子无法松开与她握在一起的手。

“我们用这些来表示证人在屋顶上看到的那四个人。”藤野检察官举起黑色磁铁给大家看，随后交给了三宅树理，“那四个人在什么位置？请你用磁铁标出。”

三宅树理将三个黑色磁铁放在机械室右侧的铁丝网处，另一个放在了表示铁丝网的虚线外侧。“我和浅井藏在机械室后面，伸长脖子看那四个人到底在干什么。”

“从位置关系看，你们能看到那四个人的侧面，是吗？”

“是的。不仅能看到他们的脸，也能听到说话声。”

“那儿离出入口有三米以上的距离，大楼里的灯光照不到吧？既然没有亮光，还能看到他们的脸吗？”

“机械室的门口亮着灯。半夜爬上屋顶，对我来说还是第一次，所以原先并不知道那里还有电灯。那时确实亮着灯。”

“法官，陪审员们，请看三张照片。”藤野检察官指着黑板上的照片，“机械室的门上有一盏带灯罩的日光灯。”

竹田陪审长点了点头，对身边的小山田修说了一句话。

为了让大家确认，藤野检察官停顿片刻，随后看着证人问道：“你和浅井藏在机械室后面，看到了那里发生的一切，是吗？”

三宅树理用力点了点头。真理子看到她那张苍白消瘦的脸因恐惧而绷得紧紧的。

“这时，我也知道那四人之中有一个是大出了。”

“不会搞错吗？”

“不会。我听到他的说话声，还听到另两个人叫他‘小俊’。”

“‘另两个人’就是位于铁丝网内侧的另两个人吧？”

“是的。”

“那么，铁丝网外侧的那个人是谁？”

“是柏木卓也。”三宅树理双手举到肩膀的高度，十指弯曲，向大家展示，“他站在铁丝网外侧狭窄的边沿，脸朝着我们，这样用手指紧紧抓住铁丝网。”

“柏木对‘小俊’他们三人说过什么话吗？”

“我听不到他的说话声。他好像很冷，外套被风吹得鼓了起来。他膝盖弯曲，拼命抓住铁丝网。”

“铁丝网内侧的三个人又在做什么？”

“他们大声嚷嚷着‘快跳下去’之类的话。”说着，三宅树理双手按住自己的喉咙，一副呼吸困难的模样。

“是被告说的？”

“应该是另两个人说的。准确而言，他们说的是‘快发誓，再也不顶撞小俊了’，一边说一边和大出一起隔着铁丝网捅柏木，还试图将他的手指从铁丝网上掰开。”

三宅树理喘着粗气。此刻除了她的呼吸声，小法庭里只有冷风机工作时发出的声响。整个法庭被笼罩在阴冷的沉默中。那一夜笼罩教学楼楼顶的寒冷复活了，如幽灵般支配着这个小小的法庭。

真理子感到无比恐惧。虽然现在是盛夏时节，可她觉得，要是吐一口气，一定能看得到白雾。

让陪审团充分体味令人恐惧的沉默后，藤野检察官继续提问：“后来又怎么样了？”

“柏、柏木……”三宅树理无法平静呼吸，语无伦次起来，“为了躲避那三个人的动作，在铁丝网外侧左右移动，时而低头躲闪。不一会儿……”

“不一会儿？”藤野检察官追问道。

“一眨眼的工夫，柏木就不见了。他掉下去了。可我当时没有一下子明白过来。”

“是脚下一滑，没站稳掉下去的？”

“应该是这样的。可当时我并不明白发生了什么。大出大声喊了句话，还用手拍打铁丝网，柏木在躲闪。等我注意看的时候，柏木已经不在了。”

三宅树理浑身发抖，眼泪夺眶而出。

“松子和我都怕得要命，待在那里动弹不得。我们躲在机械室后面缩成一团。大出他们嚷嚷着‘真的掉下去了吗’‘糟了’，又笑又闹，看上去很开心。”

“很开心？”

“是的。他们高叫着‘好啊’‘带劲’之类的话。”

三宅树理身体前屈，双手紧紧抱在胸前。她脸上突然没了表情，额头和脸颊上开始冒汗。

“我怕得要死，就拉着松子的手逃跑了，连头也不敢回。”

“大出他们没有注意到你和浅井吗？”

“他们只顾自己闹腾，没有发现我们。”

“你和浅井是沿着来时的路线跑到外面去的？”

“是的。我们跑到学校外面，一直来到加油站——就是那个十字路口。”

“三宅同学。”藤野检察官的话语充满力量。“第二天早晨，柏木的遗体在边门内侧靠近教学楼的地方被发现，埋在雪堆之中。”

三宅树理点了点头。她此刻的姿势像是蹲在证人席上。

“如果你和浅井出了教学楼，再跑出学校边门，途中就没有看到柏木的遗体吗？”

三宅树理激烈地摇着头，气喘吁吁地说：“没有看到。”

“如果柏木是从你用磁铁表示的位置垂直落下，应该会掉落在边门附近。你和浅井没有发现吗？”

“我们逃跑的时候根本没有看到遗体，可能是从旁边跑过的吧。当时那里一片漆黑，我们又怕得要死，脑子里一片空白，只顾逃跑了……”

三宅树理说不下去了。她的身体从椅子上滑下，蹲在地上，后背大幅起伏。教室后方尾崎老师站了起来。藤野凉子立刻举起了手。

“法官，请求休息。”

“休庭五分钟。”

尾崎老师几乎是抱着树理将她从证人席上带走的。教室的门打开又关上，小法庭却依然笼罩在沉默之中。

原田仁志自言自语道：“这种过度呼吸的状况，只要在脑袋上套个塑料袋，马上就会好的。”

大家全都看着他。

“只要多吸一点二氧化碳就行。”补充说明后，原田仁志缄口不言了。

小山田修扫视一遍陪审团：“不叫救护车不要紧吗？”

大家都没有点头，只是相互交换着不安的眼神。

高个子陪审长站起身来喊道：“井上——哦，不，法官。还能继续吗？“

井上法官往上推了推鼻梁上的银边眼镜：“什么意思？”

“证人询问。要让三宅继续讲下去，看来是不行了，不是吗？”

竹田总是那么替别人着想。

山野纪央从真理子手中抽出自己的手，从裙子口袋里掏出手帕，擦了擦眼睛四周和额头，又带着感谢的眼神对真理子微微一笑。那块手绢是淡粉色镶花边的款式，用熨斗烫过，折叠得四方端正，很符合她本人的形象。

“我觉得有陈述书就足够了，已经写得很详细了。三宅为了制作这封陈述书向藤野同学讲述时，估计相当难受吧。”竹田陪审长将矛头指向辩护人，“神原，你觉得呢？一定要进行交叉询问吗？”

神原辩护人正在默默思考。井上法官两边的胳膊肘撑在桌上，双手手指交握，环视在场的所有人：“休庭时间延长至十五分钟。藤野、佐佐木，你们带着萩尾退庭。”

藤野检察官一下子瞪起了眼睛。“这是怎么回事？”

“关于刚才的提议，我要和陪审长、辩护人一起商量一下。”

“怎么着？要我们靠边站？”萩尾一美跳了出来。

“是的。”

“我觉得这没道理。”佐佐木吾郎说。

“好了，你们的意见我听见了。退庭吧，还有十二分钟。”

藤野凉子瞪了井上法官一眼，站起身来，一言不发地催促两名事务官走出后门。

“辩护人的意向如何？”

神原辩护人学着刚才井上法官的动作，手指交握抵在额头。他在辩护人席上作出低头的姿势，真理子还是第一次看到。

“神原。”井上法官喊道。

“井上法官。”一个发颤的甜美声音响起，是山野纪央。她坐在真理子身边，抬头注视井上法官，“我希望证人询问能继续下去。”

竹田陪审长的眼中露出担忧的神色：“山野同学。”

“我和浅井关系不错这点，请大家先放在一边。”山野纪央的话语中透着坚强，“刚才的证言里有一些漏洞，大家没有注意到吗？”

“什么漏洞？”井上法官问道。神原辩护人也抬起头，望向山野纪央。

“三宅说，她们是趁着大出一行将柏木推下教学楼后疯闹的当儿逃走的。可举报信上写的却是‘他们三人笑着逃跑了’。这两种说法存在矛盾。如果她们先逃走，肯定看不到大出他们逃走的样子。”

“嘘——”小山田修吹了一声口哨，“符合逻辑，严丝合缝。”

真理子看到，正努力发言的山野纪央双手颤抖。

“还说她们在逃走时没有发现柏木，这一点也有悖常理，从心理角度而言也很反常。如果换作我，肯定会去确认，去看看柏木到底怎么样了，说不定他还活着。”

“即使是大出他们，应该也会去确认。”原田仁志又开始嘀咕了，“到底死了没？如果是我，就一定要看个究竟。”

“或许这两拨人都顾不上吧？”陪审长说，“我不觉得这有多奇怪。特别是浅井和三宅，她们害怕得很，不知自己磨磨蹭蹭会带来怎样的厄运，不是吗？”

“可是，柏木的身体就倒在三宅她们逃跑经过的路上。”山野纪央的声音带着哭腔，连嘴唇也开始颤抖起来，“既然从他身旁经过，怎么可能没注意到？第二天早晨野田发现时，柏木的身体埋在了积雪之下。可他刚刚从楼上摔下时，还没有埋在雪里。而且那天晚上积起来的雪，都是过了半夜才开始下的。在此之前只有零星小雪，在水泥地上根本积不起来，我记得很清楚。”

教子和弥生也点起了头。

“等、等等。”向坂行夫插嘴道，见大家都看向自己，他的脸一下子涨得通红，“陪审员之间的讨论，不应该放在最后吗？”

“嗯，应该这样，可是……”

井上法官苦笑了一下，他撩起飘荡着的黑袍下摆，让冷风吹到里边去。“可是，情况特殊。三宅当场倒地，弄不好校内审判本身都会无法进行下去。”

“想不到，你这么没底气。”原田仁志还在嘀咕，“过度呼吸又不会死人。”

“原田同学，你好冷血啊。”

被教子这么一说，原田反倒笑了：“我说的是事实。”

“太冷血了。”弥生笑道。

真理子身边的向坂行夫不知在自言自语着什么。

“说什么呢？”

“呃……如果没关系的话，我说一下好了。”他鼻子上的汗水在闪闪发光，“听到三、三宅说，屋顶机械室的门上亮着灯，我还真吓了一跳。”

“怎么了？”

“因为我不知道。如果不是真的在夜里上去过的人，是不会知道那里有电灯的吧？”

他话音刚落，就有人作出回应“知道”，而且有三个人——竹田陪审长、小山田修和原田仁志。

向坂行夫吃了一惊。“你们怎么知道的？”

“放学后开展社团活动时，遇上天气不好或冬天日短的时候，那盏灯就会点亮。”

“有人上屋顶检查时，也看得到那里有灯亮着。”

原田仁志点点头，补充道：“站在操场边上，抬头就能看到。”

“啊，是这样啊……”向坂行夫像漏了气似的。

井上法官咋舌道：“好了好了，这事就别再研究了。”

“法官，”神原辩护人站了起来，“各位陪审员。”

他镇定自若，没有丝毫惊慌。

“我们辩护方想要询问三宅证人的问题只有一个，只是履行一下权利而已，其他的就看检方了。”

“要不，让藤野把问题精简一下？”井上法官的话语中夹杂着叹息。说完，他亲自跑到了走廊上。

“山野同学，你不要紧吧？”神原辩护人喊道。原来，山野纪央的眼泪在眼眶里直打转。

“我没事。”她又掏出手帕擦了擦脸，主动握住了真理子的手。真理子也紧紧握住了她的手。

“我说，你要不要坐这边来？”安静得被大家遗忘的胜木惠子，突然从陪审席的另一头朝山野纪央开口道，语气很亲密，话音中带有笑意，“坐这边就能看清楚证人的脸。你就在这儿瞪着她。”

“胜木，别闹！”

挨了陪审长一句批评，胜木惠子哼了一声，跷起了二郎腿。

我们到底算帮哪边的？真理子的脑子有点乱。她环视着小法庭，却跟神原辩护人对上了眼。

神原的嘴角浮起微笑。真理子不好意思了，赶紧低下头。

回到证人席上的三宅树理显得十分憔悴，脸色愈发苍白，手里捏着手帕。

“由于陪审员们担心你的健康，我们决定省略掉几个问题。估计再过十分钟左右就能结束询问。你现在感觉怎样？”

面对藤野检察官的这番话，三宅树理只是默默点了点头。

“你和浅井目击了柏木卓也被害的现场？”

三宅树理又点点头，将掌心的手帕攥得更紧了。

“这件事你向别人提起过吗？”

“没有。”

“报过警吗？”

“没有。”

“和父母商量过吗？”

“没有。”

“你和浅井两个人撰写举报信并投入邮筒，是在新年后的一月六日，对吗？”

“是的。”

“之前从未向他人提起过这件事？”

“是的。”

“为什么不跟别人说？”

“我一开始不就说过，因为我们觉得，松子——浅井和我无论说什么都不会有人相信。”

“可是，你和浅井绝不是在胡编乱造吧？你们身边的人也不会说你们是骗子啊。”

“因为事情太过骇人听闻，我们觉得别人不会相信我们。”

“连自己的双亲也不会吗？”

“我不想让家里人担心。在这方面，松子——浅井也一样。”

“你可以用你习惯的方式来称呼浅井。”藤野检察官对证人笑了笑，“你们把这么大的秘密藏在心里，一定很难受吧？”

“松子和我都以为大出他们很快会被逮捕。”

“你是说，他们三人杀害柏木的事很快就会暴露？”

“是的。”

“在此，请允许我确认一下。在屋顶上的三人帮中，你看清了被告大出俊次的脸，是吗？”

“是的，是我亲眼看到的。”

“另外两个人有没有认出来？”

“当时我自己并不清楚。在和松子的交谈中，我逐渐认识到，既然他们和大出混在一起，那应该就是桥田和井口。虽然只能看到黑影，但体格确实差不多。”

“也就是说，桥田和井口在场这一点，你并没有确证，是吗？”

“是的。”

“举报信上却明确地写着他们的名字，这又是为什么呢？”

“跟松子商量后，才决定这么写的。”

“现在，你的这种想法也没有改变？”

“没有。”

“井口曾在本法庭作证，十二月二十四日那天，他没有和大出见面。对此你怎么看？”

“他在撒谎。”

坐在真理子身边的山野纪央叹了一口气。陪审员席靠边位置上的胜木惠子高高挑起脚尖，换了个双腿交叉的姿势。

“想到用举报信揭发本案的又是谁？”

“是我。”

“举报信的内容是谁想出来的？”

“是我和松子一起考虑的。”

“你们一共写了三封，寄给三个人，对吧？请报一下收件人的名字。”

“当时的津崎校长、班主任森内老师，还有跟柏木和我同班的藤野凉子。”

“就是我？”检察官指着自己的鼻子。

“是的。”

“在同班同学里，你们为什么单单选了藤野凉子？”

“因为她是班长。另外，我们知道她爸爸是警察。”

“没想到直接报警吗？”

“我们怕警察不肯认真对待，从一开始就没打算那么做。”

“想到过要将举报信寄给媒体吗？”

“根本没有那种打算。”

“就是说，只要校内那几位值得信赖的人物读到你们的举报信就行，是吗？”

“是的。”

“在这方面，你和浅井意见一致？”

“完全一致。说可以寄给藤野凉子的，就是松子。她最信赖藤野凉子。”

对此，藤野检察官没有给出特别的回应。

“你们是什么时候开始写举报信的？”

“我们早就想写了，可决定写成那样，是在一月三日之后。”

“在此之前，还一心希望大出会被逮捕，是吗？”

“是的。我们以为他肯定会被逮捕。”

“可是，这方面的消息迟迟不来，你们便想采用举报信的手段，是吗？”

“是的。”

藤野检察官依次看向法官和陪审团。“在陈述书的附件中，有十二月三十一日下午四时许，监控摄像头拍到浅井松子和证人在便利店的图像影印件。”

“我们是去买签字笔的。”证人说，“在十二月二十四日夜里跟松子碰头的那家便利店。”

“举报信投入邮筒是在一月六日，没错吧？”

“没错。”

“是在哪家邮局？”

“我和松子坐巴士去中央邮政局寄的。在我家附近的邮政局寄信，会有点害怕。”

“为什么要害怕？”

“我们考虑到，有人会从邮戳联想到是当地人寄出的。我们不想让别人知道是我们寄出的，在笔迹上做手脚也是为了这个目的。”

“你和浅井都觉得自己在做正确的事，不是吗？又为什么要隐瞒自己的身份呢？”

“我们想到，如果让大出他们知道了，那接下来被杀的恐怕就是我们。”三宅树理脸色苍白，语调却异常平稳，回答问题也从未有丝毫犹豫。

恐怕会被他们杀死。真理子觉得自己根本无法平静地说出这番话。如果害怕被杀，那看到凶案现场后，自己一定会告诉父母，绝对没办法一个人闷在心里。

“然而，三宅同学，”藤野检察官将重心从右脚转移至左脚，稍稍放低声音，“这封举报信引发了一场你们始料未及的骚动。”

“是的，”三宅树理点点头，“如此巨大的骚动，是我和松子都不希望看到的。由于《新闻探秘》节目的缘故，还出现了偏袒大出他们的人，对此，我和松子都受了很大的刺激。”

“你是说，出现了同情大出他们的意见，认为不该在没有证据的情况下，仅凭平日的不良品行就认定他们是杀人犯。”

“是的，所以松子很害怕。”

“很害怕？”

“嗯。她说，大家越来越同情大出他们，而停止追究责任，他们最后一定会找出写举报信的学生，并施加报复。”

“你认为大出他们会这么做？”

“看了那档电视节目，谁都会这么想的吧。”三宅树理的声调一下子拔高了，“大出还有个流氓一般的父亲！记者茂木先生不就被他打了吗？连津崎先生也受到了他的威胁！不仅蛮不讲理，还特别有钱，他要是报复起来，肯定什么都做得出来。”

三宅树理的呼吸又紊乱起来，这次不是因为胸闷，而是由于太过兴奋。

“我看了那期节目。大家都看过吧？二月二日，大出他们对四中的学生又打又踢，把他揍了个半死！这说明在杀死柏木之后，他们一点不知悔改，还在肆无忌惮地敲诈外校学生。”

“我反对。”一直面不改色地望着藤野凉子和三宅树理一问一答，安静得瘆人的神原辩护人此刻稳稳当当地插了进来，“刚才证人提及的敲诈事件，本法庭并未当作证据采用。”

“证人，”井上法官探出身子，“仅从电视里看来的信息不能当作证言。”

“可是，大家都看到了吧？茂木记者在电视节目里报道了。”三宅树理从证人席站起身，声音高得近乎歇斯底里，“那些人确实做得出那种坏事！大出的父亲还花钱堵上了受害者的嘴！”

“证人，关于此事不得再发言！”

“电视里都播了，难道这不算充足的证据吗？”

“本法庭不会将电视报道视作确凿的事实。证人，请坐下。”

“三宅同学，请坐下。”

在藤野检察官的催促下，三宅树理颤动着肩膀坐了下来。但她的嘴还没停：“在座的各位，难道都漠视正义吗？看到做坏事的人不受惩罚，也能无动于衷吗？”

“证人，请保持安静！”

“因为跟自己没关系，反正自己平安无事，就可以佯装不知了？松子死了！她基本上也算被大出他们杀死的，大家都不闻不问……”

井上法官正要敲打木槌的时候，藤野检察官大喝一声：“三宅同学，请保持安静！”

三宅树理吓了一跳，愣住了。

“请保持清醒。大声喧哗在这里毫无用处。”

三宅树理闭上了嘴，但她内心的兴奋似乎怎么也抑制不住，时而用手掌摩擦裙子，时而双手抱胸又放开，忙个不停。

“就在新学年开始后的四月二十日下午三点多……”藤野检察官说道。

听到这番话，仍旧心神不宁的树理点了点头。

“浅井松子遭遇了交通事故。”

“是的。”

“那天，你和浅井见过面吗？”

“在遇到事故之前，松子就在我家。我们两人在说话。”

好几个陪审员屏住了呼吸。真理子不由自主地看了一眼山野纪央，血色正如潮水般从她脸上褪去。

“你们都说了些什么？”

“在谈柏木的事。松子很害怕，坐立不安。”

“为何会害怕得坐立不安？”

“就因为那个嘛！”

三宅树理急不可耐，竟用拳头敲击起裙子底下的大腿。

“因为看了上一周播放的《新闻探秘》特辑，知道大出的父亲是什么样的人。两天后，学校举办家长会，会上大家只是啰啰嗦嗦地说个不停，没有一点实质性进展。松子的母亲去了那次家长会，回来向松子转达会上的内容，这让松子很绝望。还有人说举报信是编造的，连警察也如此断言，以此来推卸自己破案不力的责任。”三宅树理眼角上吊，拔高了嗓门，“松子哭了。她说，照这样下去，大出他们就没人管了。我和树理目击凶杀现场并写下举报信的事肯定会暴露。只要媒体认真调查，这种事很快就能查出来。可是，我，我……”

语言赶不上嘴巴的动作，只见她的嘴唇凭空开合了好几下。

“我劝她不能钻牛角尖，现在放弃希望为时尚早。茂木先生看上去比较靠得住，我们只要继续忍耐，一定会有所转机。我试图说服松子。是的，我试图说服过她……”树理重复着，用拳头捶打着自己的大腿。

“浅井和你分手的时候，大约几点？”

“我记不清了。大概不到三点。”

“分手时，浅井的精神状态如何？”

“她脸色很差，哭哭啼啼，好像相当惊慌。我还对她说，回去路上小心。可是，松子她……”三宅树理嗓音变调，眼泪夺眶而出，扑簌簌地掉了下来，“她竟然神思恍惚地扑到卡车前面去了。”

“事故的目击者对浅井的父母是这样说的，‘这个女孩子飞奔着冲了出来。’”

藤野检察官冷静地纠正了树理的说法，可树理泪流满面地摇了摇头。“我不知道。事故当时的情况我不知道。我没有看见。”

“浅井由于害怕，精神状态很不稳定。她在担心举报人是你们俩的事实会暴露，因而变得神思恍惚。是这么回事吗？”

“是的是的。我想说的正是如此，的确是神思恍惚。我想，由于恐慌，松子已经有点神经衰弱了。”

再次出庭作证的三宅树理说到一半时，山野纪央已经低下了头，用手紧紧攥住裙褶。

“我想，和我分手后变成孤身一人的她感到害怕，想快点跑回家。”三宅树理一口气说到这里，重重地喘了口气。

山野纪央攥着裙褶的手非常用力，指关节一个个都突了出来。

“刚才你说，‘她基本上也算被大出他们杀死的’，这是什么意思？”

“对不起。”三宅树理道了个歉，语速很快，像是将什么东西揉成一团后赶紧扔掉似的，“这只是我的主观心情，不是说大出真的把松子推到了大卡车前面。”

“陪审员们，请你们理解证人真正要表达的含义。”

藤野检察官环视一遍陪审员。真理子想和凉子四目相对，凉子的视线却没有和任何人接触。休庭后的证人询问中，凉子一直如此，只是集中注意力一个劲地提问，连法官和辩护人都没有进入她的视野。

或许，凉子并不想让任何人进入自己的视野。

这样的念头突然在脑海中闪过，真理子心中一惊。我为什么会这么想呢？

“事故发生三天之后，浅井同学去世了。”藤野检察官继续说，“你一定很难过吧？”

“是的。”三宅树理点点头，又擦了擦眼泪，“由于刺激太大，我都说不出话来了。”

“现在已经不要紧了吗？”

“嗯，我能够出声了，因为我很想出庭作证。”

眼泪源源不断地流出来，怎么擦也擦不干净，树理说出的话都是断断续续的。

“为了松子，我要出庭作证，所以，我的声音回来了。我想，是松子给了我力量。一定是的。”

“吧嗒”一声，一滴眼泪落在了山野纪央攥住裙子的手背上。她坚强地抬起头，松开裙摆，擦了擦眼角。

“感谢你鼓足勇气来出庭作证，谢谢！”

藤野检察官坐了下来。三宅树理轻轻抽泣着，将手帕按在脸上。真理子朝教室后方看去，只见尾崎老师脸上露出担心的神色，但没有动身。

“辩护人，需要交叉询问吗？”

“需要。”神原和彦从座位上站起身，两手撑在桌面，两眼注视着证人，“三宅同学，你平静下来了吗？”

三宅树理没有回答，只是垂着头，将脸埋在手帕背后。

“我只有一个问题。现在可以问吗？还是再过一会儿？”

树理抬起头，眼圈通红，脸颊上湿漉漉的。

“没关系，你问吧。”说着，她又抽噎了一下。

“谢谢！”神原辩护人低下头，双手从桌上移开，端正自己的站姿，“三宅同学。”

“嗯。”

“你所说的看到柏木遇害现场的证言，是真实的吗？”

沉默包裹住全场。与刚才阴冷的沉默不同，如今的沉默异常沉重。身处这凝重的氛围中，大家大气都不敢出。连证人席上的三宅树理，也瞬间停止了呼吸。

“什么……你说什么？”树理断断续续的话音似乎并非源于哭泣，而是话语真的堵在了喉头，“什、什么？你什么意思？”

“你不明白我提问的意思吗？”语调委婉，表情平和，可神原和彦的脸上没有一丝笑意，眼眸清澈见底，“好，那我换一种说法。三宅同学，你所说的真是你的亲身体验吗？不是脑海中凭空想象出来的吗？请你回答，到底是哪一种？”紧接着，他不温不火地加了一句，“你可是宣过誓的。”

一动不动倾听着的藤野凉子，这时猛地站起了身：“法官！”

“反对无效。证人，请回答！”

是啊，我也想听听你的答复。三宅同学，快回答。真理子在胸中高喊着。快回答。

三宅树理那双睁得大大的眼睛里，眼泪又开始夺眶而出。她的嘴唇激烈地颤抖着。

“需要我再问一遍吗？”神原辩护人的语调始终保持平静，“你的证言，是真实的吗？”

无论在稳稳注视着树理的眼神中，还是在循循善诱般的语气中，都不含一丝诘难的意味，而是另一种情感。

神原和彦简直像在抚慰三宅树理。真理子突然这样想道。

睁大眼睛任由泪水流淌的树理的脸上，闪过一阵痉挛似的抽搐。她的脸愈发扭曲，嘴张得很大。她两手握住手帕，像要抑制呕吐似的按住嘴巴。“唔——唔——”指缝间漏出呻吟般的声响。

“是……真实的。”

真理子看到，听到回答的神原辩护人双肩无力地垂了下来，不是放心，也并非沮丧。

是大失所望。

眼中这悲悯的神色又是怎么回事？是在抚慰三宅树理吗？

不，不是。真理子有些不明所以了。我怎么了？我的脑子肯定出问题了。

可是，神原的那种表情，那种眼神，太诡异了。虽然稍纵即逝，大家都没注意到，可我确实看到了。

对不起。

他在向三宅树理道歉。为什么要道歉？

“交叉询问结束。”

视线从证人脸上移开后，神原辩护人坐了下来。真理子双手按在胸口，数着自己的心跳。镇静，镇静。我这是着了魔。

尾崎老师来到前方，将蜷缩着身子哭泣的树理从证人席上拉起来。树理的脚步踉踉跄跄，像个醉汉似的一步步朝教室后方走去。

突然，她回过头来。仿佛要挣脱出尾崎老师的臂弯，她扭动身躯，回头望了一眼。

证人三宅树理用一记回眸结束她的“表演”，走出了法庭。她说出了真实的话语，然后离去，消失无踪。

“大家休息一会儿，正午继续开庭。”井上法官一声令下，小法庭内的陪审员门获得了一小时左右的休憩时间。

大家都朝休息室走去，山野纪央却对仓田真理子说：“仓田同学，我想到外面走一走，你能陪我吗？”

见山野纪央主动邀请自己，仓田真理子点了点头。她很高兴，因为她也想看看蓝天。

“换个心情吧。”并肩走下阶梯时，真理子说道。

“是啊。去背阴的地方走走。今天也很热。”山野纪央说道。

真理子轻轻点头：“嗯，就是嘛。”

仓田真理子还在小心翼翼地提防着，因为茂木记者说不定还在附近转悠。不过，那又有什么关系呢？如果那个记者跳出来，就由我来保护纪央。

操场上没有人，校舍反射着强烈的阳光，连吹起的沙尘都裹挟着热气。两人默默地靠着建筑物行走，自然而然地绕着操场散起步来。

“刚才真是要谢谢你。”山野纪央说道。此时，她们正好走到隔着操场能眺望教学楼的地方。

真理子脸红了。她知道自己该说什么，但一时间又不知该如何表达。要是换作小凉，肯定不会像自己这么没用。

“我想起了浅井的许多往事，很难过。”纪央小声说着，用手轻抚额头，像在遮挡阳光，也像在掩藏眼泪。

“嗯。”真理子应了一声。

“刚才向坂也说了，作为陪审员，我们现在就开始议论这些事情是不行的。不过，只是跟仓田你说说，应该不要紧吧？”

“嗯。”

自己在这种时候，倒只会说“嗯”了。

山野纪央放下手，对真理子笑了笑：“我原本以为，自己看到三宅树理后会更加生气一点，事实倒不过如此。”

“不过如此？”

“嗯。”纪央的眼角湿润了，“我只觉得实在非常可悲。”

八月中旬的阳光照射在并肩行走的两人身上，投射出浓浓的身影，天空一片蔚蓝。暑假快要结束了——不知为什么，真理子突然想到了这个。

“看到法庭上作证的三宅，我陡然萌生一种感触——啊，小松已经不在了。”

浅井松子已经不在人世了。

“三宅可以畅所欲言，小松却只能沉默。她自己的想法和主张，都不可能说出来了。因为她死了。”说着，山野纪央又举起手盖住了眼睛，“我总是忍不住想着，小松死了，小松已经不在了……虽然这么想也于事无补。”

真理子将手掌贴在纪央的背上，感受到她的颤抖。

“小松死后，就出现了传言，说举报信或许是三宅树理和小松写的。我从那时起就一直认为，小松肯定只是帮忙的那个。小松人好，三宅要她帮忙，她肯定不好意思拒绝。”

“嗯。”真理子轻轻抚摸着纪央的后背。

“所以事到如今，无论三宅说什么，我都不会惊讶。不过，直接从三宅口中听到这一切，和最初听到传言时的感觉还是截然不同的。我们……”山野纪央提高了嗓音，“接下来还要听大出的申诉吧？这也差不多。”说着，纪央将脸转向真理子，“大出他们杀死柏木的说法，最初也仅仅是传言。”

“是啊。”

“当时，我觉得大出他们不至于那么坏，但也不排除这种可能性。总之，那只是传言，没有任何依据。”

“大家都是这么想的。”

“所以，关于大出的事，也必须听他本人的说法。大出还活着，能说出他想说的话。我现在终于开始理解校内审判的意义了，虽然有点太晚了。”山野纪央笑了。真理子也笑了，她对纪央摇了摇头。

不晚，一点都不晚。

“校内审判预定到二十日结束，是吧？大出出庭作证应该就在明天？”

“神原会安排的。他一定会让大出在最佳时机出庭。”说着，真理子又有些犹豫不决了。神原面对三宅树理时，总是会露出愧疚和安慰的眼神。这一点，要不要告诉纪央呢？

“真是个谜。”望着教学楼，山野纪央咕哝道，“神原真是个谜。真理子，你不觉得吗？”没等真理子回答，她就自顾自说了下去，“他为什么要来当辩护人？他到底在打什么主意？我觉得，他不见得是出于单纯的正义感或同情心。事到如今，我怎么觉得心里没着落了呢？”

纪央果然注意到了神原辩护人在交叉询问时的表现。即使用了不同的说法，她心中也明显怀有一个和自己一模一样的谜团。

对此，向坂行夫又如何呢？竹田陪审长呢？小凉她又怎么样呢？

而相比其他人，作为助手的野田离他最近。难道也没有感觉到什么异样吗？不，他应该会更深入一点。

他是不是知道些什么？

“啊！”山野纪央轻轻叫了一声，整个身子微微跳动了一下。

真理子循着她的眼神看去，只见一个人正笔直地横穿操场，朝这边跑来。

刹那间，真理子以为自己看到了浅井松子。她想起上体育课时的情景。松子和真理子一样，又胖又重，跑步很慢，胸部还会一个劲地晃动。看到这幅情景，不要说男生，就连女生也会偷偷笑话她。

“是小松的妈妈！”山野纪央迎着来人走上前去。仓田真理子这才如梦初醒，眼前这个气喘吁吁的人确实不是松子，而是一位体型和松子相仿的中年妇女。

“纪央！”

两人的手握在了一起。浅井松子的母亲抱着山野纪央，不停地喘着粗气。

“我在窗口看到你了。”她说话的声音也和松子非常像，“我知道今天我们不能旁听。”

“对不起。”

“可是，待在家里只会坐立不安。”浅井松子的母亲做了个深呼吸，脸上露出笑容，“所以我还是跑来了。津崎先生看到我后，就叫我跟他一起去里边等着。”

看到浅井松子的母亲在看自己，一旁注视着她们的真理子对她低头鞠了一躬。

“这是仓田真理子同学。”山野纪央介绍道。

“认识，认识。是陪审员，对吧？”

“阿姨，您前两天来旁听过吗？”

“没有。我没有这个勇气，孩子她爸倒一直来。”

“哦，那么……”

是因为知道今天三宅树理会出庭，实在忍不住才来学校的吗？

终于调整好呼吸后，浅井松子的母亲在纪央和真理子面前端正姿势：“我是松子的母亲浅井敏江。为了校内审判，两位辛苦了。”

她双手放在膝盖前，弯下腰毕恭毕敬地鞠了一躬。真理子有生以来第一次收到大人的慰问。

“阿姨……”山野纪央的话音堵在了喉头。

浅井敏江抱住了她的肩膀。“我知道你们都不容易，但还是要加油。倒不是说为了松子，校内审判本身就十分重要。”她抱着纪央，对真理子露出笑容，“仓田同学。”

“嗯。”

“松子说起过你。说你和她一样胖，但皮肤白，长得很可爱，而且性格温和，为人亲切。”

真理子什么话也说不出来。怕光似的眯起眼睛的浅井敏江，在真理子眼里显得有些耀眼。

“津崎先生说过，不能随便和你们闲聊。我只想听听你们的声音。再见了。”说完，浅井敏江就要回教学楼。

山野纪央见状赶紧拦住她：“阿姨，三宅她……”

“我没有和树理见面。纪央，我不是为此而来的。”

“可是……”

不无忌惮地瞟了一眼操场对面的教学楼之后，浅井敏江压低了声音：“树理好像和冈野先生在一起。校长室里很热闹。只要不是树理又不舒服了就好。”

真理子与纪央对视了一眼。浅井敏江轻轻晃了一下纪央的肩膀。

“我和津崎先生一起谈起了许多事。我已经很满意了。”

“阿姨，你会作为证人出庭吗？”

听到纪央的问题，真理子吃了一惊。还是纪央心细，自己根本没想到这一点。

“没要我出庭，可是大出的辩护人，是叫神原吧？他在开庭前到我家来过。那时，我把所有能讲的都告诉他了。藤野同学也来过。”浅井敏江说道，“她也是个好孩子。你们都是好孩子，真的，我为你们感到骄傲。虽然我没有自豪的资格。”

在火热的阳光照耀下，浅井敏江开始冒汗了。不过，在她眼角边闪亮的并非汗水。

“好了，我得走了。打扰你们了，真是对不起。”

浅井敏江一个转身，迈开脚步。她不再奔跑，而是一步步向前走着，走到一半还停了下来，朝纪央和真理子挥了挥手。

真理子产生了错觉。她仿佛看到了浅井松子在朝自己挥手。

或许这并非错觉吧。

真理子和纪央提前十五分钟回到小法庭，发现陪审团难得都聚齐了。井上法官总是待在休息室里，眼前的光景还是第一次遇见。

“我说，仓田，你们都看到了吧？”小山田修挪动圆滚滚的身体走上前来。

“看见什么了？”

“不是‘什么’，是‘谁’……”将棋社主将死板地订正道，“桥田来了。是他老爸陪着来的。因为之前打伤了井口，他一个人不敢来学校。”

胜木惠子将一把椅子拖近身边一脚踩住，不耐烦地说道：“是野田找来的。”

“哦，我想呢，”山野纪央拍了一下手，“从昨天起，野田就不见人影了。”

“什么意思？”

“是为了让桥田出庭作证去做准备了吧？”

胜木惠子皱起了眉头。她的眉毛剃掉了，如果不用眉笔画上两条，就会相当难看。

“那又怎么样？”

比起桥田佑太郎会站上证人席，胜木惠子的态度让真理子更吃惊一些。

“井口不是来作证了吗？所以桥田来当证人也没什么可奇怪的。这个暂且不管，胜木，你心里应该高兴吧？”

听了向坂行夫这番话，胜木惠子吊起眼角。“我干吗要高兴？”

面对气势汹汹的她，向坂行夫结巴起来：“可、可不是吗？桥田的证言一定对大出有利。”

“你们都相信吗？”胜木惠子气呼呼地反击道。

“既然是证言，就该公平地听取。”教子和弥生异口同声道，“都在一起待了三天，你还不能相信我们吗？胜木，你别老是这副样子，叫人不舒服。”

眼看气氛就要紧张起来了。

这时，小山田修突然打了个嗝。“我最喜欢吃便当了。”

“吃完一定会打嗝。”身为高矮组合成员的陪审长补充道。

“不就是午饭吗？”

面对弥生冷冷的攻击，将棋社主将笑了：“有将棋社活动的时候，我会自己带便当来。”

“小山田到学校，第一件事就是吃便当。他吃的是便当早餐。”

“那中午怎么办？”

“去‘山屋’买面包。”

“山屋”是学校附近的一家面包店。

“脑力运动可是相当消耗热量的。”

高个子竹田陪审长在小山田修的肚子上打了一拳。

“啊，打嗝治好了！”

大家都笑了起来。只有胜木惠子和蒲田教子在对视。惠子瞪着教子，教子不甘示弱地回瞪她。

最后，惠子服输了。她的脚从椅子上放下，脸扭到一边。真理子在心里为教子鼓起了掌。

大家都是好孩子，都是出色的陪审员。

“你们都偷看到了吧？”下午的审理一开始，井上法官就说了句忘记自己身份的话。因为他看到，当辩护方提出要传唤桥田佑太郎出庭作证时，没有一个陪审员露出惊讶的表情。

“法官，你这是违规发言吧？”竹田陪审长装模作样地指责道。胜木惠子之外的所有陪审员全都低下头吃吃地偷笑起来。

真理子看到，连辩护人和野田助手都笑了。他们都很轻松嘛。野田似乎有点睡眠不足，眼皮肿起来了。

“证人可以出庭了吗？”

听到辩护人的请求，井上法官马上一本正经地板起脸作出许可。野田健一起身打开了教室的门。

桥田佑太郎出现了。

大家都是初三学生。就算有一段时间没见面，也没到一两年那么久。可是，见到桥田佑太郎的瞬间，真理子仍不禁感叹——

桥田变老了。

与篮球社主力竹田陪审长一样，桥田是个高个子。他也曾经是篮球社的成员之一，即便只是在他和井口充起冲突酿成惨祸前的并不长的一段时间里。

这两个人给人的印象为何又有如此大的差别？竹田陪审长和桥田佑太郎都穿着同样的校服，精神面貌却天差地别。虽说高个子会有点驼背很正常，可桥田驼得简直像个小老头，走起路来步履沉重，脸色也很差，像得了重病似的。

谁都没摊上好事。真理子的脑海里突然冒出这个念头。

井口受了伤，桥田和树理也受了伤。

谁都没摊上一件好事。

“请报一下你的姓名。”

桥田佑太郎嘟嘟囔囔地报出了自己的姓名。他低着头，似乎在逃避，不想看任何人的脸。

“请你说话大声一点。下面进行宣誓。”

真理子看了看藤野凉子。凉子的脸上果然也没有丝毫的惊讶。或许小凉在想：既然这边打出了井口这张牌，对方当然要拿桥田来回敬自己。在这场较量中，率先出牌才是最重要的。

不错，真理子的耳朵里还残留着井口充的话语。

> 大出说过，是在柏木的葬礼后说的。
>
> 他说：“就是我干的。”

井口还说，要干真正的大事时，小俊或许不会带上他们。

神原辩护人站起身来，对法官和陪审员们说：“关于桥田证人，我方没有可供提交的陈述书，因为没有时间准备。在此，我首先表示歉意。”

看来，野田健一会睡眠不足，不是为了写陈述书。昨天一整天，他都在说服桥田佑太郎出庭，并商量如何回答询问。

“桥田同学，请坐。”

桥田佑太郎悄无声息地坐了下来，像一个幽灵似的轻轻地晃动了一下。

“下面，我将向你提出各种问题，请你抬起头，大声回答，让陪审团听清楚。”

在辩护人的催促下，桥田佑太郎抬起头，可眼神依然在逃避。

“桥田，你跟大出俊次和井口充是朋友吗？”

没有回答。

“应该说是伙伴？”

还是没有回答。

辩护人继续问道：“你们是不良团伙，从初一开始就混在一起做了不少坏事，引发各种各样的骚乱。是这样吗？”

证人终于默默地点了点头。

“由于这些情况本校学生都很清楚，我在此就不细问了。而在今年的某一个时期，你与大出和井口拉开了距离，是吧？”

证人又点了点头。

“你能告诉我们这么做的理由吗？”

桥田相当沉默寡言，对此，真理子他们自然很清楚。由于一声不吭的他时常会突然发作，在某些情况下，他会比大出俊次更可怕。

“你这么做是有理由的，不是吗，桥田？”神原辩护人双手撑在桌上，探出身子，“或许说成‘契机’更加妥当吧？”

桥田佑太郎弯腰曲背地坐着，一声不吭，仿佛连呼吸的迹象都消失了。“因为……厌烦了。”

胜木惠子难得端端正正地坐着，既不跷二郎腿，也不斜靠在椅子上。她竖起耳朵，认真倾听着证人的嘀咕声。

“你对什么感到厌烦？”

“就是，这种事情。”

“‘这种事情’是指什么？”

“被警察抓去，之类的。”

“出过这样的事？”

桥田又垂下了头。神原辩护人慢慢仰起身子，视线停留在证人身上。他刚要开口，桥田又咕哝起来。

“在二月份，大概是中旬……抄了个靶子。”

“抄靶子？是‘敲诈’对吧？”

“嗯，一个四中的。”

“由于这桩事件，你们被城东警察署管教了。是你、大出和井口三个人，对吧？”

“是的。”

检方席上的藤野凉子、佐佐木吾郎和萩尾一美都吃了一惊。为什么要吃惊？真理子的脑袋一下子转不过弯来了。

“你们敲诈的对象是城东第四中学当时还在读初一的增井望。你还记得吗？”

“当时不知道他叫什么。”

“只是因为他偶然路过，看他是个小个子，好欺负，是吗？”

“是的。”

“由于此次事件，增井望受重伤住院了，记得吗？”

桥田看着地面，点了点头。

“结果受到了你们熟悉的城东警察署少年课佐佐木礼子警官的训斥。她说这次不是管教就能了事的，是吗？”

证人点了点头。

“佐佐木警官说，这是一件不折不扣的抢劫伤害事件，对吧？”

证人又点了点头。

藤野检察官举起手，站起身来，说道：“法官，辩护方证人主动提起了增井望事件。这一情况表明，增井望的陈述书作为证据采用的条件已经满足。”

“嗯，我也是这么认为的。”

听到井上法官率直的回应，真理子终于明白了凉子吃惊的原因。原来如此。昨天小凉在法庭上就想提出这起抢劫伤害事件，由于神原的极力反对才未如愿。可今天神原方面却主动提及了这起事件。

"辩护人，本法庭将采用增井望的陈述书作为检方证据。对此，你有什么异议吗？"

"没有，接受裁决。"

神原辩护人不动声色，既不看法官也不看检察官，只将注意力集中在证人身上。

"事实上，你们并没有作为抢劫伤害案的犯人遭到逮捕，也没有被定罪。这又是为什么呢？"

"因为大出的老爸……"桥田证人终于将脸转向了陪审团，"跟对方讲和了。"

"你说的对方，是指增井望本人以及他的父母吗？"

"是的。"

"结果调解成立，此事并未作为刑事案件立案。你的生活也没有受影响，是吗？"

"是的。"

"可是，"神原辩护人加强语气，"你的心境发生了变化。你开始厌烦了。"

证人望着辩护人，默默地点了两三次头。

"你对以前与大出、井口一起胡闹的生活感到厌烦。你想说的就是这个吧？"

"是的。"

"事件摆平后，风声还是流传开来。直至今日，本校依然流传着你们三人又干了坏事的传闻。你知道这个情况吗？"

"知道的。"

"知道是谁散播的吗？"

"这件事三中的人都不知情，我想应该是四中的人。"

"是增井那边的？"

“是的。”

“三中和四中相距不远，又都是当地的公立中学，学生间总会有交流，所以不可能瞒很久，是吗？”

“四中的人也知道我们是不良团伙。”

“因为在增井事件前，你们就常常欺负、敲诈四中的学生，对吧？”

“大概就是这样的。”

不知哪里可笑，陪审员原田仁志“噗嗤”一声笑了出来。随即他马上低下了头。桥田证人像在犯困似的，面无表情地看了看他。

“听到传言后，你有什么想法？”

“没什么想法。”

“因为那是事实？”

“是的。”

“可是，你和大出、井口不同，一直坚持来上学。他们在二月份的敲诈事件后就不再来校，后来，由于电视节目《新闻探秘》将举报信炒作得沸沸扬扬，他们为了表示对学校的抗议，就一直拒绝上学。可你为什么要来上学呢？为什么不和他们混在一起了？”

沉默片刻后，桥田佑太郎说：“因为我厌烦了。”

“你不愿意再和他们同流合污了？”

“是的。”

“为什么？”

“我不想再那样了。”

“你所谓的‘那样’指什么？”

“做什么事情都不动脑子。”

“做什么事情都不动脑子。”神原辩护人慢慢重复了一遍，“以前你做事时，是谁在动脑子？”

证人没有回答。

“是大出吗？”神原辩护人问道，“所有事情都是大出出的主意，你和井口只是紧跟着他，被他拖着走。所以，坏的是大出，不是你。至少，你在恶劣的程度上远低于大出，是这么回事吗？”

证人张开嘴，却没有出声。

大家都在等待着他。

“不是大出的错。”桥田佑太郎说，“我们三人都从来不考虑，全凭一时冲动。要说坏，我们都是坏的。”

坐在真理子身边的纪央将憋着的一口气吐了出来。向坂行夫愣住了，眼睛瞪得圆圆的。真理子用余光瞟了一眼，发现胜木惠子的姿势与表情和行夫一模一样。

真是难以置信。

“我讨厌那样。”桥田证人继续说，“我讨厌自己。”

神原辩护人换了一种发怒似的粗暴口吻，问道：“是从什么时候开始的？”

“所以……”

“是由于增井的事件才感到厌烦的？然后突然来了个一百八十度大转变？”

“不是这样的。”

“此前已经有那种感觉了？”

“我自己也不清楚。”

“虽然不清楚是从什么时候开始的，但心中早就隐藏着那种感觉了。而增井事件成了将其推向表面的契机，是这样吗？”

证人沉默不语，抽筋似的点了好几次头。

“你有没有觉得，这是对大出和井口的背叛？你们毕竟是同伙。”辩护人恶狠狠地说。他为什么要发火？神原有点不对劲。他到底是帮哪边的？

“可能想到过。”

“可你还是背叛了。”

“因为我已经厌烦了。”

“所以你来上学，还加入了篮球社。”

竹田陪审长注视着证人，点了点头。桥田却没有看他一眼。

“你一个人改邪归正，把同伙丢一旁，自己做好人，不是吗？”

桥田竟微笑起来：“我可不是什么好人。”

神原辩护人嘴唇抿成一条线，紧盯着证人。

“你的这番态度，导致你在五月和井口大打出手，是吗？”

微笑从证人脸上消失了。他默默点了一下头。

这次换作神原辩护人微笑了：“井口的想法似乎有所不同。他出庭作证说，当时他认为是你写的举报信，所以十分生气。他现在已经不这样想了。”

“那是井口在胡思乱想。”

“你是指，认为你写了举报信的事？”

“是的。”

“他为什么会认为是你写了举报信？”

“我问过他，可还是不明白。井口和我都是笨蛋。”

“你不怀疑是大出对井口说了些什么吗？”

“不知道。”他回答得很快，随即又补充道，“这事儿没跟小俊——大出说过。”

“别撒谎。说过的吧？”

真理子浑身一震。陪审员们全都屏住了呼吸。

证人没有回答。辩护人也没有深究。

“我们把时间往前推。”神原辩护人说，“去年十二月二十四日下午到半夜的这段时间里，你在哪里？”

“家里。”

“在自己的房间里？”

“在我妈开的店里帮忙。”

“那是什么样的店？”

“小酒馆，被我妈称作烧烤店。”

“那天是休息日，还营业吗？”

“因为有老客人在。”

“整天都在店里帮忙？”

“那天是这样的。”

“那天可是圣诞夜，你没有出去过吗？”

“我又没什么事。”

“没想到跟大出、井口一起出去吗？”

证人低下头，做了个深呼吸。在想什么呢？

“因为小俊说过，那天他一定要待在家里。”

检方席上的藤野凉子眯起了眼睛。

“老爸跟他说过，有重要客人要来，要他待在家里。”

“这些都是听大出说的？”

“是的。”

“什么时候听说的？”

证人扭动脖子，歪着脑袋回忆了一下。他坐到证人席上后，这是他做过的最自然的动作。

“听他说过好多遍，所以……”

“他说，圣诞夜不能出去？”

“是的。”

“能想起来最早是什么时候说的吗？事件发生一个月之前？”

桥田佑太郎摇了摇头。

“两个月前？”

“不知道。”

“半个月之前？”

证人还是摇头。

“听他说过好多次，多得记不清是什么时候听到的，是吗？”

“小俊绝对服从他老爸的命令。”

“他父亲是大出胜，对吧？你见过他吗？”

“正式见面，还是在二月份出事的时候。”

“大出胜出面跟增井家交涉，要摆平增井望事件的时候？”

“是的。”

“在那以前，大出没有向你们介绍过自己的父亲？”

“没有向我介绍过。不过，我以为我妈和井口的老爸都跟他有来往，毕竟他是地区工会里的大人物。”

“本地公司和商店组织的工会？”

“是的。听说井口家的店里钱不够的时候，小俊的老爸还帮他去银行借钱。”

藤野检察官举起了手：“反对，这是传闻。”

“是的，这是传闻。”神原辩护人笑嘻嘻地说，“对不起，我想诸位陪审员都很清楚，请允许我继续询问下去。”

原来小凉也会露出如此懊恼的表情。

“前年的圣诞夜又是怎样的？当时你在做什么？”

“跟小俊和井口一起去了小俊朋友搞的饭局。”

“是大人们的饭局？”

“都是些高中生。”

“是圣诞晚会吗？”

“在那里喝醉了酒，小俊还挨了他老爸的揍。”

藤野检察官又举起了手。神原辩护人抢在她开口之前，继续问道：“这是你后来听说的，还是你当时也在现场？”

“我也在，还跟着一起倒了霉。”

“因为你也喝醉了？”

“是的。”

“还记得当时大出胜说了些什么吗？”

“他骂小俊说，不要跟我们这种笨蛋混在一起。”

以竹田陪审长为首的男生陪审员全都笑了，行夫也在其中。

“就是说，在前年的圣诞夜，大出被他父亲痛骂了。而去年的圣诞夜，因为有重要客人来，他父亲又命令他待在家里，是吗？”

“是的。”

“你认为在这种情况下，大出有可能违背他父亲的命令吗？”

“小俊搞不过他老爸。”

真理子觉得这一表达恰如其分。

“也就是说，大出会听他父亲的话。”

“绝对会听。”

“绝对”这个词铿锵有力，仿佛带着回音。

“那天晚上，小俊没有出去。”

盯着证人看了一会儿，神原辩护人双手抱胸，思考片刻，说道：“昨天，井口作为证人出庭了。”

桥田佑太郎的表情毫无变化。

“他对自己去年圣诞夜的行为作了证。他说，他没有外出，待在了家里，没和大出碰过头。对举报信上写着你们三个人姓名的情况，井口只说他自己当时不在现场，至于大出和桥田就不清楚了。”

“小俊没有出去。”语调依然平淡，只是音量加大了，“因为他老爸吩咐过他。”

“你也没有出去，一直在家。”

“是的。”

“有人可以证明这一点吗？”

“法官，我可以说几句话吗？”

藤野检察官从座位上站起了身。

“我觉得这样的询问多此一举。举报人已经承认，在现场真正看清楚的只有被告大出俊次一个人，举报信上之所以会有井口和桥田的姓名，是因为他们总是和大出混在一起，完全是一种推测。举报人早就承认了这一点。所以……”藤野凉子不耐烦地哼了一声，“当天晚上证人在哪里做了什么，跟本案毫无关系。重要的只是桥田证人与井口证人一样，在去年的圣诞夜没有和被告见过面，不知道被告身在何方，在做些什么。”

谁知证人看着藤野检察官，说道：“小俊不跟我们在一起，是干不了坏事的。”

他粗暴的语气令藤野凉子打了个冷战。

“我们不在一起，是干不了坏事的。小俊也一样，他很清楚。”

“可是，井口不是这样说的。昨天……”

“检察官，”神原辩护人不动声色地插话道，“现在是我方的主询问。”

“藤野，你坐下。”

在法官的严命之下，藤野检察官只得撅着嘴坐了下来。

神原辩护人继续问道：“大出离开你和井口，一个人也干不了坏事，你是这么认为的？”

桥田佑太郎点了点头，又摇了摇头，说道：“不是我主观认为。我很清楚，事实就是如此。”

“你很清楚？”

“是的。”

“会不会是你单方面的想象？前年的圣诞夜，大出和你们都去了他朋友的饭局，他的那些朋友，你和井口都认识吗？”

“不认识。”

“既然如此，不就说明大出除了你们，在校外也是有朋友的吗？可以一起喝酒，一起干坏事的朋友。”

“可是，那个饭局，小俊一个人也去不了。”

“不跟你们在一起就不行？”

“是的。”

“一直都是这样的？在敲诈、欺凌、抢劫伤害他人的时候，也都是这样的？”

证人垂下头，双手放在膝盖上，撑开双臂，回答道：“是的。”

“井口的说法可不是这样的。”

“井口是故意那样说的。”

“他是在意气用事？”

“是的，他在报复小俊。”

神原辩护人松开抱在胸前的双臂，轻轻地摊开双手：“井口为什么要报复大出？把他打成重伤的不是你吗？”

证人没有回答，撑开的双臂开始微微颤动，像在不自觉地哆嗦。

“因为小俊他老爸……”桥田佑太郎的声音很小，陪审员们不探出身来就会听不清，“被警察抓走了，井口就不怕小俊了。所以……”他的声音哽住了，“他要把以前憋在心里的都发泄出来，报复小俊。”

“对大出的所作所为，你和井口以前憋着委屈吗？”

没有回答。

“大出是你和井口的大哥，以前你们即使心里觉得委屈，也都不敢违背他。大出很凶，更何况他背后还有个更凶悍的老爸，你们只有忍气吞声的份儿。是这么回事吗？”

证人的脑袋上下动了动。

“我们和小俊都一样，除了我们相互之间，就没有朋友了。”

“所以你们三个人总是混在一起。当你厌烦这种关系，想抽身出来时，大出和井口就会动怒，甚至会想到你就是举报人。他们来指责你，导致肢体冲突，使井口身负重伤。事情发展到这个地步，使你……”说到这里，神原辩护人停顿片刻，放缓语调，“感到深深的愧疚，是这样吗？”

桥田佑太郎抬起头来，点了点头。

“我问一个假设的问题。”神原辩护人继续说，“仅仅是假设。如果大出一时冲动，闯了大祸，或者卷入大麻烦，他会不会一个人闷在心里不告诉你们呢？”

证人摇了摇头，表示否定。

“他不会向你们隐瞒吗？”

“不会，他绝对会对我们说。”

“为什么？”

“因为小俊一个人是不行的。”

“一定要你们配合？要你们帮他擦屁股吗？”

证人突然对神原辩护人生起气来：“不是这么回事，他不会叫我们做这种事。他只是不会向我们隐瞒。”

“即使有人不准他说出来？譬如他父亲。”

“即便如此，小俊也会对我们讲。”

“就算被可怕的老爸封了口，大出还是会不听话吗？”

“这不是听话不听话的问题。”

嗯，这是两回事。真理子也懂。她也知道，神原辩护人不会不懂，只是故意那么问罢了。

“因为我们是伙伴。”

真理子原本相当厌恶这个三人帮。可这一瞬间，她却从桥田嘴里说出的“伙伴”上感受到一丝暖意。她知道这一点非常重要。她明白，这是可怕又可恶，总是为非作歹的三人之间难以割裂的纽带。

因为他们除了彼此，没有别的朋友。

“就算小俊要隐瞒，我也会知道的。”桥田证人斩钉截铁地说着，身体颤抖了一下，“小俊没有杀死柏木。要是他这么做了，我一定会知道。绝对知道。”

“既然是假设的问题，证人的意见听得再多又有什么意义呢？”藤野检察官尖锐的指责像标枪一样飞了过来。

“不，有意义。”神原辩护人飞快地反驳道。

在这个小法庭上，检察官和辩护人的视线第一次碰撞在了一起。

“这个假设，和你们检方设想的内容完全一致。证人只是对此陈述自己的意见罢了。”

藤野检察官眨了几下眼睛，将脸扭到一边。

神原辩护人依然注视了藤野检察官好一会儿，用抑扬顿挫的语调说：“再问一个假设的问题……”

还要假设什么？藤野凉子的表情仿佛在说：你到底想干什么？

“是关于增井事件的，请你整理一下思路。关于你们今年二月犯下的抢劫伤害事件。”明明是昨天极力否定的说法，今天却故意说得这么凶狠，“当时，你是怎么想的？”

“什么‘怎么想的’？”

“是不是觉得幸好没被警察抓起来？”

“这是当然。”

“除此之外，还有什么想法？”

沉默许久后，桥田佑太郎开口了。

“很害怕。”他说，“心想，那家伙会不会真的死掉。”

“你是想到，会不会杀死了增井，对吗？“

“是的。”

“所以你觉得害怕。”

“是啊。”

“因此，以那起事件为契机，你作出了决断，对吗？”

“对。”

“好的。下面我要提出一个假设的问题，请你好好考虑再回答。

如果没有增井的事件，你现在会是什么样呢？”

证人又开始哆嗦起来。

“如果没有那个契机，你还会和大出、井口混在一起吗？即使时常感到厌烦，也不会有任何改变。会是这样吗？”

“这个……不知道。”

“好吧，我们换一种假设。”神原辩护人的嘴角露出一丝微笑后，又立刻严肃起来，“如果你和大出他们一起，在增井望事件之前就干出与此相仿的暴力事件，你会怎么样？”

真理子身边的山野纪央轻轻地“哇”了一声，紧紧握住了真理子的手。

藤野检察官瞪大眼睛，半张着嘴。

“请你好好考虑一下。”神原辩护人注视着桥田证人，一鼓作气地发出了连续攻击，“如果在增井望事件之前，你们已经闯下会担心受害者送命的大祸，你会怎样？我再说得直接一点。如果你们在二月份之前犯下凶杀案，你会怎样？如果你知道大出杀了人并隐瞒着，你会怎样？你还能保持自己原有的生活状态，和大出、井口保持原来的关系吗？你能够不作任何反省，不恐惧不后悔，也不与另外两人产生隔阂，继续亲密无间地相处下去，然后再去袭击增井望吗？”

“我反对！”检察官高喊着站起身来。

同时，辩护人以同样大的嗓音喊道：“我收回刚才的提问！”

陪审团开始小声喧闹起来。竹田陪审长缩着脖子笑了出来。有个男生低声说了句“真乱来”，兴奋的语气传达出与字面意思相反的夸赞之意。是原田说的吧？

桥田佑太郎在证人席上摇着头，对藤野凉子脸上的怒容感到十分惊讶。

“才不会呢。”证人小声答道。这句话是冲着检察官说的，言下之意是：藤野，你干吗要这么激动？

"陪审员们，请将刚才辩护人的提问和证人的回答都忘掉。这是诱供。"井上法官干净利落地说完，为了镇住怒不可遏的藤野检察官，抓起木槌重重地敲了一下，"藤野，你坐下。要我说多少遍！"话音中带着明显的威吓。藤野检察官坐了下来。

"厉害厉害！"山野纪央在真理子耳畔低声说道，"神原想干的就是这个。"

"哎？"

"藤野率先提起增井望事件，是为了让我们认为大出他们确实有着严重的暴力倾向。如果桥田不出现，那事情到此为止。可如今情况就大不相同了。"

真理子知道纪央很兴奋，却听不懂她话中的涵义。

"就是这么回事，真理子。如果杀害柏木在前，那么桥田早就跟大出他们断绝来往……"

"陪审员！"井上法官瞪起眼睛，吓得两人都缩紧了脖子，"不准擅自议论！"

山野纪央没有松开握住真理子的手。真理子的另一边，向坂行夫笑容满面，一副心悦诚服的模样。只有自己还蒙在鼓里。

"检察官会生气可以理解。我做得有点过头了。"神原辩护人笑着低头道歉，"下面不说假设了，让我们回归事实。"

辩护人重新转向桥田证人，调整自己的呼吸。陪审员们自然而然地随着他一同调整呼吸。

法庭重回短暂的平静。

"桥田佑太郎。"

"嗯。"证人点点头。

"去年圣诞夜，你在自己家中，对吗？"

"嗯。"

"不在本校教学楼楼顶？"

“嗯。”

“好。”神原辩护人点了点头，“你们不在楼顶上。”

辩护人的语调表明，对桥田证人的证言，他不仅表示确认，同时显示出坚定的信任。真理子心底微微一颤。

“你和大出都没有杀死柏木，这就是你想陈述的事实，也是你想让陪审员们听到的真相，对吗？”

证人看向陪审团，陪审员们也看着证人。

“是的。”证人回答道。

停顿一拍后，神原辩护人对井上法官说：“证人去年圣诞夜的不在场证明，有当天在他母亲店里的常客长濑先生的陈述书为证。”

“本法庭将作为证据加以采用。”井上法官看向藤野检察官，“不需要当面询问证人吗？”

藤野检察官没有回答。她正愣愣地看着神原辩护人，仿佛整个人都冻僵了。她身边的佐佐木吾郎见状，悄悄碰了一下她的胳膊肘。

“藤野。”

听到井上法官的喊声，藤野凉子这才回过神来：“啊？不、不需要。”

“不需要什么？”

“就是那个，针对长濑证人的询问。我们不会因此改变自己的见解和主张。”

神原辩护人对证人笑了笑：“这下就省事了。不过，长濑先生说过，他会一直等到你出庭作证结束为止。”

听完这句话，真理子脑海里灵光一闪。她突然明白了，今天和桥田佑太郎一起来学校的，就是这位叫长濑的客人。小山田修一厢情愿地说那是“他老爸”，肯定是搞错了。

“长濑先生出于关心，今天陪着证人一起来了。他承诺，如果有必要，他愿意出庭作证。”神原辩护人对陪审员们说完，随后问证人道，“证人家是母子单亲家庭，是吗？”

“嗯。”

“你没有父亲。不过，也有常来店里喝酒的老客人关心你。真令人欣慰。”

证人没有回答。他依然低着头，看不到他脸上的表情。

看到他和上年纪的男人在一起，同学往往会以为那人是他父亲。身处幸福家庭之中，完全不谙世故的人，绝不会考虑到别的情况。真理子望向小山田修的侧脸，见他似乎陷入了沉思。

“询问还将继续，请坚持一下。”激励过证人后，神原辩护人翻开手头的文件。助手野田健一小声说了些什么，神原辩护人弯下身子倾听，一次次地点着头。

野田好像也很兴奋。

注意到真理子视线的野田健一将握成拳头的手藏到了桌子底下。

检方席上的藤野凉子将一份文件掉在了地上。她嘴里说着“啊呀，对不起，对不起”，和佐佐木吾郎、萩尾一美一起，手忙脚乱地弯腰捡拾散落一地的纸张。真理子注意到，小凉的额头在冒汗。

小凉这是怎么了？

神原辩护人抬起头，端正身姿。野田健一也挺直腰背，握好铅笔，摆开一副随时可以记录的架势，模样有点滑稽。

“桥田，下面的询问需要你回忆更久以前的事。”神原辩护人说着看向井上法官，“下面，我将就十一月十四日发生在理科准备室的冲突询问证人。在此之前，我想先确认井口充的证言。法官，我可以朗读井口证人的供述吗？”

井上法官按住眼镜，点了点头。

“谢谢，那我开始朗读了。”

这是真理子他们昨天听过的证言。可是，真理子看到纪央一动不动地摆出一副认真听讲的架势，自己也放松不下来。

神原辩护人开始阅读井口充的证言。尽管他今天一直在讲话，嗓子倒一点不嘶哑，读得十分流畅。

“请问证人，你的记忆与井口的证言是否有出入？”

桥田佑太郎摇了摇头：“没有。”

“你们三人与柏木展开言语交锋，柏木说的话，以及后来发展成肢体冲突的经过，这些内容和你的经历一致吗？”

“基本差不多。”

“井口的证言……”说到这里，神原辩护人将目光落到陈述书上，“提到你表情严肃，当时只有你似乎有点怕柏木。”

证人垂下双肩，点了点头。

“这是井口描述的你当时给他留下的印象。这样的解释没问题吗？”

“嗯。”

神原辩护人皱起眉头：“就是说，在理科准备室与柏木言语交锋后，你就觉得柏木有点可怕了？”

“说可怕，有点夸张了。”

“那该怎么说？”

“觉得别扭罢了。”

“为什么？”

“他说了‘杀人’之类的话。”

“只是嘴上说说。或许是要在你们面前逞强？”

桥田佑太郎摇了摇头：“柏木的眼神很诡异。”

“如何诡异？”

“他的眼神有些凝滞。他是当真的。”

“你觉得，柏木真的想知道杀人的感觉，对吗？”

“嗯。”

“关于此事，你后来对大出、井口说起过吗？”

“没有，因为被楠山老师训了一顿。”

“就不想再说这些了？”

证人点了点头：“再说，小俊也不会在意。”

“井口在作证时说，他和大出都觉得柏木让他们来气。”

“只是在当时罢了，过后马上就忘了。”桥田佑太郎说道。大家都静悄悄地听着，唯独胜木惠子轻声笑了出来。

“这就是说，在此之后，你们就没有再谈起过柏木的事？”

“嗯。”

“你也没把他放在心上吗？”

真理子原本以为桥田会立即给出肯定的回答，可事实却令她大吃一惊。

“我觉得有点不对劲。”

“觉得不对劲。你仍然很在意他？”

“是的。”

“你对柏木在理科准备室说的话，还有他的态度和所作所为都很在意？”

“是的。”证人咳嗽起来。从刚才起，他的嗓子就变得很干。

“要喝水吗？”

“不，不需要。”重重地咳嗽一声后，证人继续说道，“柏木不来上学后，我就越发觉得不对劲了。”

“你能说得具体一点吗？到底哪里不对劲了呢？”

“就是那个……”桥田的表情表明，他在回忆早就准备好的答复，“我心想，柏木会不会真的去杀人。”

你们杀过人吗？

“因为他说过这样的话，对吗？你很不安，很担心。因为他说话时的眼神十分认真。”

“嗯，是的。”

“请允许我再啰唆一句，你对大出和井口谈过你的担心吗？”

“没有。”

“因为他们两人一点没有把柏木放在心上，对吗？”

“没错。”

“那么，你只是在一个人暗自担心？“

“是的，不过……”证人的目光有些游移不定。

“不过？”

桥田佑太郎看着神原辩护人的脸，似乎在询问：可以说吗？

神原辩护人用眼神示意他说出来。

证人做了个深呼吸。藤野检察官也不由自主地探出了身子。

“我一直觉得不对劲，一直放心不下。”

“你有没有采取过行动？”

“我去问了他本人。”证人说，“我向柏木求证了此事。”

真理子看到野田健一在桌子底下挥了挥拳头，似乎在内心高呼：干得好！

如果有旁听者在场，估计已经闹成一片了。在座的陪审员们听了桥田佑太郎的这句话，却全都屏住了呼吸。法庭鸦雀无声。

藤野凉子的脸上毫无表情，一声不吭地坐在两个满脸吃惊的事务官身旁。

“那是什么时候的事？”神原辩护人问道。

“十二月初，第一个星期六或星期天。”

“你是在什么地方和柏木见面的？”

“我不是故意要和他见面的。”桥田佑太郎挠了挠头，用辩解的口吻说道。他的手臂特别长，手也很大。桥田佑太郎可是个能和竹田陪审长比肩的高个子，而真理子似乎早把这一点忘了。

“那天夜里，我们家店里的冰用完了，我妈叫我到便利店去买。我就是在那里遇见柏木的。”

“哪里的便利店？大概几点？”

“与我家相隔两三家门面的那家。当时快十二点了，我还吓了一跳呢。”

“柏木当时在干什么？”

“站在角落里看杂志。”

“他立刻注意到你了？”

证人点了点头。

“他看到你后，脸上是什么表情？”

“他傻笑了一下。”

“傻笑了一下？”

“是的。”

“表示亲切的笑？”

“不是。大概是看到我吓了一跳，觉得很好玩。”

“你当时吓了一跳，是因为突然遇见了让你耿耿于怀的柏木？”

“嗯。”桥田证人撇了撇嘴角，“我觉得有点来气。”

“你吓了一跳，让柏木看笑话了，所以觉得来气？”

“是的。”

“那后来又怎样了？”

“我一开始不想理他，可我买完冰块正要出门时，他又朝我看了一眼。”

“脸上还在傻笑？”

“我走过去向他搭话了。”

“你说了些什么？”

“我说，‘你干吗呢？’”

“柏木是怎么回答的？”

桥田佑太郎停顿片刻：“他说，‘你是来跑腿的吗？’”

神原辩护人微微偏了一下脑袋：“意思是‘你是来便利店买东西的吗’，对吧？”

“我想是的。”

“很随和嘛。”

“可我很来气，觉得被他要了，所以我……”他放低声音，“对他说，半夜三更泡在便利店里，会被警察带走的。”

“柏木的反应如何？”

“他又傻笑了一下。”

“没有躲躲藏藏吗？”

“一点没有。”

“还记得柏木当时的服装吗？”

“运动衫。”

“他日常穿的衣服？”

“是的。”

“柏木的父母说过，自从柏木拒绝上学后，生活规律就乱了。日夜颠倒，通宵不眠是常有的事，有时还半夜出门。”神原辩护人对法官和陪审团作出说明后，继续询问证人道，“之后，你们又说了些什么？”

“由于我一直很在意，就问他为什么不来上学。”

真是个直截了当的问题。

“柏木回答了吗？”

“他说，‘你不用担心，反正和你无关。’”

“他看穿你的心思了，对吧？”

证人没有回答，将嘴唇抿成了一条线。过了一会儿，他说道：“我对他说，‘你想学坏也学不来，还是算了吧。’”

“你的意思是，装坏学生逃课并不适合他，对吧？后来呢？”

“他说，他不是在逃课，只是拒绝上学罢了。”

“当时，周围还有什么人吗？”

“只有店长站在收银台那边。”

“就是说，只有你和柏木两个人站在便利店摆放杂志的角落里谈话，是吗？”

“是的。”

“说话声音大吗？”

证人摇摇头，抬眼看着神原辩护人：“那家店的店长认识我。”

“你为了帮店里买东西经常去那儿，所以店长认识你了，是吧？”

“嗯，我们也算街坊，所以我再晚过去也没事，可柏木就不同了。他个子小，看起来像个小学生。”

“你觉得他在店里磨磨蹭蹭的，会被人批评，对吗？”

“嗯。所以我拉着柏木一起走出了便利店。”

真理子有点感动。原来桥田还有这样一面。

“柏木老老实实地跟你走了？”

“嗯。”

“他没有反抗？”

“没有。他说，以前夜里也来过，没什么。他还笑着说，便利店不就是这样的吗？”

“后来呢？”

“来到我们家的店跟前，我们又说了一会儿话。”

“说了些什么？”

桥田佑太郎突出的喉结上下滑动了一下：“我不太会讲话。”

“没问题啊。到目前为止，你的证言都很明晰。”

见到证人用不太相信的眼神朝陪审团看过来，真理子便对他点了点头。即使没有和证人对上眼，但真理子相信，对方肯定看到了自己的动作。

“我真的觉得柏木比较危险。”

“你有预感，他会做出杀人或伤人的行为，是吧？”

“嗯。所以我对他说，‘你有点危险。’”

“你就这么直截了当地对他本人说了？”

证人点了点头。

“柏木有什么反应？还是在傻笑吗？”

“他很吃惊。”

“吃惊？”

“嗯。他说，‘你知道我说的是真的，对吗？’”

“他在理科准备室说的话，不是说着玩的，是当真的，对吗？”

“是的。”

“从他的神态上，能看得出来？”

“那时，他没有傻笑。”

神原辩护人点点头，什么都没说，只是用眼神催促证人继续说下去。桥田佑太郎的额头开始冒汗。

“我觉得他真的想杀人。我对他说，‘你还是算了吧。这种事你做不来，连我们也不会去做。’”

“柏木又是怎么回应的？”

“他说，他知道自己做不到，想借我们的手。于是，我……”桥田佑太郎越说越快，嘴边堆起了唾沫，他用手背使劲擦了擦，“我问他，你到底要杀谁？是老师，还是父母？”

银边眼镜后方，井上法官的眼睛眯成了一条线。而藤野检察官的眼睛瞪得大大的，眨都不眨一下。

“我问他到底看谁不顺眼，他说不是这么回事，只是希望自己身边有人死去。”

神原辩护人露出困惑的眼神："什么意思？"

"柏木说，如果自己身边有人死去，就能知道死亡是怎么回事了，否则他怎么也弄不明白。"擦了擦额头上的汗，证人全身颤动了一下，"我真觉得这家伙脑袋有病。否则谁会像谈论考试似的一本正经地说，希望有熟悉的人死去？"

"所以你感到恐怖。而当时，柏木有没有看出你的恐惧？"

证人毫不犹豫地点了点头："他叫我不用担心，他不会再拖累我们。"

竹田陪审长重重地叹息一声，说道："桥田，你为什么不早说？你要是早点跟我说，不就没事了吗？"

这番话，他好像憋了很久。井上法官立刻严厉制止了他。

"陪审长，请保持安静。"

竹田陪审长用抗议的眼神瞪着井上法官，垂下双肩。坐在证人席上的桥田佑太郎像是借机隐藏自己似的，缩了缩身子。

即使相处时间不长，竹田陪审长和桥田佑太郎也曾同属一个课外社团。真理子从篮球社主力竹田的侧脸上看到了些许沉痛，心中不禁隐隐作痛起来了。

"后来呢？你们又说了些什么？"

证人蜷缩着身子，回答道："没有了，就这些。我说了句'你有病'，就到店里去了。"

"柏木一个人留在了那儿？"

"是的。"

"其实，你是逃走的，对吧？"

"嗯，没错。"

"你当时十分害怕，怕到要逃走？"

"我觉得柏木太不正常了。"

"这件事，你对谁说过吗？"

“没有，一直到对你们说起为止，没跟别人说过。”

“就连你母亲也没有吗？和柏木的班主任森内老师、大出和井口他们都没说过？”

证人点了点头。

“为什么不说？”

没有回答。

“是怕别人不相信？”

“倒也不全是。因为连我自己也觉得难以置信。”

“你觉得柏木的想法和话语全都难以置信，是吗？”

“是的。”

“你觉得还是不闻不问，别和他纠缠的好，是吗？”

“嗯。反正我什么也做不了。”

“从那以后，你和柏木见过面吗？”

“没见过。”

“他给你打过电话吗？”

“怎么会呢？”

“你有没有主动跟他联系过？”

证人沉默片刻，摇了摇头。

“谢谢！法官，我们去那家便利店调查过，遗憾的是，他们的防盗监控摄像头的录像带是循环使用的，去年十二月初的录像已经不存在了。不过，即使无法确定具体的日期和时间，店长还是记得去年年底，桥田深夜来买冰时和一个小个子同学在店里见过面。这一点我们已经作成陈述书，现在将其作为辩护方证据提交法庭。”

“本法庭予以受理。”井上法官立刻作出决断。

他没想到要征询检方的意见，可不知为何，藤野检察官并没有提出任何异议。

“需要作交叉询问吗？”

听到井上法官的问题，藤野凉子脸上的表情发生了变化。桥田坐在证人席上缩成一团，一副相当胆怯的模样。

藤野检察官缓缓站起身，双手撑在桌面，将脸转向证人："桥田。"

证人咬着嘴唇，一声不吭地低着头。

"你口才见长啊。"藤野检察官略显僵硬地微笑着，"简直像换了个人。短时间练成这样不容易，一定很辛苦吧？"

证人偷瞄了神原辩护人一眼，脸上的表情仿佛在问：藤野到底在说什么呀？

神原辩护人牵动嘴角，露出一丝微笑作为回应。

"我在问你，为了完成出庭作证的任务，你有没有以神原辩护人和野田助手为对手作过练习？"

藤野检察官脸上的笑容舒展开来。证人没有回答。

"我的交叉询问仅此而已。桥田，感谢你参与此次校内审判。"

藤野凉子低头鞠了一躬，坐了下来。桥田佑太郎依旧愣在证人席上一动不动。

"我……"证人低着头，咳嗽了一声。神原辩护人稍稍睁大眼睛，野田健一有些惊慌。

井上法官探出身子："证人，你有什么话要说吗？"

桥田佑太郎点了点头。

"明白，本法官准许你发言。"

面对法官正式严肃的措辞，证人一时有点摸不着头脑。

"你想说什么就说出来。"神原辩护人亲切地作了说明。

大家都如此郑重其事，桥田就更说不出话来了。真理子很理解扭扭捏捏的桥田内心的想法。

"我只是觉得……"他的目光游移不定，"自己想到的事……"

闷葫芦桥田佑太郎很少这样自发地表达意见。

“一定要好好讲出来。”

他站起身，低着头朝教室后方走去。真理子看到，竹田陪审长正对着桥田的后背无声地呼喊：你这个笨蛋！

是啊，真是个笨蛋。

“我想就之后的证人询问方式提请讨论。”桥田佑太郎离开法庭后，神原辩护人说道，“按照今天早晨提交的证人清单，我方还需传唤一名证人，之后便是针对被告本人的询问。”

藤野检察官插话道：“这份清单上的‘今野努’是什么人？怎么只写了一个名字？”

“对不起，目前阶段只能公开姓名。这个人到底来不来，不到那时候还不知道呢。”

“这是怎么回事？”藤野检察官的不愉快显而易见。在真理子看来，小凉似乎还有些胆怯。

“这是对方的要求。现在只能说声‘对不起’。说到这位证人，法官，”神原辩护人将藤野检察官的严厉指责搁在一边，面对井上法官说道，“无论如何也抽不出空来。另外，他希望在有旁听者到场的公开法庭亲自询问被告，因此今天无法实现，请放在明天之后进行。”

陪审员们全都露出了惊讶的表情，胜木惠子更高叫起来：“简直放屁！你们想让俊次出洋相吗？”

“陪审员，请保持安静。”

“难道不是吗？”

“安静！否则就赶你出去。不，否则要罢免你的陪审员资格，胜木。”

“就是要将你开除出陪审团。何必说得这么凶……”原田仁志解释道。果不其然，胜木惠子开始发飙了。

“怎么着？要开除我的陪审员资格吗？有本事你试试看！”

“胜木同学！”这次是纪央、教子和弥生的女声三重唱。只有真理子没有加入。

“你要搞清楚自己的立场。”蒲田教子拿出女陪审员领导者的风范，“别使性子。我们是一个团队，你要是被开除，我们也只能解散。这对大出不利，明白吗？”

胜木惠子吊起眼角，还露出一丝胆怯。

“明白了吗？”教子提高嗓门。

“明白……”

“她说她明白了。法官，对不起。”

竹田陪审长出来收场，除了藤野凉子和必须保持威严的井上法官，大家全笑了。

“那好吧，呃……刚才说什么来着？”连神原辩护人都乱了阵脚，“检方的证人清单上，今天也只有三宅树理一人吧？所以……”

藤野检察官又插话道：“我们接受法官刚才的裁决，想传唤四中的增井望到庭作证。”

“这是个合情合理的要求，可是传唤了，他能马上来吗？”

“这个……”

“既然如此，还不如放在明天，今天就此休庭不就好了？我想各位陪审员也需要时间仔细研究今天的证言和陈述书。”

教室里挂钟的指针指向了两点半。与前两天相比，现在时间还早，可今天重要的证言比较多，真理子的脑子开始转不过来了。校内审判已经到了第三天，紧张和疲劳都积累到了一定程度，难免有些力不从心。

“也是，要不就此告一段落？”

连井上法官也一下子放松了。这时，教室前方响起敲门声，山崎晋吾的脸探了进来。

“打扰了。”说着，他死板地鞠了个九十度的躬，“津崎先生问，在休庭或今天的审理结束后，大家能否给他一点时间，说代理校长冈野到时候也一起来。”

大伙儿议论开来了。井上法官将脱了一半的黑袍重新穿好，他的法官职责也重新回到了身上。

“有什么事吗？”他反问道。

“具体情况我不清楚。法官如果许可，我就马上去校长室通知他们。”

“明白，我同意。”

又鞠了一躬后，山崎晋吾跑开了。

“听说山崎他，”原田仁志说，“和楠山老师比武，还打赢了，是真的吗？”

“真的。他可是我们的无敌法警。”蒲田教子如此答复道。

在大家聊开之前，代理校长冈野就像一阵风似的来到小法庭。他是个高个子，就他的年龄而言还算时髦。他身后紧跟着的是圆头圆脑的豆狸——前任校长津崎。虽说津崎先生不再担任校长，但他在学生心中的地位依然没有改变。到现在，真理子仍不敢正视这位因顾虑冈野而畏畏缩缩的豆狸先生。

“你们的课外活动很顺利嘛。”代理校长冈野开口了。

他那对高耸的肩膀似乎在说：事到如今，我依然不赞成你们。

“作为老师，我们也并不想打扰你们。可现在有一个问题。津崎先生，你请讲。”他的态度露骨地表明，所谓的“问题”与他无关，是津崎先生带来的。

“各位，打扰了。”津崎突然低下圆圆的脑袋，向大家鞠了一躬，“不过，我认为此事对大家，对校内审判都十分重要，同时，也得到了冈野老师的认可。”

“只是短时间的。”冈野在一旁插话道，“十分钟之内。”

“对，十分钟之内。”豆狸重复了一遍，“刚才我在等你们休庭。今天结束得早，真是太好了，如果一直搞到傍晚，我就只好放弃说服那边的念头了。”

那边？那是哪边？这次搞不清状况的不止仓田真理子一个了，连井上法官和神原辩护人都愣住了。

“这是怎么回事，津崎先生？”

比起一边擦汗一边语无伦次的津崎先生，井上法官要威严得多。

“关于森内老师的事件。”

陪审员们七嘴八舌地议论开了。藤野检察官和神原辩护人拉开架势，准备倾听下文。

“有进展了吗？”井上法官问道。

“嗯，是的，事情是这样的。”

豆狸先生从开领衬衫的口袋中掏出手帕，开始擦脸。见此情景，真理子悬着的心放了下来。

“那个打伤森内老师后逃走的女子，现在来到了本校。”

大家脸上的表情除了震惊，分明还带有几分惊恐。

“就在学校里？在哪儿？”率先尖叫着站起身来的是萩尾一美，“打伤森内老师还不够，还想来袭击我们吗？”

“傻瓜。”佐佐木吾郎说着拉住了她的胳膊，让她重新坐下，“你真是傻到家了。”

“怎么了？她可是个杀人犯！”

“不是杀人犯。森内老师不是还活着吗？正在恢复健康。”

因鲜有的震惊而站起一半身子的神原辩护人，半张着嘴又重新坐了下来，并对野田健一笑了笑。健一毫无反应，眼睛睁得浑圆，像是晕厥了一般。

“野田，打起精神来。”

被神原辩护人摇晃了几下，野田健一终于回过神来。

“就是住在森内老师家隔壁的垣内美奈绘。过一会儿，她就要去警察署了。”

“哎，去自首吗？”

教子和弥生叽叽喳喳地交谈着。

“不是自首，这种情况下，应该叫‘投案’。”井上法官也加入话题，认真纠正道。

“垣内女士承认了自己的所作所为，准备向警方投案。”津崎先生说道，“考虑到被拘留后就无法再与大家见面交谈，她说什么也要在投案前来向举办校内审判的大家道歉，从中午开始一直等着。”

“我命令她待在校长室里，大家放心，这女人不在教室附近。”

代理校长冈野的说明让真理子想起，上午在操场上见到浅井松子的母亲时，她曾说校长室里很热闹，也许就是因为垣内美奈绘在那里的缘故。真理子扭头看了看纪央，纪央对她点点头，两人似乎想到一块儿去了。

“为什么要向我们道歉？”藤野凉子的语气从吃惊变成了愤怒和不信任，“要道歉，首先应该向森内老师道歉。”

“她本人也是这么想的，可如果她跑到森内老师所在的医院，那会立刻有人报案。”

“这是自然。”佐佐木吾郎嘟囔道，“森内老师的母亲肯定会报案，不会听她一句话。”

“我原本认为，这样做相当不合理。”冈野用极其厌烦的眼神瞟了豆狸一眼，“然而，这个垣内不是一个人来的，还有她的丈夫和律师陪伴。那位律师郑重其事地提出了请求，要拒绝恐怕也得费一番口舌。而且，我担心拒绝后，垣内本人会想不开，万一她又逃走可就麻烦了。所以，在控制时间的前提下，我同意了她的请求。”

“请恕我直言，冈野老师。”井上法官站起身来，“垣内美奈绘女士是与此次审判的核心——举报信相关的重要人物。如果可能，原本也想传唤她出庭作证。现在可是个难得的机会，十分钟也好，我们可以提供证人询问必需的时间。请将垣内美奈绘女士带过来吧。”不等冈野作出反馈，他看了看藤野检察官和神原辩护人，问道，“你们哪一方担任主询问？”

藤野凉子和神原和彦同时举起了手，神原辩护人立刻将手放下了：“我把主询问的机会让给检方。毕竟森内老师是藤野的班主任。”

“这是理所当然的。”

没等代理校长冈野脸上的不满神情有所缓解，法警山崎晋吾已经将一行人带来了。从教室后门接连走进三个人，其中一个是三十多岁的女子，估计是垣内美奈绘本人。

在校内审判开始到现在短短的三天里，仓田真理子见识到了各种各样的景象。有初中生突然变老；有好端端的大人在初中生面前失态；还有大学生如小学生一般顶撞自己的父亲。真理子觉得，接下来无论看到什么，她都不会再吃惊了。然而，垣内美奈绘的出现却让她否定了这个看法。

这个人也像个幽灵。

她原本一定是个清秀脱俗的美人，可如今却连半点美人的影子都看不到。她身上穿着件廉价的印花连衣裙，脚上莫名其妙地蹬着双运动鞋。脸上没一点化妆的痕迹，长长的头发贴在消瘦的脸颊上。

另外两个都是男人。紧靠在垣内美奈绘身旁的，是表情较开朗的那位。他稍年长，大约五十上下。另一个男人年龄和垣内差不多，是个大帅哥，身上穿着笔挺的西装。

前任校长津崎赶紧让这位低着头、神情恍惚的女子坐在椅子上，自己站在她身边，将手搭在她的肩上。这时，年长的男人开口了。

“各位，打扰了，不好意思。我是河野良介。我的职业用大家容易懂的话来说，就是私家侦探。”

站在靠走廊一侧的冈野听了这番话，立刻跳了起来：“河野先生，你不是说你是律师吗？”

河野侦探夸张地装起了傻，连第一次见他的真理子也看出来了。

“啊？我说的是垣内夫妇有一位名叫金永的律师。”

冈野的脸一下子涨得通红，豆狸正努力安抚他。

“法官、检察官还有辩护人，我们都在医院见过面吧？看你们个个都这么精神，真是太好了。”河野侦探爽朗健谈，笑容满面，“各位陪审员，我们还是头一回见面。我是你们忠实的支持者，会一直来旁听，你们个个都是好样的。”

这次轮到前任校长跳起来了。“河野先生，你来旁听了？”

“是啊。怎么，不可以吗？”

藤野检察官低下头笑了。

“你又不是学校的相关人员。”

“我受森内老师的委托，代替她来旁听。”河野侦探将手放在心口，恭敬地对真理子他们一群陪审员说，“我就是以这个身份来的。我受森内老师和她母亲的委托，调查举报信被转寄到电视台的事件。今天跟我一起来的，还有这位垣内典史先生。”

河野侦探朝那位三十出头的男子招了招手，那人向大家微微低了一下头。他脸上表情阴沉，眼睛红红的。

“垣内先生接到逃亡中的美奈绘打给他的电话，说是要向警方投案。于是垣内先生通知了我。”

“哇！”萩尾一美的眼睛瞪得浑圆，“当家的，真勇敢！”

“傻瓜，闭嘴。”佐佐木吾郎训斥道。

“怎么了？他没有将接到电话的事告诉警察，难道不勇敢吗？”

“那通电话是打到我公司里来的……”垣内典史低声回答。

萩尾一美怪声怪调地嚷嚷道：“这样就能突破防卫圈了？警察在这种时候真是一点也靠不住啊。”

井上法官对藤野检察官说："快让这家伙闭嘴！"

"对不起。"藤野检察官道了歉。她脸上依然带着笑容。河野侦探也笑得很愉快。

"一美，你今天也依然我行我素嘛。"

两位校长都不禁哑然。在井上法官正式动怒之前，河野侦探又恢复了严肃的表情。

"开场白到此为止。各位，这就是垣内美奈绘女士。让她坐到证人席上去比较好吧？"

"嗯，请她坐下吧。藤野检察官，开始你的主询问。"

"喂，等等。"被晾在一旁的代理校长冈野走上前来，"怎么能让这个女人靠近我的学生？这是绝对不允许的！"

"冈野老师，这里是法庭。请你服从法官我的指令。"

"井上同学！"

"法警。"井上法官无所畏惧地喊道。

山崎晋吾正一动不动地站在教室后门口："在！"

"请让证人移动到证人席。你也守在一旁。"

山崎晋吾飞身上前，催促垣内美奈绘起身，引导她走向证人席。在大家交谈的过程中一直低头一言不发的这名女子，迈开步子时晃了一下身子。山崎晋吾立刻扶住她的肩膀，她应了一声："谢谢。"

大家第一次听到她的说话声，是纤细甜美，很有女人味的嗓音。

"证人身体状况不好，坐着作证就可以了。首先，请允许我确认你的姓名。你是垣内美奈绘，对吗？"

垣内美奈惠在椅子上勉强支撑身体，抬起头来："是的。"

"你住在江户川芙拉尔小区四〇二室，对吗？"

"嗯，对。"

垣内美奈绘憔悴的脸上微微浮动着惊讶的涟漪。她或许在感叹井上有模有样的法官范儿。

“那么，就请宣誓吧。”

磕磕绊绊的宣誓是她心力交瘁的体现。真理子感觉到，这个女人说话方式应该是嗲声嗲气的，虽说这与她的长相和气质并不相符，也说不定会有大人觉得这是女人味的体现。

即使不能过早地下结论，真理子也算窥探到了她内心的一角。

“垣内美奈绘女士，下面请你回答证人的问题。”井上法官用平直的口吻陈述道，“一问一答，没有法官我的许可不能随便发言。没问题吧？”

垣内美奈绘点了点头：“嗯。”她喘了口气，快速补充道，“采取大家最容易接受的方式就行。”

“好的。藤野检察官，请开始。”井上法官对检察官点了点头。

“下面开始主询问。我是检察官藤野凉子。”藤野检察官一边说着，一边站起身对垣内美奈绘鞠了一躬，“首先要问的是，你是否知道寄给森内老师的那封举报信，其大致内容为：去年十二月二十四日在本校发生的柏木卓也死亡事件并非自杀，而是一起凶杀案。举报人声称自己在现场亲眼目睹了凶案经过。”

“知道。”

“拿到过原件吗？”

“拿到过。”

“你怎么会拿到原件呢？”

垣内美奈绘低下头，垂下的头发遮住了半张脸。

“从森内老师的邮箱里偷出来的。”

“你为什么要这么做？”

“为了给她制造麻烦。”

“你是森内老师的朋友吗？”

“不是。”

“只是公寓里的普通邻居？”

“是的。”

“你和森内老师之间发生过矛盾吗？”

“没有。”

“尽管如此，还是要做让森内老师难堪的事？”

垣内美奈绘抬手撩起长长的头发。

“我讨厌你们那位老师。”

“森内老师给你添过麻烦，或造成过损失吗？”

“没有，只是我单方面讨厌她。”

“为什么？”一板一眼不断提出问题的藤野凉子显得十分悲痛。

“是出于嫉妒。”

“连朋友都算不上，仅仅作为邻居的森内老师为何会让你嫉妒呢？”

“森内老师年轻……”证人停了下来。

丈夫垣内典史将目光从她身上移开。

“她年轻漂亮，日子过得春风得意，学生们也尊敬她喜欢她。这一切都让我嫉妒。”

藤野检察官抿着嘴，哼了一声，继续问道：“从森内老师的邮箱里偷取举报信，你这么做是有计划的吗？”

“不，只是碰巧罢了。”

“就是说，在此之前，你也曾经从森内老师的邮箱中盗取信件，窥探她的隐私，但偷到举报信纯属偶然，对吗？”

“对。”

“读过信后，你知道它很重要，是吗？”

“是的，我觉得可能很重要，就去查找相关报道，确认了它的重要性。”

“尽管如此，你还是将其撕破后，寄给了HBS的《新闻探秘》节目组？”

"是的。"

"是你自己想到要这么做的？"

"没错。"

"你看到《新闻探秘》的特别节目后，心里有什么感觉？"

垣内美奈绘再次将头发撩起，深深垂下脑袋。

"身为班主任，却毫无责任心地毁弃举报信，想借此隐瞒柏木的事件。当你知道森内老师被他人如此指责时，你是怎么想的？"

垣内美奈绘的长发后传出的话音轻得根本听不清："对不起。"

藤野凉子和法警山崎晋吾一样挺立不动，死死地注视着证人垣内美奈绘："询问到此结束。"

藤野检察官坐下后，神原辩护人站了起来。

"我叫神原和彦，在校内审判中担任被告大出俊次的辩护人。"

垣内美奈绘抬起头，抽搭着鼻子。

"垣内女士，你和大出俊次见过面吗？"

"没有。"她的话语中带有鼻音。

"和他的家人呢？"

"也都完全不认识。"

"除了森内老师，你在城东三中还有认识的人吗？"

"没有了。"

"将举报信寄给电视台时，你认为信的内容都是真实的吗？"

陪审员们全都全神贯注地看着证人。

"我……不知道。"

"不过，你觉得可能是真实的，对吗？"

"我不知道。"

"真的一点也不清楚？就没有考虑过，可能有百分之五十的真实性？"

撩起头发后，垣内美奈绘用湿润的眼睛仰视着神原辩护人："我只觉得，如果是真的就好了。如果森内真是如此没有责任心的老师，就应该被人举报。”

“在当时，你认为自己在做一件正确的事，对吗？”

证人的眼泪夺眶而出：“对。”

“现在，这种想法改变了吗？”

“我不知道。对于柏木这名学生的事件，我什么都不知道。”她用手按住嘴，难以抑制哽咽，接下来的证言全部带着哭声，“可是，我做出了与成年人身份不相符的恶作剧行为，还伤害了森内老师。对你们的老师犯下了严重的过错。”

“我说……”垣内典史眨着红红的眼睛，站起身来，“美奈绘的这些行为源自我们夫妻间的矛盾。对于被卷入陌生大人之间矛盾的各位，我表示深深的歉意。美奈绘也想在投案之前，向大家谢罪。”

“垣内先生，你不是证人，请不要擅自发言。”

“可是，我……”

“你的谢罪和解释不该针对我们，而应该针对森内老师。”

初中生法官说服了陌生大人垣内典史，即使是初中生，他的训斥也句句在理。

“说的也是……对不起。”

垣内典史坐下后，神原辩护人说：“请允许我再确认一遍。关于柏木死亡的真相，证人毫不知情也完全不相关，是吗？”

“是的，我是个局外人。”

“你只想给森内老师添麻烦，是吗？”

“是的。”

“我的询问到此为止。”

视线从垣内美奈绘身上移开，神原辩护人依然站立不动。仿佛与他相呼应一般，藤野凉子也站了起来。

“这就结束了？”河野侦探问道。

井上法官答道："证人询问已经结束，请你们退庭吧。"

"她伤害森内老师的事件就不问了？"

"此事与校内审判无关。"说着，井上法官也站了起来。

竹田陪审长带领陪审团和控辩双方的助手一同起立。只有胜木惠子一个人还坐着，跷着二郎腿，一双怒火中烧的眼睛似乎在高喊：你这个混蛋女人！都是因为你，俊次才受到了中伤。

"是吗？嗯，也是。"河野侦探重重地点点头，表情依然明快，只是嘴角抿得很紧。他催促着垣内夫妇："我们走吧。"

"等一下！"一直被视作空气的代理校长冈野出声了，"河野先生，你还有事情必须向学生们说明。"

"啊。"河野侦探拍打了一下前额，"对了。各位，校长先生认为，垣内美奈绘女士投案前到本校来过的事，还是不要让警方知道的好。"

"这可不、不是我一个人的主意。"

河野侦探没有理会慌了神的代理校长："如果垣内美奈绘来本校见大家的情况泄露出去，说不定又会有人要追究校长的责任。这样说不就明白了？"

"我可没说过这样的话。"

"明白了，对垣内美奈绘来过一事，我们都会保密的。"井上法官作出了承诺。

"谢谢。"河野侦探道了谢。

冈野的脸上泛起了红潮，豆狸先生则是一副魂不守舍的模样。

"那我们就告辞了。大家加油啊。"河野侦探对眼前的初中生们敬了个礼。初中生们都没有冒失地给他回礼。

垣内美奈绘被丈夫和侦探一左一右地搀扶着，在前任校长的引导下，以及代理校长的监视下，朝教室后方走去。

踏出后门的那一刻，她挣扎着回过头来。

"各位同学，"这位"幽灵"泣不成声地说，"你们长大了可不要像我这样啊。"

一行人远去了。

真理子心想：她就是为了说这句话才来到这里的吧。

"谁要那个大婶提醒啊？"胜木惠子恶狠狠地说。

"森林林也不见得有她说的那么神气。"萩尾一美嘴上执拗，眼里却噙满泪水。

佐佐木吾郎抚摸她的脑袋："你真傻，干吗哭哭啼啼的？"

"那人倒是真心在反省。"

"很难说。说是主动投案，可也许不过是逃累了，吃足了苦头罢了。"

"如果是这样，她不会特地到这儿来。"神原辩护人说，"总不会是河野先生认为她对校内审判有利，才说服她来的吧。"

藤野凉子一下子趴在了桌子上，一副累得要命的模样。现在法庭上没有大人，也没有证人，只剩下校内审判的核心成员。

"话说回来，那人可真是惨不忍睹。"沟口弥生注视着垣内美奈绘离去时走的教室后门，那位"幽灵"由此出现，又由此消失。

"这就叫害人害己。"蒲田教子说道。

井上法官说："这句话一点没错。"

是啊，一点没错。

我将来变成什么样的大人都可以，哪怕默默无闻，也不能成为像她那样双眼晦暗，如同幽灵一般的大人。

这就是仓田真理子的人生目标。

电视画面上出现了垣内美奈绘的证件照，估计是护照或驾驶证上的照片。照片中的人正面对着相机，人长得漂亮，妆化得在行，发型也相当时髦，给人工于心计的感觉。

有这种眼神的人，我好像在哪里见到过。

那眼神冰冷得仿佛在瞳仁上罩了铠甲，似乎在说：谁也别想小看我，我是完美无缺的。

三宅树理在自己房间里，关上灯，一边托着腮看电视，一边胡思乱想起来。

垣内美奈绘本人做梦都不可能想到，自己会被一个初中生评头论足。不，或许她做过这方面的心理准备。毕竟她特地跑到城东三中，到校内审判的法庭作了证。

她是嫌疑犯垣内美奈绘。

男主持人的解说仍在继续。

“嫌犯垣内美奈绘面对警察的审讯，表现出诚实的态度。但被问到作案的具体细节时，她却说，‘由于我的心情没有平静下来，所以还不想说。’”

场景转换，电视屏幕上出现了城东第三中学的教学楼，大门旁写有校名的牌子上打了马赛克。

搭档的女主持人说：“然而，垣内嫌犯在向警方投案之前，曾去过受害人森内惠美子工作过的学校，就伤害森内老师一事向她的一部分学生道了歉。”

男主持人用力点了点头：“是啊，学生们会很吃惊吧。据说此次会面是嫌犯强烈要求的结果。”

“家长们对此没有什么看法吗？”

“估计会觉得不妥吧。”

从近一个小时前开始，三宅树理就不停地更换频道，追看这则新闻。除了HBS，所有的频道都没有报道举报信的相关信息。也难怪，这原本就是《新闻探秘》的独家新闻，而且在如何处理这一题材上，HBS内部似乎分歧很大，其他的电视台自然就退避三舍了。

床头柜上的电话响起，只响了一声就停了，大概是被父亲或母亲抢接了。

当主机呼叫子机的声音响起时，三宅树理伸出左手抓起子机，右手依然拿着电视遥控器。电话转来的时间很短，接电话的一定是父亲。因为无论对方是谁，妈妈总是会拖着对方喋喋不休，不会这么快就转过来。

“树理，是藤野打来的电话。”果然是父亲，“说不定学校方面有通知。可不要没完没了地电话聊天哦。”

“如果中途有电话插进来，我会告诉你们的。”

“我是说，不准电话聊天。”

“嗯”地应了一声后，树理不说话了。

听筒里传来“咔嚓”一声。

“喂，喂。”这是藤野凉子的声音了。

树理说：“我正在看电视。”

“哦，是吗？”凉子说，“我刚才也在看，是HBS吗？”

“一直在换台，HBS也看，可他们只会自我辩解。”

HBS的态度，就是把责任全部推给垣内美奈绘这个女人，说多管闲事寄来举报信，要了《新闻探秘》节目组一通，甚至差点说出“茂木悦男制作的节目与我们无关”，似乎是好不容易才忍住的。

“这些事随他们去说，反正和我们没关系。”

三宅树理操作遥控器关掉电视机。窗帘拉得很严实，电视机一关，房里一片漆黑，只有电话子机显示通话的红灯在闪烁。

“三宅同学，你没事吧？”凉子问道。

“有什么好担心的？那个叫垣内的女人，我也知道。我不是说没关系了吗？”

出庭作证后，树理和陪她来的母亲一起待在保健室。她对尾崎老师说，希望留在学校，一直等到今天的审议结束。尽管母亲不太情愿，可树理希望留下来。她想到，或许自己会被再次要求出庭。到底是希望被传唤，还是害怕被传唤，连她自己也不太清楚。

三点过后，藤野凉子来到保健室。看到树理时，她的眼神似乎在说：哦，你果然在。一瞬间，三宅树理有些后悔：早点回家该多好。

“虽然你心里一定很难受，可依然努力为我们出庭作证。谢谢你，剩下的事，我们会认真处理。”

凉子当时这样安慰了树理。树理觉得不爽，便立刻提起了另一件事：“刚才，差点杀死森内老师的那个女人来见大家了？”

当时，垣内美奈绘在校长室，等待法庭审理告一段落。而围绕如何对待她的请求，校长室里的人们争论得热火朝天。保健室和校长室位于同一楼层，校长室里的动静瞒不过树理她们。于是，尾崎老师向三宅母女讲明了情况。

“那个打伤森内老师的垣内美奈绘来了，她觉得自己给大家添了麻烦，要向大家道歉。好像就是她寄举报信给电视台的。”接着她还问树理，“如果垣内美奈绘要和校内审判的成员见面，树理要不要一起过去？”

树理断然拒绝了。事到如今，也没什么可说三道四的了，保持沉默会让自己更像一个寻求正义的目击者。自己说的都是事实，这就够了。于是，树理当时对凉子说：“我不想为了去听垣内美奈绘的道歉而重返法庭。”

既然如此，那凉子现在为何还要这么问？

树理对着电话听筒说：“都是那个叫垣内的女人从中作梗，才让人觉得我——我和松子的举报信是冒牌货，真叫人来气。”

“我们可没这么想。”

“哦，是吗？”

我为什么会升起无名火？我在害怕些什么？有什么好害怕的！

“可是，冈野老师这么做会不会惹祸？怎么可以不经家长同意，让杀人未遂的嫌疑犯接近学生？说不定校长又要换人了吧？如果这事闹起来，校内审判会不会中断？”

藤野凉子沉默了一会儿。

“明天会有旁听者来。井上说，在开庭前，他会稍加说明。”

那位井上法官吗？神气活现的，看着就叫人来气。

“再说，垣内女士不是来伤害我们的，身边还有人陪伴，完全没有危险。我们也想听听她的证言。我想只要稍加说明，真正关心校内审判的人应该能够理解。”

“媒体能否理解就难说了。还有教育委员会。”树理说，“估计校长室的电话现在正响个不停吧？冈野老师会开道歉会吗？难道又要开家长会了？”

藤野凉子这回沉默了许久。

电话那头的沉默令三宅树理怒不可遏。为什么不开口？你不是有话想问才打来电话的吗？

“就是我爸爸。”三宅树理说，“是我爸爸报的警。那个叫垣内的女人不是去江户川警察署投案了吗？我爸爸特地查了电话号码，打过去说嫌犯在投案前竟然先去了城东第三中学，真是岂有此理。”

凉子仍然一言不发。

“我知道冈野老师叫大家不要声张，他也这样对我说了。我本来不打算说，可爸爸回家后，妈妈就一五一十地全部告诉他了。”

对于没能陪树理进入法庭，树理的母亲大为不满。她也看不顺眼校内审判的成员们，回家后就不停地抱怨：这些小孩子，竟然对大人指手画脚，太嚣张了。树理的父亲一回来，她就开始告状，一打开话匣子就刹不住车，连垣内美奈绘到场的情况都说了出来。

“这事可不是我挑唆的。我爸爸就是那样的人。他看不得不正当的行为。可不是吗？大家串通好不说出去，就是不正当的行为。”

出人意料的是，听筒中传来了藤野凉子低低的笑声。

“我妈妈听说后也很生气，说冈野老师做得不地道。我也觉得你爸爸的行为是正确的。不过……”凉子继续道，“这件事暴露后确实会带来麻烦，所以冈野老师才叫大家不要声张的吧。”

“可是，警察会调查垣内美奈绘投案前的行动。一调查，不就清楚了？”

“可等到他们调查清楚，校内审判也结束了。只剩三天了嘛。”

“校内审判结束后，就什么都无所谓了？”

“那倒不是，可我觉得，还是得优先考虑校内审判的顺利进行。要是冈野老师也是出于这种考虑，我就不能批判他了。”

不知不觉中，三宅树理已经因愤怒而大汗淋漓。莫非，这些都是冷汗？

“藤野，你糊涂了吧？冈野老师怎么会为校内审判着想？他只会考虑自己的处境。”

“即便没有垣内美奈绘的事，他的处境也不会轻松。校内审判结束后，他会成为家长会上的众矢之的。”

“难道他明知会有麻烦，还允许你们搞校内审判？”

“不是这样的吗？我觉得冈野老师有他自己的打算，否则不会对校内审判听之任之，说不定还会给我们停课处分。”

“不是因为你被高木老师打了耳光，让他进退两难，没法执意反对了吗？”

“有这样的事？我早就忘了。”

凉子又低声笑了起来。

“无论如何，冈野老师的日子也不会好过。我一开始不觉得，可现在不同了。大家的日子都不好过。”凉子说，“连北尾老师也准备在校内审判结束后，为了承担责任而辞职。”

树理握紧了电话听筒：“北尾老师这样说过吗？”

“他已经把辞职信交给了冈野老师。”凉子提高了声音，“在这桩自己的学生可能被人谋杀的案子上，老师们不惜付出如此巨大的代价，也要了解真相。这一点也不好笑吧？”

什么真相？树理话到嘴边又硬生生地咽下去了。哼，真相！

“明天来旁听的人会更多。有了垣内美奈绘的事，要拒绝媒体的采访或许会更难。不过，我们会努力坚持到最后，你不用担心，等着就是。”

努力？坚持？想干吗？

“藤野。”

“怎么了？”

“你觉得大出会承认吗？”

他会承认是自己干的吗？会承认自己杀死了柏木吗？

藤野凉子的回答很简洁：“不知道。”

树理感到脚底升起了一股凉气。

“藤野，你真的相信我说的话吗？”

“我可是检察官。”凉子回答。

树理不由自主地叫了起来：“仅此而已？我要你说，我们一定会赢！你要证明我说的都是真的！”

听筒里传来藤野检察官轻微的呼吸声。

“此次校内审判，谁都不可能赢。”凉子说，“大家都满身污泥，遍体鳞伤，可即使如此也不能听之任之，所以大家才这么努力。因为大家都知道，自己做的事情是正确的。”

“你的承诺可不是这样的！”

“我承诺相信你的话。现在我也相信，这样还不行吗？”

可信任不等于真相——凉子的话在树理的耳朵里改变了意义。

“你骗了我，对不对？”

藤野检察官没有回答。

“你哄骗我出庭作证。我要去告发你。”

藤野凉子放低声音，缓缓地反问道：“说给谁听？”

是啊，我去说给谁听？警察？老师？教育委员会？茂木记者？

如今，到底有谁会真的偏袒我三宅树理呢？

大家都满身污泥，遍体鳞伤。

树理想扔下话筒，挂断电话。可她做不到。因为她觉得，如果挂断电话，就会将自己与整个世界隔离开。

我要去见松子，我要告诉她，藤野凉子是个多么讨厌的女人，是个心眼多么坏的骗子。

是啊，树理。我理解你的心情。

明明不可能理解，可松子总会这么说，叫我不要生气，不要哭。

可是，松子已经不在了。

“只有我一个人是坏人——我可不愿意看到这样的结局。”

如果今后我会被视作骗子，在别人的白眼中过日子，我绝对无法忍受，所以我下定决心说出自己的想法。可这样做依然会被当成坏人，叫我怎么受得了？

“没人说你是坏人。”凉子说。

树理终于哭了出来：“那些陪审员，就是用那样的眼神看着我的。”

“我也想哭。”凉子说道，“大哭一场，心里会舒坦一些，然后明天继续努力。校内审判决不会半途而废，谁也别想阻扰我们。”

“如果，我说了谎呢？”

你在胡说些什么——树理心中的另一个树理慌了，狼狈不堪。

你在发什么疯！

“如果那封举报信全是谎言，藤野，那你会怎么办？”

藤野凉子对这个问题的回答超出了树理的想象。不过，这确实是唯一正确的答复。

“验证举报信是真是假的人，不是你我，是法庭。”藤野检察官说道，“对不起。我打电话给你，原本只想让你好好休息，好好睡一觉，没想到竟说了这么多话。”

凉子挂断了电话。树理握着电话听筒瘫坐着。如果松子还在，她一定会理解我，偏袒我。她总是这样，可是……

由于我的谎言，让松子送了命。

三宅树理放声大哭，在心中哀悼着她曾经唯一的朋友。

“喂，喂。在吃饭吗？”

“不，是夜宵。”

“快把嘴里的东西咽下去，听着都恶心。”

“嗯，嗯。什么事？”

“刚才藤野打电话来，要我跟你分头通知其他陪审员。我一个人太费时间，两个人干会快一点。”

“哦，怎么了？”

“看电视了吧？新闻里不是播了吗？”

“是啊。拍了我们学校。是谁捅出去的？”

“是三宅的老爸报的警。”

“啊呀呀。”

“藤野说，这不能怪三宅，是她父亲执意要这么做的。”

“可是，垣内来道歉时，三宅她不在场。”

“说是她一直待在保健室里，所以知道这件事。她以前不就喜欢躲在保健室里吗？蒲田说过的。”

“那我们要做些什么呢？”

“大家看过电视，都会像你一样瞎猜‘是谁给捅出去的’，那就不好了。所以藤野说，要告诉大家。”

“你这才叫‘瞎猜’。”

“别管这个了，快点通知吧。”

“我给谁打电话好呢？”

“女生全交给你。”

“胜木那里我可不打！”

“我也不想打给她。”

“那就让蒲田打给她。不过，胜木会关心这事儿？”

“这个先不管。她也是陪审员，必须通知。”

“真麻烦。”

“这是陪审长的命令。”

“好，好。不过话说回来，电视新闻都这么播了，明天还能开庭吗？”

“藤野检察官说得很清楚，井上法官会收拾事态。我也觉得无所谓，现在总不能半途而废了。”

“竹田，不，陪审长大人。”

“怎么了？”

“别放在心上。”

“什么事？”

“桥田。一来二去，事情就变成了那样。他自己不肯早点说，别人又有什么办法。”

“你以为我在为这事儿生闷气？”

“没有吗？”

“你是怎么知道的？”

“我是个棋手。”

“你应该说，‘因为我是你的朋友。’”

“因为我是你的棋手朋友。”

“我说，要说朋友……”

“说‘棋手好朋友’更好一点。”

“不是这个意思。我说，要说朋友，神原和柏木原本也是朋友吧？”

“好像是这么回事。”

“怎么说呢……为了朋友，他可真卖力。脑子也好使，智商估计得有一百七十。”

“陪审长大人，有句话你能不能不告诉别的成员？”

“什么话？”

“我总觉得那家伙有点可疑。”

“可疑？”

“我觉得他偷看了答案。”

“偷看了答案？”

“虽说还不太清楚，可我总觉得，我们都两手空空，就他一个人带着‘地图’。”

“你不是为了下将棋戒掉电视游戏了吗？”

“不是说这个。好了，不说了。给蒲田打电话。”

“是吗……嗯，明白了。既然如此，就没什么可说的了。老爸发火了，三宅还能怎么样？”

“明天说不定又得闹得不可开交。弥生，你没事吧？”

“没事。山野和仓田怎么样了？”

“山野很清醒，没事。仓田不会想太多，也没事。她连电视都没看，接到通知还大吃一惊了呢。”

“哈哈，这就是仓田。不过，她可是个好人。”

“我倒有点干着急了。”

“你和她或许有点合不来。不过，你不觉得她跟我有点像吗？”

“说什么呢？一点都不像。”

“哦，对了，教子。”

“什么事？”

“三宅的证言，你觉得怎么样？”

“我们还不能讨论吧？”

“就现在一会儿，拜托了！你觉得，她讲的都是真的吗？”

“这个嘛，就像一段‘天上要下红雪了’的天气预报。”

“什么意思嘛，听不明白。”

“等到大家一起讨论时，我再说明。你先考虑一下。”

“我当然也会考虑。今天回家后，我就一直在考虑。关于三宅和浅井的事。”

“考虑了些什么？”

“要是教子你不转学过来和我交朋友，说不定我也会一直躲在保健室，甚至会不上学呢。”

“这个怎么说？”

“我只有教子你一个朋友。因为有你在，我才能待在学校里。三宅和浅井，以前不也是这样的吗？”

“浅井在音乐社里不是还有朋友吗？”

“嗯，从三宅这边来看，是这样的。”

“嗯。”

“所以我就想，要是——这只是假设，真的是百分之百的假设。要是教子你对谁怀恨在心，想要报复，譬如，要写举报信寄给学校，说某个人干了哪些坏事，还要我帮忙，我会怎么办呢？”

“我才不会做这种事呢。”

“当然不会了。所以我说是假设。”

“明白明白。”

“这种时候，肯帮忙的才是好朋友吧？要不，会说‘快别干了’的才是好朋友？”

“我说弥生……”

“如果我说‘快别干了’，可教子你依然要干，还真的干了。那这时，告诉别人‘那是在胡说八道’的是好朋友，还是替你隐瞒的才是好朋友呢？”

“反过来想想，如果你要写满是谎话的举报信，还哭着喊着要我帮忙，我会怎么做？”

“你一定会阻止我，对吧？”

“对，不仅仅要阻止你，还会发火，会跟你绝交。”

“竟然是这样。所以，我遇到这种情况也应该这么做，对吗？”

“如果你是我的好朋友的话。”

“明白了，教子。谢谢。”

“神原有要紧事，正在打电话。那边结束后，他就会打给你。可是……”

“知道知道，别啰唆个没完，反正我无所谓。今天，我睡了一整天。”

“桥田很认真地出庭作证了。”

“管他呢！他也好，井口也罢，都不是我的朋友。”

“你看电视了？”

“老妈看了，还在叽叽咕咕着什么呢。电视里说什么了？”

“去问你妈妈。要是懒得问，也没关系，反正明天的旁听者人数肯定会增加。”

“大家都来看我被藤野痛批？”

“痛批？”

“不是吗？藤野以前不就那么歇斯底里吗？哼。”

“大出，你不必太勉强自己。”

“我干吗要勉强自己？”

“估计明天会很麻烦。”

“事到如今还说这个，有意思吗？”

“想想都觉得麻烦。”

“惹毛我，我就揍你们。”

“不要揍藤野。”

“笑什么笑？有这么好笑吗？我说野田，你是不是特别来劲？我真要收拾你，像你这样的……”

“校内审判期间，我不会考虑这些。结束后，我大概就不能再让你见到了。我得考虑转学。”

“你这么耍嘴皮子，就说明你很来劲。”

“不来劲，怎么能替你辩护？我可是辩护人助手。”

“啊，等等。电视里放了森内的照片。这是怎么回事？”

“去问你妈妈，再见。”

在多通电话交错于空中的夜晚，井上家却是一幅姐弟正面对峙的光景，两人之间隔着录音机和文字处理机。如果让不明就里的外人看到了，一定会以为他们在吵架。

“就没有更好的办法了？只能由我们两个人搞定这盘磁带？”

“姐，你不是想当新闻记者吗？现在正好是练习的机会。”

“可从实际考虑，这办不到。不可能办到。”

“所以我说，只要整理出个大概就行。如果每个细节都弄清楚，当然要花费大量的时间。”

“审案子，细节最重要，不是吗？”

“我是说，没必要对每句话的语气都斤斤计较，只要陈述书与证言没有矛盾，那就行了。”

坐在一大堆打印的文件前，井上康夫的姐姐叹了口气：“打印纸也是要花钱的。”

“好，好。”

“说‘好’只要说一遍就行了！”

“好，好。”

“你有没有觉得自己抽到了下下签？”

“没觉得。”

“那就是我抽到了。我居然摊上了你这么个弟弟。”

“那就不是我的责任了。那是老爸和老妈同心协力的结果。”

“怎么个‘同心协力’，你知道吗？”

井上康夫用手按住眼镜框。“别摆出这副架势。等你今后涉及经济犯罪，被东京地方检察院逮捕时，再摆出来好了。”

井上康夫将刚刚打印出来的纸张放在一旁，随手伸进T恤衫挠了挠肚子。

“不能挠，要说多少遍你才明白？痱子越挠越厉害。你干吗非得穿那件长袍？”

“那是法官的标志。”

“就那个稀里哗啦的塑料罩子？”

“你烦不烦人。少动嘴，多动手。”

“你竟然对如此疼爱弟弟的姐姐说这样的话？”

井上康夫的手停了下来，一大颗汗珠从脸颊上落下，拖出长长的印迹。“姐……”

“怎么了？”

“你觉得我们的辩护人，怎么样？”

姐姐看着弟弟的脸。这个聪明绝顶、说话认死理、用功得叫人来气、行事古板还从不肯认输的弟弟，脸上露出了从未有过的表情。

“什么怎么样？”

“很优秀吧？”

“确实。他是个今后走错一步，就会因经济犯罪锒铛入狱的家伙。”

“跟我属于同一类型？”

“嗯，不过你们还是不要成为朋友的好。要是输给了这种人，你会受不了的，不是吗？那孩子人也长得帅。”

姐姐说着，看到弟弟既不生气也不笑，只是直愣愣地瞪着眼睛，就有点来气了。

“讨厌。你干吗呢？为什么吓成这样？”

“我看起来很害怕吗？”

“嗯。刚才有那么一点。”

是啊，我这个聪明又自大的弟弟害怕了。

在我上初中，他上小学三年级的时候，我们一起看过一部科幻电影，讲的是一颗巨型陨石撞击地球，使人类面临灭绝的故事。当时我很害怕，他却在一旁列数影片的科学漏洞，不停安慰着我。然而，就在刚才，这样的弟弟竟然露出了恐惧的神色。

摘下眼镜后，井上康夫抬起胳膊擦了擦脸。

“我总觉得，这次校内审判开始偏向一个意想不到的方向了。”

“意想不到的方向？”

“或许我们真能翻出事实真相。”

你们不希望这样吗？姐姐刚想这么说，话到嘴边又咽了回去。

“如果只是我神经过敏倒也罢了。可是，怎么说呢，今天我有一种感觉。藤野好像也有同样的感觉。”

“没关系。藤野凉子不会做你的女朋友。”

听到姐姐的玩笑话，弟弟依然不笑。

“那家伙，是不是知道点什么？”

“藤野凉子吗？”

“不，我说的是神原。”

井上康夫的姐姐把手伸进一大堆散落的笔记中摸索着。其中有一张神原辩护人和桥田佑太郎对话的速记。

“知道点什么？事件的真相吗？”

“嗯。”

“你是说，他明明知道真相，却还来做辩护人？”

“或许正因为他知道，才主动来当辩护人。也就是说……”

康夫又用胳膊擦了擦脸。

“他一开始就知道举报信在胡说八道，大出俊次什么都没干。所以他才能满怀自信地为大出辩护。今天，藤野也察觉到了这种可能性。因为进行到一半时，她的表现有点奇怪。”

井上康夫的脑袋虽然聪明，但并不等于他具有同等程度的想象力。他凡事爱纠结理论，即使在观看恢宏壮丽的科幻电影时，也常常会大煞风景地指出其中的科学错误。

这个满嘴歪理的小鬼，今天怎么会说出如此天马行空的话来？

“我说，你知道你在说什么吗？”

“大概知道。”

“知道事件的真相，就等于他知晓不在柏木死亡现场就不可能知道的事。柏木没有留下遗书吧？”

“没有。”

“既然如此，你是不是想说‘是神原促使了柏木的死亡’呢？”

她本想说“杀死”，话到嘴边才临时换成了“促使”。

“姐。”

“怎么了？”

“你的逻辑有个漏洞。”

又来了，这个不讨人喜欢的小鬼。

“哪里有漏洞？”

“在现场的人，并不仅限于受害人和凶手。也可能是目击者。”井上康夫说道。

“哦，是吗？”姐姐说，“我现在要说的只有一句：你快给我去睡觉！”

今天的井上康夫很听姐姐的话，真的去睡觉了。这样的情况，大概是最近五年里的头一回。

闷热的夏夜，只剩下姐姐一人被一大堆打印纸包围着。

奇怪，我怎么也心神不宁起来了？

窗外，遵守时令的秋虫正发出低低的鸣声。

5

八月十八日 校内审判·第四天

不出所料，八月十八日早晨，城东第三中学体育馆门前早早地被要求旁听校内审判的人挤了个水泄不通。根据前一天晚上北尾老师的建议，篮球社和将棋社的志愿者紧急赶制了抽签券，并飞速派发给来客们。抽签原则上是随机的，但为了防止记者或电视节目主持人冒充学生家长混进法庭，北尾老师在一旁瞪大眼睛监视着。

对于媒体的采访要求，代理校长冈野和楠山老师组成联合防线，断然采取严防死守的措施。上午八点，代理校长在学校大门前召开记者见面会，明确表示，关于昨天下午垣内美奈绘与学生见面一事，自己承担全部责任。讲到垣内美奈绘与学生交谈的具体内容，他强调，由于昨天的庭审是非公开的，因此他也没有公开的权利。最后他还不忘加上一句："对于能从垣内女士口中听到事实真相，组织校内审判的学生们十分满意。"

在记者提问的环节，不断有人对代理校长为了隐瞒垣内美奈绘到场一事，试图让学生保持沉默的做法提出尖锐批评。代理校长对此并未闪烁其词，而是光明正大地表示，他这样做的理由只有一个，就是担心出现眼下这样的局面，并导致校内审判延误甚至中止。这与他自身的进退毫无关系，而他愿意接受部分家长为此提出的合理抗议。至于他本人，在包括对森内老师的不当言论等各方面的失误上应该承当怎样的责任，将完全服从地区教育委员会的裁决。

远远观望着记者会的家长们面对冈野的慷慨陈词，不免觉得他是在破罐子破摔，甚至是在“垂死挣扎”。也有家长夸奖他当机立断，勇于承担。家长们的表现各不相同，有人揪住来场的记者大声责问“你们有什么权利对学校里的事情刨根问底”，使得记者们越发起劲。也有人远离喧嚣的人群，去帮助忙着分发抽签券的志愿者。

媒体的行动也很不一致。有几家媒体通过早晨的电话采访，接触了校内审判相关的学生。有些仓促上阵的记者事先对校内审判一无所知，仅凭道听途说的消息拜访了与此事毫不相干的学生。

冈野在校门口召开的记者会其实是一颗烟雾弹，吸引记者们的注意力，让参与校内审判的学生顺利进入学校。一些校内审判相关学生的家长，之前一直身处旁观者的立场，如今为了保证学生顺利入场，也采取了多种措施。有特意开车送学生来的，也有陪伴学生一同前来的，有的还会帮助学生驱赶埋伏在路上的记者和主持人。

这些景象，都成了校内审判相关人员来到休息室后谈论的话题。山野纪央的父亲是一位有段位的剑道高手，他坚持要手提竹刀亲自护送女儿上学，被纪央的妈妈痛骂了一顿。上路后，有个在电视上见过的女主持人凑上前来，被纪央的父亲狠狠瞪了一眼，就一声不响地退了回去。即使手中没有竹刀，纪央的父亲也照样气势逼人。哼，谁敢靠近我的女儿！

仓田真理子和向坂行夫是在行夫双亲的陪同下来校的。行夫今天一早肚子就不消停，一路上他母亲不停嘘寒问暖，让他很难为情。而正因为这种家庭氛围，并没有记者、主持人缠上他们。有几个上来试探，一说“我们什么都不知道”，他们立刻知趣地跑开了。真理子觉得挺没劲，可看看行夫，今天又是满头大汗，也怪可怜的。

亲密无间的蒲田教子和沟口弥生由双方的母亲陪伴而来。完成女儿的护卫任务后，两位母亲便排到等待抽签的队伍里去了。因为女儿的关系，两人很早就有来往。现在，她们正相互倾诉，惊讶于各自的女儿居然会担任陪审员。原本以为，女儿会避开这种抛头露面的活动，对校内审判漠不关心，没想到不知不觉间，女儿也变得坚强、勇敢起来。

原田仁志巧妙地打发掉担心自己的父母，一个人来了。快到学校时，几个记者围了上来，他便说自己是初二学生，把他们糊弄走了。擅长计较利害得失的他，也同样善于躲避无关紧要的麻烦。

由于大门口的记者会开得如火如荼，没有记者走近竹田陪审长和小山田修这对组合。对自己被人忽视的状态，小山田修相当不满。他主动走近一个正在边门旁拍照的记者，问道："根据经纪人公开的信息，偶像主持人A和年轻演员B坠入了爱河，另有传闻说他们已经同居，是否确有此事？"

竹田陪审长见状，一把将他拖进了学校："你瞎扯些什么？"

"这不是了解八卦真相的好机会吗？"

"你没看那记者的袖标吗？他是报社的，不是女性杂志社的。"

"哦。那就找戴女性周刊杂志社臂章的再问一遍好了。"

"别胡闹。"

胜木惠子没有会关注她的父亲，在酒吧工作的妈妈每天都要睡到中午。今天，胜木惠子和往常一样不吃早餐，只喝了几口水就跑出了公寓大门。跑下阶梯时，她不禁大吃一惊，因为法警山崎晋吾正等在那里。

"你在这儿干吗？"

"早上好。"规规矩矩地鞠了一躬后，山崎晋吾说，"我们一起去学校吧。"

肯定是有人安排他来的，可他连一句解释都没有。

"谁要和你一起去学校？"

爱来不来，关我屁事。惠子不管不顾地快步往前走，山崎晋吾则若无其事地跟在她身后。惠子并没有会将她的个人信息透露给记者的朋友。她看上去甚至不像个与校内审判有关的初中女生，所以不会有记者或主持人找上她。走到半路，惠子的肚子咕咕叫了起来，提示她胃里仍然空空如也，山崎晋吾对此也没有任何反应。

陪审员休息室里，保健室的尾崎老师为大家准备了丰盛的三明治大拼盘。

“考虑到今早大家都比较匆忙，这是尾崎老师特意准备的。”对胜木惠子说完这一句后，山崎晋吾便不见了踪影。

其他陪审员都还没来。惠子抓起一块她最爱吃的鸡蛋三明治细嚼慢咽起来，边吃边想：山崎他吃过早餐了吗？

检方成员是和今天的证人增井望一起来的。他们坐的是森内老师身受重伤的那个晚上，佐佐木吾郎的父亲开来的那辆面包车。车一直开到学校边门处，大家下车从教学楼边侧入口处进入室内。几名记者和主持人跟着汽车跑了过来，一行人只用余光瞟了他们几眼。

凉子的父亲藤野刚也在车上。一行人都不怎么说话，凉子却突然问了父亲一个意外的问题：“今天要出庭的辩护方证人中，有个叫‘今野努’的人。他不会是爸爸的手下，我认识的绀野[①]大哥吧？”

“当然不是。”

“那会是谁？”

“爸爸怎么会知道？这得问神原。”父亲干脆地答道。

不知为何，凉子感到了不安。她紧盯着父亲的侧脸，这让她的两位事务官也开始不安起来。

增井望似乎很紧张，脸色苍白。佐佐木吾郎的父亲手握方向盘，不时鼓励他几句，还对他开开玩笑，想让他笑出来，却没有成功。

---

① “今野”和“绀野”的日语发音相同。

辩护方成员今天也是坐车来校的，开车的是野田健一的父亲野田健夫。虽说事先电话联系过，但健一还是得到了意外的惊喜。当汽车来到神原家门前时，他看到神原和彦和母亲并排站在一起。

“我是和彦的母亲，请多多关照。”向健一的父亲恭敬地打过招呼后，这位母亲对健一露出微笑，“你是健一吧？我听和彦说起过你。多谢你对和彦的多方照顾。”

即使不明白“多方照顾”的涵义，健一还是慌张地鞠躬还了礼。等到站在古色古香的独院建筑前低头目送他们的和彦母亲从视野中消失，健一才偷偷回头望了一眼神原和彦。

神原辩护人对他使了个眼色，让他不要在意，随后挂上一脸浑然不知的表情，仿佛在说：就算不明白，也别多问了。

我当然懂，我可是忠实的助手。健一看了一眼身旁的父亲，坐在驾驶座上的野田健夫正借助反光镜冲着儿子微笑。老爸应该什么都不明白吧？

不，他或许是明白的。

因为我们是父子。想到这里，健一突然觉得，这种感觉还不赖。

他们一路来到大出家门口。一见面，大出俊次马上来了一句：“野田，你在傻乐什么啊？”

被告大出俊次今天要出庭受讯。比起歇斯底里的暴怒，略带三分怒气才是最好的，因为这是他最自然的状态。

另一方面，井上康夫的家人愉快地克服了今早的纷扰。面对匆忙赶来采访的记者，邻居们不堪其扰的抱怨声此起彼伏。而康夫表现出像模像样的法官风范，这让家人们惊叹不已。

此时愤然而起的是康夫的父亲。他早就被响个不停的电话铃和门铃声搅得火冒三丈了，甚至嚷嚷着要到门口召开记者会，最后被妻子和儿女拦住了。

康夫说：“记者会应该由我来开才行。”

结果他马上被没睡饱的姐姐叩了一记脑门。

在姐姐的提议下，一家人上了电话预约的出租车，一同奔赴学校。尽管不清楚出了什么事，那位资历颇深的出租车司机还是老练地甩开了尾随而来的记者和主持人。

“还真有点当上首相的感觉。”康夫的父亲不无得意地说，“看那阵势，算得上追踪采访吧。”

“才不是呢。”康夫的母亲说，“不过，我好像解开了久思不得其解的谜。之前我一直纳闷，我怎么会生出康夫这样的孩子？现在我终于明白了，康夫，你身上的基因应该全部来自你爸爸。”

“你是在夸康夫优秀吗？”姐姐问道。

妈妈笑道：“都是不着边际的怪人。”

“啊，好伤心。”父子俩异口同声。

是不是怪人姑且不论，面对济济一堂的旁听者，井上法官在开庭后立刻作出的说明——他称之为“告喻”——确实相当精悍。

开庭比规定时间晚了三十分钟，而被挡在门外的媒体人士依然吵吵嚷嚷，不愿轻易散去。人们的兴奋和激动升高了体育馆内的气温。

面对旁听席上的听众，井上法官简单说明了昨天大家与垣内美奈绘见面的情况，干净利落地作出解释：与垣内女士的会面对校内审判相当有意义，会面期间并未出现任何形式的危险，校内审判相关人员都为垣内女士的主动投案而高兴。最后，他抛去法官的威严，以初三学生的身份，用一句“我们衷心希望森内老师能早日康复”结束了自己的发言。演讲结束后，一部分旁听者给了他热烈的掌声。或许是被他的气势镇住了，之后并没有出现试图阻碍审议进程的发言者。

接受井上法官的指示，藤野检察官站起身，将等候在旁听席第一排座位上的增井望叫到证人席上。

在等候的过程中，增井望的脸色变得越来越苍白。他的紧张俨然转变成了恐惧。宣誓时，他的声音很小，还微微发颤。井上法官让他大声一点，他反倒将整个身子缩成一团。

今天一早去约好的见面地点——公园接他时，藤野凉子再次当面向他确认：出庭作证真的没问题吗？如果不愿意，尽管拒绝，不用勉强。你的证言至关重要，可一旦走上证人席，就很难保证不对你今后的生活学习带来负面影响。你之前一直瞒着父母向校内审判提供帮助，对此我们十分感谢。即使你今天不出庭，只需要提交陈述书作为书面证据就行，我们会同样感激你……

然而，增井望的意志十分坚定，没有血色的薄嘴唇绷得紧紧的。

他清楚明晰地回应道："我要出庭作证。我要诉说自己受到的伤害，要让素不相识的人们仔细倾听我的申诉。"

这一刻，藤野凉子坚定了决心。

由于昨天辩护方的成功策略，增井望遭遇的抢劫伤害事件已经失去了凉子原先希望的效力。无论增井望遭受的伤害有多严重，无论大出俊次一行的行为如何残暴，将这一过程阐述得越详细，只能越发加强桥田佑太郎证言的效果。

然而，凉子依然要让增井望出庭作证，一吐为快。她要让陪审员们、旁听者们好好听一听，大出俊次、井口充和桥田佑太郎到底做出过多么恶劣的行径，而且一直被放任自流。即使对柏木卓也的案件毫无帮助，也必须进行这次证人询问，就算只是为了增井望一个人。

即便是未成年人，无端受到暴力伤害的一方也应有权申诉自己的遭遇。无论遭遇伤害的原因和过程如何，如果当事人希望让大众了解真相，那就容不得任何阻扰。

凉子还想到自己被高木老师扇的那记耳光。如果事后母亲邦子畏畏缩缩，不仅不帮忙提出抗议，还要对自己说："高木老师情绪失控固然不对，可你顶撞老师也有错，你还是乖乖忍着吧。万一影响评语可就糟了，还是多一事不如少一事吧。"那自己又会怎么想？肯定会不服气吧。增井望也一样，他一直被强迫接受这样的不公正待遇。即使父母出于保护他的好意，不公也依然存在。只有事不关己的旁观者才会说出“让一切都过去”这样的话。

“感谢你参与校内审判。”藤野检察官对增井望微笑着，一如既往地用表示感谢的方式开始她的主询问。

四中男生的夏季校服与三中不同，是白衬衫加蓝裤子的明快搭配，特别清凉。增井望身子瘦弱，校服穿在他身上显得很宽松。

藤野凉子手拿增井望证人的陈述书，以确认事实关系开始展开提问。回答的过程中，增井望证人的心态逐渐平稳，颤音渐渐消失。他的回答毫不踌躇，对事实关系的记忆十分准确。

证人的视线一直落在藤野检察官脸上，不看被告，甚至连法官也不看一眼。

“为了让陪审员们了解你所受到伤害的严重程度，我想展示几张你借给我们的照片，可以吗？”

“可以。”

佐佐木吾郎和萩尾一美推来带滑轮的黑板，手脚麻利地贴上几张照片。这些照片都是增井望住院时，他父母为他拍摄的。看得到照片的旁听席前排开始叽叽喳喳地议论起来。陪审员们倒很镇静，只有仓田真理子像受了刺激似的睁大了眼睛。

神原辩护人和助手野田健一都目不转睛地看着证人增井望。被告大出俊次不以为然地撅起嘴，低头看着地面。凉子早就作好准备，如果大出胆敢威吓证人，就立刻要求他退庭。但就目前状况而言，他只是面露凶相，并不会有大动作。

“变成这样住进医院，请问证人当时心情如何？”

增井望稍作思考时，旁听席上摇动着的扇子和手帕都停了下来。

“我很害怕。”

“害怕？”

“是的。我担心身上的伤治好后，会不会留下后遗症。”

“你父母是怎么说的？”

“他们安慰我说，一定能痊愈。”

“这些照片都是你父母拍的吗？”

“是的，是父亲拍的。”

“为什么要拍？”

“说是为了今后，留下照片比较好。”

“什么时候拍的？”

“我住院后的第二天。”

“当时，警方开始调查了吗？”

“有刑警问了我许多问题。可他们说，我说的情况和对方说的不一致。”

“哪里不一致？”

“我说自己受到了敲诈勒索。警察说，大出他们把这件事说成是打架。”

“可是，你确实是被抢走了钱，不是吗？”

“他们说是打架时顺带抢了钱，而不是为了抢钱来打我的。”

“你认识大出俊次、井口充和桥田佑太郎吗？”

“以前在公园附近看到过他们，但说不上认识。”

“这么说，发生这起事件之前，你不认识这三个人？”

“是的。不过我听说过他们的传闻。”

“什么样的传闻？”

“说他们是城东三中出名的坏蛋三人帮。有四中的学生被他们敲诈过。”

神原辩护人举起一只手：“反对，这只是传言，并非有根据的事实。”

“那我换一个问题。”藤野检察官用平淡的口吻继续说道，“你不认为那天你是在和大出、井口和桥田打架，对吧？”

“是的。”

“现在也这样认为吗？”

“是的。”

“可最后，这起事件并没有当作敲诈案件来处理，而证人你和对方通过调解作出了和解。这是为什么？”

“是我父母决定的。他们认为这样比较好。”

“那么，你的父母为什么会认为接受调解比较好？”

“他们认为，大出即使被送进少教所，也很快就会出来。他们担心，大出会报复我。”

“就为了这个？”

这时，增井望第一次看向大出俊次。不是偷偷地看，而是死死盯着他。“大出的父亲承诺付给我医疗费和慰问金。”

“作为三人帮的代表，大出的父亲前来与你的家人交涉，答应会付钱，要你们不再追究那三人的责任，是这样的吗？”

“我想，就是这么回事吧。”

“你的父母立刻答应了？”

增井望依然看着大出俊次。被告终于抬起头来，两人视线交汇，被告的眼神立刻变得凶恶起来。

证人增井望并未露怯，还似乎对对方的反应比较满意，慢慢眨了几下眼睛，又将视线转回凉子身上。

“我可以转述我父母的话吗？”

“当然可以。”

“我父母说，大出的父亲不像个正经人，跟这种人少纠缠为妙。对方的律师倒很明白事理，还是早点以调解方式了结吧。”

旁听席上发出毫无顾忌的哄笑，大出俊次的脸一下子涨得通红。

“对于父母的决断，你是怎么想的？”

“我觉得这也是没办法的事。我也很害怕。”

“你是怕大出他们三个人，还是怕大出的父亲呢？”

“都怕。”

旁听席再次响起笑声，甚至带着些许嘲笑的意味。大出动了动身子，神原辩护人对他说了句话，他又低下了头。他的脸依然通红，一只手时而握拳时而张开，似乎很难平静下来。大出的反应正是藤野检察官希望看到的。你想揍增井吧？如果不是在大庭广众之下，如果没人制止，你一定会扑过去对增井拳打脚踢，对吧？

“你现在依然很害怕？”她问证人增井望。

“是的。”增井望点点头。

“可是，你还是来这里出庭作证了。你的想法是否发生了某种改变呢？”

“是的。因为大出的父亲被捕了，虽然他犯的罪与我无关。”

“因为他现在仍被拘留，就算你针对大出的暴力行为当庭作证，他也无法闯到你家来威胁你，对吗？”

“反对。”神原辩护人一板一眼地说。

“反对有效。”井上法官也作了机械式的应答。

凉子微笑道：“大出父亲的身影从本地区消失后，你内心的恐惧也随之消失了，是吗？”

“即使没有完全消失，也确实轻松多了。”

“那么，你的想法之所以会发生变化，还有别的理由吗？”

回答这个问题前，增井望的身子颤抖了一下。

“我认为除了我，应该还有其他受害人。我绝不能保持沉默。”

“你想将自己受到的暴力伤害公之于众，让陪审员们了解被告的真面目，是吗？”

“是的，还有……”

证人又颤抖了一下。井上法官探出身子。

“我想让大家知道我到底受到了怎样的伤害。或许有人会说，既然已经接受调解，那就快点忘掉吧。可我办不到。”

说出“可我办不到”时，他的嗓音变得嘶哑。

法庭安静了下来。

凉子有意留了一段空白时间，随后继续问道：“那你不担心在此作证后，又会遭到被告的嫉恨，被他殴打吗？”

“肯定会担心。但今后如果我又被大出打伤，我父母绝对不会再次调解了事。今天在场的大家都可以为我作证。”

“你父母知道你来参加校内审判吗？”

凉子原本以为他一定会作出否定的回答，可谁知竟猜错了。

“之前我隐瞒了很久，可今天一早就向父亲讲明了情况。现在，我父亲也来旁听了。”

话音未落，旁听席中央的位置有一名身着西装的男子站了起来，举起一只手，大声说道：“我就是证人的父亲。”

藤野凉子难以掩饰脸上的惊讶之色，只得慌张地将视线落到陈述书上。“是这样啊。这么说，你父亲完全理解你希望出庭作证的决心，并大力支持你，是吗？”

证人增井望回头望向依然举着手的父亲，对他点了点头。他父亲也用力点头，放下手，在其他旁听者的注视下，平静地坐了下来。

父亲的果断举动，似乎给了增井望莫大的勇气。

“是的。我父亲理解我。他还说，如果柏木真的是被人杀死的，就绝对不能坐视不管。”

“柏木的事件，发生在你这起事件之前不到两个月。请不要认为，如果你能尽早将自己的事件公之于众，受到谴责的大出就不会杀害柏木了。”

“可话虽如此，我知道大出他们干得出杀人这种恶行。”

旁听席上嘈杂声四起。大出俊次怒火中烧，猛地从座位上站了起来。神原辩护人揪住他的衬衫，让他坐下。由于用力过猛，大出差点从座位上摔下去。

“被告，肃静！”井上法官的训斥立刻飞了过来。

“不过，他们就算杀人，估计也不会是故意的。”血色回到了增井望苍白的脸上，语气也坚定了许多，“也许只是恶作剧过了头，没有想到对方会死去。我当时的情况也是如此，他们对我又打又踢，还一直笑个不停。我想，他们也是这样对待柏木的吧。”

“反对！”

神原辩护人话音未落，井上法官便开口了：“这番言论只是证人的猜测，请各位陪审员忘掉这一发言。”

“对不起。”藤野检察官对井上法官鞠了一躬。她悄悄对证人使了个眼色。增井望眼中闪出一道光芒。

看到证人的眼神，凉子十分满意。

“检方的主询问到此结束。”藤野检察官坐了下来，为了鼓励证人，她依然目不转睛地注视着增井望。

旁听席一片嘈杂，神原辩护人等待片刻后才开口：“证人并不认识大出，是吧？”

“是的。”增井望的回答又带上了颤音。

“也不是朋友，对吧？”

“对。”

“遭到大出、井口和桥田的暴力袭击，只是由于你很倒霉地在那个时间那个地点遇上了他们，不是吗？”

“是的，没有其他的缘由。”

“他们三人对你拳脚相加的时候，也许都不知道你的名字吧？”

“是的，估计就是这样。”

“你受害的原因只是运气不好，除此之外没有任何其他原因，是吗？”

增井望歪了歪脑袋，似乎不理解这一连串问题的含义。

神原辩护人提示道："比如，你有没有主动挑衅大出他们？"

"绝对没有。"

"你也没有主动接近他们，比如主动向他们搭话？"

"没有。"

"在受到他们伤害前，你不认识他们。这一点没错？"

"没错。"

神原辩护人点点头，吐出一口气："你觉得自己的性格是内向还是外向？"

证人脸上又露出了不解的表情。

"是属于活泼还是安静的那种？"

"安静的。"

"你是个小个子吧？其实我也是。"神原辩护人微笑道，"性格安静，个子矮小的人，往往会成为被嘲笑、欺负的受气包。男生之间这种情况尤为严重。请问证人是否受过大出之外的学生——譬如四中同学的嘲弄和欺负呢？"

证人有点不太高兴："这和我遭遇的伤害事件有什么关系？"

凉子举起手，站了起来："我反对，辩护人的提问毫无意义，是在侮辱证人。"

"辩护人，"井上法官厉声问道，"你想通过这个问题证明什么？"

辩护人立刻作出回应："我想证明的是，检察官意图追究被告罪责的柏木卓也事件，与增井望事件从本质上完全不同。"

井上法官点点头，催促他继续说下去。

"根据检方的说法，柏木的死和他与被告的感情对立有关。然而，增井证人和被告之间并不存在感情对立。增井望不认识被告及其同伴，暴力事件发生前，他们没有任何来往。被告只是认为正好路过的证人身材瘦小，性格文弱，是个极佳的敲诈对象，于是对他动用暴力，致使证人身受重伤。这是一种突发性的暴力行为，而根据检方的说法，柏木事件是有计划的暴力行为。这两起事件的性质完全不同。我希望各位陪审员不要只注意结果，要关注暴力事件发生的原因和过程。”

旁听席上寂静无声。在通过随机抽签得到旁听机会的人们之中，有一些是看到昨天的电视节目才开始关注校内审判的。这些凑热闹的人还是第一次领教神原辩护人的口才，难免会目瞪口呆。

“我可没受过同学的欺负！”证人脸色微变，反驳道，“只偶尔受到点嘲笑罢了……”

部分旁听人员像是刚刚回过神来似的，又笑了起来，惹得凉子瞪起眼睛，扭头扫视了一圈。

“我从未受过欺负，二月那次也是头一回遭到敲诈。”

“明白了。我的提问到此为止，谢谢。”神原辩护人坐了下来。

等到旁听席恢复平静后，凉子慢慢站起身来。

“法官，我需要再次进行主询问。”她立刻将视线停在了证人增井望的脸上，“增井，你现在对大出有什么想法？有什么话要对他说吗？”

有话想说就直说。把那些别人让你忘记的事，全都说出来。

“我希望他在法庭上说真话。”

“你是说，在柏木事件上，要老老实实承认事实，是吗？”

“是的。不过，如果确实没有关系，说没有关系就好。希望他坚持住。”

“希望他坚持住？”

“是的。如果大出觉得麻烦自暴自弃，连没做过的事情都承认下来，那就和听从别人，将有过的事情说成没有的我一样。我觉得这要不得。”

这不是身为检察官的凉子希望听到的话，却是作为初中生的她所期待的。

“还有……”增井望脚在发抖，音量变小了，“这次校内审判结束后，希望他能向我道个歉，哪怕一次也行。”

被告逃避似的一直低着头。

“谢谢！”凉子坐了下来。

增井望向法官和陪审员们低头鞠了一躬，离开了证人席。他并没有走向旁侧的出入口，而是在众目睽睽之下通过旁听席一侧的通道，朝体育馆后方走去。他父亲从旁听席上站起身，分开其他坐着的旁听人员，目不斜视地向自己的儿子走去。

走到儿子身边后，父亲抱住了儿子的肩膀。父子两人就这样一起走出了体育馆。

“怎么这样啊……”佐佐木吾郎一边用毛巾擦着脸上的汗水，一边嘀咕道，“老爸说来就来，事先打声招呼不好吗？”

“估计小望对他老爸说的时候，还不知道他老爸会来旁听。”一美的语调相当柔和。

藤野凉子静静调匀自己的呼吸。增井望是检方最后一名证人。所有的牌已经全部打出去了，今后只能依靠交叉询问来反击对方，将胜负赌在最后的宣判上。

“请传唤辩护方证人。”井上法官喊了一声。野田健一朝边门跑去，身影消失后，却迟迟不再出现。是不是证人迟到了？

这个今野努到底是什么人？

也许证人不在休息室，而是在旁听席上？凉子的视线扫向后方，突然看到一张出人意料的脸。那人低着头，坐在旁听席前方三分之一处的靠边位置，头发剪得很短，简直像个男孩子。她身穿T恤衫加牛仔裤，似乎在装扮上下了一番工夫，让人差点认不出来。

三宅树理的右边坐着她的母亲，左边则是陪伴她的尾崎老师。

为什么？

为什么事到如今突然心血来潮来旁听了？因为今天要询问大出俊次本人吗？

藤野，你相信我吗？

三宅树理没有注意到藤野凉子的目光。那件白色T恤穿在她瘦弱的身上，显得有点肥大，飘飘荡荡的。

“让大家久等了，这位是辩护方的证人今野努先生。”

伴随神原辩护人的介绍，一个身穿西装的高个子男人入场了。凉子觉得这人和自己的父亲一样，是个一年要穿三百天西装的主儿。

“请证人入证人席。”

凉子的心跳加快了。他不是自己认识的绀野，西装领子旁隐约可见的徽章应该是……

“请允许我确认你的姓名。你是今野努先生，对吧？”

“是的，我是今野努，受到本法庭的辩护人神原和彦的邀请，作为证人出庭。’

“首先，请你宣誓。”面对一个陌生的大人，井上法官的语气相当郑重其事。

证人嗓音清澈，口齿清晰，年龄四十上下，体格强健，虎背熊腰，像个运动员。

法官审理该证人的陈述书后，神原辩护人开口了：“我首先要问，今野努先生，你是本校学生的家长吗？”

“不是。对这所学校而言，我是个无关的外人。”

“请教你的职业。”

刚才凉子瞥见的徽章果然是真货。

证人回答道：“我是一名律师。”

旁听席立刻轻微地喧嚣起来。

“我通过司法考试，取得律师资格，到今年正好十年，现在从属于东京第二律师协会。”今野证人嗓音洪亮，吐字清晰。面对旁听席的聒噪反应，那张过于严肃的脸上浮现出不无自得的神色。

神原辩护人站起身来，开始他的主询问：“今天，整个法庭都为先生的到来感到惊讶。”

证人脸上露出爽朗的笑容。“因为货真价实的律师出场了？”

神原辩护人不好意思地笑了。“是啊。感谢您能参加我们的校内审判。”

“请多关照。在正式开始询问之前，我想对陪审员们说几句话。法官，我可以说吗？”

“哪方面的？”

“对于即将开始的检方、辩护方询问，我作好了回答的准备。但是，在回答询问之前，我想首先表明一下自己的身份。”

“请吧。”井上法官说道。

“各位陪审员，你们辛苦了。”

证人对九名陪审员微微鞠了一躬。除去惊呆了的胜木惠子，所有陪审员都还了礼。

“我并非应神原辩护人之邀的辩护方证人。真正的证人是我的委托人。我是受那位委托人的委托，代理他出庭作证。”他耐心地解释道，“我的委托人并非此次校内审判的被告，而是在校外真正的法庭上受到起诉，被追究罪责的人。我的工作则是在那场公开的刑事审判中，关注我的委托人是否受到公正的裁决，在必要时运用适当手段保护他的合法权利。”

陪审员们眨着眼睛注视着今野证人。

“我的委托人涉及的违法行为牵连了许多相关人员。其中，有的已经遭到起诉，有的尚在接受调查。那是一起相关人员众多，犯罪现场不止一处的复杂事件。到目前为止，刑事侦查尚未结束。”

今野证人暂停片刻，看了看陪审员们的脸。

“我是在这样的事件背景下来到这里的，这很关键，希望各位能够理解。我将在尊重委托人意志，符合委托人意图的前提下，尽可能坦率地回答证人询问中被问及的问题。倘若遇到与委托人在校外被追究的罪名，即遭起诉的违法行为直接相关的问题，或者遇到可能对委托人造成不利影响的问题时，我将不予回答。还有，即使委托人认为我可以回答，可我觉得作出相关证言可能会对委托人造成不利影响时，我也将不予回答，或只作部分回答。”

看着陪审员们一张张绷紧的脸，今野证人露出笑容。

“不过，有一点请大家务必理解，我绝无轻视校内审判的意思。这也是委托人——被告的意愿。他虽然正受到拘留等待审判，却非常希望到这个法庭来作证，把自己知道的真相告诉各位陪审员。请大家理解我的委托人真诚的心意，拜托了。”

今野证人又鞠了一躬。全体陪审员再次还以一礼，这次胜木惠子也在其中。

“井上法官，多谢了。”今野证人也对井上法官鞠了一躬，回过头看向神原辩护人，“请开始吧。”

平日里一向伶牙俐齿的神原辩护人，此刻竟被对方的气势压倒，一时说不出话来。

“镇静一点。”今野证人小声说道。几个坐在旁听席前排的人发出了低低的笑声。

“呃……今野先生。”

神原和彦惊慌失措的模样实在不多见。但藤野凉子没法轻松地嘲笑他，毕竟来到现场的是真正的法律专家。

“称呼我‘今野证人’就行。”证人微笑道。

“好的。下面我开始向今野证人提问。”

助手野田健一在擦拭额头上的汗水。大出俊次一脸茫然：听这家伙刚才的长篇大论，其中提到的“被告”好像不是我。

“今野证人，你能告诉我们委托你来此作证的人的姓名吗？”

“不能。”

一开始便立刻遇到了“无可奉告”的问题。

“我不能在此场合公开委托人的姓名，理由我刚才说明过了。”

“在接下来的询问中，我们该如何称呼此人？您有什么较好的建议吗？”

“用‘我的委托人’或‘你的委托人’来称呼，你看如何？”

“明白了。你是出于何种缘由为你的委托人辩护的？”

“在法院受理针对我的委托人的起诉时，我被法院选为被告的指定律师。在我提供的书面证据第一页，有委托人的‘指定律师申请书’复印件。”

“就是这个，对吧？”神原辩护人翻开这一页，高高举起，上面涂黑的部分应该是委托人的姓名。

“是的。”

“你的委托人是以什么罪名被起诉的？”

“起诉的罪名有好多个，我可以只举出其中最主要的一项吗？”

“可以。”

“焚毁现居建筑物。”

凉子的心“噗通”猛跳了一下。估计坐在旁听席上的一些大人也会为此感到心惊。旁听席又聒噪起来，陪审员们倒没什么反应，或许是还没有反应过来。

“是故意点燃有人居住的房屋，企图将其烧毁。”今野证人向陪审团解释道。陪审员们的脸上都现出理解和惊讶的神色。

坐在凉子身边的佐佐木吾郎喉咙里漏出呻吟声。萩尾一美僵在原地，保持着拔分叉头发的姿势。

“那起纵火案是何时、何地发生的？”

“今年七月一日凌晨一时许，发生在大出胜家中。”

旁听席上的吵闹声更大了。井上法官敲响木槌，高声喊道：“肃静！请保持安静。”

“大出胜就是此次校内审判的被告大出俊次的父亲。”证人继续说，“在那起火灾中，大出家的房屋全部焚毁，而我的委托人被指控为亲自去大出家放火的犯人，对此，他已主动认罪。”

“那么，你的委托人为什么要去大出家放火呢？”

“有人委托他这么做。”

“是谁委托他的？”

今野证人微笑道：“我不能回答。”

“媒体报道过此案，当地人一般都有所了解。就算这样都不能说吗？”

“新闻报道未必是事实。”今野证人反驳道，“是什么人于何时以怎样的方式委托我的委托人点燃大出家的房屋并将其焚毁，无论是对我的委托人，还是对因同一事件受到起诉的大出胜，都无疑是庭审争议的焦点。因此在目前阶段，我无法作出回答。”

“明白了。你的委托人以前和大出胜有来往吗？”

“没有。”

“那么，在大出家纵火后，你的委托人能得到什么好处？”

“金钱报酬。”

“他是为了赚钱去放火的，对吗？”

“是的。直白一点说，我的委托人就是干这种勾当的。”今野证人扫视一遍陪审员们的脸，“各位，你们听说过‘掀地皮’吗？”

包括竹田陪审长在内，有零星几名陪审员点了点头。作为回应，今野证人也对他们点点头。

“在如今经济景气，大都市内地价飙升的形势下，这个词频频出现在报纸和杂志上，大家应该会有所耳闻。不过我还是费一些口舌，在此对这个词作一番简要的说明。”

这时，野田健一悄悄站起身，将辩护方的黑板拖到前面。他用白色的粉笔在黑板上写下“掀地皮”三个字，又悄悄坐了回去。由于紧张，他的字写得歪歪斜斜，走路的姿势也很不自然。

“谢谢！是的，就是这三个字。”今野证人对野田健一笑了笑，继续说道，“所谓‘掀地皮’，指的是在违背本人意志的前提下，将建于某土地的住宅租户，或租用某土地建造住宅或店铺、并居住其中或经营商店及企业的人们从该土地上强行赶走。那么，这种粗暴的行为意图何在？”

今野证人来到前方，像是要亲自来写板书。

“土地所有权人——通称‘地主’，具有根据自身意愿自由出卖、出租或使用该土地的权利。若地主在该土地上建造民居并出租，那依据租赁合同，租户也会得到相应的权利。这时，地主必须尊重租借人的权利，切实履行合同条款。然而，时常会出现地主遭遇某种变故，希望解除租借合约或不愿续约的情况。此时地主必须事先通知租户，并履行必要手续，比如支付一定的搬迁费用。在多数情况下，手续都会顺利办妥，但偶尔也会发生问题，例如租户拒绝搬迁，出于种种缘由无法在地主希望的时间内搬迁，搬迁补偿费用谈不拢等等。地主和租户毕竟都是人，都有自己的生活，这些问题在所难免，双方能协商解决还是比较理想的。可谈判破裂后，地主一方会去骚扰租户，使租户难以留在土地上，从而达到驱赶租户的目的。这种行为便是‘掀地皮’，承接此类业务的个人或团体会被叫成‘掀地皮的’。”

陪审员们零零星星地点起了头。

“刚才，我用了‘地主一方’这样的表达方式，因为采取‘掀地皮’行为的并不仅限于地主。有时，即使地主本人没有这样的意愿，介入地区开发的房地产开发商也会使出类似的手段。甚至会有外人看中某块土地的升值空间，用‘掀地皮’的方式赶走租户，使地主收不到房租，逼迫其变卖土地。实际情况多种多样，请各位陪审员不要误解，别以为每个地主都是贪得无厌的坏人。”

旁听席上响起一阵轻微的笑声。

“房地产本就是高价商品，在如今地价飞涨的年代，价格更是高得吓人。因此，与房地产相关的冲突事件正在不断增多，甚至酿成亲属间同室操戈的悲剧。大出家的案件就属于此类。”

今野证人竖起右手食指，举到脸旁。

“亲属中的某一人拥有土地所有权，并在该土地上建造房屋，与家庭中的其他亲属一同居住。”

他又竖起左手的三根手指，两手靠拢。

“欲将该土地当作资产变卖的某家庭成员，与拥有土地所有权的另一家庭成员之间发生意见冲突，协商后也未能取得一致。前者便雇佣了我的委托人，结果在烧毁房屋的同时，导致了亲属的死亡。这是一个令人痛心的悲剧。”今野证人加强了语气。

“在‘掀地皮’行为中，纵火是一种经常使用的手段吗？”

“房屋烧毁后就无法居住了，因此纵火确实是一种直截了当的手段。但纵火可能殃及邻居，甚至造成伤亡。所以作为终极手段，往往不敢轻易采用。”

“你的委托人却是这方面的专家，是吗？”

今野证人用认真的眼神回望一脸天真的神原辩护人，说道：“是的，我的委托人是个老练的行家。”

法官席上的井上康夫皱起眉头，现出厌恶的神色。

察觉到这一点的今野证人立刻转向井上法官说道：“称其为‘专家’或‘行家’确实不够谨慎。我的委托人犯了法，对于他的恶行毫无辩解的余地。但是，我希望正处于成长期的各位冷静思考，努力理解，人是各式各样的。有人选择了我的委托人这样的生活方式，并拥有与此相应的自豪。”

神原辩护人似乎正等着这句话。他立刻接过话头：“具体而言，你的委托人为什么而自豪？”

停顿一拍后，今野证人大声回答：“自己经手的案子从未出现过火灾伤亡，即绝不伤害人体。”

“在有人居住的房屋内纵火，有可能做到不伤害人体吗？”

“在大出家的案子之前，我的委托人从没有伤过人。他承认总共实行过十起纵火案，只有大出家这一起案件死了人，因此可以认为，我的委托人没有前科。”

“他之前没有被警察盯上过，对吗？”

“可以这样说，即使被盯上，也没有被抓到过把柄。”

神原辩护人缓缓点头。“这样的作案——或者说纵火手段，是你的委托人特有的吗？”

“是的。我的委托人因此得到了专用称号。他作案时，能让建筑物里的人立刻发觉火灾，迅速逃离现场。为此，他放的火在引人注目的同时，又能得到良好的控制。”

野田健一又开始写起了板书，字迹依然是颤抖的。凉子的手也在发颤，于是将双手紧紧握在一起。

原来如此，今野律师果然是“烟火师”的辩护人。

“可是，大出家那次，他失败了，对吧？”

今野证人看了一眼大出俊次。“是的。大出胜的母亲，俊次的祖母在那场火灾中丧生。我的委托人为此事感到深深的遗憾。”

大出俊次脸上并没有怒色，只是显得更加萎靡不振。

“你的委托人作为一名‘烟火师’，为了不出现一名死者，肯定动了不少脑筋吧？”

“是的。”今野证人也像早就等着辩护人这个问题似的，立刻答道，“具体细节，我在此无法说明。但我告诉大家一点，关键不在于技术，而是在于委托人的细致用心。”

“这又是怎么一回事？”

“我的委托人在每次作案之前，一定要与目标住宅里的住户一一见面。一般只是看看对方相貌，偶尔也会说上几句话。”

神原辩护人眨了一下眼睛：“见面？特地登门拜访吗？”

“是的。”

“为什么要这么做？”

“他说，只有在见面之后，才能将完成委托必需的信息一一铭记在心。不是几楼住多少人这种干巴巴的信息，他必须了解住户在建筑物内是如何生活的。”

陪审团中的山野纪央像是遭到了打击，浑身微微一颤，双手按住了自己的嘴。

“因为自己面对的不是空荡荡的建筑物，而是活生生的人。而自己要做的事，很可能会夺走人们的生命。你的委托人正是为此才特意前去与建筑物中的住户见面，对吗？”

“是的。但即使他这样做了，也不能减轻他的罪名。还有，如果住户中有病人、老人或孩子，就必须为他们提供避难的帮助，预先踏勘可以为此确认现场细节。”

“可是，万一被对方记住自己的长相，不就麻烦了吗？”

“是的。他说，这样的风险在所难免。”

终于听出点名堂了。凉子的膝盖抖得厉害，根本止不住。她不由自主地动了动自己的脚。

“你的委托人一直是这么做的？”

“是的。他一定会这么做。”

“一次例外都没有？”

“没有。”

“在大出家作案时，你的委托人也事先去拜访过？”

“拜访过。”

神原辩护人挑衅似的轻轻扬起下颌：“那是什么时候的事？”

“我的委托人总共去大出家勘察过三次现场，第一次是在去年年底，十二月二十四日的夜晚。”

整个法庭都炸开了锅。井上法官不得不猛烈敲打起木槌。

今野证人提出要喝水，野田健一递给他一瓶矿泉水。证言中断了一段时间。喧闹平息后，旁听者和陪审员们都难以掩饰内心的惊恐和激动。

神原辩护人重新开始询问：“你的委托人具体是在几点，以怎样的方式拜访大出家的呢？”

“他与参与此次行动的两名同伴一起受大出胜的邀请，以打麻将的名义前去拜访。大出家有专用麻将室，里头设置有高档麻将桌。三人到达大出家的时间是将近晚上九点，离开时已是凌晨两点多。”

“在大出家滞留的时间相当长。”

“因为要打麻将。”今野证人微笑道，“这倒不是纯粹的借口。顺便一提，那天的麻将只有我的委托人一个人在输。毕竟另有目的，他有点心不在焉了。”

“那天夜里，你的委托人去大出家的目的，在于查看房屋结构并与家人见面，没错吧？”

“是的。他们一到大出家，大出夫人就出来打招呼，还在大出胜的引导下，在他母亲的房间里见到了他母亲。”

“和俊次见过面吗？”

“和夫人一样，大出胜也叫了俊次，可他并没有露面。据说大出胜为此十分恼火，斥责他不出来向客人打招呼，太不像话了。”

“那次拜访时，你的委托人几乎一直在麻将室里吗？”

“是的。但他曾以上厕所或活动腿脚为借口，瞒过大出夫人走出麻将室，去各处查看，每次花的时间都很短。”

“这样就能完成勘察任务了？”

“对他来说，这就够了。还有，听说当天他拿到了房屋设计图。房屋竣工至今已超过三十年，设计图十分陈旧，改造和重新装修的部分都未反映在图纸上。那份图纸只能提供大致的情况。”

“在拿到设计图的同时，你的委托人应该从大出胜那里得到了家人居住位置的情况。”

“是的。”

“厨房在哪里，浴室在哪里，俊次的房间在哪里，等等。”

“是的。不过，我的委托人还说，光有这些信息还不够，为了加强实际感受，必须用自己的眼睛一一观察、确认。有人实际居住的房间，往往会有一些不到现场无法了解的情况，例如家具电器的摆放位置，设计图上画着的窗户有没有堵住，等等。”

神原辩护人放下文件，两手空空地站立着。他脸上的表情表明，目标已经明确，不必拐弯抹角，只要发起最后攻击，定能一举拿下。

“这么说，你的委托人当天一直没能见到俊次？”

“听说大出胜利用麻将室的电话，还吩咐他夫人去叫了俊次好多次，但他就是不肯露面。大出胜还发火说，今天叫那小子不要出去，他就闹起了别扭。我的委托人还和同伴一起安慰过大出胜。”

“见不到俊次，你的委托人不会很为难？”

“倒也不会。即使当天夜里见不到，以后还会有机会。因为正式行动要到半年之后，我的委托人不必太着急。可是，在一个偶然的情况下……”今野证人慢慢说道。

“偶然的机会？”

“我的委托人要喝水，去厨房时遇见了俊次。”

神原辩护人也缓缓地问道：“那大概是什么时候的事？”

“当时，放在厨房的小电视机正播放着NHK的新闻节目，那天夜里在下雪，对吧？大雪一直下到天亮。”

"是的，首都圈播报了大雪预警。"

"据说那时，电视画面上出现了气象图，就是NHK报道天气时常见的那种。"今野证人用手在空中比划出一个四方形，还指了指左上角，"播出新闻和天气预报时，屏幕的这个位置上不是会显示时间吗？"

"嗯。是的。"

陪审员们都在点头。

"我的委托人看到电视机时，时间显示为凌晨零点零八分。"

野田健一立刻在黑板上写下"0:08"。

"我的委托人说，他从小就拥有超群的视觉记忆能力。这和他成为'烟火师'有没有关系，我不得而知。不过，看到过的场景他绝不会忘记。尤其对于数字，他记得特别清楚。他说他肯定不会记错。"

旁听席不再喧闹。听到这番证言后，大家都在干咽唾沫。

"请允许我确认一下。"神原辩护人说，"就是说，在去年圣诞夜变更日期后，十二月二十五日凌晨零点零八分，你的委托人在本法庭被告大出俊次家的厨房里见到了被告。是这样的吗？"

"是的。"

被告眼睛瞪得很大，举起手挠了挠头。他将脑袋偏向野田健一，低声说了句什么，野田助手立刻对被告说："请安静一下。"

"你的委托人到厨房去的时候，俊次已经在那里了，是吗？"

"是的。"

"你的委托人还记得当时俊次在厨房里做什么吗？"

"他在用微波炉加热什么东西。我们会经常这样做吧？将盘子或盒装食品放入微波炉，设定好时间，在一旁等着听'叮'的一声。"

"俊次在这么做？"

"是的。"

"那你的委托人做了什么？"

“我的委托人对俊次说了声‘晚上好’。我刚才也说过，委托人之前和俊次没有见过面，只是从年龄长相上推断出，对方应该是大出胜的儿子，所以向他打了个招呼。”

“当时，俊次有什么反应？”

“他好像真的在闹别扭，没有搭理我的委托人。”今野证人一本正经地说，“我的委托人对他作了自我介绍，不过没有报上姓名，只说是‘环球兴产’公司的。这是一家与大出家的案件相关的企业。他对俊次说，他和同事一同受邀前来打麻将。”

“俊次呢？”

“据说摆出一副很不痛快的样子。”

被告现在也是一副很不痛快的样子。

“微波炉很快就响了，俊次从微波炉中取出东西，又从冰箱里拿了一瓶水，便跑出了厨房。厨房外就是通往二楼的楼梯，我的委托人当时听到了上楼梯的脚步声。”

“你的委托人没有和俊次交谈过，是吧？”

“是的。”

“当时的俊次给你的委托人留下了怎样的印象？”

“正像大出胜说的那样，是个闹别扭又不爱搭理人的男孩。不过呢，这个年龄段的男孩都是如此，所以他没有放在心上。”

“你的委托人还记得俊次当时穿的服装吗？”

“是一身蓝色的薄运动服，光着脚，连拖鞋也没穿。”

“在家中穿的休闲服装，对吗？”

“是的。我在家无所事事的时候，也穿这样一身。”看到陪审员个个表情紧绷，今野证人又笑了笑，“俊次似乎很困，我的委托人觉得这大概是他不爱搭理人的原因。”

“他很困？”

“是的，一脸倦容。运动服是皱的，乱蓬蓬的头发特别翘，似乎之前一直在自己房间睡觉，觉得饿了才下楼去了厨房。这很平常，不是吗？”

“完全是随随便便的状态？”

“是的。”

“有没有马上要出门，或刚刚从外面回来的迹象？”

明知没什么用，但凉子还是举手表示了反对：“法官，辩护人在询问证人的意见。”

“反对成立。”井上法官机械性地应了一声。

神原辩护人继续问：“俊次走出厨房后，你的委托人又做了些什么？”

“继续看电视里的天气预报。他对大雪预警非常关心。”

“他在厨房里一直待到什么时候？”

“一直到天气预报结束，也就是零点二十分。然后，我的委托人就回到麻将室，对大出胜说，‘我见到你儿子了。’意思是说，与家庭成员见面的任务在当天夜里已经全部完成。”

“你的委托人还记得大出胜是怎么回答的吗？”

“大出胜说，‘那小子没跟你好好打招呼吧？’他显得很生气，似乎觉得作为俊次的父亲很没面子，还重新解释了一遍，‘我今天不许他外出，他就跟我闹别扭。’”

“大出胜要求俊次不准外出，就是因为那天你的委托人要去？”

“是的。他还对我的委托人说，俊次尽在外头闯祸，自己感到很头痛。”

“之后，你的委托人就一直待在麻将室里？”

“他后来又上了两趟厕所，顺便查看了屋内的几个地方。”

“这期间，他见到过俊次吗？”

“没有。”

“最后，你的委托人在凌晨两点多离开了大出家，对吗？”

“是的。大出胜叫来出租车，我的委托人和两名同伴在大出家门口坐上出租车，离开了。”

“是大出胜到门口去送他们的吗？”

“是的。当时屋子里很安静，大部分房间都熄了灯。”

神原辩护人停顿片刻，今野证人稍稍活动了一下身体。

“在此之后，你的委托人又去了两次大出家，进行实地勘察，对吗？”

“是的。”

“那两次，他跟大出夫人和俊次见过面吗？”

“没见过。不过，当他得知，大出家聘用了两名家政服务人员，其中一名专门照顾大出胜的母亲，在他老人身体状态不佳时会住在大出家，就要求大出胜安排自己与这名家政服务人员见面。”

“实际见过面吗？”

“是的。后来见过一次。”

“会不会出现这样的情况：你的委托人与俊次见面不是在去年十二月二十四日，而是在之后两次去的时候？人的记忆发生混乱也是常有的事。”

“不会。和俊次见面是在首都圈下罕见大雪的夜晚，我的委托人记得很清楚。”

“你的委托人于去年圣诞节凌晨零点零八分，在大出家的厨房里遇见身穿运动服、光着脚、头发乱蓬蓬、一脸倦容的大出俊次。这么说没错吧？”

“没错。”

“谢谢！”重重吐了一口气后，神原辩护人在自己的位置上坐了下来。他脸上的神情相当轻松，仿佛卸下了肩上的重担。今野证人对他点了点头，似乎在说：好样的，询问很不错。

“检方需要作交叉询问吗？”井上法官高声问道。在法庭内全体人员的注视下，凉子感到自己的身体异常沉重。

今野证人给出了决定性的不在场证明，所以说什么都没用了。

在昨天的非公开法庭上，三宅树理面对陪审团作出证言：去年圣诞夜，她和浅井松子两人来到学校附近，观看大钟的指针指向十二点，于是意外看到了柏木卓也和大出俊次一行。

三宅树理的证言在时间描述上不够精确。她们目击到的事件到底发生在十二点之前还是之后，并不明确。其实，这是凉子让她这么说的。三宅树理本想说出准确的时间，但凉子认为，遇到突发性事件还能记得准确时间，反倒会引起怀疑，还是模糊一些会比较好。反正柏木的死亡时间在零点前还是零点后，并没有重大的区别。

是的，没有区别。如果凌晨零点零八分时，大出俊次在自己家中，由于肚子饿了，睡眼惺忪地去厨房热夜宵，那柏木到底是死在零点前还是零点后，还会有什么区别呢？

难道自己真的无计可施了？能在今野证人的证言中打进一个楔子吗？哪怕一个也好，就能利用这个楔子来击毁“不在场证明”了。

总不能不战而降吧？

凉子站起身来：“我是藤野凉子，在校内审判中担任检察官。请多多关照。”

“哪里哪里，还请你多多关照。”今野证人应道。

此刻，佐佐木吾郎满头大汗。萩尾一美脸色惨白。陪审员们全都低着头。只有仓田真理子满脸担忧地看着凉子。

连真理子也明白，刚才的证言无懈可击。

这样想，不就拿真理子当傻瓜了？凉子心乱如麻。

一开口，凉子便意识到自己的声音有气无力：“证人，在此情况下，我想同时询问今野证人你自己和你的委托人。”

“哦。”

“你们是从什么渠道得知校内审判的信息的？你们又是如何判断

出，委托人的证言对于校内审判极为重要？”

今野证人脸上浮起柔和的笑容：“这个问题，我不能回答。”

“为什么？”

“要回答这个问题，我就必须讲明我在真正的法庭上将如何为我的委托人辩护，这样可能会对委托人带来不利影响。再说，”今野证人微笑道，“我和我的委托人都无法判断这一证言对校内审判的重要性，只能猜测‘或许会很重要’而已。判断重要性的不是我们，而是这个法庭。”

“是啊，我失礼了。”

聚集到这里的人，除了我，难道全死光了？如果还活着，怎么会这么安静？凉子心中暗忖着。

在如此寂静的场合，真不想问这样的问题。

“你的委托人在校内审判的法庭提供了对俊次有利的证言，估计能从大出胜那里得到某种形式的回报。比如说，在对你的委托人的公审中，作出能使其减轻罪名的证言。”

井上法官又皱起了眉头，不过这副神态是在表示厌恶还是愤怒，就不得而知了。

今野证人的表情显得越发柔和。

“这也是个难以回答的问题，但出于维护委托人名誉的考虑，我就说一下我自己的判断。在这个方面，我的委托人并没有以任何方式与大出胜达成交易。事实上，大出胜根本不知道我的委托人会在校内审判的法庭上出庭作证。”

“这怎么可能？”

“事实正是如此。”

“你是律师，不是能够自由会见大出胜的吗？”

“在这种情况下，不能说‘会见’，正确的说法是‘会面’。”今野证人和颜悦色地说，“现在，法院对我的委托人和大出胜作出了

‘会面’限制，除本人的辩护律师之外都无法见到他们。在开头我说明过，委托人被起诉的这起案子牵涉到很多人员，事实关系相当复杂，刑事侦查也尚未结束。因此，法院为了防止相关人员窜供或隐瞒证据，会采取这样的措施。”

凉子无地自容，简直想找个地洞钻进去。

“我不是大出胜的辩护律师，不能与他会面。”今野证人说。

佐佐木吾郎拉了拉凉子的裙摆，示意她不要硬撑了。

凉子扬起脸来，继续说道：“在真正的法庭上，你的委托人被追究的罪名不止一个。”

“是的。”

“在这些罪名中，应该也有杀人罪吧？因为大出的祖母在那场火灾中丧生了。”

“正是。”

“你刚才为什么没有提到这一点？”

今野证人立刻作出回答：“对此我应该道歉。刚才，我担心这会有损委托人的形象，所以没有点明。”

“这可是事实。”

“是的，不过……”今野证人稍作考虑，“有个情况我要在此说明，因为机会难得。再说，我觉得这或许对大家的校内审判有帮助。请问法官，可以吗？”

“请吧。”井上法官同意了。

于是，今野证人对着陪审团，而不是对着藤野凉子一人，说了起来：“我国司法制度遵循罪刑法定原则，国家不能追究国民未经明文规定的罪责。而且，刑法意义上的‘杀人罪’需要根据采取行为并使人丧命时，嫌疑人是否具有杀人意图来判定。”

陪审员们全都听入了神。

“这个‘杀人意图’有两种，在法律上的认定标准有所不同。首先说第一种。”

今野证人竖起了右手的一根手指。

“被追究杀人罪的犯人，在作案时应具有杀死对方的明确意图。要验证这一点，可以根据本人的供述，也可以依据犯人是否制定过杀人计划、是否准备了杀人凶器、是否事先公开宣称要杀死受害人等类似的言行、旁证和物证来进行判断。然而……”

他又竖起第二根手指。

“第二种情况就没那么直截了当了。犯人明知自己的行为可能导致某个人死亡，却依然实施了该行为，结果确实造成了人员死亡。这种意志被称为‘未必故意’，如此致人死亡的情况一般被判定为‘具有未必故意的杀人意图’。”

野田健一走到放在前方的黑板前，写下关键词。

“谢谢！”今野证人道了谢。

“虽说都是些让人头痛的概念，还请大家借此机会学习一下。也就是说，有意识地采取某种行为，结果导致他人死亡，但在实施该行为时并没有积极的杀人意图。不过，明知自己的行为会导致人员死亡，却还是以‘没什么大不了’或‘迫不得已’为缘由付诸实行，便是‘未必故意之杀人意图’的认定标准。”

一直紧锁眉头专心听讲的陪审员蒲田教子突然举起了手。

“对不起，这个有点难。”

“哦，哪里不明白？”

“即使没有杀人意图，也会有由于事故等原因导致人员死亡的情况，对吧？”

“是啊。很遗憾，确实有这种情况。”

“这种情况并不构成杀人罪吧？”

“是的，不构成杀人罪。由事故导致人员死亡的情况会追究过失致死罪。所谓杀人罪，是在有意杀人的情况下才追究的罪名。”

"可是，'未必故意'也不是有意杀人，只是偶然造成了人员死亡，不是和'过失'一样了吗？"

今野证人的脸上露出欣喜的表情："问得好。可是，'过失'致死和'未必故意'致死还是不一样。前者的行为本身就是无意的，而后者是有意为之。虽说出现人员死亡的结果都是偶然，但后者在前期阶段，可能致死的行为本身却是故意的，并非一时马虎。人的意志在这一瞬间发挥了作用。"

"哦，是这样啊。"教子嘟囔道，"在这一点上不一样。我好像有点懂了。"

旁听席响起了久违的笑声。

今野证人苦笑道："你虽然在努力地弄懂这些概念，可我要遗憾地告诉你，对犯人是否有意图的判断，依赖于犯人事先对'自身行为会造成人员死亡'的认识程度，而这种判断是十分困难的，无论检方还是辩护方，都必须切实地加以证明。"

连坐在蒲田教子身边的沟口弥生也点起了头。

"即便对法律专家而言，这也是个难题。老实说，我也在学习这方面的判例。因为我的委托人正是根据这一标准被认定'具有杀人意图'而遭到杀人罪起诉的。"今野证人重新面对凉子说道，"本案的检察官认为，我的委托人已经预测到在大出家纵火会造成人员死亡，却没有改变计划，为了获取报酬实施纵火行为。但我的看法不同。我认为检察官的事实认定发生了偏差，大出胜的母亲没能从火灾中逃生，是我的委托人无法预测的意外变故，我准备依此为他辩护。"

"就因为你的委托人是不会烧死人的'烟火师'？"凉子问道。

"是的。"看着凉子的眼睛，今野证人微微一笑，"我听说在校内审判的法庭上，有时会无视真正法庭的死板规则。"

"不是'有时'，是一直在无视。"井上法官说道，"所以陪审员会在不征求我意见的情况下，直接向证人发问。"

蒲田教子缩起脖子。

今野证人笑了起来："是吗？那好吧，我现在向法官提出一个请求。我可以向检察官藤野同学提问吗？"

"可以。"藤野凉子抢在井上法官之前作出答复。

今野证人看着凉子的眼睛，问道："你为何要执著于我的委托人因杀人罪被起诉这一点呢？"目光温和，却能够深入对方的内心。

凉子没有避开他的眼神，不慌不忙地回答道："因为我觉得，如果他是个杀人犯，那他的证言并不可信。"

今野证人点了点头："原来如此，感谢你坦率的回答。"

凉子垂下眼帘："交叉询问到此为止。"

"需要再次进行主询问吗？"

"不需要。"神原辩护人答道。

"既然如此，就请今野证人退庭。谢谢！"

今野律师最后扫视了一遍陪审员们的脸，对他们点了点头，离开证人席，走到辩护方席位跟前。他主动朝站起身来的神原辩护人伸出手，和他握手。随后轻轻拍了一下满脸通红的野田健一的肩膀，向大出俊次打了个简短的招呼，迈开坚定的步伐，头也不回地沿着来的路线走出体育馆的后门。

"休庭。下午一点继续开庭。"

在法庭如同突然苏醒般的喧嚣中，只有凉子一人呆呆地坐着。时间仿佛停止了。

午休时，被告大出俊次换上了一件笔挺的校服衬衫，纽扣一个个全都扣上，裤子也不再邋遢地挂在胯上，而是用皮带死死勒在腰间，连头发都整理过了。然而即便如此，他那副吊儿郎当的模样在短时间内也很难纠正过来，还显得特别心神不宁。在验证身份和宣誓的时候，他还是站没站相，说起话来嘟嘟囔囔的。

态度端正一点好不好？凉子不由得在心中呵斥道。自己的名字总该大声地说出来吧。

“被告，请在证人席上坐……”

神原辩护人竟然粗暴地拦住了井上法官的话头：“不，被告应该站着回答问题。现在就开始询问。”

旁听席上到处有扇子和手帕在飞舞。神原辩护人绕过桌子，来到前方。他两手空空，什么都没拿。

“被告，上午今野努证人的证言，你都听到了吧？”

被告抬起下巴，点了点头。

“请回答。”

“听到了。”

“被告，你自己还记得去年圣诞夜的事吗？”

大出俊次哼了一声：“听人提起，觉得好像有这么回事。”他嘟囔着，用手挠了挠耳背。

“就是说，你自己并没有清晰的记忆，是吗？”

“我要是记得，早就说了。”

“这可是关系到不在场证明是否成立的大事。难道你没有努力回想过吗？”

被告撅起嘴，不由自主地晃动着双腿。

“那么，刚才听了今野证人的证言，你有没有回想起来？”

“嗯，有那么一点。”

“那天夜里，你用微波炉加热的是什么，想得起来吗？”

被告又小声地哼了一声。

“还能想起厨房遇到的那位客人的模样吗？哪怕一丁点也好。”

“不记得。”被告赌气似的说，“那种鸡毛蒜皮的事情，谁会记在心上啊。”

“对你来说，这事关重大，绝不是鸡毛蒜皮的小事。”

“我们家经常有老爸的客人来，我到了半夜才起来吃晚饭也是常有的事。”一心急，嗓音就变高了，大出俊次的孩子气暴露无遗，“怎么可能一一记……”

“明白了。”神原辩护人双手抱胸，盯着被告，“被告不记得自己在去年圣诞节深夜里做的事情，是吧？明白了。下面来确认一下被告没有做过的事情，可以吗？”

大出俊次又挠了挠耳背。

“那天夜里，被告到本校来过吗？”

“没来过。”

“到楼顶上去过吗？”

“没去过。”

“遇见过桥田佑太郎和井口充吗？”

“谁知道他们在干什么。”

“没见过他们？”

“我说的就是这个意思。”

“见过柏木卓也吗？”

“没见过。”

“有没有将柏木卓也带到屋顶上去？”

“怎么可能……”

“请回答，有没有将柏木卓也带到屋顶上去？”

“没有。”

“有没有将柏木卓也从屋顶上推下去？”

被告瞪起眼睛盯着神原辩护人。神原辩护人也盯着他看。

“没把他推下去。”大出俊次用朗读剧本似的腔调回答道。真是个蹩脚的演员。由于演技太差，看起来反倒像真的一样。神原和彦和大出俊次到底彩排过几次？他到底是怎么把无可救药的大出训练成这样的？

“被告有没有杀害柏木卓也？”

陪审员们全都绷紧了脸——事到如今，用不着这样吧？

大出俊次回答道：“没有。”

“可是，井口证人说，被告在柏木死后，说过‘是我干的’，还记得吗？”

“谁他妈的……”一生气就禁不住高声叫喊起来。他随即意识到这样不妥，于是马上闭上了嘴，喘了一口气，继续说道：“怎么能把这种话当真呢？井口那小子明明也知道嘛。”

“这么说，被告确实是对井口证人说过‘是我杀了柏木’这样的话？”

“谁知道？早忘了。谁会把那种无聊的玩笑话记在心上呢？”

“你是说，即使说过，也是开玩笑的，是吗？”

“当然如此。”

“被告并没有杀害柏木卓也，是吗？”

“你怎么啰唆个没完了，烦不烦？”

一直瞪着被告的胜木惠子，听到这里眨了眨眼睛。

神原辩护人继续以平淡的口吻问道：“然而，被告被冠上杀害柏木卓也的罪名，来到了这个法庭。你觉得这是由什么原因导致的？”

“这还用说？还不是为了那封胡说八道的举报信？”

“是因为那封无中生有的举报信吗？”

“是啊。”

“也就是说，被告是被那封举报信冤枉陷害了，是吗？”

“这不是明摆着的吗？”被告说道，“我不是早说过，我是被人陷害的吗？”

“为什么会被人陷害？”

面对神原辩护人锐利的反击，大出明显露怯了：“为什么？”

“我在询问被告你如何理解写信人的动机。举报被告的人，为何要花如此心思撒下弥天大谎？”

被告灵巧地晃着腿，眼神却游移不定，分明在逃避神原辩护人的视线：“我怎么会知道？这种问题，你要去问写举报信的人。”

“我在询问被告你的意见。为什么会遭人陷害，这其中的缘由，被告自己能否想到什么线索呢？”

所有在场者的视线都集中到了被告的脸上。被告则不停地闪烁躲避。凉子咬住了嘴唇。这样的询问他们也排练过吗？由神原辩护人编排好，大出完全心知肚明……

可不知道为何，坐在神原辩护人身边的野田健一也和凉子一样咬紧嘴唇，连下嘴唇都看不见了。

“我再问一遍。被告，你是否知道自己为何会被人陷害？”

大出俊次没有回答。他背部僵硬，肩膀上下耸动。

“各位陪审员，被告没有回答这个问题，请大家记住这一点。”神原辩护人一闪身回到桌子后方，“现在进入下一个问题。”

助手野田健一的眼神已由严肃转为悲凉。对此，凉子有点纳闷。野田，你这是干吗？

“接下来，我想确认被告以前的生活状态，即在本校的种种行为。问题很多，被告请用‘是’‘不是’或‘有’‘没有’来回答。如果我问的事情确实有过，就回答‘是’或‘有’，如果没有，就回答‘不是’或‘没有’。全部问题都可以这样回答。”

事情交代得干净利落，毫不拖泥带水，语调冷峻异常。这也是事先商量好的吗？这样的对手戏都能应付，真是难为大出俊次了。

神原辩护人左手拿起桌上的文件，翻开后一边看着一边开始他的提问：“这是发生在前年四月末，被告刚成为本校一年级新生时的事情。被告在体育馆后面抽烟，请问有没有此事？”

一瞬间，旁听席上的观众似乎都愣了一下，随后稀稀落落地响起了笑声。

“被告有没有抽过烟？”神原辩护人抬起头，换了个问题，“请回答。”

大出俊次低声说：“有。”

“在同一年的四月中旬，你有没有从一年级二班男生的鞋箱中偷出几双鞋，并扔进校门口的垃圾箱里？”

旁听席上再次响起笑声。

“什么呀，这是？”或许是遭到嘲笑脸上有些挂不住，被告的眼角发红了，“这算什么问题？这个跟审判有关系吗？”

“请回答问题，请用‘有’或‘没有’来回答。”

被告猛地回头，朝正在笑着的人们恶狠狠地瞪了一眼。大出俊次的凶恶本性暴露无遗。

嘲笑声真的平息了。然而，神原辩护人并没有为被告的凶恶眼神所动摇。

“‘有’，还是‘没有’？”

“没有。”被告说话的口吻像在吐唾沫。

“下一件事发生在同年五月长假之后，”神原辩护人继续问道，“放学时，你从背后踢飞一名一年级女生背着的书包，该女生跌倒后，你又踩住了她的后背，是吗？”

旁听席上的人们又是一愣，连笑声都没有了。

“你说什么？”大出俊次声音变了调，脸涨得通红，他想走近辩护人……

“被告，肃静！”井上法官及时制止了他，守候在被告左后方的法警山崎晋吾迅速向前跨出一步。

神原辩护人看着文件上的文字，语调平淡地问道：“这样的情况，有还是没有？”

“这是谁他妈的……”

“问题不在于‘谁’。我问的情况，有还是没有？请回答。”

“这是谁他妈告的状？”

“你既然说‘告状’，就说明有过，对吧？各位陪审员，请你们如此理解。”

井上法官像是突然想起来似的，往上推了推滑落的眼镜。

“继续询问。同年六月，也是在放学后。你是否用雨伞殴打过两名同班男生？还说，‘看着就不爽，别在我跟前乱晃。’”

大出俊次直挺挺地站着。神原辩护人头也不抬。

“谁知道呀……这种事。”

“回答是‘没有’，对吗？”

“是啊，没有。”

“好的，下一个问题。同年暑假，你伏击了一名参加完社团活动后正要回家的同班女生。你抢了她的书包，威胁她，想要回书包就必须脱光衣服跳舞，有没有此事？”

“小凉……”萩尾一美轻声喊了一句，眼睛瞪得圆圆的，“这算怎么一回事？”

“我也不太清楚。”

佐佐木吾郎轻声道：“嘘……安静。”

“需要我将问题重复一遍吗，被告？”

“没有。”大出俊次说道，声音很小，简直像蜜蜂叫。

“你说的是‘没有’，对吧？”

“对。”

“请你大声回答，让陪审员们都听得到。”

被告抬头看了看陪审员们，脸上竟露出了一副胆战心惊的神情。陪审团中回应他视线的只有胜木惠子，其他人不是低着头就是在记笔记。高个子竹田陪审长和他的矮个子搭档，则用严肃的眼神看着神原辩护人。

“是不是时间说得太具体，反倒让你记忆混乱了？好吧，下面，我只问事件内容，请你用‘是’或‘不是’来回答。”

神原辩护人的语气简直冷酷无情。

凉子觉得脊背发凉。大出俊次是真的不知所措了。这场被告询问是即兴发挥的，没有经过排练。被告做梦也没有想到，在这样的场合下，自己竟会被问到这样的问题。

这是怎么回事？这到底是演的哪一出？

辩护人的目的何在？

“你有没有用拖把柄殴打过同班男生？”

“我什么时候……”

“这样的事情，有还是没有？”

“没有。”

“你有没有将图书馆的书偷出去卖给旧书店？还对当时前来阻止的图书委员说，‘又不是你的书，再多管闲事就揍死你！’”

被告连耳朵都红了，没有回答。

“你有没有从同学的书包里偷走教科书和笔记本后扔掉？”

“没有……”

“你有没有将音乐教室的CD从窗口扔出去？”

“没有……”声音小得像蚊子叫。

神原辩护人看着被告说了下去：“还笑着说，‘这是飞碟。’”

“我没做过这种事情。”

“有没有打碎过校内的玻璃窗？”

“没有。”

这一回答引发旁听席上的一阵聒噪。

大出俊次脸更红了，立马改口道：“有。”

“吃午饭时，由于看不惯同学吃饭的样子，就将牛奶倒在对方头上。这样的事情有没有？”

有旁听者发出刺耳的笑声，但很快闭了嘴。

“有没有从同学的课桌或书包里偷过钱？”

胜木惠子对这个问题作出反应，害羞地低下了头。

“有没有在学校附近的商店里偷过东西？”

“没有。”

“那么，你有没有强迫同学去偷东西？”

被告低下头，身体轻轻摇晃着，没有回答。

“有没有在校内敲诈过同学？”

“没有……”

“那么，有没有在校外敲诈过什么人？”

“这个嘛，有过一点点……”

旁听席上的另一个位置响起神经质的笑声。

“有没有将同班男生拖进男厕所，把他的头按在马桶的水里？”

不知从何时开始，大出俊次耳朵上的红色消失了，血色正从他脸上迅速褪去。

“有没有将同班女生拖进厕所，把她的脸按在地上，要她用舌头把地面舔干净？”

陪审团中的女孩们，有的闭上了眼睛，有的用双手盖住了脸。

“有没有对同班同学或低年级同学说过‘去死吧’？”

没有回答。

“有没有说过‘如果你不想死，就不要来上学了’？”

没有回答。

“有没有说过‘我一看到你这张脏脸就想吐，别来上学了’？”

被告没有回答。他僵住了。

“有没有将低年级女生拖到空教室，用刀子逼迫她脱下内裤？”

被告没有回答。

神原辩护人语气依然平淡异常：“这样的事，有还是没有？请回答。”

“别问了……”一名陪审员说到。好像是沟口弥生的声音，她似乎马上要哭出来了。

“下面的问题，请回答次数，大致的次数就行。到目前为止，你动用过多少次暴力？所谓‘暴力’是指对他人拳打脚踢，或者在走廊上用脚绊倒他人的行为。”

被告没有回答。

“无法回答吗？”神原辩护人问道，“是不记得次数，还是次数多到数不清了？还有……”神原辩护人看着文件说道，“有没有骂过什么人是‘猪’？”

沟口弥生终于哭了出来。蒲田教子搂住了她的肩膀。

“有没有骂过别人‘丑八怪’或‘妖怪’？”

大出俊次面如白蜡。

“被告，我在问你，请你回答！”

“我……”

“有没有在学校里对什么人说过‘我要杀了你’？如果有，说过几次？”

神原辩护人脸上没有一丝笑意，也没有半点兴奋和激动。这个人，似乎是没有感情的。

“被告，请回答。”

大出俊次仰起脸，将呆滞的目光投向了神原辩护人，脸色惨白，连嘴唇都白得吓人。

“我没有杀死柏木卓也。”

“我问的不是这个问题。”

“我说过，我没杀人！”

“没问你这个！”神原辩护人提高嗓音，表情也发生了变化，“请认真听清问题再回答。我刚才是这样问你的：到目前为止，你有没有在本校内恐吓同学、动用暴力、开恶意玩笑、伤害他人、侮辱他人？这些情况到底有，还是没有？你是承认，还是否认？”

你的回答是“有”，还是“没有”？

“被告，请回答！”

大出俊次回答了，音量小得可怜，就像躲在角落里用指甲刮擦物体发出的声音一般。

“只是……稍稍搞些恶作剧罢了。”

凉子觉得，被告口中说出的这句话就像一只断了线的风筝，轻飘飘地朝旁听席上空飞去。

只是搞些恶作剧罢了。

“你的回答可以理解为‘是’吗？”

被告说了一声：“是。”

“你承认自己做过这些事情，是吗？”

“是。”

神原辩护人吐出一口气，扫视一遍陪审员们：“刚才我向被告提出的这些问题，只是他在校内做过的坏事——用他自己的话来说，是‘恶作剧’的一小部分。还有许多类似的事实，一一确认会花费太多时间，我便在此加以省略。这些内容会以书面证据的形式提供给陪审团，请你们过后再仔细研究。”

说完，神原辩护人“啪”的一声，将手里的文件放回桌面。

“允许提交书面证据。”井上法官说道。

“被告，”神原辩护人喊道，朝着低着头，身体僵硬，勉强才能挺立住的大出俊次，“你还记得，你在‘稍稍搞些恶作剧’的时候，对方有什么反应吗？记得对方的表情吗？记得对方说过些什么吗？”

被告没有回答。

“你觉得，他们也跟你一样，认为这种恶作剧很有趣吗？”

此刻，法庭里只能听到神原辩护人的声音。

“他们也跟被告你一样笑着吗？”

反正只是些恶作剧罢了。

“那些被你殴打的人叫过痛吗？他们哀求过你，要你放过他们吗？那个被你逼着脱衣跳舞的女生，曾经哭着抗拒过吗？被告，你一定看到过，听到过。”神原辩护人继续说道，“因为，如果对方没有一点反应，你的恶作剧就不好玩了，不是吗？”

大出俊次没有回答，只是僵硬地站立着，动弹不得。

因为这里是法庭，是为了证明自己的无辜而主动走上的法庭。

因为无数人的视线将他钉在了那里。

“被告在以前的学校生活中，有过被什么人怨恨的经历吗？”

没有回答。神原辩护人也没有马上说下去。法庭一片寂静，凉子甚至听到了大出的呼吸声，如同打嗝一般不均匀的呼吸声。

“下面换一个问题。被告知道什么叫作遭人怨恨吗？”

胜木惠子看着大出俊次。她无能为力，只能默默地望着他。

“被告有没有考虑过，由于你的恶作剧，会有人对你怀恨在心？”

有没有考虑过那些受到被告暴力行为伤害的人们的心情？

“被告有没有想过，你曾在本校这个小社会里，做过许许多多的错事？”

大出俊次的肩膀不自然地动了一下。

“被告有没有想过，正是你的那些错误行为导致了这个结果？”

神原辩护人摊开双手，指示整个法庭。

“有没有想过，正是那些错误行为让你站在了这里？”

大出俊次的头沉得更低了，根本不看神原辩护人的脸，牙关咬得紧紧的。

“确实，被告遭人陷害了。尽管没有杀死柏木卓也，却被人在编造的举报信中明确地指认为杀人凶手。这当然是一种不正当的做法，毕竟举报人声称自己亲眼目睹了子虚乌有的事件，以此来告发被告。

那这又是为了什么呢？这到底是为了什么呢？”神原辩护人重复了这个问题，“因为对举报人而言，这是个千载难逢的机会，是一个将毫无顾忌地用恶作剧伤害他人，践踏他人人格和尊严并以此为乐的被告赶出城东三中这个小社会的绝好良机。难道不是吗？”

神原辩护人是在用提问的形式严厉指责被告。

“被告是被人陷害的，而且，陷害被告的机会掌握在每个人的手中。只要是受过被告的伤害，对被告充满怨恨的人，都能写出类似的举报信。因此，到底是谁写了举报信，这个问题根本没有必要深究。无论谁来写，都不值得大惊小怪，难道不是吗？”

被告陷入彻底的沉默，没有回答。

为了确定被告不会回答，神原辩护人等待了一段时间，才再次对陪审团说：“被告没有回答这个问题，请各位陪审员记住这一点。我的主询问结束了，请检方进行交叉询问。”

神原辩护人坐了下来。

这时，旁听席上出现一阵骚动。一排排坐着的人们如同激荡起的波浪一般散开了。凉子回头看了一眼，就如突然惊醒一般站了起来。

三宅树理从椅子上滑到了地板上，似乎晕了过去。尾崎老师将她抱起，呼唤着她的名字。树理的母亲也边哭边喊女儿的名字。

“法警！”

没等井上法官高喊出声，山崎晋吾已经采取了行动。篮球社的志愿者们也跑了过去，嘴里直喊着：“救护车！救护车！”

到场者全都陷入了不安，只有井上法官一人故作镇静。他敲了一下木槌，高声宣布：“肃静！休庭十分钟。”

将三宅树理搀扶出去后，法庭渐渐恢复了平静。直到审议重新开始，期间过去了不到一个小时。救护车穿过坚守在校门外等待庭审结束的记者群开了进来，将一名晕厥的女生运送出去。这幅情景，不引发骚动反而会让人奇怪。法庭上到底出了什么事？面对狂风暴雨般席卷而来的追问，代理校长冈野不得不再去校门口回答记者的提问。

北尾老师将井上法官单独叫了出去，好久都没回来。终于现身的井上法官却一脸别扭，就像肚子被人揍了一拳似的，坐到法官席后也是一动不动地发着呆。

辩护方席位上的景象简直像在办丧事。神原和彦看着自己的脚尖，默默地坐着。野田健一脸色苍白，一个劲儿地写着什么。大出俊次则像个石头人一般僵硬，脸上并无怒色，仿佛真的变成了石头。

“校内审判还能继续下去吗？”萩尾一美咕哝道。这时，在搀扶三宅树理出门时跟在一旁，一度消失了的山崎晋吾又小跑着回来了。他的衬衫后背已被汗水湿透。

山崎晋吾来到法官席，对井上法官耳语了几句。井上法官的银边眼镜闪出一道寒光。

“明白了。”

点了点头后，井上法官站起了身。山崎晋吾回到了他的岗位。

井上法官敲了一下木槌，对法庭喊道：“对被告的询问重新开始。请被告到被告席……”

凉子从座位上站起身，拦住他的话头：“对不起，法官，我方不需要交叉询问。”

井上法官眯起眼睛，紧盯着凉子问道：“不要紧吗？”

“不要紧。”

“以后可不能重来。”

“明白，检方没有问题要问被告。”

为了这个法庭，也为了弄清真相，已经没什么可问的了。

“既然如此，今天的审议到此为止。”井上法官再次敲响木槌，扫视一遍全场，“此次校内审判，明天十九日休庭一天，后天上午九点重新开庭。”

简单交代一句后，井上法官掀起身上的黑色尼龙长袍，从法官席上跳了下来。凉子追在他身后，神原和彦也追了上去。

“井上！”

“叫我法官。”

井上法官转到辩护方的黑板背后。凉子和神原也跟了过去。

“我正好有话要对你们说。”擦了擦脖子上的汗，松开长袍的系带后，井上法官小声说道。

“为什么要休庭？”神原和彦问道。

“如果明天不休庭，说不定就开不了庭了吧？”

井上法官毫不掩饰地生起气来：“不是不开庭，藤野，你可不要看扁我了。我以年级第一的自尊心起誓，一定会将此次校内审判撑到终审为止。我一定会让陪审团作出判决。”

“可是……”

“不停一停，事态会很难收拾。”井上法官叹了一口气，“三宅树理那副模样，外面已经闹翻天了。如果明天继续开庭，恐怕就拦不住那些记者了。”

“所以冈野老师他……”

“是的，是代理校长建议我们这么做的。我们也不得不妥协。”

用一天时间能完成冷处理吗？

“这只能交给代理校长和北尾老师去处理了。北尾老师会说话，能应付得来。比如三宅树理的问题，他会逢人就说，‘体育馆里太热，有一个女生中暑了。’”井上法官露出了与年级第一身份不太相称的轻薄笑容，“还好晕倒的不是藤野你。”

“我干吗要晕倒？”

“这不是明摆着吗？都毫无胜算了。”

凉子看了看辩护人而不是法官。看到刚才一直面无表情的神原和彦，现在总算露出一点窘迫的神情，她反倒觉得放心了。可随即她又为自己的这番想法生起气来。

“现在下结论为时尚早。应该说，胜负未分。”

“还好……”神原和彦嘟囔道。

这次轮到法官和检察官一起看辩护人了。

“什么‘还好’？”

“我是说，还好审判能继续下去。”

“神原，打起精神来！从刚才起你就一副魂不守舍的样子。”

神原回过神来，用手背擦了擦汗，笑道：“询问时，我一想到大出会不会朝我扑过来，就害怕得不行。”

“你倒是没事，说不定野田正替你挨揍呢。”

“啊，不好。我去休息室一下。”说完，神原和彦就跑开了。

体育馆入口处被旁听人员挤得水泄不通，其中有一些或许将会在校外接受记者的采访。对于今天法庭上的问答内容外泄，必须做好一定的心理准备。

“北尾老师提出，二十日的审理也采用非公开的方式，可估计这很难做到。”井上法官嘀咕的这句话，凉子没有听进去。

“井上。”

“怎么了？”

“你觉得刚才的被告询问，大出事先知道吗？”

井上康夫没有回答。

“你认为神原列举的那些都是事实吗？对于大出他们做的坏事，神原他们真能收集得这么详细？他们有那么多时间吗？”

“他们不是有很多支持者吗？如果真想收集，应该能够办到。有些事，连我们都听说过吧？”

“听说到的只是传闻，并没有得到证实。”

“就算是传言，像那样连珠炮似的问出来，让大出听得面无人色，效果也是一样的吧？”

“那么，你认为那些都是编的？”

“不是编的，是传言。我热死了，还是离开这儿吧。”井上法官露出疲态，“你们要在休息室消磨些时间再回家。小心点。”

“明白。”

出了体育馆，就能看到围住学校的铁丝网外面停着好几辆电视台的实况转播车。人群、人群、人群。车辆仿佛漂浮在人的海洋里，一阵阵噪音随着湿热的夏风一同涌来。凉子只觉得浑身发软。

佐佐木吾郎正在检方的休息室里吃便当，萩尾一美则在阅读一些书面证据。

“小凉，你几乎没怎么吃午饭。现在还是吃一点吧？这便当不错哦。”佐佐木吾郎指了指色彩丰富的便当，这些都是豆狸校长叫人送来的午餐，每天的菜色还都不一样。

嘴上说好吃，可吾郎吃得并不香。

三人等待着外头平静下来。凉子放空脑子，趴在桌上睡觉。一美一边读证据一边记笔记，对笔记又擦又撕，最后摘起了开叉的头发。

不知过了多久，敲门声响起，北尾老师的脸探了进来。

“藤野，有时间吗？”

没戴领带，穿着浸满汗水又皱巴巴的衬衫的北尾老师身后，还站着一个人。

“你出来一下，有话跟你说。”

“哎？”萩尾一美惊叫道。让她感到惊奇的当然不是北尾老师，而是背后那个人。

顺着萩尾一美的视线，佐佐木吾郎也看了过去：“是电器店的那个大叔！”

凉子一脸惊讶地看着那个人。北尾老师抓住凉子的胳膊，将她拖到走廊上，紧紧关上了休息室的门。

“这位是小林先生，电器店的老板，他有话要跟你说。”

小林电器店的大叔？就是那家门前有电话亭的电器店？出事那天，给柏木卓也君打的那些电话中的一通，就是从他的电器店门前的电话亭打出来的。

“我不会旁听你们的谈话。不过，你们谈完后，我要送小林先生到外面去。我会在前面等着。”说完这些，北尾老师就径自离开了。

“你就是检察官吧？”小林电器店的大叔穿着白衬衫和灰裤子，光脚趿着一双凉鞋。

他的年纪大概六十岁上下，头发花白，太阳穴处流着汗，嗓音略带沙哑。他不住地眨着眼睛，轻声对凉子说话，仿佛凉子是一件易碎品，只要他大声说话就会破碎似的。

“是的。”

“一开始，我去跟那边说了，也得到过老师的允许。谁知那孩子说，这话得跟你说。”

什么意思？“那孩子”是谁？

“你们可真了不起，这么难的事情都能做。”

这位电器店的大叔按住了自己的手。他似乎很想抚摸凉子的脑袋，但又觉得这样太不礼貌，所以硬生生忍住了。

“其实，到底怎么回事，我也不太清楚。不过，就是那孩子。”小林大叔说，“今天早晨的电视新闻说，打了你们老师的那个人又闯到学校里来了。其实，我女儿是三中毕业的，我孙子也在这儿上学。我有点担心，就跑来看看。谁知那孩子也在，我大吃一惊。”

不祥的波涛在凉子胸中翻滚。“那孩子”到底是谁？

“刚才那孩子，就是教室里的那个男孩，不是到我店里来过吗？带着照片，大概十天之前。”

凉子点了点头。

“他带照片来给我看，问我还记不记得去年圣诞夜在我家店铺门前的电话亭里打电话的人。”

对啊，佐佐木吾郎去确认过，带着柏木卓也和大出他们三人帮的照片。

“更早一点的时候，有个叫野田的孩子也拿着照片来过。就是在体育馆里，坐在你们对面的那个。”

“嗯，我知道。您说的是辩方的野田。”

“他们带来的照片里都没有那孩子，所以我没有认出来。”大叔边说边交叉着手指，显得焦急又困惑，“可是，今天在体育馆里看到他的脸，我就想起来了。一听他说话，我立刻想起来了，可是……”

这种事可以对你说吗？你只是个初中女生啊。

凉子似乎能听到自己的心跳声。

那孩子是谁？

“大叔，不，小林先生。”

“你叫我大叔好了。我和你们的总务很熟。就是岩崎总务，还记得吗？”

那孩子，是谁？

“大叔，你今天在这里看到那个圣诞夜在电话亭里打电话的男孩子了？”

小林大叔点了点头。

“那孩子，是谁？”

“就是那边的另一个孩子，那个能说会道的孩子。”电器店老板微笑起来，“在电话亭里看到他时，他可是战战兢兢的。”

凉子浑身颤抖，举起手按住了自己的嘴。

怎么可能？不会的。不会的。不会的。

可是……

有啊，就是有。这样的话，所有细节都能对上号了。之前的好多事情，那些离奇巧合又难以理解的事情，都能得到解释了。

是的，一切都说得通了。之前那种虽然并不具体，却总像门缝里吹进的冷风一般威胁凉子内心的不安，以及努力压抑不安时总会留下的淡淡阴影，如今全都消失了。

他应该知道真相。

他才是事件真正的当事人。

这种时候，人们常常会用“眼前一亮”来形容自己的感受，可凉子的眼前一点也不明亮。相反，她感到自己如同面对着一面巨大的墙壁，视野被遮挡，眼前一片黑暗。

黑暗中掠过许多记忆。不，应该是一些记忆的片段。各种各样的场景和声音，以及凉子到目前为止的经历和感受。

其中最清晰，清晰得几近残酷的，是在日比谷公园喷水池前的那番对话。

你认为那名在小林电器店前的电话亭里打电话的少年是谁？在凉子的追问下，神原和彦是这样回答的——

那个就是本人。

他看着凉子的眼睛，重复道——

是本人。

当时，凉子没听懂这句话的含义。神原和彦说话向来有板有眼，用词清晰明了。然而，那时他用了“本人”这样模棱两可的说法。

所以凉子反问他一句：“你是说柏木吗？”

对此他认可了，说了声：“是的。”

然而，他的脸上却露出些许失望的神色。

本人。

那句话的真实含义应该是：是本人，就是现在站在你眼前的我。

可是，凉子当时想到的是柏木卓也。因为当时，她觉得不可能是别人。那是不可想象的。

藤野同学，你没有猜中。

所以他才会失望，会沮丧。藤野同学，你怎么也没发现呢？

为什么……

为什么？为什么？为什么？

外界的声音从凉子的耳畔消失了。她只能听到自己内心的疑问。

为什么？为什么？为什么？为什么……

6

八月十九日 校内审判·第五天（全天休庭）

凉子的模样有些古怪。

对此，藤野刚当然有心理准备。毕竟将今野努律师介绍给辩护方的就是自己，凉子应该很快察觉到了这一点。如果凉子要发牢骚，说几句“不公平”“手段卑劣”之类的话，自己也只能全盘接收，谁叫自己偏袒了辩护方呢。

然而，女儿并没有发牢骚。别说指责或抗议，简直连话都不想跟他说。昨天的审议结束后，她的模样就发生了明显变化，眼神和表情都和以前不一样了，看上去绝不是由于单纯的紧张或激动导致的。

“你听她说过些什么吗？”大清早，趁女儿们还没起床，藤野刚向妻子邦子求助。

“校内审判的事吗？”

“这还用问吗？”

“如果你想知道什么，直接去问凉子好了。”

“凉子昨晚又通宵了？”

“自从开始组织校内审判，她几乎每天都在开夜车。难道要我一直对她唠叨个没完吗？”

“奇怪了……”藤野刚嘟囔道，“昨天庭审结束得早，可她回来得特别晚。”

凉子一直到天色彻底变黑之后才回的家，一副疲惫不堪的模样。出于父亲对女儿的担忧，藤野刚原本想和她一起回家，所以庭审结束后在操场角落里等了一会儿，却不见女儿出教学楼，便只好先回家。

“从那以后，她就基本没说过话。”

吃晚餐时，凉子也相当心不在焉。吃完后，她把自己关在房间里，还不停地打电话。藤野刚看到电话主机的通话灯一直在闪烁，还颇为担心地看了许久。

邦子脸上露出正在斟酌字句的表情：“是叫‘公诉意见’吧？”

“怎么了？”

“她说该准备了，心里想的全是这个。”

藤野刚觉得应该不止于此。

“你看她脸上，简直像犯人彻底招供后的表情。”

邦子瞪起眼珠子：“不要打这种不吉利的比方。”

藤野刚一连几天都去学校旁听，手头的工作全都推给了同事。今天全天休庭，本该早点去警察署上班，可他还在磨蹭。他总觉得不看到凉子的脸，和她说上几句话，心里就不踏实。

上午八点左右，凉子终于走出房间，径直跑进浴室，不一会儿又用浴巾擦着头发跑了出来，估计是冲了个淋浴。

“哦，早啊。”由于睡眠不足，凉子的眼皮有些发肿。

藤野刚刚想问“你的脸怎么了”，可没等他说出口，翔子和瞳子也都起床了，家里一下子热闹起来。

吃过早饭，凉子又跑进自己的房间，换了一身校服。出来时，肩上还背着书包。

“要出去吗？”母亲邦子问道。

“是的，中午会回来。”

“去学校？”

“嗯……”

“一个人出门，没事吗？”

“我陪你去。”说着，藤野刚站了起来。

凉子并未拒绝，对母亲说了声“我走了”，便朝大门走去。

来到门口，凉子蹲下身子换鞋。

“爸爸送你去吧，说不定记者们还在那儿守株待兔。”

“没事，我不去学校。”

“哦，我想也是。”

藤野刚早就听出凉子刚才那个“嗯”是假的。我可是专业的，才没那么好骗。

“你要去哪里？”

凉子把运动鞋的鞋带系得端端正正。

“今天休庭吧？休息一下不好吗？”

“有些事必须做。”

“要去哪里？”

凉子站起身，背对着父亲说：“野田家。”

藤野刚在惊讶的同时，又觉得可以理解：“事到如今，还要和辩护方商议吗？”

凉子的手搭在门把上。

“打算撤诉吗？”

握住门把时，凉子的后背显得有些僵硬：“怎么可能。”

“那还有什么可商量的？”

无论凉子多大了，也不管她多么优秀，对藤野刚而言，她依然还是个小孩。然而，这个女孩此刻猛地回过头，眼中射出锐利的光芒。

“我会在明天的法庭上公之于众。”

藤野刚也开始穿鞋：“你等一下，我送你过去。”

“野田又没被媒体盯上，不用那么紧张。”

父女两人一跑到街上，附近一根电线杆背后就跑出一男一女，大概是记者和摄影师。藤野刚搂住女儿的肩膀，将追上来打招呼的一男一女扔在一旁，两人一起坐进一辆正好路过的出租车。

“很近的……”

“这种情况下，需要故意绕点道。”

直接开过去只需支付起步价，然而，他们故意让出租车兜了几个圈子。

“为什么野田没被盯上呢？”

“不知道，或许因为他不起眼吧。”凉子的视线很僵直。

“你们要商议什么？”

没有回答。藤野刚原本只是想试探一下女儿的反应，见她不想回答，也就不追问了。

“有什么爸爸帮得上忙的吗？”

“没有。”凉子立刻回答后，又补充了一句，“谢谢。”

还没进入野田家所在的地区，为了谨慎起见，藤野刚叫停了出租车。凉子也默默地跟着下了车。

两人边走边留意周围的动静。走上一条两旁都是外观相似的商品房的大道，凉子指着一栋二层建筑说：“就是那儿。”

这时，一辆小汽车从路的另一头缓缓驶来，放慢速度后停在了野田家门口，副驾驶座位旁的车门打开，神原和彦从车上跳了下来。

一下车，神原便发现了凉子和藤野刚，脸上的表情也变了。

这孩子看上去也很累。和凉子不同，尽管他的眼皮也有些肿，却没有倦怠之色，只是单纯的疲劳。他身上的力气似乎全跑光了，就像完成重大任务后突然放下心来。

藤野刚越发觉得不可思议。为什么？检方尚未举手投降，审议并未结束，他为什么会感到放心呢？

“早上好！”神原和彦对藤野刚鞠了一躬。野田家的大门打开，野田健一探出头来。他没有向藤野父女寒暄，而是对神原坐的那辆汽车的司机打了个招呼。藤野刚感到十分惊讶。

“爸，你别管了。”凉子快步朝辩护方两人走去，“你还是快点去上班吧。这几天你一直来旁听，工作都推给绀野了吧？”她又以居高临下的姿态补充道，“不是今野律师，是我认识的那个绀野。”

藤野刚极力装出面无表情的模样，可站在野田家门口的神原和彦却蜷缩起了身子。凉子声音很小，他应该听不到吧？

健一拉了拉神原的胳膊，凉子追上他们，还对汽车司机招呼道：“早上好，河野先生。”

“请进！”健一也向那人招呼道，然后才对藤野刚说，“早上好，对不起。”

需要道歉吗？

那个叫河野的男人下了车。

“车在那里停上三十来分钟应该没事，请吧。”野田健一说完，逃也似的缩回屋子里头去了。头顶上二楼窗户的窗帘被拉开，有个人影晃动一下，窗帘又很快被拉上了。那估计是健一的家人。

三个初中生消失后，路上只剩下藤野和河野两个男人。

“呃……我说……”

这个叫河野的人穿着衬衫，没戴领带，裤子和皮鞋看上去相当值钱，年龄大概五十不到一点。

“你是凉子，不，藤野检察官的父亲吧？”

“是的，我是凉子的父亲。”

“呃……我……”

他拍了拍衬衫和裤子的口袋，慌慌张张地跑回到汽车边，打开驾驶室的门，拿出一件外套。

“名片，名片。”他一阵忙乱，搞得满头大汗，“其实，我是干这个的。”

接过他递上的名片，藤野刚皱起了眉："调查侦探事务所？"

"是的。说是你藤野先生的同行，好像有点厚颜无耻。"

"这么说，你知道我是干什么的？"

"听凉子说起过。"

藤野刚看看名片，再看看河野的脸，又将视线移到野田家的大门上，问道："你也要参加凉子他们的商议吗？"

"哦，这个嘛，呃……"河野挠了挠头，汗水从他的脑门上淌了下来。

这时，大门突然打开，凉子现身道："河野先生，你快点。"催了一声侦探后，凉子又朝自己的父亲发难道："爸，你别在这儿捣乱了。"

"什么？我捣乱？"

凉子指着父亲说道："辩护方不是利用过你这个大人了吗？难道我们就不能用一会儿吗？"

就在藤野刚目瞪口呆之际，那个叫河野的侦探挠了挠头，说了声"对不起"，便走进了野田家。

这到底是要干吗呀？

城东警察署少年课的办公室里，早会结束后，佐佐木礼子呆坐在好多天堆积起的一大堆文件前，极力克制着打哈欠的冲动。

"大清早就这副模样，可不是个好兆头。"

听到庄田警官不无揶揄的招呼，礼子笑了："唉，大概是热伤风了吧。"

"那是，每天都跑体育馆，能不热伤风吗？"

佐佐木礼子的眼前，摊放着旁听校内审判时记的笔记，以及根据这些笔记开了个头的旁听报告。虽说不能为此影响本职工作，可昨晚她也在写这些材料，还边写边重读以前的内容，不知不觉又几乎干了个通宵。

“快要终审了吧？”庄田警官倒了杯凉茶递给礼子，在她身边坐了下来。

“是啊……虽说今天的休庭属于突发事件，但审议的难关应该已经过了。”

到昨天针对被告本人的询问为止，证人询问的阶段接近尾声。重要证言悉数出现，判决的方向基本明确。

为了大出俊次，神原和彦在辩护中使尽浑身解数。现在，礼子对这个长着女孩脸的小个子少年起了敬畏之心。

神原和彦揭示了大出俊次不在场证明成立的可能性，确定校内审判发展的方向。作为辩护人，做到这个地步已经可以功德圆满了，可他没有满足。他并未将大出俊次塑造成一个纯粹受冤枉的牺牲品。为了证明大出遭人陷害的可能性，他还使出狠招，让大出充分认识到自己是个即使遭人陷害也无话可说的坏蛋。这番毫不留情的指责，使他的辩护变得完美无缺，无懈可击。

礼子昨天也去旁听了，还跟随津崎先生一起去探望被救护车接走的三宅树理。即使没见到树理本人，也和尾崎老师交谈过一会儿。

“三宅没事。她很理解今天听到的内容，只是感到震惊而已。”

听到神原辩护人的那些话，坐在旁听席上的树理心头会涌出怎样的感情？她能理解神原这么做的目的吗？能理解神原是为了谁，才如此无情地指责被告吗？

神原是为了你，是为了让你听到这一切，才那样问的。

树理她明白吗？

“佐佐木警官？”

听到喊声，礼子回过神来，慌忙用手擦了擦眼睛，说道：“明天将发表公诉意见，并展开最后的辩论。校方如果能用今天一天时间压制住媒体就好了。”

“办法倒是有一个……”庄田说道。

礼子不由得瞪大了眼睛：“什么办法？”

“调虎离山。”庄田的嘴角挂上一丝微笑，“要是佐佐木警官愿意做同谋，倒是可以向冈野校长建议一下。”

佐佐木礼子探出身子：“行啊，快说吧。”

“一拍即合，好！”庄田突然一脸严肃，“佐佐木警官，在此之前，我可以确认一件事吗？”

“什么事？”

“在校内审判之前，你认识那个叫神原的辩护人吗？或者在什么地方见过他？”

“怎么会？”佐佐木礼子笑着摇了摇头，“虽然听说他是本地区的，却不是个需要我们去关照的孩子。”

“是啊。”庄田点了点头，“这么说，我的记忆应该没错。”

“怎么了？”

庄田警官犹豫了一下，将脸凑了过来，还压低了声音。礼子见状，不由自主地学起了他的样子。

“大概在八年前，我在赤坂北署的时候，曾遇到过一件十分遗憾的事件。”

一个酒精中毒的男人打死了自己的妻子后被逮捕。他自己受了伤，被警方送到医院后，竟然在医院的厕所里上吊自杀了。

“他将抹布撕成条，系在一起后上吊自杀。”庄田警官说。

他的死让人感到某种悲壮的意义：反正是死路一条，自己这样的人不配活在人世间。

“那对夫妇育有一名男孩，当时七岁，出事后被他母亲一位从小一起长大的朋友领走了。”

礼子默不作声地看了看庄田警官的脸，问道：“那个男孩的脸长得和神原很像吗？”

“嗯。可是，孩子的脸是会变的，长身体的时期更是如此。”

“还记得他叫什么名字吗？”

庄田警官不太情愿地点了点头：“我当时是巡警，此案不是我经办的，但出事的职工宿舍正好在我负责的区域内。”

“到底记不记得那男孩的名字？”

“别人叫他‘小和’……应该就叫‘和彦’吧。”庄田说，“和养父母一起生活后，不只是姓氏，可能连名字也会一起改掉。”

佐佐木礼子眨了一下眼睛，目光停留在自己的笔记上：“你的意思是，世界太小了？”

“当然不能就此下结论。”

“是啊。”礼子故意加重语气，“再说，跟校内审判也没什么关系。”

是的，没什么关系。无论神原和彦是个怎样的少年，都和他的辩护风格毫不相干。虽然那孩子确实有点与众不同……

一时间，两人都沉默了。为了打破沉闷的气氛，佐佐木礼子笑了起来。令她发笑的那个叼着烟头的人，此刻刚好从走廊上经过。

“你在笑什么？”顺着礼子的视线，庄田回头朝走廊上看了看。可是此刻，那个叼着烟头的人已经走远了。

“为了增井望的事，”礼子说，“要说没关系，那也是个没有关系的事件。虽说那也是大出他们闯的祸，可毕竟是两码事。”

“是啊。可那又怎么样？”

“检方知道这件事后，要在法庭上抖落出来，说是为了让陪审团了解被告的暴力倾向，有必要这么做。即使最后并未起到预期的效果，藤野凉子一行也无疑对增井事件的细节了如指掌。”

由于惊讶，庄田警官的眼睛和鼻孔都撑得很大：“他们是怎么做到的？”

“不可思议，对吧？”

“难道，那些孩子不光在搞审判游戏上，连模仿刑事侦查都很厉害？听到点风声，就能立刻找上增井？”

“如果真是这样，动作也太快了吧？”

“难道是你佐佐木警官……”

“开什么玩笑。”

“是啊。要不就是增井方面主动……也不可能啊。”

这次轮到礼子神秘地笑了：“是我们署的什么人泄露出去的。有人为那位可爱的藤野检察官提供炮弹，将增井事件和盘托出了。”

“是名古屋那个老家伙吗？”

礼子将一根手指竖在嘴唇前：“这是我借他的一个大人情，要保密，有朝一日我会连本带利地讨回来。”

“增井事件就这么私了了，说不定那老家伙心里也窝着火呢。”

“要是这样，我就给他个优惠利息好了。”

“明白了。”庄田警官也神秘一笑，“好吧，我来谈谈我的调虎离山之计。”

有什么东西苏醒了，正在蠢蠢欲动。而这应该也在凉子的预料之外，所以她会作出那样的言行。

然而，藤野刚又能为此做些什么呢？即使女儿刚才明确表示不需要父亲插手，可无论如何，自己总是她的父亲啊。

凉子难道不能稍稍体谅一下父母的心情吗？我并不想横加干预，只是担心罢了。

就在藤野刚独自焦躁不安的时候，一个念头突然冒了出来：要不要去接触一下神原和彦的父母呢？

此次校内审判直接参与者双方的家长，到目前为止几乎没有任何接触，只各自保持距离照看自己的孩子。在初三暑假这个重要的时期，参加这个奇特的课外活动到底是否值得？对这个问题，每一名参与者都和各自的家长商议过，并作出了决定。绝大部分相关人员的家长都热心地前来旁听，藤野刚自己就是其中之一。那么，神原和彦的家长又抱着怎样的态度呢？

大家住得近，查一下电话簿就能知道住址。于是，藤野刚返身回家，打开大门走进起居室，就看到两手抱着衣物的妻子从里头出来，一脸惊讶。

“忘带东西了吗？”

藤野刚没有回答，一声不吭地从电话桌下取出电话簿。

“瞎翻什么呢？”

“你知道神原的住址吗？听凉子说起过吗？”

“你不去上班了？”

藤野刚翻开电话簿。

邦子叹了口气，把洗过的衣物放在餐桌上，将身子靠了上去。

“别这样。”

“怎么样？”

“手足无措成这样，可不像你一贯的作风。”

藤野刚停下手上的动作，扬起脸看着自己的妻子。

“你就没一点父母心吗？你没看到凉子的模样很反常吗？”不知不觉间，藤野刚的语调变得严厉起来。

“正常也好，反常也罢，除了默默在一旁看着，还能怎么样？大家不都是这样的吗？”邦子反击道。

“凉子她没去学校。他们聚在野田家，在和辩护方商议。”藤野刚说起之前的见闻，“还拉了个不明来路的私家侦探。”

“那是因为有这个必要，不是吗？有必要，才需要商议。无论和谁在一起，反正是在野田家，也没什么可担心的。”

“你怎么一点也不上心呢？”

“别这么说话好不好？我今天忙着呢，没工夫跟你吵架。”

为了发泄胸中的闷气，藤野刚故意用力合上电话簿，发出很大的动静。

“其实我也在关心。”邦子两手插入围裙口袋，嘴唇抿成一条直线，“可是，我决定不多嘴，因为我相信凉子。”

“你以为我不相信吗？我也相信啊。”

邦子没吭声。藤野刚也不说话了。屋子里只有洗衣机在轰鸣。

“神原的样子也很古怪。”

藤野刚不由得对自己生起气来：我为什么要用这种自我辩解的口吻说话呢？

“我也有点担心那孩子。他究竟是为了什么，才会如此投入地参与校内审判呢？我一点也不明白。”

不，不对，并不是完全不明白。正是由于隔着迷雾隐约地看到了原因，自己才为他担心。这与自己对凉子的担心完全不同。

“我跟他交谈时，曾经明确地问过他，他为什么要当大出的辩护人。他回答说——”

因为我有责任。

“这算什么？他以前和柏木是朋友，却和大出素昧平生。他会有怎样的责任呢？”

越说疑心越重。藤野刚甚至觉得，自己是否应该更早、更深入地考虑这个问题？自己以那种方式帮助辩护方，到底对不对？

“没想到，你是个事后这么婆婆妈妈的人。”

被妻子戳到痛处，藤野刚毫不掩饰地生起了闷气。邦子见状反倒微笑起来。

“别笑成这样，我也不想跟你吵架！”

“原来你跟神原见过面啊。”

“怎么，不行吗？”

“你是觉得有必要才跟他见面的吧？我又何必多管闲事呢？”

怎么说都是藤野刚落下风。

“他父母估计也会担心吧？”

离开餐桌后，邦子朝冰箱走去。她拿出冰镇大麦茶，倒了两杯放到餐桌上，然后说道：“这事可别让凉子知道。”

“什么事？”

“神原的母亲跟我打过招呼。那还是前天……”邦子说，“就是不允许旁听的那一天，大概在十点钟左右。”

“你一天都没去旁听过，怎么那天倒……”

“你不是一直去旁听的吗？所以，我觉得我可以免了。分工合作嘛。”

这种事就不要纠缠不清了。

“要说，我自己也觉得奇怪。正因为知道不能旁听，反倒更加关心起凉子来，于是我去了学校，不过只是在大门口转了转，没多久就回家了，结果看到几个和自己一样在校门口徘徊的家长。”邦子说道，“没一个认识的。要是真理子或井上的父母在，我肯定能马上认出来，因为都见过。”

这时，有一位女性向邦子打招呼。

“她说，‘不好意思，您是藤野凉子的母亲吗？’”

“她怎么会知道你是谁？”

“你怎么这么说话呢？没见我跟凉子长得一模一样吗？”

藤野刚一直认为，宝贝女儿跟自己长得比较像。

“我回答说，‘是啊。’”

我叫神原，是当辩护人的和彦的母亲。

"她恭恭敬敬地对我鞠躬，还说，'一直受你们照顾，真是过意不去。'"

"仅此而已？"

"嗯。我也回礼说，'哪里哪里，尽受到你们照顾了。'别的就没什么可说的了。"

"这位母亲给人的印象如何？"

"是一位很有品味的夫人，身材小巧，手里还拿着个包袱。"邦子说道，"这在当下可有点少见。哦，对了，估计是和服，用厚厚的包装纸包着的和服。"

"他们家是做裁缝的吧？"

"说不定是茶道或花道的老师。她是一位高雅的夫人，和蔼可亲。我当时就觉得，我应该跟她合得来。"邦子说道，"虽然我们都到了不会轻易和他人一混就熟的年龄。"

藤野邦子不擅长搭讪陌生人。她根本是个不喜欢社交的人。

因此，从她嘴里说出这样的话倒十分稀罕。不过这样一来，藤野刚便很容易想象那是一位怎样的母亲。既然是养育了神原和彦这样优秀孩子的母亲，妻子会认可她也一点不奇怪。

神原的母亲担心自己的儿子，估计每天都会去旁听。她的担心，说不定比自己和妻子对凉子的担心还要深重几分。

又让人朝坏的方面想象了。

因为我有责任。

"这事为什么不能对凉子说？"

"不知道，可总觉得还是不说的好。也许是母亲的预感。"说着，邦子又露出浅浅的笑容，"做妈妈的真可悲。"

做爸爸的也可悲。不，不仅是可悲，还痛苦着呢。

“不管怎么说，事到如今，就不要再惊慌失措了，爸爸。快去工作吧。”邦子的眼神突然严厉起来，“老是这么偷懒，当心被人说成‘税金小偷’，公务员。”

“你就别说了。”反击一句后，藤野刚终于笑了起来。

参与校内审判的学生各自以不同的方式度过了这个意外获得的休息日。

陪审长竹田和利一大早就跑到自家附近的公园，对着里头仅有的一个破篮架练习投篮，挥洒汗水。面对倾斜的篮架，他接连命中的精彩表演吸引了不少到公园里来游玩的孩子。很快，这些孩子便分成两队，开始篮球比赛。

高矮组合另一方小山田修与一起生活的爷爷下起了将棋。下了好多盘都是孙子获胜，可爷爷不肯轻易罢手，一直要求“再来一局”。

山野纪央在反复犹豫之后，决定约上仓田真理子一同造访浅井家。而向坂行夫总会跟着真理子，结果，他们三人一起受到了浅井敏江的热烈欢迎。

“校内审判的事不能提，对吧？”

“对，还不能对松子和她妈妈说。”

浅井松子的遗像今天依然是一张灿烂的笑脸。

蒲田教子和沟口弥生以及她们的母亲，四个人一起去市中心的百货商场购物。夏季大减价活动已接近尾声，就在她们辗转于各大商场之间时，路过了三宅树理和浅井松子投寄举报信的中央邮政局。教子和弥生没有对自己母亲说什么，只是手挽手紧挨着身体从那里走过。她们心中暗想：那天，树理和松子大概不会像我们这样亲密无间。

原田仁志来到他从一年级就开始上的升学补习班，与主任讲师谈得十分起劲。“陪审员的保密义务”在他面前明显无效。原田仁志稍事添油加醋地作了详尽汇报，主任讲师听得津津有味，时不时发表一点自己的看法。不一会儿，他们的讨论转移到了陪审员制度的优劣得失上。能够与大人交换自己的意见，原田仁志自然十分受用。他也同时在考虑自己向往的高中。

胜木惠子一大早起就无所事事。不想待在闷热的家里弄得自己一身汗味，她扔下要一直睡到夜晚上班前的母亲，悄然跑出公寓。到了街上，她也只能毫无目的地闲逛，结果还是弄得浑身汗臭，还发现自己来到了大出家的旧址。如今，这儿已平整为一块新地。

旁边的大出木材厂还开着工。即使社长被捕，工厂也没有停工，工人们都在干活。有什么好干的？连有没有工资拿都不知道。真是奇怪，这些人就知道干活。

胜木惠子又乱晃了一段路，看到路边的公园里有一个高个子学生在跟一群小鬼吵吵嚷嚷地打篮球，她便不自觉地停下了脚步。浑身大汗淋漓的竹田陪审长也看到了她，高声向她打了招呼。

“喂，胜木，你打不打篮球？”

还说反正没事，闲着也是闲着。小鬼们都笑了。

惠子逃也似的跑开了。干吗那么大声地喊我？她有点生气，随后又笑了，接着又对发笑的自己生起气来，最后干脆满脸怒容。

井口充在父亲的陪同下，在医院里做着康复训练。这是他每天必做的功课。一旁的父亲脸色沉重，心痛不已。

桥田佑太郎在母亲的店里帮忙。他妹妹坐在吧台一端做她的暑假作业——绘图日记。她画的是正在做营业前准备工作的妈妈和哥哥。

山崎晋吾在空手道武馆接受师父的严格训练，结束后还要坐禅。因为师父训斥说：“你心中尽是杂念，投手举足间全都发散出来，就像静电火花。”为了这个回家后定将筋疲力尽的弟弟，山崎晋吾的姐姐在家里凉好了西瓜。

意外获得的休息日的天空上，飘浮着一片夏末时节的积雨云。

“好厉害的姐姐啊。”

难道这是老师在家访时该说的开场白吗？井上康夫心中暗忖着。

“还很性感嘛。”

“被她听到了，性命难保哦。”

今天依然忙于整理记录的井上康夫穿着T恤和短裤，前来家访的北尾老师则是上身T恤下身运动裤。

“北尾老师，您要穿着这一身去应付媒体吗？”

而且，怎么有点洋洋得意呢？

“我已经卸掉这份差事了。为了这事，我有个好消息要告诉你，所以不请自来了。”北尾老师站在井上家门口，用毛巾擦着脸上的汗，说道。

这时，康夫那既厉害又性感的姐姐又来了：“老师，快进来。”

“不用了，我马上就走。”

“这怎么行？总得喝杯茶吧。”

“哦，那就叨扰了。”

姐姐拿来了一只杯子，连着装有大麦茶的茶缸一起递给了北尾老师，便到里屋去了，临走时还狠狠瞪了康夫一眼。

“老师，‘性骚扰’这个词……”

“今天很安静吧？”

康夫闭上嘴看着北尾老师的脸。

“没有记者找上门，电话也没有响个不停吧？”

一大早多少还有点乱哄哄的，之后倒确实相当安静。

“森内老师的妈妈来学校了，和冈野老师一起开了个记者会。”

这可真是个出人意料的动向。看到康夫一脸惊讶，北尾老师不无得意地挺起了胸膛。

“明天将在森内老师的病房里召开记者会，已经得到了院方的许可。”

“森内老师没问题吗？”

“主治医生会陪在一旁。”

要求采访的申请来自四面八方，数量众多，因此决定分几次召开记者会。

“也就是说，明天你们庭审时，森内老师会帮忙拖住媒体。”

这真是个大胆的妙计。北尾老师就是为了这个高兴得口无遮拦，说姐姐“厉害”“性感”的吗？

“这是谁的主意？”

“你又何必多费这个脑筋呢？”

“我可是年级第一。”

“好像是有人向冈野老师提的建议。说是不勉强森内老师，如果她的身体状态允许，这是最好的调虎离山之计。”

有人？是谁？

“津崎先生也会出席记者会。主角一上场，采访争夺战自然就会平息。从明天起，一切会恢复平静。你们放心地开好校内审判吧。”

“是。”年级第一的俊才回答道。

“就没其他话了吗？多感谢几句嘛。”

“我们会感谢森内老师的。”

事实上，康夫确实非常感动，因为他以前从未觉得森内老师那么有骨气，不禁对她刮目相看了。

“还有，就是要好好感谢森内老师的妈妈。”

“好。”北尾老师一口喝干大麦茶，将空杯子塞到康夫手里。井上康夫以为他要回去了，可谁知他换上了一副教训学生的表情。“我说井上，你不觉得昨天藤野回去时的样子有点奇怪吗？”

当然觉得奇怪。聪明绝顶的井上康夫肯定会注意到这一点。

藤野凉子当时的表情，简直像看到了幽灵。连辩护人助手野田健一也有点怪怪的，仿佛他自己变成了幽灵。

更加奇怪的是，神原和彦当时并不在那副模样的野田健一身旁。自从开展校内审判以来，他们两人一直同出同进，就像一对双胞胎。昨天他们却是各自回家的。

明察秋毫的井上康夫——井上法官当时就十分纳闷。

“你跟她联系过吗？”

康夫有过好几次联系藤野凉子的冲动，可每当他拿起电话听筒，最终都作罢了。

“没有，就算有些什么，到了明天不就真相大白了？”

“你一直稳坐钓鱼台嘛。”

“我要是沉不住气，校内审判就维持不下去了。”

“的确没错。”

“老师，你知道大出的情况吗？”

“还活着。”北尾老师笑道，“怎么了？你担心他？”

“毕竟他受到自己的辩护人无情的打击嘛。”

“就算如此，事到如今他总不能逃走吧。他可是爱面子的。”

“这样就好。”井上康夫该说的话都说完了，“森内老师召开记者会的事，要通知大家吗？”

“如果你觉得有必要的话。”

“明白，谢谢！”井上康夫低头鞠了一躬。

“你姐姐真是个美人。”

“自家人是感觉不到的。”

“我说这话可不是性骚扰，是实话实说。再说，你姐姐又不是我的学生。”北尾老师一辩解，反倒显得心虚了，“走了。明天见。”

北尾老师离开后，那位既厉害又性感的超级大美人姐姐便目露凶光地逼到近前。

井上康夫大惊失色。

无事可做也不想见任何人的大出俊次度过了漫长的一天。

同样无事可做也不想见任何人的三宅树理也度过了漫长的一天。

傍晚，藤野凉子来看望树理。门口响起了树理母亲的尖叫声。她好像要赶走藤野凉子。

树理走出自己的房间，下了楼梯。母亲和凉子同时发现了她，纷纷抬起头仰望着她。

“妈妈，你干吗呢？”

“树理，你还没好啊。”

“没事，原本就只是有点贫血罢了。藤野……”树理对凉子招了招手。如果非要跟谁见面，也只有凉子了。

“很快会结束的。”凉子向树理的母亲打了个招呼，便快步上了楼梯。

来到树理的房间，只剩下她们两人时，树理发现一个奇怪的现象：凉子脸上有水渍，好像不是汗水的痕迹。

她哭过吗？

“身体好点了吗？对不起。我听尾崎老师说，你今天早上出院，所以跑来了。”

“是贫血，现在已经没事了。”

凉子的脸上真的有泪痕。

“明天就要发表公诉意见了。”凉子语速很快，就像随时准备从一头可怕的怪物身边逃走似的，“如果你不觉得厌烦，你妈妈也允许的话，希望你还来旁听。”

树理没有做声。

“对不起，我只顾说自己的意见。不过，你昨天能来旁听，我真的很高兴。”

自己晕倒在法庭上，其他旁听者会怎么想？对于这个问题，树理尽量不去想它。

估计有人会据此察觉到树理就是举报人。而那些原本就有怀疑，或听说过那类传闻的人，会因此更加确信。

反正这种事都无所谓了，管他呢。

是啊，已经无所谓了。无论是谁寄出了举报信，都无所谓了。因为这个问题现在已经不重要了。

那么，为什么举报人会是我？我又为什么要把松子也卷进去？

神原和彦为什么要让我出丑？他有什么权力作那样的询问？原本就和他没关系，他又为什么要参与进来？

他为什么就不能对我的事视而不见呢？

事到如今，他何必非要表现出理解我的态度呢？

一切都为时已晚。

“想去的话就会去，到时候再看吧。”

“哦，是吗……”凉子低声应道。

“你来就为了这个？”

“嗯。”

不对。你是想来看看我的脸，对不对？你是想来确认一下，我如今是怎样一副表情，是不是？

树理闹着别扭，脑子里却另有一套想法。

我其实很想与你见面。

是的，我想见你，我有话要对你说，希望你能好好听一听。

可是，面对脸上有泪痕的藤野，这些话我说不出来。

“我没事。至于校内审判有没有问题，我就不清楚了。”

“校内审判没问题。”藤野凉子说，“那么，明天见吧。”

别走——这句话一下子冲到树理的喉咙口。藤野，你听我说。

凉子走了。她回去了。她垂头丧气，步履沉重地走了。

藤野凉子毕竟也是个和我一样的女生。

藤野，我呀……

面对墙壁，树理轻声说道。

昨天，我在病房里注意到了。

清醒过来，身体可以动弹后，树理看了一眼病房厕所里的镜子，便注意到了。

前天，在电视新闻里看到被捕的垣内美奈绘时，她突然觉得自己认识这张脸。她在什么地方看过这张脸。

昨天，我明白了，那张脸是谁的。

那正是树理的脸。垣内美奈绘的脸和自己的脸一模一样。

那是一张骗子的脸，是一张撒下弥天大谎的恶人的脸。

同时，还是一张知道一切都已无法挽回的无比绝望的脸。

这就是对我的判决啊，藤野。

休庭之日的太阳落山了，一个对所有人而言都漫长无比的黑夜开始了。

7

八月二十日 校内审判·最后一天

新的一天又开始了。

对野田健一来说，自从参与了校内审判，每当迎来新的早晨，就意味着将获得一天的成长。若觉得“成长”这词太夸张，那说成“发现”也未尝不可。每天都有新发现，日复一日，一直持续至今。

今天也不会例外。即使健一不愿意，也肯定会是如此。今天将迎来校内审判的大结局。已经没有退路，今天，一切都将真相大白。

好不容易走到这一步，健一却对即将到来的谜底感到恐惧——即使充塞胸中的疑云将会澄清，一直背负的重担终于可以放下。

可怕，无以名状的可怕。

昨晚，他想了整整一夜。早知如此，还不如老老实实待在家里，不参与校内审判，埋头中考复习，这样才符合自己的一贯风格。

他试图以此来说服自己，可总渗透不到心底，总觉得这种想法太不真实了。怎么会这样呢？他感到惊讶，感到纳闷，于是睡意全无，再次开始思考。说到底，自己一贯的风格到底是什么呢？

今天的我，已经不是校内审判之前的我了。事到如今再如何焦虑也无济于事。新的日子，又一个新的日子，一天天累积起来，走到今天。并非没有退路，只是无法回头。

就在准备出门时，每日早晨例行巡视的山崎晋吾来到健一家。看到满脸倦容的健一后，山崎晋吾说："昨晚太闷热了吧？"

他对健一说话的语气总是庄重又恭敬。

是啊，我是辩护人的助手嘛。

"山崎，你也辛苦了。"

打完招呼，山崎晋吾正要离去，健一又叫住了他。

"今天估计会拖很久。"

正要跨上自行车的山崎晋吾放下脚，特意端正了姿势。

"带上衬衫之类的替换衣物比较好。请你转告各位陪审员。"

山崎晋吾作出立正姿势，回答一声："是。"犹豫片刻后，他又说道，"藤野检察官也对我说过同样的话。她说，今天的庭审将非常耗时。"

"哦。"

"她还说要多准备一点便当和饮用水。"

这一点健一没有想到。

"我会和北尾老师与津崎先生商量，准备好这些东西。其他还有什么吗？"

"没有了。"

正要跨上自行车时，山崎晋吾再次转过身来，说道："藤野同学还说，要全体参与评议表决，不能有一人掉队。"

健一点了点头。藤野这句话分明是对自己说的。不准掉队，不许当逃兵。

还有……

"野田，加油。"说着，山崎晋吾慌张地用手指了指自己的脸，补充道，"这句话不是藤野检察官说的，是我说的。"

他每天一早都会来巡视，而到了最后一天的早晨，估计连他也察觉到了什么。

“嗯。我明白。”

仓田真理子说山崎晋吾总是一脸严肃。可现在看来，相比严肃，更是正义凛然。

“别迟到了。学校见。”

“学校见。”

关上大门，健一跑到自己的房间，拿起一只鼓鼓囊囊的背包。来到起居室后，正在看晨报的父亲健夫抬起头来。

“早，这就要走了？”

“是的。”

“你昨天好像睡得很晚，不要紧吗？”

默默点了点头后，健一问道：“爸，你今天也来旁听吗？”

野田健夫注视着独生子的脸，眨了眨眼睛：“是啊。你妈妈身体好点了，我想带她一起去。今天是大结局了，对吧？”

健一飞快地点了点头，突然胸口一堵，说不出话来了。

健夫的眼神很柔和，像在安慰儿子一般：“要不，我们还是不去旁听的好？”

“不是的。只是……”

只是……

“不用担心我，无论结果如何，我都不会，都不会……”

我想说什么？想不明白。一句话直接从心底冒了出来。

“都不会后悔。”

对，我想说的就是这个。

“是吗？”健夫也点了点头，“明白了，你就放心地去吧。”

好的——这两个字没有说出声来。健一朝门口走去。

也许是穿鞋时头朝下的缘故，健一觉得脸上发烫，似乎马上要哭出来了。这可不行。他在心中斥责自己，拼命抑制自己的感情。系好鞋带时，他已经恢复了平静。

我是辩护人的助手，一定要完成这个使命。

野田健一校内审判的最后一天即将开始。

学校周边看不到一个记者或主持人的身影。这要感谢森内老师和她的母亲。代理校长冈野将森内老师召开记者会这一题材运用到位，成功地与媒体人士达成了交易。记得北尾老师说过，冈野对这些相当拿手，所以才能够出人头地。

今天旁听席的上座情况比较零散，已经八点四十分了，都没有坐满一半，是目前为止最萧条的景象，也许是昨天休庭一天带来的负面影响。一天的空白便让大家的注意力和兴趣大打折扣，校内审判也不过如此吧?

快点坐满吧!

为了让尽可能多的人看到校内审判，我们付出了多大的努力啊。

在辩护方休息室里，爱睡懒觉的大出俊次还不见踪影，只有神原和彦一个人站在窗前，眺望着校园。

“早啊。”

听到健一的招呼声，神原辩护人回过头来。他的脸上没有受酷暑和睡眠不足影响的痕迹，几乎与往常毫无二致。

“早。”

接着，两个人都陷入了沉默。健一不禁纳闷：过去的五天时间，我们是怎么一起度过的?

“今天旁听席的上座率不高。”神原和彦说道。这间教室的窗朝东开着，强烈的阳光使他眯起眼睛。

“带替换衣物了吗?”健一问。

“嗯。”

健一也走到窗户前，眺望着横穿操场朝体育馆走去的旁听人员。有两个大人一起的，有父母带孩子来的，有的像是某位同学的母亲或父亲。

“那是茂木先生。”神原和彦说。尽管天气持续高温，茂木的着装总是端正整齐，没有丝毫马虎，使他相当引人注目，相隔很远就能一眼辨认出来。

“哦，今天他一个人来，没和PTA会长一起啊。”

两人又陷入了沉默。他们肩并肩俯视校园，发现穿过操场的人数逐渐增多。体育馆入口处，前来帮忙的志愿者们似乎也很忙。

好啊，这就对了。

“都准备好了吗，辩护人？”健一问道。

神原和彦转过头来，答道：“准备好了。”

健一仍在俯视着校园。视线无法移动，似乎只要动一动身体的某一部分，自己的心事就会暴露出来。

“我也作好准备了。”健一说道。

神原和彦似乎想作出回应，他动了动嘴唇，作出的口型好像是：对不起。

正在这时，教室的门猛地打开了。两人回头一看，见大出俊次趿着鞋帮走了进来，显得有些憔悴。“你们这是怎么回事？”一开口就凶相毕露，“还有心思看风景？”

自被告询问之后，大出俊次不再正视神原辩护人的眼睛。他绷着脸，似乎想表示愤怒。他心中明显窝着火：即便是出于辩护需要的战术，也没必要那样说我。可是，他不知该怎样表达自己的愤怒，同时心中也不无困惑。

为何无法表达愤怒？你自己也不知道吧？

你没有像以前那样发飙，那是因为你并不是在愤怒。你受了伤，而且不明白自己为何会受伤，不是吗？

一定是——希望是这样的。

“我们走吧。”野田健一对辩护人和被告说，“还有五分钟。”

藤野凉子也有点睡眠不足。事务官佐佐木吾郎无精打采，萩尾一美看上去和往常没什么两样。

今天的事务安排，藤野检察官向他们透露了多少？

井上法官进入法庭。全体起立。旁听席的上座率已达七成。

“各位，早上好。”法官寒暄后，大家陆陆续续坐了下来。井上法官整了整皱巴巴的黑色长袍领子，扬起脸。“各位陪审员……”

经过一整天的休息，陪审员们已经恢复了元气。

“最初预定今天由检方发表公审意见，辩护方展开最终辩论，然后结束审理，由你们进行评议。然而……”说到这里，井上法官斜瞥了一眼，银色眼镜框闪出一道寒光，“昨天下午，检方提出了新证人出庭的申请。藤野检察官，请你向各位陪审员说明申请理由。”

藤野凉子站起身，对陪审团轻轻鞠了一躬：“我们发现了与本案相关的全新情况。”

“新证人共有三名，是吗？”

“是的。”

“可是，在这份申请书上……”井上法官将视线落向手头的文件，“没有写第三位证人的姓名，这是为什么？”

“因为在目前阶段，还无法判定该证人的身份。”

“可是，在如此状态下，能传唤该证人出庭吗？”

“能。”

“不会白白耗费时间精力吗？”

“不会的，请放心。”

“辩护方对此有没有异议？”

“没有。”神原辩护人坐在健一身旁，回答道。

被告似乎有点想不通：“怎么回事？又要搞什么鬼了吗？”

“被告在说什么？”

辩护人像往常一样为被告的不当言行道歉："对不起。对新证人出庭的申请，我方也同意。"

健一紧紧握住记录用的铅笔。大出，你就别做声了。

"好吧，本法庭认可新证人出庭的申请。"

"谢谢。"

凉子话音刚落，佐佐木吾郎便站起身，朝检方背后的侧门走去。他打开侧门，将证人请入法庭。那是个身穿西装的男人。藤野检察官走上前去迎接证人。

"请证人入证人席。"

健一抬头看了看那个正在朝证人席走去的人。小个子，瘦得厉害，白发很多，应该是少白头，据说年纪也就四十五六岁。

那人低着头来到证人席上，随后看向神原和彦。神原也看着他，向他行了个注目礼，证人以点头回礼。

井上法官开口了："请教尊姓大名。"

"我叫龙泽卓。"

"请您宣誓。"

龙泽证人宣誓时吐字清晰，是个习惯于面对公众说话的人。

健一突然想到：二十年后的神原也会变成这样一个小老头吧？

藤野检察官开始了询问："龙泽先生，感谢您出席我们的校内审判。"

龙泽证人对藤野凉子鞠了一躬。

"请教您的职业。"

"开设针对小学、初中学生的补习班。我自己在补习班中担任教师。"

"您的补习班开在什么地方？"

"现在位于浦和市内。"

"那么以前呢？"

“到前年十二月为止，一直都在东京都内，中央区的明石町。”

“补习班的名称？”

“当时和现在都叫‘龙泽塾’。”

“是一般的升学补习班吗？”

“不仅辅导升学复习，也会开展辅导性教学。”

“辅导性教学，就是为跟不上学校课程的学生提供帮助吗？”

“是的。不过不只是在学习上给予帮助，也希望为有心理问题的学生提供一个校外的学习场所。这便是我开办补习班的奋斗目标。”

一些迟来的旁听人员从体育馆后方的出入口纷纷进场，旁听席上的空位正在逐渐填满。

“请问证人，您认识柏木卓也吗？”

龙泽证人在回答前停顿了一下。

“认识，当补习班还在中央区时，他就是我的学生。”

“具体是在什么时候？”

“柏木卓也在小学五年级第二学期时进入了我的补习班。那时，他刚从大宫市转学到这里。”

“他在补习班里一直待到什么时候？”

“一直到我关闭补习班为止。”

“这么说来，您与柏木有过大约两年半的接触时间？”

“是的，他是个认真学习的学生。”

“他是为了升学而来，还是您刚才说的那种需要辅导的学生？”

“就学习能力而言，柏木不需要辅导。他的潜力相当大。”

“不光学习成绩好，在学习能力方面也没有任何问题吗？”

“是的。不过，他不太适应学校的教学。可以说，他和学校这种体制格格不入。”

陪审员蒲田教子和沟口弥生都在点头：他就是个讨厌集体生活，讨厌抹杀个性的体制的小精灵。在这个法庭上得到充分描绘的柏木卓也的形象正是如此。

井上法官板起了脸。柏木卓也的为人，大家已经了解得够多了。这位证人到底“新”在哪儿？会有哪些新的事实情况呢？

“他在您的补习班里表现如何？”

“他很快适应了补习班的氛围。补习班的人数要比校内的班级少得多，我想柏木在这样的环境中也会比较轻松。”

“他与您相处得好吗？”

龙泽证人稍作思考：“至少我认为，自己赢得了柏木某种程度的信任。”

“您为何会有这样的感觉？”藤野凉子针锋相对地反问道。

龙泽证人慎重地回应道：“虽然柏木话不多，却会经常和我交谈，说说学校里的事，还有家里的事。”

“他表达过自己的不满，说过学校的坏话吗？”

“多少说过一点。”

“柏木是在放心的状态下向您敞开心扉的吗？”

“我感觉就是这样。”

“在补习班里，有没有和柏木比较亲近的朋友？”

刹那间，龙泽证人看向神原和彦，视线中带着些许顾虑。神原辩护人将双手端正地放在桌面上，垂下眼帘。

“有。他不是那种能与任何人打成一片的孩子，有点挑人。”

“听说柏木在学校里没有朋友？”

“嗯，他自己也这么说过。”

“在补习班里就不同了？”

“确实不同。”

“为什么？”

“还是由于我们那儿比较宽松的缘故。我不会制定没有必要的规章制度，除去基本的教学安排，我允许学生们依据自己的喜好出入补习班。”

“是一种和学校完全不同的制度，是吧？”

“是的。”

“那么，您在前年十二月关闭补习班，是出于什么原因？”

证人低头看了一眼，答道：“我与部分学生家长之间发生矛盾，无法消解，便决定关停补习班。”

“柏木对此是怎么想的？”

“他觉得非常遗憾。”

“柏木和他的父母与那些和您有矛盾的家长持不同的见解吗？”

“他的父母怎么想，我不得而知，说不定也会有不满。我觉得柏木相信我，因为他曾劝我不要关闭补习班。”

“这么说，您关闭补习班一事，令柏木十分失望，是吗？”

“我觉得是这样的。”

“将怀有如此心情的柏木弃之不顾，证人您当时有什么感想？”

“我觉得自己对不起他，也在担心他。”

“那是因为，您将与学校体制格格不入的柏木抛弃了，对吧？”

证人看着地面点了点头：“是的，你说的一点也没错。”

野田健一看了看自己的手和笔记本，发现自己在不知不觉间停止了记笔记的动作。

神原辩护人一动不动，像一具蜡像。被告大出俊次显得很无聊，脸上气鼓鼓的，似乎在说：瞎扯什么？没完没了。

“柏木已在去年年底去世，请问证人，您当时知晓此事吗？”

“我通过报纸得知了这一消息。”

“您参加他的葬礼了吗？”

“没有，我没有前去打扰。”

“有没有联系过柏木的父母？”

“没有。”

"为什么？"

对藤野检察官毫无顾虑的提问方式，井上法官略感惊讶。藤野这家伙，真是单刀直入啊。

"我觉得，对于柏木以这样的方式结束自己的生命，我也负有一定的责任。"

"您认为自己离开柏木的做法是错误的，是吗？"

"是的。"毫不犹豫地回答之后，证人又摇了摇头，"不，不仅限于此，还牵涉到我关闭补习班时的一些情况。对屈服于责难的我，柏木不仅感到失望，还愤怒不已。他原本就具有——怎么说呢，或许可以说成是针对学校代表的社会体制的不信任和绝望。我非但没有抚慰他，反而以那种方式离开他，激化了他内心的情绪。"

藤野检察官保持沉默，以此催促证人继续讲下去。

"我以前曾在一所中学担任教师。"证人放低了音量，"由于我对规章制度过多的学校管理心存疑虑，才出来开办了补习班。我认为，在了解我的经历后，柏木对我产生了某种亲近感。"

"同样都是讨厌学校的人？"

"或许应该说，两人都对学校这种体制怀有疑虑。"

证人终于抬起头，怯生生地对藤野检察官露出微笑。

"然而，在与家长团体的矛盾面前，我退却了。虽然我走出了学校，却仍逃不过社会这一体制。这对我自然是一个巨大的挫折，而柏木原本对我寄予了很大的期望，结果我却让他失望了。况且期望越大，失望也越大。当时他显得非常感情用事。我明明知道他的内心感受，却仍然弃他而去。我觉得，这是一种不负责任的做法。"

藤野检察官收敛起笑容，说出的话语毫不留情："您和部分学生家长间到底有怎样的矛盾，会将您逼入绝境呢？请具体叙述一下。"

证人犹豫了，尖尖的喉结上下移动了一下。

"我受到过多方面的指责。"

“什么样的指责？”

“说我利用自己的门路帮助补习班的学生升入名校，并收受家长的钱财。”

“就是‘开后门’，对吧？还有呢？”

证人挤出一丝苦笑：“说我和某学生家长保持不正当关系，当然，那位家长是女性。”

旁听席上响起一片叽叽喳喳的嘈杂声。

“若这些都是事实，那确实是极不光彩的丑闻。”

“是的。不过，这些都是无中生有的诽谤。”

“也就是说，您被人冤枉了，是吗？”

“是的。”

“可您在这些无中生有的诽谤面前退却了，不是吗？”

“是啊。我败下阵来。我逃跑了。这种挫折感至今仍未消失。”龙泽证人弓起后背，坦白道，“我当时感到筋疲力竭，怎么解释也没用，最后只好举手投降。”

“尽管那些指责都是无中生有的，可结果还是等同于默认，是吗？”

“可以这么说吧。”

“看到自己亲近的您就这样屈服了，柏木失望至极，对吧？”

“我想应该是这样的。”

他体面全无地做了逃兵。

“失去能够理解自己的证人后，柏木愈发厌恶将证人逼上绝境的社会体制，对学校的不满和不信任也越发深重。这所学校的日常生活不仅无法消解他的愤怒，甚至还会加重他的不满和不信任，于是造成了他的英年早逝。请问证人，您是不是这么想的？”

“是的。”

“也就是说，您认为柏木是自杀的，对吗？”

“是的。在得知他的死讯时，我就是这么认为的，除此之外难以想象。”龙泽证人说道，“所以我觉得，我对他的死负有责任。正因如此，我没有联系他的父母，因为我当时很心虚。”

“但是……您知道之后的一系列骚动吧？您看过《新闻探秘》节目吗？”

“看过，一系列报道我都看了。”

“那么，您应该知道柏木并非死于自杀的说法吧？”

“知道。”

“对此，您又作何感想？”

“什么也不好说。”

“您现在又是怎么想的？”

证人没有回答。

“您希望了解真相吗？”

“是的。”龙泽证人看了看井上法官，又将视线转向辩护方席位。铅笔从健一的指间滑落。

神原和彦依然低着头，一动不动。

藤野检察官动了动脚，调整重心，端正姿势。

“尽管柏木对您的离去感到失望，可他还有朋友，不是吗？他在学校没有朋友，可在补习班里有。”

龙泽证人用力点了点头。

“那么，您有没有想过，那位朋友会成为他精神上的依靠？”

龙泽证人摸了摸自己的脖子，呼吸似乎有些不畅。他没有打领带，衬衫领子却十分坚挺。

“在我眼里，他的这位朋友只是一个学生，也需要某种依靠，某种与柏木的需求完全不同的依靠。他本人或许不以为然，可他身边的大人会这样想。”

“他身上又有什么特殊之处呢？”

龙泽证人咬住嘴唇，没有马上回答。旁听席上手帕和扇子四下翻飞，此刻几乎座无虚席。

“他的双亲以令人遗憾的方式去世了。”

“他是孤儿吗？”

“是的。所幸的是，他和养父母相处得十分融洽，不了解内情的人根本看不出那孩子有过那么一段过去。他性格开朗，学习成绩也很好，是个好孩子。”龙泽证人轻声说道。

野田健一闭上眼睛，又很快睁开了。眼前的景色没有任何变化。

“这么说，柏木有一位好朋友。”藤野检察官说道。

健一觉得她的声音有些发颤，说到“好朋友”时，嗓音都变调了。这不会是自己的心理作用吧？

“在您弃他而去之后，这位好朋友依然在他身边，不是吗？”

“是的。我想他们一定会继续交往下去。因为他们当时相当投缘。只是……”

藤野检察官干咳了一下。她也发觉自己的嗓音不太对劲了吧。

“只是？”

“当然，这只是我一厢情愿的担忧。”

“在柏木与那位好朋友之间，有什么会让您感到担心吗？”

“也可能是我多虑了。”龙泽证人又低下了头，似乎不这样做，他就无法继续说下去，“柏木时常会过于深入地思考一些抽象的事物。这也是他这类男孩常有的现象。”

藤野检察官点了点头：“柏木的父亲也在本法庭上作出过类似的证言。”

“是吗……我也经常和他讨论这些抽象的话题。人为什么要在这个荒唐无稽的世上生活？人生的意义到底在哪里？怎样才能找到生活的价值？诸如此类。”

神原和彦拣起健一掉下的铅笔，用手指把玩着。

“喜欢思考这些问题的柏木，似乎对那位以不幸的方式失去双亲的朋友非常感兴趣。对柏木这种感兴趣的方式，我有些放心不下。”稍事踌躇后，龙泽证人果断地说，“虽说沉湎于深思不是什么坏事，可他时常会过于热衷，甚至出现完全不考虑对方感受的言行。”

“您觉得柏木并不顾及那位不幸成为孤儿的学生的心情或处境，是吗？”

“是的。嗯，就是这么回事。”

“就交友方面而言，这样的动机确实过于理性。可问题是，柏木又怎么会知道那位朋友的过去？是那位朋友自己告诉他的？”

“出于性格，他不会主动将那种事情告诉别人。”

龙泽证人又摸了摸脖子，做了个松开领带的动作——尽管他并没有打领带。额头上冒出一层薄薄的汗水，微微发亮。

“那是我的过失。”

他的舌头有些不听使唤。

“由于他是那样的学生，我平时格外注意他——包括健康方面，与他家长的联系也比其他学生多得多。他的养母会来补习班和我面谈。有一次他养母来时，正巧柏木也来了。他听到了我们交谈的内容。刚才我说过，我允许学生们随意出入，而柏木特别喜欢在别的学生不来时，到补习班来找我聊天。不好意思……”

龙泽证人从上衣口袋里掏出一块手帕，擦了擦脸上的汗水。

“至少柏木对我说，他就是这样知晓的。”

“那大概是什么时候的事？”

“是三年前的六月份，关闭补习班的一年半之前。”

“后来，柏木就对那位学生特别感兴趣了？”

“是的。不过，在此之前，他们就是十分谈得来的好朋友。柏木知道对方的过去后，两人的朋友关系好像有过变化。可他们依然是好友，这一点没有改变。我必须强调这一点。”

龙泽证人叹了口气，手帕依旧拿在手里。

“关闭补习班时，我对所有学生都诚恳地道了歉，当然也包括那位学生。他的情况比较特殊，我很担心他，他却担心起我来。而他顾虑更多的是柏木。他说，对我被那些无聊的事搞得焦头烂额的状况，柏木感到非常气愤，恐怕以后会越发地钻牛角尖。”

说到这里，龙泽证人的话音痛苦得像是从喉咙里硬挤出来似的。

“他还说，柏木或许会变得更加孤僻，更加脆弱。所以我觉得，在我离开之后，他仍会留在柏木身边。”

神原和彦将指间的铅笔递到野田健一眼前。健一接过铅笔，不由得看了看神原辩护人的脸。

神原避开了健一的视线。

“就是说，柏木当时有这样一位朋友。”藤野凉子故意用平淡的语调说道，“请问证人，此后您与这位学生见过面吗？”

“只是互寄贺年卡，没有见过面。可今天，在这个场合……”龙泽证人说到一半停了下来。

“今天，在这个场合？”

面对藤野凉子的反问，龙泽证人握着手帕，点了点头，回头看了看辩护方席位。

“那位学生，今天在这个场合担任辩护人。神原，好久不见。”

这下不止旁听席，连陪审团也喧闹起来。大家都知道神原和柏木卓也是上过同一家补习班的朋友，所以他才会在这儿。可大家并不知道他有父母双亡的背景，连藤野凉子也被蒙在鼓里，直到昨天为止，只有野田健一和大出俊次知晓此事。

大出俊次终于忍不住抱怨起来：“怎么到现在还说这些！”

神原和彦坐着，低头鞠了一躬，算是对龙泽证人的回应。

“主询问到此为止，下面请辩护方作交叉询问。”

藤野凉子坐回自己的座位。萩尾一美推开佐佐木吾郎，将脸凑向藤野凉子。佐佐木吾郎顺从地让开了。

神原辩护人站了起来："龙泽老师，好久不见。对不起，让您受惊了。"说着，他又深深鞠了一躬。

龙泽证人呆呆地站着："该道歉的应该是我，我应该早点和你联系的。"

"您了解校内审判吗？"

"我不知道你们搞得这么像模像样。"

"昨天，是检方和您联系的吧？"

"有人受藤野检察官的委托前来找我，我从他那里知道了校内审判的事。"

是那位狂热的，不，热心的私家侦探找到龙泽老师，还特意前去与他见面。

"当时我想：事到如今，我还能有什么作为呢？"

龙泽证人有点激动，心里似乎有一直压抑着的东西要迸发出来。无论在怎样的场合，他想做一件比道歉、接受讯问更重要的事情。

"可是，如果有用得着我的地方……"

"您能够前来出庭作证，真是太感谢了。"再次鞠躬之后，神原辩护人转向井上法官。

龙泽证人却不太甘心地叫住了他："这样就可以了？我只是随意地说了自己的想法，这样的证言真的可行吗？"

听到龙泽证人的哀鸣，陪审员们也有些激动了。健一简直不忍多看。可即使闭上眼睛或转移视线，这里也始终是我们的法庭。

"是的，因为这是法庭审议。"神原和彦说，"即使与真正的法庭规则不尽相同，但对我们来说，这就是神圣的法庭。所以……"神原辩护人脸上尴尬的笑容消失了，"让您对自己不愿提及的过去作出证言，对不起。"

龙泽证人缓缓摇头。

“这没什么，我无所谓，因为……”龙泽证人垂下双肩，“出了这样的事，都是我的责任。”

神原辩护人立刻反驳：“老师，您这样想，是不对的。”

“可是……”

“法官，我的交叉询问到此结束。”

井上康夫固执地保持着镇静：“请证人退席，多谢了。”

证人没有动身。他无法动弹。

“井上法官，我还有话要说。”

“对不起，这是不允许的。对您的询问已经结束。如果您想旁听，请便。”

这就是法庭。健一松了口气：幸亏井上是个死板的人。

龙泽证人离开了证人席，在旁听者众目睽睽之下朝后方走去。旁听席已经座无虚席，一个篮球社志愿者挟着一把折叠椅跑了过来。

健一目不转睛地看着这位柏木卓也仰慕的补习班教师，看着他如同被重负压垮般坐了下来，看着他难以自持地用双手抱住脑袋。

河野侦探从旁听席一侧站起身，轻手轻脚地走到龙泽老师身边。

藤野凉子也看着龙泽老师。河野侦探对他说了一句话，他终于抬起头睁大眼睛，仿佛丢开了一切烦恼。

“现在，传唤下一位证人。”

这位证人正是小林电器店的那位大叔。

也许他做梦都没想过，自己会以这样的方式来到学校。也难怪，连健一他们也从未考虑过要将街头电器店的老板叫上法庭。

小林大叔穿着开领衬衫，下身一条笔挺的灰色长裤。与健一到店里拜访时相比，他看上去更加衰老了。因为这里并非街头，而是学校，对比之下会更显老吧。

“感谢您的大力协助。”很难得地，井上法官率先说道，“首先请教您尊姓大名。”

小林大叔略显紧张，悄悄看了一眼藤野凉子。凉子对他点点头，用表情催促他开口说话。

“真的不要紧吗，在这里说那个？”

“是的，有劳您了。”凉子鼓励着小林大叔，又向井上法官表达歉意，“对不起，小林大叔是在为我们担心。”

“当然要担心，怎么会不担心？连你们的父母……”

“证人，请教尊姓大名。”

“我一直在本地开店，这个学校的事，我比你们还清楚。”

“证人，请教尊姓大名。”井上法官板着脸，又重复了一遍。

“我叫小林修造啊。”报上名后，他转过脸，看着井上法官，脸上的表情就像在看一个调皮捣蛋的孩子。

“请您宣誓。”

“我懂的，前天我已经来见识过了。”

旁听席上响起了一片笑声。小林大叔立刻满脸怒容地转过头去。

“谁在笑？太不认真了，不许笑！”

怒气冲冲的证人十分严肃地宣了誓。旁听席上的笑声也平息了。

“您请坐。”

“站着就行。”小林大叔站成了标准的立正姿势。

陪审员们全都目瞪口呆，竹田和小山田这对高矮组合嘴巴张开一半，好久都没合上。这个大叔算怎么回事啊？

“小林大叔是经营电器店的，对吧？”藤野检察官开始询问。

“是啊。就是大马路边上那家店，是本地最老的店。我女儿也是这个学校的毕业生。”

紧接着，小林大叔打开了话匣子：这个学校的岩崎总务是我的老朋友；在楠山老师还是学生的时候我就认识他。不光是楠山老师，本地的事情，我比谁都清楚。比如现在当上区议会议员的某人，以前是那个样子的。该校两代以前的校长是这样一个人……诸如此类，不等别人提问就自说自话了一大堆。

健一心想：他确实是个说起来没完没了的小老头。

于是，大家第一次看到藤野检察官在控制证人上作出艰苦努力。旁听席上时不时发出一两声肆无忌惮的笑声，陪审团中倒是没人发笑，只是气氛越来越凝重，因为他们都想起了“小林电器店”这个耳熟的名称。只有胜木惠子脸上露出不解的神情：藤野为何会找这个怪老头来？等到问及小林电器店门前的电话亭，她才终于明白过来，立刻把眼睛瞪得大大的。

“您的电器店门前有一间公用电话亭，是吗？”凉子问道。

“是啊。看店的时候能清楚地看到电话亭，所以我很上心。”

这个话题又引出一番长篇大论：从两三年前开始，小孩晚上出来玩的情况越来越多。看到一些小孩半夜三更挤在电话亭里不停打电话聊天，或者打电话叫朋友出来玩，我就放心不下。即使被人骂“多管闲事”，我也要上前去提醒他们。

健一抬不起头来，也不知神原辩护人脸上是怎样一副表情。他能看到的只有大出俊次懒散地摊在桌底的那双大脚。估计大出觉得很无聊，他的脚一直在不停晃动。

“好吧，小林大叔，下面请您回想一下去年十二月二十四日下午七点半左右的事。”

一直等着凉子这句话的佐佐木吾郎立刻站起身，拖来一块黑板，并在黑板上贴上牛皮纸。萩尾一美愣愣地坐着，没有上前去帮忙。

又是那张通话一览表。十二月二十四日那天总共有五通打给柏木卓也的电话，每两通之间间隔两个半小时。表上用记号笔写着五通电话的呼叫地。

⑤ 小林电器店前

时间是傍晚七点三十六分。不用看笔记，健一记得一清二楚。

“去年圣诞夜傍晚七点半左右，您有没有看到有人在您店前的电话亭里打电话？”

“嗯，看到的。”

山野纪央深吸一口气，握紧身旁仓田真理子的手。

“是个什么样的人？”

“是个跟你们差不多大的男孩。”

本来轻松笑着旁听的人们，这时已经很安静了。

“您记得非常清楚，对吧？”

“对。他的模样有点怪，所以我记得很清楚。”

“到底哪里怪了呢？您还记得吗？”

“有点胆怯，有点疲倦，好像很冷，还有点走投无路、不知所措的感觉。”

“他打电话时就显得不知所措了吗？”

“是的。”

接着，小林大叔又打开了话匣子：我叫住那个少年。少年的举止礼貌大方，和那些半夜三更来打电话的不良少年完全不同。我对他说“快点回家去”，他便老老实实地回答“我这就回去”。

“那孩子，就这么走了。看到他的背影，我非常后悔。”小林大叔说，“我想起了战争年代的一个情景。”

小林修造用沙哑的嗓音动情地说：空袭前一天，我跟母亲和小妹妹分别。我看着母亲的背影，突然感到一阵强烈的不祥之兆。这是个遥远的悲剧，却已经牢牢印刻在心上，回忆起来，清晰得仿佛发生在昨天。

健一心想：美好的事物总是无法在记忆中留下痕迹，清清楚楚刻在心头的总是一些悲剧。对圣诞夜发生的事，这位大叔为何记得如此清楚?

“我当时心想，那孩子是谁家的?”

小林大叔的证言还在继续，所有来场者都听得入了神。

“所以，第二天当我听到本校一名学生从屋顶跳楼自杀时，就不由得‘啊’了一声。”

那个自杀的学生，会不会就是昨天在电话亭里打电话的孩子?

“我心想，果然是这样。那孩子当时一副非常想不开，似乎马上要去寻死的模样。我为什么没去拦住他?我当时要是把他叫到店里，问出他家住址，给他父母打个电话就好了。”

由于越说越激动，小林证人的脸涨得通红。健一依然低头，看着大出俊次那双脏兮兮的鞋子。

藤野凉子冷静异常:“这件事，您向什么人说起过吗?”

“和家里人说过。哦，对了，还跟岩崎说起过。”

“就是当时本校的总务，对吗?”

“是的。岩崎听后还安慰我，说不一定跟我想的一样。”

藤野检察官点点头:“后来，您是否去确认过呢?“

“确认?”

“就是说，您是否去看过那名自杀学生的身份，譬如向岩崎总务要来照片看一眼，确认自杀的学生就是那个电话亭里的少年?”

“没有。当时，我没那么做。可是，”小林大叔慌忙咽了一口吐沫，“这个月里，你们不是带着照片来找过我吗?”

“是的，我们是去拜访过您。”

“你们带了好多张照片来，要我辨认里面有没有我见过的那个男孩，来检验我是否真的记得清楚，不是吗?”

“是的。如有失礼之处，我在此当面道歉。”

“没事没事。”证人猛地摇了摇头，“我可没有不高兴。”

“那么，那些照片中，有您见过的那个少年吗?”

“没有。当时我这么一说，你们好像还挺失望的。”

小林大叔干咳一声，也许是嗓子有些发痒。

“那些照片中，并没有那个在电话亭里打电话的少年，对吗？”

“没有。”大声回答后，小林修造不做声了。

健一毅然朝证人席看去。这时，小林电器店的老板正好瞪大眼睛，朝辩护人席位看来。

藤野检察官继续提问：“那么，现在您是否依然不知道那个少年是什么人？”

小林电器店的老板眼睛睁得很大，也不眨一下。他的眼神中包含着愤怒和不安：“现在我知道了。前天，我在这儿看到他了。”

法庭沸腾了，简直像地震一般，连地板都在震动。

“是在这儿看到的？在这个法庭上？”藤野检察官问道。

“嗯。”

“那个少年现在也在场内吗？”

“在呀，嗯。”

健一停止了呼吸。

“请您指出来，好吗？”藤野凉子嗓音十分平稳，既不颤抖，也不变调。

“这样做，好吗？”

“小林大叔，请您指出来。”

藤野真坚强。健一叹了一口气。我也必须坚强起来。我可是辩护人的助手。我要完成我的使命。

“就是他。”小林修造指向这边，指向健一身边的神原和彦。

“没认错吗？”

“没错。”

这位一直照看着当地的孩子，说话啰唆，总被人指责多管闲事的滑稽大叔紧皱眉头，手指颤抖。最后，他的手臂终于无力地落下了。

“谢谢！我的主询问到此为止。”

话说到一半，藤野凉子的声音就听不见了。旁听席上由震惊引发的噪音直冲天花板。

“请保持安静！肃静！”井上法官不住地敲打着木槌。

在木槌声中，神原辩护人缓缓起身。

“我不需要交叉询问。”对井上法官作出报告后，神原和彦转向小林证人，恭敬地鞠了一躬，“多谢您那时的亲切关照。”

此刻，健一已经什么都听不到了。

“法官。”

藤野凉子清脆的嗓音将健一拉回现实。在如此嘈杂、激动的法庭中，健一的耳朵根本听不到凉子的声音。他是用眼睛看到的。这个声音仿佛一支醒目的红色箭头，在无数令人目眩的迷途中，为他指出一个唯一正确的方向。

“我想传唤今天重新申请过的第三位证人，可以吗？”

井上法官手握木槌，愣住了。

“他是东都大学附属中学三年级学生神原和彦。可以吗？”

嘴唇抿成一字形的井上法官用力敲了一下木槌：“肃静！”

在这声目前为止最具压迫力的呵斥之下，法庭出现了冷场。这对于在学校生活中从未被冷落过的井上康夫而言，实在有损名誉。他徐徐放下木槌，用手理了理黑色长袍的领子，说道：“检察官和辩护人，过来一下。”跳下法官席，他又补充一句，“辩护人助手也一起来。”

一行四人走出辩护方一侧的边门，将法庭内的喧嚣留在背后。跟在最后的健一关门时偷偷瞄了一眼会场，他看到法警山崎晋吾已经站到了一脸不安分的被告身边。山崎这家伙就是可靠。

来到体育馆旁的阴影中，井上法官气势汹汹地转过身来。

“这到底是怎么回事？”

藤野凉子一脸若无其事。神原和彦倒是很严肃。其实，这两副表情本质上没什么差别。不好，我怎么还有闲工夫来研究这些？健一心中暗忖着。

“我问你们呢！这到底是怎么回事？你们在打什么主意？”

济济一堂的法庭内闷热异常，冷风机的作用只是心理安慰罢了。可即使如此，井上法官变成这副汗流不止的模样，也还是头一回。

“没什么打算。”检察官随口答道，“只是追求真相而已。”

井上法官被噎住了。这幅景象，健一也是第一次看到。

“这样真的好吗？”井上法官问神原和彦，像要和对方吵架似的，又显得有些底气不足。为了不让自己露怯，他故意粗声粗气地说话：“你觉得这样也无所谓？”

“是的……”神原和彦点点头。

“我说，你们到底在搞什么？”井上法官气冲冲的，似乎要把刚才丢掉的面子通过愤怒找回，“你们要把我的法庭搞成什么样子？”

体育馆外面也很热，只比里面多出一点风。

“法官。”

听到神原和彦的声音，健一抬起头看着他。这时他才发现，自己原来一直低着头。

“拜托了。”

井上法官气呼呼地将手指插进黑色长袍的领圈，来回拉动松开领子。离这么近才看得见，他的脖子上长出了一圈痱子。

“你要是当了证人，那交叉询问怎么办？”

“我来做。”健一答道，抢在检察官和辩护人的前头。

话出口后，健一发觉自己的膝盖在打颤。

井上法官满脸通红：“野田，你也跟他们是一伙的，是吧？就我一个蒙在鼓里，是吧？”

“对不起。”在健一的这声道歉之上，还覆盖着神原的声音。

“可不许戏弄法庭啊。”扔下这句话，井上法官故意推开并排站着的三人，径自朝体育馆边门走去。黑色长袍被风吹得鼓了起来。

“我们也进去吧。”藤野检察官说道。

“证人，请宣誓。”

所有人都注视着站在证人席上的神原和彦，法庭寂静无声。健一感觉到，他们都在静静地等候。

“我宣誓，我在法庭上所说的都是事实。”

大出俊次瞪大眼睛呆呆地看着正在举手宣誓的自己的辩护人。整个法庭似乎只有他一个人没有理解形势的最新发展。

“这是怎么回事？”同样的问题，他已经问到第四遍了。

“你就安安静静地听着吧。”健一也跟着告诫了四遍。大出俊次剧烈地晃着腿，不太平稳的桌子随之“嘎达嘎达”直响。

九名陪审员表现出九种不同的姿态。其中最镇静的要数出于个人目的来参与校内审判的原田仁志，他的眼睛里闪烁着好奇的光芒；仓田真理子和健一料想的一样慌慌张张；由于无法安慰仓田真理子，向坂行夫也开始手足无措起来；蒲田教子抿紧嘴唇，好像很生气；沟口弥生没有像往常一样拽着蒲田教子的手，而是将两手放在膝盖上，紧紧握着拳头。

山野纪央注视着神原证人的眼睛里透出惊讶和不安，还有一点安慰的成分。对此，健一并不意外。小山田修惊异的眼神中混杂着同等程度的放心。对此，健一同样不意外。

果然是这么回事。

这副表情意味着心中的石头落了地。小山田修这个将棋社主将并非徒有虚名。估计他早就隐约察觉到，在校内审判追求真相的过程中总是敏锐过人，并坚定不移地专注于辩护的神原和彦并非局外人。小山田圆滚滚的身体里隐藏着非凡的洞察力，能够得出结论：如果不是这样，反倒显得不自然了。

听小林修造的证言时，竹田陪审长的眼珠子差点惊得掉出来，可这会儿，他反倒镇定自若了。抚慰他，使他平静下来的，不用说，肯定是高矮组合的另一方小山田修。

再看看胜木惠子，只有她一个人在生气。她受到了伤害，那双恶狠狠地瞪着神原证人的眸子里泛出亮光。与大出俊次不同，她理解这种变化，所以她相当气恼。

这算是怎么回事啊？

胜木同学，只要安静地往下听，你马上会明白的。要生气，到那时再生气也不迟。

“对神原证人的主询问，现在开始。”藤野检察官开口了，语气中除了毅然决然的坚强意志，不带任何其他的感情色彩，“首先，请允许我确认一下。小林修造大叔作证时提到，他在去年十二月二十四日的傍晚七点半左右，看到证人在小林电器店门前的电话亭里打电话。请问证人，你是否认同这种说法？”

神原和彦抑制住自己的感情，脸上的表情显得很平淡。

“我认同。事实正是如此。”

“请问证人，你那时在做什么？”

“我在打电话。”

“给谁打电话？”

“给柏木卓也。”

法庭里的空气似乎在微微颤动。

“请看这张表。”藤野检察官指向黑板，“证人在小林电器店前的电话亭打给柏木卓也电话编号为⑤，就是下午七点二十六分接通的电话，是吗？”

“是的。”神原和彦立刻回答道，随即紧闭嘴唇片刻，又开口道，“不过，我给柏木打过的电话可不只是编号为⑤的那一通。其他几通电话也都是我打的。”

面对着突然喧闹起来的旁听席，井上法官立刻拿起木槌。不过在他敲响木槌之前，旁听席很快又安静了下来，因为大家都很想听神原和彦接下来的证言。

“你是说，从①到⑤的每一通电话都是你打的？都是打给柏木卓也的吗？”

“是的。”

藤野检察官微微眯起眼睛：“你为什么要给他打这么多电话？”

“这是我和柏木卓也约好的。”

“约好的？”

“嗯，可以说……是一种游戏。”

昨天向健一和凉子说起去年圣诞夜发生的事时，神原用的也是这种表达方式，不过用词稍有不同——类似于一种游戏。

对于柏木来说，这是类似于游戏的活动。

“这些电话都是用公用电话打的。我要去这些公用电话所在的地方，每到一处就给他打一通电话。”

“这种行为本身就是游戏？”

“是的。”

“打电话的时间也是约好的？”

“是的。”

“所以柏木卓也可以守在电话机旁，抢在他父母之前接听。也就是说，他可以瞒着父母接听电话，是这样吗？”

“是的。”

藤野检察官望着黑板，继续问道：“每次通话时间都很短，应该无法深入交谈吧？”

“是的。到了约好的地点给柏木打个电话，这就够了，没必要在通话时多说些什么。”

“这也是游戏规则之一？”

“是的。”

“证人是真的去了这五个地方，然后再从那里打电话给柏木？”

“是的。我觉得亲自跑到那五个地方——五个‘目标’去确认一下比较好。”

“目标？”藤野检察官一本正经地确认道，“这有点像是定向越野比赛。”

“或许有点像。”

藤野检察官点点头后，改变了提问的方向：“证人和柏木是朋友吗？”

“是的。是在龙泽补习班认识的。”

“关系亲密吗？”

停顿片刻，神原证人答道：“是的。”

“这场古怪的游戏，在关系密切的两人之间，是否有着某种特殊的含义？”

“是的。这场游戏在我和柏木之间有着特殊的含义。”

“你们双方都理解这五个目标的含义，是吗？”

“是的。我们理解它们的含义。”

“这么说来，在柏木已经过世的今天，懂得这些含义的人只有证人你一个，是吗？”

“是的。”

藤野检察官轻轻叹了一口气：“那么，有劳你对各位陪审员解释一下。”

神原和彦眨了几下眼睛，将目光投向陪审团。陪审员席位上的九双眼睛都注视着他。

“电话①，即上午十点二十二分的那通电话是在城东圣玛利亚医院打的。那家医院就在本地区，我想大家应该都知道。”

当辩护人时的口才不见了，现在的神原证人就像一个成绩好但并不引人注目的普通初中生，站在黑板前作社会课的课堂发言。

“我就是在这家医院里出生的。因此这里就成为我们这场游戏的出发点。”

山野纪央和原田仁志作出了与其他陪审员不同的反应，或许两人也是在圣玛利亚医院出生的。

“电话②是在秋叶原站附近打的。在我小时候，我父亲经常带我去那里玩。当时，那里有一家塑料模型专营店。对我而言，这是个留有我和父亲美好回忆的地方，因此选为第二个目标。”

蒲田教子开始在笔记本上飞快地写起了笔记。

“电话③是在赤坂邮政局边上打的。我跟我父母以前就住在那里，因为我父亲公司的宿舍就在附近。虽说现在已经不在了，”他补充道，“但我还记得那个位置，所以选为第三个目标。”

藤野检察官点了点头，问道：“那么电话④呢？”

“新宿车站西出口那儿，有一家我母亲曾经工作过的商店。她和我父亲结婚后就不去上班了，但她跟那间商店的经营者依然有来往，还时不时带我到那里去玩。”

“那是一家什么样的店？”

“是一家饭店。虽然小，但那里的菜都很好吃。”

神原证人略带羞怯地微微一笑。陪审员席上的仓田真理子看到了他的笑，稍稍放下心来。

“电话⑤是在小林电器店门前的电话亭里打的，这个地方并没有类似①到④的涵义。在那里打电话只是为了告诉柏木，我已经转了一圈回来了，回到我现在的住所附近。”

“①到④这四个目标，都是与证人和证人父母之间的过去相关的场所。”

“是的。”

“对证人来说都是些充满美好回忆的场所，可对柏木而言没有任何意义。那柏木为何要证人去那些地方，每到一处地点还要打电话给他呢？”

“要确认我是不是真的去过，打电话是必不可少的。”

“不是，问题还在这之前。柏木为何如此关心这些你记忆中的场所？”

神原和彦闭上嘴，稍作考虑。旁听席上，扇子和手帕又开始四下翻飞。神原的额头上浮起了汗珠。

健一很清楚，他并非不知道该怎么说，而是在担心。因为无论他怎么说，大家肯定都会大吃一惊。昨天他就一直在担心这个。

完全不必担心，想怎么说就怎么说吧。低下头握紧铅笔后，健一感觉到某人投来的视线。抬眼望去，沟口弥生正注视着自己，眼神中传达出关切：野田，你没事吧？

沟口弥生总是黏在蒲田教子身上，两人仿佛共生体。健一一直认为，那是女生间特有的现象，现在看来似乎并不尽然。她们之间的关系，和校内审判开始以来神原与健一之间的关系十分相似。健一也总是黏在神原身边。

正因如此，弥生如今才会担心健一：野田，你一个人孤零零的，不要紧吧？

“我现在和养父母一起生活在本地区。”

神原和彦扫视一周陪审团。

“因为我的亲生父母已经死了，由于一起恶性事件。”他继续说，“我觉得我的亲生父亲绝不是个坏人。”

他语速缓慢，字斟句酌。

“他患有酒精依赖症。无论对于我父亲还是母亲而言，都是一件非常不幸的事。因此……”他喘了口气，“他一喝醉了酒，就会施展家庭暴力，会失去理性，会发疯。有一次，终于……”

他又吐出一口气。

“我父亲打死了我母亲，然后自杀了，追随我母亲而去。当时，我才七岁。”

由于神原证人诉说时的语气平淡异常，大家没有立刻作出反应。陪审团中的女生像是约好了似的，全都瞪大了眼睛，男生们则一个个都半张着嘴。

最先作出反应的是山野纪央。她闭上眼睛，逃避现实似的低下了头，跟健一刚才的姿态一模一样。可即使这么做，现实也不会发生任何改变。

“其实柏木关心的，正是导致我父母死亡的‘不幸事件’。”

就像潮水涌到脚边，盖过脚面一般，法庭内爆发出不可抑制的喧嚣，音量远超井上法官应该敲打木槌的程度。而这样的喧闹不是法官一声“肃静”就能镇住的。

尽管如此，井上法官仍然发出警告：“请保持安静！”

他怒目圆睁，似乎在发无名火。恐怕连他自己都不知道到底为什么要生这么大的气。

藤野检察官开口了：“龙泽老师作证时说，柏木通过一个偶然的机会得知了你过去的这段经历。”

“是的，柏木也是这样对我说的。”

“是在得知证人父母的不幸事件后，亲自对证人说起的吗？”

“是的，他非常震惊。”

“即使如此，你依然与他继续保持朋友关系？”

“是的。”

“你不觉得别扭吗？”

“别扭？不。”神原证人微微侧了一下脑袋，“这事总会被人知道的，当时我还觉得，幸好是被柏木知道了。”

“为什么？”

“因为柏木不是会把这种事闹得满城风雨的人。他很明确地对我说过，他没有向补习班的其他同学提起过这件事。”

“就是说，除了龙泽老师，别人都不知道？”

“是的。”

大出俊次突然高声叫喊起来：“我知道！”

野田健一差点跳起来，慌忙按住被告的胳膊：“安静点！”

“是你自己告诉我的。”大出俊次冲着神原证人撅起了嘴，“你要当我的辩护人时不是说过的吗？说你老爸杀死了你老妈，还说你老爸发起酒疯来，不光要打你老妈，还要打你，是不是？”

“被告，肃静！”

大出俊次连法官的告诫也不放在眼里，音量越来越高，连屁股都离开椅子了：“你这样说的，对吧？说过的吧？”

“被告，你再不闭嘴，就叫你退庭！”

大出俊次“噗通”一声坐回椅子上。他面朝前方，大声自言自语道：“我那时还以为你是瞎说的。以为你是为了要做我的辩护人，当场编了个故事。”

他的声音越来越小，目光呆滞地望向前方。

证人席上的神原和彦丝毫不为所动。

“各位陪审员，”好像什么事都没发生过似的，藤野检察官用平静的语调说，“发生在证人父母身上的不幸悲剧，是证人与柏木两人之间的秘密。由此，柏木对证人产生了强烈的兴趣。”

说到“两人之间”时，藤野检察官竖起手指。

“关于这一点，龙泽老师在作证时说过，‘对柏木这种感兴趣的方式，我有些放心不下。’‘他时常会过于热衷，甚至出现完全不考虑对方感受的言行。’”

小山田修点了点头。

“这就是证人与柏木之间的朋友关系吗？”

神原证人摇了摇头，脸上浮起笑容：“不是从一开始就如此。我们当时都还只是小学生。”

连竹田陪审长也点了点头。

“我觉得，知道我家的事情后，柏木只是感到震惊而已。”

“可是，龙泽老师很担心。”

“因为他是老师。无论是补习班的老师还是学校里的老师，总是会担心学生。”

旁听席前排响起低低的笑声。原来是楠山老师。

“跟柏木一起在龙泽补习班读书的时候，在知道我父母的事之前和之后，他的态度并没有改变。不过，他曾问过我，和养父母一起生活是什么感觉。”

“什么感觉？这是什么意思？”

“他想问我有没有受过欺负。”证人微笑着摇了摇头，“他似乎想起了漫画书和电视剧里常见的情节。也难怪，当时我们都还是小学生。”

“是否存在这么一种可能，在你面前，柏木并未对你的过去显示出明显的关心；而在龙泽老师面前，他却坦诚地表达出这种关心。”

“这个我就不知道了。”

“那就请各位陪审员考虑一下。”

“检察官。”井上法官高声喝道，“这个问题目的不明。十二月二十四日的游戏和证人与柏木过去的交往到底有怎样的关联？”

问过检察官，井上法官立刻将严厉的视线投向野田健一：原本应该由你来提出反对，知道吗？打起精神来！

“对不起，”藤野检察官对井上法官和陪审团鞠了一躬，“开场白太长了。不过，不了解基本情况，会无法理解‘游戏’的意义。我可以继续提问吗？”

井上法官严肃地点了点头。

“如此说来，证人和柏木间并没有足以令龙泽老师担心的矛盾，是吧？”

神原和彦没有马上回答。他低头看着脚尖，思考了一会儿。

“龙泽补习班关闭后，情况发生了一点变化。”

“什么样的变化？”

“对龙泽老师被所谓的丑闻逼得走投无路一事，柏木十分气愤。由于这个原因，他果然……”

“果然？”

“脾气变得古怪起来。”

“龙泽老师这样的好人受到污蔑，那些散布谣言的家伙却逍遥自在。这样的世道太没天理了。柏木是在为此生气吗？”

“应该就是这样的。”

“对于怀有这种心态的柏木，你当时是怎么看的？”

“我有点担心。”

“你还记得龙泽老师的证言中关于这方面的内容吗？”

“记得。”

“你还记得他在证言中提到的你说的话吗？”

“是的，我记得。”

“你说，‘柏木或许会变得更加孤僻，更加脆弱。’当时你在担心这个，是吧？”

“是的。”

“所以你继续和他交朋友，是吗？”

“是。”

“你的养父母知道你和柏木交朋友吗？”

“知道。柏木经常到我家来玩。”

“柏木的父母也知道你是他的朋友？”

“这个不能确定。”

“不能确定？”

“我想，柏木的父母大概不知道我。”

“你没去过柏木家？”

“没去过。恐怕不只是我，柏木几乎不邀请朋友到他家去玩。据我了解，应该就是如此。”

“这就奇怪了。你问过他原因吗？”

“没有特意问过。”

“那柏木有没有提起过能称为理由的情况？”

“他说过，他妈妈特别爱干净，不喜欢男生到家里来闹腾。”

“没别的了？”

“至少我没听过别的。”

藤野检察官点点头，继续问道：“下面我要问的，是证人你的意见。你觉得柏木经常去你家玩，是否出于好奇心？就是说，他想去看看你家的情况，观察你和养父母的关系。”

神原证人似乎在顾忌旁听席上的人：“我不知道。”

藤野检察官迅速望向旁听席，看了一两秒。

“上初中时，柏木来到本校，而你升上了东都大附中。这时，龙泽补习班已经不存在了。在此情况下，两人的交往出现过变化吗？”

“有变化，不如上小学时那么密切。”

“柏木不到你家去玩了？”

“是的。不过我们时常见面，有时在车站附近，有时在公园。”

“事先约好的？”

“基本是这样。”

“柏木打电话约过你吗？”

“是的。他给我打过电话。”

“这么说，你对柏木在本校的学习生活情况也有所了解吗？”

“是的。有某种程度的了解。”

“你觉得柏木在本校过得怎么样？”

“你指什么？”

藤野检察官耸耸肩膀：“他在本校过得很快乐，还是很无聊？他看上去精神抖擞，还是无精打采呢？”

神原和彦抿紧嘴唇，又像是想开了似的说道：“我并不完全了解柏木的心思，不过他说过，他也想上私立学校。”

“他认为自己不该上本校这样的公立学校，应该上私立学校，是吗？”

“是的。”

“他说过自己想和你上同一所学校吗？”

“不，他没这么说。”

“那么，你进入东都大附中，是你自己的意愿吗？”

“是我养父母的建议，不过我也觉得挺好，就参加了考试。”

“你的养父母为什么会建议你上私立学校，而不是公立学校？你知道原因吗？“

“主要考虑到我们家与众不同的家境，还是小班化教育的私立学校比较放心。特别是我母亲——我养母希望如此。”

“关于这一点，柏木发表过意见吗？我是说，考初中的时候。”

“他没说什么。”

“什么也没说？”

“是的。”

“比如，他也想上私立学校；升学考试真麻烦；你要是能和他一起去三中上学就好了，诸如此类，他都没说过？”

“是的。”

“可是成为本校的学生后，他却说自己也想上私立学校吗？”

“他没有说得这么明确。”

“他的话可以这样理解，是吗？”

“是的。”

“也就是说，柏木的话语中包含他在三中感到无聊，过得并不舒畅的含义，是这样吗？”

神原证人垂下眼帘：“应该就是这样的。”

“过得不舒畅？”

“是的。”

“你有这样的感觉？”

“是的。”

“你对这一点也很担心？”

神原证人没有出声，点了两次头。

“具体是怎样的担心？”

“我曾经觉得，要是这样下去，以后柏木可能会拒绝上学。”

“那是什么时候的事？”

“初一的春假快要结束的时候。由于新学期将至，所以相当着急。可是，”他立刻接着说道，“事实上什么都没有发生。那时，柏木并没有拒绝上学。所以，那是我在杞人忧天。”

“柏木对本校不满，和同学们相处得不融洽。那么，他有没有找谁商量过？”

“我不知道。”

“你能想象一下，他会和什么人商量吗？”

“毫无头绪。”

“就是说，柏木身边已经不存在龙泽老师那样的人了？”

“我觉得是不存在的。”

“是否可以认为，失去龙泽补习班，失去龙泽老师，这对柏木而言是一个沉重的打击？”

藤野凉子的眼神在逼迫神原证人：说呀！你不是已经决定在法庭

上公开一切了吗？那就痛痛快快地说出来。无论多么难以出口的话，都给我说出来。事到如今，我绝不会手下留情。

“是的。我想，这对他而言肯定是重大的打击。”仿佛被检察官的气势压倒，神原证人的声音变小了，“所以他总是怒气冲冲的。”

“他在生谁的气？那些污蔑龙泽老师的人吗？”

“差不多，可似乎不仅于此。”

“是生这个世道的气吗？世上总是在发生一些毫无道理的事，和龙泽补习班里的遭遇一模一样，就算日子一天天过去，也从不见半点改善。是这样吗？”

神原证人又沉默着不停点头。是的。是的。是的。

然后，他像抛弃了所有顾虑似的吐出一口气，断然道：“他曾经说过，‘谁都不可信，没有一件好事，周围尽是些傻瓜。’”

陪审员们的视线齐刷刷地从神原证人脸上移开。只有胜木惠子露出了恍然大悟的表情，似乎在说：原来我也能搞明白啊。

“他说，他不明白为什么自己一定要生活在这样的环境里。”

证人吞吞吐吐，欲言又止，还不停眨着眼睛。

快说！藤野凉子用眼神催促着他。

“他总是义愤填膺，后来还对我生起气来，指责我，‘你为何能这样若无其事？’”

“为何能这样若无其事？”藤野检察官加重语气重复了一遍，“他说的‘若无其事’是什么意思？”

“就是说，我每天都能平静地去上学。”

“是指你在日常生活中感觉不到柏木怀有的不满和气愤？”

“是的。嗯，就是这样。”

“柏木对此怀有疑问，便来问你，‘为何能这样若无其事？’”

“是的。”

“这是否表示，你忘记龙泽老师的冤屈，过上平稳的初中生活，这是不应该的？”

“我觉得应该有这样一层含义。”

“还有别的含义吗？”

神原和彦抬起胳膊，用袖口擦了擦脸。

“应该还有别的含义，不是吗？”藤野凉子张扬地抬起下巴，大声问道，“柏木大惑不解，以那样不幸的方式失去双亲，被迫接受养父母的养育，无端忍受悲惨人生，和柏木相比极不正常的证人你，为什么过上了正常的生活？为什么你没有被不幸的遭遇压垮，能够忍受人世间的不公？柏木的诘问应该包含这样的意思吧？”

健一觉得自己应该举手了，可他一激动，竟然站起了身，带动桌子发出“咣当”一声。“法官，我反对。”

陪审员全都吃了一惊。

“检、检察官在询问证人的意见，在诱导证人。”

他一开口，汗水随之喷涌而出。

“反对成立。各位陪审员，请你们忘掉检察官刚才的发言。”

藤野凉子眼中斗志昂扬的光芒隐去，她恢复平静的眼神，与健一的眼神稳稳地对了个正着。

嗯，时机把握得不错。

健一领悟到，自己得到了感谢。就像上体育课练习传球时，自己找准时机传球给投篮高手。即使这种事情在健一身上很少发生，他也能够理解，凉子此刻的眼神确实有着如此的涵义。

法警山崎晋吾得到法官的眼神许可后，走到证人身边，他将手里的毛巾递给神原证人。

“谢谢！”神原证人说着，用毛巾擦了擦脸。山崎晋吾收回毛巾，然后无言地回归岗位，不发出半点脚步声。

“柏木口中的‘若无其事’究竟有何种意义，我并不明白。”神原证人对陪审员们说，“可是，到初一快要结束的时候，柏木开始对我父母的事问东问西起来。”

“都问了些什么？”

“譬如，我对那时发生的事到底记得多少？当时我是怎么想的？现在的我又是怎么想的？”他调整一下呼吸，继续说道，“还问我是否对自己的将来感到忧虑或恐惧等等。”

“所谓证人的将来，是指什么？”

“我认为他想问，等我长大成人后，是否也会像父亲那样患上酒精依赖症。”

一直屏息倾听着的旁听人员发出轻微的嘈杂声。

“都是些会让证人感到不愉快的问题。”

“是的……”

“那么，你有没有叫他别问了呢？”

“我这样说过。”神原和彦的话音开始变得不自信了，昨天也是这样，内心的犹豫表露无遗，“因为，不用柏木这么问，我自己也时常会考虑这些问题。我觉得自己不能回避这些问题。再说，柏木问的时候十分认真，不带半点开玩笑的成分。”

“可这些都和柏木毫无关系。你是否出现过‘别多管闲事’‘别来惹我’的念头呢？”

神原和彦的肩膀微微下垂：“刚开始，我倒没有那么想。因为柏木问得相当认真。”他又重复了一遍，“他常说，即使像他那样活着，也从来不觉得有趣。不知为什么而活，也不清楚活着的价值。”

“那你是怎么回答的？”

“我回答，我也不知道。”

“对这样的回答，柏木满意吗？”

“我觉得他不满意。”

“类似的问题，他一直会问，是吧？”

“是的。因为柏木在寻求答案。”

“你是否觉得你必须帮他找到答案？”

“我不知道。”神原和彦又摇起了头，一遍、两遍，边摇头边看着陪审团，“可是，我当时觉得自己必须找到答案。呃，因为……”

神原和彦用手抱着脑袋，皱起了眉头。

“柏木说我有必须克服的障碍，因而容易找到活着的意义。”

“必须克服的障碍？”

“是指我父母变成了那样，我却没有崩溃。”

“柏木认为，这就是你活着的意义？”

“嗯。其实我自己也考虑过，我为什么要一个人活下来。尽管我从来没有说出来过。”

健一想起了这样一幅景象：一具沙漠中的幽灵，飘飘荡荡，自言自语着，为什么只有我一个人活了下来？要是我跟着父母一起死掉该多好。难道我不应该去死吗？

藤野检察官深深叹了口气，连肩膀都跟着动了起来。她身边的两个事务官也在叹气。

健一注意到，萩尾一美的眼圈红了。

她用手背用力擦了擦脸。被健一看破心事，她似乎很难为情。

“柏木和你经常谈论这些话题吗？”

“也不总是这样。”神原和彦疲惫的脸上现出笑容。

“那么，是在柏木心血来潮的时候？”

“是他感到烦恼的时候。他问这些问题时都是很认真的。”

“也无端地为你增添了麻烦，不是吗？”

神原证人嘴角的笑容消失，他低下了头。

“你有没有过苦于应付的感觉呢？”

神原证人点点头，回答道：“后来，这样的感觉越来越明显。”他抬起脸，对陪审员们说，“老实说，我有点不胜其烦了。”

山野纪央和沟口弥生注视着他的侧脸。蒲田教子则在记笔记。

“后来，我认为自己找到了柏木那些问题的答案。”

柏木却因此感到不胜其烦。

“在我向柏木表达这个意思之前，我曾问过我的养父母。那还是我读小学的时候。我问他们，为什么我不在自己父母的身边，为什么会一个人待在这里？”

小山田修于心不忍地低下头去。

“那时养母回答我：‘不知道，不过，还是幸亏你来到了我们这里。’”

萩尾一美一个劲儿地抹着脸。我明白，一美。我明白，所以我不会一直看着你，你不用这样遮遮掩掩的。

“当时我还是个小学生，所以没有立刻领悟。可是，最终我还是觉得，这样的回答已经足够了。”

“我也这么认为。”话出口后，藤野检察官马上向井上法官道歉道，“对不起，这是我的个人感想，请将其从记录中删除。”

仓田真理子的眼睛也红了。

“你是从什么时候开始这么想的？”

“具体的时间记不清了，大概在去年夏天。当时，社团活动很多，我很忙，和柏木交谈的机会变少了。”

“在初二的夏天，你的内心发生转变，你给了自己一个交代。那么，你有没有过干脆放弃和柏木的友情的念头？”

“有过，但我没能和他断绝来往。”神原说道，“升入初中后，我和他的交往就不像以前那么密切了。也正因如此，反倒很难再拉开距离。再说，要跟柏木绝交，我心底多少有点害怕。”

“为什么要害怕？”

“我觉得，要是我不关注他，他不知会干出什么荒唐事来。”

“你所谓的‘荒唐事’是指什么？”

“我最担心的是，柏木会不会自杀。”

“你真的这样担心过？”

“是的。他常说，‘找不到活着的意义，干脆死了算了。’”

“喜欢这么说的人，往往都不是当真的，难道不是吗？”

“我觉得柏木是当真的。我还感觉到，即使他不是当真的，要是我不把他的话当真，他也会真的去自杀。”

“你不觉得你很软弱吗？”藤野检察官毫不留情。

“我确实很软弱。”神原和彦点点头，“我一直都很软弱。不管是以怎样的方式，我都不希望我的身边再有人死去。”

旁听席上某个角落传出哭声。健一心头猛地一颤：会不会是柏木君的母亲呢？

“柏木有自己的父母和家人，所以证人你不必一个人承担这份烦恼。”

“是的。”

藤野检察官目光锐利：“那么，你难道不能丢下不管吗？这毕竟是柏木和他家人之间的问题。”

“可柏木跟他的父母和哥哥都不太……”神原证人说不下去了。他低着头，直愣愣地站着。

很明显，他顾虑到旁听席上有柏木家的人。

“他曾经说过，‘我家的人都各顾各，十分冷淡。’这到底是不是真的，我不清楚。但正因为我不知道真相，所以会担心。”神原证人低声说，“对不起。”

藤野检察官装作没听见。健一心里害怕，不敢朝旁听席看一眼。

“从去年夏天开始，你就想和柏木拉开距离。那柏木有没有察觉到你内心的变化呢？”

“应该察觉到了。因为我们是朋友。”神原说道。

“你们有没有就此讨论过，或吵过架呢？”

“那倒没有。”

“尽管如此，你还是没能离开柏木，是吗？”

“我一直在犹豫不决。因为我注意到一些令人担忧的迹象。”

神原证人又开始出汗了。

“我首先要说明的是，我下面说的只是我自己的感受，并非柏木有意张扬。”

陪审员们都点了点头。

“我觉得，到了初二，对柏木而言，学校里的状况似乎越来越糟。他好像被孤立了。”

是的，他被孤立了。柏木卓也的同班同学都知道这一点。

“到了暑假，因为不用上学，这种感觉便淡了许多。可进入第二学期，情况再次恶化。偶尔通个电话，我也能从他的声音里听出他很郁闷。长此以往，就发生了十一月十四日理科准备室里的冲突。”

“你是在什么时候知道这件事的？”

“发生后不久立刻就知道了。柏木给我打了电话。”

“柏木对你讲过冲突的详细经过吗？”

“当时，大出他们的姓名对我毫无意义，但听完他的讲述，我对与柏木发生冲突的学生是什么样的人，已经有了相当的了解。”

“柏木为什么要把这件事告诉你？”

“他说，他终于对学校不抱任何希望了，他以后不再去上学，感到很轻松。他就是为了对我说这个吧。”

“你当时是怎么认为的？”

“我想，既然如此，那也没办法了。只要柏木能平静下来，暂时离开学校一段时间，对他来说也是件好事。可是……”他的音调又变低了，“他说自己轻松了，可我觉得他很在意和大出他们闹出的冲突。倒不是怕大出他们报复，他认为自己做了一件和自己的一贯作风不相符的，小孩子气的蠢事。事实上，听他叙述完事件经过，我就对他说，‘这可不像你。’”

“请允许我再确认一下。”藤野检察官双手撑在桌面，朝前探出身子，“你感到柏木对发生在理科准备室的冲突十分在意。他觉得后悔了，是吗？”

“是的。不过，并不是害怕报复。”

“柏木这么说过吗？”

“这倒没有说过……”

“就是说，在理科准备室的冲突发生之后，证人你时常会有那样的感觉，是吗？”

“是的。”

“你产生这种感觉的根据是什么？”

神原证人扯了扯衬衫领口，似乎有些喘不过气来了。

“柏木在不上学之后，变得比以往更加无精打采，还总是抱怨说，任何事情都很麻烦，很讨厌。”

“任何事情都很麻烦，很讨厌？”

“是的。如果他担心大出他们的报复，就不会说这样的话了。”

“或许他只是在对你逞强。”

神原和彦看了看大出俊次。这是他从辩护人变为证人之后，第一次看向被告。

“柏木看不起大出他们。他根本没把他们放在眼里。”

被告大出俊次并没有表现出过激的反应，只是坐在健一的身边晃着腿。

“所以，我并不觉得他在害怕报复。他在意的，只是自己做出了不该做的行为。”

“这些话，是在电话里，还是面对面说的？”

“在电话里。”

“电话是柏木打给你的吗？”

“是的。那时，我已经不给他打电话了。”

“柏木给你打电话，就是为了发牢骚，抒发胸中的恶气吗？”

“是的。”

“那么，你是如何应对的？”

“我也说不出什么特别的话。我不了解三中的情况，只能说些不痛不痒的话……‘要不你干脆转学吧’之类的。哦，还有……”

说到这里，神原和彦又咬住嘴唇，停了下来。

“还有什么？”

“‘和龙泽老师商量一下怎么样？’”

“柏木是怎么回答的？”

“我记不清了。”

是吗？真的记不清了？还是即使记得，也不能在这儿说？健一心中暗忖着。

大出俊次晃着腿，将桌子弄得嘎达作响。

“老实说，对柏木心中的烦恼，我帮不了什么忙。”

“柏木对此有什么反应？”

“他好像很生气。那还是十一月底的事，之后有一段时间，他不打电话来了。”

到了十二月中旬，他又来联系神原了。

“我们在我家附近的儿童公园见了面，在一个星期天的上午。”

那座公园，健一也知道。他跟神原和彦在那里碰过头。

“之前，我跟他只在第二学期刚开始时见过一次面。所以那次见面是时隔三个月之久的重逢。柏木很瘦，脸色很差，我非常吃惊。”

他将自己关在家中，过着昼夜颠倒的生活，才会变成这副模样。

“柏木是为了什么叫你出去的？”

神原证人的下巴尖滴下一颗汗珠。

“他说有东西要给我。”

“什么东西？”

“笔记本，就是上课用的那种。是遗书。”神原说道，“他说他决定去死，所以写了遗书，要我替他保存着。”

法庭再次喧嚣起来。井上法官充耳不闻。陪审团也不太安分。

不一会儿，一切又自然而然地归于平静。

“所谓‘去死’，是自杀的意思吗？”

“是的。”

“柏木决定要自杀，并将遗书交给你保管，是这么回事吗？”

“是的。”

“那么你接受了吗？”

“当时，我碍于现场的气氛，接受了下来。”

“你问过他自杀的理由吗？”

“问了。他说，活着很麻烦，也不知道活着有什么意义。”

“后来又怎么样了？”

神原证人用手背擦了擦下巴上的汗，重新转向藤野检察官。

“我拿着那本笔记本回家，又不知该怎么办。过了两三天，我觉得这样下去不行，就给柏木打了电话。我约他在同一座公园里见了面，把笔记本还给了他。由于是放学以后去的，时间应该很晚了。”

“你不接受他的遗书，对吗？”

“是的。并且、并且……”他一时语塞，只是重复着同一个词，“我没想好该怎么说，只能一个劲地劝他‘不能去死’。我对他说，人活着没有意义也无所谓，等你长大了不就明白了？”

“柏木有怎样的反应呢？”

神原证人的肩膀微微地上下颤动：“十分冷淡。我当时的感觉就是这样的。”

“冷淡？”

“似乎是一种嗤之以鼻的态度。随后他问道，‘你没有当真，是吧？’”

“意思是，你并没有认为柏木是真的要自杀，对吗？”

“是的。他还说，‘如果你当了真，就不会说这种不痛不痒的场面话了。’”

健一把铅笔放在桌面上。总是这么攥着，非掐折了不可。

“确实，我当时并不清楚柏木是否真的要自杀，有点半信半疑。但我发现，指责我‘说这种不痛不痒的场面话’的柏木是当真的。所以我害怕了。”

是不是我的言行迫使柏木卓也越来越较真了呢？

“我越发觉得，是不是不该把遗书还给他？可到了那时，我就算收回那本笔记本，估计也没什么用了。”

“遗书后来怎么样了？”

“柏木带回家了。我以为他去世后会在他房间里找到的。事实上却没找到。那一定是他自己处理掉了。”

因为遗书已经没有意义了。

“我非常希望柏木打消这样的念头，可又不知道该怎么办。我只能说‘反正你不能去死’‘我不希望你死’这样的话。”

“柏木是怎么回答的？”

“他说，‘难以置信。’”

“不相信你不希望他去死的心情吗？”

“是的。”

“这样你就越发不知该怎么做才好了吧？”

“是的。所以我就问他，‘我要怎么做，你才会相信呢？’”

健一心想：简直是在往陷阱里跳。中圈套了。

柏木卓也已是进退维谷。他自己跳入洞中，又拒绝他人伸出的援手，不断落入越发狭窄的深处，无法自拔。身处狭窄洞底的他，看到在广阔的洞外轻松生活着的神原和彦，感到气愤不已。于是他憎恨起试图离自己而去的神原。

他依然希望有人关心他。

藤野检察官不急不躁地继续提问："对于你的这个问题，柏木是怎么回答的？"

神原和彦满头大汗，不得不用毛巾擦拭，背部的衬衫也湿透了。

"他说，我的那些'活着没有意义也无所谓''今后会发现人生的意义'之类的说法……"

陪审团的九双眼睛注视着他。

"是不负责任的。说我心底并不是这么想的，只是随口打发他而已，因此……"

"因此？"

"他说，'如果能证明你不是随便说说的，我就相信你。'"

"怎么证明？"

旁听席上无数双眼睛在注视着他。

"父母死去时，我只有七岁。"神原和彦说，"但是，对那起事件，我并非毫无记忆。父亲的疯狂，母亲的哭泣，我都记得，只是……"他喘息似的微微颤动肩膀，"我是尽量不去回想那时的情景。我和养父母一起生活，没必要再回想那些事。可柏木认为，我这样做是不对的。"

哪里不对了？

"我没能直面自己的荒唐遭遇，没有与之对决，所以我能若无其事地活着，还说'人生的意义以后总会理解'。我父母出了那样的事，我还觉得'不明白自己为什么还活着也无所谓'。柏木说，这些想法都是错误的。我是在逃避现实。"

逃避就逃避，关你屁事。健一将捏紧的拳头藏在桌子底下。柏木卓也，你为什么要死？你为什么不活下来呢？

神原，我替你揍他。我要替你揍他，看他还这么使性子。

"所以，只要我不再逃避……"

现在的神原和彦似乎不是在法庭上作证，而是在招供。

“如果我能够直面我的过去，直面与我父母相关的记忆，将这些往事逐一回忆起来仔细玩味，在这种情况下我依然觉得什么都无所谓，那我的话便不是随口说说，而是出于真心。如果我真心那样想，那活着或许就是有意义的。”

面对神原证人多少有些混乱的陈述，藤野检察官毫不动摇，快刀斩乱麻般的话语响彻法庭：“只要证人你做得到这些，那他就相信你说的‘不能去死’‘不希望你去死’，并打消自杀的念头。柏木是这么对你说的，对吗？”

神原证人点了点头。汗水又从他的下巴上滴了下来。

“这就是十二月二十四日那天游戏的目的。”

“那是个游戏，对吧？”藤野检察官说道，“是一场关乎柏木生死的游戏。”

藤野凉子也已经汗流浃背了。事务官萩尾一美为她递上手帕。

“对不起。”对井上法官打过招呼，凉子用手帕擦了擦脸。

陪审员们抓住这个间隙，以各自的方式放松了一下。沟口弥生脸色苍白，蒲田教子注视着她的脸，抚摸她的后背。竹田陪审长似乎也很担心，扭动长长的身躯看着这两名女生。

“真吃不消。”

听到身旁的大出俊次在嘟囔，健一不由得抬起眼帘。

“虽说我像个大笨蛋……”

我像个大笨蛋。这是俊次新发现的表达方式，充满自嘲的意味。

他也在出汗，眼睛没看健一，腿不停地摇晃着。

“你想退庭吗？”健一问道。

话出口后，健一自己也吃了一惊。不过他真是这么想的。大出俊次跟不上神原和彦的证言，无法理解其中的意图。如果他不愿意努力理解，不待在这里也无所谓。不，应该说他没必要留在这里。

俊次瞪了健一一眼，露出一副立刻要反扑的凶相，可随即又垂下肩膀，晃腿的动作也停了下来。

“你神气个屁，我会听你的指使吗？”他赌气似的伸直双腿，哼了一声。

藤野检察官放下手帕，端正身姿。

“对不起。下面继续进行证人询问。”

凉子一开口，俊次又开始晃腿了。

“从①到⑤的场所……”说着，她又抿紧了嘴唇。

“嗯。”证人应道，似乎在鼓励对方，鼓励在进一步深入探寻之前略显犹豫和胆怯的藤野检察官。

“是证人你选择的吗？”

“不是，是柏木决定的。”

“这些场所都凝聚着证人与去世的双亲间十分个人化的记忆，柏木能够指定吗？”

“在此之前，我时常跟他说起我父母的事，我想他全都记得。”

“是你主动向他讲起的，还是柏木要你讲的呢？”

“这个很难说。柏木问过我，有时我也会主动讲一些。就是说，呃……”神原证人稍事思考后，继续说，“刚才我说过，如果我父母的事迟早会被人知道，那还是让柏木知道的好。因为柏木的嘴很严，他也确实一直为我保守着秘密。而且他记性好，同样的事不会问好多遍。所以，呃……”

脱下辩护人的外衣，回归普通初三学生模样的神原和彦，说起话来竟有些结巴。他的身体似乎也缩小了许多。

“我时常也会有向别人谈起我父母的冲动。这种心态挺矛盾的。我从不和养父母说那些事，因为说了只会让大家尴尬。不过，在我想找人谈谈的时候，柏木就显得，呃……怎么说呢？”

“比较可靠？是个值得信赖的谈话对象？”

“对，就是这样。”

神原和彦如同得到解救一般，用力点了点头，脸上的神情也缓和了不少。

“和他说话，我也觉得很轻松。也许我向柏木推心置腹讲过的内容，比我现在能回忆起来的还要多。”

“就某种意义上而言，你和你父母那段不幸的过去，已经成了你和柏木共有的记忆。你们之间的关系已经到了这种程度，可以这样理解吗？”

“我想是的。嗯，基本就是这样的。”

如果换作我，会怎么样呢？健一心中暗想。如果我是神原和彦的朋友，是唯一知道他父母不幸的死亡经过的人，我会怎么样？

说不定在得知真相的那个瞬间，我会逃之夭夭。那个神原和彦竟会有那样的过去？我会惊恐万分。我不知该如何与他交往，会躲得远远的。

时不时想起已故的父母，想向他人倾吐。神原和彦的这种心态一点也不矛盾。无论养父母对自己多么好，也不能向他们讲起已故父母的事，必须照顾到他们的心情。这样的想法也完全符合神原的性格。

那么，能够听他讲述的只有柏木。当时我并不在场，藤野凉子也不在。哦，对了，我在场也没用，可要是凉子在场就好了。

而这个藤野凉子，眼下正以检察官的身份面对神原和彦。

“当柏木提出要开始这个游戏时，你有没有想过拒绝他？”

“没有。”

“是不是担心，如果拒绝，会得罪柏木，或许会使他立刻走上绝路？”

神原和彦稍作思考。从他脸上的神情来看，他正从心底唤出当时的自己，并质问道：喂，真实的想法到底是怎样的？

“这样的担心不能说没有，可我是在优先照顾自己的心情。”

“你的心情？”

神原对凉子点了点头：“柏木提出这个游戏时，我十分吃惊。我心想：为什么我没有想到呢？”

“这又是什么意思？”

“我觉得真要这么做，那就不要做游戏，而是出于我自己的意愿，去寻访那些凝聚着我与父母间宝贵回忆的场所。”

蒲田教子点了点头。她的手依旧抚摸着沟口弥生的后背，安慰着这个亲密好友。

“刚才我也说过，对我父母的事，我已经调整过来了。虽然并非完全调整过来，不过做一做那样的事，也是不错的。”

“那么，在柏木提出这个游戏前，你有没有主动寻访过从①到④的四个场所？”

“没有。我一直在回避这些地点。可是，在与柏木交谈时我想到，已经没有必要再回避了，而且必须去寻访一下。”

“你向柏木说明过这个想法吗？”

“说过。所以我同意做这样的游戏，还对柏木说，我没事，一定会让柏木满意。”

“柏木是怎么回答的？”

“当时，他什么都没说。”

他们商量好游戏规则，约定完一些具体事项，便在当天开始了那场游戏。

“于是你按①到④的顺序寻访了这些场所，每到一处就给柏木打电话，是吗？”

“是的。我打电话告诉他，我已经来到了指定的场所。”

“每次通话时间都很短？”

藤野检察官指了指黑板上的表格，扫视一周陪审员们的脸。

“证人只是向柏木报告，说自己来到了①的位置，来到了②的位置？是否向他详细说明过你到那些地方后的感受？”

“我们说好，这些事以后再说。柏木最在意的还是我是否真的到过那些地方。”

“证人你确实遵守了游戏规则，兑现了自己的诺言，对吗？”

“是的。”

“可是，光通电话，并不能真正起到确认的效果。你在电话里告诉他自己在新宿，事实上你或许在别的地方。仅靠语言，柏木无法判断你是否遵守了约定。”

“我也这么想过。制定游戏计划时，我就注意到这一点了。”

说到这里，他再次欲言又止。

“我曾经提出，让柏木也一起去，这样不是更好吗？”

“柏木是如何回应的？”

“他说，让我一个人去才有意义。我必须独自面对过去，否则游戏就无法成立。他相当坚持这一点。”

“结果就变成在每个目标地点的简短通话了？”

“是的。”

“这几通电话的间隔时间，基本都是两个半小时。这是由证人你决定的吗？”

“不是，这也是事先计划好的。”

“几点在这里，几点在那里，是这样的吗？”

“是的。”

“可是，你实际寻访这些场所时，时间应该很宽裕吧？在两地间移动似乎并不费事。”

“是的。所以我每到一处，都会思考一些事情。”

藤野检察官眯起眼睛：“思考些什么呢？”

“各种各样的回忆。”

“心情很沉重？”

证人点了点头。

“中途想过要放弃吗？”

“时而想要放弃，时而又觉得不该放弃。但总体而言，并没有预先料想的那么难受，毕竟也回想起不少愉快的往事。”他说道，“虽说我父母以不幸的方式结束了人生，但他们也并非一直不幸。我父亲不喝酒的时候，是个认真又和善的人，和母亲十分亲密。即使他很懦弱，也绝不是个坏人。”

他垂下眼睛，似乎在自言自语。

“在做这个游戏前，我尽量不会去回忆我的父母。在某段时期，这样做也是必须的。可这样一来，连美好的回忆也都随之一同封存了起来。”

柏木卓也提出的游戏撕开了神原和彦贴在回忆上的封条。

“我想起许多我在七岁时不太懂，现在又能搞明白的事。正如检察官所说，我的时间很宽裕，就利用多余的时间思考了很多。”

“虽然想了很多，但还是没有事先料想的那么痛苦，是吗？”

“是的。我觉得一定是我成长了，也是养父母教育的结果。所以，在思考亲生父母的同时，也想起了许多养父母的事。”

神原证人突然轻声笑了起来，检察官和陪审员们都吃了一惊。

“对不起。”证人对大家道了歉，眼里带着快乐的神情，“我刚才想到有趣的事了。去③的赤坂邮政局时，那天虽然是休息日，不过圣诞夜还是会有许多商店开门营业。我当时想，到东京都中心地段果然能看到许多稀罕玩意儿，要不要买点纪念品回去呢？”

“是送给作为养父母的爸爸妈妈的礼物吗？”

藤野凉子的语文成绩很好，这里她用了相当贴切的表达。作为养父母的爸爸妈妈。

“是的。”

藤野检察官也露出了笑容：“你想买什么？”

这些话昨天他可没说。健一也想知道他到底要买什么。

“我想买一棵小小的圣诞树，大概这么大。”神原用手比划出二十厘米左右的高度，“赤坂的蛋糕店里有卖，缀满了红色、黄色还有其他各种颜色的金属纸包裹的巧克力。妈妈很喜欢这种小摆设。”

初三男生讲起自己的母亲时，总会比较腼腆，神原证人也不例外。陪审员们脸上的神情也趋于缓和。

只有山野纪央还在哭，两只大眼睛泪流不止，怎么擦也擦不完。仓田真理子靠过去后，她便弯下腰，低下头。

健一朝旁听席上望了一眼。神原的话传到大人们耳朵里之后会有什么反应？神原的模样在大人们眼睛里又是怎样的？

“那么，你买回去了吗？”藤野检察官问道。

“我最后没买。我觉得这样做很不谨慎。”

“不谨慎？”

“我想到，这场游戏关乎柏木的性命。”神原证人用手擦了擦鼻子底下的汗水，再次垂下眼帘，“这场游戏一启动，我脑袋里想的竟然都是自己的事。我不得不强迫自己回想起游戏背后的严重性。”

“你一直在想你自己、你亲生父母还有养父母的事？”

“是的。也想起了龙泽老师，上补习班时和他谈过好多话，当时并不理解的一些话，我现在也能理解了。还想起学校里的朋友。这些回忆，把我的脑袋装得满满的。”

“是否可以认为，一旦正式启动后，这场游戏便不是为了柏木，而是证人你自己的游戏了？”

“嗯，我想是这样的。”

“你在电话里向柏木讲过吗？”

“没有明确地讲清楚。”

“柏木对你说了些什么，问了些什么？尽管通话时间很短，但除了‘我到了指定的地点’之外，总还能说些别的话吧？”

“当然，我讲了在街边看到的景象，以及打电话的准确位置。”

“你还记得柏木在电话里说的话吗？”

山野纪央抬起身子，两眼通红，不过似乎不再流泪了。

“他要我确认完一个地点后，立刻按时跑到下一个目标。这方面他相当在意。”

“我再问一遍，他有没有问起过你当时的心情和感想？”

“他在此前已经说过，在确认完所有地点之前，他不想了解我的心情。在整场游戏结束，再次看到我的脸之前，他是不会问的。”

“他想亲自确认你的模样？”

“我想是这样的。”

神原证人的脸上现出一抹阴影。虽说只能看到他的侧脸，健一也看得一清二楚，他的脸上笼罩着一片阴云。

“当时我甚至觉得，柏木是不是不相信我。”

“这是什么意思？”

“他认为我故意隐瞒内心的痛苦，对他说谎，在他面前演戏。”

“你有必要在他面前演戏吗？”

“如果我意志消沉，说自己其实也不明白活着的意义，也没有生活的目标，这将对柏木产生负面影响。”

“所以，你会勉强自己，硬充好汉？”

“是的。”

“柏木明确地这么说过吗？”

“没有，可他说我‘反常’，说我‘古怪’。”

“游戏启动后，你并没有感到料想中的痛苦，更没有被痛苦的回忆压垮，反倒想起了美好的记忆，还引发对养父母的感激之情。你变得更加积极向上。柏木说的‘古怪’指的是这方面吗？”

“我想是的。”

“柏木他很不爽吗？”

神原和彦吃惊地眨了一下眼睛：“你说‘不爽’是什么意思？”

“就是字面上的意思。”

“这个嘛，光听声音……”

“在游戏过程中，柏木也是只能听到你的声音吧？可他还是察觉到你比预想中坚强，说你‘古怪’。”

证人犹豫片刻：“柏木在考虑自杀，不可能觉得痛快。”

“从游戏刚开始到确认完几个地点，柏木的心情有过变化吗？”

神原证人沉默不语。

“换句话说，他不爽的程度有变化吗？”

“我不知道。”

“柏木猜疑你积极向上的精神状态是在‘演戏’，是为了不让自己自杀硬装出来的，是吧？”

“是的，正像我刚才说的那样。”

“也许不止于此吧？你顽强地遵守游戏规则，在游戏过程中还出现了克服亲生父母阴影的迹象。对此，柏木恐怕也觉得难以接受吧？因为他期望的，应该不是你能积极乐观地完成游戏，而是看到你在游戏中失去平静，一蹶不振吧？”

证人没有回答，变得面无表情。

藤野检察官将手头的文件换了一份，留出一点时间空隙。

“预定的确认地点，你都寻访到了吗？”

“是的，所有目标我都去过了。”

“然后，你回到了居住地，在小林电器店门前的电话亭里给柏木打了电话，对吗？”

“是的。”

“都说了些什么？”

“我说，该去的地方我都去过了，现在回来了。”

证人的喉结“咕咚”一声上下挪动了一下。

“我对他说，明天我会详细向他汇报。我真的很想和柏木谈谈自己内心的新发现、新感受，可当时已经七点半了，我养父母自然不知道我们的游戏，因为我出门时告诉他们，自己要去朋友家复习。所以，我想早点回家。”

“柏木是怎么说的？”

“他说，他想今天就和我见面。”

“在当天夜里见面？”

“是的。”

“对普通的初中生来说，这样的时间安排实在有点不可思议。再说，那天是圣诞夜，还下着雪。”

“是啊……”神原和彦放低了声音。

“柏木有没有说在什么时候，什么地点见面？”

包括胜木惠子在内，所有陪审员都探出了身子。

“半夜十一点半，他要我去本校教学楼楼顶。”

对检察官和证人间的问答听得入了神的旁听者们又嘈杂起来。

“肃静！”井上法官立刻发出僵硬的喊声。

“这所城东第三中学的楼顶吗？”

“是的。”

“为什么要选择这个地方？柏木说明过理由吗？”

“我问了，但他没说。他只说，叫你来你就来。”

“你没有拒绝？”

“我想说服他。”他的嗓音变得沙哑，“我说，时间这么晚，我必须瞒着养父母偷偷溜出来。再说我跑了一天，身心都疲惫不堪，半夜里恐怕出不来。”

说到这里，神原的声音哽住了，只剩下艰难的喘息。

“可他说，今晚无论如何都要去，因为今天不见面，明天就见不到了。”

“明天就见不到了？什么意思？”

“柏木说，他要死了。”

井上法官望着不安分的旁听席，敲响木槌：“请保持安静！”

即使旁听席有点吵闹，也不至于让法官生这么大的气。也许井上康夫在利用他的法官职权发泄胸中的闷气，若非如此，他便无法一脸威严地高坐法官席。

要是不听我的话，不照我说的去做，我就死给你看。世上还有比这更卑鄙的恐吓吗？

“‘要是今晚不能见面，我就去死。’”藤野检察官重复道，“当时，柏木的语气是怎样的？”

“语气？”

“是非常消沉，还是苦苦哀求，或是半开玩笑？”

神原证人犹豫了一会儿，答道：“一点都不像在开玩笑。”

“那你的感觉是？”

“非常……”

“非常？”

“非常执拗，非常冷酷。”

在小林电器店前被人看到时，神原和彦显得又累又冷，一副走投无路的模样，让爱多管闲事的电器店老板忍不住叫住了他。事实确实如此，因为神原和彦确实又累又冷，也确实陷入了走投无路的境地。

自己已经照你说的去做了，游戏也完成了，自己在游戏中获得的成果，对你也应该能产生良好结果。你为什么还要这样没完没了呢？

“去一所完全陌生的学校，还要在半夜里溜进去，这事儿想想都很难。”

“柏木说他已经安排好了。他自己先从厕所的窗户钻进去，然后打开边门的锁和通往屋顶的门锁。”

“这么说来，”藤野检察官轻轻地喘了口气，扫视一周陪审团，继续说，“深夜去教学楼楼顶会面的提案对证人而言既意外又突兀，可柏木是早就计划好的？”

“我想是这样的。”

“无论游戏结果如何，都要让你大半夜跑去楼顶，是吗？”

神原和彦默默地点了点头。

“后来怎么样了？”

“我服从了柏木的安排。”

“就是说，去年十二月二十四日夜里十一点半，你来到了本校教学楼楼顶？”

“是的，我来了。”

“楼顶上有什么人？”

“有柏木。”

“除此之外还有什么人？”

神原证人摇了摇头：“没有了。只有柏木一个人。”

“他在哪里？哦，你稍等一下，要换一张示意图。”

佐佐木吾郎和萩尾一美赶紧行动起来，将第一天展示过的楼顶平面图贴了出来。

“柏木就站在铁丝网边上。”神原和彦指着的那个位置几乎在坠落地点的正上方，“当时，屋顶楼顶间的常夜灯亮着，借着亮光可以看到柏木。”

“你在哪里？”

“我离他不远。可当时非常寒冷，我没法站着不动，只能一会儿跺脚，一会儿在附近踱步。”

“柏木他怎么样呢？”

“他一直待在铁丝网附近，没有动弹。”

他就在那里注视着神原和彦。

“你们两人都说了些什么？”

“我实在累得不行，只想快点回家。那场游戏虽然也取得了意想不到的成果，但我毕竟在一天之内想起了太多事。”

“你已经心力交瘁了，是吗？”

“是的，真的已经到了极限。更何况我对养父母十分愧疚。”

无论是游戏本身，还是半夜三更偷偷溜出家门，都令人愧疚。

“我还想到，到了如此地步，即使我口吐莲花，事态恐怕也不会好转。”

“柏木的状态呢？”

神原证人低下头，垂下双肩，两脚不安分地挪动着。

别在意！健一心中喊道。别太顾虑柏木卓也的父母和哥哥。这些事实必须让他们知道。

正因为他们是柏木的家人，才必须让他们知道。

“他一开始就怒气冲冲的。”

“他在生什么气？”

“因为我‘反常’嘛。”

“哪里‘反常’了？”

“明明落寞消沉，却不愿承认。”

“他认为，在寻访过去之后，你已被沉痛的回忆压垮，迷失了生活的意义和将来的希望。你真实的内心应该充满沮丧，可你偏要充硬汉，胡说自己寻访完凝聚父母记忆的地点，回想起各种各样的往事，觉得很好。是这个意思吗？”

“是的。”

“因此，你遭到了柏木的责难，对吧？”

“对。”

“这种责难有道理吗？你真的对柏木说了谎，真的是在虚张声势吗？”

“不。”

“可柏木不相信，是吗？”

“后来，他好像逐渐明白了。明白我确实觉得那个游戏很好。”

“既然明白了，他也没必要再责难你了吧？”

“他说，这更差劲了。”

声音很小，根本听不清，一点也不像神原和彦平时的作风。

“请大声回答。”

一瞬间，神原和彦咬紧牙关，随后大声说道：“柏木说，如果我真的觉得那个游戏很好，那就更加反常，性质更加恶劣了。”

藤野检察官也提高了嗓门：“柏木认为你应该更加沮丧、怯懦、悲痛，而不是如此积极乐观。可现实并非如此，所以他要责难于你，是吗？”

神原和彦突然不说话了。

“证人，你就这样默默地接受了他的指责吗？”

神原证人依然沉默着，摇了摇头。

“你反驳他了吗？”

“是的。我说，‘你的想法才是反常的。’”

“是啊。游戏开始时，他认为，如果证人你寻访过留有记忆的地点并克服心理障碍，他自己也能得救。如果像证人这样遭受过无奈悲剧的人也能积极乐观地生活，他便相信活着是有意义的，就不会自杀了。最后，你完成了游戏的全部内容，他却说你反常，说你恶劣。”

昨天，藤野凉子曾经说过，在今天的法庭上，要尽量忠实再现神原和彦的经历，要神原痛痛快快地全部讲出来。但是，有几句话在法庭上无论如何也不能说。她问神原，是否可以按下不表。

当时神原认可了，健一也点了头。

但是现在，健一后悔了。

他很想当场站起身，用能够传遍整个法庭的嗓音大声说出来。

在非难神原和彦时，柏木卓也曾经说过这样的话：

亏你摆得出这张若无其事的面孔。

酒精中毒杀人犯的儿子，值得积极地活下去吗？

你不觉得羞耻吗？

“柏木的这种态度，让你很吃惊吧？”

神原和彦抬头仰望井上法官。银边眼镜后方，井上康夫的眼神十分坚定，毫不动摇，仿佛在说：说吧，全都说出来！我会好好听着。

“我一头雾水，完全摸不着头脑。”

“你不理解柏木为什么要说那种话，是吗？”

神原证人点点头。

“你想过要去理解吗？”

“我认为我想过。可是……”神原和彦将目光投向远方，“在我还想安慰柏木，千方百计想要说服他时，我突然明白了。就像蒙在眼睛上的布突然被扯掉一般。”

山野纪央热泪盈眶。沟口弥生一副马上要呕吐出来的样子，紧紧攥着蒲田教子的手。

陪审员们相互靠紧身体，仿佛在互相寻求帮助。

“柏木在折磨我。他不是我的朋友。他蔑视我。我们之间不存在共同语言和相互理解。柏木根本不认为我是一个正常人。他觉得，我是杀人犯的孩子，不可能成为正常人。”

他不能忍受我成为一个正常人。

他认为，正常、优秀、感觉敏锐、在父母的溺爱下成长起来的自己，如今竟然如此痛不欲生。与学校格格不入，没有朋友，稍有不慎就会与人发生冲突，不得不深陷孤独之中。

自己成了这副模样，神原和彦这个杀人犯的孩子为何能够积极乐观地生活着呢？他的脸上为什么会挂着幸福的笑容？

这不公平。我要纠正这种不公平，要将神原和彦推入与他身份相符的深渊。要让他体味苦恼和孤独，然后，我会在一旁看着他一步步走上邪路。

这样不是很好吗？这家伙可是杀人犯的孩子啊。

“喂！”

健一听到有人在叫喊。是大出俊次，他瞪着眼睛，眼珠都要弹出来了。

“流血了！”

不知不觉间，健一紧紧握住拳头，用力过度，指甲嵌进掌心，鲜血直流。

“正像刚才藤野检察官说的那样。”神原和彦继续说。

幸好神原没发现。凉子在看着自己。健一用毛巾擦掉血迹。

“那个游戏的目的根本不是他一开始说的那样。柏木并不希望我完成游戏后还能精神抖擞地回来。他希望我中途崩溃，希望我做逃兵。他认为我一定会那样，可我并没有。”

“于是他对你发火了，是吗？”藤野检察官缓缓说道。

神原证人点了点头：“我意识到这一点后，就觉得一切都让人恶心，一切都难以忍受。我受到柏木的作弄，半夜三更跑到这种地方来，真不知在发什么神经。”

这句话不像证人与检察官之间的对话，语气中分明带着初中男生对亲密的女生——甚至是女朋友发牢骚的亲近感。

“我对柏木说，我无法和你继续交往下去，我再也不管你了，你爱怎样就怎样，我只想马上回家。”

“柏木有什么反应？”

“他非常生气，大声叫喊。我不管他，只顾朝楼梯那边走。于是柏木他……”他的嗓音发颤了，“他爬上铁丝网，说是要跳下去。”

仓田真理子闭上了眼睛，向坂行夫捂住了脸。

“他爬得很快，一下子翻了过去，下到铁丝网外侧。见他爬得这么快，我愣住了。当时天气很冷，手都快冻僵了，他竟然能这么快就翻过去。于是我想到，柏木应该不止一次翻越过这道铁丝网，以前肯定也翻过。”

“想跳楼自杀？”

“估计是吧。”

站在屋顶边缘的柏木卓也，用手指紧紧扣住铁丝网，脸色惨白，两眼直勾勾地看着神原和彦。

这时，夜空中飘起雪花，脚下被淋湿，有些地方开始结冰。

“他说，如果我回去，他就马上跳下去。”

“你觉得他当真吗？”

“是的，我认为他是当真的。”

“你没觉得他是在故弄玄虚吓唬人吗？”

“要吓唬人，就不可能做出如此危险的行为。”

藤野检察官稍事停顿，留出一小段间隙。

“你觉得柏木真的打算跳下去，那你又做了些什么？”

神原和彦看着陪审团。陪审员们也都注视着他。

“我对他说，‘随你的便。’”

旁听席上有人发出一声略带压抑的悲鸣。听到这声悲鸣，神原的脸变了形。

“我说，既然你这么想死，那就去死吧。说完，我跑下楼梯，一直跑到学校外面，跑回了家。”

“没有回头看看吗？”

“没有。”

“在你跑去校外的这段时间里，听到过什么声音吗？”

“什么都没有听到。当然，或许是我没注意到。”

昨天他说，自己一路跑，不停飞奔，耳朵里灌满风声。今天，他也像在一路逃跑，仿佛要从检察官的提问下逃走一般。因此，提问话音未落，他就已经回答了。

“你在屋顶上总共待了多久？”

“准确时间不清楚，感觉似乎挺长，但由于一见面柏木就在生气，我们很快吵了起来，我自己也很性急，估计实际时间并不长。”

神原证人身子抖动了一下，看了看法庭里的挂钟。

“回到家的时间是零点十分，这个时刻我记得很清楚。”

“以你的脚力计算，从三中到你家大概需要多长时间？”

“十分钟不到。那天夜里虽然在下雪，可路上还没有积雪，而我一刻不停地在跑，估计就这么多时间。”

“这样的话，可以认为你在屋顶上待了二十到三十分钟左右。”

“嗯，应该是这样的。”

“那么，你是在什么时候知道柏木坠楼而死的？”

“第二天，看了电视新闻才知道的。”

“你作何感想？”

神原证人捂住自己的嘴，保持这个姿势，沉默良久。

“你觉得害怕吗？”

“是的。”

“你觉得这是你的错？”

“是的。”

“这件事，你对什么人讲起过吗？比如你的养父母。”

“没有。我无法对任何人诉说。”

这是我犯的罪。

“以上，就是你去年十二月二十四日深夜十一点半到零点过后的时间段内经历的一切，是吗？”

“是的。”

“那天在楼顶，只有你和柏木两个人？”

“是的。”

“除此之外，还有什么人吗？”

“没有了。”

“柏木是主动翻越铁丝网，并声称要跳下去的，是吗？”

“是的。”

“不是你推下去？”

“我没有推他。”

“你也没有看到柏木从屋顶坠落的情景？”

“是的。”

“那天夜里，你在屋顶上没有遇见柏木以外的任何人，是吗？”

“是的。”

“你没有遇见被告？”

“是的。”

“你没有遇见井口充？”

“是的。”

“你也没遇见桥田佑太郎？”

“是的。”

“他们都不在那里，是吗？”

“是的。”

“被告没有杀死柏木卓也，你早就知道这一点，对吗？”

“是的，我早就知道了。”

突然，健一耳畔响起一声野兽般的咆哮。大出俊次站了起来，气势之猛，差点掀翻桌子。

“你他妈的搞什么鬼？”他满脸通红，浑身发抖，一把推开身前的桌子，朝证人席上的神原和彦猛扑过去，“你他妈的早就知道了！早知道我什么都没干！你明明知道，可就是不说出来！”

旁听席开始骚动，人们纷纷起身，陪审员们也跟着站了起来。男生为了保护女生，主动挡在了她们的前方。

“住手！”在被告一把揪住神原证人衣领的同时，井上法官发出怒吼，法警山崎晋吾跑了过来，一声不吭地按住大出俊次的胳膊，毫不费力地将其制服。

“啊！好痛！”大出俊次松开神原和彦，疼得直叫唤。山崎晋吾压制住他，将他的双手反扭到背后，紧紧扣住。俊次又号叫起来：“你干吗？快放手！”

神原抬起手，放在刚才被俊次揪住的衣领处，直愣愣地站着。他气喘吁吁，脸色苍白。这样的事情以前也有过。被俊次勒住脖子，直到留下红红的勒痕。

“我命令被告退庭！法警，快将他带出去！”

“你竟敢作弄我，你这个混蛋！你这个骗子！你算什么辩护人？你是个骗子！我要杀了你！你等着，我要杀了你！”

咒骂、号叫、唾沫四溅。山崎晋吾提起狂暴叫嚣的俊次。俊次依然满脸凶相，大汗淋漓。

“等等。”胜木惠子追在俊次的身后，一直跑到证人席旁，“等一下，别把俊次拖走啊！”

“陪审员，马上回归座位！”

“俊次说的不是真的。我知道，我知道的！”

“胜木陪审员，快坐下！不然的话，你也退庭吧！”

胜木惠子双手掩面，当场蹲了下来。仓田真理子和山野纪央跑上前去，两个人一起搂住胜木惠子的肩膀，将她带回陪审员席。

“胜木，你一定要坚持住。”山野纪央的话音明亮清澈，“就算是为了大出，也一定要坚持下去。”

井上法官敲响木槌，可场内的喧嚣一时竟很难平息。健一闭上眼睛，不停做着深呼吸。掌心传来阵阵疼痛，像是在提醒他什么似的。

“证人，你还能继续作证吗？”

听到井上法官的问话声，双手紧抓证人席椅背的神原抬起了头。

“可以，我没事。”

“检察官。”井上法官催促道。

此刻，藤野凉子站在原地，闭着眼睛，正努力使自己平静下来。

听到了法官的催促声，她睁开眼睛看着神原证人问道：“那天夜里本校楼顶所发生的事成了你心中的一个秘密，不是吗？”

“是的。”

“你没有对任何人公开过？”

“是的。”

“你出席柏木的葬礼了吗？”

“守夜那天我去了。”

“你是怀着怎样的心情去的？”

“我想，”证人的声音噎住了，“我至少应该去谢罪。”

“对于柏木的死，你认为自己有责任？”

“是的，完全是我的责任。”

山野纪央摇了摇头。她的脸色异常苍白，眼眸中却隐隐透出明亮的光芒。

藤野检察官用力吸了一口气，重新开口时，语调变得愈发平稳。

“证人，你是主动前来参与校内审判的，是吧？”

“是的。”

“你主动要求担当被告的辩护人。事实就是这样的？”

“是的，一点没错。我依据自己的意愿成为了大出的辩护人。”

“这是为什么？”藤野检察官问道，“你早就知道事件的真相，并且一直将其隐藏。柏木已经不在了，如果你一直保持沉默，那谁都不会知道真相。你为何要主动参与到校内审判这种麻烦事中来呢？”

“因为我对不起受冤枉的大出。”证人的话一点都不含糊。

“所以，你决定要将真相公之于众？”

“是的。”

“若是出于这样的目的，不是还有其他手段吗？比如直接向柏木的父母说明真相，或者去警察署。”

“如果采用这些办法，就不清楚真相是否能够传到学校，或住在本地区的各位的耳中。”

他扫视一周陪审员们的脸，申诉道：“大出受的冤屈本就起自无根无据的传言和怀疑。如果我只向少部分人公开真相，便达不到替大出洗刷冤屈的目的。说得极端点，即使我决定公开真相，也可能会被告知：事到如今，为何还要旧事重提？你还是保持沉默吧。”

神原证人不由自主地举起手来。

“哦，不，次序似乎颠倒了。请允许我重新说明。”

这种地方又再次体现出神原辩护人的本色。

“刚开始，我不知该怎么做才好。如果我不说出来，似乎并不会败露，自己也不会遭人怀疑。可这样只会使我越来越痛苦。”

他昨天当着凉子和健一的面是这样说的：就像脖子上戴着一个看不见的项圈，每天早上睁开眼，每当想起柏木，项圈就会收紧一些。一毫米、三毫米、五毫米，慢慢地、不断地越收越紧。

可即使如此，时光仍在流逝。有时会突然毫无感觉，早晨起来，发现什么都消失了，什么都不怕了，再次回归柏木去世之前的自己。

然而，这是一种错觉，并不会长久。这种一切都消失得无影无踪，抛开所有重负的错觉只能维持很短的时间。之后，那个看不见的项圈就又开始收紧了。

“这起事件没有以柏木的死而告终。柏木的死仅仅是个开始。此后的举报信骚动、浅井松子去世、井口充身受重伤，还有《新闻探秘》的报道，直到整个三中都中了这起事件的邪。”

所有这一切，都是我的过错。

“我痛苦不已，惊恐万分。除此之外，我已经找不到别的话语来表达了。”

神原把手放到脖子上，放到那个看不见的项圈勒住的地方。此刻，他又感觉到那个项圈了吗？

“我做了很多思想斗争。我对自己说：明天就去见柏木的父母，向他们和盘托出；明天要去警察署，把一切都交代清楚。可我没有那样做的勇气。”

就在犹豫彷徨的时候，我听到了校内审判的消息。

“这所学校里也有我上龙泽补习班时遇到的朋友。我希望了解这方面的信息，便向他打听校内审判方面的事。他说是初三的学生自发举行的活动。听到这个消息，我觉得自己似乎得救了。”

“所以你想到要为大出辩护？”

“不，当时并没有考虑到这一点。当时我心想，即使我不说出来，大出也能在校内审判中，在大庭广众之下洗刷冤情。毕竟本就是凭空捏造的罪名，一定有人会为他平反昭雪。”

自己保持沉默，大出俊次洗刷冤屈，三中的骚动得以平息——这就是神原和彦当时的期待。

“可是，校内审判似乎举步维艰。没人参加，还遭到大出家人的反对。”

“当初确实是十分艰难。”

“我当时非常担心，想了解具体的进程。于是让朋友带自己来参加校内审判的准备会议，发现事情确实没有那么简单。大家乱哄哄的，大出也在暴跳如雷，于是，出于一时冲动……”神原和彦不好意思地嘟囔道，“我想当辩护人，便立刻自告奋勇地报了名。我那时还是觉得自己用不着说出真相。就算继续隐瞒真相，也能搞好校内审判。”

可正式参与后，这种想法立刻发生了改变。

“着手准备时，进入事件的内部一看，我发现这起事件非常重大，它在三中学生的心头投下了浓重的阴影。如果早一点公布真相，浅井松子就不会死去，也不会有人写举报信，井口更不会受重伤，桥田也能正常上学。”

一切都是自己的过失，由于自己的胆怯与懦弱导致的结果。

“于是我想，就让这个法庭揭露真相吧。”

藤野检察官一本正经地问：“你认为我们能够做到？”

“事实上不就已经做到了吗？”神原和彦说着，像是要鼓励检察官似的对凉子笑了笑，“说老实话，我有点着急。因为终审临近，你们却还没抓住我的尾巴。要不是前天小林电器店的老板主动找来，我还想，或许我得主动向你坦白。”

“多谢夸奖。”凉子脸上没有笑容，“总算没让你失望。”

旁听席上有人发出了痉挛似的喧哗，又立刻恢复了平静。小山田修擦了擦鼻子底下，似乎在说：我察觉到了，我的鼻子早就嗅到了这个辩护人身上的异味。

“被告大出俊次，”像是在说一件不值一提的事情似的，藤野检察官轻轻哼了一声，“是个不可救药的坏蛋。在本地，他是个臭名昭著的恶棍，受点冤枉也不为过，你又何必为他出头呢？”

“可他是被冤枉的。”

那个傻瓜，为什么不能老老实实地待在法庭里呢？他要是能亲耳听到这句话，该多好啊。

“他没有杀死柏木。他受到了冤枉，内心苦闷不已。这可不是一句‘不为过’就能带过的。”神原证人清脆的声音传播开去，“而且不止于此。在开展校内审判的准备工作时，在法庭审理进行之中，我的心思也不断发生着变化。我渐渐能清醒、客观地认识到，我所做的那些事情的意义。”

神原和彦双手抓住证人席的椅背，奋力站稳身躯，仿佛在支撑自己不被洪水冲走。

“这种心情很难用语言表达，在我的脑海中也是朦朦胧胧的。对柏木的死，我到底负有怎样的责任？我心里虽然明白，可又不知该如何付诸言语。这时，律师今野先生的证言给了我巨大的帮助。”

这时，洞察力超群的山野纪央突然“啊”了一声，用手按住自己的嘴。神原敏锐地注意到她的动作，对她点了点头。

“今野先生不是说明过‘未必故意的杀人意图’吗？”

陪审员们都瞪大了眼睛，脸部表情也僵住了。

“我对柏木做的，就是这个。”

当时，在屋顶上……

“柏木下到铁丝网外侧，双手紧扣铁丝网。下雪的半夜时分，他神情激动，脸色苍白，不止一次地高叫‘我要从这里跳下去’。”

面对如此精神状态下的柏木卓也，神原和彦转过身去，抛下他独自离开。

“当时，即便柏木不想跳，也有手指冻僵抓不住铁丝网，或脚底打滑掉下去的可能。危险的可能性很多。而我却在这种情况下，抛下他一个人逃走了。”

奔跑着逃出学校，一直逃到家中。

“我感到不胜其烦，对柏木充满厌恶。我讨厌被他作弄，因而有了那样的想法。事实上，我也对他说了出来。”

既然你这么想死，那就去死吧。

“我明知道，抛下需要他人帮助的柏木，会令他走向死亡。可我还是抛下他，一个人逃走了。”

你要死，就死好了。

“因此，我有杀人意图。”

陪审员们都愣住了，连哆嗦也不打一个。

"是我杀死了柏木。我必须将这一点通过法庭公之于众。"

藤野检察官沉默不语，双手紧紧抱在胸前，仿佛在保护自己。

不一会儿，她用与此次询问开始时同样平静的口吻呼唤证人。

"神原证人。"

"在。"

"你宣过誓。"

"对。"

"你说的都是真的？"

"是的，我没有撒谎。"

"你的证言，不是为了替被告辩护编造的谎言吧？"

神原和彦微微一笑，这正是他做辩护人时的微笑。

"不是编造的。我说的，都是实实在在发生过的事实。"

"你为什么要说出来？"

这个问题与其说是直截了当，倒不如说是过于实在了。

"说出来对你有什么好处吗？"

"没什么好处。"神原和彦答道，"为了从谎言中解放出来。即使作了必要的谢罪，也不一定能获得对方的谅解，但这样做至少有了谢罪的机会。我的父亲……"他放低声音，"由于酒精中毒迷失自我，最终葬送了我母亲的性命。当他明白自己犯下的罪孽时，我想他一定万分恐惧。"

所以他选择了自杀。

"这个选择是错误的。他应该接受处罚。可我父亲太懦弱，他受不了。他无法接受自己犯下的罪。然而，他并没转嫁责任。他虽然懦弱却不卑鄙。他想用他能做到的方式清算自己的罪孽。我觉得我也有那么做的必要。如果还来得及，我必须清算自己的过失。"

藤野凉子点点头，松开抱在胸前的双手，挺直腰背。

“法官，我要将报纸上有关神原证人亲生父母的报道，以及证人家庭成员的照片作为书面证据提交法庭。”

“本法庭予以受理。”

“主询问到此结束。”藤野检察官看向野田健一，“下面轮到野田了。”

所有来场者的目光集中到了健一的身上。

事到如今，还能作怎样的交叉询问呢？自神原当上检方证人之时，一切已完全颠倒，这在真实的法庭上绝对不可能发生。

昨天他们商量好，此时健一要从辩护席上站起身说：“不需要交叉询问。”因为已经没什么可问的了。

然而此刻，健一胸中却有话要说，也有问题要问神原，还希望让整个法庭都能听得到。

“请问证人，”健一刚开口，神原和凉子便立刻面露惊讶之色，“你觉得，你遭到柏木卓也的怨恨了吗？”

“啊？”神原和彦不由得拉高音调。

“在过去的某个时期，你们或许是趣味相投的好友。可听了你刚才的证言，我认为，至少从柏木向你提出做游戏的时刻起，或者说，自从他拒绝上学，开始与正常生活的你拉开心理距离的时刻起，柏木已经开始怨恨你了。如果‘怨恨’这个词太过强烈，换成‘没有好感’也行。”

“我不太明白。”神原证人嘟囔道。他并非不明白健一的话语，而是不明白健一到底要做什么。

“他很痛苦，你却愉快又充实地过着每一天。这令他羡慕又沮丧，所以他要折磨你，作弄你。柏木的心思是否是这样的，你没有感觉到这一点吗？”

神原和彦的目光游移不定。他没有回答。

“那天在楼顶上和柏木交谈时，你不是感觉到柏木在蔑视你吗？

你刚才这样说过。”

“是的。”神原和彦低声应道。

“你认为，这其中是否夹杂着他对你的怨恨？”

“我不知道。”神原回头看了看凉子。凉子颇觉不安地皱起眉头。健一握紧拳头，手掌上的伤口火辣辣地疼。

“柏木与你在屋顶上的见面是经过精心安排的，并不是他一时心血来潮，不是吗？”

“是的，可是……”

“他表演了一出要从那里跳下去的戏，要让你震惊，让你失魂落魄。他是为此才这样安排的吧？”

“我不明白你的意思。”

健一鼓起勇气，提高嗓音：“那天夜里，柏木想葬送的，恐怕不只是他自己的性命。也许他还想葬送别人的性命。”

猛烈的心跳令健一浑身颤抖。

“下雪是偶然的。可那毕竟是十二月的半夜，是空无一人的教学楼楼顶。柏木显然是事先计划好的。你被十万火急地叫了出去，内心十分困惑。更何况完成那场游戏的你原本就已经是筋疲力尽了。”

让神原和彦疲惫不堪，心力交瘁之后，还不让他休息，非要他到学校里去，这一切不正是柏木卓也的算计吗？

“更何况，你瞒着养父母偷偷溜出家门，心中既内疚又恐慌，心理状态很不稳定。”

神原脸上泛起责难的神色：野田，你到底要讲什么？

“你之前的证言已经证明，柏木对死亡相当感兴趣。他希望看到身边的人死去，希望体验这样的感受。他想借此找到活着的实感。”

“请稍等一下。”

健一无视神原的制止。

“各位陪审员，请好好回想。柏木心中一直有这样的愿望。”

大家都在回想。不只是沟口弥生，就连一直冷静沉着的蒲田教子也俨然一副脸色惨白的模样。

“请问证人，”健一面向神原问道，“你是否觉得，那天晚上柏木叫你出去，也包含着让你赴死——将你引上死亡之路的企图？”

“法官，我反对！”

健一无视凉子的反对，毫不服输地拔高嗓音。

“柏木的企图并未得逞，反倒是他自己翻过铁丝网，站到危险的位置上。在这种情况下，要救助柏木必须冒生命危险，不是吗？”

神原和彦满头大汗，没有回答。

“或许正是由于你采取了不符合柏木企图的行动，才保住了自己的性命。你作出不能再冒险的正确判断，抽身离开现场。即使造成柏木死亡这样令人遗憾的后果，可你的行为并非出于‘未必故意的杀人意图’，而是正当的自我防卫，应该可以这样考虑吧？”

所有来场者全都惊得目瞪口呆。

“交叉询问到此结束。”健一坐了下来，可浑身的颤抖仍未停止。他膝盖发抖，脚底虚浮，汗水一下子从全身的毛孔喷涌而出。

“肃静！”井上法官再次敲响木槌，“请神原证人退出证人席。”

神原和彦回到了野田健一身边，嘴巴和眼睛全都张得大大的。他脚步踉跄，用手扶住桌子才慢慢坐了下来。

陪审员们面面相觑。旁听席上响起叽叽喳喳的噪音。

健一感到有人在看自己。他抬起头，目光与佐佐木吾郎和萩尾一美的视线对在了一起。佐佐木吾郎向他竖起大拇指，萩尾一美两眼通红地对他笑了笑。

对两名事务官的表现，藤野检察官视而不见。

“你都说了什么啊？”神原和彦的嘴角颤抖着。

“我只说了该说的话。”

“柏木的父母……”

“事实是事实，可能性是可能性，不能混为一谈。我是这么想的，所以就问出来了，因为我是辩护人的助手。”

健一笑了。他已经能够笑了，还在颤抖的手指紧紧交握在一起。

不，不仅如此。不只是为了完成助手的使命。因为我明白，所以我不能沉默。

我非常明白。我知道在我想将父母从这个世界上消灭时，“杀人意图”是如何出现在我身边，如何要求我，如何催促我的。

那是个没有脸的家伙，漆黑一片，没有固定形状，所以它想要形状。小鬼，快给我一张脸，让我在这个世上成形。我要借助你的力量出现在这个世界上。快点，快点，快点！

那不是恐怖，那只是一种饥渴。我懂。

所以我能够分清，去年圣诞夜的深夜，在这所学校的楼顶，与双手扣住铁丝网的柏木卓也对峙时，神原和彦到底处于什么状态。

你只是恐惧罢了。你又冷又怕又生气，只想从那里逃走。你的身边并没有一个纠缠着你，高喊“给我一张脸”的无耻之徒。你孤零零地，无比绝望地面对着柏木卓也。

所以你逃走了，为了保护自己，仅此而已。杀人意图与恐惧、愤怒不一样。那是一种极端的饥渴，能将加害者和受害者一同囫囵吞下。我懂，哪怕别人全都不懂，我也懂。

啊，要是此刻能明明白白地说出来该多好，我知道杀人意图是怎么回事，所以我了解你那时的精神状态。神原，你搞错了。即便聪明如你，也会搞错的。

“法官，”凉子站起身来，高声说道，“神原证人的证言完全推翻了我方用来起诉被告大出俊次的事实依据。在真实的审判中，检方不可能采用这样的证人。一旦确认神原证人的证言确属事实，由于失去了起诉被告人的事实依据，此时应该撤诉。”

“你想说什么？”井上法官的银边眼镜寒光一闪。

“可是，校内审判与真实的审判有所不同。最好的方式，是将本法庭上公开的各种证据交给陪审团审核。”

“你的意思是……”

“双方证人都已出尽。被告的辩护人不可思议地成为证明被告清白的重要证人。在此情况下，检方的公诉意见和辩护方的最终辩护都不需要了。我想应该就此结束庭审，请陪审团马上开始案件评议。你看如何？”

井上法官点了点头，正要开口时，一个尖锐的嗓音刺破了法庭内闷热的空气。

“等等！”

大家都朝旁听席看去。

尖锐嗓音的主人正是三宅树理。她叉开双腿，紧握双拳，仿佛在抵御狂风一般耸肩挺立。

“等等！”

由于激动过头，三宅树理的音调非常高。她满脸通红，正面直扑藤野凉子。

“这算怎么回事？藤野，你太不负责任了吧？”

大家全都愣住了，没人吭声。

第一个回过神来的是井上法官：“旁听者，请保持安静。”

树理唾沫四溅，对法官也同样不买账：“说什么呢？我安静得了吗？”

井上法官皱起眉头，好像树理的唾沫真的飞到了他的脸上。

“旁听者不许发言！”

“我可不只是个旁听者。”树理用手拍打着瘦弱的胸脯，“我是证人，是不是？”她一边呼唤着，一边将陪审员一一看了个遍，“写举报信的就是我。是我写了那封举报信！”

她又拍起了胸脯，一次又一次。随后，她转向旁听席。

“我叫三宅树理，是这个学校的学生，柏木的同班同学。大出的事我全都知道。十七日那天，在非公开法庭上作证的就是我。看吧，好好看看我的脸。”

她傲然地扬起头，将自己暴露在法庭闷热的空气中。

“我目击了杀害柏木的现场。我当时就在现场，在那个屋顶上。我亲眼看到了。”

“旁听人员不准随便发言！”

“那就让我出庭作证！”三宅树理叫道，“让我再次出庭作证。让我站到那里去！”

她抬起手臂，笔直地指向证人席。

“我是神原证人的反方证人。我无法沉默下去，让我作证！藤野！”她喊道，“怎么会这样？你不是说过会相信我吗？你说因为你相信我，所以才当了检察官，不是吗？你为什么叛变了呢？真是太不负责任了！”

三宅树理跺着脚高声叫喊。藤野凉子脸上毫无血色。

“为什么这样简简单单地采用了神原的证言？凭什么认为他的证言比我的证言更真实？是因为神原在这么多人的面前作证的缘故吗？因为有很多人听到，他的证言就有分量了？早知如此，我也可以在公开法庭上作证。如果能如此简单地决定真相，我也可以在大庭广众之下作证！”

在树理的叫喊声中，藤野检察官仿佛一个受到斥责的学生，晃悠悠地站起身，无精打采地说："神原的证言涉及之前一直令人大惑不解的五通电话，而这些关于电话的证言，又有小林电器店老板小林先生的目击证言为证。"

“检察官。”井上法官高声喝道，“不要与旁听者答辩。”

藤野检察官一脸茫然。

井上法官扶了扶银边眼镜："藤野检察官，你是否要将三宅树理传唤为神原和彦的反方证人，并对她展开主询问？"

凉子目光游移，神情恍惚。听到井上法官的建议，她用单手扶住桌子，好不容易才使自己回过神来。

"是、是的。"细细的喉咙上下蠕动，额头上冒出汗珠，"我申请对三宅树理证人再次展开主询问。"

"准许你的申请。"井上法官举起木槌，猛地敲了一下，说道，"三宅同学，请你到证人席上去。"

三宅树理迈开坚定的脚步，快速向前走去。她的后背也被汗水湿透了。

健一注视着树理的侧脸。

令人不可思议的是，她脸上标志性的歇斯底里表情不见了。

不知神原和彦在想什么。就在树理站起身来的瞬间，健一感到他浑身震颤了一下，然后一直僵着，仿佛连呼吸都停止了。

"三宅树理同学，"藤野检察官开始询问，任凭汗水从额头上流淌下来，"你就是写举报信的人，对吧？"

三宅树理摆出严阵以待的架势，稳稳地站着："是的。"

"以举报信的方式公开去年十二月二十四日凌晨零点左右在本校教学楼楼顶目击到的情况的就是你，对吗？"

"是的，是我做的。"

"当时，你和浅井松子在一起，是吧？"

"不是。"

健一简直要怀疑自己的耳朵。旁听席上的人们纷纷眨起眼睛。小山田修吃惊得用手指掏了一下耳朵。

"在这个方面，我撒了谎。目击到柏木死亡现场的，只有我一个人。松子不在现场。"

面对树理毫不含糊的回答，连藤野检察官都不禁露出怯意。树理不看凉子、井上法官和陪审团，而是看向正前方的空气。

“这和你十七日作的证言不一样。”

“是的，所以我说，我说了谎，现在我要纠正过来。”三宅树理的声调依然很高，不过没有变调，“松子只是在我寄出举报信时帮了我一点忙。真的，她只做了这件事。”

“那么，你为何要撒谎说，是和松子一起看到的呢？”

“因为我担心，说我一个人看到，大家会不相信。”

“你觉得说两个人看到比一个人看到可信度更高？”

“是的。”

“在十七日的证人询问时，你为什么不把这个说出来？”

“对不起。”树理生硬地道了歉，“因为我仍然担心，光说我一个人看见，你们不会相信。”抿了抿嘴唇后，她继续说道，“因为我是个不受欢迎的讨厌鬼。”

这句话清晰地传向寂静无声的旁听席。

我是个不受欢迎的讨厌鬼。

“我对不起松子，我要向松子谢罪。”

内心的波动使树理的身体摇晃起来。

“松子会死于事故，也是由于我将松子卷入事件的缘故。举报信被人捅到电视台，造成那么大的骚动，松子她很害怕。谁都没想到，事情会变成那个样子。我很害怕，但松子更害怕。我拼命安慰她，对她说，只要我们不说出去就没事。”

三宅树理扫视一周陪审员们。

“出交通事故之前，松子和我在一起。这是真的，我们在说举报信的事。松子想公开真相，我阻止了她，让她不要背叛我。”

惊讶的波涛在旁听席上扩散开来。

“松子她人好，就听了我的话。”

树理的视线再次回到正前方虚无的空中，似乎浅井松子就在那里。或许她看得到松子。不，她希望能在那里看到松子吧。

“可是，松子依然很害怕。她害怕得不得了，精神恍惚，才会扑到汽车前面去。”

树理将双手搭在证人席的椅背上，用力抓紧。

“是我害死了松子。”

“那事到如今，你又为什么想到要说真话了呢？”藤野检察官的语气恢复了平静。她并不是在提问。主导着两人间对话的是树理。

树理双眼紧闭，咬紧牙关：“松子是我唯一的朋友。”

一直跟着这个“不受欢迎的讨厌鬼”三宅树理的，确实只有浅井松子。

“我害死了她。她是个不可多得的朋友，却因我而死去。我无法忍受。”她补充道，“无论我怎样后悔都不会足够。今后我会一直后悔下去。我想，我一辈子都不会忘记她。”

“证人，”井上法官插嘴道，“请你回答检察官的问题。”

树理凝视着井上法官，说道：“我失去了松子，失去了一个再也找不回来的朋友。我希望大家理解这一点。”

她转向陪审团，开始反问。

“大家认为神原的证言是真实的，是不是因为他有过一段痛苦的经历？因为他主动说出自己痛苦的往事？因为他公开了对所有人隐瞒着的亲生父母的事？因为这样，大家才觉得他说的都是真的，对吗？”

她又转向藤野凉子。

“你说过你相信我，又一下子背叛了我，也是因为这个？”

凉子没有回答。陪审员们都屏住呼吸，没人吭声。

“如果是这样的话，我同样可以。我也可以把隐瞒的事情全都说出来。关于松子，我撒了谎。对松子的死，我负有责任。我全都承认，是我害死了松子。几乎可以说，是我杀死了松子。”

她依然紧紧抓着椅背。

“所以，请你们也相信我的证言。我说的是真话。我没有撒谎的理由。我将亲眼所见的事实写进举报信。那全都是真实发生过的。”

飘雪之夜的屋顶，冰冷的铁丝网外侧，飘浮着柏木卓也那张雪白的脸。

“神原在撒谎。”嘴角歪斜，肩膀高耸，三宅证人咬牙切齿地说，“神原所说的一切，全都是谎话，都是他编造出来的一派胡言。为了证明大出无罪，竟敢如此胡说八道，他的脑袋肯定进水了。”

痛骂神原的同时，树理固执地背对着辩护方席位。即使那里没有任何人，只有一面墙，她这副模样也显得很不自然。

“柏木是被人杀死的，是被大出俊次杀死的。我当时就在凶杀现场，全都看到了。我听到大出起哄的声音，看到他一边逼迫柏木一边怪笑。那是大出的拿手好戏。他最喜欢恃强凌弱。”

遭受树理强力谴责的被告此刻并不在法庭内。大出俊次的座位空着。即使用不着害怕，树理也不朝那里看上一眼。

“我在对真实发生的事情作证。请大家相信我的话。“

向陪审团诉说完后，她的身子摇晃了一下，像是被一只看不见的手扇了一记耳光。

她回头看向辩护人及其助手，对神原和彦吼叫道：“我根本就没看见你！”

神原和彦一动不动，连眼睛都不眨一下。在这个法庭上，他第一次被惊到呆若木鸡。

红潮完全褪去，树理的脸显得苍白异常，只有两只眼睛通红通红，眼里噙满泪水。

“你不在那里，根本不在那里。不要无中生有地胡说八道！”

山野纪央像是中了邪似的，目不转睛地注视着树理，不知不觉间似乎要站起身来，身旁的仓田真理子赶紧按住了她。

“你明明一点也不明白……”眼泪从树理的脸颊上滚落，“一点也不明白，还偏偏好出风头。拜托！别碍我的事，好不好？”

神原和彦的嘴动了一下，像是要抗辩，却并没有出声。

“你这种人，怎么会理解我的心情！”

她终于哭了出来，在泣不成声之前，她竭力控制住了。她双手紧紧抓住证人席的椅背，仿佛抓着一根救命稻草。

“没做什么坏事。”她边哭边说，“没做什么坏事啊！”

没做什么坏事。三宅树理不断重复着。什么意思？这句话没有主语。她在强调的，到底是“谁”没做坏事？

突然，健一恍然大悟。

主语是“你”，是神原和彦。三宅树理在说，神原什么也没做。

她在撒谎。她一边说失去了松子，没理由再继续撒谎，一边却还在撒谎，还要求大家相信她的谎言。

然而，她又在救助神原和彦。

你什么都没做。对柏木卓也，你什么也没做。那天夜里，你不在楼顶。你没有和柏木见面。柏木在你不知道的地方，由于你不知道的原因死去了，跟你毫无关系。

三宅树理想通过“大出俊次杀死了柏木卓也”这个谎言，来赦免神原和彦的罪孽。

为什么？她为什么要这么做？

因为神原和彦理解“不受欢迎的讨厌鬼”三宅树理。他比任何一个与她同窗的三中同学更理解她。没有一个同班同学肯为她着想，只有神原在为她着想。

在这个法庭上，神原尽情揭露了大出在校内犯下的暴行。三中的学生多少都有所了解，却总是视而不见，听而不闻。神原却用语言将他犯下的恶行呈现在他们面前，并严加指责。他说，要问是谁写了举报信，是谁在陷害被告，这样的问题毫无意义。无论谁当举报人都不奇怪，因为被告自己早已埋下仇恨的种子。

他的这番话说到了树理的心坎里。所以那时树理会当场昏厥过去。她领悟了神原如此询问被告的意图。

你并不坏。

在严厉谴责大出俊次的询问中，神原向树理传达出一个信息：你撒谎了，但你并不坏。你只是想从被逼无奈的境地中脱身，为此做出了自己能想到的事。你做了件错事，但你并没有做坏事。

神原将这一层含义传达给了树理，而并非树理之外的任何人。这不是空泛的场面话，也不是即兴的安慰。

我懂你的心思。

树理的谎言有着迫不得已的理由。有着关系到她灵魂生死的理由。三宅树理受尽大出俊次的欺凌，被他污蔑为妖怪。在学校这个牢笼里，她无处可逃。

即便三宅树理的证言皆为虚妄，她的话语中也依然蕴藏真实。她说她听到了大出的起哄和嘲笑。这确实是她亲耳所闻，只不过，这并非那天夜里大出在屋顶上对柏木施加的暴力，而是树理在校园生活中反复遭受的痛苦体验。

对于既无法逃走又无法抵抗，得不到任何帮助的树理而言，老天留给她的选项只有两个：要么消灭自己，要么消灭大出俊次。

就在三宅树理走投无路之时，机会来了。为了让自己存活下去，她展开了绝地反击。给她这个机会的不是别人，正是神原和彦。如果柏木卓也死后，神原立刻公布真相的话，那树理什么都做不成。可是，在那种情况下，即使树理依然走投无路，依然是个不受欢迎的人，她也不会成为一个骗子。浅井松子也不会卷入事件，她也不会失去这个唯一的朋友。

通过针对大出俊次的严厉询问，神原在不停地向树理道歉：对不起。对不起。对不起。

只有神原和彦，只有他一个人愿意宽恕这个既不受欢迎又满口谎言的三宅树理。

树理对此心知肚明。她明白神原的意图。如若不然，她今天为何会来到这里？

她要解救神原，宽恕神原，通过继续撒谎，通过虚构的罪恶，通过无中生有的主张，来赦免神原和彦的罪。

她在说：神原没有做坏事。

“神原和这起案件没有任何关系。”三宅树理泪流满面，嗓音沙哑，呻吟一般地说道，“我说的都是真话，请你们相信我，拜托你们了。”

说到这里，她似乎用尽了最后的力气，蹲下身，放声大哭起来。这不是拙劣的演技，是真正的号啕大哭。

“藤野检察官，”井上法官用毫无抑扬的声音说，“你还有问题要问吗？”

藤野凉子直愣愣地站着，像被什么东西击中了似的。

三宅树理还在哭号。

“检察官，还要继续询问吗？”

“不，到此为止了。”

“辩护人。”井上法官看着神原和彦，“需要作交叉询问吗？”

神原一动不动地坐着。树理痛苦不堪的哭声在空气凝重的法庭内回荡。

“不需要。”他坐着答道，随即像是被自己的声音惊醒似的猛地站起身来，“不需要作交叉询问。”

山崎晋吾走上前，把手伸给蹲在地上哭泣的树理，用轻柔的动作扶住树理的肩膀，让她站起身，半扛半抱地带着垂头丧气的树理离开证人席，直接带到法庭之外。这时，旁听席上有人站起身，跟着他们出去了。一个是保健老师尾崎，另外两个估计是树理的父母。

不，除了这三人之外，还有别人。那不是浅井松子的父母吗？松子的母亲用手帕捂着脸哭泣。她的脚步和树理一样踉踉跄跄，在丈夫的搀扶下朝法庭外走去。

目送他们出门后，神原和彦就像个断了线的木偶一般，猛地坐了下来，嘴里轻声呢喃了一句。这声几乎被呼吸声掩盖的呢喃，只有紧挨着他的健一才能听到。

听到这声呢喃，健一明白，自己刚才的理解完全正确。

因为神原和彦呢喃道：谢谢！

等到法庭终于恢复平静，井上法官开口了："刚才，藤野检察官回顾几天来的审议经过，提出建议，希望免去检察官公诉意见，以及辩护人最后辩护的程序。"

眼下，井上康夫依然极力保持法官的威严，真是顽固得可以。

"但本法官不赞同该建议。接下来，检察官将发表公诉意见，辩护人也将进行最后辩护。藤野检察官。"他厉声催促道。

凉子一声不吭地站起身，停顿了一会儿，才绕过桌子，走到陪审团面前。

"各位陪审员。"招呼一声，承受大家的视线后，她终于露出微笑，"此次校内审判中，意外变故可谓层出不穷，不过也终于接近了尾声。"

法庭似乎已尘埃落定，笼罩在一片寂静之中，甚至都没有旁听者摇动手帕或扇子。

"首先，我要为自己不称职的检察官工作向大家道歉。"鞠躬之后，凉子抬起脸来，继续说道，"然而，我们传唤了能找到的所有证人，并请他们出庭作证，依靠我们自己的力量调查了所有能调查的事实，并大白于天下。请大家在此基础上心平气和地展开案件评议。”

请大家尊重事实。

“请各位开动脑筋，用心思考。我相信，各位一定能作出恰如其分的评议。”

说到这里，凉子微微偏了偏脑袋，像是在问自己：还有什么忘了说吗？随后，她又对自己摇了摇头。

“我的公诉意见到此为止。”

向井上法官作完报告，凉子回到自己的座位。佐佐木吾郎和萩尾一美站起身，迎接他们的检察官归来。

“辩护人，请作最后的辩护。”

神原和彦手撑桌面，慢慢起身。他从未有过这样的表现。与藤野检察官不同，他站起来后并未走向陪审团。

过了一会儿，他才仰起脸，注视着陪审员们。

“正像藤野检察官说的那样，这五天里，确实发生了许多出人意料的事。各位陪审员时而愤怒，时而惊讶，心情一定十分复杂。我首先要对坚持参加审理的各位表示感谢。”

他也对陪审员们深深地鞠了一躬。他低下头，又慌忙用手撑住桌面，似乎不这样做，他的身子会直接朝前倒下去。

“就我的身份和处境而言，不知道下面要说的话是否妥当。可这些话我确实非常想说。”

山野纪央泪眼婆娑。沟口弥生与蒲田教子的手紧紧握在一起。男生们像是约好了似的，全都坐得端端正正。以前在课堂上，无论遇到如何严厉的老师，他们都不会摆出这种姿势。

“我是柏木卓也死亡事件的当事人。在此次校内审判中，我又是唯一的校外人员。在审判的过程中，我的感受非常强烈。参与此次校内审判的每一位同学都非常了不起。”

说到这里，力量又回到了他的话语之中。

“你们策划了难度如此之大的法庭审判，并付诸实施。对这种创意、勇气和努力，我必须表示深深的敬意。我想，这在别的学校一定无法实现。正是因为有你们，才能将校内审判坚持到现在。”

不知为什么，全体陪审员中，只有胜木惠子一个人低着头。

“遗憾的是，被告此刻并不在场。”神原辩护人将目光投向空荡荡的被告席，“他此刻应该在场，但他没能控制住自己，以致被迫退庭。为了让他能留在这里，我和我的助手野田作出了努力，却并没有奏效。我对此表示歉意。然而……”

神原辩护人挺直腰背。

“虽然他不像你们，没有那么多勇气，能够为他人着想，也照顾不了别人的隐痛。但是，被告没有逃离法庭。他抵触过、暴怒过，却一直坚持到了最后，没有半途而废。此刻，被告不在这里，也并非出于他本人的意志。因为他是被迫退庭的。他心中或许正窝着火，或许会想不通：明明我是主角，为什么偏偏被赶出来了？因为，被告就像赌徒押筹码一样，将自己押在了这次校内审判上。尽管他不能很好地用语言表达，还表现出自暴自弃的态度，但这些都是表面现象。”

被告将自己押在了这场审判上。

“他将自己押在了你们身上。”

此刻的神原和彦已经恢复了辩护人的风姿。

“如果不是这样，我想，无论怎样努力，谁都无法让他出庭，并坚持到现在。所以从这个角度，我认为被告同样值得赞赏。”

所有陪审员将目光投向空荡荡的被告席。连旁听者们都注视着那个空位。

“被告是个为本校制造麻烦的不良少年，是个让老师们感到棘手的坏学生。他动不动就发飙，滥施暴力，恃强凌弱，还从不认为自己的所作所为有什么错。他是本校的一匹害群之马，可即使如此……”

神原辩护人提高嗓门。

“被告仍然没有杀死柏木卓也。他与柏木的死无关。没有任何证据可以证明被告就是杀害柏木的凶手。不仅如此，被告还有明确的不在场证明。我恳请陪审团在评议时，再次在脑海中回想，去年十二月二十四日深夜那个决定命运的时刻，被告在哪里，在干什么。”

竹田陪审长缓缓点了一次头。

“对本校而言，我是个外来者。校内审判结束后，我就和三中没关系了。我不会和本校的过去及未来产生任何关系。因此，被告带给大家的种种麻烦和伤害，我并没有切身体会。”

神原辩护人停顿了一下，等待他的话语渗透到陪审员们心里。

他继续说道：“我很清楚这一点，但我还是要拜托各位。哪怕会让各位生气，我也要拜托各位。请一定要依据事实，作出正确的评议。”

不知不觉间，健一听出了神，连胸中的悲苦也尽数烟消云散，全被神原辩护人的滔滔雄辩裹挟走了。

“当然，此次校内审判不具备法律约束力。这个法庭只是一群学生的暑期课外活动。即使各位作出有罪的评议，被告也不会受到任何实质性的惩罚。”

然而——

“若被告得到有罪的判决，便会不得不离开这个学校。这一点几乎确凿无疑。即便他本人想来上学，恐怕也不能再和大家一起上学。换言之，各位完全可以凭借评议的力量，抛掉被告这个拖累三中的包袱。”

这是一种很大的权力。

“能将一个恶名昭彰的坏蛋赶出学校，毫无后顾之忧。这样的机会恐怕不会再有第二次。被告或许会受伤，会苦恼，但也是他自作自受。这对之前一直由于狡猾，或是借助好运，或是依靠家长的力量没有受到应有惩罚的被告来说，或许算得上适得其所。”

一直低着头的胜木惠子用双手盖住了自己的脸。

“可是，这是正当的吗？”神原辩护人继续说，“为了清算由来已久的老账，将被告指认为杀人凶手，这样的行为正当吗？难道这就是正义吗？”

这就是各位追求的正义吗？

“请各位一定要经受住驱逐被告的诱惑。如果各位判被告有罪，就等于认同了一个弥天大谎。这个谎言，比五天中出现在本法庭上的任何谎言都更加罪孽深重。这是不顾事实的伪证，等于在各位心中的法庭作了伪证。是的，这个法庭不在别处，就在各位的心里。”

井上法官抿起嘴唇。藤野凉子一动不动，仿佛一尊石像。

“传唤到本法庭的证人，全都在这里宣过誓。在进入评议程序前，也请各位陪审员在心中宣誓：审判的依据只有真相。你们的评议会影响大出俊次这个初三学生的心。即使这是一颗乖戾、任性、感情用事的心，也毫无疑问是一颗活生生的心，隐藏着变化的可能性。因此，我恳请大家不要毁灭这种可能性。恳请你们接受被告对这个法庭、对你们的殷切期待。恳请你们给被告一次机会，让他以一种从未有过的方式面对自己，让他借此改变自己。”

神原辩护人闭上眼睛，做了一个深呼吸。

“最后的辩护到此结束。”

意想不到的事情发生了。旁听席的一个角落响起了掌声。

最初只是一个人在鼓掌。健一立刻将视线投向那个方位。可正在他寻找那个人的时候，一个又一个，鼓掌的人增多了。不一会儿，人们的掌声响彻了这座闷热的体育馆。

井上法官敲响木槌，朗声宣布：“法庭审理到此结束。请陪审团移步别室，马上开始案件评议。”

“请在三个小时内完成评议。”井上法官补充道，“这么多时间应该足够了吧？”

九名陪审员集中到休息室，首先要做的是吃午饭和休息。四张课桌拼成一张大方桌，一共两组，第九张课桌放在“生日席”的位置，由竹田陪审长坐在那儿。其他陪审员自然地分成男女两拨，不过胜木惠子坐在了男生边上，看上去像是女生圈子多出来的人，而且似乎并不受男生的欢迎。她的那张课桌与大伙保持了一段距离，应该是她自己刻意这么做的。

井上法官依旧套着那件飘荡的黑色长袍。山崎晋吾注意到，他的脖子上有一圈淡淡的痱子。作为法警，在陪审团评议时，他必须担任休息室门卫。此刻他遵照井上法官的命令，在门口吃便当。

校内审判期间的伙食都是由前任校长津崎提供的便当，每天都不重样，不过同样好吃。山崎晋吾心想，即便是细节，也同样重要。

老校长这番良苦用心，传达出豆狸内心的挫折和歉意。看来，一盒便当中也蕴藏着某种真相。

山崎晋吾不由得想起师父说过的话：有时，一个饭团阐述的真理，会远超巧言令色的滔滔雄辩。

“我们是无所谓，可这该怎么通知旁听者呢？”

面对蒲田教子的提问，井上法官毫不在意地说：“写在黑板上，往体育馆门前一放，不就完了？”

法庭将于下午六点作出判决。

“这样的评议，是不是有点寒酸啊？”小山田修嘟囔道，“好莱坞大片里，陪审员的评议得持续好多天。大家都不能回家，住酒店，想吃什么就吃什么，有些男女陪审员还搞上了呢。”

“不许瞎说。”教子毫不留情地拦住他的话头，“不抓紧，时间就不够用了。别忘了，这三个小时还要包括吃饭时间呢。”

“稍稍有点误差也是允许的。”井上法官甩起长袍下摆，走出休息室。山崎晋吾也吃完了，还把便当盒收拾得好好的。

“多少还是吃一点吧。”山野纪央体贴地对胜木惠子说。惠子垂头丧气地坐着，连便当的包装纸都没有撕开。

“饿着肚子，等会儿可是要犯晕的。”女生们一起帮腔道。

可胜木惠子一动不动，看着脚尖，低声说：“那个傻瓜……也不知道现在怎么样了。”

大家不由得面面相觑，只有觉得无可理喻，转了转眼珠后望向天花板的原田仁志除外。

“要担心的人不只有大出。”率先开口的是向坂行夫，这倒挺罕见。见大家的视线集中到自己身上，他有些胆怯，不过依然对胜木惠子说：“我们也都在为别人担心。可是，我们坐在这里，可不光是为了担心。”

“说得好！”小山田修说着，用力拍了一下行夫肉乎乎的肩膀，发出很大的声响，“向坂说得不错。”

两人并排坐着，体型看上去差不多，只是小山田修胖得很结实，而向坂行夫的身子软绵绵的。

“小凉在干吗呢……”仓田真理子没头没脑地嘟囔了一句。

此刻，藤野凉子正在检方休息室，一边吃便当，一边向两位事务官讲述昨天的经过。

“既然辩方的野田在场，或许我们这边的佐佐木和一美也该到场见证。”

佐佐木吾郎点了点头：“我确实希望在昨天就能听到神原本人的讲述。”

“对不起。”

“我倒不这么认为。”一美明确地说，“幸好事先不知情，否则今天我就来不了了。”

在对神原证人的询问进行到最高潮时，一美变得眼泪汪汪的。凉子第一次见她真的哭泣起来，而不是作为少女的战术流下眼泪。

“还有，在法官和陪审员不知情的情况下，如果我们事先知道了，不就有作弊的嫌疑了吗？这该怎么说来着，吾郎？”

他们两人你一言我一语地讨论着，直到想出“串通一气”这个词才觉得满意。

“可是我事先就知道了，那不叫‘串通一气’吗？”凉子笑道。

这时，敲门声响起，一名负责传话的篮球社志愿者探进头来。

“对不起。藤野检察官的爸爸妈妈来了，要跟你见面。”

凉子起身对他鞠了一躬：“谢谢！你辛苦了。在法庭作出判决之前，我不会去见外面的人。请你这样告诉我的父母。”

“明白。”说着，这位“传令兵”跑步离开了。

“不和他们见个面吗？这样好吗？”

“有什么不好的？”凉子有点生气。

也不看看这是什么时候，现在怎么能见面？真不知老爸老妈是怎么想的。

“小凉，”一美大大的眼睛望向凉子，“你不是早就觉得，神原说话有点怪怪的吗？”

“什么怪怪的？”吾郎的脸色稍有变化。

“他不是说过，不管怎样，最后胜出的一定是藤野。”

凉子也记得。她用力点了点头：“嗯，是听章子说的，我记得很清楚。和野田、章子在一起的时候，神原说，‘要说输赢，那无论结果如何，最后总会是藤野赢。你不用担心。’”

“这话确实有点古怪。”吾郎撇了撇嘴，“只要他说出真相，输的就是我们检方吧？明知道这一点，他为什么还要说凉子会赢呢？”

一美显示出大彻大悟后的冷静：“他说的不是法庭上的胜负，是个人的输赢，因为他自己是杀人犯。应该这么理解吧？”

凉子和吾郎都沉默了。

“神原以后会怎样呢？会被勒令退学吗？”一美问道。

“只要不暴露，不就没事了？”

“说什么呢？怎么可能不暴露？估计警察会去找他问话的。别的不说，不是还有个茂木吗？那家伙一定会去神原的学校搬弄是非。”

“搬弄是非……那可是东都大附中啊，”吾郎一下子萎靡起来，“和公立学校不一样，私立学校在这方面很计较吧？”

凉子朗声说道：“如果事情真到了那一步，那我们也不能袖手旁观。”

两位事务官不由得眨起了眼睛。

“不能袖手旁观？我们能干什么？”

“可以写请愿书什么的。”

“嗯，对。”吾郎用力拍了一下手掌，“这次就由我来替神原辩护好了。”

“嗯。”凉子点了点头。

“到那时候，说不定三宅树理也会出手相助。”吾郎说。

一美的柳叶眉一下子倒竖起来：“我可不要看见她，讨厌！”

“我说，到了这个地步，你多少也理解一下三宅的心情嘛。”

“不理解！不，我理解，可是我饶不了她！”

“出什么事了吗？”

一美的嗓门太高了，连“传令兵”都过来打探了。

“呃……我说，各位。”瘦高个竹田陪审长有些怯场，“我想，下面应该开始评议了，呃……我说……”

“‘呃……我说’太多了。”小山田修挑刺道。

“首先整理一下疑问点，怎么样？”原田仁志若无其事地说，“事实关系在法庭上听得够多了，证言也齐备了。”

桌上堆着一摊书面证据，还有井上法官在姐姐的帮助下整理好的对每位证人的询问记录。

“如果觉得哪个部分不够透彻，就从那里开始，不好吗？”

山野纪央点了点头，发言道：“对我来说，要说有什么不懂的地方，首先就是柏木这个人。”

她温暖柔和的眼眸中微微散发出愤怒的光芒。

“说什么‘想体验熟悉的人死去的感受，否则就得不到活着的实感。’这些念头，我弄不明白。”

“我懂。”沟口弥生立刻接过话头，语调明晰，和平时的她判若两人。可话已出口后，她又像回过神来似的，恢复成往常战战兢兢的模样，改口道：“我觉得，我是明白的。”

行夫的圆脸转向弥生：“我也和山野一样，有点搞不明白。你怎么会明白呢？能告诉我们吗？”

这两人没有说过话，就算在之前的校园生活中也从未有过对话。弥生抬起头望着行夫，那眼神就像是在看惯的夜空中，突然发现了一颗彗星。

“因为我也曾那样想过，还做出过一些危险的举动。”

大家不由得吃了一惊。

“危险的举动？”竹田陪审长问道。

回答他的问题前，弥生回头看向身边的蒲田教子：“当时我还没有和教子成为好朋友。是初一的……十月份的事情吧？”

教子点点头，直截了当地问：“弥生，你做了些什么？”

弥生将目光投向远方：“同班同学全都不理我了。”

待在学校里难受得要命。

“正好那时，川崎市内有一个初中女生跳楼自杀。她从附近公寓的十二楼跳了下去。看到那则新闻后，我就很想去现场看看。”

“你去了吗？”

弥生点点头：“我平时不怎么出远门，所以一个人跑去川崎市，这本身就让我萌生了一种视死如归的感觉。”

可她实在很想去，似乎非去不可。于是她根据学校名称，以及电视画面里闪过的住宅地址，好不容易找到了那个地方。

“那女生摔下来的地方是一座停车场。由于已经过了半个多月，什么都没剩下，但那里还供着花，是几支枯萎的菊花，插在一个脏兮兮的牛奶瓶里。”

弥生蹲在那些菊花旁边，一直蹲了很久。

“有一个差不多与我同龄的女孩死在了这里。我用手触摸水泥地面，心想，不会有什么东西传递给我吧？”

弥生心想，要是水泥地面能吸去自己的生命，让那个自杀的女孩重新活过来，该多好啊。

“据报道，自杀的女生一直苦恼于学习成绩，父母又很严厉。可只要努力一下，成绩会变好吧？但是，我是由于性格问题才被同学排除在外，而且性格又改不了。所以我觉得，还是让我去死的好。”

心里只有大出俊次，总是魂不守舍的胜木惠子，此时突然用尖锐的语气对弥生说：“就因为你心里老想着这些，才会不招人待见。”

弥生微微瞪大眼睛，对惠子笑了笑：“是啊，就是这么回事。”

两人间的交锋，看得其他陪审员心里七上八下。

“你做过的事情，就是这些吗？”

面对教子的质问，弥生摇了摇头：“无论我怎样触摸，水泥地也不肯吸走我的生命。”

“这不是废话吗？”小山田修又开始挑刺了。

“所以，我就爬上那幢公寓的应急楼梯，和那个自杀的女孩一样，一直爬到十二层。楼梯建在大楼外侧，谁都能上去。”

当弥生站第十二楼的平台上时，被一个正好经过那里的物业管理人员发现了。

“于是，我听了管理员大叔一个小时的说教。”

管理员首先问出弥生母亲的联系电话，打过电话后，在等待弥生母亲前来的那段时间里，对弥生作了谆谆教诲。

“他的说教别具一格。”

要珍爱生命，生命比地球还重，不能随意处置自己的生命，那些老生常谈，他一句也没说。

“管理员大叔一脸苦闷，说那个自杀的孩子真可怜。他要是早点看见，肯定不会让她去死。还不住地道歉说：对不起、对不起。”

他的这些话语包含着真情实意，弥生当时十分感动，心想：为了一个素昧平生的孩子的死，还有大人会如此自责。

可过了一会儿，管理员大叔的话就变了味。

“他开始生起气来。”

他说，由于死了人，影响到房屋租赁、买卖的生意，被上司臭骂了一顿，还扣了三个月的工资。停车场上摔死人的位置的租户，说把汽车停在那里心里别扭，非要转到别的位置。半个月里收到的投诉多达二十起，都说出了这种事，公寓的资产价值下降了。而他除了道歉又别无他法，觉得特别冤枉：凭什么非要我来道歉呢?

“他是在向你抱怨，那个自杀的孩子给他凭空添了许多麻烦。”

竹田和小山田这对高矮组合已经吃不消了。

“嗯。我当时一下子泄了气，就打消了去死的念头，回家了。”

围坐在九张课桌前的陪审员们陷入沉默。弥生像是做了错事似的缩紧身子。

“对不起，我尽说些莫名其妙的话。”

“没有的事。”竹田陪审长和向坂行夫同时说道。

“柏木要是什么地方泄了气就好了。”竹田陪审长挠了挠他那颗比其他人高出一头的脑袋，“神原这家伙虽然不错，可也没让他泄气。就他的处境而言，这相当困难。”

“是啊，他已经心力交瘁了。”小山田修捏住鼻子，好像要止住喷嚏似的，“要是早点把柏木拉到我们将棋社来就好了。他脑子不笨，学会下棋就不会有别的烦恼了，也就不会去寻死了。”

蒲田教子叹了一口气：“那也要看兴趣吧。万一他想成为职业棋手，估计也会有麻烦。不是有人因为进不了奖励会①而自杀的吗？我在什么地方读到过这类报道。”

“那不是一个档次的问题。”

“就算档次不同，也是这个世界上发生的事嘛。”

“总而言之，防止自杀的特效药是不存在的，不是吗？”纪央熄灭眼中的怒火，喃喃自语道，“音乐家的世界悲剧也很多。艺术能挽救一些人，也会将另一些人逼上绝路。”

大家陷入了郁郁寡欢的气氛中。

“反正，柏木是自杀的，这么定性就行了吧？”

听到仓田真理子这句漫不经心的话，大伙儿一下子全都惊醒了。大家的反应又让真理子吃了一惊。

“怎么了？我说的不对吗？我们不就在讨论这件事吗？”

“对，仓田说得一点也没错。”双手装模作样地抱在胸前，用冰冷的目光扫视四周之后，原田仁志继续说，“此次评议，说到底，就是面对神原和三宅两人的证言，我们到底相信哪个的问题。可是，大家早就把三宅的证言抛掉了。神原说的是真相，柏木是自杀的。所以，最后的判决就是……”

“大出无罪。”向坂行夫说道。

“如果觉得这样没有问题，不就结束了吗？”

---

① 日本将棋联盟培养职业棋手的机构。

“可是，原田，你嘴上这么说，脸上倒还挂着不接受判决的表情嘛。”

在蒲田教子一针见血的袭击下，原田仁志懒洋洋地眨了眨眼睛。

“我接受啊。”

“瞎说，你一定觉得哪里不对头，是不是？”

“我跟大家保持一致就行了。”

小山田修掀动鼻翼，说道：“你这种多一事不如少一事的态度是不对的。”

“好吧，那我来修正自己的意见。”山野纪央举手说，“我不赞成完全接受神原的证言。请原田也发表一下自己的见解。”

原田仁志斜眼瞥了瞥山野纪央，显得很不耐烦。他似乎在说：喜欢文科的女生就是这样，真叫人受不了。

“大出有不在场证明，对吧？”

“嗯，有啊。”竹田陪审长点点头，望向大伙儿，“有谁对律师今野先生的证言表示怀疑吗？有吗？”

没有人应声。

“所以，在大出不在场证明成立上，我们意见统一。还有呢？”

“神原和柏木的关系，有补习班老师的证言，至于他们在圣诞夜那天做了什么，我觉得无关紧要，直接接受神原的证言就行。而且神原的解释很详细，还有目击证人。”

“就是电器店的大叔，是吧？”沟口弥生点了点头，“我觉得他跟教训我的那个管理员大叔有点像。”见大家再次陷入沉默，弥生赶紧道歉，“啊，对不起，我又说无聊的话了。”

“然而，我总觉得还有些不明白的地方。”原田依然双手抱胸，哼了一声，抬头望向天花板，说道，“柏木说他决定要自杀，然后把遗书交给了神原，是吧？”

蒲田教子点了点头：“嗯，神原后来还给他了。”

“可柏木死后，并没有发现遗书。”

“是他自己销毁掉了吧？”

原田正视教子，慢吞吞地说：“是吗？如果你是柏木卓也，会那么轻易地毁掉遗书吗？”

这个出其不意的问题让教子沉默了，不停眨着眼睛。

“这可不是作文，是遗书。如果是我，才不会那么随随便便销毁掉的。”

“正因为是遗书，所以才会销毁掉。或许在神原还给他的时候，柏木觉得继续留着也没什么意思了。”出人意料的是，替张口结舌的教子作出反击的竟是沟口弥生，“而且，说不定柏木根本不想再看到这东西。看到了，只会觉得特别窝囊。他毕竟遭到了神原的拒绝。”

“是啊……我同意弥生的意见。”

在这对女生组合面前，原田将双手抱得更紧了：“反正，我想看看实物，想读一读那封遗书。那一定是最能反映柏木心境的文章。”

“算了算了，已经没有了，有什么办法呢？”

将棋社的主将出面劝架，陪审长的话又立刻使他颜面全无。

“真的没有了吗？”

“喂，喂……”

“会不会还在他家里的什么地方？”

“要是还在，肯定早就发现了吧？”

“说到底，真的有过遗书吗？有什么证据可以证明，那不是神原在说谎？没有吧？”

“我说，原田……”小山田修叹了口气，“你翻旧账到底要翻到哪里啊？”

“说不定，那是一封看上去不像遗书的遗书。”山野纪央说道。

所有人的视线一下子全都转到纪央的脸上。

“他或许没有采用遗书的形式，所以他父母都没有觉察到。会不会有这种可能？”

“说来也是。”蒲田教子的目光又锐利起来，“神原说，柏木交给他一本笔记本，而不是一封信。”

“我记了笔记。”真理子立刻翻看手头的笔记，指给探过头来的行夫看，“这里记得很清楚。神原接受柏木的笔记本，两三天后又还给了他。在儿童公园见面时。”

“可是，只要读一读内容，不就立刻知道这是遗书了吗？”

“神原没读啊！”教子也确认了自己记的笔记，“他说他不知该怎么办，就一直这么放着。他没读！”

“柏木的父母会帮我们再找一下吗？”

“这么做好吗？”小山田修仰视着瘦高个的陪审长，“庭审已经结束了，陪审团还提出要调查，会得到允许吗？”

“这是对证言的补充，应该可以吧。”

竹田陪审长站起身，亲自去叫守在走廊上的山崎晋吾。

北尾老师为柏木家的三位成员开放学校图书室，请他们在评议得出结论前在此休息。

三人碰巧都坐在了离窗户最远的座位上。柏木卓也的父母并排坐着，哥哥宏之则坐在他们对面，中间隔着一张阅览桌。

图书室里没有窗帘。待在操场上的旁听者们东一堆西一群地聚在一起，说话声通过敞开的窗户直接传入图书室。

“把窗关上吧。”宏之小声说道。父亲紧挨垂下双肩的母亲，用手抚摸着她的后背。“下面的说话声有点吵。”

没等父母作出答复，宏之便站起身前去关窗。图书室位于二楼，站到窗户旁就能看到整个操场。站在操场上应该也能清楚地看到站在窗户旁的宏之。

宏之感到有视线投向他。他动作麻利地关好窗户，立刻逃也似的回到刚才的座位上。

形势发生逆转。在校内审判的法庭上接受审判的已不再是大出俊次，而是柏木卓也。

柏木卓也是个怎样的十四岁少年？怎么会是这样的人呢？

也许此刻，旁听者们正在发表类似的感想。

现在，已经没有人会认为卓也是个敏感又思虑深邃的小精灵了，只会觉得他顽固、冷酷又自私，因为他竟要将唯一的朋友神原和彦逼上绝路，想要剥夺他人的生命。

对，这就是真相。作为他的哥哥，宏之最了解这一点，清楚得让人无法忍受。宏之的人生差点毁在卓也手上。如果他一直留在父母身边，一直待在卓也的身边，那么神原和彦所扮演过的角色，恐怕会留给柏木宏之。

宏之坚信着一件事：去年十一月，与大出俊次一行发生冲突时，卓也曾说出“你们杀过人吗”“我想体验亲近的人死去的感觉”之类的话。在他说这些话时，脑海中浮现的那个“应该去死的亲近的人”一定就是自己。换言之，卓也希望哥哥宏之死去。

那家伙是个恶魔，我早就知道了。世上确实有这种人，无法与他人平等相处，一定要显出自己的特别，不然决不罢休。

然而，人在十四岁的时候，不就是这样的吗？自我意识过剩，与身边的一切格格不入，不安分的心中充满优越与自卑的混合物，时而伤害别人，时而被别人伤害，度过几年这样的日子后，才满身疮痍地走出低谷。

我也是如此。卓也也是如此。可不知为何，卓也并不满足于此。

是因为有我在的缘故吗？因为有一个哥哥，就必须争夺父母的心吗？若真是如此，凡是有兄弟姐妹的青春期少男少女都会成为魔鬼吗？这显然不可能。

那么，是因为偶然遇到了神原和彦这个特例的缘故吗？身世不幸，带有阴影的优等生，聪明程度和思虑深度不亚于卓也，却比卓也招人喜欢得多。

无论怎样的悲剧，也比平庸来得好。希望拥有戏剧般的人生，决不成为平庸的路人甲乙丙。与其成为路人甲乙丙，还不如经历一场轰轰烈烈的悲剧。

十来岁的孩子一般都会这么想，至少会这样思考过一次。可不幸的是，卓也面前出现了一个活生生的样本。不是想象的产物，而是一个与他一起学习，一起欢笑的人。

柏木卓也想成为神原和彦那样的人。

"宏之。"

听到喊声，柏木宏之抬起头，见父亲用安慰的眼神望着自己。

"你要手帕吗？"

宏之这才意识到自己正在哭泣，脸上湿漉漉的。

父子两人默默无言地相互注视着。垂头丧气地坐在父亲身边的母亲神情恍惚，目光没有焦点。

"你很难受吧？"柏木则之开口道。

宏之摇了摇头："难受的又不是我一个人。"

"爸爸说的不是校内审判的事。"父亲一边用机械性的温柔手势抚摸母亲柏木功子的后背，一边说，"我说的是之前，你对卓也是怎么想的？你是怀着怎样的心情离我们而去的？"

眼泪从柏木则之眼中夺眶而出。

"对不起。"

面对父亲的眼泪，宏之无言以对。

"我们绝不是只想着卓也一个人。你也是我和你母亲的孩子。可是，卓也体弱多病……确实让人费心。"

"我明白。"宏之应道，"我明白你和妈妈的心思。所以我既没有生你们的气，也没有向你们抱怨。"

“那孩子是出类拔萃的。”

眼泪沿着鼻梁淌下，他擦也不擦，只是眨了几下红肿的眼睛。

柏木则之继续说道：“聪明得叫人难以置信。在蹒跚学步的时候，他就相当与众不同了。那孩子身上有什么东西在闪闪发光。”

宏之无法正视父亲的脸，只得低下头去。

弯腰坐着的母亲惨白的脸映在桌面上，仿若幽灵。可这个幽灵般的影子，却比柏木功子本人真实得多。母亲的身子太单薄，单薄得仿佛能透过她的身子看到后面的书架。

“他是个特别的孩子。”父亲任凭泪珠滚落，祈祷般地小声说道，“我觉得他长大后，也一定会成为一个特别的人，与那些仅作为消费者存在的无聊的普通人不一样。”

宏之心想：我不就是“无聊的普通人”中的一个吗？

“所以，那孩子要做什么，我都认可。”柏木则之说道，“我觉得，卓也无法与那些没有心事，只顾快乐生活的同学们好好相处，也是十分自然的事。我认为，如果勉强自己去和周围的人打成一片，只会损伤他的鲜明个性。”

宏之注意到，父亲在忏悔。不是向自己，而是在向卓也忏悔。

“年轻的时候，谁都会有棱角。爸爸宁可他成为一个孤傲的人，也不希望他变成一个世故的凡人。希望他能成为不怕孤单，坚定地走自己的路的年轻人。”

我不知道是在什么地方出了差错。如果能重新来过，我希望能回到那个出错的地方。卓也很孤独吗？他希望得到别人的爱吗？他想要朋友吗？他失去自信了吗？他讨厌自己吗？他在寻求救助吗？

宏之突然举起手，打断父亲滔滔不绝的倾诉：“父亲。”

柏木则之用通红充血、满是泪水的眼睛看着他。

“行了，不要再说了。”

宏之感到，自己身体内部有一个塞子被拔掉了。贮藏在里面的水一般冰冷的东西不断翻滚起泡，清洗完宏之的身体内侧，马上要涌出体外了。

行了。够了。这不是对父亲说的，而是对自己说的。

即使自以为早已大彻大悟，我也同样只有受伤的份儿。父母心中只有卓也，只会给予卓也他们的爱。以前曾想过，我甚至连为什么会生在这世上都搞不懂了。

如今，他们的爱转化成了忏悔。是面向卓也的忏悔，同样不会转向我。也罢，我反倒得救了。幸亏我不是特别的孩子，幸亏我身上没有闪闪发光的东西。

我要亲自去寻找到降生到世间的意义。作为“无聊的普通人”中的一员，我要亲自去发现自己。

这时，图书室的门上响起有节制的敲门声。

“对不起！”

门打开后，出现在三人面前的，是那个叫作井上康夫的少年。他脱掉了黑色长袍，换上了校服。北尾老师站在他的身旁。

“突然打扰你们，真是对不住。”

看到柏木夫妇的模样，北尾老师有点慌乱。脱下黑色长袍的井上法官瞬间与宏之四目相对，又立刻转移视线，仿佛看到了一件不该看的事物。

“事情是这样的，陪审团提出一些请求。喂，你来说吧……”

在北尾老师的催促下，井上法官简明扼要地说明了事情的原委。

原来如此。陪审员们的脑袋可真犀利。宏之不禁暗暗吃惊。

“卓也在笔记本上写遗书的事，我们也是今天才知道的。”

之前，一家人寻找过书信、日记一类的东西，却从未检查过笔记本中的内容。

“请问卓也的爸爸妈妈，你们注意到什么了吗？”

柏木则之掏出手帕来擦了擦脸。柏木功子不对任何人的话语作出反应，只是睁着一双无神的眼睛，前后微微摇晃身子。

“功子。”柏木则之注视着她的脸。

柏木功子自言自语道：“没想到那就是遗书。”

在场的其他人全都屏住了呼吸。功子一边摇晃身子，一边对着桌面喃喃道：“我还以为是小说，以为那孩子写了篇小说。他藏在书桌抽屉靠里面的地方。”

宏之双手撑在桌面，将身子探向母亲，压低声音，尽可能温和、平静地问：“妈，你见过那本笔记本，是吗？”

功子一边摇晃身子一边点头。

“他没写‘我’。是有主人公的，但不是卓也自己，所以是小说。我心想，随便拿给别人看，那孩子一定会不高兴。”

“那本笔记本在哪里？”

“是小说。”功子重复道，“不是真事，是卓也编的。也可能是个剧本，写了很多对白，有些句子写得真好。”

“那本笔记本在哪里？”柏木则之抱住妻子的肩膀，阻止她继续摇晃。

“妈，你把卓也的笔记本藏到哪里去了？”

功子终于抬起头，似乎刚刚发觉宏之在场，显得有些吃惊。

“啊，是宏之。”

“是我，妈。你听到我在问什么吗？卓也那本写着虚构故事的笔记本，现在在哪儿？”

失控似的猛地垂下头后，功子说：“就在那个放家庭账簿的柜子里面。”

宏之站起身，对北尾老师说：“那个地方我知道，我去拿来。”

佐佐木礼子此刻正与津崎先生一起坐在操场角落的长凳上。

体育馆里大概还留有三分之一的旁听者，其余的三分之二大多在操场上，三三两两聚成一团。也有些回家去了，不过应该会在评议结果公布之前回到这里来。

很多人注意到了坐在长凳上的津崎先生。前任校长这张豆狸脸，家长们相当熟悉。有人对他点头致意，也有人远远地朝他投来冰冷的视线。

津崎先生十分平静。别人对他点头致意，他便点头还礼。至于那些冷酷的视线，以及议论他的窃窃私语，他就假装不在意。

“三宅现在怎么样了？”礼子问道。

津崎先生用平和的眼神看着礼子，答道：“和她父母一起回家去了，尾崎老师也在一起。”

“浅井的父母也和他们在一起吗？”

“嗯，直到刚才都在一起。”津崎先生用手抹了一把脸，“浅井的父母说，等会儿要回来听评议结果。三宅会不会回来就不清楚了。我觉得她还是在家安安静静地休息比较好。”

“我也觉得这样好，”礼子点点头，“到头来，我们这些大人都没能打动三宅的心。”

津崎先生默不作声。

“然而，法庭打动了她。我觉得对三宅来说，这算是最恰当的方式吧。”

津崎先生轻轻叹了口气：“多亏了神原。”

“是啊……”

“打扰了。”

听到招呼声，两人抬起头，见眼前站着的竟是茂木悦男。

“啊呀，”礼子撅起了嘴。“就你一个人？石川会长在哪儿？”

茂木记者今天依然衣冠楚楚。大家都大汗淋漓，这家伙的衬衫为什么总是笔挺的？

对于佐佐木礼子，茂木悦男只是皮笑肉不笑地点头致意，随即便转向了津崎先生。

“津崎先生，我有一个请求。”

津崎先生默不作声地仰望着这位记者的脸。

“我准备将此次校内审判写成报告文学，在得到石川会长同意的前提下，正在进行采访。我想在得出评议结果，校内审判彻底结束之后采访您。改天，请您指定地点，我再来打扰你。”

“茂木先生，你还不肯放过这件事吗？”

什么报告文学！礼子不由得直冒火。

“都是你捅了娄子，才搞得一团糟吧？浅井松子遭车祸横死，不也是你那仅凭胡乱猜测炮制的电视节目带来的后果吗？你听到三宅的证言了吧。浅井松子会惊恐万分，就是那期节目闹出来的。”

茂木悦男脸上再次堆出虚假的笑容，俯视着礼子说道：“那是一连串不幸的巧合。”

“巧合？我说……”礼子禁不住站起身，似乎想一把揪住茂木悦男的衣领。津崎先生在一旁伸手拦住了她。

“我不接受采访。”津崎先生语调平稳。

茂木悦男挑起一边的眉毛：“不接受？那不就是逃避吗？原来你还想逃避责任啊？”

津崎先生毫不示弱，脸上露出豆狸招牌式的亲切笑容：“茂木先生，我也有个请求。我想采访你一下。”

茂木悦男和佐佐木礼子都瞪大了眼睛。

“我想将这一连串事件，写成一篇完整的文章。”津崎先生微笑道，“不是为了自我辩解，只是想记录学生们作出的种种努力。”

从长凳上站起身后，津崎先生恭敬地朝茂木悦男鞠了一躬。

“拜托了。具体细节日后再谈，我们先静候评议结果吧。”

就这样，朴实无华的小个子前任校长，与衣着光鲜的小个子电视台记者，在晚夏时节尘土飞扬的操场一角对面相持。

“你是个不错的新闻工作者。”

对津崎先生这句话，礼子立刻要表示异议。可看到津崎先生那张嘴边带着温和笑意，眼里却蕴藏锐利光芒的脸，她就将冲到嘴边的话咽了下去。

“对于你过去以《新闻探秘》节目为平台开展的活动，以及身为记者，不顾一切地追求真相的勇气和热情，我深表敬意。由于你的工作，一些真相才大白于天下。你揭露了许多被抛弃、掩盖的悲剧。你指责学校制度的缺陷，挽救受到欺凌或体罚后无处伸冤的学生和他们的家长。你的工作十分出色。”

要说过去，礼子也不得不认可，茂木悦男的工作确实卓有成效。

“在柏木卓也的死亡事件上，我在多个重大时刻犯下错误。为了明哲保身，优柔寡断、拖延塞责，致使事件愈发不可收拾。由于我的过失，使学生们受到了更多、更深的伤害。这一切都是我的责任。”

因为自己是一个懦弱的人。

“你与我不同，你是一个强者。你毫不犹豫地朝自己坚信的方向勇往直前。可你毕竟也是人。”

茂木悦男将视线从津崎先生的脸上移开。

“这次你错了。”津崎先生继续说，“柏木死亡事件的背后，并没有你极力要探寻出的那种被隐瞒的真相。”

“评议会作出怎样的结论，目前还不得而知。”

面对低声反驳的茂木悦男，津崎先生点了点头。

“所以，我们就静候结论吧。”

闭上嘴，站稳脚跟，茂木悦男伫立在津崎先生面前，抬起头，说道：“学校这种制度，是这个社会‘必要的恶’，我在与这种‘恶’作斗争。”

“对此我很理解。然而，既然这种‘恶’是‘必要’的，我就希望能在其中做到最好。我一直在这样作出努力。”津崎先生的话音铿锵有力，“你能出庭作证，主要是藤野的功劳。对那孩子的勇气和智慧，我十分感动。你觉得怎样？”

茂木的表情有了些许变化，似乎是在苦笑。

“那是藤野凉子的战术。不过，接受挑战的辩护方也同样很了不起。在孩子们面前，我们这些大人全都一败涂地。”

茂木悦男耸了耸不宽的肩膀，看着津崎先生的眼睛，点了点头。

“这一点不得不承认。”他正要转身离去，又抛下了一句话，“我不久之后会联系您。您若是躲开我，就会犯下又一个错误。”

佐佐木礼子站在津崎先生身边，目送茂木悦男的背影远去。

“津崎先生，您真的要写这次校内审判的事？”

津崎望着礼子，脸上露出顽皮的神情。

“记点日记还不行吗？”

他笑了，佐佐木礼子也跟着笑了。包围在操场上闷热的空气中，他们的太阳穴边都淌下了一长串的汗水。

我们这些大人全都一败涂地。现在除了等待，已无事可做。

“我想说一句你或许会觉得很荒谬的话。”停下了筷子后，野田健一对神原辩护人说道。

辩护方休息室里只有他们两人。庭审结束后回到这里，大出俊次已经不见踪影，也没人来告诉两人他现在在哪里，情况如何。

于是，两人便一直冷冷清清地待着。

健一刚回到休息室时，只感觉累得不行，所有的能量都已用尽，连吃饭的力气都没有了。就连从未有过失态举动的神原辩护人，也是一进休息室就默默地把三张椅子拼在一起，在上面躺了下来。看到他这副模样，健一便一句话都说不出来了。

神原和彦背朝健一躺着，完全是一副逃避的姿态。健一心想：他此刻应该不想和任何人说话——尤其是我。

健一趴在桌上，时睡时醒地打着盹，直到差点从桌面上滑下来时，才突然惊醒。一看时间，发现自己睡了三十多分钟，肚子饿得咕咕叫，于是他决定吃便当。打开包装，掰开一次性筷子，才吃了一口，唾液便直往上涌。太好吃了。看来，令他筋疲力尽的并非疲劳，只是肚子太饿罢了。

无论什么时候，肚子总会饿。只要吃饱肚子，力气也会渐渐恢复。他拿定主意，要向神原辩护人搭话。

“我想说一句你或许会觉得很荒谬的话，可以吗？”

神原辩护人一动不动，似乎决定装睡到底。健一知道他在装，因为他的背部肌肉根本没有放松。

“我们是不是有点像正在闹离婚的夫妻，双方都很累很难受，却暂时找不到可以去的地方，只得赖在一起。”

椅子发出一阵“咕咚咕咚”的声响，神原辩护人懒洋洋地翻了个身，将脸转向健一，枕着自己的胳膊扬起了头。

“便当，好吃吗？”

“很好吃。”

“是什么便当？”

“炸猪肉块和什锦饭。”

神原辩护人慢吞吞地坐了起来。

“吃吗？”健一递给神原一盒便当。

神原睡眼惺忪地接了过去。

“津崎先生提供的午饭，每天都变着花样。”

“嗯。”

“要做到每天都不重样，也挺不容易的。”

刚才一直横躺着的神原辩护人抓抓乱糟糟的头发：“我说，你的想法还真古怪。”

谈话缺乏主题。健一细嚼慢咽地品尝着什锦饭。

"闹离婚的夫妻？"神原咕哝一声后，笑了出来，"亏你想得出来。"

健一也笑了。这一笑，让他打开了话匣子。之前一直束缚着健一——他为自己套上的束缚终于解开了。

"有件事我一直瞒着你。"

现在似乎能讲了。他很想讲出来，干脆全部坦白吧。健一觉得，只要公开自己的秘密，即使不能和神原扯平，也能更接近他一点。

"我的父母，特别是母亲，非常烦人，叫人来气。"

我曾经要杀死他们——这句话他没能讲出来。他不想用"杀死"这个词。就在他琢磨是否要改作"消灭"时，神原开口了。

"既然一直隐瞒着，那现在也不必讲出来。"

健一手拿筷子，眨起了眼睛。

"这种事，还是一直藏在心里的好。要讲的话，往往会让人感到迷茫。"

是这样吗？

这是神原和彦的切身感受吧？他将本该藏在心里的事情毫无保留地讲了出来。这令他十分迷茫。

听他讲述的那个人，正是柏木卓也。这种毫无保留的坦白，为两人之间的友谊投下阴影。

"说得也是。"健一点点头，继续吃起了便当。他感到胸口很闷，为了抑制这种憋屈感，他一个劲地把饭菜往嘴里送。

"野田的父母来旁听了吗？"

神原和彦还是第一次问这样的问题。他是否察觉到我要对他讲的事，就是我和父母之间的矛盾呢？

"应该来了吧。"

"是吗？"神原和彦问道。他没有动那盒便当，只是将它放在身边，"我们家的两位都来了。"

他说得轻飘飘的，没有留下让人多想的余地。

“你说‘我们家’……”

“父亲和母亲。”

“是神原的……”

“是啊。哦，难道一定得严格地说成‘养父母’？”这句反问略带焦躁。

“不是这么回事。我只是有些吃惊。你不是说过，关于这次校内审判，你对父母保密了吗？”

神原用手擦了擦脸上的汗水，叹了一口气：“一开始是保密的，只是没能保密到底。”

“是什么时候坦白的？”

“森内老师被打伤那会儿。”

这么一说，健一倒也觉得可以接受了。那天晚上，大家一起去医院看望森内老师时，健一就纳闷过，神原到底找了个什么样的借口，才从家里跑出来了呢？

“你的父母一定很吃惊。”

这时，神原的脸转向了别处。正因为看不到他的脸，健一才能问得如此直接。

“他们有没有阻止你？叫你别参与这种事。”

神原扭头看向健一：“他们追问得很凶。”

“哦，对不起。”

“不过他们没有阻拦我，”神原笑道，“他们说，‘如果你觉得有必要，那就尽情地去做。’”随后他收起笑容，继续说，“还说，‘哪怕你今后可能会后悔，但只要现在觉得有必要，你就顺着自己的心思去做。’”

健一用力点了点头。他想说：你的父母真了不起。可是他又觉得，一旦说出这句话，就会有什么重要的东西随之消失。

便当盒已经空了。盖好盖子，重新包上包装纸，捆上橡皮筋，插上用过的一次性筷子。这一连串动作，健一故意做得很慢。

随后，他说道："我十分敬重你的父母。"

神原和彦默不作声。稍稍过了一会儿之后，他不无唐突地说道："对不起了。"

道歉的话，昨天就已经听够了。所以健一能够说一些昨天没能说出来的话。

"如果在审判过程中，真相被公之于众，而辩护人仍然没有改变主意，那我会履行好助手的职责。"

"可是，我利用了野田你。"

"不，我也有我自己的主见。"

这也是昨天没机会讲的事情。

"对辩护人为什么不愿去小林电器店，我曾感到纳闷。"

那时，神原和彦正好身体不适，头晕目眩。

"对那五通电话，你的态度也不太自然。我曾想，你为什么不更加重视一点？我之所以没说出来，是以为你另有打算，决定保持观望，到最后再说。"

说到这里，健一突然明白了。神原当时身体不适绝非偶然。无论是丹野老师说明的情况，还是他和古野章子的谈话内容，都是他最想隐瞒，又最希望被揭露于法庭的事实。因此，他才会如此慌张，如此失态。

健一重重地摇了摇头，像是要将这些记忆统统甩掉。

"我们看到藤野凉子哭了。"

虽然今天恢复了，可她昨天哭得相当厉害。

"是你弄哭她的，你知道吗？"

神原没有回答。

"是你让藤野受了那么多委屈。"

神原辩护人说了一句话，就像梦话似的，听不清楚。

“什么？”

“我从一开始就觉得藤野能行。我坚信这一点。”神原说道。

藤野凉子确实做到了。作为外来者的神原和彦并没有看错这个三中的女生。

“我打从心底感谢她。”神原和彦说，“无论对藤野还是对野田你，我都要表示敬意。”

健一低下头，咬紧嘴唇。

敲门声响起，健一应了一声：“来了。”

一张令人意外的脸小心地探了进来。是教美术的丹野老师。他穿着白衬衫、黑长裤，就像一身教师制服。

“你们两人休息得好吗？”说着，丹野老师像个胆小的女生似的，战战兢兢地走进休息室。

陪审员中的沟口弥生倒经常是这副模样。

“直到最后，你们的辩护都很精彩。”丹野老师端正姿势说道。

顶着一头乱蓬蓬头发的神原和彦一动不动。

“大出的事，听说了吗？”丹野老师难为情似的缩起脖子，轮流看着两人的脸。

“没有，他回家去了？”健一应道。

“没有没有，还在。他妈妈也在，陪着他。”

一直待在教师办公室里。

“所以，北尾老师……”丹野老师心神不宁地抖动着手指，“说大出已经平静下来了。他本该在这间休息室里等待评议结果，所以，他马上就会回到这里。”

健一也随丹野老师的眼神一同看向睡眼惺忪的神原辩护人。

“或许是我多管闲事了。神原，你要不要到美术教室来休息一会儿？休息完再回来。”

“嗯，这样比较好。”健一帮腔道，“老师，那就拜托您了。”

“交给我吧。”

神原爽快地站起了身，似乎相当听话。他的脚步踉踉跄跄的。

他不战而降。电池耗尽，空空如也。

有必要在评议得出结果前好好地充一充电。健一也站起身，推搡着把神原托付给了丹野老师。

这样一来，就变成健一孤身等待被告的到来了。评议出结果后，被告会回归单纯的“大出俊次”的身份，连辩护人都不存在了。大出俊次会回到以往的校园生活和家庭生活中去。这一点，他会明白吗？见到他，或许能从他脸上看出点什么来。

没人前来。既没人回来，也没人来造访。

健一一个人留守在休息室。大出他怎么样了？还在闹别扭吗？还是北尾老师改主意了，不让他回来了？

我们这个“辩护方”就这样解体了？

既然任务已经完成，那就解体吧。无论评议结果有没有出来，不都一样吗？

健一双臂支撑在桌面，静坐良久。突然间，他双手掩面，发作似的哭了起来。他只哭了很短的时间，估计还不到十秒。不，是八秒。也许只有六秒。

但这就足够了，已经缓过来了。他扯起校服袖口擦了擦脸，在空荡荡的休息室静静地等待。

柏木卓也留下的笔记本上没有写标题。

沟口弥生说，这种笔记本格子很小，是大学生用的。

那段写在笔记本上的文字安了个叫《无题》的标题。如果誊写在稿纸上，估计需要五张。计算字数后作出初步估算的是小山田修。

“字写得像印刷体一样工整，估算应该误差不大。”

没时间一个个传阅，就叫某个人来朗读一下。于是，山野纪央自告奋勇地举起了手。

“按理说，这应该是陪审长的工作，可看竹田一脸求饶的哭相，那就由我来代劳吧。”

“是啊。要我读书，简直要我的命。”

“是读不出汉字吧？”

山野纪央首先对笔记本合掌一拜。

“对不起，柏木。我会好好朗读的，请原谅。”

然后，她用清亮的嗓音朗读起来。

开篇第一行是这样的：

我是一个丢失了目标的杀手。

这部短篇小说的主人公是第一人称的“我”，“我”是个技艺超群的杀手。一个重要的委托人告诉了“我”下一个刺杀对象，“我”却跟丢了。不是忘了，而是目标从“我”的视野——“我”心中的视野里消失了。为什么会这样？“我”不知道。于是，为了寻找目标以及丢失目标的原因，“我”不断徘徊在灰色的街头。

我很孤独，但又背负着许多包袱，自己无法卸下，也不知有谁能替我卸下。

这些包袱并不重，我甚至觉得，我背上的包袱或许就是我自己。

听得入神的陪审员们脸上出现了各种不同的表情，动作也是多种多样。胜木惠子早就放弃去理解这篇装腔作势的文章。她交叉双腿，轻轻摇晃，那模样简直和大出俊次如出一辙。

仓田真理子问向坂行夫："初中生用这样的自称是不是有点怪？[①]"向坂行夫则对她"嘘——"了一声，叫她不要多说话。蒲田教子皱着眉，仿佛在咀嚼坚硬的东西。沟口弥生瞪大眼睛，神情恍惚。原田仁志苦笑着，小山田修显得很害羞。竹田陪审长专心致志地望着正在朗读的山野纪央。

故事的最后，"我"在深夜误入游乐场的镜屋，看着镜中映照出的无数个自己，猛然醒悟，原来这名委托人就是自己的一个化身。这时，有一个镜像对"我"举起枪，开了火。刹那间，镜屋崩塌，四周一片漆黑。"我"再也找不到"我"了。

> 我丢失了我，背上的重负也随之消失。

小说在此戛然而止。

山野纪央又往后翻了几页，说道："后面全是空白，一个字也没写。"

她合上笔记本，轻轻放回桌面。

"我呀，"小山田修开口道，"一说到这种又酷又帅的东西，就会觉得很不好意思。"

向坂行夫放心地笑了："嗯，我也是。"

"是吧？还真是这样啊。"小山田修脸上笑开了花，"如果我不是这么胖，再帅一点就好了。"

"嗯，我也这么想。"

"胖子就不能酷了？"蒲田教子插话道，脸上保持着严肃的表情，"这好像和体型没关系。"

"他是自己想死啊。"沟口弥生不理睬身边的对话，睁大眼睛，

---

① 在日语中，不同身份的人会使用不同的第一人称。柏木卓也在小说中使用的第一人称并非初中男生常用的"僕"，而是"私"。

用银铃般的好嗓音咕哝道，“就算不说是遗书，读了也能明白柏木是自己想死。”

“喂，你怎么皮笑肉不笑的？”

被胜木惠子盯上的原田仁志一直在傻笑。他自己也觉得不太妥当，还拼命抑制着笑容。

“不是因为觉得好玩才笑的。”

“那是为什么？”

“是痒得难受。”

瘦高个竹田陪审长也同意他的话：“对，这话说得贴切。我也想说，可找不到合适的词。”

“他自己想死……”纪央慢慢重复着，像在确认弥生的话。

原田仁志笑得更欢了：“虽然有点装酷。”

“会写成小说，是因为他很当真。他不愿意说自己的事，才故意写成这样。”弥生说道。

“我觉得弥生说的没错，不过，我还又感觉到一些别的味道。”山野纪央扫视一周后继续说，“他不是想死，是想受死。”

“想受死？”小山田修问道，“这话有问题吧？应该是‘想被杀’吧？”

“想被杀。”蒲田教子重复道，声音很大，让大家吃了一惊。

“教子，你怎么了？”

听到弥生的声音，教子眼角上吊，嘴唇抿成一条线，像在思考着什么。

“原田觉得怎么样？”纪央问，“遗书找到了，你满意了吗？”

原田仁志喘了口气，点点头。“满意了。其实，我也不是太在意这个。山野，倒是你很在意嘛。”

“说什么呢，遗书之类的，有没有还不是一样吗？”

“好吧好吧，竹田陪审长。”原田笑着用下巴指了指桌上的笔记本，“在我看来，这完全是精神分裂嘛。”

“别说得那么刻薄好不好？”

见弥生眼泪汪汪，就算再口无遮拦，原田也不会说下去了。

“柏木是自杀的。”竹田陪审长说，“他动了不少心思，把神原和彦卷了进来，可最后还是自杀的。”

这就是评议结果。大出俊次是无罪的。

“神原会怎么样呢？”仓田真理子没有向任何人提问。她一脸困惑和不安，不知到底该问谁。

大伙儿面面相觑。胜木惠子直愣愣地看着高个子竹田陪审长，好像在说：喂，你好歹说两句。

“要说他会怎么样……”

“作出了无罪判决，估计他就能心安理得了吧？”

“可是，他不会留下‘没能阻止柏木自杀’的罪恶感吗？”

“何止是这样啊。他说过，这等于是他杀死了柏木。”沟口弥生依然泪眼蒙眬，“他说柏木是他杀的，他有杀人意图。”

是未必故意的杀人意图。

“可是，作为陪审员，我们无法更深地介入吧？神原的情况是个例外。”原田疲惫不堪似的伸直双腿。蒲田教子望向他那双考究的鞋子，再次皱起眉头，射出严厉的目光。

“虽然理由和山野不太相同，但我也觉得，不能完全相信神原的证言。”教子说道。

“喂，拜托了。不要再炒冷饭了，好不好？”小山田修双手合十，对着教子拜了拜。

“你求我也没用。”教子冷冷地说，“你想想，关于他和柏木的关系的证言，完全是他的一面之词，难道不是吗？只是神原一方的意见，简直和‘死无对证’没什么两样。”

“所以柏木不能死。”山野纪央说，“应该活下来，说出自己的意见。”

“这个……你们的心情可以理解。”原田仁志耸了耸肩，“不过这是不可能的。再说，要是柏木不死，我们也不会坐在这里。”

蒲田教子不理会两人的对话，径自继续道：“我是说，仅就证言来说，神原说的话不能完全相信。他一直在说柏木怎样怎样的，全是他的一面之词。”

“可是，补习班的老师也作了证。”

教子直接挡回行夫的反驳：“他并没有作出像神原那样明显带有恶意的证言。再说，他并不知道出事的那个夜晚的情况。”

说到这个地步，大家都明白，蒲田教子的攻势无法阻挡。

“只从证言来看，神原一直在说他自己想说的话。然而，事实不可能只存在这一个角度。”

“你到底要说什么？”

面对着高个子竹田一脸严肃的表情，教子也用同样严肃的态度回应道：“神原为大出辩护，可谓全心全意，任劳任怨，并且是在对自己没有任何好处的前提下。将这份努力与他的证言联系起来，令人不得不相信他说的话并非随心所欲的胡言乱语。”

“既然这样，还有什么好说的？”小山田修稍稍对身边的行夫嘟囔道。

“我们要从两方面考虑神原的证言，他既在单方面地责备柏木，又在极力帮助受冤枉的傻瓜大出。所以我想说，我绝不愿偏袒神原，对他也没有任何好感。”

大家全都凝视着教子的脸。

“然而，就算因此能正确地对待神原，可他那种‘我杀了柏木’的罪恶感依旧会长留心间。要解决这个问题，需要别的方法。喂，你没什么不舒服吧？”

竹田陪审长慢慢露出笑脸。这种时候应该笑一笑吧？我笑了，蒲田也不会生气吧？

教子确实没有生气。她终于舒展愁眉，向大家提议道：“我有一个主意。”

还以为是谁来了，原来是山崎晋吾。

“你怎么不给陪审员休息室当警卫了？”

山崎晋吾越过大为吃惊的健一的肩膀，朝室内张望一眼后问道：“野田，就你一个人吗？”

“嗯，我是看门的。”

“哦，太好了。”山崎晋吾咧嘴一笑，说了声“对不起”，便抓住健一的手腕，要将他拖走。

这副慌慌张张的架势可不像平时的他。

“快点，悄悄地跟我来，不要让别人看见。”

“哎？”

“陪审员们有话要对你说，可是让井上法官知道了就麻烦了。”

两人蹑手蹑脚地穿过走廊，走到楼下。不到两分钟，健一站在了九名陪审员面前，成为他们视线的焦点。

“怎、怎么了？”

“我们想听听野田你的意见。”蒲田教子开口道。随即，她又催了一下竹田陪审长。竹田却一个劲儿地往后缩。

“蒲田，还是你说吧。”

“正式上场后，这可是陪审长的职责。”

“明白。现在就你说，我会记住的，到法庭上照样说就是。”

“真拿你没办法。”蒲田教子感叹着站起身来，“我们在全体一致同意的前提下，想作出这样的评议结果。”

接着，蒲田教子简洁有力的陈述钻入了健一的耳朵。

“作为辩护人的助手，你觉得怎样？”蒲田教子问道，感觉就像在盘问健一，“这样的评议结果，神原能受得了吗？你觉得他能够接受吗？”

健一无意识地挪动一下喉结，用力点了点头。

“我想他能够接受。”

陪审员们相互交换眼神，脸上露出微笑。就连在健一看来总是不太正经的原田仁志，还有从头到尾都没有理解校内审判意义的胜木惠子，也都笑了起来。

“既然这样，你就赶紧闪人。让井上看到，可就麻烦了。”

教子做了个要将健一赶走的手势。她的眉头皱得很紧，高木老师心情不爽时也不会皱得这么厉害。

在山崎晋吾的护送下走出陪审员休息室时，健一抓住门框，回过头去。他觉得非这么做不可。

“各位！”

听到他的喊声，九个人又将视线集中到他身上。

健一飞快地对全体陪审员鞠了一躬：“多谢了。”

这次轮到竹田陪审长挥起手，要健一快点走，还摆着一脸急不可耐的表情，似乎在说：快走吧，我都急出冷汗来了。

下午六点十分，篮球社和将棋社的志愿者们拿着手提扩音器开始招呼旁听人员。马上要公布评议结果了，请旁听人员回到座位上。马上要公布评议结果了……

藤野凉子带着佐佐木吾郎和萩尾一美率先进入法庭，坐到检方席位上。紧接着，辩护人和他的助手也来了，可身后并没有跟着被告。

井上法官入庭，全体起立后又坐下。井上法官扫视一周空空荡荡的陪审员席，又看了看同样空着的被告席，皱起了眉头。

辩护方席位背后的门打开，大出俊次现身，身后跟着北尾老师。走到门内，北尾老师推了一把大出的后背，看他的口型，似乎说了声："去吧。"

被告满脸通红。他拖出椅子，发出很响的声音，随后坐下身，没有看任何人。他双手抱胸，右手抓住左手肘，左手抓住右手肘，像是在极力克制自己。似乎不这么做，他便会扑过去狠揍一顿身边的神原辩护人。

凉子眨了眨眼睛，凝视着神原辩护人。她觉得神原和彦比以前瘦小、懦弱了许多。

辩护人助手野田健一脸色苍白。

俊次的母亲坐在旁听席第一排，紧靠辩护人席位，注视着儿子。靠检方一侧的第一排并排坐着几个大人，估计都是学生家长。

看不到三宅树理的身影。像是要捉住凉子扫向旁听席的视线似的，松子的母亲低低地举起了手。

"下面，陪审团入庭，请大家保持安静。"

井上法官宣布后，山崎晋吾便打开了检方背后的边门。由竹田陪审长领头，九名陪审员鱼贯而入。

陪审员们悉数入席。法庭内平静下来，只听得到冷风机嗡嗡的哼叫声。

"竹田陪审长。"

听到喊声，高个子陪审长站了起来："在。"

"陪审团的评议得出结论了吗？"

"得出结论了。"

"那就请递交评议结果。"

竹田陪审长从衬衫胸前的口袋里取出至关重要的评议结果。那是一张折叠起来的便笺。井上法官接过便笺，将其打开，目光落在上面，银边眼镜寒光一闪。

"请宣读评议结果。"

井上法官将便笺还给竹田陪审长。竹田陪审长用颤抖的手接了过来，又细又高的身子在前后微微晃动。

“被告无罪。”

仿佛一阵慢慢扩散开的波浪，旁听席上的人们晃动起来，许多人都在叹息。

藤野凉子并不关注周围的状况，飞快地站起身来。

“法官，请向陪审员一一确认评议结果。”

井上法官的目光扫向陪审团：“下面依次询问评议结果。各位坐着回答就行。小山田陪审员，你的评议结果是——”

“无罪。”

“向坂陪审员——”

“无罪。”

“原田陪审员——”

“无罪。”

“仓田陪审员——”

“无、无罪。”

“蒲田陪审员——”

“无罪。”

“沟口陪审员——”

“无罪。”

“山野陪审员——”

“无罪。”

“胜木陪审员——”

胜木惠子正注视着大出俊次涨得通红的脸。

“胜木陪审员？”

“啊？无、无罪。”

“谢谢！”凉子坐了下来。

“啊，法官，”竹田陪审长用走了调的嗓音喊道，“我想说明一下评议过程。”

“请讲。”井上法官点点头。

摇晃着细长的身子，笨拙地调整好重心，竹田陪审长抬起头，扫视了一遍场内所有的人。

“咱们……我们作出了大出被告从任何意义上都无罪的判断。呃……他既没有故意杀死柏木卓也，也没有因过失杀害他。”

他的目光有些游移。

“然而，我们九人一致认为，本案是一起凶杀案。”

旁听席喧闹起来。野田健一的身体微微抖动了一下。神原和彦逃避似的低下了头。

“也就是说，杀害柏木卓也的凶手另有其人。”

井上法官的眼神变得凌厉起来，脸色也变了：“作为陪审员，你们不必作如此深入的事实认定。”

“可这跟我们的评议结果有关。就是说，要说我们是怎么得出大出无罪的结论，那么……呃……怎么说来着？”

竹田陪审长摇了一下头，重新端正自己的姿势。

“这种事实认定，就是咱们得出这个结论的基础。”

对吧？竹田陪审长朝蒲田教子抛去一个眼神。蒲田教子灵巧地动了动半边脸，回了他一个眼神：不错。

对于他们的眉来眼去，井上法官非常不快：“好吧。那就请问竹田陪审长，你们陪审团认为，是谁杀死了柏木卓也？”

毅然抬起头后，竹田陪审长大声回答道：“柏木卓也。”

凉子简直怀疑自己的耳朵出毛病了。旁听席的喧哗更响亮了，井上法官不得不高喊：“肃静！”

野田健一浑身发抖。神原和彦抬起头，直愣愣地仰视着高高的竹田陪审长。

“本案，就是柏木卓也杀死柏木卓也的凶杀案。咱们陪审员一致认为，柏木卓也怀有未必故意的杀人意图，并杀害了柏木卓也。”

当时的柏木卓也想到：还是死了算了。但就算能够解脱，就这么死去，也太无聊了。

我这么做，或许就能死了。算了吧，就这样吧。还能怎么样？

站在寒冷之夜的铁丝网外侧，柏木卓也就是这么想的。

“在他出现这种心态之前，柏木卓也的内心有过种种纠结。”

此刻，竹田陪审长的声音已变得非常坚定。

“我们也讨论过，或许有谁能早一点帮助柏木，消除他的纠葛，减轻他的烦恼。这个‘谁’不是别人，正是我们每一个人。”

俊次的母亲用手捂住了自己的嘴。俊次满脸通红，僵硬地将双手抱在胸前。

“拿我来说，就想到过，要是早点把他拉进篮球社就好了。”

旁听席的某个角落响起笑声，就像春天的小鸟在歌唱。

“当然，不是人人都擅长体育。其实，将棋也好，音乐也好，什么都可以。”

竹田陪审长这番演说让一直处于紧张状态的陪审员们笑了出来。就连双手掩面，不忍看竹田出洋相的蒲田教子也苦笑起来。

“总之，如果我们早点关心他，或许能为他做点什么。非常遗憾。”竹田陪审长说道，“真的非常遗憾。对于柏木的父母，我们只想表达一份心意：柏木卓也死了，我们十分难过，十分后悔。”

旁听席的喧嚣平静下来。法庭内一片寂静。寂静之中，有人在轻轻抽泣。

“到此结束。”就像在体育场发出号令一般大声宣布后，竹田陪审长鞠了一躬，坐回自己的座位。

井上法官扫视整个法庭。

“本法庭宣判，被告大出俊次无罪。”

时间是八月二十日下午六点十一分。

“至此，此次校内审判，闭庭。”

说完，他再次，也是最后一次重重地敲响了木槌。

人潮，从藤野凉子眼前流过。

正在哭泣的是柏木卓也的母亲功子。在丈夫和卓也的哥哥——活在世上的另一个儿子的搀扶下，她踉踉跄跄地走出了法庭。

茂木悦男屹立在旁听席正中央，一脸像是要和什么人干一架的表情。当凉子的视线停留他的脸上时，他的表情舒展开来，同时动起了嘴巴。

一切都结束了。

从口型上看，他说的就是这句话。

茂木悦男身后的那排座位上，并排站着前任校长津崎和佐佐木礼子警官。佐佐木警官身边还有一位少年课的同事，好像叫庄田。三人警惕地注视着茂木悦男，似乎在提防他干出出格的事。然而，茂木悦男只是转身朝出口走去。于是，三人都舒了一口气。

看到茂木悦男径直朝外面走去，PTA会长慌忙追了上去。

大出俊次好不容易站起身来，转向浑身无力瘫坐着的神原和彦，猛地扑上去揪住他的衣领。就在周围人全都倒吸一口冷气的时候，俊次又猛地推开神原，将方才揪住对方衣领的那只手贴在裤子上擦了又擦，等觉得差不多擦干净了，又猛地伸向了神原。

他在请求和神原和彦握手。

神原一动不动，脸上却已然动容。他注意到，俊次那涨得通红的脸上湿漉漉的。刚才，俊次一直强忍着不让自己哭出来。

两人握了手。此刻依然脸色苍白的野田健一，凝视着紧紧握在一起的两只手。

握过手后，俊次转身离开了。他的母亲也紧随着他一起出了门。临走时，这位母亲对着辩护人及其助手深深地鞠了一躬。

有个身穿西服的男子在朝神原和健一走去。那人是谁？啊，是今野律师。他拍了拍神原的肩膀，又拍了拍健一的肩膀。在跟他们说些什么？周围太吵，听不见。

今野律师的脸上露出笑容。他再次拍拍神原的肩膀，又挠了挠他的头发。

又有一个穿西服的男人朝辩护人他们走去。凉子不认识他。哎？他的胸前也别着一枚闪闪发亮的律师徽章。这个仪表堂堂的中年男子头发花白。他摊开双手朝两人走去，像拥抱自己孩子似的抱住了这两名初中生，随即又很快不好意思地松开了。他挠了挠自己的脑袋，向今野律师打了招呼，两人交换了名片。

凉子直愣愣地站着。眨了好多次眼睛，再次目不转睛地注视着眼前的光景。

她感觉到一美在拉自己。佐佐木吾郎在说着什么。他在跟谁说话？啊，那不是河野侦探吗？原来他也来了。怎么了？他为什么笑得这么开心？

我们检方不是输了官司吗？

一对身穿朴素西服和黑色连衣裙的小个子男女正朝神原走去。

“是神原的爸爸妈妈。”一美在凉子耳边说道。

陪审员们都走出了法庭。蒲田教子在拍竹田陪审长修长的后背。

“各位，多谢了。”

有人在向完成使命又回归初三学生身份的那九个人道谢。是龙泽补习班的龙泽老师。

竹田和利和小山田修这对高矮组合不好意思地笑着，朝龙泽老师恭敬地鞠了一躬。听到龙泽老师的说话声回过头来的仓田真理子，朝凉子挥了挥手，还说了声：“一会儿见。”

走下高台，终于从哗啦啦直响的黑色长袍中解放出来的井上康夫朝北尾老师走去。“辛苦了。”“哪里，接下来才真的辛苦。因为我是个考生。”

“藤野检察官。”

“你辛苦了。”

凉子感觉到自己近旁传来一股暖意。啊，是我那没大没小的老爸和老妈。

“小凉，辛苦了。”古野章子也和他们在一起。

辩护方离开法庭。校内审判结束了。神原和彦将离开城东三中，回到他自己的日常生活中去。他将回到失去太多，伤痕累累又不得不重新振作的人生之中。

他回头看了看凉子。刹那间，两人四目相对。他的眼神里没有传递出任何新的含义。

只有歉意、慰劳，还有喜悦。你看，我没说错。胜出的还是你，藤野凉子。

可是，你也没有输——凉子在心中默念着。

神原的身影从凉子的视野中消失了。

凉子闭上眼睛，深深吸了一口气，让今后再也无法品味到的这个法庭的空气，充满整个胸膛。

然后，又长长地吐了出来。校内审判结束了。

夏天也快要过去了。

二〇一〇年·春

没想到还真没什么变化——野田健一心想。

将城东第三中学的旧校舍全部拆毁，又重新建成如今的新校舍，是二〇〇三年的事。原先隔着操场与体育馆遥遥相对的室外游泳池，变成了体育馆二楼的室内游泳池，操场也相应扩大了许多。不过，新校舍的位置和造型与老校舍一模一样，连那个大钟也挂在了原先的位置上。

踏入校园后，健一觉得自己被熟悉的景物包围了。窗户的位置，走廊的长度，甚至连楼梯的空间布置都和以前一样。也难怪，在有限的占地面积内建造相同用途的设施，要想推陈出新恐怕也很难。

然而，教室的数量比以前减少了。排列在门厅的鞋箱也比健一上学时少了三成左右。真是个生育率低下的时代。从指示图上可以看出，图书馆移到了一楼，似乎是基于“学校面向地区开放”这一理念作出的安排。

放眼望向长长的走廊，只见一楼各房间的门上都缀有一块小小的标志牌。总务室、校长室、教师办公室，还有保健室，连排列顺序都没有改变。

现在正值春假，校园里寂静无声。今天连社团活动都没有。没等到开学典礼，操场四周的樱花树已开成一片绚烂。

在花团锦簇的装点下，校舍正享受着难得的假日时光。

“野田老师。”

听到走廊深处有人在招呼自己，健一回头望去。或许是刚从春光明媚的操场转移目光的缘故，走廊显得特别昏暗。

那人正朝健一走来。小个子，体型微胖，身穿淡灰色制服，一头短发已经花白，一副带有挂链的老花眼镜荡在胸前。

健一对来人鞠了一躬。那人也对他回礼。

“这座教学楼怎么样？”

健一微笑道：“结构基本没变。”

“嗯，好像是这样的。请吧。”

在这位女性的邀请下，健一跟着她踏入走廊。这位女性打开了校长室的门。

她正是城东第三中学的管理负责人，校长上野素子。

两人坐在校长室待客区的椅子上。上野校长亲自为健一倒了茶。

“搬家的事务全都办妥了吗？”

“是的，总算安定下来了。”

“孩子呢？”

“由于见不到幼儿园时的朋友，他感到很失落。”

说的是健一已经六岁的长子。最初他不愿意搬家。健一花了不少工夫，告诉他是搬到爸爸从小长大的地方，他才勉强同意了。

野田健一升入高中后离开了城东区，因为在铁道公司上班的父亲有了工作调动。上大学时由于校园在市郊，健一就近租屋，过上了独身生活，之后也一直住在那里。可如今作出决定后，他毫不犹豫地重返东城区。新居是租赁公寓，就在健一以前的家附近。从前，那里是一座汽车修理厂。

健一上大学时读的是教育专业，还取得了初中语文教师的资格。

在东京都内，小学和初中教师申请者很多，名额却很少。在此之前，健一的教师生涯并非一帆风顺。很多时候，他都在给产假或病假的老师代课，打一些短工。可即使如此，他总想着有一天要回到这个学校，从来没有放弃过希望。

“野田老师是在这个学校进行教育实习的吗？”

健一苦笑道：“我申请过，但没批准。我是在一中实习的。”

“是吗？很多人都会在母校实习。”

健一想说“过去或许是这样的”，可话到嘴边又咽了回去。

注意到这个细节的上野校长微笑道：“你们当年搞的校内审判，已经成了本校的一个传说。”

“是吗？都变成传说了吗？”

“也可以说是历史。无论传说还是历史，都要经过岁月的沉淀。欢迎你……”上野校长说道，“欢迎回来。”

这句话如流水一般，柔滑地渗入健一心中。

早就想听这句话了。以前总觉得自己在听到这句话时，心里一定会五味杂陈。

不过，二十年过去了，如今也没什么可五味杂陈的了。

这真是令人欣喜。

“面试没有必要，可是我，呃……该怎么说呢。”稍作思考后，上野校长不无顾虑地说，“或许是出于好奇心，我想详细地听一听你们当年的故事。不好意思，你特意跑一趟，我却提出这样的要求。”

在校长的笑容影响下，健一也笑了。

“您没从别的渠道听说过这件事吗？”

“当事人之外的说法，我倒听到过不少，但毕竟都是些传说。”

这其中又有多少是听上野校长的前任楠山校长说的？这个念头在健一心头一闪而过。

时至今日，健一依然记得那位老师气势非凡的言行，甚至还不无怀念。

“从哪儿说起呢？”

上野校长快速地眨了一下眼睛："是啊……从哪里听起好呢？"

圆圆的脸，和善的眼神，和津崎先生挺像的。就连健谈的性格，也跟那位爱穿毛线背心的豆狸有几分相似。

"没什么不能说的，"健一说，"无论怎样的内容。"

健一正视着上野校长。校长怕光似的眯起了眼睛。

"听到你这么说，我就很满意了。"

健一点了点头："那次校内审判结束后，我们就……"

健一寻找着最恰当的词语，将视线投向从校长室的窗户射入室内的春日阳光。

"我们就成了朋友。"

尽管各自的人生道路各不相同，但直到今天，我们也还是朋友。

于是，健一开始叙述起来，叙述起从那个漫长的夏天直至今日的历程，叙述起他和朋友们的人生轨迹。

欢迎回来。

我回来了。

我回到了城东第三中学。

那个夏天，已成为遥远的过去。

图书在版编目（CIP）数据

所罗门的伪证．3，法庭 /（日）宫部美雪著；徐建雄译．-- 南京：江苏文艺出版社，2014
（读客全球顶级畅销小说文库）
ISBN 978-7-5399-7803-1

Ⅰ．①所… Ⅱ．①宫… ②徐… Ⅲ．①长篇小说—日本—现代 Ⅳ．① I313.45

中国版本图书馆 CIP 数据核字（2014）第 243659 号

书　　名　所罗门的伪证 第三部：法庭

著　　者　（日）宫部美雪
译　　者　徐建雄
责任编辑　丁小卉　姚　丽
特约编辑　张晓莹　吴　涛
责任监制　江伟明
策　　划　读客图书
版　　权　读客图书
封面设计　读客图书　021-33608311
出版发行　凤凰出版传媒股份有限公司
　　　　　江苏文艺出版社
出版社地址　南京市中央路 165 号，邮编：210009
出版社网址　http://www.jswenyi.com
印　　刷　北京海石通印刷有限公司
开　　本　890mm x 1270mm 1/32
印　　张　17.75
字　　数　460 千
版　　次　2014 年 12 月第 1 版　2015 年 1 月第 2 次印刷
标准书号　ISBN 978-7-5399-7803-1
定　　价　56.00 元

如有印刷、装订质量问题，请致电 010-85866447（免费更换，邮寄到付）